Grimando ©

HEYNE

MEISTERWERKE DER

SCIENCE FICTION

Das Buch

Sie sind ein kleiner tollkühner Haufen, der immer dort auftaucht, wo das Ende bevorsteht – wenn freischwebende, zehntausende von Kilometern durchmessende Habitate aus strategischen Gründen gesprengt werden, brennende Raumschiffe in den Tiefen des Alls lodern oder Planeten zu Staub zermalmt werden. Sie nehmen mit, was sie nur kriegen können, und profitieren so von einer Auseinandersetzung zwischen den Idiranern, einer uralten insektoiden Kriegerrasse, und der KULTUR, dem übermächtigen Imperium der Maschinen. Sie vermeiden es tunlichst, sich zu einer der beiden Parteien zu bekennen. Doch unter ihnen befindet sich ein Gestaltwandler, der es sich zur Aufgabe gemacht hat, die KULTUR mit allen Mitteln zu vernichten … Mit diesem Roman, jetzt schon ein moderner Klassiker, hat Iain Banks das Genre der Space Opera, der groß angelegten Weltraumabenteuer, nicht nur revitalisiert, sondern auch mit literarischen Weihen versehen. ›Bedenke Phlebas‹ stand monatelang auf den britischen Bestsellerlisten.

»Ein wunderbares erzählerisches Garn, eine Kraft, die mich überzeugt hat, daß neues Blut in den alten Themen ist.«

The Times

»Ein Feuerwerk von Ideen!« *Süddeutsche Zeitung*

Der Autor

Iain Banks wurde 1954 in Schottland geboren. Nach einem Englischstudium schlug er sich mit etlichen Gelegenheitsjobs herum, bis ihn sein 1984 veröffentlichter Roman ›Die Wespenfabrik‹ als neue aufregende literarische Stimme bekannt machte. In den folgenden Jahren schrieb er zahllose weitere Romane und Erzählungen, darunter auch etliche, die im selben Universum wie ›Bedenke Phlebas‹ angesiedelt sind. Banks gilt heute als einer der bedeutendsten Vertreter der britischen Gegenwartsliteratur.

Eine Liste der im WILHELM HEYNE VERLAG erschienenen Bücher von Iain Banks finden Sie am Ende des Bandes.

HEYNE

MEISTERWERKE DER

SCIENCE FICTION

Iain Banks

Bedenke Phlebas

Roman

Mit einem Vorwort von
Ken MacLeod

Überarbeitete Neuausgabe

WILHELM HEYNE VERLAG
MÜNCHEN

HEYNE SCIENCE FICTION & FANTASY
Band 06/8218

Titel der englischen Originalausgabe
CONSIDER PHLEBAS
Deutsche Übersetzung von Rosemarie Hundertmarck
Deutsche Übersetzung des Vorworts von Irene Bonhorst
Deutsche Übersetzung des Anhangs von Jürgen Thomann
Das Umschlagbild ist von Scott Grimando

Umwelthinweis:
Dieses Buch wurde auf chlor- und
säurefreiem Papier gedruckt

Redaktion: Wolfgang Jeschke

http://www.heyne.de
Printed in Germany 06/02
Umschlaggestaltung: Hauptmann und Kampa,
Werbeagentur, CH-Zug
Technische Betreuung: M. Spinola
Satz: Schaber Satz- und Datentechnik, Wels
Druck und Bindung: Ebner & Spiegel, Ulm

ISBN 3-453-21530-3

Inhalt

Vorwort

von Ken MacLeod

Es ist die überaus elegante Anwendung von Ideen und Effekten aus dem *Golden Age* der Science Fiction, die die Sache in Schwung hält, und auch das Gefühl für eine Technik, die sich von einem fliegenden Messer zum Orbital aufmantelt, mit einer ihr eigenen Eleganz und einer besonderen Eignung, wie ein Satz Sushi-Besteck. Diese Technik mag sich vielleicht nicht allzusehr von Magie unterscheiden, aber sie ist niemals willkürlich. Sie gehorcht bestimmten Zwängen. Sie ist ausgedacht – und durchdacht. Jede Handbewegung des Autors hinterläßt eine unvermutete Turbulenz in der klaren Luft, eine *Clear Air Turbulence*, wie auch eines der Schiffe heißt. Wenn die Schiffe mit Überlichtgeschwindigkeit reisen, geschieht dies in einem Hyperraum, in dem ›sich schwarze Löcher als dünne und verdrehte Wasserstrahlen von den Wolken bis zum Meer, Supernovae als lange Blitze zeigen‹. Wenn am Ende des Universums die Waffen eingesetzt werden, sehen wir alles in Wellenlängen, die sich dem Auge ›der Tiere‹ nicht offenbaren.

Die fraglichen Tiere, eine Minderheit unter den Beobachtern dieses zerstörerischen Schauspiels, sind menschliche Wesen. Eine Galaxis, bewohnt von Menschen, ist eine weitere *Golden-Age*-Prämisse. Doch was dieses Buch grundsätzlich von seinen Vorgängern unterscheidet, ist der Umstand, daß die Menschen nicht von uns abstammen. Die Geschichte geht von der Voraussetzung aus, daß die Evolution auf zahllosen Welten menschliche Wesen in vielfältiger Form geschaffen hat – ähnlich genug für eine gegenseitige sexuelle Anziehung, aber unterschiedlich genug, um eine fruchtbare Paarung auszuschließen. Es wird keine Erklärung angeboten, und es gibt auch keine Erklärung, die im entferntesten einleuchtend klingen würde. So viel muß als gegeben hingenommen werden, aber man bedenke, was einem andererseits abgenommen wird! Mit einem sauberen Schnitt fällt die ganze übliche weitschweifige Hintergrundgeschichte menschlicher Expansionsbestrebungen weg – Generationenraumschiffe, Reisen mit Überlichtgeschwindigkeit, Eroberung und Vorherrschaft. Es besteht keine Notwendigkeit für eine gedachte Zukunft zwischen hier und dort. Die von Menschen bewohnte Galaxis ist hier, jetzt. Die Handlung spielt (wie wir viel später erfahren) in unserer *Vergangenheit*. Es gibt keinen Ballast von der Erde, der die Gepäckkontrolle durchlaufen müßte. Die Schiffe reisen mit leichtem Gepäck, *travel light*.

Das gleiche gilt für den Schreibstil. Nicht jede Szene ist eine Action-Szene. Die Schilderungen sind in gleichem Maße von Sparsamkeit wie von Wortgewalt geprägt. Die Kulisse der Space Opera ist manchmal kitschig, da ihre Requisiten in früheren Produktionen schon zu oft verwendet wurden, und in jüngerer ›harter‹ SF riecht sie so frisch wie die Druckfarbe der letzten Ausgabe einer Astronomie-Zeitschrift. Hier dagegen wirkt alles nagelneu. Die echte Wissenschaft hat sich schon lange angepaßt und ist leibhaftig geworden. Die erdachte Wissenschaft und Technologie wurde von Grund auf aufgebaut, aus ultradichtem Material, vom Spin zusammengehalten.

Es ist eine Technologie der Überfülle. Die Gewalttätigkeit des Universums, die endlose Zerstörung im Kern der Dinge, die Entropie an sich – das ist ihre unerschöpfliche Energiequelle. Materie ist billig. Es gibt reichlich Wasserstoff zu verbrennen. Das hat Auswirkungen auf die Psychologie all der Gesellschaften und Einzelwesen, die sich auf dieser unendlichen Ebene tummeln. Das einzige, woran es ihnen mangelt, sind echte Ziele. In ihrer Zielsetzung, in der Bedeutung, die sie dem Leben geben, unterliegen sie allesamt, jeder auf seine eigene Weise, der Herrschaft der Notwendigkeit, des gnadenlosen Wettbewerbs, des Krieges und des Handels. Nur das Leben ist endlich. Ein menschliches Leben zu leben heißt zu sterben. Unsterblichkeit ist etwas für Götter. Menschen können zu Göttern werden, doch das bedeutet das Ende ihres Menschseins, und auch das ist eine Art Tod. Indem sie die Sterblichkeit hinnehmen, haben die Menschen die Chance, ihre einzige Chance, das Leben zu vervollkommnen, es zu gestalten, ein Auskommen im Dasein zu finden – und aus dem Spiel auszusteigen, solange sie noch in Führung liegen.

Das verleiht dem Buch bei all der Gewalttätigkeit eine grundlegende Fröhlichkeit. Das Leben mag ein Spiel der Zerstörung sein, aber es ist ein Spiel, das mit Anstand gespielt werden sollte, an jedem neuen Tag unter der Sonne. Der größte Teil des Buches spielt sich bei Tageslicht ab oder in einer Rundumsimulation davon; das schaurigste Kapitel spielt an einem Strand. Wenn sich die Geschichte unweigerlich verfinstert, blinzeln unsere Tieraugen und passen sich an, unsere Pupillen weiten sich und nehmen das in sich auf, von dem wir wünschten, wir würden es nicht sehen, und von dem wir dennoch den Blick nicht abwenden können.

Oder man bedenke die *Gehirne*. Dieses Buch wurde mit der Schreibmaschine geschrieben, als die Mauer noch stand und das weltweite Datennetz noch nicht geknüpft war, als ein Computer so viel Platz einnahm wie ein kleines Auto und so viel kostete wie ein kleines Flugzeug. Dennoch geht es von einer Zukunft aus –

vielleicht nicht der unseren –, in der die fernen Nachfahren der Computer das sind, worin die Leute – gewiß nicht wir – leben. In dieser Zukunft kommt nichts von dem *Star-Trek*-Unfug vor, bei dem ein Kapitän seiner Mannschaft oder gar dem ›Schiffscomputer‹ befiehlt, was zu tun ist. Da gibt es Schiffe, und die haben Gehirne. Menschen sind Mitreisende.

Ebenso die Leser. Die Geschichte ist eine Maschine, deren Eleganz wir nicht umhin können zu bewundern, ohne im Geringsten sicher zu sein, daß ihre Ziele die unseren sind oder daß sie uns an irgendeinen von uns angepeilten oder uns angenehmen Bestimmungsort bringen wird. Zunächst jedoch muß die Reiseroute jenen, die sich ins Innere hatten locken lassen, vertraut vorgekommen sein. Als sie sich dort niederließen, hatten sie offenbar das Gefühl, daß sie sich in sicheren Händen befanden. Space Opera – die bunte, gewalttätige, galaxisübergreifende Space Opera, die so viele von uns in jungen Jahren gelesen haben und die Brian Aldiss als ›Breitwand-Barock‹ bezeichnet hat, war mit einem Knall wieder da. Und sie war modern, gut geschrieben, fetzig und lässig. Außerdem war sie in weiten Teilen wirklich ausgesprochen lustig, was allerdings nie von dem tiefer angesiedelten Ernst ablenkte. Das zentrale moralische Thema – der Kampf eines einsamen Helden gegen ein unmenschliches System – war sowohl altbekannt als auch zeitgemäß und relevant.

Nach einem kurzen Prolog beginnt ›Bedenke Phlebas‹ damit, daß der Held gefangen ist und sich seiner Feindin gegenüber sieht, der Abgesandten der KULTUR. Die KULTUR ist eine gottlose, hedonistische Zivilisation, verliebt in die Technik und deren Sklave. Sie ist außerdem, wie wir bald erfahren, kommunistisch. Der Held, Horza, hat sich dem Kampf gegen sie verschrieben, wobei er sogar so weit geht, sich mit einer nicht-menschlichen Gesellschaft zu verbünden, den

Idiranern, die sowohl an Gott als auch an die Seele glauben (allerdings nicht an die seine). Die Idiraner sind mit allerlei Unzulänglichkeiten behaftet, sie sind Expansionisten, aber sie haben die in weiten Bereichen überlegene KULTUR niemals physisch bedroht; dennoch fängt diese mit ihnen einen Krieg an, in vollem Wissen um die – im eigentlichen und im übertragenen Sinn – astronomischen Opfer, die dieser fordern wird; ihr moralisches Kalkül basiert auf einer verabscheuungswürdigen nützlichkeitsbezogenen Skrupellosigkeit.

Das Koran-Zitat, das dem Buch als Motto vorangestellt ist, darf als deutlicher Hinweis dafür gesehen werden, daß der Krieg zwischen den Idiranern und der KULTUR sich auf einen anderen Kampf bezieht, der in der Zeit, als ›Bedenke Phlebas‹ geschrieben und (viel später) veröffentlicht wurde, in der wirklichen Welt stattfand: der nicht enden wollende Dschihad der afghanischen Mudschahidin und anderer islamischer Fundamentalisten gegen die gottlose (klar!), kommunistische (klar!) und technophile (klar!) Sowjetunion. Damals, im Jahr 1987, wurde der größte Teil an Space Opera und militärischer Science Fiction von Leuten geschrieben und gelesen, die Osama bin Ladens Kriegern in ihrem tapferen Kampf gegen die Ungläubigen begeistert zujubelten. Sie konnten sich daher leicht mit Horza identifizieren, gleich von der Anfangsszene an, wo er bis zu den Nasenflügeln in einer ansteigenden Flut von sehr schmutzigem Wasser steht.

Horza wird (natürlich) noch rechtzeitig gerettet, um fortan durch eine eskalierende Reihe von bunten Abenteuern zu wüten, die äußerst unterhaltsam die riesige und vielfältige Gesellschaft der Galaxis beleuchten und die ihren Höhepunkt in einer düsteren und entscheidenden Konfrontation mit Horzas Nemesis vom Beginn der Geschichte, der Abgesandten der

KULTUR, Balveda, finden. Vom Aufbau und vom Thema her handelt es sich also um eine klassische Space Opera, in bester Tradition amerikanischer Science Fiction. Aber die Schiffe haben ein eigenes Wesen und eigene Ziele – und das gleiche gilt auch für dieses Buch.

Ken MacLeod ist einer der bekanntesten jungen Science-Fiction-Autoren Großbritanniens. Seine Romane ›Das Sternenprogramm‹, ›Die Mars-Stadt‹ und ›Die Cassini-Division‹ sind bei Heyne erschienen.

BEDENKE PHLEBAS

Götzendienst ist schlimmer als Gemetzel.

Der Koran, 2 : 190

Heide oder Jude

O du, der das Rad dreht und windwärts lugt,
Bedenke Phlebas, der einst schön und stark wie du.

T. S. Eliot,
›Das wüste Land‹, IV*

* Zitiert nach der Übersetzung von Ernst Robert Curtius, Suhrkamp-Verlag

Inhalt

Prolog

Das Raumfahrzeug hatte nicht einmal einen Namen. Es hatte keine menschliche Besatzung, weil das Fabrikschiff, das es gebaut hatte, vor langer Zeit evakuiert worden war. Aus dem gleichen Grund hatte es kein Lebenserhaltungssystem und keine Unterkünfte. Es hatte keine Klassennummer und keine Flottenkennzeichnung, weil es ein Flickwerk war, zusammengesetzt aus Teilen und Stücken verschiedener Typen von Kriegsschiffen, und es hatte keinen Namen, weil dem Fabrikschiff für solchen Firlefanz keine Zeit mehr geblieben war.

Die Werft schusterte das Schiff zusammen, so gut es ihr mit ihren zusammengeschmolzenen Vorräten an Komponenten möglich war. Allerdings war der größte Teil der Waffen-, Energie und sensorischen Systeme entweder fehlerhaft oder veraltet oder reif zur Überholung. Das Fabrikschiff wußte, seine eigene Zerstörung war unvermeidlich, aber es bestand immerhin eine Chance, daß die Geschwindigkeit und das Glück seiner letzten Schöpfung für eine Flucht reichten.

Die eine perfekte, unbezahlbare Komponente, die das Fabrikschiff tatsächlich besaß, war das außerordentlich mächtige – wenn auch noch unerfahrene und ungeübte – elektronische Gehirn, um das herum es den Rest des Fahrzeugs konstruierte. Wenn es das Gehirn in Sicherheit bringen konnte, dann hatte das Fabrikschiff, wie es dachte, seine Sache gut gemacht. Trotzdem gab es einen weiteren Grund – und das war der wirkliche Grund –, warum die Werftmutter ihrem

Kriegsschiff-Kind keinen Namen gab. Sie meinte, ihm mangele es an noch etwas: an Hoffnung.

Als das Raumfahrzeug die Montagebucht des Fabrikschiffes verließ, war an seiner Ausstattung das meiste noch zu tun. Hart beschleunigend folgte es einem Kurs, der eine vierdimensionale Spirale durch einen Blizzard aus Sternen zog, wo, wie es wußte, überall Gefahren lauerten. Mit abgenutzten Maschinen aus einem überholten Schiff der einen Klasse warf es sich in den Hyperraum, sah mit kriegsgeschädigten Sensoren einer zweiten seinen Geburtsort achtern verschwinden und testete veraltete Waffeneinheiten, die von noch einer dritten Klasse ausgeschlachtet waren. Innerhalb seiner Kriegsschiffhülle mühten sich in engen, unbeleuchteten, ungeheizten, luftlosen Räumen Bauroboter damit ab, Sensoren, Versetzer, Feldgeneratoren, Schirmunterbrecher, Laserfelder, Plasmakammern, Gefechtskopf-Magazine, Manövriereinheiten, Reparatursysteme und die Tausende anderer größerer und kleinerer Komponenten zu installieren oder zu vervollständigen, die ein Kriegsschiff erst funktionsfähig machen. Während es durch die weiten, offenen Räume zwischen den Sternensystemen fegte, änderte sich die innere Struktur des Fahrzeugs nach und nach, und je weiter die Bauroboter mit ihrer Arbeit vorangeschritten, desto weniger chaotisch und desto normaler wurde es.

Nach mehrmals zehn Stunden seiner ersten Reise, als es gerade seinen Spurscanner testete, indem es ihn auf den zurückgelegten Weg richtete, registrierte das Schiff eine einzige massive Annihilierungsexplosion weit hinter sich, wo das Fabrikschiff gewesen war. Es beobachtete eine Weile die aufblühende Strahlungssphäre, dann schaltete es das Scannerfeld auf genau voraus und jagte noch mehr Energie durch seine bereits überlasteten Triebwerke.

Das Schiff tat alles, was es konnte, um eine Kampfhandlung zu vermeiden. Es hielt sich ein gutes Stück von den Routen entfernt, die feindliche Fahrzeuge wahrscheinlich benutzen würden. Es behandelte jeden Hinweis auf irgendein Fahrzeug als bestätigten feindlichen Sichtkontakt. Während es kreuz und quer und hinauf und hinunter dahinzog, spiralte es gleichzeitig, so schnell es konnte und so direkt, wie es das wagte, den Zweig des galaktischen Arms hinunter, in dem es geboren worden war, immer Kurs auf den großen Isthmus und den verhältnismäßig leeren Raum jenseits davon haltend. Auf der anderen Seite, am Rande des nächsten Zweiges, mochte es Sicherheit finden.

Gerade als es diese erste Grenze erreichte, wo die Sterne wie eine glitzernde Klippe vor der Leere aufragten, wurde es entdeckt.

Eine Flotte feindlicher Fahrzeuge, deren Kurs zufällig dem fliehenden Schiff nahe genug kam, entdeckte seine ungleichmäßige, geräuschvolle Emissionssphäre und fing es ab. Das Schiff lief genau in ihren Angriff und wurde überwältigt. Seine Waffen fielen aus, und langsam und verwundbar, wie es war, erkannte es beinahe auf der Stelle, daß es keine Chance hatte, der gegnerischen Flotte irgendeinen Schaden zuzufügen.

Deshalb zerstörte es sich selbst. Es ließ seinen Vorrat an Gefechtsköpfen in einem plötzlichen Energieausbruch detonieren, der eine Sekunde lang, nur im Hyperraum, den gelben Zwergstern eines nahegelegenen Systems überstrahlte.

In einem Muster um das Schiff verstreut, bildeten die Tausende explodierender Gefechtsköpfe einen Augenblick, bevor das Schiff selbst zu Plasma zerstäubte, eine sich schnell ausdehnende Strahlungssphäre, aus der hinaus eine Flucht unmöglich schien. Gegen Ende des Sekundenbruchteils, den die ganze Kampfhandlung dauerte, gab es ein paar Millionstel, in denen die

Kampf-Computer der feindlichen Flotte kurz das vierdimensionale Gewirr expandierender Strahlung analysierten und erkannten, daß es einen einzigen verblüffend komplizierten und sehr unwahrscheinlichen Weg aus den konzentrischen Kugeln eruptierender Energien gab, die sich jetzt wie die Blätter einer riesigen Blüte zwischen den Sternensystemen öffneten. Es war jedoch keine Route, die das Gehirn eines kleinen, archaischen Kriegsschiffes hätte planen und schaffen, und der es sodann hätte folgen können.

Zu dem Zeitpunkt, als festgestellt wurde, daß das Gehirn des Schiffes genau diesen Pfad durch seinen Annihilierungsschirm genommen hatte, konnte man es nicht mehr daran hindern, durch den Hyperraum auf einen kleinen, kalten Planeten zuzufallen. Es war, von innen gerechnet, der vierte der isolierten gelben Sonne des nahegelegenen Systems.

Ebenso war es zu spät, etwas gegen das Licht von den explodierenden Gefechtsköpfen des Schiffes zu unternehmen. Es war zu einem einfachen Code angeordnet worden, der das Schicksal des Schiffes sowie das Wehrdienstverhältnis und die Position des Gehirns beschrieb, lesbar für jeden, der das wesenlose Licht bei seinem Lauf durch die Galaxis sah. Vielleicht am schlimmsten von allem war – und hätte ihre Konstruktion es ihnen erlaubt, dann hätten diese elektronischen Gehirne darauf mit Bestürzung reagiert –, daß es sich bei dem Planeten, auf den sich das Gehirn durch seinen Schirm aus Explosionen gerettet hatte, nicht um einen handelte, den man einfach hätte angreifen oder zerstören oder auf dem man auch nur hätte landen können. Es war Schars Welt, nahe der Region leeren Raums zwischen zwei galaktischen Armen, die man den ›Düsteren Golf‹ nannte, und es war einer der verbotenen Planeten der Toten.

Erster Teil

◊

Sorpen

Das Zeug war jetzt bis an seine Oberlippe gestiegen. Auch wenn er den Kopf fest gegen die Steine der Zellenwand drückte, befand sich seine Nase nur knapp über der Oberfläche. Er würde seine Hände nicht mehr rechtzeitig freibekommen; er würde ertrinken.

In der Dunkelheit der Zelle, in dem Gestank und der Wärme, während der Schweiß ihm über die Stirn lief, seine Augen fest geschlossen waren und er ununterbrochen in Trance verharrte, versuchte ein Teil seines Verstandes, sich an die Vorstellung seines eigenen Todes zu gewöhnen. Aber wie ein unsichtbares Insekt, das in einem stillen Raum herumsummt, war da etwas anderes, etwas, das nicht weggehen wollte, das ihm nichts nützte und ihn nur irritierte. Es war ein Satz, irrelevant und sinnlos und so alt, daß er nicht mehr wußte, wo er ihn gehört oder gelesen hatte, und er lief immerzu rundherum über die Innenwand seines Kopfes wie eine Murmel in einem Krug:

Die Jinmoti von Bozlen Zwei töten die Personen, die, durch Erbfolge dazu bestimmt, den Ritualmord an der engeren Familie des Jahreskönigs ausführen, indem sie sie in den Tränen des kontinentalen Empathaur in seiner Traurigkeitszeit ertränken.

Zu einem bestimmten Zeitpunkt, kurz nachdem seine Qualen begonnen hatten und er sich erst teilweise in Trance befand, hatte er sich gefragt, was passieren würde, wenn er sich übergab. Das war gewesen, als die Palastküche – vielleicht fünfzehn oder sechzehn Stockwerke über ihm, wenn er richtig schätzte – ihren Abfall das gewundene Netzwerk von Rohrleitungen hinunterschickte, die in die Kloakenzelle führten. Die gurgelnde, wässerige Masse hatte verfaulte Essensreste losgerissen, die vom letzten Mal, als irgendein armer Teufel in Schmutz und Abfall ertränkt worden war, übrig waren, und in dem Augenblick hatte er befürchtet, er müsse erbrechen. Fast war es tröstlich gewesen, als seine Berechnung ergab, daß das für den Zeitpunkt seines Todes keinen Unterschied bedeutete.

Dann hatte er darüber nachgedacht – in diesem Zustand nervöser Leichtfertigkeit, wie er manchmal solche überfällt, die in einer lebensbedrohenden Situation nichts weiter tun können als warten –, ob Weinen seinen Tod beschleunigen würde. Theoretisch ja, wenn es auch praktisch keine Rolle spielte. Aber dann fing dieser Satz an, in seinem Kopf herumzurollen.

Die Jinmoti von Bozlen Zwei töten die Personen, die, durch Erbfolge dazu bestimmt …

Die Flüssigkeit, die er nur zu deutlich hören und fühlen und riechen konnte – und wahrscheinlich hätte er sie auch sehen können, wenn seine alles andere als normalen Augen offen gewesen wären –, schwappte kurz nach oben und berührte die Unterseite seiner Nase. Er spürte, daß sie seine Nüstern blockierte, sie mit einem Gestank füllte, der ihm den Magen umdrehte. Aber er schüttelte den Kopf, versuchte, seinen Schädel noch weiter gegen die Steine zu zwängen, und die scheußliche Brühe senkte sich. Er schnaubte und vermochte wieder zu atmen.

Jetzt dauerte es nicht mehr lange. Wieder überprüfte er seine Handgelenke, aber es hatte keinen Sinn. Er hätte eine weitere Stunde oder mehr gebraucht, und ihm blieben, wenn er Glück hatte, noch Minuten.

Die Trance löste sich sowieso auf. Er kehrte zu beinahe vollständigem Bewußtsein zurück, als wolle sein Gehirn seinen eigenen Tod, seine eigene Auslöschung voll und ganz wahrnehmen. Er versuchte, an etwas Tiefgründiges zu denken oder sein Leben blitzartig an sich vorüberziehen zu lassen oder sich plötzlich an irgendeine alte Liebe, eine längst vergessene Prophezeiung oder Vorahnung zu erinnern, doch da war nichts, nur ein sinnloser Satz und das Gefühl, im Schmutz und Abfall anderer Leute zu ertrinken.

Ihr alten Schurken, dachte er. Einer ihrer wenigen humoristischen oder originellen Züge war es, daß sie eine elegante, ironische Todesart erfunden hatten. Als wie passend mußten sie es empfinden, wenn sie ihre altersschwachen Körper zu den Toiletten des Bankettsaales schleppten, daß sie buchstäblich auf alle ihre Feinde schissen und sie auf diese Weise töteten!

Der Luftdruck stieg, und ein fernes, stöhnendes Grollen von Flüssigkeit kündigte einen weiteren Sturzbach von oben an. *Ihr gemeinen Schurken. Nun, ich hoffe, wenigstens du hältst dein Versprechen, Balveda.*

Die Jinmoti von Bozlen Zwei töten die Personen, die, durch Erbfolge dazu bestimmt … dachte ein Teil seines Gehirns, während die Rohre in der Decke blubberten und der Abfall in die warme Masse von Flüssigkeit spritzte, die die Zelle beinahe füllte. Die Welle ging über sein Gesicht, fiel wieder zurück, um seine Nase für eine Sekunde freizulassen und ihm Zeit zu geben, eine Lunge voll Luft einzusaugen. Dann stieg die Flüssigkeit sacht, berührte von neuem die Unterseite seiner Nase und blieb dort.

Er hielt den Atem an.

*

Anfangs hatte es weh getan, als sie ihn aufgehängt hatten. Sein ganzes Gewicht hing an seinen Händen, die, in engen Lederbeuteln festgebunden, direkt über seinem Kopf mit dicken Eisenschlingen an der Zellenwand festgeschraubt waren. Seine zusammengebundenen Füße baumelten innerhalb eines Eisenrohrs. Es war ebenfalls an der Wand befestigt, so daß es ihm unmöglich war, etwas von seinem Gewicht auf Füße und Knie zu verlagern und seine Beine um mehr als eine Handbreit von der Wand weg oder nach links und rechts zu bewegen. Das Rohr endete gleich oberhalb seiner Knie. Darüber versteckte nur ein dünnes und schmutziges Lendentuch seine alte, schmuddelige Nacktheit.

Er hatte den Schmerz in seinen Handgelenken und Schultern abgeschaltet, noch während die vier stämmigen Wächter, zwei davon auf Leitern stehend, seine Fesseln sicherten. Trotzdem hatte er im Hinterkopf dieses nagende Gefühl, daß er eigentlich Schmerzen empfinden müsse. Dann war die Oberfläche des Schmutzes in der kleinen Kloakenzelle gestiegen, und es hatte langsam nachgelassen.

Sobald die Wächter gegangen waren, hatte er sich in Trance versetzt, obwohl er sich sagen mußte, daß es wahrscheinlich hoffnungslos war. Es hatte nicht lange gedauert; die Zellentür öffnete sich innerhalb von Minuten wieder, ein metallener Laufsteg wurde von einem Wächter auf die feuchten Steinplatten des Fußbodens gelegt, und vom Korridor fiel Licht in die Dunkelheit. Er hatte die Wandlungstrance unterbrochen und sich den Hals verrenkt, um zu sehen, wer sein Besucher war.

Es erschien, einen kurzen Stab leuchtenden kalten Blaus in der Hand, die gebeugte, graue Gestalt von Amahain-Frolk, Sicherheitsminister für die Gerontokratie von Sorpen. Der alte Mann lächelte ihm zu und nickte anerkennend. Dann blickte er in den Korridor zurück und winkte mit einer dünnen, entfärbten Hand jemandem, der außerhalb der Zelle stand, auf den kurzen Laufsteg zu treten und hereinzukommen. Der Gefangene vermutete, es sei die Kultur-Agentin Balveda, und sie war es. Sie schritt leichtfüßig über die metallene Planke, sah sich langsam um und ließ den Blick auf ihm ruhen. Er lächelte und rieb in dem Versuch, grüßend zu nicken, die Ohren an den nackten Armen.

»Balveda! Ich wußte doch, daß ich Sie wiedersehen würde. Wollen Sie dem Gastgeber guten Tag sagen?« Er zwang sich zu einem Grinsen. Offiziell war es sein Bankett; er war der Gastgeber. Ein weiterer kleiner Scherz der Gerontokratie. Er hoffte, seine Stimme habe keine Anzeichen von Furcht verraten.

Perosteck Balveda, Agentin der Kultur, einen ganzen Kopf größer als der alte Mann neben ihr und hinreißend schön sogar in dem bleichen Glühen des blauen Leuchtstabs, schüttelte langsam den schmalen, feingezeichneten Kopf. Ihr kurzes schwarzes Haar lag wie ein Schatten auf ihrem Schädel.

»Nein«, sagte sie, »ich wollte Sie weder sehen noch mich von Ihnen verabschieden.«

»Sie haben mich an diesen Ort gebracht, Balveda«, stellte er ruhig fest.

»Ja, und hier gehörst du hin«, fiel Amahain-Frolk ein und trat auf dem Laufsteg so weit vor, wie er es tun konnte, ohne das Gleichgewicht zu verlieren und auf den nassen Fußboden treten zu müssen. »Ich wollte, daß du erst gefoltert würdest, aber Miss Balveda hier …« – der Minister drehte den Kopf zu der Frau zurück, und seine hohe, kratzige Stimme hallte in der Zelle wider – »bat für dich, Gott allein weiß, warum. Aber es ist schon der Ort, an den du gehörst, Mörder.« Er schüttelte den Stab gegen den fast nackten Mann, der an der schmutzigen Wand der Zelle hing.

Balveda betrachtete ihre Füße, die unter dem Saum ihres langen, trist-grauen Gewandes eben noch sichtbar waren. Ein runder Anhänger, den sie an einer Kette um den Hals trug, glitzerte in dem aus dem Korridor hereinfallenden Licht. Amahain-Frolk stand neben ihr, hob den leuchtenden Stab und schielte an dem Gefangenen hoch.

»Wissen Sie, noch jetzt könnte ich beinahe schwören, dort hänge Egratin. Ich kann ...« – er schüttelte den hageren, knochigen Kopf – »ich kann kaum glauben, daß er es nicht ist, jedenfalls so lange nicht, bis er den Mund öffnet. Mein Gott, diese Wandler sind furchtbar gefährliche Kreaturen!« Er drehte das Gesicht Balveda zu. Sie strich sich das Haar im Nacken glatt und blickte auf den alten Mann nieder.

»Sie sind außerdem ein altes und stolzes Volk, Minister, und es sind nur noch sehr wenige von ihnen übrig. Darf ich Sie noch ein einziges Mal bitten? Lassen Sie ihn am Leben. Vielleicht ist er ...«

Der Gerontokrat schwenkte seine dünne und verkrümmte Hand gegen sie; sein Gesicht verzerrte sich. »Nein! Sie täten gut daran, Miss Balveda, nicht länger darum zu bitten, daß dieser ... dieser Meuchler, dieser mörderische, verräterische ... *Spion* verschont werde. Glauben Sie, wir nehmen es leicht, daß er einen unserer Außenwelt-Minister feige ermordet hat und als seine Verkörperung aufgetreten ist? Welchen Schaden hätte dieses ... *Ding* anrichten können! Als wir es festnahmen, starben zwei unserer Wächter, nur weil es sie *gekratzt* hatte! Ein weiterer ist fürs Leben blind, nachdem dieses Monster ihm ins Auge spie! Aber ...« – verhöhnte Amahain-Frolk den an die Wand geketteten Mann – »diese Zähne haben wir ausgezogen. Und seine Hände sind so gefesselt, daß er sich nicht einmal selbst kratzen kann.« Er wandte sich wieder an Balveda. »Sie sagen, es sind wenige? Ich sage: Gut, bald wird noch einer weniger da sein.« Der alte Mann sah die Frau mit zusammengekniffenen Augen an. »Wir sind Ihnen und Ihren Leuten dankbar, daß Sie diesen Betrüger und Mörder enttarnt haben, aber Sie dürfen nicht glauben, das gebe Ihnen das Recht, uns Vorschriften zu machen. Es gibt Personen in der Gerontokratie, die absolut nichts mit Einflüssen von außen zu tun haben wollen, und ihre Stimmen werden Tag für Tag lauter, je näher der Krieg uns rückt. Sie täten gut daran, jene unter uns, die Ihre Sache unterstützen, nicht gegen sich aufzubringen.«

Balveda schürzte die Lippen, blickte von neuem auf ihre Füße und verschränkte die schmalen Hände hinter dem Rücken. Amahain-Frolk sprach wieder mit dem an der Wand hängenden Mann und schüttelte dabei den Stab gegen ihn. »Du wirst bald tot sein, Betrüger, und mit dir sterben die Pläne deiner Herren, unser friedliches System zu unterjochen! Das gleiche Schicksal erwartet sie, wenn sie versuchen, uns zu erobern. Wir und die Kultur sind …«

Der Gefangene bewegte, so gut er konnte, verneinend den Kopf und rief laut: »Frolk, du bist ein Idiot!« Der alte Mann zuckte zurück, als sei er geschlagen worden. Der Wandler fuhr fort: »Erkennst du nicht, daß ihr der Übernahme in keinem Fall entrinnen könnt? Wahrscheinlich werden die Idiraner euch kassieren, aber wenn nicht sie, dann die Kultur. Ihr habt keine Gewalt mehr über euer eigenes Schicksal; der Krieg hat all dem ein Ende bereitet. Bald wird dieser ganze Sektor Teil der Front sein, es sei denn, ihr *macht* ihn zu einem Teil der idiranischen Sphäre. Ich bin bloß hergeschickt worden, um euch etwas zu sagen, worauf ihr von allein hättet kommen sollen – redet euch nicht ein, ihr müßtet etwas tun, was ihr später bereuen werdet. Um Gottes willen, Mann, die Idiraner werden euch nicht *fressen* …«

»Ha! Sie sehen ganz danach aus! Ungeheuer mit drei Füßen, Invasoren, Killer, Ungläubige … Du willst, daß wir uns mit ihnen verbünden? Mit dreimannshohen Monstern? Um unter ihre *Hufe* gestampft zu werden? Um ihre falschen Götter anbeten zu müssen?«

»Wenigstens haben sie einen Gott, Frolk. Die Kultur hat keinen.« Die Konzentration aufs Sprechen bewirkte, daß der Schmerz in seine Arme zurückkehrte. Er verlagerte seinen Körper, so gut es gehen mochte, und blickte auf den Minister nieder. »Sie denken wenigstens auf die gleiche Weise wie ihr. Die Kultur tut es nicht.«

»O nein, mein Freund, o nein.« Amahain-Frolk hob dem Gefangenen eine Handfläche entgegen und schüttelte den Kopf. »Es wird dir nicht gelingen, auf diese Weise den Samen der Zwietracht zu säen.«

»Mein Gott, du dummer alter Mann«, sagte der Wandler lachend. »Möchtest du wissen, wer der wirkliche Vertreter der Kultur auf diesem Planeten ist? Nicht sie«, er deutete mit einem Kopfnicken zu der Frau hin. »Es ist dieser mit eigenem Antrieb versehene Fleischschneider, der ihr überallhin folgt, ihr fliegendes Messer. Sie mag die Entscheidungen treffen, es mag tun, was sie ihm sagt, und trotzdem ist es der eigentliche Abgesandte. Das ist der Kern der Kultur: Maschinen. Du glaubst, weil Balveda zwei Beine und eine weiche Haut hat, mußt du ihre Partei ergreifen, aber es sind die Idiraner, die in diesem Krieg auf der Seite des Lebens stehen …«

»Nun, in Kürze wirst du auf der anderen Seite des Lebens sein.« Der Gerontokrat schnaubte und streifte Balveda mit einem Blick. Die Agentin betrachtete unter gesenkten Wimpern den an die Wand geketteten Mann. »Gehen wir, Miss Balveda.« Amahain-Frolk drehte sich um und nahm den Arm der Frau, um sie aus der Zelle zu geleiten. »Die Anwesenheit dieses … *Dings* erzeugt einen übleren Geruch als die Zelle.«

Da sah Balveda zu dem Gefangenen auf. Sie ignorierte den neben ihr zwergenhaften Minister, der versuchte, sie zur Tür zu ziehen. Sie sah den Gefangenen mit ihren klaren schwarzen Augen an und breitete die Hände aus. »Es tut mir leid«, sagte sie zu ihm.

»Ob Sie es glauben oder nicht, das beschreibt recht gut auch meine Empfindungen«, erwiderte er mit einem Nicken. »Versprechen Sie mir nur, daß Sie heute abend ganz wenig essen und trinken werden, Balveda. Ich möchte mir gern vorstellen, daß eine Person da oben auf meiner Seite ist, und das kann ebensogut meine schlimmste Feindin sein.« Er wollte provozierend und witzig sprechen, aber es klang nur bitter. Er wandte die Augen von dem Gesicht der Frau ab.

»Ich verspreche es«, sagte Balveda. Sie ließ sich zur Tür führen. Das blaue Licht schwand aus der dumpfigen Zelle. An der Tür blieb sie stehen. Wenn er seinen Kopf unter Schmerzen vorreckte, konnte er sie gerade noch erkennen. Das fliegende Messer war auch da, stellte er fest, gerade noch im Raum. Wahrscheinlich war es die ganze Zeit dort gewesen, aber ihm war der schlanke, scharfe kleine Körper, der dort in der Dunkelheit schwebte, nicht aufgefallen. Er sah in Balvedas dunkle Augen. Das fliegende Messer bewegte sich.

Eine Sekunde lang glaubte er, Balveda habe die Maschine instruiert, ihn jetzt zu töten – lautlos und schnell, solange sie Amahain-Frolk die Sicht versperrte –, und sein Herz hämmerte. Aber der Apparat schwebte nur an Balvedas Gesicht vorbei und in den Korridor hinaus. Balveda hob die Hand in einer Geste des Abschieds.

»Bora Horza Gobuchul«, sagte sie, »ich grüße Sie.« Sie drehte sich schnell um, trat von der Plattform und verließ die Zelle. Der Laufsteg wurde hinausgezogen und die Tür zugeknallt. Gummiflanschen schabten über den schmutzigen Boden und zischten kurz auf, als die inneren Siegel die Tür wasserdicht machten. Der Gefangene hing dort, sah einen Augenblick auf einen unsichtbaren Fußboden nieder und versenkte sich wieder in die Trance, die seine Handgelenke wandeln und sie so dünn machen würde, daß er entfliehen konnte. Etwas an der feierlichen, endgültigen Art, mit der Balveda seinen Namen ausgesprochen hatte, hatte ihn innerlich zermalmt. Jetzt wußte er, falls er es nicht schon längst gewußt hatte, daß es keine Flucht gab.

… indem sie sie in den Tränen …

Seine Lungen barsten! Sein Mund zitterte, die Kehle schnürte sich ihm zu, Dreck war in seinen Ohren, aber er konnte ein großes Getöse hören, konnte Licht sehen, obwohl es stockdunkel war. Seine Magenmuskeln wogten, und er mußte die Zähne fest zusammenpressen, damit sein Mund nicht nach der Luft schnappte, die nicht da war. Jetzt. Nein … *jetzt* mußte er aufgeben. Noch nicht … jetzt bestimmt. Jetzt, jetzt, jetzt, jede Sekunde mußte er vor diesem schrecklichen schwarzen Vakuum in seinem Innern kapitulieren … er mußte atmen … *jetzt!*

Bevor er Zeit fand, den Mund zu öffnen, wurde er gegen die Wand geschmettert – gegen die Steine gestoßen, als habe ihn eine gewaltige eiserne Faust getroffen. In einem einzigen krampfhaften Stoß entließ er die schale Luft aus seinen Lungen. Sein Körper war plötzlich kalt, und in allen Teilen, mit denen er die Wand berührte, hämmerte der Schmerz. Der Tod, so schien es ihm, war Gewicht, Schmerz, Kälte … und zuviel Licht …

Er hob mühsam den Kopf. Er stöhnte unter dem Licht. Er versuchte zu sehen, versuchte zu hören. Was geschah? Warum atmete er? Warum war er von neuem so verdammt *schwer?* Sein Körper riß ihm die Arme aus den Gelenken; seine Handgelenke waren fast bis auf den Knochen eingerissen. Wer hatte ihm das *angetan?*

Wo er auf die gegenüberliegende Wand geblickt hatte, war ein sehr großes und gezacktes Loch, das bis unter das Niveau des Zellenfußbodens reichte. Aller Unrat und Müll war hindurchgestürzt. Die letzten paar Tropfen verzischten an den heißen Rändern der Lücke. Dampf stieg auf und kräuselte sich um die Gestalt, die dort im Freien stand und den größten Teil des hellen Lichts blockierte. Die Gestalt war drei Meter hoch und ähnelte in etwa einem kleinen gepanzerten Raumschiff auf einem Dreifuß von dicken Beinen. Sein Helm war groß genug, um drei menschliche Köpfe Seite an Seite aufzunehmen. Eine gigantische Hand hielt beinahe lässig eine Plasma-Kanone, die nur zu heben Horza beide Arme gebraucht hätte. Die andere Faust des Wesens umfaßte eine etwas größere Waffe. Hinter ihm näherte sich eine idiranische Gefechtsplattform dem Loch, hell erleuchtet vom Licht der Explosionen, die Horza jetzt durch das Eisen und die Steine, an die er gefesselt war, spürte. Er hob den Kopf zu dem Riesen auf, der in der Lücke stand, und versuchte zu lächeln.

»Ich muß schon sagen«, krächzte und spuckte er, »ihr habt euch Zeit gelassen.«

Zweiter Teil

◊

Die Hand Gottes 137

Draußen vor dem Palast, in der scharfen Kälte eines Winternachmittags, war der klare Himmel voll von etwas, das wie glitzernder Schnee aussah.

Horza machte auf der Rampe des Kriegsshuttle halt und ließ den Blick nach oben und in die Runde gehen. Die glatten Wände und schlanken Türme des Gefängnis-Palastes warfen den Lärm und die Lichtblitze des andauernden Feuergefechts zurück. Idiranische Gefechtsplattformen kreuzten hin und her und schossen gelegentlich. Um sie blähten sich unter dem auffrischenden Wind große Düppelstreifenwolken von den Anti-Laser-Mörsern auf dem Palastdach. Eine Bö wehte einen Teil der flatternden, knatternden Folien auf die stationäre Fähre zu, und plötzlich war die eine Seite von Horzas nassem, klebrigem Körper mit reflektierendem Gefieder bedeckt.

»Bitte. Die Schlacht ist noch nicht zu Ende«, donnerte der idiranische Soldat hinter ihm in einer Lautstärke, die wahrscheinlich als leises Flüstern gemeint war. Horza drehte sich zu dem gepanzerten Riesen um und starrte zu der Sichtscheibe des Helms hoch, in der er das Spiegelbild seines Altmännergesichts sah. Er holte tief Luft, nickte und stieg dann ein wenig zitterig in die Fähre. Ein Lichtblitz warf seinen Schatten schräg vor ihn, und das Schiff bockte unter der Schockwelle einer heftigen Explosion irgendwo innerhalb des Palastes. Schon wurde die Rampe eingezogen.

*

An ihrem Namen sollt ihr sie erkennen, dachte Horza unter der Dusche. Die Kontakt-Schiffe der Kultur, die die ganze Wucht der ersten vier Kriegsjahre im Raum abbekommen hatten, trugen alle witzige, spaßhafte Namen. Auch für die neuen Kriegsschiffe, die sie jetzt nach Ankurbelung der Produktion ihrer Fabrikschiffe herstellten, bevorzugten sie Namen, die entweder humoristisch, düster oder rundheraus abstoßend waren, als könne die Kultur den weitreichenden Konflikt, in den sie sich verwickelt sah, nicht ganz ernst nehmen.

Die Idiraner sahen diese Dinge anders. Für sie sollte der Name eines Schiffes die ernste Natur seines Zwekkes, seiner Aufgaben und seines entschlossenen Einsatzes widerspiegeln. In der großen idiranischen Flotte waren Hunderte von Fahrzeugen nach den gleichen Helden, Planeten, Schlachten, religiösen Ideen und eindrucksvollen Adjektiven benannt. Dem leichten Kreuzer, der Horza gerettet hatte, war als 137. Schiff der Name *Die Hand Gottes* gegeben worden, und da mehr als hundert andere Schiffe in der Flotte den gleichen Titel benutzten, lautete sein voller Name *Die Hand Gottes 137*.

Horza trocknete sich mit einiger Mühe im Luftstrom. Wie alles andere in dem Raumschiff war die Dusche in dem monumentalen Maßstab gebaut, der dem gigantischen Wuchs von Idiranern entsprach, und der Hurrikan, den sie produzierte, blies Horza beinahe aus der Kabine.

*

Der Querl Xoralundra, Spionvater und Krieger-Priester der Vier-Seelen-Stammessekte vom Farn-Idir, verschränkte zwei Hände auf der Tischplatte. Für Horza sah es eher so aus, als kollidierten zwei Kontinentalplatten.

»Du hast dich also wieder erholt, Bora Horza«, dröhnte der alte Idiraner.

»So ziemlich«, nickte Horza und rieb seine Handgelenke. Er saß in Xoralundras Kabine an Bord der *Hand Gottes 137*, gekleidet in einen umfangreichen, aber bequemen Raumanzug, der offenbar eigens für ihn mitgebracht worden war. Xoralundra, der ebenfalls einen Raumanzug trug, hatte darauf bestanden, der Mensch müsse ihn tragen, weil das Kriegsschiff auf seinem energiesparenden schnellen Orbit um den Planeten Sorpen immer noch in Gefechtsbereitschaft war. Der Nachrichtendienst der Flotte hatte bestätigt, daß sich ein feindliches Fahrzeug, eine Kontakt-Einheit der Berg-Klasse, im System aufhielt; die *Hand* war hier auf sich selbst angewiesen. Ihre Besatzung konnte jedoch keine Spur des Kultur-Schiffes finden und mußte deshalb vorsichtig sein.

Xoralundra beugte sich zu Horza vor, so daß sein Schatten über den Tisch fiel. Sein großer Kopf, sattelförmig, wenn man ihn genau von vorn betrachtete, ragte über dem Wandler auf. Die beiden dicht an den Rändern stehenden Vorderaugen sahen ihn klar und ohne Blinzeln an. »Du hast Glück gehabt, Horza. Wir sind nicht aus Mitleid gekommen, dich zu retten. Das Versagen trägt seinen eigenen Lohn in sich.«

»Danke, Xora. Das ist tatsächlich das Netteste, was ich heute den ganzen Tag zu hören bekommen habe.« Horza lehnte sich auf seinem Sitz zurück und fuhr sich mit seiner alt wirkenden Hand durch sein dünnes, vergilbendes Haar. Er würde ein paar Tage brauchen, um das Aussehen eines alten Mannes, das er angenommen hatte, wieder verschwinden zu lassen, obwohl er bereits spürte, wie es von ihm abzugleiten begann. Im Gehirn eines Wandlers wurde ein Bild seiner selbst auf halbbewußter Ebene gespeichert und ständig überprüft und auf diese Weise das gewünschte Aussehen aufrechterhalten. Horza hatte es jetzt nicht mehr nötig, wie ein Gerontokrat auszusehen, so daß das mentale

Bild des Ministers, den er für die Idiraner dargestellt hatte, in Stücke fiel und sich auflöste. Die Folge war, daß sein Körper zu seinem normalen neutralen Zustand zurückkehrte.

Xoralundras Kopf bewegte sich zwischen den Rändern des Anzugkragens langsam von einer Seite zur anderen. Horza war es bis heute nicht gelungen, diese Geste vollständig zu interpretieren, obwohl er für die Idiraner gearbeitet hatte und Xoralundra schon seit geraumer Zeit vor dem Krieg kannte.

»Jedenfalls sind Sie am Leben«, sagte Xoralundra. Horza nickte und trommelte mit den Fingern auf den Tisch, um zu zeigen, daß er ihm beipflichtete. Er wünschte, der idiranische Stuhl, auf dem er hockte, vermittelte ihm weniger stark das Gefühl, ein Kind zu sein; seine Füße berührten nicht einmal das Deck.

»Knapp. Jedenfalls danke. Ich bedauere, daß ihr den ganzen Weg bis hierher habt machen müssen, um einen Versager zu retten.«

»Befehl ist Befehl. Ich persönlich bin froh, daß wir dazu imstande waren. Jetzt muß ich Ihnen erzählen, warum wir diesen Befehl erhalten haben.«

Horza lächelte und wandte den Blick von dem alten Idiraner ab, der ihm soeben eine Art Kompliment gemacht hatte; eine Seltenheit. Er sah wieder zu ihm hin und beobachtete den Mund des anderen Wesens – groß genug, dachte Horza, um ihm beide Hände auf einmal abzubeißen –, aus dem die präzisen, kurzen Worte der idiranischen Sprache dröhnten.

»Sie waren einmal mit einer Verwalter-Mission auf Schars Welt, einem der Dra'Azon-Planeten der Toten«, stellte Xoralundra fest. Horza nickte. »Sie müssen für uns dorthin zurückkehren.«

»Jetzt?« fragte Horza das breite, dunkle Gesicht des Idiraners. »Dort sind nur Wandler. Ich habe Ihnen gesagt, daß ich niemals einen anderen Wandler verkörpern werde. Und ganz gewiß werde ich keinen töten.«

»Das verlangen wir auch nicht von Ihnen. Hören Sie zu, ich will es Ihnen erklären.« Xoralundra lehnte sich auf eine Weise gegen seine Rückenstütze, die so gut wie jeder Vertebrate* – oder sogar jedes einem Vertebraten ähnliche Wesen – ›müde‹ genannt hätte. »Vor vier Standardtagen«, begann der Idiraner – dann gab sein Anzughelm, der neben seinen Füßen auf dem Boden lag, ein durchdringendes Heulen von sich. Er nahm den Helm hoch und legte ihn auf den Tisch. *»Ja?«* fragte er, und Horza kannte die idiranische Stimme gut genug, um sich zu sagen, daß es für denjenigen, der den Querl da behelligte, gut wäre, einen triftigen Grund zu haben.

»Wir haben diese Kultur-Frau«, klang eine Stimme aus dem Helm.

»Ahh ...« Xoralundra richtete sich auf. Das idiranische Gegenstück eines Lächeln – der Mund schürzte sich, die Augen verengten sich – glitt über seine Züge. »Gut, Captain. Ist sie schon an Bord?«

»Nein, Querl. Das Shuttle hat vor zwei Minuten abgelegt. Ich ziehe die Gefechtsplattformen zurück. Wir sind bereit, das System zu verlassen, sobald alle an Bord sind.«

Xoralundra beugte sich näher über den Helm. Horza inspizierte die gealterte Haut auf seinen Handrücken. »Was ist mit dem Kultur-Schiff?« fragte der Idiraner.

»Immer noch nichts, Querl. Es kann überall im System sein. Unser Computer vermutet es außerhalb, möglicherweise zwischen uns und der Flotte. Nicht mehr lange, und es muß merken, daß wir hier ganz allein sind.«

---

* Lebewesen mit einer Wirbelsäule. – *Anm. d. Hrsg.*

»Captain, Sie werden in dem Augenblick, wo die Kultur-Agentin an Bord ist, zu unserer Flotte aufbrechen, ohne auf die Plattformen zu warten. Haben Sie verstanden?« Xoralundra gab Horza seinen Blick zurück. »Haben Sie verstanden, Captain?« wiederholte der Querl, ständig den Menschen ansehend.

»Ja, Querl«, antwortete die Stimme. Horza erkannte den eisigen Ton noch durch den kleinen Helmlautsprecher.

»Gut. Treffen Sie die Entscheidung über die beste Route zurück zur Flotte nach eigenem Ermessen. In der Zwischenzeit werden Sie in Befolgung des Befehls der Admiralität die Städte De'aychanbie, Vinch, Easna-Yowon, Izilere und Ylbar mit Fusionsbomben zerstören.«

»Ja, Qu ...« Xoralundra drückte einen Schalter in dem Helm, und der Lautsprecher verstummte.

»Ihr habt Balveda?« fragte Horza überrascht.

»Wir haben die Kultur-Agentin, ja, ich betrachte ihre Gefangennahme oder Vernichtung als verhältnismäßig bedeutungslos. Aber nur, weil wir der Admiralität versicherten, wir würden versuchen, sie festzunehmen, wurde die risikoreiche Mission, Sie vor Ankunft der Hauptflotte zu retten, überhaupt in Erwägung gezogen.«

»Hmm. Ich wette, Balvedas fliegendes Messer habt ihr nicht erwischt«, schnaubte Horza und betrachtete von neuem die Runzeln auf seinen Händen.

»Es zerstörte sich, während wir Sie an Bord der Fähre holten, die Sie zum Schiff hinaufbrachte.« Xoralundra wedelte mit der einen Hand und schickte einen Strom idiranisch riechender Luft über den Tisch. »Aber genug davon. Ich muß Ihnen erklären, warum wir einen leichten Kreuzer aufs Spiel gesetzt haben, um Sie zu retten.«

»Das müssen Sie unbedingt erklären.« Horza wandte das Gesicht dem Idiraner zu.

»Vor vier Standardtagen«, berichtete der Querl, »fing eine Gruppe unserer Schiffe ein einzelnes Kultur-Fahrzeug von konventioneller äußerer Erscheinung, aber, wie aus seiner Emissionssignatur zu schließen war, ziemlich merkwürdiger innerer Konstruktion ab. Das Schiff wurde ohne Mühe zerstört, sein Gehirn entkam. In der Nähe gab es ein Planetensystem. Anscheinend hat das Gehirn den realen Raum innerhalb der Oberfläche des Planeten, den es sich ausgewählt hatte, verlassen. Das weist auf ein Niveau der Beherrschung hyperräumlicher Felder hin, von dem wir geglaubt – gehofft – hatten, die Kultur habe es noch nicht erreicht. Ganz gewiß haben *wir* es im Augenblick noch nicht erreicht. Dieser und andere Hinweise geben uns Grund zu der Annahme, daß das betreffende Gehirn zu einer neuen Klasse von System-Fahrzeugen gehört, die die Kultur entwickelt. Die Gefangennahme des Gehirns wäre ein nachrichtendienstlicher Coup erster Ordnung.«

Hier machte der Querl eine Pause. Horza ergriff die Gelegenheit, um zu fragen: »Befindet sich das Ding auf Schars Welt?«

»Ja. Nach seiner letzten Botschaft beabsichtigte es, Zuflucht in den Tunneln des Kommando-Systems zu suchen.«

»Und ihr könnt nichts unternehmen?« Horza lächelte.

»Wir haben Sie geholt. Das haben wir unternommen, Bora Horza.« Der Querl hielt inne. »Die Form Ihres Mundes verrät mir, daß Sie an dieser Situation etwas belustigend finden. Was mag das sein?«

»Ich dachte gerade … an viele Dinge: Daß das Gehirn entweder sehr schlau war oder sehr viel Glück gehabt hat, daß *ihr* Glück hattet, mich in der Nähe zu haben, und auch, daß die Kultur jetzt wahrscheinlich nicht bloß Däumchen drehen wird.«

»Um der Reihenfolge nach auf Ihre Punkte einzugehen«, erwiderte Xoralundra scharf, »das Kultur-Gehirn hatte Glück und war außerdem schlau. Wir hatten Glück. Die Kultur kann wenig tun, weil sie, soviel wir wissen, keine Wandler in ihrem Dienst hat und bestimmt keinen, der schon einmal auf Schars Welt war. Ich möchte hinzusetzen, Bora Horza …« – der Idiraner legte beide große Hände auf den Tisch und beugte den Kopf in Richtung des Menschen –, »daß Sie selbst mehr als ein bißchen Glück gehabt haben.«

»O ja, aber der Unterschied ist, daß ich daran glaube.« Horza grinste.

»Hmm. Das macht Ihnen wenig Ehre«, bemerkte der Querl. Horza zuckte die Achseln.

»Ihr wollt also, ich soll auf Schars Welt landen und das Gehirn holen?«

»Wenn möglich. Es könnte beschädigt sein. Vielleicht muß es zerstört werden, aber es stellt eine Beute dar, um die zu kämpfen es sich lohnt. Wir werden Ihnen an Ausrüstung geben, was Sie brauchen. Ihre Anwesenheit allein würde uns einen Brückenkopf verschaffen.«

»Was ist mit den Leuten, die bereits dort sind? Die Wandler im Verwalter-Dienst?«

»Wir haben nichts von ihnen gehört. Wahrscheinlich haben sie die Ankunft des Gehirns nicht bemerkt. Ihre nächste Routine-Sendung ist in ein paar Tagen fällig, aber in Anbetracht der gegenwärtigen, auf den Krieg zurückzuführenden Kommunikationsunterbrechung sind sie vielleicht nicht imstande, sie abzustrahlen.«

»Was …«, fragte Horza langsam und zog dabei mit einem Finger ein kreisförmiges Muster auf der Tischplatte, die er betrachtete, »… wissen Sie über das Personal der Basis?«

»Die beiden Senior-Mitglieder wurden durch jüngere Wandler ersetzt«, antwortete der Idiraner. »Die beiden jüngeren Wächter wurden zu Senioren ernannt und blieben dort.«

»Sie sind doch dort nicht in Gefahr?« wollte Horza wissen.

»Im Gegenteil. Ein Ort innerhalb einer Stillen Barriere der Dra'Azon und auf einem Planeten der Toten muß während der gegenwärtigen Feindseligkeiten als einer der sichersten Aufenthalte betrachtet werden. Weder wir noch die Kultur-Leute wagen es, bei den Dra'Azon Anstoß zu erregen. Das ist der Grund, warum die Kultur-Leute gar nichts tun, und wir niemanden als Sie einsetzen können.«

»Falls es mir gelingen sollte ...«, begann Horza vorsichtig, beugte sich vor und senkte seine Stimme ein bißchen, »euch diesen metaphysischen Computer zu beschaffen ...«

»Etwas in Ihrer Stimme verrät mir, daß wir uns der Frage der Bezahlung nähern«, sagte Xoralundra.

»Wir nähern uns ihr in der Tat. Ich habe lange genug für euch den Hals riskiert, Xoralundra. Ich will aussteigen. In dieser Basis auf Schars Welt lebt eine gute Freundin von mir, und wenn sie einverstanden ist, möchte ich sie und mich aus dem ganzen Krieg wegbringen. Das ist es, was ich verlange.«

»Ich kann nichts versprechen. Ich werde es beantragen. Man wird Ihre langjährigen und treuen Dienste in Erwägung ziehen.«

Horza richtete sich auf und runzelte die Stirn. Er war sich nicht sicher, ob Xoralundra ironisch gesprochen hatte oder nicht. Sechs Jahre kamen einer Spezies, die buchstäblich unsterblich war, wahrscheinlich nicht sehr lang vor. Andererseits wußte der Querl Xoralundra, wie oft sein verletzlicher menschlicher Schützling im Dienst seiner fremden Herren alles aufs Spiel gesetzt hatte, ohne dafür eine wirkliche Belohnung erhalten zu haben. Deshalb meinte er es vielleicht ernst. Bevor Horza mit dem Feilschen fortfahren konnte, kreischte der Helm von neuem los. Horza zuckte zusammen. Alle Geräusche in dem idiranischen Schiff waren ohrenbetäubend. Die Stimmen donnerten; wenn normale Summer und Piepser schon lange verstummt waren, klangen seine Ohren immer noch, und bei Ansagen über den Lautsprecher preßte er beide Hände an den Kopf. Horza hoffte nur, es gab keinen Großalarm, solange er an Bord war. Der idiranische Schiffsalarm konnte ungeschützten menschlichen Ohren Schaden zufügen.

»Was ist?« fragte Xoralundra den Helm.

»Die Frau ist an Bord. Ich würde nur acht weitere Minuten brauchen, um die Gefechtsplatt ...«

»Sind die Städte zerstört?«

»Jawohl, Querl.«

»Verlassen Sie den Orbit sofort und suchen Sie mit voller Kraft die Flotte auf.«

»Querl, ich muß darauf hinweisen ...« klang die dünne, stetige Stimme des Kapitäns aus dem Helm, der auf dem Tisch lag.

»Captain«, unterbrach Xoralundra knapp, »in diesem Krieg hat es bis heute vierzehn Einzelkämpfe zwischen leichten Kreuzern vom Typ 5 und Kontakt-Einheiten der Bergklasse gegeben. Alle endeten mit einem Sieg des Gegners. Haben Sie schon einmal gesehen, was von einem leichten Kreuzer übrigbleibt, wenn ein Kontaktschiff mit ihm fertig ist?«

»Nein, Querl.«

»Ich auch nicht, und ich habe nicht die Absicht, das zum ersten Mal von der Innenseite zu sehen. Sie starten auf der Stelle!« Wieder drückte Xoralundra den Helmknopf. Er richtete den Blick auf Horza. »Ich werde tun, was ich kann, daß Sie mit ausreichenden Mitteln aus dem Dienst entlassen werden, wenn Sie Erfolg haben. Sobald wir Kontakt mit dem Hauptverband der Flotte bekommen, werden Sie mit einem schnellen Patrouillenboot nach Schars Welt fliegen. Dort werden Sie gleich hinter der Stillen Barriere eine Fähre bekommen. Sie wird unbewaffnet sein, doch die Ausrüstung enthalten, die Sie für notwendig halten, einschließlich – in Voraussicht des Falles, daß das Gehirn eine begrenzte Zerstörung bewirken sollte – einiger spektographischer Hyperraum-Analysatoren für den Nahbereich.«

»Wie können Sie sicher sein, daß die Zerstörung ›begrenzt‹ sein wird?« fragte Horza skeptisch.

»Das Gehirn wiegt ungeachtet seines verhältnismäßig geringen Umfangs mehrere tausend Tonnen. Eine Annihilierung risse den Planeten entzwei, worin die Dra'Azon einen feindlichen Akt sähen. Kein Kultur-Gehirn würde so etwas wagen.«

»Ihre Zuversicht überwältigt mich«, stellte Horza mißmutig fest. In diesem Augenblick veränderte sich der Ton des Hintergrundgeräuschs rings um sie. Xoralundra drehte den Helm herum und sah auf einen der kleinen eingebauten Schirme.

»Gut. Wir sind unterwegs.« Er sah wieder Horza an. »Noch etwas muß ich Ihnen sagen. Die Gruppe von Schiffen, die das Kultur-Fahrzeug abfingen, machte einen Versuch, dem entflohenen Gehirn hinunter auf den Planeten zu folgen.«

Horza runzelte die Stirn. »Wußten sie es nicht besser?«

»Sie taten ihr Möglichstes. Bei der Kampftruppe waren mehrere gefangene Chuy-hirtsi-Warptiere, die für eine spätere Verwendung bei einem Überraschungsangriff auf eine Kultur-Basis deaktiviert worden waren. Man stattete eins davon schnell für ein oberflächliches Eindringen in die Planetenoberfläche aus und warf es auf einem Warpkurs gegen die Stille Barriere. Die List hatte keinen Erfolg. Beim Durchqueren der Barriere wurde das Tier mit etwas angegriffen, das Ähnlichkeit mit Netzfeuer hatte, und schwer beschädigt. Es kam in der Nähe des Planeten auf einem Kurs aus der Raumkrümmung, der es in einem Abbrand-Winkel heranführte. Die Ausrüstung und die Bodenstreitkräfte, die es bei sich hatte, müssen vernichtet worden sein.«

»Nun, ich finde, es war einen Versuch wert, aber neben einem Dra'Azon würde sogar dieses wundervolle Gehirn, hinter dem ihr her seid, wie ein mit Röhren bestückter Computer wirken. Es wird mehr nötig sein als das, um einen Dra'Azon zu überlisten.«

»Glauben Sie, daß es Ihnen gelingen wird?«

»Ich weiß es nicht. Ich *glaube* nicht, daß sie Gedanken lesen können, aber wer weiß? Ich *glaube* nicht, daß die Dra'Azon sich für den Krieg oder das, was ich getan habe, seit ich Schars Welt verließ, sonderlich interessieren. Deshalb werden sie wahrscheinlich nicht fähig sein, eins und eins zusammenzuzählen – aber wieder: wer weiß?« Von neuem zuckte Horza die Achseln. »Es ist einen Versuch wert.«

»Gut. Wir werden eine ausführlichere Besprechung abhalten, wenn wir uns der Flotte angeschlossen haben. Im Augenblick müssen wir beten, daß unsere Rückkehr ohne Zwischenfall vor sich geht. Vielleicht möchten Sie mit Perosteck Balveda sprechen, bevor sie verhört wird. Ich habe mit dem stellvertretenden Flotten-Inquisitor vereinbart, daß Sie mit ihr sprechen dürfen, wenn Sie es wünschen.«

Horza lächelte. »Xora, nichts würde mir größeres Vergnügen bereiten.«

Der Querl hatte auf dem Schiff, das nun das Sorpen-System verließ, andere Dinge zu erledigen. Horza blieb in Xoralundras Kabine, um sich auszuruhen und zu essen, bevor er mit Balveda sprach.

*

Das Essen war das Beste, was sich die Robotkombüse des Kreuzers unter für Humanoiden geeigneter Nahrung vorzustellen vermochte, aber es schmeckte abscheulich. Horza aß, was er konnte, und trank etwas ebensowenig begeisterndes destilliertes Wasser. Alles wurde von einem Medjel serviert – einem eidechsenähnlichen Wesen von etwa zwei Metern Länge mit einem flachen, langen Kopf und sechs Beinen. Auf vieren davon lief es, und das vordere Paar benutzte es als Hände. Die Medjel waren die Gesellschaftsspezies der Idiraner. Es war eine soziale Symbiose von komplizierter Art. In den Jahrtausenden, die die idiranische Zivilisation Teil der galaktischen Gemeinschaft war, hatte sie der Exosozio-Fakultät manch einer Universität den Forschungsfonds erhalten.

Die Idiraner selbst hatten sich auf ihrem Planeten Idir als das Top-Monster eines ganzen Planeten voller Monster entwickelt. Schon seit langem war dort die hektische und wilde Ökologie der Frühzeit verschwunden, und ebenso all die anderen Heimatwelt-Monster, ausgenommen solche in Zoos. Aber die Idiraner hatten die Intelligenz behalten, die sie zu Siegern gemacht hatte, dazu die biologische Unsterblichkeit, die seinerzeit wegen der Bösartigkeit des Überlebenskampfs – ganz zu schweigen von Idirs hohem Strahlungsniveau – eher ein evolutionärer Vorteil als ein Rezept für Stagnation gewesen war.

Horza dankte dem Medjel, als es ihm das Essen brachte und als es das Geschirr wieder abräumte. Es antwortete nicht. Sie wurden im allgemeinen auf zwei Drittel der Intelligenz eines durchschnittlichen Humanoiden (was das auch sein mochte) eingeschätzt, und so waren sie etwa zwei- oder dreimal schwerer von Begriff als ein normaler Idiraner. Immerhin, sie waren gute, wenn auch einfallslose Soldaten, und es gab viele von ihnen. Auf einen Idiraner kamen so zehn oder zwölf. Vierzigtausend Jahre der Zucht hatten sie loyal bis hinunter auf das Chromosomen-Niveau gemacht.

Horza versuchte nicht zu schlafen, obwohl er müde war. Er befahl dem Medjel, ihn zu Balveda zu führen. Das Medjel dachte nach, bat über das Kabinen-Interkom um Erlaubnis und zuckte sichtlich unter einer verbalen Ohrfeige Xoralundras zusammen, der fern auf der Brücke mit dem Kapitän des Kreuzers zusammen war. »Folgen Sie mir, Sir«, sagte das Medjel und öffnete die Kabinentür.

Auf den Niedergängen des Kriegsschiffes war die idiranische Atmosphäre deutlicher zu spüren als in Xoralundras Kabine. Der Geruch nach Idiranern war stärker, und die Sicht voraus nach zwanzig oder dreißig Metern vernebelt, sogar durch Horzas Augen gesehen. Es war heiß und feucht, und der Boden war weich. Horza ging schnell den Korridor entlang, den Blick auf den Stummel des kupierten Schwanzes seines Führers gerichtet, der vor ihm hin und herwackelte.

Er begegnete unterwegs zwei Idiranern, die ihm beide keinerlei Aufmerksamkeit schenkten. Vielleicht wußten sie alles über ihn und was er war, vielleicht auch nicht. Horza war bekannt, daß Idiraner es gleichermaßen verabscheuten, zu neugierig oder unzureichend informiert zu wirken.

Beinahe stieß er mit einem Paar verwundeter Medjel auf Antigrav-Tragen zusammen, die von zweien ihrer Kameraden eilig einen Querkorridor entlangbugsiert wurden. Horza sah sich die Verwundeten an, als sie an ihm vorüberkamen, und runzelte die Stirn. Die spiralförmigen Spritzer auf ihren Kampfrüstungen stammten zweifellos von einem Plasmaschuß, und die Gerontokratie besaß keine Plasma-Waffen. Was soll's, dachte er und ging weiter.

Sie kamen an einen Abschnitt des Kreuzers, wo der Niedergang von Gleittüren blockiert war. Das Medjel sprach zu einer der Barrieren nach der anderen, und sie öffneten sich. Ein Idiran-Posten mit einem Laser-Karabiner stand vor einer Tür. Er sah das Medjel und Horza kommen und hatte die Tür für den Menschen geöffnet, bis dieser sie erreichte. Horza nickte dem Posten zu und trat hindurch. Die Tür schloß sich zischend hinter ihm, und eine weitere, direkt vor ihm, öffnete sich.

Balveda drehte sich ihm schnell zu, als er die Zelle betrat. Es sah aus, als sei sie hin- und hergeschritten. Sie erkannte Horza, warf den Kopf ein bißchen in den Nacken und produzierte in ihrer Kehle ein Geräusch, das ein Lachen sein mochte.

»Sieh an, sieh an!« Ihre weiche Stimme zog die Wörter in die Länge. »Sie haben überlebt. Ich gratuliere. Übrigens, ich habe mein Versprechen gehalten. Was für ein Umschwung, wie?«

»Hallo«, erwiderte Horza, schlug die Arme vor der Brust seines Anzugs übereinander und musterte die Frau von oben bis unten. Sie trug dasselbe graue Gewand und schien unverletzt zu sein. »Was ist mit dem Ding passiert, das Sie um den Hals trugen?« fragte Horza.

Sie blickte nach unten auf die Stelle, wo der Anhänger auf ihrer Brust gelegen hatte. »Ob Sie es glauben oder nicht, es stellte sich heraus, daß es ein Datenspeicher war.« Sie lächelte ihn an und setzte sich mit gekreuzten Beinen auf den weichen Fußboden. Abgesehen von einem erhöhten Bett-Alkoven war das der einzige Platz, auf dem man sitzen konnte. Horza ließ sich ebenfalls nieder; seine Beine schmerzten nur ein bißchen. Die Spritzer auf der Rüstung des Medjel fielen ihm ein.

»Ein Datenspeicher. Er hätte sich nicht zufällig in eine *Plasma*-Waffe verwandeln können?«

»Unter anderem auch das«, erwiderte die Kultur-Agentin.

»Das habe ich mir gedacht. Wie ich hörte, hat Ihr fliegendes Messer den dramatischen Abgang gewählt.«

Balveda zuckte die Achseln.

Horza sah ihr in die Augen. »Ich vermute, Sie wären nicht hier, wenn Sie ihnen irgend etwas Wichtiges mitteilen könnten, oder?«

»Hier vielleicht«, räumte Balveda ein. »Aber nicht lebendig.« Sie streckte die Arme hinter ihrem Rücken aus und seufzte. »Ich werde den Krieg wohl in einem Internierungslager absitzen müssen, es sei denn, sie finden jemanden, gegen den ich ausgetauscht werden kann. Hoffentlich dauert die Sache nicht zu lange.«

»Oh, Sie glauben, die Kultur könnte bald aufgeben?« sagte Horza und grinste.

»Nein, ich glaube, die Kultur könnte bald gewinnen.«

»Sie müssen wahnsinnig sein.« Horza schüttelte den Kopf.

»Nun …« Balveda nickte kleinlaut, »in Wirklichkeit glaube ich, daß sie *letzten Endes* gewinnen wird.«

»Wenn Sie sich weiter so zurückziehen wie in den letzten drei Jahren, werden sie irgendwo in den Magellanschen Wolken enden.«

»Ich verrate keine Geheimnisse, Horza, wenn ich Ihnen sage, daß wir uns gar nicht mehr so schnell zurückziehen.«

»Wir werden sehen. Offen gestanden, es erstaunt mich, daß Sie immer noch kämpfen.«

»Ihre dreibeinigen Freunde kämpfen auch immer noch. Jeder tut es. Deshalb tun wir es auch, denke ich manchmal.«

»Balveda …« – Horza seufzte müde –, »ich weiß bis heute nicht, warum, zum Teufel, Sie mit dem Kämpfen überhaupt angefangen haben. Die Idiraner haben nie eine Bedrohung für Sie dargestellt. Sie würden auch jetzt keine darstellen, wenn Sie aufhörten, gegen sie zu kämpfen. Wurde das Leben in Ihrem großen Utopia wirklich so langweilig, daß Sie einen Krieg brauchten?«

Balveda beugte sich vor. »Horza, ich verstehe nicht, warum *Sie* kämpfen. Ich weiß, Hiedohre liegt im …«

»Hie*b*ohre«, warf Horza ein.

»Okay, der gottverdammte Asteroid, in dem die Wandler leben. Ich weiß, er liegt im idiranischen Raum, aber …«

»Das hat nichts damit zu tun, Balveda. Ich kämpfe für sie, weil ich glaube, daß die Idiraner im Recht und Sie im Unrecht sind.«

Balveda richtete sich verblüfft auf. »Sie …« begann sie, dann senkte sie den Kopf und schüttelte ihn, den Blick auf den Fußboden gerichtet. Sie hob die Augen wieder. »Ich verstehe Sie einfach nicht, Horza. Sie müssen doch wissen, wie viele Spezies, wie viele Zivilisationen, wie viele Systeme, wie viele Individuen entweder vernichtet oder von den Idiranern und ihrer wahnsinnigen gottverdammten Religion … erstickt worden sind. Was, zum Teufel, hat die Kultur im Vergleich damit jemals getan?« Die eine Hand lag auf ihrem Knie, die andere schloß sich vor Horza zu einem Würgegriff. Er betrachtete die Frau und lächelte.

»Bei einer genauen Kopfzählung der Toten wären die Idiraner zweifellos die Sieger, Perosteck, und ich habe ihnen ehrlich gesagt, daß ich für einige ihrer Methoden oder ihren Glaubenseifer nie etwas übrig gehabt habe. Ich bin dafür, daß allen Leuten erlaubt wird, ihr eigenes Leben zu führen. Aber jetzt kämpfen sie gegen euch von der Kultur, und das macht für mich den Unterschied. Ich bin mehr gegen die Kultur als für die Idiraner, und deshalb bin ich bereit …« – Horza brach kurz ab und lachte verlegen – »… Nun, es klingt ein wenig melodramatisch, aber ich bin tatsächlich bereit, für sie zu sterben.« Er zuckte die Achseln. »So einfach ist das.«

Horza nickte bei diesen Worten. Balveda ließ die ausgestreckte Hand sinken, blickte zur Seite, schüttelte den Kopf und stieß laut den Atem aus. Horza fuhr fort. »Weil … nun, Sie haben vermutlich gedacht, ich wollte den alten Frolk nur veralbern, als ich ihm sagte, das fliegende Messer sei der eigentliche Vertreter der Kultur. Ich habe ihn nicht veralbert, Balveda. Es war damals mein Ernst, und das ist es jetzt ebenso. Mir ist es gleichgültig, wie selbstgerecht die Kultur empfindet oder wie viele Leute die Idiraner töten. Die Idiraner stehen auf der Seite des Lebens – des langweiligen, altmodischen, biologischen Lebens, stinkig, fehlbar und kurzsichtig, wie es, Gott weiß es, nun einmal ist, aber des *echten* Lebens. Ihr werdet von euren Maschinen beherrscht. Ihr seid eine evolutionäre Sackgasse. Das Problem ist, daß ihr, um euch von diesem Gedanken abzulenken, versucht, jeden anderen mit euch hinabzureißen. Der Galaxis könnte gar nichts Schlimmeres passieren, als daß die Kultur diesen Krieg gewinnt.«

Er hielt inne, um sie etwas sagen zu lassen, aber sie saß still, hielt den Kopf gesenkt und schüttelte ihn. Er lachte sie aus. »Wissen Sie was, Balveda? Für eine so empfindsame Spezies zeigt ihr manchmal bemerkenswert wenig Empathie.«

»Empfinde Empathie mit der Dummheit, und du bist auf halbem Weg, wie ein Idiot zu denken«, murmelte die Frau, immer noch ohne Horza anzusehen. Wieder lachte er und stellte sich auf die Füße.

»Solche … Bitterkeit, Balveda?« sagte er.

Sie blickte zu ihm hoch. »Ich sage Ihnen, Horza«, erklärte sie ruhig, »wir werden gewinnen.«

Er wehrte ab. »Das glaube ich nicht. Ihr wüßtet gar nicht, wie ihr es anfangen solltet.«

Von neuem richtete Balveda sich auf und stützte sich hinter ihrem Rücken mit den Händen ab. Ihr Gesicht war ernst. »Wir können lernen, Horza.«

»Von wem?«

»Von jedem, der es uns lehren kann«, erwiderte sie langsam. »Wir haben eine ganze Menge unserer Zeit damit verbracht, Krieger und Zeloten, Schläger und Militaristen zu beobachten – Leute, die entschlossen sind, ohne Rücksicht auf Verluste zu siegen. Es herrscht kein Mangel an Lehrern.«

»Wenn ihr euch über das Siegen informieren wollt, fragt die Idiraner.«

Balveda schwieg eine Weile. Ihr Gesicht war ruhig, nachdenklich, vielleicht traurig. Dann nickte sie. »Tatsächlich heißt es, beim Kriegführen bestehe die Gefahr, daß man anfange, dem Gegner zu ähneln.« Sie zuckte die Achseln. »Wir können nur hoffen, daß sich das vermeiden läßt. Wenn die evolutionäre Kraft, an die Sie anscheinend glauben, tatsächlich etwas bewirkt, wird sie durch uns wirken, nicht durch die Idiraner. Wenn Sie sich irren, dann verdient sie, abgeschafft zu werden.«

»Balveda«, sagte er lachend, »enttäuschen Sie mich nicht. Ich ziehe einen Kampf vor ... Das hört sich beinahe an, als bekehrten Sie sich zu meinem Standpunkt.«

»Nein«, seufzte sie, »das tue ich nicht. Geben Sie daran meiner Ausbildung in ›Besonderen Umständen‹ die Schuld. Wir versuchen, an alles zu denken. Ich war pessimistisch.«

»Ich hatte bisher den Eindruck, BU erlaube solche Gedanken nicht.«

»Dann denken Sie einmal nach, Mr. Wandler.« Balveda hob eine Augenbraue. »BU erlaubt sämtliche Gedanken. Das ist es, was manche Leute daran so furchterregend finden.«

Horza glaubte zu verstehen, was die Frau meinte. ›Besondere Umstände‹ war immer die moralische Waffe der Kontakt-Sektion gewesen, die scharfe Klinge der Einmischungsdiplomatie der Kultur, die Elite der

Elite in einer Gesellschaft, die das Elitedenken verabscheute. Schon vor dem Krieg war das Ansehen und das Image dieser Sonderabteilung innerhalb der Kultur zweifelhaft gewesen. Es umgab sie etwas Romantisches, aber Gefährliches, eine Aura entarteter Sexualität – ein anderes Wort dafür gab es nicht –, die an Raub, Verführung, sogar Gewalt denken ließ.

Auch hatte sie eine Atmosphäre von Geheimnistuerei um sich (und das in einer Gesellschaft, die Offenheit buchstäblich anbetete), die unerfreuliche, schändliche Taten vermuten ließ, und von moralischer Relativität (in einer Gesellschaft, die sich an absolute Begriffe hielt: Leben/gut, Tod/schlecht; Vergnügen/gut, Schmerz/schlecht). Das wirkte gleichzeitig anziehend und abstoßend, aber auf jeden Fall aufregend.

Kein anderer Teil der Kultur repräsentierte besser das, was die Gesellschaft als Ganzes vertrat, und wandte die Glaubensgrundsätze der Kultur militanter an. Und doch verkörperte kein anderer Teil den alltäglichen Charakter der Kultur schlechter.

Im Krieg war Kontakt das Militär der Kultur und ›Besondere Umstände‹ ihr Nachrichten- und Geheimdienst geworden (der Euphemismus wurde nur ein bißchen durchsichtiger, das war alles). Und im Verlauf des Krieges veränderte sich die Position von BU innerhalb der Kultur zum Schlechteren. Die Sonderabteilung wurde das Sammelbecken für die Schuldgefühle, unter denen die Menschen in der Kultur litten, weil sie sich überhaupt bereit erklärt hatten, in den Krieg zu ziehen. Verabscheut als ein notwendiges Übel, verunglimpft als unerfreulicher moralischer Kompromiß, verdrängt als etwas, an das die Menschen nicht gern dachten.

BU versuchte jedoch tatsächlich, an alles zu denken, und die BU-Gehirne galten als noch zynischer, amoralischer und hinterlistiger als jene, aus denen Kontakt bestand; Maschinen ohne Illusionen, die ihren Stolz darein setzten, das Denkbare bis zum letzten Extrem zu denken. Deshalb war hoffnungsvoll vorhergesagt worden, es werde genau das geschehen. Die Sonderabteilung werde ein Paria, ein Prügelknabe werden und ihr Ruf eine Drüse, die das Gift im Gewissen der Kultur absorbieren müsse. Aber Horza sagte sich, das Wissen darum würde jemandem wie Balveda die Sache nicht leichter machen. Kultur-Leute litten darunter, wenn irgendwer sie nicht mochte, und noch mehr, wenn es sich dabei um ihre Mitbürger handelte. Die Aufgabe der Frau war schon schwierig genug ohne die zusätzliche Bürde des Wissens, daß sie für die meisten Leute ihrer eigenen Seite ein noch größerer Greuel war, als es der Feind in ihr sah.

»Wie dem auch sei, Balveda …« Er streckte sich, bog seine steifen Schultern innerhalb des Anzuges, fuhr sich mit den Fingern durch sein dünnes, gelbweißes Haar. »Die Zeit wird es lehren.«

Balveda lachte humorlos. »Nie ist ein wahreres Wort gesprochen worden.«

»Auf jeden Fall, danke«, sagte er zu ihr.

»Wofür?«

»Sie haben soeben meinen Glauben an den Ausgang dieses Krieges gestärkt.«

»Ach, gehen Sie weg, Horza!« Balveda seufzte und blickte auf den Fußboden nieder.

Horza hätte sie gern berührt, ihr das kurze schwarze Haar gezaust oder sie in die blasse Wange gekniffen, aber er vermutete, daß sie das nur noch mehr aufbringen würde. Er kannte die Bitterkeit der Niederlage zu gut, als daß er die Erfahrung für jemanden, der letzten Endes ein fairer und ehrenwerter Gegner war, noch verschlimmern wollte. Darum ging er zur Tür, und nach einem Wort mit dem Posten draußen wurde er hinausgelassen.

*

»Ah, Bora Horza«, sagte Xoralundra, als der Mensch aus der Zelle trat. Der Querl stieg den Niedergang herunter. Der Posten vor der Zelle straffte sich sichtlich und blies imaginären Staub von seinem Karabiner. »Wie geht es unserem Gast?«

»Sie ist nicht sehr glücklich. Wir tauschten Rechtfertigungen aus, und ich denke, ich habe nach Punkten gewonnen.« Horza grinste. Xoralundra blieb bei dem Menschen stehen und sah auf ihn herab.

»Hmm. Nun, falls Sie es nicht vorziehen, Ihre Siege im Vakuum zu feiern, schlage ich vor, Sie denken beim nächsten Mal, wenn Sie meine Kabine verlassen, während wir in Gefechtsbereitschaft sind, an Ihren ...«

Das nächste Wort hörte Horza nicht mehr. Der Schiffsalarm gellte los.

Das idiranische Alarmsignal, auf einem Kriegsschiff und anderswo, besteht aus Geräuschen, die sich wie eine Reihe extrem scharfer Explosionen anhören. Es ist die verstärkte Version des idiranischen Brusttrommelns, ein Signal, das die Idiraner mehrere hunderttausend Jahre lang, bevor sie zivilisiert wurden, benutzten, um andere in ihrer Herde oder ihrem Clan zu warnen. Erzeugt wurde es mit der Brustklappe, die der verkümmerte dritte Arm der Idiraner ist.

Horza drückte die Hände auf die Ohren und versuchte, das gräßliche Geräusch auszuschließen. Er spürte die Schockwellen auf seiner Brust, durch den offenen Kragen des Anzugs. Es war ein Gefühl, als werde er hochgehoben und gegen das Schott gedrängt. Erst jetzt merkte er, daß er die Augen geschlossen hatte. Eine Sekunde lang glaubte er, überhaupt nicht gerettet worden zu sein, die Wand der Kloakenzelle niemals verlassen zu haben, und dies sei der Augenblick seines Todes und alles übrige ein seltsamer und lebhafter Traum gewesen. Er öffnete die Augen und starrte in die hornige Schnauze des Querls Xoralundra, der ihn wütend schüttelte und, gerade als der Schiffsalarm verstummte und von einem bloß schmerzhaft intensiven Heulton abgelöst wurde, sehr laut in Horzas Gesicht hinein sagte: »HELM!«

»Oh, Scheiße!« sagte Horza.

Er fiel auf das Deck nieder, als Xoralundra ihn losließ, sich schnell umdrehte und ein Medjel vom Boden hochschaufelte, das an ihm vorbeirennen wollte. »Du!« brüllte Xoralundra. »Ich bin der Späher-Vater Querl von der Flotte!« rief er ihm ins Gesicht und schüttelte das sechsgliedrige Wesen an der Vorderseite seines Anzugs. »Du wirst sofort in meine Kabine gehen und den kleinen Raumhelm holen, der dort an der Heck-Notschleuse backbords liegt. So schnell wie möglich! Dieser Befehl hat Vorrang vor allen anderen und kann nicht widerrufen werden. Los!« Er warf das Medjel in die richtige Richtung. Es landete rennend.

Xoralundra klappte seinen Helm, der ihm in Scharnieren auf den Rücken hing, nach vorn. Dann öffnete er die Sichtscheibe. Es sah aus, als wolle er Horza etwas sagen, aber der Helmlautsprecher knatterte und sprach, und der Gesichtsausdruck des Querls veränderte sich. Das dünne Geräusch endete, und nur das fortgesetzte Wimmern des Alarms blieb übrig. »Das Kultur-Fahrzeug hatte sich in den Oberflächen-Schichten der Systemsonne versteckt«, sagte Xoralundra bitter, mehr zu sich selbst als zu Horza.

»In der *Sonne?*« Horza konnte es nicht glauben. Er blickte auf die Zellentür zurück, als ob Balveda irgendwie daran schuld sei. »Diese Schufte werden immer schlauer.«

»Ja!« schnauzte der Querl. Dann drehte er sich schnell auf einem Fuß. »Folgen Sie mir, Mensch!« Horza gehorchte und setzte dem alten Idiraner im Laufschritt nach. Plötzlich blieb der Riese stehen, und Horza prallte gegen ihn. Das breite, dunkle, fremdartige Gesicht drehte sich herum und blickte über Horzas Kopf auf den idiranischen Soldaten zurück, der immer noch steif an der Zellentür stand. Ein Ausdruck, den Horza nicht zu deuten vermochte, veränderte Xoralundras Züge. »Posten«, sagte der Querl, nicht laut. Der Soldat mit dem Laser-Karabiner wandte sich ihm zu. »Töte die Frau!«

Xoralundra stapfte weiter den Korridor hinunter. Horza verharrte für einen Augenblick, sah erst zu dem sich rasch entfernenden Querl hin, dann zu dem Posten, der seinen Karabiner überprüfte, der Zellentür befahl, sich zu öffnen, und ins Innere trat. Nun rannte der Mensch dem alten Idiraner nach.

*

»Querl!« keuchte das Medjel. Es kam schlitternd vor der Luftschleuse zum Halten. Der Anzughelm lag vor ihm. Xoralundra riß ihm den Helm aus den Händen und stülpte ihn Horza schnell über den Kopf.

»Sie werden in der Schleuse einen Warp-Pack finden«, sagte der Idiraner zu Horza. »Entfernen Sie sich so weit wie möglich vom Schiff. Die Flotte wird in ungefähr neun Standardstunden hier sein. Sie brauchen im Grunde gar nichts zu tun; der Anzug wird einen codierten Hilferuf in einer Freund-Feind-Kennung ausstrahlen. Ich werde ebenfalls ...« Xoralundra brach ab. Der Kreuzer machte einen Satz. Es gab einen lauten Knall, eine Schockwelle riß Horza fast von den Füßen, während der Idiraner sich auf seinem Dreifuß von Beinen kaum bewegte. Das Medjel, das den Helm geholt hatte, wurde Xoralundra unter die Füße geblasen und schrie auf. Der Idiraner fluchte und gab ihm einen Tritt; es rannte davon. Wieder bockte der Kreuzer. Neue Alarmsignale gingen los. Horza nahm Brandgeruch wahr. Ein Wirrwarr von Geräuschen, die idiranische Stimmen oder gedämpfte Explosionen sein mochten, kam von irgendwo über ihnen. »Ich werde ebenfalls versuchen zu fliehen«, fuhr Xoralundra fort. »Gott sei mit Ihnen, Mensch.«

Bevor Horza etwas sagen konnte, hatte der Idiraner seine Sichtscheibe nach unten gerammt und ihn in die Schleuse geschoben. Sie knallte zu. Der Kreuzer krachte in allen Fugen. Horza flog gegen ein Schott. Verzweifelt hielt er in der kleinen, sphärischen Kammer nach dem Warp-Pack Ausschau, dann sah er ihn und hatte ihn nach kurzem Kampf von den Wandmagneten gelöst. Er befestigte ihn hinten an seinem Anzug.

»Fertig?« fragte eine Stimme in seinem Ohr.

Horza fuhr zusammen, dann sagte er: »Ja! Ja! Vorwärts!«

Die Luftschleuse öffnete sich nicht auf konventionelle Weise. Sie krempelte sich von innen nach außen um und warf ihn in den Raum. Umgeben von einer kleinen Galaxis aus Eispartikeln, purzelte er von der flachen Scheibe des Kreuzers weg. Er suchte das Kultur-Schiff, und dann ermahnte er sich, nicht dumm zu sein. Wahrscheinlich war es immer noch mehrere Trillionen Kilometer weit weg. Die moderne Kriegführung war jedem menschlichen Maßstab entwachsen. Man konnte über unvorstellbare Strecken zerschmettern und zerstören, Planeten von außerhalb ihres eigenen Systems vernichten. Sterne aus einer Entfernung von Lichtjahren in Novae verwandeln … und trotzdem keine genaue Vorstellung davon haben, warum man eigentlich kämpfte.

Mit einem letzten Gedanken an Balveda tastete Horza umher, bis er den Kontrollgriff für den sperrigen Warp-Pack fand, drückte die richtigen Knöpfe darauf und sah die Sterne ringsherum schlingern und sich verzerren. Das Gerät schickte ihn und seinen Anzug von dem getroffenen idiranischen Raumfahrzeug fort.

Er spielte eine Weile mit dem Apparat an seinem

Handgelenk und versuchte, Signale von der *Hand Gottes 137* aufzufangen, bekam aber nichts als Statik herein. Der Anzug sprach einmal zu ihm mit den Worten: »Warp/Pack/Ladung/halb/erschöpft.« Horza behielt den Warp-Pack über einen kleinen Schirm innerhalb seines Helms im Auge.

Er erinnerte sich, daß die Idiraner eine Art von Gebet zu ihrem Gott sprachen, bevor sie in eine Raumkrümmung gingen. Einmal, als er zusammen mit Xoralundra auf einem warpenden Schiff gewesen war, hatte der Querl darauf bestanden, daß der Wandler das Gebet wiederhole. Horza hatte eingewandt, es habe für ihn keine Bedeutung. Nicht nur war der idiranische Gott ein Widerspruch zu seiner eigenen persönlichen Überzeugung, das Gebet selbst wurde in einer toten idiranischen Sprache gesprochen, die er nicht verstand. Ihm war ziemlich kalt erklärt worden, es komme auf die Geste an. Von einem Wesen, das die Idiraner im wesentlichen als Tier betrachteten (ihr Wort für Humanoiden ließ sich am besten mit ›Biotomaton‹ übersetzen), wurde nichts als die Gesten der Hingabe verlangt; sein Herz und Verstand waren ohne Bedeutung. Auf Horzas Frage, was mit seiner unsterblichen Seele sei, hatte Xoralundra gelacht. Es war das erste und einzige Mal, daß Horza das bei dem alten Krieger erlebte. Wer hatte schon jemals gehört, ein sterblicher Körper habe eine unsterbliche Seele?

Als der Warp-Pack beinahe erschöpft war, schaltete Horza ihn ab. Die Sterne ringsum wurden wieder scharf. Er stellte die Kontrollen ein und schleuderte das Gerät von sich. Sie trieben auseinander, er bewegte sich langsam in die eine Richtung, das Gerät in eine andere. Dann schalteten die Kontrollen den Warp-Pack wieder an. Er verschwand mit Hilfe seiner letzten Energie und führte jeden, der ihrer Spur folgte, in die falsche Richtung.

Horza beruhigte nach und nach seine Atmung. Er hatte eine Zeitlang sehr schnell und heftig geatmet, aber nun verlangsamte er Atmung und Herzschlag willentlich. Er machte sich mit dem Anzug vertraut, überprüfte seine Funktionen und Schaltungen. So wie er roch und sich anfühlte, war es ein neuer Anzug, und er sah aus wie auf Rairch hergestellt. Rairch-Anzüge zählten zu den besten. Es wurde behauptet, die Kultur produziere bessere, aber es wurde auch behauptet, die Kultur mache alles besser, und trotzdem verlor die Kultur den Krieg. Horza entdeckte die Laserwaffen, die in den Anzug eingebaut waren, und suchte nach der verborgenen Pistole; er wußte, daß sie da sein mußte. Endlich fand er sie, getarnt als Teil des Gehäuses für den linken Unterarm. Es war eine kleine Plasma-Handfeuerwaffe. Er hätte gern auf irgend etwas geschossen, nur es gab nichts, worauf er hätte zielen können. So steckte er sie zurück.

Er faltete die Arme über der klobigen Brust und sah sich um. Überall waren Sterne. Er hatte keine Ahnung, welcher davon Sorpens Sonne war. Also konnten sich die Kultur-Schiffe in der Photosphäre von Sternen verbergen? Und ein Gehirn – auch wenn es verzweifelt und auf der Flucht war – konnte durch den Boden eines Schwerkraftschachts springen? Vielleicht stand den Idiranern eine härtere Arbeit bevor, als sie erwarteten. Sie waren Krieger von Natur, sie hatten die Erfahrung und die Nerven, und ihre ganze Gesellschaft war auf ständigen Konflikt gegründet. Aber die Kultur, diese scheinbar entzweite, anarchistische, hedonistische, dekadente Mischung aus mehr oder weniger menschlichen Spezies, von der sich ständig Teile abtrennten, die ständig unterschiedliche Gruppen absorbierte, hatte beinahe vier Jahre gekämpft, ohne Anzeichen zu verraten, daß sie aufgeben oder auch nur einen Vergleich schließen wollte.

Was jeder schlimmstenfalls als einen kurzen, begrenzten Kampf gesehen hatte, der gerade lange genug dauern würde, um die eigene Ansicht durchzusetzen, hatte sich zu einem richtigen Krieg ausgewachsen. Nach den Vorhersagen der Gelehrten und Experten hätten die frühen Niederlagen und ersten paar Megatoten die Kultur in den Rückzug schocken müssen, entsetzt über die Brutalität des Krieges, aber stolz, ihr kollektives Leben da eingesetzt zu haben, wo für gewöhnlich nur ihr kollektiver Mund war. Aber statt dessen hatte sie sich weiter und weiter zurückgezogen und dabei Vorbereitungen getroffen, aufgerüstet und Pläne geschmiedet. Horza war überzeugt, daß diese elektronischen Gehirne hinter allem steckten.

Er konnte nicht glauben, daß die normalen Leute in der Kultur den Krieg wirklich wollten, ganz gleich, wie sie gestimmt hatten. Sie hatten ihr kommunistisches Utopia. Sie waren weich und verwöhnt, und der missionarische Materialismus der Kontakt-Sektion lieferte die das Gewissen beruhigenden guten Werke. Was konnten sie sich mehr wünschen? Der Krieg mußte die Idee der Gehirne sein; zu ihren Zwangsvorstellungen gehörte es, daß sie die Galaxis säubern wollten. Sie sollte ordentlich und leistungswirksam geführt werden, ohne Verschwendung, Ungerechtigkeit oder Leiden. Die Narren in der Kultur sahen nicht, daß die Gehirne eines Tages auf den Gedanken kommen würden, daß die untüchtigen Menschen in der Kultur eine gewaltige Verschwendung darstellten.

Horza benutzte die inneren Gyroskope des Anzugs zum Steuern, so daß er sich jeden Teil des Himmels ansehen konnte. Wo mochten in dieser lichtgetupften Leere Kämpfe toben und Milliarden sterben, wo leistete die Kultur den andrängenden idiranischen Schlachtflotten immer noch Widerstand? Ganz leise summte und klickte und zischte der Anzug um ihn, präzise, gehorsam, tröstlich.

Plötzlich gab es einen Ruck. Der Anzug hielt ohne Warnung an, daß Horza die Zähne aufeinanderschlugen. Ein Geräusch, so unangenehm wie ein Kollisionsalarm, trillerte ihm heftig in das eine Ohr, und aus dem Augenwinkel sah Horza auf einem Mikroschirm innerhalb des Helms nahe seiner linken Wange ein rotes Hologramm aufleuchten.

»Ziel/Erfassung/Radar«, sagte der Anzug. »Annäherung/zunehmend.«

Dritter Teil

◊

Clear Air Turbulence

»Was?« brüllte Horza.

»Ziel/Erfass...« begann der Anzug von neuem.

»Oh, halt den Mund!« Horza drückte Knöpfe auf der Handgelenk-Konsole des Anzugs, wand sich hierhin und dahin, suchte die Dunkelheit um sich ab. Es mußte eine Möglichkeit geben, ein Peilbild auf die Innenseite der Helm-Sichtscheibe zu bekommen, das ihm zeigte, aus welcher Richtung die Signale eintrafen, aber er hatte nicht genug Zeit gehabt, sich vollständig mit dem Anzug vertraut zu machen, und er konnte den richtigen Knopf nicht finden. Dann fiel ihm ein, daß er wahrscheinlich nur zu fragen brauchte. »Anzug! Gib mir ein Peilbild auf die Quelle der Signale!«

Der obere linke Rand der Sichtscheibe blitzte auf. Horza drehte und drückte Kontrollen, bis sich ein blinkender roter Punkt auf der transparenten Oberfläche zeigte. Wieder betätigte er die Handgelenk-Knöpfe. Der Anzug zischte, stieß Gas aus seinen Fußsohlendüsen und schoß Horza mit etwa einem g davon. Nichts schien sich zu ändern außer seinem Gewicht, aber das rote Licht ging kurz aus und ging dann wieder an. Horza fluchte. Der Anzug verkündete:

»Ziel/Erfassung ...«

»Ich *weiß*«, versicherte Horza ihm. Er löste die Plasma-Pistole von seinem Arm und machte die Anzug-Laser schußbereit. Die Gasdüsen stellte er ab. Was auch hinter ihm her sein mochte, er bezweifelte, daß er fähig sein würde, ihm davonzulaufen. Von neuem wurde er schwerelos. Das kleine rote Licht blitzte weiter auf der Sichtscheibe. Horza betrachtete die Innenschirme. Die Quelle der Signale näherte sich im Realraum mit etwa 0,01 Lichtgeschwindigkeit auf einem gekrümmten Kurs. Das Radar war Niedrigfrequenz und nicht besonders stark – alles war zu Low-Tech, um entweder der Kultur oder den Idiranern zu gehören. Horza befahl dem Anzug, das Peilbild zu löschen, holte die optischen Verstärker vom oberen Rand der Sichtscheibe herunter, schaltete sie ein und zielte auf die Stelle, von der die Radarsignale gekommen waren. Ein Dopplereffekt in den Signalen, die immer noch auf einem der kleinen Innenschirme des Helms zu sehen waren, verkündete, daß der Gegenstand, der sie produzierte, langsamer wurde. Sollte er nicht abgeschossen, sondern aufgenommen werden?

Etwas schimmerte verschwommen im Feld der Verstärker. Die Radarsignale hörten auf. Der Gegenstand war jetzt sehr nahe. Horzas Mund wurde trocken, und seine Hände bebten in den schweren Handschuhen des Anzugs. Das Bild in den Verstärkern erlosch explosionsartig. Er schob sie wieder nach oben und blickte in die Sternenfelder und die tintige Nacht hinaus. Etwas Schwarzes raste vollkommen lautlos vor dem Hintergrund des Himmels durch sein Sichtfeld. Horza schlug auf den Knopf, der das Nadel-Radar des Anzugs anstellte, und versuchte dem Ding, das, die Sterne verdeckend, an ihm vorbeisauste, zu folgen. Doch es gelang ihm nicht, und so gab es keine Möglichkeit, festzustellen, wie nahe es ihm gekommen oder wie groß es war. Es geriet ihm in den Räumen zwischen den Sternen aus den Augen. Da flammte die Dunkelheit vor ihm plötzlich auf. Wahrscheinlich kehrte er um. Der Radar-Puls kam tatsächlich wieder.

»Ziel …«

»Ruhig«, sagte Horza und überprüfte die Plasma-Pistole. Der dunkle Umriß wurde größer. Er kam beinahe genau auf ihn zu. Die Sterne um ihn schwankten und wurden heller. Das war der Linseneffekt eines ungenau eingestellten Warp-Motors im Auslaufen. Horza sah das Ding näherkommen. Wieder hörten die Radar-Signale auf. Er schaltete sein eigenes Gerät ein. Der Nadelstrahl tastete das Fahrzeug vor ihm ab. Als Horza sich das resultierende Bild auf einem der Innenschirme ansehen wollte, flackerte es und verschwand. Das Zischen und Summen des Anzugs verstummte, und die Sterne begannen zu verblassen.

»Abzapfender/Effektor/Wirk ...« sagte der Anzug, und dann wurden er und Horza schlaff und bewußtlos.

*

Unter ihm war etwas Hartes. Sein Kopf schmerzte. Er konnte sich nicht erinnern, wo er war oder was er hätte tun sollen. Er wußte nur noch seinen Namen. Bora Horza Gobuchul, Wandler von dem Asteroiden Heibohre, zuletzt von den Idiranern in ihrem heiligen Krieg gegen die Kultur beschäftigt. Doch in welchem Zusammenhang stand das mit dem Schmerz in seinem Schädel und dem harten, kalten Metall unter seiner Wange?

Es hatte ihn schwer erwischt. Zwar konnte er immer noch nichts sehen oder hören oder riechen, aber er wußte, es war etwas Schlimmes passiert, etwas, das beinahe zu seinem Tod geführt hätte. Er versuchte, sich die Ereignisse ins Gedächtnis zurückzurufen. Wo war er zuletzt gewesen? Was hatte er getan?

Die Hand Gottes 137! Sein Herz machte einen Satz, als es ihm einfiel. Er mußte das Schiff verlassen! Wo war sein Helm? Warum war Xoralundra weggegangen? Wo blieb das blöde Medjel mit seinem Helm? *Hilfe!*

Er stellte fest, daß er sich nicht bewegen konnte.

Auf jeden Fall war das hier nicht *Die Hand Gottes 137* oder sonst ein idiranisches Schiff. Das Deck, falls es ein Deck war, fühlte sich hart und kalt an, und die Luft roch verkehrt. Jetzt konnte er auch Leute reden hören. Aber immer noch sah er nichts. Er wußte nicht, ob seine Augen offenstanden und er blind war, oder ob sie geschlossen waren und er sie nicht öffnen konnte. Er versuchte, die Hände an sein Gesicht zu führen, um das festzustellen, aber nichts wollte sich bewegen.

Die Stimmen waren menschlich. Es waren mehrere. Sie sprachen Marain, die Sprache der Kultur, doch das hatte nicht viel zu bedeuten. In den letzten paar Jahrtausenden hatte sich Marain in der Galaxis immer stärker als Zweitsprache ausgebreitet. Horza konnte sie sprechen und verstehen, obwohl er sie nicht mehr benutzt hatte, seit … nun, seit er mit Balveda gesprochen hatte, aber davor seit langer Zeit nicht mehr. Arme Balveda. Die Leute hier plauderten miteinander, und es gelang ihm nicht, einzelne Wörter auszumachen. Er versuchte, die Augenlider zu bewegen, und schließlich fühlte er etwas. Immer noch hatte er keine Ahnung, wo er sein mochte.

All diese Dunkelheit … Dann kamen ihm undeutliche Erinnerungen, daß er in einem Anzug steckte und eine Stimme ihm etwas über Ziele oder dergleichen erzählte. Wie ein Schock kam die Erkenntnis, daß er gefangengenommen oder gerettet worden war. Er vergaß sein Vorhaben, die Augen zu öffnen, und konzentrierte sich mit aller Kraft darauf, zu verstehen, was die Leute in seiner Nähe sagten. Er hatte Marain erst vor kurzem benutzt, er konnte es schaffen. Er mußte es schaffen. Er mußte es wissen.

»… zwei Wochen lang in dem gottverdammten System, und alles, was wir kriegen, ist irgendein alter

Mann in einem Raumanzug.« Das war die eine Stimme. Weiblich, vermutete er.

»Was, zum Teufel, hast du erwartet? Ein Kultur-Sternenschiff?« Männlich.

»Ach, Scheiße, ein *Stückchen* von einem.« Wieder die weibliche Stimme. Gelächter.

»Das ist ein guter Anzug. Sieht nach Rairch aus. Ich glaube, den nehme ich für mich.« Eine weitere männliche Stimme. Kommandoton, unmißverständlich.

»…« Nicht verstanden. Zu leise.

»Sie passen sich an, Idiot.« Wieder ›der Mann‹.

»… Stückchen von idiranischen und Kultur-Schiffen würden überall herumtreiben, und wir könnten … dieser Bug-Laser … und er ist immer noch im Arsch.« Eine Frau, eine andere.

»Unser Effektor kann ihn ja nicht beschädigt haben, oder?« Eine weitere männliche Stimme, jung klingend, unterbrach, was die Frau sagte.

»Er stand auf Saugen, nicht auf Blasen«, stellte der Kapitän – oder was er sein mochte – fest. Wer *waren* diese Leute?

»… viel weniger als der Opa da drüben«, erklärte einer der Männer. Sie sprachen über ihn! Er gab sich Mühe, kein Lebenszeichen von sich zu geben. Erst jetzt wurde ihm klar, daß man ihn natürlich aus dem Anzug geholt hatte. Er war ein paar Meter von den Leuten entfernt, die wahrscheinlich im Kreis um den Anzug standen; einige drehten ihm den Rücken zu. Horza lag mit einem Arm unter seinem Körper, auf der Seite, nackt, das Gesicht ihnen zugedreht. Der Kopf tat ihm immer noch weh, und er spürte, daß ihm Speichel aus dem halbgeöffneten Mund tröpfelte.

»… eine Art von Waffe dabei. Sehen kann ich sie allerdings nicht«, sagte ›der Mann‹, und seine Stimme veränderte sich, als habe er beim Sprechen die Position gewechselt. Offenbar konnten sie die Plasma-Pistole nicht finden. Das waren Söldner. Es mußten Söldner sein. Kaperer.

»Darf ich deinen alten Anzug haben, Kraiklyn?« Der junge Mann.

»Das wär's dann.« Die Stimme ›des Mannes‹ klang, als stehe er aus der Hocke auf oder drehe sich herum. Anscheinend hatte er den vorherigen Sprecher ignoriert. »Es mag ja eine kleine Enttäuschung sein, aber immerhin haben wir seinen Anzug erbeutet. Wir machen besser, daß wir wegkommen, bevor die großen Jungen aufkreuzen.«

»Was nun?« Wieder eine der Frauen. Horza gefiel ihre Stimme. Er wünschte, er könnte seine Augen öffnen.

»Dieser Tempel. Müßte ein Kinderspiel sein, auch ohne den Bug-Laser. Nur zehn Tage von hier. Wir werden unsere Mittel mit ihren Altarschätzen ergänzen und dann auf Vavatch ein paar schwere Waffen kaufen. Dort können wir all unser unredlich erworbenes Gut ausgeben.« ›Der Mann‹ – Krakeline oder wie sein Name lautete – hielt inne. Er lachte. »Doro, mach kein so ängstliches Gesicht. Es wird einfach gehen. Sobald wir reich sind, wirst du dankbar sein, daß ich von diesem Ort gehört habe. Die gottverdammten Priester tragen nicht einmal Waffen. Fix rein, fix …«

»Und raus. Ja, wir wissen Bescheid.« Die Stimme einer Frau, der netten. Horza nahm jetzt Licht wahr. Einen rötlichen Schein vor seinen Augen. Der Kopf tat ihm immer noch weh, aber er kam zu sich. Er überprüfte seinen Körper, rief die Daten der Feedback-Nerven ab, um seinen physischen Zustand beurteilen zu können. Unter normal, und vollkommen erholt würde er erst sein, wenn die letzten Wirkungen seiner geriatrischen Erscheinung verblaßt waren, in ein paar Tagen – falls er so lange am Leben blieb. Er hatte den Verdacht, daß sie ihn bereits für tot hielten.

»Zallin«, sagte ›der Mann‹, »wirf den Abfall weg!«

Schritte näherten sich. Horza öffnete mit einem Ruck die Augen. ›Der Mann‹ hatte von ihm gesprochen!

»Ahh!« rief jemand in seiner Nähe. »Er ist nicht tot. Seine Augen bewegen sich!« Die Schritte machten plötzlich halt. Horza setzte sich zitterig auf, kniff seine Augen in dem hellen Licht zusammen. Er atmete schwer, und als er den Kopf hob, drehte sich alles um ihn. Dann wurde das Bild scharf.

Er befand sich in einem hell erleuchteten, aber kleinen Hangar. Ungefähr die Hälfte des Platzes nahm eine alte, verwitterte Raumfähre ein. Er saß dicht an dem einen Schott; vor dem anderen standen die Leute, die gesprochen hatten. Halbwegs zwischen ihm und der Gruppe stand ein großer, linkischer Bursche mit sehr langen Armen und silbernem Haar. Wie Horza es sich gedacht hatte, lag sein Anzug auf dem Boden zu Füßen der Menschengruppe. Er schluckte und blinzelte. Der Bursche mit dem silbernen Haar starrte ihn an und kratzte sich nervös am Ohr. Bekleidet war er mit Shorts und einem ausgefransten T-Shirt. Er zuckte zusammen, als ein hochgewachsener Mann in der Gruppe mit der Stimme, die Horza für die des Kapitäns hielt, sagte: »Wubslin …« – er wandte sich an einen der anderen Männer –, »funktioniert dieser Effektor nicht richtig?«

Ich darf nicht zulassen, daß sie über mich reden, als sei ich gar nicht da! Horza räusperte sich und sprach so laut und fest, wie er konnte. »Eurem Effektor fehlt nichts.«

»Dann …« – der große Mann lächelte dünn und hob eine Augenbraue –, »müßtest du tot sein.«

Alle sahen sie ihn an, die meisten voller Argwohn. Der nähergetretene Bursche kratzte sich immer noch am Ohr; er machte einen verwirrten, sogar verängstigten Eindruck, aber die übrigen blickten nur drein, als wollten sie ihn so schnell wie möglich loswerden. Sie waren alle humanoid oder doch nahe daran, Männer und Frauen, gekleidet in Raumanzüge oder Teile von Raumanzügen oder T-Shirts und Shorts. Der Kapitän, der sich jetzt einen Weg durch die Gruppe bahnte und auf Horza zukam, war groß und muskulös. Seine schwarzen Haarmassen waren von der Stirn zurückgekämmt. Er hatte einen fahlen Teint und etwas Wildes um Augen und Mund. Die Stimme paßte zu ihm. Als er näher herankam, bemerkte Horza, daß er eine Laser-Pistole in der Hand hielt. Sein Anzug war schwarz, und seine schweren Stiefel hallten auf dem nackten Metalldeck. Er schritt auf ihn zu, bis er auf einer Höhe mit dem silberhaarigen jungen Mann war, der mit dem Saum seines T-Shirts spielte und sich auf die Lippe biß.

»Warum bist du nicht tot?« fragte ›der Mann‹ ruhig.

»Weil ich verdammt viel zäher bin, als ich aussehe«, gab Horza zurück. ›Der Mann‹ lächelte und nickte.

»Das mußt du wohl sein.« Er drehte sich um und warf einen kurzen Blick auf Horzas Anzug zurück. »Was hast du da draußen in dem da gemacht?«

»Ich habe für die Idiraner gearbeitet. Sie wollten nicht, daß das Kultur-Schiff mich gefangennahm, und sie dachten, vielleicht könnten sie mich später retten. Deshalb warfen sie mich über Bord. Ich sollte auf die Flotte warten. Sie wird übrigens in etwa acht oder neun Stunden hier sein, deshalb würde ich in dieser Gegend nicht herumtrödeln.«

»So?« fragte der Kapitän, und wieder stieg seine eine Augenbraue in die Höhe. »Du scheinst sehr gut informiert zu sein, alter Mann.«

»So alt bin ich gar nicht. Das war eine Verkleidung für meinen letzten Auftrag – eine Droge, die Alterserscheinungen hervorruft. Die Wirkung läßt bereits nach. Noch zwei Tage, und ich werde wieder nützlich sein.«

›Der Mann‹ schüttelte traurig den Kopf. »Nein, das wirst du nicht.« Er drehte sich um und ging zu den anderen Leuten zurück. »Wirf ihn raus!« sagte er zu dem Burschen in dem T-Shirt. Der Bursche tat einen Schritt vorwärts.

»Nun wartet eine gottverdammte Minute!« rief Horza und rappelte sich auf. Er stellte sich mit dem Rücken an die Wand, die Hände ausgestreckt, aber der Bursche kam geradewegs auf ihn zu. Die anderen sahen entweder ihn oder ihren Kapitän an. Horza schwang das eine Bein vor und hoch, zu schnell für den jungen Mann mit dem silbernen Haar. Er traf ihn mit dem Fuß zwischen die Beine. Der Bursche keuchte, fiel auf das Deck und umklammerte sich. ›Der Mann‹ hatte sich umgedreht. Er blickte auf den Burschen nieder, dann auf Horza.

»Ja?« sagte er. Horza gewann den Eindruck, er habe seinen Spaß an dem allen. Horza zeigte auf den jetzt knienden Jungen.

»Ich habe dir doch gesagt – ich kann nützlich sein. Ich bin recht gut in einem Kampf. Du kannst den Anzug haben ...«

»Ich *habe* den Anzug«, stellte der Kapitän trocken fest.

»Dann gib mir wenigstens eine Chance.« Horza sah sich unter ihnen um. »Ihr seid Söldner oder so etwas, richtig?« Keiner antwortete. Er spürte, wie er zu schwitzen begann, und brachte den Ausbruch unter Kontrolle. »Nehmt mich auf. Ich bitte um nichts weiter als eine Chance. Wenn ich gleich beim ersten Mal versage, könnt ihr mich immer noch hinauswerfen.«

»Warum sollen wir dich nicht gleich hinauswerfen und uns die Auseinandersetzung sparen?« Der Kapitän lachte, breitete die Arme aus. Einige von den anderen lachten ebenfalls.

»Eine *Chance*«, wiederholte Horza. »Scheiße, das ist doch nicht viel verlangt.«

»Tut mir leid.« ›Der Mann‹ schüttelte den Kopf. »Wir sind bereits überfüllt.«

Der silberhaarige Bursche blickte zu Horza hoch, das Gesicht verzerrt vor Schmerz und Haß. Die Leute in der Gruppe betrachteten Horza spöttisch und sprachen leise miteinander und wiesen grinsend auf ihn. Plötzlich kam ihm zu Bewußtsein, daß er ganz wie ein knochiger Alter im Adamskostüm aussah.

»Verdammt!« fauchte er und funkelte ›den Mann‹ an. »Gib mir fünf Tage, und ich werde es jederzeit mit dir aufnehmen.«

Die Augenbrauen des Kapitäns stiegen in die Höhe. Eine Sekunde lang war es, als wolle er zornig werden, dann brach er in Gelächter aus. Er schwenkte den Laser gegen Horza. »Gut, alter Mann. Ich will dir sagen, was wir tun werden.« Er stemmte die Hände in die Hüften und nickte zu dem Burschen hin, der immer noch auf dem Deck kniete. »Du kannst mit Zallin hier kämpfen. Ist dir nach einer Keilerei zumute, Zallin?«

»Ich werde ihn umbringen.« Zallin sah genau auf Horzas Kehle. ›Der Mann‹ lachte. Etwas von seinem schwarzen Haar quoll aus dem hinteren Kragenrand seines Anzugs.

»So ist es recht.« Er sah Horza an. »Ich habe dir gesagt, wir sind bereits überfüllt. Du wirst eine freie Stelle schaffen müssen.« Er drehte sich zu den anderen um. »Macht einen Platz frei! Und jemand soll diesem Alten ein Paar Shorts geben; sein Anblick verdirbt mir den Appetit.«

Eine der Frauen warf Horza Shorts zu. Er zog sie an. Der Anzug war von dem Deck hochgehoben worden, und die Fähre rollte ein paar Meter zur Seite, bis sie auf der anderen Seite des Hangars gegen die Hülle klirrte. Zallin war endlich aufgestanden und zu den anderen zurückgegangen. Jemand sprühte ihm ein Schmerzbetäubungsmittel auf die Genitalien. *Gott sei Dank, daß es keine einziehbaren sind,* dachte Horza. Er lehnte an dem Schott und behielt die Gruppe im Auge. Zallin war größer als alle anderen. Seine Arme reichten bis an die Knie und waren so dick wie Horzas Oberschenkel.

Horza sah, daß der Kapitän mit dem Kinn auf ihn wies, und eine der Frauen kam zu ihm herüber. Sie hatte ein kleines, hart wirkendes Gesicht. Ihre Haut war dunkel, ihr Haar hell und stachelig. Ihr ganzer Körper sah schlank und hart aus; sie ging, dachte Horza, wie ein Mann. Als sie näher kam, entdeckte er, daß sie auf dem Gesicht und auf den Armen und Beinen, die ihr langes Hemd freiließ, einen leichten Flaum trug. Sie blieb vor ihm stehen und musterte ihn von den Füßen bis zu den Augen.

»Ich bin deine Sekundantin«, sagte sie, »was auch immer dir das nützen soll.«

Sie war die Frau mit der sympathischen Stimme. Horza war enttäuscht, trotz seiner Angst. Er schwenkte die Hand. »Mein Name ist Horza. Danke, daß du danach gefragt hast.« *Idiot!* schalt er sich. *Was hast du ihnen deinen richtigen Namen zu nennen? Willst du ihnen nicht auch gleich sagen, daß du ein Wandler bist? Dummkopf.*

»Yalson«, sagte die Frau abrupt und streckte ihm die Hand hin. Horza war sich nicht sicher, ob das Wort ein Gruß oder ihr Name war. Er ärgerte sich über sich selbst. Als ob er nicht schon genug Probleme hätte, hatte er sich verplappert und seinen richtigen Namen genannt. Wahrscheinlich spielte es keine Rolle, aber er wußte zu genau, daß es die kleinen Ausrutscher waren, die scheinbar bedeutungslosen Fehler, die oft den Unterschied zwischen Erfolg und Mißerfolg, sogar zwischen Leben und Tod ausmachen. Er erkannte, was von ihm erwartet wurde, und ergriff die Hand der Frau. Ihre Hand war trocken und kühl – und kräftig. Sie drückte die seine und ließ sie los, bevor er Zeit hatte, den Druck zu erwidern. Er hatte keine Ahnung, woher sie stammte, deshalb legte er nicht zuviel Bedeutung in die Geste. In seiner Heimat wäre es eine ziemlich eindeutige Einladung gewesen.

»Horza, so?« Sie nickte und stemmte die Hände auf die gleiche Art in die Hüften, wie es der Kapitän getan hatte. »Na, viel Glück, Horza. Ich glaube, Kraiklyn hält Zallin für das entbehrlichste Mitglied der Mannschaft. Deshalb wird es ihm wahrscheinlich nichts ausmachen, wenn du gewinnst.« Sie blickte auf die schlaffe Haut seines Bauchs und seine hervortretenden Rippen nieder, und ihre Stirn furchte sich. »*Wenn* du gewinnst«, wiederholte sie.

»Vielen Dank.« Horza gab sich Mühe, den Bauch einzuziehen und die Brust herauszudrücken. Er wies zu den anderen hinüber. »Schließen die da drüben Wetten ab?« Er versuchte zu grinsen.

»Nur darüber, wie lange du durchhältst.«

Horza gab den Versuch zu grinsen auf. Er wandte die Augen von der Frau ab und sagte: »Weißt du, ich komme auch ohne deine Hilfe zurecht. Laß dich von mir nicht aufhalten, wenn du gehen und Geld setzen möchtest.« Er sah der Frau wieder ins Gesicht und fand kein Mitleid oder auch nur Mitgefühl darin. Sie musterte ihn von neuem, dann nickte sie, machte auf dem Absatz kehrt und ging zu den anderen zurück. Horza fluchte.

»Gut!« Kraiklyn schlug die behandschuhten Hände zusammen. Die Gruppe verteilte sich auf die Seiten des Hangars und schloß die beiden Kämpfer ein. Zallin sah Horza vom anderen Ende des freien Raums finster an. Horza stieß sich von dem Schott ab und schüttelte sich. Er versuchte, seine Muskeln zu lockern und sich fertigzumachen.

»Es geht also um Leben und Tod für beide von euch«, verkündete Kraiklyn lächelnd. »Keine Waffen, aber ich sehe keinen einzigen Schiedsrichter, deshalb … ist alles erlaubt. Okay – fangt an!«

Horza schuf ein bißchen mehr Platz zwischen sich und dem Schott. Zallin kam auf ihn zu, geduckt, die Arme ausgestreckt wie ein Paar übergroßer Zangen eines riesenhaftes Insekts. Mit allen seinen eingebauten Waffen hätte Horza ohne zu große Schwierigkeiten gewinnen können, es sei denn, Zallin landete einen glücklichen Schlag. Aber er durfte nicht vergessen, daß man ihm die Giftzähne auf Sorpen gezogen hatte. Als einzige wirksame Waffe waren ihm die Giftdrüsen unter seinen Fingernägeln geblieben. Wenn er sie benutzte, errieten die anderen, was er war, und das würde auf jeden Fall seinen Tod bedeuten. Vielleicht hätte er, wenn er seine Zähne noch gehabt hätte, irgendwie damit durchkommen können, Zallin zu beißen. Das Gift griff das Zentralnervensystem an, und Zallin wäre allmählich langsamer geworden; wahrscheinlich hätte niemand die Wahrheit erraten. Kratzte er ihn, war das tödlich für sie beide. Das Gift in den Beuteln unter Horzas Fingernägeln lähmte die Muskeln der Reihe nach vom Eintrittspunkt ausgehend, und es wäre offensichtlich, daß Zallin von etwas anderem als normalen Nägeln gekratzt worden war. Selbst wenn die anderen Söldner dies nicht als Betrug ansahen, war die Wahrscheinlichkeit groß, daß ›der Mann‹, Kraiklyn, in Horza einen Wandler erkannte und ihn töten ließ.

Ein Wandler war eine Bedrohung für jeden, der durch Kraft herrschte, sei es die seines Willens oder die seiner Arme. Amahain-Frolk hatte das gewußt, und Kraiklyn würde es ebenfalls wissen. Auch reservierten alle Menschen für Horzas Spezies ein gewisses Maß an Abscheu. Die Wandler hatten sich nicht nur von ihrem ursprünglichen genetischen Bestand weit entfernt, sie bedeuteten auch eine Bedrohung der Identität, einen Angriff auf die Individualität sogar jener Personen, die für eine Verkörperung gar nicht in Frage kamen. Das hatte nichts zu tun mit Seelen oder körperlicher oder spiritueller Besessenheit. Es war, was die Idiraner sehr gut verstanden, das behavioristische Nachahmen eines anderen, das man als abstoßend empfand. Die Individualität, den meisten Menschen kostbarer als jede andere ihrer Eigenschaften, wurde irgendwie billig gemacht durch die Mühelosigkeit, mit der ein Wandler sie als Begrenzung ignorieren und als Verkleidung benutzen konnte.

Horza hatte sich in einen alten Mann gewandelt, und dieses Vermächtnis lag noch auf ihm. Zallin kam sehr nahe.

Der Bursche stürmte vor und faßte ungeschickt nach Horza, seine langen Arme wie Zangen benutzend. Horza duckte sich und sprang zur Seite, schneller, als Zallin vorhergesehen hatte. Ehe er Horza folgen konnte, hatte der Wandler auf der Schulter seines Gegners einen Tritt gelandet, der auf den Kopf gezielt gewesen war. Zallin fluchte. Horza ebenfalls. Er hatte sich den Fuß verletzt.

Sich die Schulter reibend, kam der Bursche wieder heran, zuerst beinahe lässig. Dann schwang plötzlich der eine lange Arm vor, die Hand zur Faust geballt, und hätte beinahe Horzas Gesicht getroffen. Der Wandler spürte den Luftzug des sensenartigen Hiebs an seiner Wange. Wenn der Junge ihn getroffen hätte, wäre der Kampf damit beendet gewesen. Horza fintierte in der einen Richtung, sprang in eine andere, drehte sich auf einer Ferse und zielte von neuem mit dem Fuß zwischen die Beine seines Gegners. Er traf, aber Zallin lächelte nur schmerzlich und faßte von neuem nach ihm. Dieses Spray mußte alles Gefühl betäubt haben.

Horza umkreiste den Burschen. Zallin starrte ihn mit einem Ausdruck völliger Konzentration an. Er hielt die Arme immer noch gekrümmt nach vorn gestreckt wie Zangen, und hin und wieder bogen sich die Finger an ihren Enden, als lechzten sie nach Horzas Kehle. Horza war sich der Leute, die um ihn standen, der Lichter und der Einrichtung des Hangars kaum bewußt. Alles, was er sah, war der geduckte, kampfbereite junge Mann vor ihm mit seinen massigen Armen und seinem silbrigen Haar, seinem ausgefransten T-Shirt und seinen leichten Schuhen. Die Schuhe quietschten auf dem Metalldeck, als Zallin von neuem angriff. Horza drehte sich und schleuderte den rechten Fuß hoch. Er erwischte Zallin am rechten Ohr. Der Bursche tanzte zurück, sich das Ohr reibend.

Horza merkte, daß sein Atem wieder schwer ging. Er verbrauchte zuviel Energie allein damit, in der maximalen Spannung zu bleiben, bereit für den nächsten Angriff, und in der Zwischenzeit schadete er Zallin einfach nicht genug. Wenn er so weitermachte, würde der Junge ihn bald ermüdet haben, auch ohne einen Schlag zu landen. Zallin breitete die Arme aus und kam heran. Horza entschlüpfte ihm zur Seite. Seine alten Muskeln beklagten sich. Zallin folgte ihm. Horza sprang vor, pirouettierte auf einem Fuß und schwang den anderen mit der Ferse voraus gegen die Mitte des Burschen. Der Kontakt war von einem zufriedenstellenden Bums begleitet. Horza wollte wegspringen und merkte, daß sein Fuß gefangen war. Zallin hielt ihn fest. Horza fiel auf das Deck.

Zallin schwankte. Seine eine Hand lag am unteren Rand seines Brustkorbs. Er keuchte, krümmte sich, taumelte – Horza vermutete, daß eine Rippe gebrochen war –, aber er hielt Horzas Fuß mit der anderen Hand fest. Soviel Horza auch drehte und zog, er konnte den Griff nicht lockern.

Er versuchte es mit einem Schweißausbruch in seinem rechten Unterschenkel. Das hatte er seit dem Einzelkampf-Training auf der Akademie in Heibohre nicht mehr gemacht, aber der Versuch lohnte sich. Alles lohnte sich, wenn er nur eine Chance bekam, diesen Griff zu lockern. Es funktionierte nicht. Vielleicht hatte er vergessen, wie man das richtig machte, oder vielleicht waren seine künstlich gealterten Schweißdrüsen nicht fähig, so schnell zu reagieren, aber so oder so, sein Fuß war immer noch im Griff des Burschen gefesselt. Schon erholte sich Zallin von dem Schlag, den Horza ihm verpaßt hatte. Er schüttelte den Kopf; sein Haar reflektierte die Lichter des Hangars. Dann griff er auch mit der zweiten Hand nach Horzas Fuß.

Horza lief auf den Händen im Kreis um den Jungen. Das eine Bein saß fest, das andere hing herunter. Er versuchte, etwas von seinem Gewicht auf das Deck zu verlagern. Zallin starrte den Wandler an und wechselte den Griff, als versuche er, Horzas Fuß abzuschrauben. Horza legte die Bewegung richtig aus und warf seinen ganzen Körper herum, gerade als Zallin mit dem Manöver begann. Danach war alles wieder wie zuvor; sein Fuß lag in Zallins Händen, und er kroch mit den Handflächen über das Deck und versuchte, den Bewegungen des Burschen zu folgen. *Ich könnte seine Beine angreifen, nach innen schwingen und beißen,* dachte Horza, verzweifelt bemüht, sich etwas einfallen zu lassen. *In dem Augenblick, wo er langsamer würde, hätte ich eine Chance. Die anderen würden nichts merken. Ich brauche nichts weiter als …* Natürlich fiel es ihm da wieder ein. Sie hatten ihm die Zähne gezogen. Diese schurkischen Alten – und Balveda – würden ihn also doch noch umbringen. Balveda von jenseits des Grabes. Solange Zallin seinen Fuß in diesem Griff hatte, konnte der Kampf nur auf eine Weise enden.

Zum Teufel, ich werde ihn trotzdem beißen. Der Gedanke tauchte zu seiner eigenen Überraschung auf, und er handelte danach, bevor er Zeit gehabt hatte, ihn richtig zu erwägen. Ehe er sich versah, hatte er mit aller Kraft an dem Bein, das Zallin festhielt, gezogen, sich mit den Händen abgestoßen und sich zwischen die Beine des Jungen geschleudert. Er schlug die ihm verbliebenen Zähne in die rechte Wade Zallins.

»AAH!« kreischte Zallin. Horza biß fester, fühlte den Griff um seinen Fuß ein bißchen schlaffer werden. Er riß den Kopf nach oben, versuchte, das Fleisch des Burschen zu zerreißen. Ihm war, als werde seine Kniescheibe gleich explodieren und sein Bein brechen, aber er zerrte weiter an dem Mundvoll lebenden Fleisches. Zallin ließ los.

Sofort hörte Horza mit Beißen auf und warf sich zurück. Die Hände des Burschen donnerten wie Hämmer auf die Stelle, wo sein Kopf gewesen war. Horza kam auf die Füße. Sein Knöchel und sein Knie schmerzten, waren aber nicht ernsthaft verletzt. Zallin näherte sich hinkend; Blut strömte aus seiner Wade. Horza änderte die Taktik und sprang vor, schlug den Burschen mitten in den Bauch, unter der rudimentären Deckung der gewaltigen Arme. Zallin preßte die Hände auf den Magen und die unteren Rippen und krümmte sich im Reflex. Horzas beide Fäuste trafen seinen Nacken.

Normalerweise hätte der Schlag getötet, aber Zallin war kräftig, und Horza war immer noch schwach. Als der Wandler sich wieder ins Gleichgewicht brachte und umdrehte, mußte er aufpassen, nicht mit einem der Freibeuter, die am Schott standen, zusammenzustoßen. Der Kampf war quer durch den Hangar vom einen Ende zum anderen gegangen. Bevor Horza zu einem weiteren Schlag ansetzen konnte, hatte Zallin sich wieder aufgerichtet, das Gesicht verzerrt vor frustrierter Aggression. Schreiend drang er auf Horza ein, der geschickt durch Seitschritt auswich. Aber Zallin stolperte bei seinem kopflosen Angriff, und durch reines Glück stieß sein Kopf in Horzas Magen.

Der Schlag war umso schmerzhafter und demoralisierender, als er unerwartet kam. Horza fiel, rollte sich ab, versuchte bei Zallin einen Überwurf. Der Bursche fiel jedoch auf ihn und nagelte ihn auf dem Deck fest. Horza wand sich ohne Erfolg. Er war gefangen.

Zallin stützte sich auf eine Handfläche, riß die andere Hand, zur Faust geballt, nach hinten hoch und sah höhnisch auf das Gesicht des Mannes unter ihm nieder. Horza erkannte plötzlich, daß er nichts mehr tun konnte. Er beobachtete die massige Faust, wie sie in die Höhe stieg. Sein Körper lag flach auf dem Boden, seine Arme waren eingeklemmt. Es war vorbei. Er hatte verloren. Er bereitete sich darauf vor, den Kopf so schnell wie möglich aus dem Weg des knochenzersplitternden Schlages zu reißen, der jeden Augenblick fallen mußte, und versuchte noch einmal, die Beine zu bewegen, obwohl er wußte, daß es hoffnungslos war. Er hätte gern die Augen geschlossen, doch er mußte sie offenhalten. *Vielleicht zeigt ›der Mann‹ Erbarmen. Er hat doch gesehen, daß ich gut gekämpft habe. Ich habe nur Pech gehabt. Vielleicht befiehlt er Zallin aufzuhören …*

Zallins Faust schwebte in der Luft wie das Beil einer Guillotine, das, kurz bevor es fällt, an seinen höchsten Punkt hochgezogen ist.

Der Schlag fiel nie. Als Zallin die Muskeln anspannte, rutschte seine andere Hand, die das Gewicht seines Oberkörpers trug, auf dem Deck in seinem eigenen Blut aus. Sie schoß unter ihm weg. Zallin grunzte vor Überraschung. Er fiel Horza entgegen, sein Körper drehte sich ein bißchen, und der Wandler spürte, daß das ihn haltende Gewicht sich verringerte. Er hievte sich in die Höhe und rollte den Burschen von sich. Horza rollte in die andere Richtung, fast gegen die Beine der zusehenden Söldner. Zallins Kopf schlug auf das Deck – nicht heftig, aber bevor er reagieren konnte, warf Horza sich ihm auf den Rücken, verschränkte die Hände um seinen Hals und riß den silberhaarigen Kopf des Jungen zurück. Seine Beine glitten zu beiden Seiten von Zallins Körper nieder. Rittlings auf ihm sitzend, hielt er ihn fest.

Zallin wurde still. Ein gurgelndes Geräusch stieg aus der Kehle, die Horzas Hände umklammert hielten. Der Junge war mehr als stark genug, um den Wandler abzuwerfen, auf den Rücken zu rollen und zu zermalmen. Doch bevor er etwas davon hätte tun können, wäre ihm mit einem Ruck von Horzas Händen der Hals gebrochen worden.

Zallin sah zu Kraiklyn hoch, der beinahe genau vor ihm stand. Auch Horza, in Schweiß gebadet und nach Luft schnappend, blickte in die dunklen, tiefliegenden Augen ›des Mannes‹. Zallin zappelte ein bißchen und lag wieder bewegungslos still, als Horza die Unterarme anspannte.

Sie alle sahen ihn an – all die Söldner, die Piraten oder Kaperer oder wie sie sich selbst zu nennen beliebten. Sie standen an den beiden Wänden des Hangars, und sie sahen Horza an. Aber nur Kraiklyn sah Horza in die Augen.

»Das braucht nicht bis zum Tod zu gehen«, keuchte Horza. Für einen Augenblick sah er auf die silbernen Haare vor sich nieder, von denen ein paar Strähnen mit Schweiß an den Schädel des Jungen geklebt waren. Er sah wieder zu Kraiklyn hoch. »Ich habe gewonnen. Du kannst den Jungen bei der nächsten Landung absetzen. Oder mich. Ich will ihn nicht töten.«

Etwas Warmes und Klebriges schien vom Deck hochzuquellen und an seinem rechten Bein entlangzulaufen. Horza erkannte, daß es Blut aus der Wunde an Zallins Bein war. Kraiklyns Gesicht trug einen merkwürdig distanzierten Ausdruck. Die Laser-Pistole, die er ins Halfter gesteckt hatte, glitt mühelos in seine linke Hand und zeigte auf die Mitte von Horzas Stirn. Er schaltete sie ein. In dem Schweigen des Hangars hörte Horza sie klicken und summen. Sie war etwa einen Meter von seinem Kopf entfernt.

»Dann wirst du sterben«, teilte Kraiklyn ihm gleichmütig mit. »Ich habe auf diesem Schiff keinen Platz für jemanden, der nicht Geschmack an einem kleinen Mord hin und wieder findet.«

Über den bewegungslosen Lauf der Laser-Pistole sah Horza Kraiklyn in die Augen. Zallin stöhnte.

Das Knacken hallte rundum von sämtlichen Metallflächen des Hangars wider wie ein Schuß. Horza öffnete die Arme, ohne die Augen vom Gesicht des Söldnerführers abzuwenden. Zallins schlaffer Körper fiel auf das Deck und sackte unter seinem eigenen Gewicht zusammen. Kraiklyn lächelte und steckte die Pistole wieder ins Halfter. Sie schaltete sich mit verklingendem Winseln ab.

»Willkommen an Bord der *Clear Air Turbulence.*« Kraiklyn seufzte und trat über Zallins Leiche weg. Er ging bis zur Mitte des einen Schotts, öffnete eine Tür und ging hinaus. Seine Stiefel klapperten auf ein paar Stufen. Die meisten anderen folgten ihm.

»Gut gemacht.« Bei diesen Worten drehte Horza, der immer noch kniete, sich um. Es war wieder die Frau mit der hübschen Stimme, Yalson. Von neuem bot sie ihm die Hand, diesmal, um ihm aufzuhelfen. Er nahm sie dankbar und stellte sich auf die Füße.

»Ich habe es nicht gern getan«, sagte er zu ihr. Er wischte sich mit dem Unterarm Schweiß von der Stirn und sah der Frau in die Augen. »Du sagtest, dein Name sei Yalson, stimmt's?«

Sie nickte. »Und du bist Horza.«

»Hallo, Yalson.«

»Hallo, Horza.« Sie lächelte ein wenig. Horza gefiel ihr Lächeln. Er sah zu dem Leichnam auf dem Deck hin. Die Wunde an dem einen Bein hatte aufgehört zu bluten.

»Was wird mit diesem armen Teufel?« fragte er.

»Wir können ihn ebensogut hinauswerfen«, antwortete Yalson. Sie musterte die einzigen anderen Leute, die im Hangar zurückgeblieben waren, drei dicht bepelzte, schwer gebaute identische Männer in Shorts. Sie standen in einer Gruppe neben der Tür, durch die die anderen hinausgegangen waren, und betrachteten Horza neugierig. Alle drei trugen schwere Stiefel, als hätten sie in ihre Raumanzüge steigen wollen und seien im gleichen Augenblick unterbrochen worden. Am liebsten hätte Horza gelacht. Statt dessen lächelte und winkte er.

»Hallo.«

Die drei pelzigen Gestalten winkten, nicht ganz synchron, mit dunkelgrauen Händen zurück. »Ah, das sind die Bratsilakins«, sagte Yalson. »Eins, Zwei und Drei«, setzte sie hinzu, ihnen nacheinander zunickend. »Bestimmt sind wir die einzige Freie Gesellschaft mit einer Klon-Gruppe, die paranoid ist.«

Horza versuchte, an ihrem Gesichtsausdruck zu erkennen, ob sie das ernst meinte. Die drei pelzigen Menschen kamen zu ihnen herüber.

»Höre auf kein Wort, das sie sagt«, meinte einer von ihnen. Seine weiche Stimme überraschte Horza. »Sie hat uns noch nie leiden können. Wir hoffen nur, daß du auf unserer Seite bist.« Sechs Augen sahen Horza ängstlich an. Er tat sein Bestes, um zu lächeln.

»Darauf könnt ihr euch verlassen«, versicherte er ihnen. Sie erwiderten sein Lächeln, sahen sich gegenseitig an, nickten.

»Packen wir Zallin in ein Vakrohr. Hinauswerfen können wir ihn später«, sagte Yalson zu den anderen dreien. Sie ging zu der Leiche hin. Zwei der Bratsilakins folgten ihr, und zu dritt schafften sie den schlaffen Körper auf eine Fläche des Hangar-Decks, wo sie ein paar metallene Planken hochhoben, eine geschwungene Luke öffneten und Zallins Leiche in einen engen Raum stopften. Sie schlossen Luke und Deck wieder. Der dritte Bratsilakin nahm einen Lappen von einem Wandbrett und wischte das Blut auf. Dann wandte sich die pelzige Klon-Gruppe der Tür und der Treppe zu. Yalson kam zu Horza. Sie wies mit dem Kopf zur Seite. »Komm! Ich zeige dir, wo du dich säubern kannst.«

Er folgte ihr über das Hangar-Deck auf den Ausgang zu. Im Gehen sagte sie über die Schulter zurück: »Die übrigen sind zum Essen gegangen. Wir sehen uns in der Messe wieder, wenn du rechtzeitig fertig wirst. Folge einfach deiner Nase. Was mich betrifft, so muß ich meinen Gewinn kassieren.«

»Deinen Gewinn?« fragte Horza. Sie hatten die Tür erreicht. Yalson legte die Hand auf etwas, das Horza für Lichtschalter hielt. Sie drehte sich zu ihm um, sah ihm in die Augen.

»Na klar.« Sie drückte einen der Schalter, die sie mit der Hand bedeckt hielt. Die Beleuchtung veränderte sich nicht, aber Horza spürte ein Vibrieren unter seinen Füßen. Er hörte ein Zischen und ein Geräusch wie von einer laufenden Pumpe. »Ich habe auf dich gewettet«, sagte Yalson und sprang, immer zwei Stufen auf einmal nehmend, die Treppe hinter der Tür hinauf.

Horza warf einen letzten Blick auf den Hangar und folgte ihr.

*

Kurz bevor die *Clear Air Turbulence* wieder warpte und ihre Mannschaft sich zu Tisch setzte, stieß das Schiff die Leiche Zallins aus. Wo es einen Lebenden in einem Raumanzug gefunden hatte, ließ es einen toten Jungen in Shorts und einem zerfetzten Hemd zurück, dessen taumelnde, gefrierende Leiche eine dünne Schicht von Luftmolekülen wie ein Abbild entweichenden Lebens von sich gab.

Vierter Teil

Tempel des Lichts

Die *Clear Air Turbulence* schwang sich durch den Schatten eines Mondes, vorbei an einer öden, von Kratern zernarbten Oberfläche – ihre Spur kräuselte sich, als sie den Rand eines Schwerkraftschachtes berührte –, und stieß dann auf einen wolkigen, blau-grünen Planeten nieder. Gleich nachdem sie den Mond hinter sich gelassen hatte, begann ihr Kurs sich zu krümmen und richtete die Nase des Fahrzeugs allmählich von dem Planeten weg und zurück in den Raum. Auf halbem Weg durch diese Kurve stieß die *CAT* ihre Fähre aus, schleuderte sie auf den einen verschwommenen Horizont der Welt zu, dem nachschleppenden Saum der Dunkelheit entgegen, die wie ein schwarzer Mantel über die Planetenoberfläche fegte.

Horza saß zusammen mit den meisten übrigen der buntscheckigen Crew in der Fähre. Sie hockten auf schmalen Bänken in dem engen Passagierabteil, gekleidet in eine Vielfalt von Raumanzügen. Sogar die Modelle der drei Bratsilakins wichen leicht voneinander ab. Das einzige wirklich moderne Stück war das, das Kraiklyn trug, der Rairch-Anzug, den er Horza weggenommen hatte.

Sie waren alle bewaffnet, und ihre Waffen waren so unterschiedlich wie ihre Anzüge. Hauptsächlich hatten sie Laser oder, genauer gesagt, das, was die Kultur KES – Kohärenzstrahl-Emissionswaffensysteme – nannte. Die besseren arbeiteten auf Wellenlängen, die für das menschliche Auge unsichtbar waren. Ein paar

Leute besaßen Plasma-Kanonen oder schwere Pistolen, und einer trug eine wirkungsvoll aussehende Mikro-Howitzer. Doch nur Horza besaß ein Projektil-Gewehr, und noch dazu ein altes, primitives, langsam feuerndes. Er überprüfte es zum zehnten oder elften Mal und verfluchte es. Er verfluchte auch den leckenden alten Anzug, den man ihm gegeben hatte; die Sichtscheibe fing an, sich zu beschlagen. Diese ganze Sache war hoffnungslos.

Die Fähre traf auf die Atmosphäre des Planeten Marjoin und begann zu rucken und zu vibrieren. Hier wollten sie etwas angreifen und berauben, das Tempel des Lichts genannt wurde.

*

Es hatte die *Clear Air Turbulence* fünfzehn Tage gekostet, über die ungefähr einundzwanzig Lichtjahre zu kriechen, die zwischen dem System von Sorpen und dem von Marjoin lagen. Kraiklyn prahlte, sein Schiff könne nahezu zwölfhundert Licht machen, aber eine solche Geschwindigkeit, sagte er, sei nur für Notfälle. Horza hatte einen Blick auf das alte Fahrzeug geworfen und bezweifelte, ob es jemals auf vier Ziffern kommen würde, ohne daß seine Außenbord-Warptriebwerke das Schiff und alles, was darin war, über den ganzen Himmel verteilten.

Die *Clear Air Turbulence*, ein hronisches Schiff, war ein ehrwürdiges, gepanzertes Sturmlandefahrzeug aus einer der späteren Dynastien der Verfallzeit und mehr auf Stabilität und Zuverlässigkeit als auf Manövrierfähigkeit und Raffinessen konstruiert. In Anbetracht des Niveaus, auf dem das technische Können ihrer Crew stand, hielt Horza das nur für günstig. Das Schiff war etwa hundert Meter lang, zwanzig breit und fünfzehn hoch, plus – oben auf der rückwärtigen Hülle – einem zehn Meter hohen Schwanz. Zu beiden Seiten der Hülle wölbten sich wie ihre kleineren Ausgaben die Warpeinheiten vor, die mit ihr durch Stummelflügel in der Mitte und Träger, die gleich hinter der Nase angesetzt waren und sich von dort zurückbogen, verbunden waren. Die *CAT* war stromlinienförmig und mit Sprinter-Fusionsmotoren im Schwanz sowie für den atmosphärischen Flug und das Durchqueren von Schwerkraftschächten mit einer kleinen Hebemaschine in der Nase ausgestattet. Ihre Mannschaftsquartiere ließen in Horzas Augen viel zu wünschen übrig.

Man hatte ihm Zallins frühere Koje gegeben. Er teilte eine Zwei-Meter-Zelle – euphemistisch eine Kabine genannt – mit Wubslin, der auf dem Schiff der Mechaniker war. Sich selbst nannte er Ingenieur, aber nachdem Horza sich ein paar Minuten lang mit ihm unterhalten und versucht hatte, ihn über die technischen Einrichtungen der *CAT* auszuhorchen, war ihm klar, daß der untersetzte, weißhäutige Mann wenig über die komplizierteren Systeme des Fahrzeugs wußte. Er war nicht unsympathisch, roch nicht und schlief die meiste Zeit geräuschlos, so daß Horza sich sagte, er hätte es schlimmer treffen können.

Auf dem Schiff lebten achtzehn Leute in neun Kabinen. ›Der Mann‹ hatte natürlich eine für sich allein, und die Bratsilakins teilten eine ziemlich stinkige. Sie liebten es, ihre Tür offen zu lassen; alle anderen liebten es, die Tür im Vorübergehen zu schließen. Zu seiner Enttäuschung stellte Horza fest, daß sich nur vier Frauen an Bord befanden. Zwei von ihnen zeigten sich kaum je einmal außerhalb ihrer Kabine und kommunizierten mit den anderen hauptsächlich durch Zeichen und Gesten. Die dritte war eine religiöse Fanatikerin, die, wenn sie nicht gerade versuchte, ihn zu etwas, das der ›Kreis der Flamme‹ genannt wurde, zu bekehren, ihre Zeit damit verbrachte, daß sie sich in ihrer Kabine, die sie mit Yalson teilte, an eine Maschine anschloß und Fantasy-Kopfbänder abspulte. Offenbar war Yalson die einzige normale Frau an Bord, aber Horza fand es schwierig, in ihr überhaupt eine Frau zu sehen. Doch sie übernahm die Aufgabe, ihn den anderen vorzustellen und ihm alles über das Schiff und seine Crew zu erzählen, was er wissen mußte.

Er hatte sich in einem der sargähnlichen Waschräume des Schiffes gesäubert und war dann, wie Yalson ihm geraten hatte, seiner Nase zur Messe gefolgt, wo man ihn mehr oder weniger ignorierte, aber etwas zu essen in seine Richtung schob. Kraiklyn sah ein einziges Mal zu ihm hin, als er sich zwischen Wubslin und einen Bratsilakin setzte. Dann sah er ihn nicht wieder an und fuhr fort, über Waffen und Panzerung und Taktik zu sprechen. Nach dem Essen zeigte Wubslin dem Wandler ihre gemeinsame Kabine und ging davon. Horza räumte einen Platz auf Zallins Koje frei, zog ein paar zerrissene Laken über seinen müden, schmerzenden, alt aussehenden Körper und fiel in einen tiefen Schlaf.

Als er erwachte, schnürte er Zallins wenige Besitztümer zusammen. Es war rührend; der Junge hatte ein paar T-Shirts, Shorts, zwei Kilts, ein rostiges Schwert, eine Sammlung billiger Dolche in zerfransten Scheiden und ein paar große Plastik-Mikroseiten-Bücher mit beweglichen Bildern besessen, die, solange man sie geöffnet hielt, immer wieder und wieder Szenen aus antiken Kriegen zeigten. Das war ungefähr alles. Horza behielt den leckenden Anzug des Burschen, obwohl er ihm viel zu groß war und sich nicht für seine Größe einstellen ließ, sowie das schlecht gepflegte und uralte Projektil-Gewehr.

Er trug den in eins der zerlumpten Bettücher gewickelten Rest in den Hangar hinunter. Dort war alles noch so, wie er es verlassen hatte. Niemand hatte sich die Mühe gemacht, die Fähre zurückzurollen. Yalson war da, nackt bis zur Taille, und turnte. Horza blieb im Eingang am Fuße der Treppe stehen und sah zu, wie die Frau sich ausarbeitete. Sie drehte sich und sprang, schlug Salti und Purzelbäume, stieß mit den Füßen und boxte Löcher in die Luft, und bei jeder scharfen Bewegung gab sie kleine Grunzlaute von sich. Dann sah sie Horza und hörte auf.

»Wieder da?« Sie bückte sich, hob ein Handtuch auf und rieb sich damit Brust und Arme ab, auf denen Schweiß in dem goldenen Flaum glitzerte. »Ich dachte, du wärst abgekratzt.«

»Habe ich solange geschlafen?« fragte Horza. Er wußte nicht, welches Zeitsystem sie auf dem Schiff benutzten.

»Zwei Standardtage.« Yalson frottierte ihr stachliges Haar und schlang sich das feuchte Handtuch über die leicht pelzigen Schultern. »Du siehst jetzt auch besser aus.«

»Ich fühle mich besser«, antwortete Horza. Er hatte noch keinen Blick in einen Spiegel oder einen Reverser werfen können, aber er wußte, daß sein Körper langsam das geriatrische Aussehen verlor und zum Normalzustand zurückfand.

»Sind das Zallins Sachen?« Yalson deutete mit einem Kopfnicken auf das Paket in seinen Händen.

»Ja.«

»Ich will dir zeigen, wie man die Vakrohre bedient. Wir werden das Zeug wahrscheinlich ausstoßen, wenn wir das nächste Mal aus dem Warp kommen.«

Yalson öffnete das Deck und die Rohrluke darunter. Horza ließ Zallins Besitztümer in den Zylinder fallen, und Yalson schloß ihn wieder. Der Wandler fing den Geruch von Yalsons warmem, transpirierendem Körper auf, und er gefiel ihm. Aber in ihrem Benehmen ihm gegenüber lag nichts, was in ihm Gedanken erweckt hätte, sie könnten jemals mehr als Freunde sein. Mit einem Freund auf diesem Schiff würde er sich jedoch zufriedengeben. Er hatte ihn dringend nötig.

Danach gingen sie in die Messe, um etwas zu essen. Horza war ausgehungert; sein Körper verlangte Nahrung, um sich wiederaufzubauen und das dürre Gestell, das er sich zugelegt hatte, um den Außenweltminister von Sorpens Gerontokratie zu verkörpern, mit Fleisch auszupolstern.

Wenigstens, dachte Horza, funktioniert die Robot-Kombüse, und das Schwerkraftfeld macht keine Zikken. Die Vorstellung von zu engen Kabinen, verdorbenem Essen und einem unregelmäßig funktionierenden oder sporadisch aussetzenden Schwerkraftfeld erfüllte den Wandler mit Entsetzen.

*

»... Zallin hatte keine richtigen Freunde.« Yalson stopfte sich gerade Essen in den Mund. Sie saßen zusammen in der Messe. Horza wollte wissen, ob es jemanden auf dem Schiff gab, der den Burschen, den er getötet hatte, würde rächen wollen.

»Der arme Teufel«, wiederholte Horza. Er legte seinen Löffel hin und starrte für eine Sekunde quer durch den vollgestopften, niedrigen Raum der Messe. Wieder fühlte er in seinen Händen das schnelle, entscheidende Knacken des Knochens. Vor seinem geistigen Auge sah er, wie die Wirbelsäule brach, die Luftröhre zusammenfiel, die Arterien zerquetscht wurden – und damit wurde das Leben des Jungen abgeschaltet, als habe er einen Schalter gedreht. Er schüttelte den Kopf. »Woher stammte er?«

»Wer weiß?« Yalson zuckte die Achseln. Sie bemerkte den Ausdruck auf Horzas Gesicht und setzte kauend hinzu: »Hör zu, er hätte dich getötet. Er ist tot. Vergiß ihn! Natürlich ist es schlimm, aber … auf jeden Fall war er ganz hübsch langweilig.« Sie aß weiter.

»Ich habe nur überlegt, ob es jemanden gäbe, dem ich etwas schicken sollte. Freunde oder Verwandte oder …«

»Höre, Horza!« Yalson wandte sich ihm zu. »Wer an Bord dieses Schiffes kommt, hat keine Vergangenheit. Es gilt als sehr schlechtes Benehmen, jemanden zu fragen, woher er kommt oder was er in seinem Leben getan hat, bevor er beitrat. Vielleicht haben wir alle ein paar Geheimnisse, oder vielleicht möchten wir über manches, was wir getan haben, oder manches, was uns angetan worden ist, einfach nicht reden. Wie dem auch sei, versuche nicht, es herauszufinden. Auf dieser Kiste ist der einzige Platz, wo du ein Privatleben hast, der Platz zwischen deinen Ohren, also mach das Beste daraus! Wenn du lange genug lebst, wird vielleicht jemand den Wunsch haben, dir alles über sich zu erzählen – wahrscheinlich, wenn er betrunken ist … aber bis dahin darfst du niemanden drängen. Mein Rat ist, daß du im Augenblick darauf verzichtest.«

Horza öffnete den Mund, um etwas zu sagen, doch Yalson fuhr fort: »Ich werde dir jetzt alles sagen, was ich weiß, nur um dir das Fragen zu ersparen.« Sie legte den Löffel hin und wischte sich die Lippen mit einem Finger. Dann drehte sie sich auf ihrem Sitz so, daß sie ihm das Gesicht zuwandte. Sie hob die Hand. Die Härchen des leichten Pelzes auf ihren Unterarmen und Handrücken umgaben ihre dunkle Haut mit einem goldenen Schimmer. Sie streckte einen Finger aus. »Erstens – das Schiff. Es ist hronischer Herkunft und seit Hunderten von Jahren unterwegs. Hatte mindestens ein Dutzend nicht sehr sorgsamer Eigentümer. Gegenwärtig ohne Bug-Laser, da er uns explodierte, als wir versuchten, sein Wellenlängenmuster zu ändern. Zweitens …« – sie streckte einen weiteren Finger aus – »Kraiklyn. Er besitzt dieses Fahrzeug, solange wir ihn kennen. Behauptet, es irgendwo, unmittelbar vor dem Krieg, in einem Katastrophenspiel gewonnen zu haben. Ich weiß, daß er an solchen Spielen teilnimmt, aber ich weiß nicht, wie gut er darin ist. Wie dem auch sei, es ist seine Sache. Offiziell werden wir die KST, Kraiklyns Söldnertruppe, genannt, und er ist der Boss. Er ist ein recht guter Anführer, und er hat keine Angst, sich gegen die übrigen Truppen durchzusetzen, wenn es hart auf hart geht. Er führt von der vordersten Linie aus, und das macht ihn in meinen Augen okay. Seine Masche ist, daß er niemals schläft. Er hat in seinem Gehirn eine … äh …« – Yalson runzelte die Stirn, suchte offenbar nach dem richtigen Ausdruck – »… eine verstärkte hemisphärische Aufgabenteilung. Ein Drittel der Zeit schläft die eine Hälfte, und er ist ein bißchen verträumt und vage. Ein zweites Drittel der Zeit schläft die andere Hälfte, und er besteht ganz aus Logik und Zahlen, und mit dem Kommunizieren geht es nicht so besonders gut. Das letzte Drittel der Zeit, zum Beispiel, wenn er etwas unternimmt oder in einer Notsituation, sind beide Seiten wach und funktionsfähig. Das macht es ziemlich schwierig, ihn in seiner Koje zu überfallen.«

»Paranoide Klone und ein Mann mit einem Schichtsystem im Schädel.« Horza schüttelte den Kopf. »Okay. Erzähl weiter!«

»Drittens«, erklärte Yalson, »wir sind keine Söldner. Wir sind Freibeuter. Eigentlich sind wir nichts weiter als Piraten, aber wenn Kraiklyn möchte, daß wir uns Söldnertruppe nennen, tun wir es. Theoretisch kann sich uns jeder anschließen, solange er unsere Nahrung und unsere Luft verträgt, aber in der Praxis ist Kraiklyn ein bißchen wählerisch, und ich wette, er würde gern noch wählerischer sein. Wie dem auch sei, wir haben ein paar Kontrakte erfüllt, hauptsächlich Protektion, haben ein paarmal Geleitschutz für Planeten dritten Niveaus gegeben, die sich in den Krieg verwickelt fanden. Aber meistens greifen wir einfach an und rauben, wo wir meinen, daß wir in der kriegsbedingten Verwirrung ungestraft davonkommen. Das haben wir auch im Augenblick vor. Kraiklyn hat von einem Planeten in dieser hinterwäldlerischen Gegend gehört, der in etwa Niveau drei ist, und er glaubt, es wird fix rein, fix raus gehen – um einen seiner Lieblingsausdrücke zu benutzen. Wie er sagt, ist der Ort voll von Priestern und Schätzen. Wir erschießen die ersteren und nehmen uns die letzteren. Dann fliegen wir zum Vavatch-Orbital, bevor die Kultur es sprengt, und kaufen einen Ersatz für unseren Bug-Laser. Vermutlich werden die Preise günstig sein. Wenn wir lange genug warten, werden die Leute wahrscheinlich versuchen, das Zeug zu verschenken.«

»Was geschieht mit Vavatch?« fragte Horza. Von einer Sprengung hatte er noch nichts gehört. Er wußte, das große Orbital befand sich in diesem Teil der Kriegszone, aber er hätte gedacht, seine Rechtsform als Gemeinschaftseigentum würde es aus der Schußlinie halten.

»Haben dir deine idiranischen Freunde das nicht erzählt?« Yalson ließ die Hand mit den ausgestreckten Fingern sinken. Horza zuckte nur die Achseln, und sie fuhr fort: »Du wirst doch wissen, daß die Idiraner durch die ganze innere Flanke des Golfs vorrücken – durch die Glitzerwand. Anscheinend läßt sich die Kultur der Abwechslung halber auf ein bißchen Kampf ein oder bereitet sich doch zumindest darauf vor. Erst sah es aus, als kämen sie zu einer ihrer üblichen Vereinbarungen und würden Vavatch zum neutralen Territorium machen. Diese religiöse Einstellung der Idiraner zu Planeten bedeutet, daß sie an dem O solange kein richtiges Interesse hatten, wie die Kultur-Leute nicht versuchten, es als Basis zu benutzen, und sie versprachen, das würden sie nicht tun. Scheiße, mit diesen verdammt großen System-Schiffen, die sie heutzutage bauen, *brauchen* sie doch gar keine Basen auf O oder Ringen oder Planeten oder sonst etwas ... Nun, all die verschiedenen verrückten Typen auf Vavatch glaubten, fein heraus zu sein und von dem galaktischen Feuergefecht um sie herum gar nicht berührt zu werden ... Dann verkündeten die Idiraner, daß sie Vavatch nun doch übernehmen wollten, wenn auch nur nominell, ohne militärische Besetzung. Die Kultur-Leute sagten, das ließen sie nicht zu; beide Seiten weigerten sich, von ihren hochgehaltenen Prinzipien abzugehen, und die Kultur sagte: ›Okay, wenn ihr nicht nachgeben wollt, werden wir das Orbital sprengen, bevor ihr hinkommt.‹ Und genau das geschieht jetzt. Bevor die idiranische Flotte da sein kann, wird die Kultur das ganze verdammte O evakuieren und es sprengen.«

»Sie wollen ein Orbital *evakuieren?*« wunderte Horza sich. Das war tatsächlich das erste, was er darüber hörte. Die Idiraner hatten in den Besprechungen über seinen Einsatz das Vavatch-Orbital nicht erwähnt, und sogar als er den Außenweltminister Egratin verkörperte, hatte es sich bei dem, was von draußen hereinkam, hauptsächlich um Gerüchte gehandelt. Jeder Idiot konnte sehen, daß das ganze Gebiet um den Düsteren Golf zum Schlachtfeld werden würde, in einer Breite und Höhe von Hunderten von Lichtjahren und einer Tiefe von mindestens Jahrzehnten, aber es war ihm nicht gelungen, herauszufinden, was genau vor sich gehen würde. Der Krieg schaltete in der Tat auf einen höheren Gang um. Trotzdem konnte nur ein Wahnsinniger auf den Gedanken kommen, sämtliche Bewohner eines Orbitals fortzuschaffen.

Doch Yalson nickte bestätigend. »So heißt es. Frag mich nicht, wo sie die Schiffe dazu hernehmen wollen, aber sie sagen, das sei ihre Absicht.«

»Sie sind verrückt.« Horza schüttelte den Kopf.

»Nun ja, das haben sie doch bewiesen, als sie sich überhaupt auf einen Krieg eingelassen haben.«

»Okay. Entschuldige. Sprich weiter!« Horza schwenkte die Hand.

»Ich habe vergessen, was ich sonst noch sagen wollte.« Yalson grinste, betrachtete die drei Finger, die sie ausgestreckt hatte, als könnten die ihr einen Hinweis geben. Sie sah Horza an. »Das wär's wohl auch so ungefähr. Ich rate dir, den Kopf unten und den Mund geschlossen zu halten, bis wir nach Marjoin kommen, wo dieser Tempel ist, und wenn ich es mir recht überlege, solltest du dort den Kopf weiter unten halten.« Sie lachte, und Horza mußte unwillkürlich mitlachen. Yalson nickte und griff von neuem nach ihrem Löffel. »Angenommen, du kommst durch, dann werden die Leute dich als einen, der mit ihnen im Feuer gewesen ist, eher akzeptieren. Im Augenblick bist du das Baby auf dem Schiff, ganz gleich, was du in der Vergangenheit getan hast. Dein Sieg über Zallin zählt nicht.«

Horza stellte sich vor, wie er irgendeinen Ort – und wenn es ein unverteidigter Tempel war – in einem Anzug aus zweiter Hand und einem unzuverlässigen Projektil-Gewehr angriff, und sah sie zweifelnd an. »Nun«, seufzte er und nahm einen weiteren Löffel Essen von seinem Teller, »solange ihr nicht wieder alle anfangt, Wetten darüber abzuschließen, auf welche Weise ich fallen werde …«

Yalson musterte ihn eine Sekunde lang. Dann grinste sie und widmete sich ihrem Essen.

*

Kraiklyn erwies sich ungeachtet dessen, was Yalson gesagt hatte, als recht wißbegierig in bezug auf Horzas Vergangenheit. ›Der Mann‹ lud Horza in seine Kabine ein. Sie war hübsch und ordentlich, alles war verstaut oder mit Klammern und Netzen gesichert, und es roch frisch. Echte Bücher standen an der einen Wand, und auf dem Fußboden lag ein Absorber-Teppich. Ein Modell der *CAT* hing von der Decke, und ein großes Laser-Gewehr war an einer anderen Wand angebracht; es sah wirkungsvoll aus mit einem großen Batterie-Pack und einem Strahlspalter am Ende des Laufs. In dem sanften Licht der Kabine schimmerte es, als sei es poliert worden.

»Setz dich!« Kraiklyn winkte Horza zu einem Stühlchen. Er selbst richtete das Einzelbett zur Couch her und ließ sich darauf niederfallen. Er faßte hinter sich und holte zwei Schnüffelflaschen von einem Regal. Eine davon bot er Horza an, der sie nahm und das Siegel brach. Der Kapitän der *Clear Air Turbulence* atmete die Dämpfe seiner Flasche tief ein, dann nahm er einen kleinen Schluck von der dunstigen Flüssigkeit. Horza tat es ihm nach. Er erkannte die Substanz, konnte sich jedoch nicht an ihren Namen erinnern. Es war eine von denen, die man schnupfen konnte, und dann wurde man high, oder trinken, und dann wurde man nur gesellig. Die aktiven Bestandteile blieben bei Körpertemperatur nicht länger als ein paar Minuten wirksam und wurden von den meisten humanoiden Verdauungstrakten eher gespalten als absorbiert.

»Danke«, sagte Horza.

»Du siehst tatsächlich viel besser aus als bei deiner Ankunft an Bord.« Kraiklyn betrachtete Horzas Brust und Arme. Der Wandler hatte nach vier Tagen, in denen er sich ausgeruht und kräftig gegessen hatte, fast seine normale Gestalt zurückerhalten. Sein Rumpf und seine Glieder hatten Umrisse angenommen, die sich seinem recht muskulösen Selbst annäherten, doch sein Bauch war nicht größer geworden. Seine Haut war jetzt straffer und zeigte einen goldbraunen Schimmer, während sein Gesicht sowohl fester als auch geschmeidiger wirkte. Sein Haar wuchs an den Wurzeln dunkel nach; er hatte die gelblichweißen spärlichen Strähnen des Gerontokraten abgeschnitten. Auch seine Giftzähne wuchsen nach, aber es würde noch etwa zwanzig Tage dauern, bis er sie benutzen konnte.

»Ich fühle mich auch besser.«

»Hmm. Schade um Zallin, aber ich bin sicher, du konntest meinen Standpunkt verstehen.«

»Klar. Ich bin nur froh, daß du mir die Chance gegeben hast. Manche Leute hätten mich erschossen und hinausgeworfen.«

»Der Gedanke ist mir durch den Kopf gegangen.« Kraiklyn spielte mit seiner Schnüffelflasche. »Aber ich hatte das Gefühl, an dir könnte doch etwas dran sein. Kann nicht sagen, daß ich dir in dem Augenblick die Sache mit der Alterungsdroge und den Idiranern geglaubt habe, ich wollte dich jedoch kämpfen sehen. Na, du hast Glück gehabt, stimmt's?« Er lächelte Horza an, der zurücklächelte. Kraiklyn sah zu den Büchern an der hinteren Wand hin. »Jedenfalls war Zallin so eine Art von Ballast, du verstehst, was ich meine?« Er richtete den Blick wieder auf Horza. »Der Junge wußte kaum, mit welchem Ende seines Gewehrs er zielen mußte. Ich dachte daran, ihn bei der nächsten Landung aus der Mannschaft zu werfen.« Er nahm noch einen Schluck von den Dämpfen.

»Wie ich schon sagte – danke.« Horza kam zu dem Schluß, daß sein erster Eindruck von Kraiklyn – ›der Mann‹ sei ein Scheißkerl – mehr oder weniger richtig war. Wenn er sowieso vorgehabt hatte, Zallin abzusetzen, hatte es keinen Grund für den Kampf auf Leben und Tod gegeben. Horza oder auch Zallin hätte in der Fähre oder im Hangar schlafen können. Eine Person mehr hätte es auf der *CAT* in der Zeit, die sie bis Marjoin brauchte, nicht gerade geräumiger gemacht, aber sehr lange hätte es ja nicht gedauert, und sie wären nicht in Gefahr geraten, die ganze Luft zu verbrauchen oder so etwas. Kraiklyn war es nur um eine Show zu tun gewesen. »Ich bin dir dankbar.« Horza hob die Flasche kurz dem Kapitän entgegen, bevor er von neuem inhalierte. Er studierte sorgfältig Kraiklyns Gesicht.

»Dann erzähl mir mal, wie es ist, für diese Kerle mit den drei Beinen zu arbeiten.« Kraiklyn lächelte und legte einen Arm auf ein Brett an der Seite des Couchbettes. Er hob die Augenbrauen. »Hmm?«

Aha! dachte Horza. Er sagte: »Ich hatte nicht viel Zeit, das herauszufinden. Vor fünfzig Tagen war ich noch Kapitän der Handelsmarine von Sladden. Davon hast du wohl noch nicht gehört?« Kraiklyn schüttelte den Kopf. Horza hatte seine Geschichte in den letzten beiden Tagen ausgearbeitet und wußte, wenn Kraiklyn sie überprüfte, würde er feststellen, daß es einen solchen Planeten gab, daß der größte Teil seiner Bewohner zu den Humanoiden gehörte und daß er vor kurzem unter idiranische Oberhoheit gekommen war. »Also, die Idiraner wollten uns exekutieren, weil wir nach der Kapitulation weitergekämpft hatten, aber dann holten sie mich heraus und sagten mir, ich könnte am Leben bleiben, wenn ich eine Aufgabe für sie übernähme. Sie sagten, ich sähe diesem alten Knaben, den sie gern auf ihrer Seite hätten, sehr ähnlich. Wenn sie ihn entfernten, würde ich dann seine Rolle spielen? Ich dachte, zum Teufel, was habe ich zu verlieren? So fand ich mich mit dieser Alterungsdroge im Bauch auf dem Planeten Sorpen wieder, wo ich einen Minister verkörperte. Ich machte meine Sache übrigens gut, bis diese Kultur-Frau auftauchte und mich enttarnte. Es hätte mich fast das Leben gekostet. Sie waren schon dabei, mich umzubringen, als der idiranische Kreuzer kam, der hinter ihr her war. Die Idiraner retteten mich und nahmen sie gefangen, und sie waren unterwegs zu ihrer Flotte, als ein Kontaktschiff sie angriff. Ich wurde in diesen Anzug gesteckt und über Bord geworfen, um auf die Flotte zu warten.« Horza hoffte, seine Geschichte klinge nicht zu eingelernt. Kraiklyn starrte stirnrunzelnd in die Flasche, die er in der Hand hielt.

»Darüber habe ich mir schon Gedanken gemacht.« Er sah Horza an. »Warum ist ein Kreuzer ganz allein gelandet, wenn die Flotte dicht hinter ihm war?«

Horza zuckte die Achseln. »Das weiß ich auch nicht. Es blieb kaum Zeit, meinen Einsatz zu besprechen, als das Kontaktschiff aufkreuzte. Ich vermute, sie wollten diese Kultur-Frau unbedingt haben und dachten, wenn sie auf die Flotte warteten, würde das Kontaktschiff sie entdecken, die Frau aufnehmen und die Flucht ergreifen.«

Kraiklyn nickte nachdenklich.

»Hmm. Sie müssen sie schrecklich dringend gebraucht haben. Hast du sie gesehen?«

»O ja. Bevor sie mich enttarnte und danach auch noch.«

»Wie ist sie?« Kraiklyn zog die Brauen zusammen und begann wieder, mit der Flasche zu spielen.

»Sie ist groß und dünn, sieht auf gewisse Weise gut aus und ist trotzdem unsympathisch. Für meinen Geschmack zu verdammt gerissen. Ich weiß nicht … Sie unterscheidet sich nicht sehr von anderen Kultur-Frauen, die ich kennengelernt habe. Ich meine, sie sehen wohl alle anders aus und so, aber sie würde unter ihnen nicht auffallen.«

»Manche von diesen Kultur-Agentinnen sollen ganz hübsch raffiniert sein. Sie sollen … Tricks kennen, du verstehst? Alle Arten von speziellen Anpassungen und verrückter Körperchemie. Hast du gehört, ob sie irgend etwas Besonderes gemacht hat?«

Horza schüttelte den Kopf. Er fragte sich, wohin das alles führen sollte. »Nicht daß ich wüßte«, antwortete er. Verrückte Körperchemie hatte Kraiklyn gesagt. Kam ihm ›der Mann‹ langsam auf die Schliche? Hielt er Horza für einen Kultur-Agenten oder gar für einen Wandler? Kraiklyn sah immer noch seine Drogenflasche an. Er nickte und sagte:

»So ungefähr die einzige Sorte Frau, mit der ich etwas zu tun haben möchte, ist eine von diesen Kultur-Agentinnen. Es heißt, sie hätten tatsächlich alle diese … Veränderungen, du verstehst?« Kraiklyn blinzelte Horza zu und inhalierte die Droge. »Zwischen den Beinen; die Männer haben diese aufgemotzten Eier, stimmt's? Und die Frauen haben etwas Dementsprechendes. Soll ihnen für die Fickstunden kommen … na ja, jedenfalls für die Fickminuten …« Kraiklyns Stimme verlor sich, sein Blick wurde glasig. Horza bemühte sich, nichts von der Verachtung, die er empfand, merken zu lassen. *Da sind wir wieder bei diesem Thema angelangt,* dachte er. Er versuchte, zu zählen, wie oft er Leute – für gewöhnlich von Gesellschaften des dritten oder unterhalb des vierten Niveaus, für gewöhnlich im großen und ganzen menschlich und in der Mehrzahl der Fälle männlich – in gedämpftem, neidisch bewunderndem Ton davon sprechen gehört hatte, daß ›es‹ in der Kultur ›mehr Spaß mache‹. In diesem einen Punkt verrückterweise prüde, spielte die Kultur das Ausmaß herunter, in dem innerhalb der Kultur Geborene solche veränderbaren Genitalien erbten.

Natürlich steigerte eine derartige Zurückhaltung nur das Interesse aller anderen, und Horza wurde gelegentlich wütend auf Menschen, die jenen kriecherischen Respekt zeigten, den die quasi-technische Sexualität der Kultur so oft hervorrief. Bei Kraiklyn wunderte es ihn kein bißchen. Er fragte sich, ob ›der Mann‹ an sich selbst einen billigen, die Kultur-Praxis imitierenden chirurgischen Eingriff habe vornehmen lassen. Das war nicht ungewöhnlich. Auch nicht ungefährlich. Zu oft war eine solche Veränderung die reine Klempnerarbeit, besonders bei Männern, und machte keinen Versuch, das Herz und das übrige Kreislaufsystem so zu verstärken, daß es mit der erhöhten Anstrengung fertig wurde. (In der Kultur war diese hohe Leistungsfähigkeit natürlich in den Erbanlagen enthalten.) Eine solche Nachäffung dieses Symptoms der Kultur-Dekadenz hatte, wörtlich zu verstehen, eine Menge gebrochener Herzen zur Folge gehabt. *Vermutlich werde ich gleich etwas über diese wundervollen Drogendrüsen zu hören bekommen,* dachte Horza.

»… Ja, und dann haben sie diese Drogendrüsen«, fuhr Kraiklyn fort, den Blick immer noch ins Leere gerichtet, und nickte vor sich hin. »Damit sollen sie sich, wann immer sie wollen, von so gut wie jedem Stoff einen Schuß verpassen können. Man stelle sich das vor. Ein Drüsensekret, das sie high machen kann.« Kraiklyn streichelte die Flasche in seiner Hand. »Es heißt doch, eine Kultur-Frau könne man nicht vergewaltigen, du verstehst?« Anscheinend erwartete er darauf keine Antwort. Horza blieb still. Wieder nickte Kraiklyn. »Ja, sie haben Klasse, diese Frauen. Nicht wie der Scheiß auf diesem Schiff.« Er zuckte die Achseln und schnüffelte noch einmal an der Flasche. »Trotzdem …«

Horza räusperte sich und beugte sich auf seinem Stuhl vor, ohne Kraiklyn anzusehen. »Sie ist jetzt jedenfalls tot«, sagte Horza und hob den Blick.

»Hmm?« Kraiklyn sah den Wandler geistesabwesend an.

»Die Kultur-Frau«, antwortete Horza. »Sie ist tot.«

»Ach ja.« Kraiklyn nickte. »Und was willst du jetzt tun? Eigentlich erwarte ich von dir, daß du bei dem Überfall auf den Tempel mitmachst. Ich finde, das bist du uns fürs Mitnehmen schuldig.«

»Klar, mach dir keine Sorgen«, sagte Horza.

»Gut. Danach werden wir weitersehen. Wenn du wieder in Form kommst, kannst du bleiben. Andernfalls setzen wir dich ab, wo du möchtest, innerhalb vernünftiger Grenzen natürlich. Diese Operation sollte kein Problem darstellen: fix rein, fix raus.« Kraiklyn machte eine niedertauchende, fliegende Bewegung mit der flachen Hand, als sei sie das Modell der *CAT*, das irgendwo über Horzas Kopf hing. »Dann fliegen wir nach Vavatch.« Er nahm noch einen Schluck von den Dämpfen in der Schnüffelflasche. »Du spielst wahrscheinlich nicht Katastrophe, hmm?« Er setzte die Flasche ab, und Horza blickte durch den dünnen Nebel, der aus dem Hals der Flasche aufstieg, in die Raubtieraugen. Er schüttelte den Kopf.

»Gehört nicht zu meinen Lastern. Ich habe nie Gelegenheit gehabt, es zu lernen.«

»Kann ich mir denken. Es ist das einzige Spiel, das zählt.« Kraiklyn nickte. »Abgesehen von dem hier ...« Lächelnd blickte er in die Runde. Er meinte offenbar das Schiff, die Leute darin und ihre Beschäftigung. »Nun«, Kraiklyn richtete sich auf, »ich glaube, ich habe bereits gesagt: ›Willkommen an Bord‹, aber du bist willkommen ...« – er beugte sich vor und klopfte Horza auf die Schulter – »solange du weißt, wer der Boss ist, he?« Er lächelte breit.

»Es ist dein Schiff«, sagte Horza. Er trank aus, was noch in der Flasche war, und stellte sie auf ein Brett neben einen Porträt-Holowürfel, der Kraiklyn stehend in seinem schwarzen Anzug zeigte, das gleiche Laser-Gewehr in der Hand, das an die Wand montiert war.

»Ich glaube, wir werden gut miteinander auskommen, Horza. Du wirst die anderen kennenlernen und wieder fit werden, und wir werden die Scheiße aus diesen Mönchen herausprügeln. Was sagst du?« Wieder blinzelte ›der Mann‹ ihm zu.

»Du kannst dich darauf verlassen.« Horza stand auf und lächelte. Kraiklyn öffnete ihm die Tür.

Und darauf, dachte Horza, sobald er die Kabine verlassen hatte und zur Messe hinunterging, *was meine nächste Verkörperung sein wird … Kapitän Kraiklyn!*

*

Während der nächsten paar Tage bekam er in der Tat Gelegenheit, den Rest der Crew kennenzulernen. Er redete mit denen, die reden wollten, und diejenigen, die nicht reden wollten, beobachtete er oder hörte genau zu, was über sie gesagt wurde. Yalson war immer noch seine einzige Freundin, aber mit Wubslin, seinem Kabinengefährten, kam er recht gut aus, obwohl der stämmige Ingenieur ruhig war und, wenn er nicht aß oder arbeitete, für gewöhnlich schlief. Die Bratsilakins waren anscheinend zu dem Schluß gekommen, Horza sei wahrscheinlich nicht gegen sie, aber sie wollten sich ihr Urteil, ob er *für* sie sei, vorbehalten, bis sie Marjoin und den Tempel des Lichts erreicht hatten.

Dorolow war der Name der religiösen Frau, die mit Yalson zusammenwohnte. Sie war dick, hellhäutig und hellhaarig, und ihre großen Ohren fielen ihr auf die Wangen hinunter. Sie sprach mit einer sehr hohen Quietschstimme, die, wie sie selbst behauptete, ziemlich leise sei, und ihre Augen tränten oft. Ihre Bewegungen waren flatterig und nervös.

Die älteste Person in der Truppe war Aviger, ein ziemlich kleiner, verwitterter Mann mit brauner Haut und wenig Haar. Seine Arme und Beine waren erstaunlich geschmeidig. So konnte er zum Beispiel die Hände hinter dem Rücken verschlingen und über den Kopf führen, ohne loszulassen. Er teilte die Kabine mit einem Mann namens Jandraligeli, einem großen, dünnen Mondlidizianer mittleren Alters, der auf der Stirn mit unumwundenen Stolz die Schmucknarben seiner Heimatwelt und im Gesicht einen Ausdruck ständiger Verachtung trug. Er ignorierte Horza inbrünstig, aber Yalson meinte, so benehme er sich gegen jeden neuen Rekruten. Jandraligeli verbrachte eine Menge Zeit damit, seinen alten, aber gut erhaltenen Anzug und sein Lasergewehr glänzend vor Sauberkeit zu halten.

Gow und kee-Alsorofus waren die beiden Frauen, die sich ganz für sich hielten und in dem Verdacht standen, Dinge zu tun, die sich nicht schickten, wenn sie allein in ihrer Kabine waren. Das ärgerte die weniger toleranten Männer der Truppe – also die meisten von ihnen. Beide Frauen waren noch recht jung und sprachen ziemlich schlecht Marain. Horza überlegte, ob das nicht vielleicht der einzige Grund für ihre Isolierung sei, aber es stellte sich heraus, daß sie auch abgesehen davon sehr scheu waren. Sie waren von durchschnittlicher Größe und Gestalt, hatten graue Haut, scharfe Züge und Augen wie schwarze Teiche. Vielleicht, dachte Horza, war es ganz gut, daß sie andere Leute nicht zu oft gerade ansahen. Bei solchen Augen konnte das ein beunruhigendes Erlebnis sein.

Mipp war ein fetter, finsterer Mann mit jettschwarzer Haut. Er konnte das Schiff manuell steuern, wenn Kraiklyn nicht an Bord war und die Truppe Unterstützung für den Kampf auf dem Boden brauchte, und er konnte auch die Kontrollen der Fähre bedienen. Angeblich war er mit Plasma-Kanone und Schnellfeuergewehr ein guter Schütze, aber er war anfällig für Sauftouren und wurde von einer Vielzahl giftiger Flüssigkeiten, die er sich aus der Robotkombüse beschaffte, gefährlich betrunken. Ein paarmal hörte Horza, wie er sich in der Toilette nebenan übergab. Mipp teilte die Kabine mit einem anderen Trunkenbold namens Neisin, der geselliger war und viel sang. Er hatte – oder war überzeugt, er habe – etwas Furchtbares zu vergessen, und obwohl er stetiger und regelmäßiger trank als Mipp, wurde er manchmal, wenn er ein bißchen mehr als üblich gehabt hatte, sehr still, und dann fing er an, mit lautem schnaufendem Schluchzen zu weinen. Er war klein und drahtig, und Horza fragte sich, wo er all die Flüssigkeit ließ und woher alle Tränen aus diesem kompakten, rasierten Kopf kamen. Vielleicht gab es eine Art Kurz-Schluß zwischen seiner Kehle und seinen Tränendrüsen.

Tzbalik Odraye war der selbsternannte Computer-Fachmann des Schiffes. Theoretisch hätten er und Mipp gemeinsam die Codes, die Kraiklyn in den Computer der *CAT* – er besaß kein eigenes Bewußtsein – eingegeben hatte, knacken und dann mit dem Schiff davonfliegen können. Deshalb durften sie niemals beide gleichzeitig auf dem Schiff bleiben, wenn Kraiklyn von Bord ging. In Wirklichkeit war Odraye in Computern gar nicht so versiert, wie Horza durch ein paar gezielte, aber scheinbar beiläufige Fragen feststellte. Doch der große, ein bißchen bucklige Mann mit dem langen gelben Gesicht wußte wahrscheinlich gerade genug, sagte sich Horza, um mit jeder Panne im Gehirn des Schiffes, das eher auf Dauerhaftigkeit als auf philosophische Finesse entworfen zu sein schien, fertigzuwerden. Tzbalik Odraye hauste mit Rava Gamdol zusammen, der aussah, als stamme er von demselben Planeten wie Yalson, wenn man nach seiner Haut und dem leichten Pelz ging, dies aber leugnete. Yalson äußerte sich vage zu dem Thema, und die beiden mochten sich nicht. Rava war ein weiterer Einsiedler.

Er hatte den kleinen Raum um seine obere Koje mit Trennwänden isoliert und ein paar kleine Lampen und einen Ventilator eingebaut. Manchmal verbrachte er einen ganzen Tag in diesem Verschlag, ging mit einem Container voll Wasser hinein und kam mit einem anderen voller Urin wieder heraus. Tzbalik Odraye tat sein Bestes, um seinen Zimmergefährten zu ignorieren, und leugnete erbittert, den Rauch des stechenden Cifetressi-Krauts, das er rauchte, durch die Luftlöcher von Ravas Zelle zu blasen.

Die letzte Kabine teilten sich Lenipobra und Lamm. Lenipobra war der Jüngste der Truppe, ein schlaksiger, stotternder Junge mit feuerrotem Haar. Er war sehr stolz auf seine tätowierte Zunge und zeigte sie bei jeder möglichen Gelegenheit. Die Tätowierung, das Bild einer menschlichen Frau, war in jeder Beziehung primitiv. Lenipobra stellte das dar, was auf der *CAT* einem Mediziner am nächsten kam, und war selten ohne ein kleines Schirmbuch zu sehen, das eins der neueren panhumanen medizinischen Unterrichtswerke enthielt. Voller Stolz zeigte er es Horza, einschließlich einiger der sich bewegenden Seiten, von denen eine in lebhaften Farben die grundlegenden Techniken für die Behandlung tiefer Laser-Verbrennungen in den häufigsten Formen von Verdauungstrakten zeigte. Lenipobra hielt das für einen großen Spaß. Horza nahm sich vor, aus diesem Grund noch sorgfältiger darauf zu achten, daß er im Tempel des Lichts nicht angeschossen wurde. Lenipobra hatte sehr lange und dünne Arme und verbrachte ein Viertel jeden Tages damit, auf allen vieren zu gehen. Doch ob dies für seine Spezies nichts als natürlich oder für seine Person bloße Affektiertheit war, konnte Horza nicht entdecken.

Lamms Körpergröße lag ziemlich unter dem Durchschnitt, doch sah er sehr muskulös und kompakt aus.

Er besaß doppelte Augenbrauen und kleine, chirurgisch eingepflanzte Hörner. Letztere stachen aus seinem dünn werdenden, aber sehr dunklen Haar hervor. Was sein Gesicht anging, so tat er sein Bestes, es aggressiv und drohend wirken zu lassen. Er sprach zwischen den Operationen verhältnismäßig wenig, und wenn er doch sprach, ging es für gewöhnlich um Schlachten, an denen er teilgenommen hatte, Leute, die er getötet hatte, Waffen, die er benutzt hatte, und so weiter. Lamm betrachtete sich als den stellvertretenden Kommandanten des Schiffes, ungeachtet Kraiklyns Politik, alle Mitglieder der Crew als gleichrangig zu behandeln. Hin und wieder pflegte Lamm die Leute daran zu erinnern, daß sie ihn nicht reizen durften. Er war gut bewaffnet und tödlich, und sogar sein Anzug trug eine atomare Ladung, die er, wie er sagte, eher hochgehen als sich gefangennehmen lassen werde. Anscheinend hoffte er, die Leute würden daraus den Schluß ziehen, daß er, wenn sie ihn verstimmten, in seiner Verärgerung seine legendäre Atombombe zünden könnte.

*

»Zum Teufel, was siehst du mich so an?« erklang Lamms Stimme durch einen Sturm statischer Geräusche im Shuttle. Horza, der in seinem zu großen Anzug durchgeschüttelt wurde, kam zu Bewußtsein, daß er den anderen Mann, der ihm direkt gegenübersaß, tatsächlich angesehen hatte. Er berührte den Mikrophonknopf an seinem Hals und sagte:

»Ich habe an etwas anderes gedacht.«

»Ich will nicht, daß du mich ansiehst.«

»Irgendwohin müssen wir alle sehen«, sagte Horza scherzend zu dem Mann in dem mattschwarzen Anzug, dessen Helm eine graue Sichtscheibe hatte. Der schwarze Anzug machte eine Geste mit der Hand, die kein Laser-Gewehr hielt.

»Verdammt noch mal, laß das bleiben!«

Horza ließ die Hand von seinem Hals sinken. Er schüttelte innerhalb des Anzughelms den Kopf. Das Ding paßte so schlecht, daß es sich an der Außenseite nicht bewegte. Er starrte auf den Abschnitt des Shuttlerumpfes über Lamms Kopf.

Sie wollten den Tempel des Lichts angreifen. Kraiklyn saß an den Kontrollen des Shuttles. Dicht über den Wäldern von Marjoin, die noch in nächtlichem Dunkel lagen, steuerte er sie auf die Sonnenaufgangslinie über dem dichtgepackten, dampfenden Grün zu. Der Plan ging dahin, daß die *CAT*, die Sonne sehr tief hinter sich, zu dem Planeten zurückkehren, ihre Effektoren auf eventuell vorhandene elektronische Einrichtungen des Tempels richten und mit den Hilfslasern und ein paar Sprengstoffbomben soviel Lärm und Lichtblitze erzeugen würde wie möglich. Während dieses Ablenkungsmanöver die gesamte Verteidigungskapazität, die die Priester haben mochten, auf sich zog, sollte das Shuttle entweder geradewegs zum Tempel fliegen und die gesamte Mannschaft absetzen oder, falls es eine feindliche Reaktion gab, im Wald auf der Nachtseite des Tempels landen und ihre kleine Truppe in Raumanzügen dort aussteigen lassen. Die Leute würden sich dann verteilen und, sofern sie ein solches Gerät besaßen, mit ihrem Antigrav zum Tempel fliegen oder – wie in Horzas Fall – so gut es ging in Richtung der am Hang gelegenen niedrigen Gebäude und kurzen Türme, die den Tempel des Lichts darstellten, robben, kriechen, gehen oder rennen.

Horza hatte nicht glauben wollen, daß sie ohne irgendeine vorherige Erkundung landen wollten, aber als er Kraiklyn bei der Vorbesprechung im Hangar zu diesem Punkt anbohrte, hatte ›der Mann‹ gemeint, damit würden sie unter Umständen das Element der Überraschung aufgeben. Er hatte genaue Karten des Ortes und einen guten Schlachtplan. Die Mönche waren keine ausgemachten Trottel, und der Planet war von Kontakt besucht worden, und zweifellos wußten sie, daß rings um ihn ein Krieg tobte. Für den Fall, daß die Religionsgemeinschaft für irgendeine Raumbeobachtung gesorgt hatte, war es klüger, eine Erkundung, die Kraiklyns Söldnertruppe verraten konnte, gar nicht erst zu versuchen. Wie dem auch sei, Tempel veränderten sich nicht sehr.

Horza und verschiedene andere waren von dieser Auslegung der Situation nicht sehr beeindruckt gewesen, aber es gab nichts, was sie hätten tun können. So saßen sie jetzt alle in dieser schrottreifen Fähre, schwitzend und nervös und durchgeschüttelt wie die Zutaten eines Cocktails und knallten mit mehr als der fünffachen Schallgeschwindigkeit in eine möglicherweise feindliche Atmosphäre. Horza seufzte und überprüfte noch einmal sein Gewehr.

Wie seine antike Rüstung war das Gewehr alt und unzuverlässig. Es hatte zweimal Ladehemmung gehabt, als er es auf dem Schiff mit Platzpatronen ausprobierte. Sein magnetischer Treibsatz schien noch einigermaßen zu funktionieren, aber nach der regellosen Streuung der Kugeln zu urteilen, waren seine Züge so gut wie nutzlos. Die Patronen waren groß – ein Kaliber von mindestens sieben Millimetern, und ihre Länge betrug das Dreifache. Das Gewehr konnte nur achtundvierzig gleichzeitig aufnehmen und nicht schneller als acht pro Sekunde abfeuern. Unglaublicherweise waren die riesigen Kugeln nicht einmal Explosivgeschosse; sie waren massive Metallklumpen und sonst nichts. Zu allem Überfluß funktionierte das Visier der Waffe nicht mehr. Wenn man es einschaltete, füllte roter Nebel den kleinen Schirm. Horza seufzte.

»Wir sind jetzt rund dreihundert Meter über den Bäumen«, sagte Kraiklyns Stimme vom Flugdeck der Fähre, »und haben etwa die anderthalbfache Schallgeschwindigkeit. Die *CAT* ist nach hier unterwegs. Sie beginnt gerade mit dem Eintauchmanöver. Noch zwei Minuten. Ich kann die Morgendämmerung sehen. Viel Glück für alle.« Die Stimme knatterte und erstarb in Horzas Helmlautsprecher. Einige der in Raumanzügen steckenden Gestalten tauschten Blicke. Horza sah zu Yalson hinüber, die drei Meter von ihm entfernt auf der anderen Seite der Fähre saß, aber ihre Sichtscheibe war verspiegelt. Er konnte nicht erkennen, ob sie ihn ansah oder nicht. Er hätte ihr gern etwas gesagt, wollte sie jedoch nicht über den offenen Kanal stören, wenn sie sich vielleicht gerade konzentrierte, sich vorbereitete. Neben Yalson saß Dorolow. Ihre behandschuhte Hand zog das Zeichen des Flammenkreises über der Sichtscheibe ihres Helms.

Horza schlug mit den Händen auf das alte Gewehr und pustete gegen den Kondensationsnebel, der sich am oberen Rand seiner Sichtscheibe bildete. Das machte es nur noch schlimmer, wie er sich hätte denken können. Vielleicht sollte er jetzt, wo sie sich innerhalb der planetaren Atmosphäre befanden, die Sichtscheibe öffnen.

Das Shuttle erbebte plötzlich, als habe es die Spitze eines Berges abrasiert. Alle wurden in ihren Sicherheitsgurten vorwärtsgeschleudert, ein paar Gewehre segelten schräg nach oben, klapperten gegen die Decke und fielen auf das Deck zurück. Ihre Besitzer griffen danach. Horza schloß die Augen; er wäre gar nicht überrascht gewesen, wenn einer dieser Enthusiasten die Sicherung offengelassen hätte. Doch wurden die Gewehre wieder eingesammelt, ohne daß es ein Unglück gab, die Leute setzten sich mit ihnen im Arm wieder hin und blickten umher.

»Was, zum Teufel, war das?« Aviger, der alte Mann, lachte nervös. Die Fähre manövrierte hart, warf erst die eine Hälfte der Gruppe auf den Rücken, während die Insassen auf der anderen Seite von ihren Sitznetzen festgehalten wurden, kippte dann in die andere Richtung und kehrte die Positionen um. Grunzlaute und Flüche drangen über den offenen Kanal in Horzas Helm. Die Fähre tauchte, was Horza ein leeres Gefühl im Magen gab, schwebte und nahm ihren ruhigen Flug wieder auf.

»Ein bißchen feindliches Feuer«, verkündete Kraiklyn knapp, und all die Anzughelme drehten sich von einer Seite zur anderen.

»Was?«

»Feindliches *Feuer?*«

»Ich hab's gewußt!«

»Oh-oh.«

»Verdammt.«

»*Warum* habe ich gleich gedacht, als ich diese schicksalhaften Worte ›fix rein, fix raus‹ hörte, dies würde ...«, begann Jandraligeli mit gelangweilter, wissender Stimme, doch Lamm schnitt ihm das Wort ab.

»Verdammtes feindliches Feuer. Das hat uns gerade noch gefehlt. Verdammtes feindliches Feuer.«

»Also haben sie doch Waffen«, stellte Lenipobra fest.

»Scheiße, wer hat heutzutage keine?« meinte Yalson.

»Chicel-Horhava, süße Dame, rette uns alle«, murmelte Dorolow und beschleunigte die Bewegungen, mit denen sie über ihrer Sichtscheibe das Kreiszeichen zog.

»Hör auf mit dem Blödsinn!« fuhr Lamm sie an.

»Hoffen wir, Mipp kann sie ablenken, ohne daß ihm der Hintern weggeschossen wird«, sagte Yalson.

»Vielleicht sollten wir die Sache abblasen«, schlug Rava Gamdol vor. »Meint ihr, wir sollten sie abblasen?

Meint ihr, es wäre das Beste, wenn wir sie abbliesen? Meint irgendwer ...«

»NEIN!« – »JA!« – »NEIN!« riefen drei Stimmen beinahe im Chor. Alle sahen die drei Bratsilakins an. Die beiden äußeren Bratsilakins wandten ihre Helme, um den in der Mitte anzusehen, während das Shuttle von neuem niedertauchte. Der Helm des mittleren Bratsilakin drehte sich kurz nach links und nach rechts. »Ach, Scheiße«, sagte eine Stimme über den offenen Kanal. »Geht in Ordnung: NEIN!«

»Ich finde, wir sollten vielleicht ...« setzte Rava Gamdol von neuem an.

Da rief Kraiklyn: »Es geht los! Haltet euch bereit!«

Die Fähre bremste hart, legte sich erst in der einen und dann in der anderen Richtung schräg, erschauerte einmal und tauchte. Sie sprang und vibrierte, und eine Sekunde lang glaubte Horza, sie stürzten ab. Doch schon schlitterte das Fahrzeug über den Boden und hielt, und die rückwärtigen Türen öffneten sich. Horza sprang mit den anderen auf, stürmte aus der Fähre und in den Dschungel.

Sie standen auf einer Lichtung. An ihrem hinteren Ende fielen immer noch ein paar Äste und Zweige von den großen, wuchtig wirkenden Bäumen. Dort hatte das Shuttle vor Sekunden bei ihrem Anflug auf den kleinen Fleck ebenen, grasbewachsenen Bodens den Rand des Blätterdaches durchbrochen. Horza blieb die Zeit, ein Paar bunter Vögel schnell aus den Bäumen fortfliegen zu sehen und einen Blick auf einen blaurosa Himmel zu erhaschen. Dann rannte er mit den anderen um das vordere Ende der Fähre, wo der Boden immer noch dunkelrot glühte und die Vegetation schwelte, hinein in den Dschungel. Ein paar Leute der Truppe benutzten ihre Antigrav-Geräte und schwebten über dem Unterholz durch die moosbedeckten Stämme, wurden jedoch von Schlingpflanzen behindert, blumenbesetzten Tauen zwischen den Bäumen.

Bis jetzt konnten sie den Tempel des Lichts noch nicht sehen, aber laut Kraiklyn lag er genau vor ihnen. Horza sah sich nach den anderen Fußsoldaten um. Sie kletterten über gefallene Baumstämme, die unter Moos begraben waren, und umgingen Schlingpflanzen und Luftwurzeln.

»Dieses blöde Ausschwärmen; das Terrain ist zu schwierig.« Das war Lamms Stimme. Horza blickte ringsum und nach oben und entdeckte den schwarzen Anzug, wie er senkrecht zu der grünen Blättermasse über ihnen hochstieg.

»Scheißkerl«, pustete eine atemlose Stimme.

»Ja. Sch-scheißkerl«, pflichtete Lenipobra ihr bei.

»Lamm«, sagte Kraiklyn, »du Hurensohn, brich da oben nicht durch! Ihr sollt euch verteilen, verdammt noch mal!«

Eine Schockwelle, die Horza durch seinen Anzug fühlen konnte, fuhr über sie alle hin. Horza warf sich sofort zu Boden und blieb dort liegen. Ein zweiter Knall kam durch den zischenden Helmlautsprecher, der den Lärm draußen aufnahm.

»Das war die *CAT*, die über uns weggeflogen ist!« Horza erkannte die Stimme nicht.

»Bist du sicher?« fragte eine andere.

»Ich habe sie durch die Bäume gesehen! Es war die *CAT!*«

Horza stand auf und trabte im Laufschritt los.

»Der schwarze Scheißkerl hätte mir beinahe den Kopf abgerissen …« schimpfte Lamm.

Vor Horza schimmerte Licht durch die Stämme und Blätter. Er hörte Schießen: das scharfe Knallen von Projektilen, das saugende *Uuup* der Laser und das Knack-*Wuusch*-Krachen der Plasma-Kanone. Er rannte zu einem niedrigen, mit Büschen bewachsenen Damm und warf sich dort so hin, daß er gerade noch hinübersehen konnte. Ja, da war der Tempel des Lichts. Er hob sich vor der Morgendämmerung ab, ganz mit Kletter- und Schlingpflanzen und Moos bedeckt. Ein paar Türme und Türmchen ragten wie eckige Baumstämme davon in die Höhe.

»Da ist er!« rief Kraiklyn. Horza spähte an dem Damm entlang und entdeckte ein paar Leute der Truppe, die ebenso dalagen wie er. »Wubslin! Aviger!« befahl Kraiklyn. »Gebt uns Deckung mit den Plasmas! Neisin, du richtest die Mikrohowitzer auf beide Seiten der Anlage – und ebenso auf den Boden dahinter. Alle anderen folgen mir!«

Mehr oder weniger gleichzeitig stürmten sie den von Moos und Gestrüpp verfilzten Hang hoch, auf der anderen Seite hinunter, durch das leichte Buschwerk und langes, rohrähnliches Gras, dessen Halme mit klebrigem, dunkelgrünem Moos bedeckt waren. Diese Mischung an Bodendeckung erreichte etwa Brusthöhe und machte das Vorankommen schwierig. Aber es würde verhältnismäßig leicht sein, sich unter eine Schußlinie zu ducken. Horza watete dahin, so gut er konnte. Plasma-Bolzen schwirrten über ihm durch die Luft und erhellten das dämmerige Stück Boden zwischen ihnen und der schrägen Tempelmauer.

Ferne Erdfontänen und Erschütterungen, die er durch die Füße fühlen konnte, verrieten Horza, daß Neisin, seit zwei Tagen nüchtern, mit der Mikrohowitzer ein überzeugendes und, was wichtiger war, genaues Feuermuster legte.

»Von der oberen linken Ebene kommt ein bißchen Gewehrfeuer«, teilte die kühle Stimme Jandraligelis ihnen ohne Hast mit. Der Plan sah vor, daß er sich hoch oben im Blätterdach des Waldes verbarg und den Tempel beobachtete. »Ich schieße jetzt zurück.«

»Scheiße!« schrie plötzlich jemand auf. Eine der

Frauen. Horza hörte vor sich Schüsse, obwohl von dem Teil des Tempels, den er im Blickfeld hatte, keine Lichtblitze zu sehen waren.

»Ha, ha«, erklang Jandraligelis Stimme selbstgefällig in den Helmlautsprechern. »Habe sie erwischt!« Horza sah ein Rauchwölkchen über der linken Seite des Tempels aufsteigen. Er war inzwischen etwa auf die Hälfte des Weges herangekommen, vielleicht noch näher. Einige der anderen waren links und rechts nicht weit von ihm entfernt. Sie drängten sich durch das Rohrgras und die Büsche, die Gewehre hoch auf einer Schulter. Alle wurden sie nach und nach von dem dunkelgrünen Moos bedeckt, das, wie Horza dachte, zur Tarnung nützlich sein mochte (vorausgesetzt natürlich, daß es sich nicht als irgendein scheußliches, bisher noch nicht entdecktes, mit Bewußtsein ausgestattetes Killer-Moos erwies ... Er ermahnte sich, nicht so dumm zu sein).

Im Gebüsch rings um ihn krachte es laut. Rohrstückchen und Zweige flatterten wie nervöse Vögel an ihm vorbei. Er warf sich zu Boden. Die Erde unter ihm bebte. Er rollte sich herum und sah Flammen an den moosigen Stengeln über ihm hochlecken. Ein flackernder Brandherd lag genau hinter ihm.

»Horza?« fragte eine Stimme. Yalsons Stimme.

»Okay«, antwortete er. Er richtete sich zu geduckter Haltung auf und rannte an Büschen und jungen Bäumen vorbei durchs Gras.

»Wir kommen jetzt herein«, meldete Yalson. Auch sie war oben in den Bäumen, zusammen mit Lamm, Jandraligeli und Neisin. Dem Plan folgend, würden alle außer Neisin und Jandraligeli mit ihren Antigravgeräten zum Tempel fliegen. Obwohl diese Ausstattung ihrer Anzüge ihnen eine zusätzliche Dimension zum Arbeiten gab, mochte das ein zweifelhafter Segen sein. Während eine Gestalt in der Luft im allgemeinen schwerer zu treffen ist als eine auf dem Boden, zieht sie im allgemeinen eine Menge mehr Feuer auf sich. Der einzige andere in der Truppe, der ein Antigravgerät besaß, war Kraiklyn, aber er zog es vor, wie er gesagt hatte, es nur für Überraschungen oder in Notfällen einzusetzen. Deshalb war er mit dem Rest der Leute immer noch auf dem Boden.

»Ich bin an der Mauer!« Horza meinte, Odrayes Stimme zu erkennen. »Sieht aus, als sei alles in Ordnung. Die Mauer macht gar keine Schwierigkeiten, durch das Moos ist sie ...«

In Horzas Helmlautsprecher knatterte es. Er war sich nicht sicher, ob etwas mit seinem Kommunikator nicht stimmte oder ob Odraye etwas zugestoßen war.

»... mir Deckung, während ich ...«

»... sinnlos, wenn ...« Stimmen klirrten in Horzas Helm. Er watete weiter durch das Rohrgras und stieß seinen Helm an.

»... Arschloch!« summte der Helmlautsprecher und verstummte. Horza fluchte, blieb stehen, hockte sich auf den Boden. Er fummelte an den Kommunikator-Kontrollen seitlich am Helm, versuchte, den Lautsprecher ins Leben zurückzurufen. Die zu großen Handschuhe behinderten ihn. Der Lautsprecher blieb still. Wieder fluchte er, stellte sich auf die Füße und drängte sich weiter durch das Gebüsch und das lange Gras auf die Tempelmauer zu.

»... jektile innen!« gellte plötzlich eine Stimme. »Dies ... – ... dammt einfach!« Horza konnte die Stimme nicht identifizieren, und der Lautsprecher war gleich darauf wieder tot.

Horza kam am Fuß der Mauer an. Sie führte in einer Schräge von vielleicht vierzig Grad aus dem Buschwerk hinaus und war mit Moos bedeckt. Ein Stück weiter kletterten zwei von der Truppe hinauf, fast bis zur Krone in sieben Metern Höhe. Horza sah eine Gestalt durch die Luft fliegen und über der Brüstung verschwinden. Er fing an zu klettern. Der ungeschickt große Anzug machte es ihm schwieriger, als es normalerweise gewesen wäre, aber er kam oben an, ohne zu fallen, und sprang von der Brüstung auf einen breiten Gehweg hinunter. Eine ähnliche moosbedeckte Wand führte schräg zum nächsten Stockwerk hinauf. Zu Horzas Rechten bildete die Mauer hinter einem gedrungenen Turm eine Ecke; zu seiner Linken verschwand der Gehweg scheinbar in einer schwarzen Wand, die im rechten Winkel vorsprang. Nach Kraiklyns Plan sollte Horza diesen Weg nehmen. Es mußte eine Tür da sein. Horza rannte auf die schwarze Wand zu.

Ein Helm tauchte von der Seite der schrägen Mauer hoch. Horza war dabei, sich zu ducken und zu drehen, nur für alle Fälle, aber erst winkte ein Arm von derselben Stelle, dann erschienen sowohl der Helm als auch der Arm, und er erkannte die Frau Gow.

Horza schob die Sichtscheibe seines Helms im Laufen zurück und bekam einen Schwall dschungelduftender marjoinischer Luft ins Gesicht. Er hörte knatterndes Projektil-Feuer aus dem Innern des Tempels und das ferne *Wumm* einer explodierenden Mikrohowitzer-Kugel. Er lief zu einem schmalen Eingang in der schrägen Wand hin, der halb von Streifen eines moosigen Gewächses verborgen war. Gow kniete, das Gewehr schußbereit, auf den gesplitterten Überresten einer schweren Holztür, die den ins Innere führenden Gang blockiert hatte. Horza kniete sich neben sie und zeigte auf seinen Helm.

»Mein Kommunikator ist aus. Was ist geschehen?«

Gow berührte einen Knopf an ihrem Handgelenk, und ihr Anzug-Lautsprecher sagte: »Bis jetzt ist alles okay. Keine Verwundungen. Sie auf Türmen.« Sie zeigte hinauf. »Sie nicht hineinfliegen. Feind haben nur Projektil-Gewehre, sie zurückweichen.« Sie nickte und spähte fortwährend durch den Eingang und in den dunklen Gang dahinter. Horza nickte ebenfalls. Gow klopfte ihm auf den Arm. »Ich sagen Kraiklyn, du gehen hinein, ja?«

»Ja, sag ihm, mein Kommunikator ist aus, okay?«

»Sicher. Zallin Ärger haben. Du vorsichtig sein, okay?«

»Sei du auch vorsichtig«, antwortete Horza. Er stand auf und betrat den Tempel, schlurfte über Holzsplitter und Bruchstücke aus Sandstein, die durch die Zerstörung der Tür über das Moos gestreut worden waren. Der dunkle Korridor gabelte sich in drei Richtungen. Er wandte sich zu Gow zurück und zeigte darauf. »Mittlerer Gang, richtig?«

Die geduckte Gestalt, die sich vor dem Licht der Morgendämmerung abhob, nickte und antwortete: »Ja, sicher. Du gehen mittleren.«

Horza ging los. Der Korridor war mit Moos bedeckt. Alle paar Meter glommen matte elektrische Lampen an den Wänden und warfen trübe Lichtpfützen, die das dunkle Moos zu absorbieren schien. Obwohl es nicht kalt war, fröstelte es Horza in dem engen Gang mit den weichen Wänden und dem schwammigen Fußboden. Er sah nach, ob sein Gewehr schußbereit war. Abgesehen von seinem eigenen Atem hörte er kein Geräusch.

Er kam an eine T-Kreuzung und nahm die Abzweigung nach rechts. Eine Treppe wurde sichtbar, und er rannte sie hoch. Einmal stolperte er, als seine Füße versuchten, aus den ihm zu großen Stiefeln zu schlüpfen; er streckte die Hand aus und schrammte sich den Arm an der Stufe auf. Ein Fetzen Moos ging ab, und er sah darunter in dem matten gelben Licht der Wandlampen kurz etwas Glitzerndes. Er fand das Gleichgewicht wieder, schüttelte seinen verletzten Arm und stieg weiter. Warum nur hatten die Erbauer des Tempels die Treppe aus etwas gemacht, das wie Glas aussah? Oben angekommen, ging er einen kurzen Korridor entlang, dann eine weitere Treppe hinauf, die sich nach rechts wand und unbeleuchtet war. In Anbetracht seines Namens, dachte Horza, war der Tempel bemerkenswert dunkel. Er landete auf einem kleinen Balkon.

Der Mantel des Mönchs war dunkel, von der gleichen Farbe wie das Moos, und Horza entdeckte ihn erst, als sich ihm das blasse Gesicht zusammen mit dem Gewehr zuwandte.

Horza warf sich zur Seite, gegen die Wand zu seiner Linken und feuerte gleichzeitig sein Gewehr aus der Hüfte ab. Das Gewehr des Mönchs ruckte nach oben und ratterte eine Salve gegen die Decke. Der Mönch fiel zu Boden. Die Schüsse hallten in dem leeren Raum hinter dem kleinen Balkon rundherum wider. Horza hockte an der Wand, die Mündung auf die dunkle, zusammengebrochene Gestalt gerichtet, die nur zwei Meter von ihm entfernt war. Er hob den Kopf und sah im Dämmerlicht, was vom Gesicht des Mönchs übriggeblieben war. Da entspannte er sich ein wenig. Der Mann war tot. Horza drückte sich von der Wand ab und kniete sich vor das Balkongeländer. Jetzt erkannte er eine große Halle, die von wenigen kleinen Kugellampen, die aus ihrem Dach vorragten, spärlich beleuchtet wurde. Der Balkon befand sich etwa auf halber Höhe an einer der längeren Wände, und nach dem, was Horza sehen konnte, erhob sich am einen Ende der Halle eine Art von Bühne oder Altar. Das Licht war so trübe, daß er sich nicht sicher war, aber er meinte, über den Boden der Halle huschten schattenhafte Gestalten. Waren das Leute von der Truppe? Er versuchte, sich zu erinnern, ob er auf dem Weg zum Balkon weitere Türen oder Korridore gesehen hatte. Dort unten hätte er sein sollen, auf jener Ebene, auf dem Fußboden der Halle. Seinen nutzlosen Kommunikator verfluchend, sagte er sich, daß er wohl das Risiko eingehen müsse, die Leute unten in der Halle anzurufen.

Er beugte sich vor. Ein paar Glasscherben waren vom Dach gefallen, wo es vom Gewehr des Mönchs getroffen worden war, und die Scherben knirschten unter Horzas Anzugknie. Bevor er den Mund öffnen konnte, um in die Halle hinunterzurufen, hörte er Geräusche von unten – eine hohe Stimme, die etwas in einer aus Quietsch- und Klicklauten bestehenden Sprache sagte. Horza verhielt sich still. Es hätte möglicherweise Dorolows Stimme sein können, überlegte er. Aber warum sollte sie eine andere Sprache als Marain benutzen? Die Stimme erklang von neuem. Er meinte, eine zweite zu hören, doch in diesem Augenblick gab es eine kurze Explosion aus Laser- und Projektilfeuer von dem Ende der Halle, das dem Altar gegenüberlag. Er duckte sich, und als es wieder ruhig wurde, hörte er etwas hinter sich klicken.

Er fuhr herum, krümmte den Finger am Drücker, aber es war niemand da. Statt dessen wackelte ein kleines rundes Ding, ungefähr von der Größe einer Kinderfaust, die Balustrade entlang und knallte einen Meter von ihm entfernt auf das Moos nieder. Er trat danach und machte einen Hechtsprung über die Leiche des Mönchs hinweg.

Die Granate explodierte mitten in der Luft, direkt unter dem Balkon.

Horza fuhr in die Höhe, während die Echos noch vom Altar zurückschallten. Er sprang durch den Eingang am hinteren Ende des Balkons, stützte sich dabei mit einer Hand an der weichen Ecke der Mauer ab und schwang sich herum, während er auf die Knie fiel. Er streckte die Hand nach dem Gewehr des toten Mönchs aus und entwand es dem schlaffen Griff des Leichnams, gerade als sich der Balkon mit einem glasigen, knirschenden Geräusch von der Wand löste. Horza schob sich in den Korridor zurück. Der Balkon kippte mit einer matt glitzernden Wolke aus Bruchstücken in den leeren Raum der Halle und fiel mit gewaltigem Krachen und Klirren auf den Boden unten. Die schattenhafte Gestalt des toten Mönches flatterte mit hinab.

Horza sah weitere Gestalten in der Dunkelheit auseinanderrennen und feuerte mit dem neu erworbenen Gewehr hinunter. Dann drehte er sich um und spähte den Korridor entlang, in dem er sich jetzt befand. Ob es einen Weg gab, der in die Halle hinunter oder gar wieder nach draußen führte? Er überprüfte das Gewehr des Mönchs; es schien besser zu sein als seins. In geduckter Haltung rannte er von dem Eingang weg, der die Halle überblickte. Sein altes Gewehr hatte er über die Schulter gelegt. Der matt beleuchtete Korridor bog nach rechts ab. Horza richtete sich auf, je weiter er sich von dem Eingang entfernte, und machte sich keine Sorgen mehr über Granaten. Dann geschah in der Halle hinter ihm alles auf einmal.

Das erste, was er davon merkte, war, daß er einen Schatten nach vorn warf, der auf der geschwungenen Wand des Gangs flackerte und tanzte. Dann warfen ihn eine Kakophonie von Lärm und stotternde Ausbrüche von Explosionswellen fast von den Füßen und attackierten seine Ohren. Schnell schloß er die Sichtscheibe des Helms, duckte sich wieder und drehte sich zu der Halle und den grellen Lichtblitzen zurück. Noch durch den Helm meinte er Schreie zu hören, die sich in das Gewehrfeuer und die Explosionen mischten. Er rannte zurück, warf sich hin, wo er vorher gelegen hatte, und blickte in die Halle hinunter.

In dem Augenblick, als ihm klar wurde, was sich abspielte, senkte er den Kopf so schnell er konnte, und benutzte die Ellbogen, um sich zurückzuschieben. Am liebsten wäre er davongelaufen, aber er blieb liegen, wo er war, steckte das Gewehr des toten Mönchs um die Ecke des Eingangs und sprühte Feuer in die allgemeine Richtung des Altars, bis die Waffe aufhörte zu schießen. Seinen Helm hielt er mit abgewandter Sichtscheibe so weit wie möglich von dem Eingang entfernt. Als das Gewehr versagte, warf er es weg und benutzte sein eigenes, bis es Ladehemmung hatte. Danach rutschte er ein Stück zurück, stand auf und rannte den Korridor hinunter, weg von der Öffnung der Halle. Er zweifelte nicht daran, daß der Rest der Truppe das gleiche tat, das heißt, diejenigen, die es konnten.

Was er gesehen hatte, war im Grunde unglaublich, aber obwohl er nur so lange hingesehen hatte, bis ein einziges, sich kaum bewegendes Bild auf seiner Retina entstanden war, wußte er, was geschah. Im Laufen versuchte er, sich zurechtzulegen, warum, zum Teufel, Leute lasersichere Tempel erbauten. Dann kam er an eine T-Kreuzung und machte halt.

Er schlug den Gewehrkolben gegen die Mauerecke, durch das Moos. Das Metall schlug eine Bresche, aber er spürte noch etwas anderes nachgeben. Im schwachen Licht der Zellen, die zu beiden Seiten der Sichtscheibe seines Helms angebracht waren, sah er sich an, was unter dem Moos lag.

»O Gott ...« flüsterte er. Er schlug gegen eine andere Stelle der Wand und betrachtete es von neuem. Ihm fiel das Glitzern ein, das ihm aufgefallen war, als er sich den Arm aufschrammte, und das Knirschen unter seinem Knie auf dem Balkon. Er hatte gemeint, unter dem Moos auf der Treppe sei Glas. Jetzt lehnte er sich gegen die Wand, und Übelkeit schüttelte ihn.

Niemand hatte die außergewöhnliche Mühe auf sich genommen, einen ganzen Tempel – oder auch nur eine einzige große Halle – lasersicher zu machen. Das wäre schrecklich teuer gewesen und auf einem Planeten vom Niveau drei gewiß sowieso unnötig. Nein; wahrscheinlich war das ganze Innere des Tempels (er dachte an den Sandstein, an dem die Eingangstür befestigt gewesen war) aus Kristallblöcken erbaut worden. Das war das Material, das sich unter all dem Moos verbarg. Von einem Laserstrahl getroffen, verdampfte das Moos in einem Augenblick. Die darunterliegenden Kristall-Oberflächen reflektierten den Rest des Stoßes sowie sämtliche weiteren Schüsse, die auf die gleiche Stelle fielen. Noch einmal betrachtete Horza die zweite Stelle, die er mit dem Gewehr bearbeitet hatte, sah tief hinein in die transparente Fläche. Die Lampen seines Anzugs schimmerten von einer gespiegelten Grenze irgendwo da drinnen matt zurück. Er riß sich los und rannte die rechte Abzweigung des Korridors hinunter, vorbei an schweren Holztüren, dann ein paar gewendelte Stufen hinunter auf einen Lichtfleck zu.

Was er in der Halle gesehen hatte, war Chaos, von Laserstrahlen erhellt. Ein einziger Blick, der mit mehreren Lichtblitzen zusammenfiel, hatte ihm ein Bild in die Augen gebrannt, das er immer noch halb sehen zu können glaubte. An dem einen Ende der Halle, auf dem Altar, duckten sich Mönche mit Gewehren, die das Feuer von chemischen Explosionsstoffen zeigten; das verdampfende Moos ließ dunkle Rauchwolken um sie aufquellen. Am anderen Ende der Halle standen oder lagen oder torkelten ein paar Leute von der Truppe, und ihre riesigen Schatten wurden auf die Wand hinter ihnen geworfen. Sie schossen mit allem, was sie hatten, und trafen die gegenüberliegende Wand. Sie waren sich nicht darüber im klaren, daß sie auf die inneren Oberflächen der Kristallblöcke zielten, die die Laserstrahlen zurückwarfen, und so wurden sie von ihren eigenen Schüssen getroffen. Mindestens zwei waren bereits blind, nach der Art zu urteilen, wie sie umherstolperten, die Arme vor sich ausgestreckt, die Gewehre mit einer Hand abfeuernd.

Horza wußte nur zu gut, daß sein Anzug, vor allem die Sichtscheibe, nicht imstande war, einem Laserstrahl Widerstand zu leisten, ob er nun aus einer Waffe stammte, die sichtbare Wellenlängen benutzte, oder einer mit Röntgenstrahlen. Er konnte nur seinen Kopf aus dem Weg halten, die Projektile, die er hatte, losballern und hoffen, daß er ein paar der Priester oder ihrer Wächter erwischte. Wahrscheinlich hatte er schon Glück gehabt, daß er in dem kurzen Augenblick, den er in die Halle gesehen hatte, nicht getroffen worden war. Jetzt ging es nur noch darum, hinauszugelangen. Er versuchte, in das Helmmikrophon zu rufen, aber der Kommunikator war tot. Seine Stimme hallte hohl in dem Anzug wider, kam jedoch nicht über den Kopfhörer.

Er erkannte vor sich eine weitere schattenhafte Gestalt, eine undeutliche Silhouette, die sich unten an der Wand in einem Fleck Tageslicht duckte, der aus einem anderen Korridor einfiel. Horza warf sich in einen Eingang. Die Gestalt bewegte sich nicht.

Er versuchte es mit seinem Gewehr. Die Schläge gegen die Kristallwände schienen die Ladehemmung beseitigt zu haben. Ein Feuerstoß ließ die Gestalt auf dem Boden zusammenbrechen. Horza trat aus dem Eingang und ging zu ihr hin.

Es war ein weiterer Mönch, dessen tote Hand eine Pistole umfaßte. Sein weißes Gesicht war in dem Licht sichtbar, das durch einen anderen Gang kam. Die Wand hinter dem Mönch zeigte die Pockennarben weggebrannten Mooses; darunter lag klarer, unbeschädigter Kristall. Die Kutte des Mönchs, die sich jetzt mit leuchtend rotem Blut vollsaugte, trug außer den Löchern, die Horzas Schüsse gerissen hatten, auch Laser-Verbrennungen. Horza steckte den Kopf um die Ecke und sah ins Licht.

Vor der morgendlichen Helligkeit, umrahmt von einem schrägen Eingang, lag eine Gestalt in einem Raumanzug auf dem bemoosten Fußboden, eine Hand mit dem Gewehr ausgestreckt, so daß die Mündung den Gang hinunter auf Horza zeigte. Eine schwere Tür hing, nur noch von einer verdrehten Angel gehalten, schief dahinter. *Das ist Gow*, dachte Horza. Dann sah er sich wieder die Tür an und meinte, sie sehe irgendwie verkehrt aus. Die Tür und die Wände, die zu ihr hinführten, trugen die Narben von Laserverbrennungen.

Er ging den Korridor bis zu der liegenden Gestalt hinauf und rollte sie herum, damit er das Gesicht sehen konnte. Eine Sekunde lang schwamm es ihm vor den Augen. Das war nicht Gow, es war ihre Freundin kee-Alsorofus, die hier gestorben war. Ihr geschwärztes, zerrissenes Gesicht starrte mit trockenen Augen durch die immer noch klare Sichtscheibe ihres Helms. Horza betrachtete die Tür und den Gang. Natürlich: Er war in einem anderen Teil des Tempels. Die gleiche Situation, aber andere Gänge und eine andere Person …

Der Anzug der Frau hatte Löcher, die an einigen Stellen zentimetertief waren. Der Geruch nach verbranntem Fleisch drang bis in Horzas schlecht passenden Anzug ein. Er würgte. Dann stand er auf, nahm kee-Alsorofus' Laser, stieg über die schiefe Tür und hinaus auf den Gehweg. Er rannte ihn entlang, um eine Ecke, duckte sich einmal, als eine Mikrohowitzer-Granate zu dicht an den schrägen Mauern des Tempels landete und einen Schauer von blitzenden Kristall-Fragmenten und rötlichen Sandsteinsplittern nach oben sandte. Auch die Plasma-Kanonen schossen immer noch vom Wald her, aber Horza konnte keine fliegenden Gestalten entdecken. Er hielt nach ihnen Ausschau, als er plötzlich den Anzug auf seiner einen Seite bemerkte, in dem Winkel der Mauer stehend. Er stutzte, erkannte Gows Anzug und machte etwa drei Meter vor ihr halt. Sie musterte ihn. Langsam schob sie die Sichtscheibe ihres Helms hoch. Ihr graues Gesicht und die schwarzen, brunnentiefen Augen waren auf das Laser-Gewehr gerichtet, das er trug. Der Ausdruck auf ihrem Gesicht erweckte in ihm den Wunsch, sich überzeugt zu haben, ob die Waffe noch eingeschaltet war. Er blickte auf das Gewehr in seiner Hand nieder, dann zu der Frau hin, die es immer noch anstarrte.

»Ich …« setzte er zu einer Erklärung an.

»Sie tot, ja?« fragte die Frau mit klangloser Stimme. Sie schien zu seufzen. Horza holte Atem, wollte von neuem sprechen, aber Gow fuhr ebenso monoton fort: »Ich glauben, ich sie hören.«

Plötzlich flog ihre Hand hoch, und die Waffe, die sie darin hielt, blitzte im Blau und Rosa des Morgenhimmels. Horza erkannte, was sie tat, sprang mit ausgestreckter Hand vor, obwohl er wußte, er war zu weit entfernt und kam zu spät, um irgend etwas zu tun.

»Nicht!« konnte er noch rufen, aber die Mündung steckte bereits im Mund der Frau, und einen Augenblick später – instinktiv duckte Horza sich und schloß die Augen – trieb ein Stoß unsichtbaren Lichts die Rückseite von Gows Helm hinaus und schleuderte eine rote Wolke über die moosige Wand dahinter.

Horza hockte sich auf die Fersen, die Hände um den Gewehrlauf vor sich geschlossen, die Augen blind auf den fernen Dschungel gerichtet. *Was für eine Schweinerei!* sagte er zu sich selbst. *Was für eine gottverdammte, obszöne, blöde Schweinerei!* Er hatte dabei nicht an das gedacht, was Gow sich soeben angetan hatte, aber er sah sich nach dem roten Fleck auf der schrägen Mauer und dem am Boden liegenden Anzug Gows um und sagte es stumm noch einmal.

*

Er schickte sich an, die Außenmauer des Tempels wieder hinunterzuklettern, als sich etwas in der Luft über ihm bewegte. Er drehte sich um und sah Yalson auf dem Gehweg landen. Sie warf einen Blick auf Gows Leiche, dann tauschten sie aus, was sie beide über die Situation wußten – was sie über ihren Helmlautsprecher mitbekommen, was Horza in der Halle gesehen hatte –, und entschieden sich, an Ort und Stelle zu bleiben, bis einer der anderen herauskam oder sie die Hoffnung aufgaben. Laut Yalson waren nur Rava Gamdol und Tzbalik Odraye nach dem Feuergefecht in der Halle definitiv tot, aber alle drei Bratsilakins waren ebenfalls dort gewesen, und keiner hatte von ihnen gehört, nachdem man über den offenen Kanal wieder etwas verstehen konnte, und die Schreie zum größten Teil verstummt waren.

Kraiklyn lebte und war unverletzt, aber er hatte die Orientierung verloren, ebenso Dorolow, die weinend dasaß, vielleicht blind war. Lenipobra hatte gegen jeden Rat und gegen Kraiklyns Befehl den Tempel durch eine Dachtür betreten und war auf dem Weg nach unten; er wollte unter Benutzung einer kleinen Projektil-Pistole, die er bei sich gehabt hatte, versuchen, zu retten, wen er konnte.

Yalson und Horza setzten sich Rücken an Rücken auf den Gehweg. Yalson hielt den Wandler über die Vorgänge im Tempel auf dem laufenden. Lamm flog über sie hinweg und auf den Dschungel zu, wo er dem protestierenden Wubslin eine der Plasma-Kanonen abnahm. Er war gerade in ihrer Nähe gelandet, als Lenipobra stolz verkündete, er habe Dorolow gefunden, und Kraiklyn meldete, er könne Tageslicht sehen. Immer noch war kein Ton von den Bratsilakins zu hören. Kraiklyn tauchte um eine Ecke des Gehwegs auf. Lenipobra kam in Sicht. Er hielt Dorolow gegen seinen Anzug gedrückt und setzte in einer Reihe großer, langsamer Sprünge über die Mauern hinunter, da sein Antigravgerät Mühe hatte, sowohl ihn als auch die Frau zu heben.

Sie machten sich auf den Rückweg zur Fähre. Jandraligeli sah eine Bewegung auf dem Weg hinter dem Tempel, und Heckenschützen schossen von beiden Seiten aus dem Dschungel. Lamm wollte mit der Plasma-Kanone in den Tempel hineinballern und ein paar Mönche verdampfen, aber Kraiklyn befahl den Rückzug. Lamm warf ihnen die Plasma-Waffe hinunter und segelte allein in Richtung der Fähre davon. Er fluchte in voller Lautstärke auf dem offenen Kanal, über den Yalson immer noch die Bratsilakins zu rufen versuchte.

Jandraligeli gab ihnen Deckung. Unter den vorüberzischenden Plasma-Bolzen wateten sie durch das hohe Rohrgras und die Büsche. Gelegentlich mußten sie sich ducken, wenn kleinkalibrige Projektile durch das Grünzeug rings um sie fetzten.

*

Sie lagen im Hangar der *Clear Air Turbulence* neben der immer noch warmen Fähre, die sich nach dem schnellen Aufstieg durch die Atmosphäre klickend und knackend abkühlte.

Niemand hatte Lust zu reden. Sie saßen oder lagen einfach auf dem Deck, einige mit dem Rücken an der warmen Fähre. Am meisten angegriffen waren diejenigen, die im Innern des Tempels gewesen waren, aber auch die anderen, die das Chaos nur über ihre Anzug-Kommunikatoren miterlebt hatten, befanden sich in einem Schockzustand. Helme und Waffen waren rings um sie verstreut.

»Tempel des Lichts«, sagte Jandraligeli schließlich und gab ein Geräusch von sich, das wie eine Mischung aus Lachen und Schnauben klang.

»Tempel des verdammten Lichts«, stimmte Lamm ihm zu.

»Mipp«, fragte Kraiklyn mit müder Stimme seinen

Helm, »kommen irgendwelche Signale von den Bratsilakins?«

Mipp, der immer noch auf der kleinen Brücke der *CAT* war, meldete, es kämen keine.

»Wir sollten den Ort in Schutt und Asche legen«, sagte Lamm. »Eine Atombombe auf die Kerle werfen.« Niemand antwortete. Yalson stand langsam auf und verließ den Hangar, stieg müde die Treppe zum oberen Deck hinauf, den Helm von ihrem einen Arm, das Gewehr vom anderen baumelnd, den Kopf gesenkt.

»Leider haben wir das Radargerät verloren.« Wubslin schloß eine Inspektionsluke und rollte sich unter der Nase der Fähre hervor. »Diese erste Salve feindlichen Feuers ...« Seine Stimme erstarb.

»Wenigstens ist niemand verwundet«, stellte Neisin fest. Er sah Dorolow an. »Sind deine Augen besser?« Die Frau nickte, hielt jedoch die Augen geschlossen. Neisin nickte ebenfalls. »Es ist viel schlimmer, wenn Leute verwundet werden. Wir haben Glück gehabt.« Er faßte in ein Päckchen an der Vorderseite seines Anzugs und zog einen kleinen Metallbehälter hervor. Er saugte an einem oben angebrachten Mundstück, verzog das Gesicht und schüttelte den Kopf. »Ja, wir haben Glück gehabt. Und für die anderen ist es schnell gegangen.« Er nickte vor sich hin, ohne jemanden anzusehen, ohne daran Anstoß zu nehmen, daß ihm niemand zuhörte. »Alle, die wir verloren haben, teilten das Schicksal ... ich meine, sie gingen paarweise ... oder zu dritt ... versteht ihr?« Er nahm noch einen Schluck und schüttelte den Kopf. Dorolow saß in seiner Nähe; sie streckte die Hand aus. Neisin sah sie überrascht an, dann reichte er ihr den kleinen Behälter. Dorolow nahm einen Schluck und gab ihn zurück. Neisin sah in die Runde, aber sonst wollte keiner etwas.

Horza saß da und schwieg. Er starrte auf die kalten

Lichter des Hangars und versuchte, die Szene aus seinem Gedächtnis zu verbannen, deren Zeuge er in der Halle des dunklen Tempels geworden war.

*

Die *Clear Air Turbulence* verließ den Orbit mit dem Fusionsantrieb in Richtung des äußeren Rands von Marjoins Schwerkraftschacht, wo sie ihre Warpmotoren starten konnte. Sie fing keine Signale von den Bratsilakins auf, und sie warf keine Bomben auf den Tempel des Lichts. Sie nahm Kurs auf das Vavatch-Orbital.

Aus Radiosendungen, die sie von dem Planeten aufgefangen hatten, reimten sie sich zusammen, was an jenem Ort geschehen war, was die Mönche und Priester im Tempel veranlaßt hatte, sich so gut zu bewaffnen. Auf der Welt Marjoin führten zwei Staaten Krieg miteinander, und der Tempel lag nahe der Grenze zwischen ihnen, ständig eines Angriffs gewärtig. Einer der Staaten war vage sozialistisch, der andere war religiös inspiriert, und die Priester im Tempel des Lichts repräsentierten eine Kirche dieses militanten Glaubens. Der Krieg war zum Teil durch den größeren, galaktischen Konflikt verursacht worden, der rings um den Planeten stattfand, und stellte ein kleines und ungenaues Abbild davon dar. Diese Widerspiegelung, dachte Horza, hatte die Mitglieder der Truppe ebenso getötet wie die zurückgeworfenen Laserblitze.

*

Horza war sich nicht sicher, ob er in dieser Nacht schlafen würde. Er lag ein paar Stunden lang wach und lauschte den leisen Alpträumen Wubslins. Dann wurde sacht an die Kabinentür geklopft. Yalson kam herein und setzte sich auf Horzas Koje. Sie legte den

Kopf an seine Schulter, und sie hielten sich umfaßt. Nach einer Weile nahm sie seine Hand und führte ihn den Niedergang hinunter, weg von der Messe – wo Licht und ferne Musik verrieten, daß der niemals schlafende Kraiklyn mit einer Drogenflasche und einem Holotonband abschaltete – und hinunter in die Kabine, die Gow und kee-Alsorofus gehört hatte.

In der Dunkelheit der Kabine, auf einem kleinen Bett voll von fremden Gerüchen und neuen Texturen vollzogen sie den gleichen alten Akt. Es war in ihrem Fall – wie sie beide wußten – eine fast sicher unfruchtbar bleibende Kreuzung von Spezies und Kulturen, die Tausende von Lichtjahren auseinanderlagen. Dann schliefen sie ein.

Spielstand: Eins

Fal 'Ngeestra sah zu, wie die Schatten der Wolken über die Ebene zogen, zehn Kilometer waagerecht und einen senkrecht von ihr entfernt, und dann hob sie den Blick mit einem Seufzer zu der Reihe schneemützziger Berge auf der anderen Seite des offenen Graslandes. Zwischen der Bergkette und ihren Augen lagen volle dreißig Kilometer, aber die Gipfel waren scharf und klar in der dünnen Luft, in die sie mit ihrem Fels und ihren eisigen, strahlendweißen Flächen eindrangen. Noch über diese Strecke und durch soviel Atmosphäre beunruhigte ihr Gleißen das Auge.

Fal wandte sich ab und ging steifbeinig, was zu ihrem Mangel an Jahren nicht passen wollte, über die großen Steinplatten der Terrasse vor der Hütte. Die Pergola über ihr war mit leuchtend roten und weißen Blüten bedeckt und warf ein regelmäßiges Schattenmuster auf die Terrasse. Fal ging durch Licht und Schatten, und ihr Haar wechselte bei jedem schleppenden Schritt, der sie vom Schatten in den Sonnenschein führte, von mattem Schimmer zu glänzendem Gold.

Der aus Kanonenmetall bestehende Körper des Jase genannten Roboters erschien am hinteren Ende der Terrasse, außerhalb der Hütte. Fal sah ihn und lächelte. Von dem Mäuerchen, das die Terrasse von der Aussicht trennte, sprang eine Steinbank vor. Auf die setzte sie sich. Sie waren hier in großer Höhe, aber es war ein heißer und windstiller Tag; sie wischte ein bißchen

Schweiß von ihrer Stirn. Der alte Roboter schwebte über die Terrasse auf sie zu. Die schrägen Sonnenstrahlen glitten in stetigem Rhythmus über seinen Körper. Auf den Steinen neben der Bank ließ der Roboter sich nieder. Sein breiter, flacher Kopf war ungefähr auf einer Höhe mit dem Scheitel des Mädchens.

»Ist das nicht ein schöner Tag, Jase?« Fal richtete den Blick wieder auf die fernen Berge.

»O ja«, antwortete Jase. Der Roboter besaß eine ungewöhnlich tiefe und volltönende Stimme, und er machte guten Gebrauch davon. Seit tausend oder mehr Jahren waren Kultur-Roboter mit Aura-Feldern ausgestattet, die sich entsprechend ihrer Stimmung färbten. Das war ihr Äquivalent für Gesichtsausdruck und Körpersprache. Jase jedoch war alt, hergestellt, lange bevor man an Aura-Felder gedacht hatte, und er hatte sich geweigert, nachträglich mit einem ausgerüstet zu werden. Er zog es vor, sich auf seine Stimme zu verlassen, wenn er den Wunsch hatte, auszudrücken, was er empfand, und andernfalls undurchschaubar zu bleiben.

»Verdammt!« Fal betrachtete den Schnee auf den Gipfeln. »Ich wollte, ich wäre beim Klettern.« Sie schnalzte mit der Zunge und sah an ihrem rechten Bein hinunter, das sie vor sich ausgestreckt hielt. Das Bein hatte sie sich vor acht Tagen beim Klettern in den Bergen auf der anderen Seite der Ebene gebrochen. Jetzt war es mit einem feinen Flechtwerk von Feldsträngen geschient, die sich unter modisch engen Hosen verbargen.

Jase hätte das zum Anlaß nehmen können, dachte Fal, ihr wieder einmal eine Predigt zu halten über die Ratsamkeit, nur mit einem Schwebeharnisch oder mit einem Roboter in der Nähe zu klettern oder zuallermindest nicht allein zu gehen. Aber Jase schwieg. Fal sah ihn an. Ihr sonnengebräuntes Gesicht schimmerte im Licht. »Und was hast du für mich, Jase? Arbeit?«

»Leider ja.«

Fal setzte sich auf der Steinbank so bequem zurecht, wie es ging, und kreuzte die Arme. Jase ließ ein kurzes Kraftfeld aus seinem Gehäuse sprießen, um das unbeholfen ausgestreckte Bein zu stützen, obwohl er wußte, daß das Feld der Schiene vollkommen ausreichte.

»Spuck's aus!« sagte Fal.

»Vielleicht erinnerst du dich an einen Punkt der Synopse vor achtzehn Tagen über eins unserer Fahrzeuge, das von einem Fabrikschiff in dem Raumabschnitt diesseits des Düsteren Golfes zusammengeschustert wurde. Das Fabrikschiff mußte sich zerstören, und diesem Beispiel folgte später das Fahrzeug, das es hergestellt hatte.«

»Ich erinnere mich.« Fal vergaß überhaupt wenig und von der täglichen Synopsis nichts. »Es bestand aus nicht zusammengehörigen Einzelteilen. Das Fabrikschiff versuchte, auf diese Weise ein Gehirn, das für ein Systemschiff bestimmt war, in Sicherheit zu bringen.«

Jases Stimme klang ein bißchen müde. »Und damit haben wir ein Problem.«

Fal lächelte.

Die Kultur, daran war nicht zu zweifeln, verließ sich bei dem Krieg, in den sie jetzt verwickelt war, auf ihre Maschinen, sowohl in der Strategie als auch in der Taktik. Tatsächlich hätte man behaupten können, die Kultur sei ihre Maschinen, und ihre Maschinen repräsentierten sie auf elementarere Weise als irgendein einzelner Mensch oder eine Gruppe von Menschen innerhalb der Gesellschaft. Die elektronischen Gehirne, die jetzt von den Fabrikschiffen der Kultur, von ungefährdeten Orbitals und größeren System-Schiffen hergestellt wurden, gehörten zu den raffiniertesten Ansammlungen von Materie in der Galaxis. Sie waren so intelligent, daß kein Mensch fähig war, zu verstehen, wie intelligent sie waren (und die Maschinen ihrerseits waren nicht fähig, es einer derartig beschränkten Lebensform zu beschreiben).

Von diesen mentalen Kolossen über die alltäglicheren, aber immer noch über Bewußtsein verfügenden Maschinen und die klugen, aber letzten Endes mechanistischen und berechenbaren Computer bis hinunter zu den kleinsten Schaltungen in einem Miniflugkörper, der kaum mehr Intelligenz als eine Fliege besaß, hatte die Kultur auf die Maschine statt auf das menschliche Gehirn gesetzt, schon lange bevor man den idiranischen Krieg hatte vorhersehen können. Das lag daran, daß die Kultur sich als eine Gesellschaft sah, die sich ihrer Rationalität bewußt war. Maschinen waren besser imstande, diesen gewünschten Zustand zu erreichen, und, wenn sie ihn erreicht hatten, Gebrauch davon zu machen. Das genügte der Kultur als Begründung.

Außerdem gab es den Menschen in der Kultur die Freiheit, sich um die Dinge zu kümmern, auf die es im Leben wirklich ankommt, zum Beispiel Sport, Spiele, Romantik, das Studium toter Sprachen, barbarischer Gesellschaften und unmöglicher Probleme und das Ersteigen hoher Berge ohne die Hilfe eines Schwebeharnischs.

Eine voreingenommene Auslegung dieser Situation mochte zu der Vorstellung führen, die elektronischen Gehirne der Kultur könnten mit maschineller Entrüstung und Kurzschlüssen reagieren, wenn sie entdeckten, daß manche Menschen unglaublicherweise fähig waren, den Rekord der Gehirne in der Analyse gegebener Tatsachenreihen einzustellen und gelegentlich sogar zu brechen. Das passierte jedoch nie. Es faszinierte die Maschinen, daß eine solche kleine und chaotische Ansammlung mentaler Fähigkeiten durch irgendeinen neuronischen Kunstgriff fähig war, auf ein Problem eine Antwort zu liefern, die ebenso gut war wie ihre eigene. Dafür mußte es natürlich eine Erklärung geben. Vielleicht hing es mit der Struktur von Ursache und Wirkung zusammen, die zu ergründen sogar die beinahe gottähnliche Kraft der Gehirne Schwierigkeiten hatte, und jedenfalls hatte es eine ganze Menge mit dem bloßen Gewicht der großen Zahl zu tun.

In der Kultur lebten mehr als achtzehn Billionen Personen, von denen praktisch jede einzelne gut ernährt, umfassend ausgebildet und geistig rege war, und nur dreißig oder vierzig von ihnen besaßen diese ungewöhnliche Fähigkeit zu Vorhersagen und Analysen auf dem Niveau eines gut informierten elektronischen Gehirns (von denen es bereits viele Hunderttausende gab). Es war nicht unmöglich, daß es sich dabei um pures Glück handelte. Wirf eine Weile achtzehn Billionen Münzen in die Luft, und ein paar von innen werden für lange, lange Zeit immer auf der gleichen Seite landen.

Fal 'Ngeestra war Beraterin, eine von diesen dreißig, vielleicht vierzig Personen von den achtzehn Billionen der Kultur, die imstande waren, intuitiv eine Vorstellung davon zu entwickeln, was geschehen werde, oder zu erklären, warum das, was bereits geschehen war, auf diese Weise geschehen war, und beinahe jedes Mal recht hatten. Ständig wurden Fal Probleme und Gedanken vorgelegt; sie wurde gleichzeitig ausgenützt und hochgeschätzt. Doch sie bestand darauf, daß man sie, wenn sie in den Bergen kletterte, sich selbst überließ und auf eine Überwachung verzichtete. Sie pflegte ein Taschen-Terminal mitzunehmen, um alles aufzuzeichnen, aber es bestand dann keine Realzeit-Verbindung mit irgendeinem Teil des Gehirn-Netzwerkes ihrer Heimatwelt.

Wegen dieser Marotte hatte sie einen Tag und eine Nacht mit zerschmettertem Bein im Schnee gelegen, bevor eine Suchmannschaft sie entdeckte.

Der Roboter Jase teilte ihr nun die Einzelheiten mit, wie das namenlose Schiff sein Mutterschiff verlassen hatte, abgefangen wurde und sich selbst zerstörte. Fal jedoch hielt den Kopf abgewendet und hörte nur halb zu. Ihre Augen und ihre Gedanken waren auf den fernen schneebedeckten Hängen, die sie, wie sie hoffte, in ein paar Tagen wieder besteigen würde, sobald die dummen Knochen in ihrem Bein richtig geheilt waren.

Die Berge waren schön. Es gab andere Berge auf der hangaufwärts gelegenen Seite der Hüttenterrasse, die bis in den klaren blauen Himmel reichten, aber sie waren zahm im Vergleich mit diesen scharfen, steilen Gipfeln jenseits der Ebene. Fal wußte, deshalb hatte man sie in diese Hütte gesetzt. Man hoffte, sie würde diese näheren Berge besteigen, statt sich die Mühe zu machen, in einen Flieger zu springen und die Ebene zu überqueren. Es war ein dummer Einfall gewesen. Man hatte ihr gestatten müssen, die Berge zu sehen, denn andernfalls hätte sie nicht sie selbst sein können, und solange sie sie sehen konnte, *mußte* sie sie einfach besteigen. Diese Idioten.

Auf einem Planeten, dachte sie, könnte man sie nicht so gut sehen. Die unteren Ausläufer wären nicht zu erkennen, so, wie die Berge unmittelbar aus der Ebene aufsteigen.

Die Hütte, die Terrasse, die Berge und die Ebene lagen auf einem Orbital. Menschen hatten diese Welt gebaut oder zumindest die Maschine gebaut, die die Maschinen gebaut hatte, die … Nun, so könnte man immer weitermachen. Die Platte des Orbitals war fast perfekt flach; tatsächlich war sie senkrecht leicht konkav, aber da der innere Durchmesser des fertigen Orbitals – vollständig erst dann, wenn all die individuellen Platten zusammengefügt und die letzten Trennwände entfernt worden waren – mehr als drei Millionen Kilometer betrug, war die Krümmung sehr viel geringer als auf der konvexen Oberfläche eines für Menschen bewohnbaren Planeten. Deshalb konnte Fal von ihrem hochgelegenen Aussichtspunkt bis an den Fuß der fernen Berge sehen.

Fal meinte, es müsse sehr seltsam sein, auf einem Planeten zu leben und um eine Krümmung herumsehen zu müssen, so daß zum Beispiel auf dem Meer erst der obere Teil eines Schiffes über dem Horizont auftauchte und der Rest langsam folgte.

Plötzlich kam ihr zu Bewußtsein, daß etwas, das Jase eben gesagt hatte, sie auf Planeten gebracht hatte. Sie drehte sich um, sah die dunkelgraue Maschine ernst an und ließ ihr Kurzzeit-Gedächtnis ablaufen, um die genaue Erinnerung zurückzurufen.

»Dieses Gehirn ist im Hyperraum *unter* die Planetenoberfläche gegangen?« fragte sie. »Und dann hat es innendrin gewarpt?«

»Jedenfalls sagte es, das wolle es versuchen, als es die codierte Botschaft in seinem Selbstzerstörungsschema absandte. Wäre es ihm nicht gelungen, hätte mindestens ein halbes Prozent seiner Masse auf eine Weise mit der Materie des Planeten reagiert, als sei sie Antimaterie.«

»Ich verstehe.« Fal kratzte sich die Wange mit dem Finger. »Ich dachte, so etwas werde für unmöglich gehalten?« Ihre Stimme enthielt die Frage. Sie sah Jase an.

»Was?« fragte er.

Ihr Gesicht verdüsterte sich, weil sie nicht sofort verstanden worden war. Ungeduldig wedelte sie mit der Hand. »Das, was es getan hat. Im Hyperraum unter etwas so Großes zu gehen und dann herüberzuspringen. Ich habe gelernt, daß nicht einmal wir so etwas tun könnten.«

»Dieses Gehirn hatte es auch gelernt, aber es war verzweifelt. Der Allgemeine Kriegsrat entschied, wir sollten versuchen, das Kunststück mit einem ähnlichen

Gehirn und einem entbehrlichen Planeten nachzumachen.«

»Was ist geschehen?« Fal grinste bei dem Gedanken an einen ›entbehrlichen‹ Planeten.

»Kein Gehirn wollte es auch nur in Erwägung ziehen; es sei viel zu gefährlich. Sogar die dafür qualifizierten im Kriegsrat zauderten.«

Fal lachte und sah zu den roten und weißen Blüten hoch, die sich um die Pergola wanden. Jase, der in seinem tiefsten Innern ein hoffnungsloser Romantiker war, fand, ihr Lachen höre sich an wie das Klingeln der Gebirgsbäche, und zeichnete es immer für sich selbst auf, auch wenn es ein Schnauben und Wiehern war, auch wenn sie grob wurde und dreckig lachte. Jase war klar, daß es einer Maschine, ob nun mit Bewußtsein begabt oder nicht, unmöglich war, vor Scham zu sterben, aber ebenso klar war ihm, daß er es tun würde, sollte Fal jemals dahinterkommen. Fal hörte auf zu lachen. Sie sagte:

»Wie sieht dieses Ding tatsächlich aus? Ich meine, man sieht sie nie richtig, sie stecken immer in etwas – einem Schiff oder so. Und wie hat es … was hat es benutzt, um damit zu warpen?«

»Äußerlich«, antwortete Jase in seinem üblichen ruhigen, gemessenen Ton, »ist es ein Ellipsoid. Mit eingeschalteten Feldern sieht es aus wie ein ganz kleines Schiff. Es hat eine Länge von etwa zehn und einen Durchmesser von zweieinhalb Metern. Innen besteht es aus Millionen von Komponenten, aber die wichtigsten sind die Denk- und Gedächtnisteile des eigentlichen Gehirns. Sie machen es so schwer, weil sie so dicht sind. Es wiegt beinahe fünfzehntausend Tonnen. Natürlich ist es mit einem eigenen Antrieb ausgestattet und mehreren Feldgeneratoren, von denen jeder als Notmotor in Dienst gestellt werden könnte und tatsächlich im Hinblick auf diese Möglichkeit konstruiert ist. Nur die äußere Hülle befindet sich ständig im realen Raum. Das übrige – jedenfalls alle denkenden Teile – bleiben im Hyperraum.

Nehmen wir an, wie wir wohl nicht umhin können, das Gehirn habe seine Ankündigung ausgeführt. Dafür gibt es nur einen möglichen Weg, da es keinen Warp-Antrieb oder Versetzer hatte.« Jase hielt inne. Fal hatte sich vorgebeugt, die Ellbogen auf den Knien, die Hände unter dem Kinn verschlungen. Er sah, daß sie ihr Gewicht auf ihrem Hinterteil verlagerte und daß sie für einen flüchtigen Augenblick das Gesicht verzog. Daraus schloß er, daß es ihr auf der harten Steinbank ungemütlich wurde, und er befahl einem der Hütten-Roboter, ein paar Kissen zu bringen. »Zwar besitzt das Gehirn eine interne Warp-Einheit, doch ist sie nur dazu bestimmt, durch Erweiterung mikroskopischer Erinnerungsspeicher mehr Raum um diejenigen Informationsabschnitte – sie haben die Form von elementaren Partikel-Spiralen dritten Grades – zu schaffen, die es zu löschen wünscht. Das normale Volumen-Limit dieser Warp-Einheit liegt unter einem Kubikmillimeter. Irgendwie hat das Gehirn sie so umgebaut, daß sie seinen ganzen Körper umfaßte und es innerhalb der Planetenoberfläche erscheinen ließ. Ein großer freier Raum wäre der logische Platz, den es gesucht hätte, und die Tunnel des Kommando-Systems boten sich dazu an. Das Gehirn sagte, es wolle sie aufsuchen.«

»Richtig.« Fal nickte. »Okay. Was sind jetzt die … oh …«

Ein kleiner Roboter, der zwei große Kissen trug, tauchte neben ihr auf. »Hmm, danke.« Fal stützte sich mit der Hand hoch und schob sich das eine Kissen unter, das andere in ihren Rücken. Der kleine Roboter schwebte zu der Hütte zurück. Fal setzte sich zurecht. »Hast du die Kissen verlangt, Jase?« fragte sie.

»Ich nicht«, log Jase, insgeheim erfreut. »Was wolltest du fragen?«

»Diese Tunnel.« Diesmal beugte sich Fal in größerer Bequemlichkeit vor. »Dieses Kommando-System. Was ist das?«

»Kurz gesagt, es besteht aus einer gewundenen, paarweise angelegten Schleife von Tunneln mit zweiundzwanzig Metern Durchmesser in einer Tiefe von fünf Kilometern unter der Oberfläche. Das ganze System hat eine Länge von mehreren hundert Kilometern. Die Züge sollten in Kriegszeiten mobile Kommandozentralen eines Staates sein, der einmal auf dem Planeten existierte, als er sich auf Niveau drei, der mittleren Phase der Intelligenz, befand. Zu der Zeit war die technisch höchstentwickelte Waffe die Fusionsbombe, die mittels transplanetarer ferngelenkter Raketen ins Ziel befördert wurde. Das Kommandosystem sollte ...«

»Ja.« Fal schwenkte schnell die Hand. »Die Kommandozentralen sollten mobil sein, damit sie nicht bombardiert werden konnten. Richtig?«

»Ja.«

»Was für eine Felsdecke hatten sie?«

»Granit«, sagte Jase.

»Batholitisch?«

»Eine Sekunde.« Jase fragte anderswo nach. »Ja. Korrekt. Ein Batholit.«

»Ein Batholit?« Fal hob die Augenbrauen. »Nur einer?«

»Nur einer.«

»Dies ist eine Welt mit ziemlich geringer Schwerkraft? Mit dicker Kruste?«

»Mit beidem.«

»Aha. Das Gehirn steckt also innerhalb dieser ...« Ihr Blick wanderte die Terrasse entlang, ohne wirklich etwas zu sehen. Aber mit ihrem geistigen Auge spähte sie kilometerweit in dunkle Tunnel (und dachte, es könnten sich ein paar hübsch eindrucksvolle Berge über ihnen erheben: All dieser Granit, ein niedriger G-Wert, ein zum Klettern gut geeignetes Territorium). Sie wandte sich wieder der Maschine zu. »Also was geschah dann? Das ist ein Planet der Toten. Haben die Eingeborenen sich letzten Endes selbst ausgelöscht?«

»Mit biologischen Waffen, nicht mit Atombomben. Bis zum letzten Humanoiden. Es ist elftausend Jahre her.«

»Hmm.« Jetzt war es Fal klar, warum die Dra'Azon Schars Welt zu einem ihrer Planeten der Toten gemacht hatten. Wenn man eine Superspezies aus reiner Energie war, die sich schon lange von dem normalen, auf Materie basierenden Leben der Galaxis zurückgezogen hatte, und wenn man die Ansicht vertrat, man müsse den einen oder anderen Planeten, der sich als Monument für Tod und Vergänglichkeit eignete, abriegeln und konservieren, dann verdiente Schars Welt mit seiner kurzen und schmutzigen Geschichte sicher einen Platz ganz oben auf der Liste.

Ihr fiel etwas ein. »Wie kommt es, daß die Tunnel in all der Zeit nicht eingestürzt sind? Der Druck in fünf Kilometern Tiefe ...«

»Das wissen wir nicht«, seufzte Jase. »Die Dra'Azon sind mit Informationen nicht sehr entgegenkommend gewesen. Es ist möglich, daß die Ingenieure des Systems eine Technik entwickelt hatten, die es dem Druck über eine solche Zeitspanne widerstehen ließen. Zugegeben, das ist unwahrscheinlich, aber sie waren in Wahrheit genial.«

»Schade, daß sie nicht ein bißchen Genialität darauf verwandt haben, am Leben zu bleiben, statt den Massenmord so wirksam wie möglich zu machen.« Fal gab ein kleines schnaubendes Geräusch von sich.

Jase freute sich über die Worte des Mädchens (wenn

nicht über das Schnauben), aber gleichzeitig entdeckte er in ihnen eine Spur von Mischung aus Verachtung und herablassender Selbstgerechtigkeit, die die Kultur-Leute sich nur so schwer verkneifen konnten, wenn sie die Fehler ihr unterlegener Gesellschaften beleuchteten. Dabei waren die ursprünglichen Zivilisationen, aus denen die Kultur entstanden war, ebenso fehlbar gewesen. Im Grunde hatten sie ja recht: Die Erfahrung ebenso wie der gesunde Menschenverstand lehren, daß die zuverlässigste Methode, eine Selbstauslöschung zu vermeiden, darin besteht, sich gar nicht erst mit den Mitteln dazu auszurüsten.

»Also steckt das Gehirn in den Tunneln.« Fal klopfte mit ihrer unverletzten Ferse gegen die grauen Steine und blickte nach unten. »Und die Dra'Azon sind draußen. Was ist das Limit der Stillen Barriere?«

»Die übliche halbe Entfernung zu dem nächsten Stern: Augenblicklich im Falle von Schars Welt dreihundertundzehn Standard-Lichttage.«

»Und ...?« Sie hielt Jase die Hand hin, hob den Kopf und die Augenbrauen. Die sanfteste aller Brisen spielte mit den Blüten an der Pergola über ihr, und die Schatten tanzten über ihre Wangen. »Wo liegt das Problem?«

»Nun«, sagte Jase, »der Grund, warum das Gehirn überhaupt hereingelassen wurde, war, weil es ...«

»Verzweifelt war. Richtig. Weiter!«

Jase, der sich über Fals Unterbrechungen nicht mehr ärgerte, seit sie ihm das erste Mal eine Bergblume mitgebracht hatte, fuhr fort: »Es gibt eine kleine Basis auf Schars Welt wie auf fast allen Planeten der Toten. Wie üblich wurde sie von einer kleinen, nominell neutralen, nicht dynamischen Gesellschaft einer galaktischen Maturität bemannt ...«

»Der Wandler«, sagte Fal ganz langsam, als käme ihr die Lösung einer Frage, die sie seit Stunden beunruhigte, obwohl sie hätte einfach zu beantworten sein sollen. Sie sah durch die blumenbestreuten Balken zu einem blauen Himmel auf, über den gemächlich ein paar weiße Wölkchen zogen. Dann richtete sie den Blick wieder auf die Maschine. »Ich habe recht, nicht wahr? Dieser Wandler, der … und Balveda, diese BU-Agentin – und der Ort, wo man senil sein muß, um regieren zu dürfen. Die Leute auf Schars Welt sind Wandler, und dieser Mann …« Sie brach ab und runzelte die Stirn. »Aber ich dachte, er sei tot.«

»Wir sind uns nicht mehr sicher. Aus der letzten Botschaft von dem Kontaktschiff *Nervenenergie* geht hervor, daß er entkommen sein könnte.«

»Was ist aus dem Kontaktschiff geworden?«

»Das wissen wir nicht. Die Verbindung brach ab, als es versuchte, das idiranische Schiff aufzubringen, statt es zu zerstören. Vermutlich sind beide explodiert.«

»Es wollte das idiranische Schiff aufbringen?« fragte Fal gereizt. »Noch ein Gehirn, das ein Angeber ist. Aber darum geht es, nicht wahr? Die Idiraner könnten diesen Mann einsetzen – wie ist sein Name? Wissen wir das?«

»Bora Horza Gobuchul.«

»Wohingegen wir keine Wandler haben.«

»Doch, aber die eine, die wir haben, hat auf der anderen Seite der Galaxis einen dringenden Auftrag zu erledigen, der nichts mit dem Krieg zu tun hat. Es würde ein halbes Jahr kosten, sie herzuholen. Außerdem ist sie noch nie auf Schars Welt gewesen. Der heikle Teil an diesem Problem ist, daß Bora Horza Gobuchul dort gewesen ist.«

»Ho-*ho*«, sagte Fal.

»Dazu liegt uns eine unbestätigte Information vor, daß die gleiche idiranische Flotte, die das fliehende Schiff besiegte, ohne Erfolg versuchte, dem Gehirn mit einer kleinen Landetruppe auf Schars Welt zu folgen. Also wird der zuständige Dra'Azon mißtrauisch sein.

Vielleicht läßt er Bora Horza Gobuchul durch, da er früher bei dem Verwalter-Stab auf dem Planeten Dienst getan hat, aber selbst bei ihm ist es nicht sicher. Bei jedem anderen ist es äußerst zweifelhaft.«

»Natürlich könnte der arme Teufel tot sein.«

»Wandler haben nicht den Ruf, sie seien leicht umzubringen, und außerdem wäre es unklug, mit dieser Möglichkeit zu rechnen.«

»Und du machst dir Sorgen, er könnte zu diesem kostbaren Gehirn vordringen und es den Idiranern ausliefern.«

»Das könnte geschehen.«

»Nur einmal angenommen, es geschieht wirklich, Jase.« Fal kniff die Augen zusammen, beugte sich vor und sah die Maschine an. »Dann was? Würde das einen Unterschied bedeuten? Was hätte es zur Folge, wenn die Idiraner dieses zugegebenermaßen einfallsreiche Gehirnkind in die Hände bekämen?«

»Davon ausgehend, daß wir den Krieg gewinnen werden«, meinte Jase nachdenklich, »könnte es die Kämpfe um eine Handvoll Monate verlängern.«

»Und wie viele Monate wären das?«

»Irgendwo zwischen drei und sieben, nehme ich an. Es hängt davon ab, wessen Hand du benutzt.«

Fal lächelte. »Und das Problem ist, daß das Gehirn sich nicht zerstören kann, ohne den Planeten der Toten noch toter zu machen, als er bereits ist. Es würde ihn in einen Asteroidengürtel verwandeln.«

»Genau.«

»Deshalb wäre es vielleicht besser gewesen, der kleine Teufel hätte sich gar nicht erst die Mühe gemacht, sich aus dem Wrack zu retten, sondern wäre mit dem Schiff untergegangen.«

»Das nennt man den Überlebensinstinkt.« Jase wartete Fals Nicken ab und fuhr dann fort: »Er ist den meisten lebenden Dingen einprogrammiert.« Er machte eine Show daraus, das verletzte Bein des Mädchens in seinem Kraftfeld-Griff zu wiegen. »Obwohl es natürlich immer Ausnahmen gibt …«

»Ja.« Fal zeigte ein Lächeln, das, wie sie hoffte, herablassend wirkte. »Sehr drollig, Jase.«

»Du erkennst also das Problem.«

»Ich erkenne das Problem«, bestätigte Fal. »Natürlich könnten wir uns den Zugang mit Gewalt erzwingen, den Planeten notfalls in Stücke sprengen und sagen: ›Zur Hölle mit den Dra'Azon.‹« Sie grinste.

»Ja«, räumte Jase ein, »und den Ausgang des Krieges gefährden, indem wir eine Macht gegen uns aufbringen, deren nebelhafteste unbekannte Eigenschaft das genaue Ausmaß ihrer Riesenhaftigkeit ist. Wir könnten uns auch den Idiranern ergeben, aber ich glaube, das werden wir ebensowenig tun.«

»Nun, solange wir nur alle Möglichkeiten in Erwägung ziehen.« Fal lachte.

»O ja.«

»Okay, Jase, wenn das alles ist – laß mich eine Weile darüber nachdenken.« Fal 'Ngeestra setzte sich auf der Bank gerade, streckte sich und gähnte. »Es klingt interessant.« Sie schüttelte den Kopf. »Doch das ist eine Sache, die im Schoß der Götter liegt. Beschaff mir alles an Informationen, was du für relevant hältst. Ich möchte mich erst einmal auf dieses Stückchen des Krieges konzentrieren. Alles, was wir über den Düsteren Golf haben … jedenfalls soviel, wie ich verdauen kann. Okay?«

»Okay«, sagte Jase.

»Hmm.« Fal nickte vage vor sich hin, den Blick ins Leere gerichtet. »Ja … alles, was wir über dieses Gebiet – ich meine Raumvolumen – im allgemeinen haben.« Sie beschrieb mit der Hand einen Kreis, der in ihrer Phantasie mehrere Millionen Kubiklichtjahre umfaßte.

»Sehr wohl.« Jase zog sich langsam aus dem Sichtbereich des Mädchens zurück. Er schwebte unter den Blumen her, durch die Streifen aus Sonne und Schatten über die Terrasse in Richtung der Hütte.

Das Mädchen blieb allein, schaukelte im Sitzen vor und zurück und summte leise, die Hände vor dem Mund, die Ellbogen auf den Knien, von denen das eine abgewinkelt und das andere gerade ausgestreckt war.

So sind wir, dachte sie, wir töten die Unsterblichen und machen gerade noch davor halt, uns mit etwas anzulegen, das die meisten Leute als einen Gott bezeichnen würden. Und hier bin ich, achtzigtausend Lichtjahre davon entfernt, wenn ich richtig rechne, und soll mir für diese lächerliche Situation einen Ausweg einfallen lassen. Was für ein Witz! Verdammt, ich wünschte, sie ließen mich als Feld-Beraterin arbeiten, draußen, wo etwas los ist. Statt dessen sitze ich hier, so weit weg vom Schuß, daß es zwei Jahre dauern würde, hinzukommen. Nun, was soll's?

Sie verlagerte ihr Gewicht und setzte sich seitlich, so daß sie ihr gebrochenes Bein auf die Bank legen konnte. Dann wandte sie ihr Gesicht den Bergen zu, die jenseits der Ebene schimmerten. Sie stützte den Ellbogen auf die steinerne Brüstung und den Kopf in die Hand. Ihre Augen tranken das Bild in sich hinein.

Ob sie wirklich Wort gehalten und sie beim Klettern nicht beobachtet hatten? Sie würde es ihnen zutrauen, daß sie einen kleinen Roboter oder einen Mikroflugkörper oder so etwas in der Nähe gehalten hatten, nur für den Fall, daß etwas passierte. Und dann – nach dem Unfall, nachdem sie gestürzt war – hatten sie sie liegenlassen, verängstigt, frierend und in Schmerzen, nur um sie zu überzeugen, daß sie sie nicht beobachteten, und zu sehen, welche Wirkung es auf sie hatte, solange sie nicht in akuter Lebensgefahr war. Schließlich kannte sie die Art, wie ihre Gehirne funktionierten. Sie an ihrer Stelle hätte sich auch überlegt, ob sie so handeln solle.

Vielleicht sollte ich einfach meine Sachen packen und abreisen. Ihnen sagen, sie sollen ihren Krieg allein auskämpfen. Das Problem ist nur – ich liebe all das.

Sie blickte auf eine ihrer Hände nieder, goldbraun im Licht eines Sonnenstrahls. Sie öffnete und schloß sie, betrachtete die Finger. *Drei … bis sieben …* Sie dachte an eine idiranische Hand. *Es hängt davon ab …*

Wieder sah sie über die von Schatten gesprenkelte Ebene zu den fernen Bergen hin und seufzte.

Fünfter Teil

◊

Megaschiff

Vavatch lag im Raum wie das Armband eines Gottes. Der Vierzehn-Millionen-Kilometer-Reif glitzerte und funkelte blau und golden vor dem jettschwarzen Abgrund des Raums. Während die *Clear Air Turbulence* auf das Orbital zuwarpte, beobachteten die meisten der Truppe die Zielannäherung auf dem Hauptschirm in der Messe. Den größten Teil der Oberfläche des ultradichten Basismaterials, aus dem das Artefakt bestand, bedeckte ein aquamarinblaues Meer. Es war getupft mit weißen Wölkchen, die zu gewaltigen Sturmsystemen oder großen Bänken gesammelt wurden, von denen sich einige über die ganze Breite von fünfunddreißigtausend Kilometern des sich langsam drehenden Orbitals erstreckten.

Nur auf der einen Seite dieses geschlungenen Wasserbandes war Land sichtbar, dicht an dem schrägen Randwall aus reinem Kristall. Obwohl der Landstreifen aus dieser Entfernung wie ein dünner brauner Faden aussah, der am Rand eines großen ausgerollten Stoffballens von lebhaftem Blau lag, war dieser Faden so ungefähr zweitausend Kilometer breit. Auf Vavatch herrschte keine Bodenknappheit.

Die größte Attraktion des Orbitals waren jedoch jetzt wie seit jeher die Megaschiffe.

*

»Hast du keine Religion?« wollte Dorolow von Horza wissen.

»Doch«, antwortete er, ohne den Blick von dem Wandschirm über dem Ende des Haupttisches in der Messe abzuwenden. »Mein Überleben.«

»Dann stirbt deine Religion mit dir. Wie traurig.« Dorolow sah von Horza wieder zu dem Schirm. Der Wandler ignorierte die Bemerkung.

Der Wortwechsel hatte damit begonnen, daß Dorolow, überwältigt von der Schönheit des großen Orbitals, ihrer Überzeugung Ausdruck verlieh, obwohl das Artefakt ein Werk von niedrigen Kreaturen, nicht besser als Menschen, sei, stelle es doch ein triumphales Zeugnis für die Macht Gottes dar, denn Gott habe den Menschen und alle anderen beseelten Kreaturen erschaffen. Horza hatte dem widersprochen. Es hatte ihn echt verdrossen, daß die Frau etwas, das so offensichtlich ein Beweis für die Macht von Intelligenz und harter Arbeit war, als Argument für ihr System irrationalen Glaubens heranzog.

Yalson, die neben Horza am Tisch saß und ihren Fuß sacht am Knöchel des Wandlers rieb, stützte die Ellbogen neben den Tellern und Bechern auf die Plastik-Platte. »Und sie wollen es in vier Tagen sprengen. Was für eine verdammte Verschwendung.«

Sie bekam keine Chance, herauszufinden, ob diese Bemerkung geeignet gewesen wäre, das Thema zu wechseln, denn der Lautsprecher der Messe knatterte kurz, und dann kam deutlich die Stimme Kraiklyns durch, der auf der Brücke war: »Dachte, ihr würdet das gern sehen, Leute.«

Das Bild des fernen Orbitals wurde von einem leeren Schirm abgelöst, auf dem in flackernden Buchstaben eine Meldung erschien.

WARNUNG/SIGNAL/WARNUNG/SIGNAL/WARNUNG/SIGNAL/WARNUNG: ALLE FAHRZEUGE ACHTUNG! DAS VAVATCH-ORBITAL UND SEIN ZENTRUM

MIT SÄMTLICHEN HILFSEINHEITEN WERDEN PUNKT A/4872.0001 MARAINZEIT (ENTSPRECHENDE G-ZENTRUM-ZEIT 00043.2909.401; ENTSPRECHENDE ZWEIG-DREI-ZEIT 09.256.8: ENTSPRECHENDE IDIRAN-ZEIT RELATIV QU'URIBALTA 359.0021: ENTSPRECHENDE VAVATCH-ZEIT 7. SEGMENT 4010.5) ZERSTÖRT WIEDERHOLE ZERSTÖRT. ZERSTÖRUNG ERFOLGT MITTELS NOVANIVEAU-HYPERNETZINTRUSION MIT DARAUFFOLGENDER ZAM-BOMBARDIERUNG DURCH *ESCHATOLOGE* (VORLÄUFIGER NAME), SYSTEM-SCHIFF DER KULTUR. ZEIT FESTGESETZT AUF A74870.986: MARAINBASIS ALLTRANS ...
SIGNALABSCHNITT ENDE ...
SIGNALWIEDERHOLUNG NUMMER EINS VON SIEBEN FOLGENDEN: ....
WARNUNG/SIGNAL/WARNUNG/SIGNAL/WARNUNG ...

»Wir haben soeben die Sphäre dieser Botschaft durchstoßen«, setzte Kraiklyn hinzu. »Wir sehen uns später.« Wieder knatterte der Lautsprecher, dann verstummte er. Auf dem Schirm verblaßte die Botschaft, und er zeigte von neuem das Orbital.

»Hmm«, sagte Jandraligeli. »Kurz und sachlich.«

»Wie ich gesagt habe.« Yalson wies mit einem Kopfnicken auf den Schirm.

»Ich erinnere mich ...« begann Wubslin bedächtig und sah zu dem Band aus leuchtendem Blau und Weiß auf dem Schirm hin, »als ich noch ganz klein war, ließ eine meiner Lehrerinnen ein kleines metallenes Spielzeugboot in einem Eimer voll Wasser schwimmen. Dann faßte sie den Eimer am Henkel und hob mich mit dem anderen Arm an ihre Brust, so daß ich auf die gleiche Weise sah wie sie. Sie begann sich zu drehen, schneller und schneller, und die Zentrifugalkraft zog den Eimer von ihr weg, bis schließlich die Oberfläche des Wassers einen rechten Winkel zum Fußboden bildete, und ich wurde von dieser großen breiten erwachsenen Hand quer über meinem Bauch festgehalten, und alles drehte sich um mich, und ich beobachtete das kleine Spielzeugboot, das immer noch auf dem Wasser schwamm, obwohl das Wasser vor meinem Gesicht senkrecht stand, und meine Lehrerin sagte: »Daran wirst du dich erinnern, solltest du einmal das Glück haben, die Megaschiffe von Vavatch zu sehen.«

»Ach ja?« meinte Lamm darauf. »Nun, sie sind jetzt dabei, den verdammten Henkel loszulassen.«

»Dann wollen wir nur hoffen, daß wir nicht noch auf der Oberfläche sind, wenn sie es tun«, fiel Yalson ein.

Jandraligeli drehte sich zu ihr um, eine Augenbraue hochgezogen. »Nach diesem letzten Fiasko, meine Liebe, kann mich *nichts* mehr überraschen.«

»Fix rein, fix raus«, zitierte Aviger, und der alte Mann lachte.

*

Die Reise von Marjoin nach Vavatch hatte dreiundzwanzig Tage gedauert. Die Truppe hatte sich allmählich von den Nachwirkungen des fehlgeschlagenen Angriffs auf den Tempel des Lichts erholt. Es gab ein paar kleine Kratzer und Verstauchungen; Dorolow war mehrere Tage auf einem Auge blind gewesen, und jeder hatte sich still verhalten. Aber zu dem Zeitpunkt, als Vavatch in Sicht kam, nahm bei allen die Langeweile, die das Leben an Bord erzeugte, obwohl sie auf dem Schiff jetzt weniger waren, so überhand, daß sie sich nach einer neuen Operation sehnten.

Horza behielt das Laser-Gewehr, das kee-Alsorofus benutzt hatte, und nahm an seinem Anzug die notdürftigen Reparaturen und Verbesserungen vor, die die beschränkten technischen Einrichtungen der *CAT* erlaubten. Kraiklyn war des Lobes voll für den Anzug, den er Horza weggenommen hatte; er hatte es ihm ermöglicht, bei dem Tumult im Tempel des Lichts in die Höhe zu steigen, und obwohl er ein paarmal von Strahlen erwischt worden war, sah man an dem Anzug kaum Spuren, von Beschädigungen ganz zu schweigen.

Neisin erklärte, er habe Laser-Waffen sowieso nie leiden können und werde niemals mehr eine benutzen; er besitze ein ausgezeichnetes leichtes Schnellfeuer-Gewehr für Projektile und massenhaft Munition. Das werde er in Zukunft einsetzen, wenn er die Mikrohowitzer nicht bediene.

Horza und Yalson schliefen jede Nacht in der Kabine zusammen, die früher den beiden Frauen gehört hatte und die jetzt die ihre war. In den langen Tagen der Reise waren sie sich nähergekommen, hatten jedoch für Frischverliebte verhältnismäßig wenig miteinander gesprochen. Anscheinend wollten beide es so haben. Horzas Körper hatte sich nach der Darstellung des Gerontokraten wieder voll regeneriert, und es war keine Spur und kein Merkmal dieser Rolle mehr an ihm. Aber während er der Truppe erzählte, er sehe wieder ganz so aus wie früher, hatte er seinen Körper tatsächlich so umgeformt, daß er wie der von Kraiklyn aussah. Horza war ein bißchen größer und hatte eine breitere Brust als in seinem neutralen Normalzustand, und sein Haar war dunkler und dichter. Natürlich konnte er es noch nicht riskieren, sein Gesicht zu wandeln, aber unter seiner hellbraunen Oberfläche war es bereit. Eine kurze Trance, und er konnte sich für den Kapitän der *Clear Air Turbulence* ausgeben. Vielleicht würde Vavatch ihm die Gelegenheit liefern, die er brauchte.

Er hatte lange und gründlich darüber nachgedacht, was er jetzt tun sollte, wo er Teil der Truppe und in verhältnismäßiger Sicherheit, aber abgeschnitten von seinen idiranischen Auftraggebern war. Er hätte einfach seiner Wege gehen können, doch damit ließe er Xoralundra im Stich, ob der alte Idiraner nun noch lebte oder nicht. Auch hätte es bedeutet, daß er vor dem Krieg davonlief, vor der Kultur und der Rolle, die er aus eigenem Entschluß gegen sie spielen wollte. Im Vordergrund stand jedoch der Gedanke, mit dem Horza sowieso gespielt hatte, noch bevor er hörte, daß er in Erfüllung seiner nächsten Aufgabe Schars Welt würde aufsuchen müssen, und das war der Gedanke, zu einer alten Liebe zurückzukehren.

Ihr Name war Sro Kierachell Zorant. Sie war das, was man einen schlafenden Wandler nannte, einer, der im Wandeln keine Ausbildung genossen und auch nicht den Wunsch hatte, es zu praktizieren. Den Posten auf Schars Welt hatte sie zum Teil aus dem Grund angenommen, daß sie der zunehmend kriegsmäßigen Atmosphäre in Heibohre, dem Heimat-Asteroiden der Wandler, entfliehen wollte. Das war vor sieben Jahren gewesen, als sich Heibohre bereits innerhalb des Raums befand, der allgemein als idiranisch anerkannt wurde, und die Idiraner bereits viele Wandler in ihre Dienste genommen hatten.

Horza wurde teils zur Strafe und teils zu seinem eigenen Schutz nach Schars Welt geschickt. Eine Gruppe von Wandlern hatte sich verschworen, die alten Antriebsanlagen des Asteroiden wieder in Betrieb zu nehmen und ihn aus dem idiranischen Raum zu steuern, damit ihre Heimat und ihre Spezies in dem als unvermeidbar zu erkennenden Krieg neutral bleiben konnten. Horza hatte den Plan entdeckt und zwei der Verschwörer getötet. Das Gericht der Akademie militärischer Künste auf Heibohre – bis auf den Namen seine regierende Körperschaft – hatte einen Kompromiß zwischen den Gefühlen der Bewohner des Asteroiden, die meinten, Horza müsse bestraft werden, weil er anderen Wandlern das Leben genommen hatte, und der

Dankbarkeit, die es für Horza empfand, geschlossen. Die Aufgabe des Gerichts war insofern heikel, als die Mehrheit der Wandler den Entschluß, zu bleiben, wo sie waren – also innerhalb der idiranischen Einflußsphäre –, nur halbherzig unterstützte. Indem es Horza mit Instruktionen, mehrere Jahre auf Schars Welt zu verbringen, wegschickte, ihn sonst aber nicht bestrafte, hoffte das Gericht, allen Beteiligten die Überzeugung zu vermitteln, ihre jeweilige Ansicht habe gesiegt. Es hatte damit Erfolg, denn es gab keinen Aufstand, die Akademie blieb in dem Asteroiden die herrschende Kraft, und die Dienste der Wandler waren gefragt wie nie zuvor, seit sich ihre einzigartige Spezies gebildet hatte.

In gewisser Weise hatte Horza Glück gehabt. Er war ohne Freunde und Einfluß; seine Eltern waren tot; sein Clan war bis auf ihn ausgestorben. Familienbande bedeuteten in der Wandler-Gesellschaft viel, und ohne einflußreiche Verwandte oder Freunde, die für ihn hätten sprechen können, war Horza vielleicht glimpflicher davongekommen, als er mit Fug und Recht hätte erwarten dürfen.

Horza kühlte sich die Hacken im Schnee von Schars Welt nicht einmal ein Jahr. Dann verließ er den Planeten, um sich den Idiranern in ihrem Kampf gegen die Kultur anzuschließen, sowohl bevor, als auch nachdem er offiziell Krieg genannt wurde. Während seines Aufenthalts war er eine Beziehung zu einer der vier anderen Wandler dort eingegangen, der Wandlerin Kierachell, die fast alles ablehnte, woran Horza glaubte, aber ihn trotzdem in Körper und Geist geliebt hatte. Er wußte, daß seine Abreise sie mehr verletzt hatte als ihn. Er war froh gewesen, Gesellschaft zu haben, und er mochte sie gern, aber er hatte nichts von dem empfunden, was Menschen empfinden sollten, wenn sie von Liebe sprechen, und als er ging, fing die Sache gerade eben an, ihm langweilig zu werden. Damals redete er sich ein, so sei nun einmal das Leben, wenn er bliebe, würde er ihr am Ende nur noch mehr weh tun, und er gehe teils um ihretwillen. Aber der Ausdruck in ihren Augen, als er zum letzten Mal hineingeblickt hatte, war etwas, an das er lange Zeit nicht gern dachte.

Er hatte gehört, sie sei immer noch dort, und er dachte an sie und hatte zärtliche Erinnerungen. Je öfter er sein Leben riskiert hatte und je mehr Zeit verstrichen war, desto stärker wurde sein Wunsch, sie wiederzusehen, desto begehrenswerter dünkte ihn eine ruhigere, weniger gefährliche Art der Existenz. Er hatte sich die Szene vorgestellt, den Ausdruck in ihren Augen, wenn er zu ihr zurückkehrte ... Vielleicht hatte sie ihn inzwischen vergessen oder war sogar eine Beziehung zu dem anderen Wandler in der Basis auf Schars Welt eingegangen. Aber das glaubte Horza im Grunde nicht. Er dachte an so etwas nur in der Art einer Versicherung.

Yalson machte die Sache vielleicht ein bißchen schwierig, aber er versuchte, in ihre Freundschaft und ihre Paarung nicht zuviel hineinzulegen, obwohl er sich ziemlich sicher war, daß es auch für sie nichts weiter als das bedeutete.

Er würde also Kraiklyn verkörpern, wenn er konnte, oder ihn zumindest töten und einfach seine Stellung übernehmen. Er hoffte, es gelang ihm, die verhältnismäßig primitiven Identitätssicherungen zu knacken, die in den Computer der *CAT* eingebaut waren, oder jemand anders dazu zu bringen, daß er sie knackte. Dann würde er mit der *Clear Air Turbulence* zu Schars Welt fliegen, ein Rendezvous mit den Idiranern herbeiführen, falls möglich, aber auf jeden Fall hinfliegen, vorausgesetzt daß Mr. Adäquat – diesen Spitznamen hatten die Wandler auf der Basis von Schars Welt dem Dra'Azon-Wesen gegeben, das den Planeten bewachte – ließ ihn nach dem fehlgeschlagenen Versuch der Idiraner, es mit einem ausgehöhlten Chuy-hirtsi zu täuschen, durch die Stille Barriere. Wenn es überhaupt möglich war, würde er den übrigen Angehörigen der Truppe die Chance geben auszusteigen.

Ein Problem war es, den richtigen Zeitpunkt abzupassen, um Kraiklyn zu erledigen. Horza hoffte, auf Vavatch werde er eine Gelegenheit finden, aber es war schwer, definitive Pläne zu machen, weil Kraiklyn anscheinend keine eigenen hatte. Er hatte, wann immer er während der Reise gefragt worden war, einfach von ›Chancen‹ auf dem Orbital gesprochen, die sich aus seiner bevorstehenden Zerstörung ergeben müßten.

»Dieses Lügenmaul«, sagte Yalson eines Nachts, als sie ungefähr die halbe Strecke von Marjoin nach Vavatch zurückgelegt hatten. Sie lagen zusammen in der Kabine, die jetzt ihnen gehörte, in der Dunkelheit der Schiffsnacht bei etwa einem halben g auf der engen Koje.

»Wieso?« fragte Horza. »Glaubst du, daß er nun doch nicht nach Vavatch fliegen wird?«

»Oh, hinfliegen wird er schon, aber nicht, weil es dort unbekannte Chancen für einen erfolgreichen Auftrag gibt. Er will des Katastrophenspiels wegen hin.«

»Was für ein Katastrophenspiel?« Horza drehte sich in der Dunkelheit dahin, wo ihre nackten Schultern auf seinem Arm lagen. Er spürte den weichen Flaum an seiner Haut. »Du meinst ein großes Spiel? Ein richtiges?«

»Ja. Den Ring. Als ich zuletzt davon hörte, war es nur ein Gerücht, aber jedes Mal, das ich darüber nachdenke, ergibt es mehr Sinn. Es findet bestimmt auf Vavatch statt, vorausgesetzt, sie können genug Mitspieler zusammenbekommen.«

»Die Spieler am Vorabend der Zerstörung.« Horza

lachte leise. »Was meinst du, wird Kraiklyn zusehen oder spielen wollen?«

»Er wird versuchen zu spielen, nehme ich an; wenn er so gut ist, wie er behauptet, lassen sie ihn vielleicht sogar, solange er den Einsatz aufbringen kann. Auf diese Weise hat er angeblich die *CAT* gewonnen – das heißt, er hat sie nicht jemandem bei einem Ring-Spiel abgenommen, aber es muß schon eine recht schwergewichtige Gesellschaft gewesen sein, wenn sie um Schiffe spielten. Er wird sich jedoch auch mit dem Zusehen abfinden, wenn es nicht anders geht, glaube ich. Ich möchte wetten, das ist der Grund, warum wir alle auf diese kleine Ferienreise gehen. Auch wenn er irgendeinen Vorwand haben oder fabrizieren wird, heißt der eigentliche Grund: Katastrophe. Entweder hat er etwas gehört, oder er hat gut geraten, aber es ist so verdammt offensichtlich …« Ihre Stimme erstarb, und Horza spürte, daß sie ihren Kopf auf seinem Arm schüttelte.

»Ist nicht einer der regelmäßigen Ring-Teilnehmer …?« fragte er.

»Ghalssel.« Jetzt spürte Horza den leichten, kurzhaarigen Kopf gegen die Haut seines Arms nicken. »Ja, er wird da sein, wenn er es irgendwie möglich machen kann. Er würde die Maschinen der *Vorderkante* ausbrennen lassen, um zu einem größeren Katastrophenspiel zu kommen, und so, wie sich die Situation in diesem Winkel kürzlich aufgeheizt hat und all diese wunderbaren Fix-rein-fix-raus-Gelegenheiten bietet, kann ich mir nicht vorstellen, daß er weit entfernt sein wird.« Yalsons Stimme klang bitter. »Ich persönlich glaube, Ghalssel ist der Gegenstand von Kraiklyns feuchten Träumen. Er hält den Kerl für einen verdammten Helden. Scheiße.«

»Yalson«, flüsterte Horza der Frau ins Ohr, und ihr Haar kitzelte in seiner Nase, »erstens: Wie kann Kraiklyn feuchte Träume haben, wenn er niemals schläft? Und zweitens: Was ist, wenn er diese Kabinen verwanzt hat?«

Ihr Kopf drehte sich ihm schnell zu. »Dann, verflucht noch eins, was? Ich habe keine Angst vor ihm. Er weiß, ich gehöre zu den zuverlässigsten Leuten, die er hat. Ich schieße ordentlich, und ich mache mir nicht in die Hose, wenn es anfängt, heiß zu werden. Außerdem sehe ich in Kraiklyn den besten Ersatz für einen Anführer, den wir auf dem Schiff haben oder bekommen können, und er weiß das. Mach dir keine Sorgen um mich! Jedenfalls ...« Wieder bewegten sich ihr Kopf und ihre Schultern, und Horza wußte, daß sie ihn ansah. »Du würdest mich rächen, wenn ich in den Rücken geschossen werde, nicht wahr?«

Der Gedanke war ihm noch nie gekommen.

»Nicht wahr?« wiederholte sie.

»Nun, natürlich würde ich«, sagte er. Sie regte sich nicht. Er hörte sie atmen.

»Du würdest mich rächen, nicht wahr?« drängte Yalson. Er hob die Arme und faßte sie bei den Schultern. Sie war warm, der Flaum auf ihrer Haut war weich, und die Muskeln und das Fleisch über ihren schlanken Knochen war stark und fest.

»Ja, ich würde es«, sagte er, und erst da wurde ihm klar, daß es ihm ernst war.

*

Es war während dieser Zeit – zwischen Marjoin und Vavatch –, daß der Wandler herausfand, was er über die Kontrollen und Sicherungen der *Clear Air Turbulence* wissen wollte.

Kraiklyn trug einen Identitätsring am kleinen Finger der rechten Hand, und einige Schlösser in der *CAT* öffneten sich nur in Gegenwart der elektronischen Signatur dieses Ringes. Die Kontrolle über das Schiff hing von einer audio-visuellen Identitätsverbindung ab. Kraiklyns Gesicht ebenso wie seine Stimme, wenn er sagte: »Dies ist Kraiklyn«, wurden von dem Schiffscomputer erkannt. So einfach war das. Das Schiff hatte früher außerdem ein Retina-Erkennungsschloß besessen, aber es hatte vor langer Zeit aufgehört zu funktionieren und war entfernt worden. Das war Horza sehr recht; es war eine heikle und komplizierte Operation, das Retina-Muster eines anderen zu kopieren, und unter einer Menge anderer Dinge war dazu notwendig, daß er sorgfältig Laserzellen um die Iris wachsen ließ. Fast war es dann vernünftiger, eine totale genetische Transkription vorzunehmen, wobei die DNS des Objektes zum Modell für einen Virus wurde, der nur das Gehirn des Wandlers und, wahlweise, seine Keimdrüsen, unverändert ließ. Um Kapitän Kraiklyn zu verkörpern, würde das jedoch nicht notwendig sein.

Horza fand alles über die Sicherungen des Schiffes heraus, indem er ›den Mann‹ um eine Unterrichtsstunde im Fliegen der *CAT* bat. Kraiklyn hatte anfangs gezögert, aber Horza hatte ihn nicht gedrängt und ein paar von Kraiklyns scheinbar beiläufigen Fragen über Computer, die auf diese Bitte folgten, mit gespielter Unwissenheit beantwortet. Schließlich war Kraiklyn überzeugt, wenn er Horza zeigte, wie die *CAT* geflogen wurde, bedeutete das kein Risiko, daß dieser das Schiff übernahm. Also gab er nach und erlaubte Horza, sich im manuellen Steuern des Fahrzeugs zu üben. Der Wandler betätigte nach Mipps Anweisungen die ziemlich primitiven Kontrollen im Simulator-Modus, während das Schiff, auf Autopilot gestellt, seinen Weg durch den Raum in Richtung Vavatch fortsetzte.

*

»Hier spricht Kraiklyn«, verkündete der Schiffslautsprecher der Messe ein paar Stunden, nachdem sie die Warnsendung der Kultur über die Zerstörung des Orbitals passiert hatten. Sie saßen nach dem Essen beisammen, tranken oder inhalierten oder zogen, in Dorolows Fall, das Zeichen des Flammenkreises auf der Stirn und sprachen das Gebet des Dankes. Der Messe-Schirm zeigte immer noch das große Orbital, das viel größer geworden war und ihn mit der Tageslichtseite seiner inneren Oberfläche beinahe ausfüllte. Aber alle verhielten sich jetzt ein bißchen blasiert und gönnten ihm nur gelegentlich einen Blick. Die ganze noch übrige Truppe war versammelt, ausgenommen Lenipobra und Kraiklyn selbst. Sie sahen sich gegenseitig oder den Lautsprecher an, als Kraiklyns Stimme ertönte. »Ich habe Arbeit für uns gefunden und soeben die Bestätigung erhalten. Wubslin, du machst das Shuttle fertig. Die anderen will ich alle in drei Schiffsstunden im Hangar sehen, in Raumanzügen. Und macht euch keine Sorgen, diesmal wird es keine feindlichen Handlungen geben. Diesmal wird es tatsächlich – ihr wißt schon wie – rein und raus gehen.« Der Lautsprecher knatterte und verstummte. Horza und Yalson wechselten Blicke.

»Aha«, sagte Jandraligeli, lehnte sich auf seinem Stuhl zurück und verschränkte die Hände im Nacken. Die Narben auf seinem Gesicht vertieften sich ein wenig durch den nachdenklichen Ausdruck, den er annahm. »Unser geschätzter Führer hat wieder etwas gefunden, um unsere geringen Talente zu beschäftigen?«

»Hoffentlich nicht wieder in so einem verdammten Tempel«, knurrte Lamm und kratzte die Wurzeln der implantierten Hörnchen auf seiner Stirn.

»Wie willst du auf Vavatch einen Tempel finden?« meinte Neisin. Er war leicht betrunken und sprach mehr, als er es normalerweise tat, wenn er mit der

Crew zusammen war. Lamm wandte sein Gesicht dem kleineren Mann zu, der ein paar Plätze von ihm entfernt und auf der anderen Seite des Tisches saß.

»Du solltest besser nüchtern werden, Freund«, riet er ihm.

»Seeschiffe«, erzählte Neisin ihm und griff nach dem mit einem Mundstück versehenen Zylinder, der auf dem Tisch vor ihm stand. »Nichts als große gottverdammte Seeschiffe auf dem Orbital. Keine Tempel.« Er schloß die Augen, legte den Kopf zurück und trank.

»Es könnten«, gab Jandraligeli zu bedenken, »Tempel auf den Schiffen sein.«

»Es könnte ein gottverdammter Betrunkener auf diesem Raumschiff sein«, erklärte Lamm, Neisin dabei beobachtend. Neisin sah ihn an. »Du solltest besser schnell nüchtern werden, Neisin.« Lamm zeigte mit dem Finger auf den kleineren Mann.

»Dann werde ich mal in den Hangar gehen.« Wubslin stand auf und verließ die Messe.

»Ich sehe nach, ob Kraiklyn Hilfe braucht.« Mipp ging in der entgegengesetzten Richtung davon, durch eine andere Tür.

»Meint ihr, wir könnten schon eins von diesen Megaschiffen *sehen?*« Aviger wandte sich wieder dem Schirm zu. Auch Dorolow blickte zu ihm hoch.

»Seid nicht so verdammt dumm!« sagte Lamm zu ihm. »So groß sind sie auch wieder nicht.«

»Sie sind *groß*.« Neisin nickte dem kleinen Zylinder zu. Lamm sah ihn an, sah dann die anderen an und schüttelte den Kopf. »Ja«, wiederholte Neisin, »sie sind sehr groß.«

»Sie sind tatsächlich nicht mehr als ein paar Kilometer lang«, seufzte Jandraligeli noch nachdenklicher, so daß seine Narben sich weiter vertieften. »Aus dieser Entfernung kann man sie also nicht sehen. Aber groß sind sie schon.«

»Und sie fahren einfach immerzu um das ganze Orbital herum?« fragte Yalson. Sie wußte es bereits, aber es war ihr lieber, wenn der Mondlidizianer redete, als wenn Lamm und Neisin sich stritten. Horza lächelte vor sich hin. Jandraligeli nickte.

»Immerzu. Sie brauchen ungefähr vierzig Jahre, um einmal ringsherum zu kommen.«

»Halten sie niemals an?« faßte Yalson nach. Jandraligeli sah sie an und hob eine Augenbraue.

»Es kostet sie mehrere Jahre, ihre volle Geschwindigkeit zu erreichen, junge Dame. Sie wiegen ungefähr eine Milliarde Tonnen. Sie halten niemals an; sie hören niemals auf, im Kreis herumzufahren. Ausgewachsene Linienschiffe machen Exkursionen und dienen als Tender, und Flugmaschinen benutzen sie auch.«

»Wußtet ihr schon …« – Aviger sah sich unter denen um, die immer noch am Tisch saßen, und beugte sich mit aufgestützten Ellbogen vor –, »daß man auf einem Megaschiff tatsächlich weniger wiegt? Das liegt daran, daß sie entgegengesetzt zu der Richtung fahren, in der das Orbital sich dreht.« Aviger hielt inne und runzelte die Stirn. »Oder ist es umgekehrt?«

»Ach, Scheiße.« Lamm schüttelte heftig den Kopf, dann stand er auf und ging.

»Faszinierend«, stellte Jandraligeli fest.

Dorolow lächelte Aviger zu, und der alte Mann nickte. »Nun, so oder so, es ist eine Tatsache«, erklärte Aviger mit Nachdruck.

*

»Gut!« Kraiklyn stellte einen Fuß auf die hintere Rampe der Fähre und stemmte die Hände in die Hüften. Er trug Shorts; sein Anzug stand hinter ihm zum Anziehen bereit, die Brust hinunter geöffnet wie eine abgeworfene Insektenhaut. »Ich habe euch gesagt, es gibt Arbeit für uns. Dabei geht es um folgendes.« Kraiklyn machte eine Pause, sah die Mitglieder der Truppe an, die überall im Hangar standen oder saßen oder sich auf ihre Gewehre stützten. »Wir werden auf einem der Megaschiffe landen.« Offensichtlich wartete er auf eine Reaktion. Doch nur Aviger blickte überrascht und irgendwie aufgeregt drein; die übrigen, vollständig bis auf Mipp und den eben erst aufgewachten Lenipobra, waren anscheinend nicht davon beeindruckt. Mipp war auf der Brücke; Lenipobra mühte sich noch in seiner Kabine ab, sich fertigzumachen.

»Nun«, sagte Kraiklyn verärgert, »ihr alle wißt, daß Vavatch in wenigen Tagen von der Kultur gesprengt wird. Die Leute haben weggeschafft, was nur möglich war, und die Megaschiffe sind jetzt, abgesehen von ein paar Abwrack- und Bergungsteams, verlassen. Ich vermute, sie enthalten nichts Wertvolles mehr. Aber da ist ein Schiff mit dem Namen *Olmedreca*, wo zwei der Teams eine kleine Meinungsverschiedenheit hatten. Irgendeine unbedachte Person ließ ein Atombömbchen los, und jetzt hat die *Olmedreca* ein verdammt großes Loch in der einen Seite. Sie schwimmt noch, und sie verringert immer noch die Geschwindigkeit, aber da die Atombombe auf der einen Seite losging und das Loch die Stromlinienform des Schiffes nicht gerade verbessert hat, begann es, einen großen Kreis zu beschreiben, und die ganze Zeit kommt es näher an den äußeren Randwall heran. Nach der letzten Sendung, die ich auffing, war sich niemand sicher, ob es den Wall rammen würde, bevor die Kultur mit der Sprengung beginnt, oder nicht, aber offenbar wollen sie das Risiko höchst ungern eingehen. Deshalb sieht es ganz so aus, als sei niemand an Bord.«

»Du willst, daß wir an Bord gehen«, sagte Yalson.

»Ja, weil ich schon auf der *Olmedreca* gewesen bin,

und ich weiß etwas, das die Leute in ihrer Eile, fortzukommen, sicher vergessen haben: Buglaser.«

Ein paar Mitglieder der Truppe sahen sich gegenseitig skeptisch an.

»Ja, Megaschiffe haben Buglaser – vor allem die *Olmedreca*. Früher hat sie Strecken des Kreismeeres befahren, durch die viele andere Schiffe nicht kamen, Stellen, wo es massenhaft Treibalgen oder Eisberge gab. Sich ihnen aus dem Weg manövrieren konnte sie ja nicht gut. Deshalb mußte sie fähig sein, alles, was sie an Hindernissen traf, zu zerstören, und auch die Feuerkraft dazu besitzen. Die Bugwaffen der *Olmedreca* würden das eine oder andere Schlachtschiff der Flotte beschädigen. Das Ding konnte sich durch einen Eisberg schlüpfen, der größer war als es selbst, und Inseln von Treibalgen aus dem Wasser pusten, die so groß waren, daß die Leute dachten, es greife Randland an. Meine Vermutung – und es ist eine begründete Vermutung, weil ich zwischen den Zeilen der ausgehenden Signale gelesen habe – ist, daß sich niemand an all diese Waffen erinnert, und deshalb werden wir sie uns holen.«

»Und wenn das Schiff den Wall rammt, während wir an Bord sind?« fragte Dorolow. Kraiklyn lächelte sie an.

»Wir sind doch nicht blind, oder? Wir wissen, wo der Wall ist, und wir wissen, wo ... wir werden doch sehen, wo die *Olmedreca* ist. Wir gehen hinunter, peilen die Lage, und wenn wir dann zu dem Schluß kommen, daß wir genug Zeit dazu haben, montieren wir ein paar der kleineren Laser ab ... Teufel, einer würde schon genügen. Ich werde auch da unten sein, wißt ihr, und ich habe nicht die Absicht, meinen Hals zu riskieren, wenn ich den Randwall vor mir aufragen sehe, oder?«

»Wir nehmen die *CAT?*« fragte Lamm.

»Nicht zum Landen. Das Orbital hat gerade genug Masse, um das Warpen zu einer kniffligen Angelegenheit zu machen, und die Selbstverteidigungsanlagen im Zentrum würden unsere Motoren für Meteoriten oder dergleichen halten und uns beschießen. Nein – wir werden die *CAT* unbemannt hier lassen. In einem Notfall kann ich sie immer durch Fernsteuerung von meinem Anzug aus steuern. Wir nehmen das Shuttle; Kraftfelder funktionieren prima auf einem Orbital. Oh, da ist ein Punkt, an den ich euch eigentlich nicht erst erinnern müßte. Versucht dort ja nicht, euer Antigravgerät zu benutzen, okay? Anti-Schwerkraft arbeitet nur gegen Masse, nicht gegen Spin, deshalb würdet ihr ein unfreiwilliges Bad nehmen, wenn ihr euch einfallen ließet, in der Erwartung über Bord zu springen, ihr könntet herumfliegen.«

»Was tun wir, wenn wir diesen Laser haben, vorausgesetzt, wir bekommen ihn?« fragte Yalson. Kraiklyn runzelte kurz die Stirn. Er zuckte die Achseln.

»Wahrscheinlich ist es das Beste, wir gehen in die Hauptstadt. Sie heißt Evanauth ... ein Hafen, wo früher die Megaschiffe gebaut wurden. Die Stadt liegt natürlich an Land ...« Er lächelte, sein Blick suchte einige der anderen.

»Ja«, sagte Yalson. »Aber was tun wir, wenn wir einmal dort sind?«

»Nun ...« Kraiklyn sah die Frau scharf an. Horza stieß sie mit dem Zeh gegen die Ferse. Yalson warf dem Wandler über die Schulter einen bösen Blick zu, während Kraiklyn sprach. »Vielleicht könnten wir von den Einrichtungen des Hafens Gebrauch machen – im Raum, heißt das, auf der Unterseite von Evanauth –, um den Laser zu montieren. Aber ich bin auf jeden Fall überzeugt, die Kultur wird pünktlich sein. Deshalb werden wir vielleicht eben noch die letzten Tage einen der interessantesten kombinierten Anlaufhäfen der Galaxis miterleben. Und seine letzten Nächte, wie ich hinzufügen möchte.« Kraiklyn sah einige der anderen an, es gab ein bißchen Gelächter und ein paar Bemerkungen. Er stellte sein Lächeln ein und richtete den Blick wieder auf Yalson. »Es könnte also ganz interessant werden, meinst du nicht?«

»Ja. Geht in Ordnung. Du bist der Boss, Kraiklyn.« Yalson grinste, dann senkte sie den Kopf und zischte Horza leise zu: »Kannst du dir jetzt vorstellen, wo das Katastrophenspiel stattfindet?«

»Würde dieses große Seeschiff geradewegs durch den Wall gehen und das Orbital sowieso zerstören, bevor die Kultur etwas tut?« erkundigte sich Aviger. Kraiklyn lächelte herablassend und schüttelte den Kopf.

»Ich glaube, du wirst feststellen, daß der Randwall dem gewachsen ist.«

»Ho! Das will ich hoffen!« Aviger lachte.

»Nun, du brauchst dir darüber keine Sorgen zu machen«, versicherte Kraiklyn ihm. »Irgendwer könnte Wubslin jetzt bei der letzten Überprüfung der Fähre helfen. Ich gehe zur Brücke hinauf und vergewissere mich, daß Mipp weiß, was zu tun ist. Wir starten in etwa zehn Minuten.« Kraiklyn trat zurück und in seinen Anzug, hob ihn an und schlüpfte mit den Armen in die Ärmel. Er schloß die wichtigsten Befestigungen auf der Brust, nickte der Truppe im Vorbeigehen zu und verließ den Hangar über die Treppe.

»Hast du versucht, ihn zu ärgern?« wandte sich Horza an Yalson. Sie drehte sich zu dem Wandler um.

»Ach, ich wollte ihm nur einen Wink geben, daß ich ihn durchschaue. Mich hält er nicht zum Narren.«

Wubslin und Aviger überprüften die Fähre. Lamm spielte mit seinem Laser herum. Jandraligeli stand mit verschränkten Armen da, den Rücken an das Hangar-Schott neben der Tür gelehnt, die Augen zu den Deckenlampen erhoben, einen gelangweilten Ausdruck auf dem Gesicht. Neisin unterhielt sich leise mit Dorolow, die meinte, den kleinen Mann zum Kreis der Flamme bekehren zu können.

»Du glaubst, Evanauth ist der Ort, an dem dieses Katastrophenspiel stattfinden wird?« fragte Horza. Er lächelte. Yalsons Gesicht wirkte sehr klein in dem großen, noch offenen Kragen ihres Anzugs – und sehr ernst.

»Ja, das glaube ich. Dieser hinterlistige Schurke hat wahrscheinlich die ganze gottverdammte Sache mit diesem Megaschiff erfunden. *Mir* hat er noch nie erzählt, er sei schon einmal auf Vavatch gewesen. Das Lügenmaul.« Sie sah Horza an und boxte ihn in den Anzugbauch, daß er lachen mußte und zurücktanzte. »Was gibt es zu feixen?«

»Dich«, lachte Horza. »Wenn er hingehen und an einem Katastrophenspiel teilnehmen will, was soll's? Du sagst dauernd, es sei sein Schiff und er sei der Boss und lauter solchen Quatsch, aber du gönnst dem armen Mann sein bißchen Spaß nicht.«

»Warum gibt er es dann nicht zu?« Yalson nickte heftig mit dem Kopf. »Weil er von seinem Gewinn nichts abgeben will, deshalb. Es ist Brauch, daß wir alles teilen, was wir erwerben, nach einem Schlüssel, der …«

»Nun, wenn es das ist, kann ich seinen Standpunkt verstehen«, meinte Horza vernünftig. »Wenn er bei einem Katastrophenspiel gewinnt, ist es allein sein Werk und hat nichts mit uns zu tun.«

»Darauf kommt es nicht an!« schrie Yalson. Ihr Mund war zu einer geraden Linie zusammengekniffen, die Hände hatte sie in die Hüften gestemmt, und sie stampfte mit dem Fuß auf.

»Okay«, sagte Horza grinsend. »Warum hast du dann, als du bei meinem Kampf mit Zallin auf meinen Sieg gewettet hattest, deinen Gewinn nicht auf der Stelle zurückgegeben?«

»Das ist etwas anderes!« Yalson geriet außer sich. Aber sie wurde unterbrochen.

»He, he!« Lenipobra sprang die Stufen in den Hangar herunter, gerade als Horza etwas sagen wollte. Er und Yalson wandten sich dem jungen Mann zu, der heranhüpfte und dabei die Anzug-Handschuhe an den Ärmeln befestigte. »Ha-habt ihr diese Botschaft schon gesehen?« Er wirkte aufgeregt, war nicht imstande, sich stillzuhalten. Andauernd rieb er die behandschuhten Hände aneinander und scharrte mit den Füßen. »N-novograd-N-netzfeuer! Wow! Was für ein Schauspiel! Ich *liebe* die Kultur! Und außerdem noch ein ZAM-Abstauben – juhu!« Er lachte, klappte in der Mitte zusammen, schlug mit beiden Händen auf das Deck, sprang in die Höhe und lächelte allen zu. Dorolow kratzte ihre Ohren und blickte verwirrt drein. Lamm sandte dem Jungen über den Lauf seines Gewehrs hinweg einen finsteren Blick zu, während Yalson und Horza einander ansahen und den Kopf schüttelten. Lenipobra tanzte schattenboxend zu Jandraligeli hinüber, der den schlaksigen jungen Mann, der vor ihm herumhopste, mit einer hochgezogenen Augenbraue betrachtete.

»Das sind Waffen, die das Ende des Universums bedeuten, und dieser junge Idiot kommt praktisch in Unterhosen angelaufen.«

»Ach, du bist ein Spielverderber, Ligeli«, sagte Lenipobra zu dem Mondlidizianer, hörte auf zu tanzen, ließ seinen boxenden Arm sinken, wandte sich ab und latschte zu der Fähre. Als er an Yalson und Horza vorbeikam, murmelte er: »Yalson, was, zum Teufel, ist Z-zam überhaupt?«

»Zusammengebrochene Anti-Materie, Junge.« Lenipobra ging weiter, und Yalson lächelte. Horza lachte lautlos darüber, wie der Kopf des jungen Mannes in dem offenen Hals seines Anzugs nickte. Dann verschwand Lenipobra durch die Hecktür der Fähre.

*

Die *Clear Air Turbulence* rollte. Das Shuttle verließ den Hangar und flog an der Unterseite des Vavatch-Orbitals entlang wie ein silbernes Fischchen unter dem Rumpf eines großen dunklen Schiffes.

Auf einem kleinen Schirm, der seit dem letzten Ausflug der Fähre an einem Ende ihres Hauptabteils angebracht worden war, konnten die in Raumanzügen steckenden Gestalten die scheinbar endlose Krümmung ultradichten Basismaterials sehen, die sich, von Sternenlicht beleuchtet, in dunkle Fernen erstreckte. Es war, als fliege man mit dem Kopf nach unten über einen aus Metall geformten Planeten, und von all den Anblicken in der Galaxis, die das Ergebnis bewußter Bemühungen waren, konnte dieser in dem, was die Kultur *Glotzwert* nannte, nur von einem großen Ring oder einer Sphäre übertroffen werden.

Die Fähre überquerte tausend Kilometer der glatten Unterseite. Dann war plötzlich ein Keil aus Dunkelheit über ihr, eine Schräge, die noch glatter aussah als das Basismaterial, aber transparent war. Sie ragte aus der Basis vor und schnitt zweitausend Kilometer in den Raum hinein wie die Schneide eines kristallenen Messers. Das war der Randwall. Dies war der vom Meer begrenzte Wall auf der Seite des Orbitals, die dem bei der Annäherung gesichteten fadendünnen Landstreifen gegenüberlag. Die ersten zehn Kilometer der flachen Kurve waren dunkel wie der Raum. Ihre glatte Oberfläche war nur dann zu erkennen, wenn sich Sterne in ihr spiegelten, und wenn man dieses perfekte Bild betrachtete, verwirrten sich einem die Gedanken, denn was wie Lichtjahre aussah, war tatsächlich nur ein paar tausend Meter entfernt.

»Gott, ist das Ding *groß!*« flüsterte Neisin. Die Fähre stieg weiter in die Höhe, und über ihr schimmerte Licht durch den Wall, ein leuchtendes blaues Feld.

Beschienen von Sonnenlicht, das durch den transparenten Wall kaum gefiltert wurde, kletterte die Fähre im leeren Raum neben dem Randwall hoch. Zwei Kilometer weiter gab es Luft, auch wenn es dünne Luft war, aber die Fähre blieb im Nichts immer parallel zu dem Wall, der sich seinem Gipfel zuneigte. Sie überquerte diese Messerschneide, die zweitausend Kilometer von der Basis des Orbitals hochragte, und folgte dem Wall auf der Innenseite wieder hinunter. Sie durchquerte das Magnetfeld des Orbitals, eine Region, wo kleine magnetisierte Partikel künstlichen Staubes einen Teil der Sonnenstrahlen blockierten und das Meer darunter kühler machten, als es sonst irgendwo auf der Welt war. So entstanden auf Vavatch verschiedene Klimazonen. Die Fähre fiel weiter, durch Ionen, dann durch dünne Gase, kam schließlich in dünne und wolkenlose Luft und erschauerte in einem Coriolis-Luftstrom. Der Himmel oben verwandelte sich von Schwarz zu Blau. Das Orbital Vavatch, ein Wasserreifen von vierzehn Millionen Kilometern, hing nackt im Raum, vor dem fallenden Fahrzeug ausgebreitet wie ein großes kreisrundes Gemälde.

»Na, wenigstens sind wir im Tageslicht«, bemerkte Yalson. »Hoffen wir, daß sich die Information unseres Kapitäns darüber, wo genau sich dieses wundervolle Schiff befindet, als ebenso akkurat herausstellt.« Der Schirm zeigte Wolken. Das Shuttle stieg auf eine falsche Landschaft aus Wasserdampf hinab. Sie schien sich über die ganze gekrümmte innere Oberfläche des Orbitals zu erstrecken, die selbst aus dieser Höhe flach wirkte und sich dann in den Himmel hinaufschwang. Erst viel weiter entfernt erkannten die Leute in der Fähre die blaue Weite des richtigen Ozeans, obwohl Andeutungen kleinerer Flecken näher zur Hand waren.

»Macht euch keine Sorgen um die Wolken«, erklang Kraiklyns Stimme aus dem Kabinen-Lautsprecher. »Sie werden sich im Laufe des Vormittags verziehen.«

Das Shuttle fiel immer noch, flog immer noch durch die sich verdichtende Atmosphäre geradeaus. Nach einer Weile durchdrangen sie die ersten in sehr großer Höhe schwebenden Wolken. Horza verlagerte in seinem Anzug ein wenig das Gewicht; seit die *CAT* Geschwindigkeit und Bahn dem großen Orbital angeglichen und ihre eigene Antischwerkraft abgestellt hatte, waren Fahrzeug und Truppe der gleichen falschen Schwerkraft ausgesetzt gewesen, die die Drehung des Gebildes hervorrief – einem etwas höheren Wert übrigens, da sie relativ zur Basis stationär, aber weiter draußen im Raum waren. Vavatch, dessen ursprüngliche Erbauer von einem Planeten mit höherem G-Wert stammten, drehte sich so, daß es etwa zwanzig Prozent mehr ›Schwerkraft‹ produzierte als der akzeptierte menschliche Durchschnitt, auf den die Generatoren der *CAT* eingestellt waren. So fühlte sich Horza wie alle übrigen Mitglieder der Truppe schwerer als gewohnt. Sein Anzug scheuerte ihn bereits.

Wolken füllten den Kabinenschirm mit Grau.

»Da ist es!« rief Kraiklyn und versuchte gar nicht erst, die Aufregung aus seiner Stimme herauszuhalten. Er war beinahe eine Viertelstunde lang ruhig gewesen, und die Leute hatten angefangen, nervös zu werden. Die Fähre hatte ein paar Kurven beschrieben, hierhin und dahin, offenbar auf der Suche nach der *Olmedreca*. Manchmal war der Schirm klar gewesen und hatte Wolkenschichten unter ihnen gezeigt, manchmal füllte er sich mit grauem Nebel, wenn sie in eine neue Bank oder Säule aus Wasserdampf eindrangen. Einmal hatte er sich mit Eis überzogen. »Ich kann die Turmspitzen erkennen!«

Die Mitglieder der Truppe standen von ihren Plätzen auf und drängten sich in der Kabine nach vorn, um näher an den Schirm heranzukommen. Nur Lamm und Jandraligeli blieben sitzen.

»Es wurde auch, verdammt noch mal, Zeit«, erklärte Lamm. »Warum, zum Teufel, hast du die ganze Zeit nach etwas suchen müssen, das vier Kilometer lang ist?«

»Das ist nicht so einfach, wenn man kein Radar hat«, meinte Jandraligeli. »Ich bin schon dankbar, daß wir das verdammte Ding nicht *gerammt* haben, als wir durch diese schrecklichen Wolken flogen.«

»Scheiße.« Lamm inspizierte noch einmal sein Gewehr.

»... Seht euch das an!« japste Neisin.

Durch eine Wüste aus Wolken bewegte sich die *Olmedreca* wie ein riesiger Cañon, der in einen Planeten aus Wasserdampf gerissen ist, durch Kilometer von Ebene und in einem Raum so lang und breit, daß sich der Blick selbst in der klaren Luft zwischen den aufgetürmten Wolken eher verlor, als daß er endete.

Die unteren Ebenen ihres Aufbaus waren in den Nebelbänken über dem Meer völlig verborgen, aber von ihren unsichtbaren Decks stiegen gewaltige Türme und Gebilde aus Glas und Leichtmetall Hunderte von Metern in die klare Luft empor. Scheinbar ohne Verbindungsstücke glitten sie langsam über die ebene Oberfläche der niedrigen Wolkenbank wie Figuren auf einem endlosen Spielbrett. Die Sonne von Vavatchs System, die durch Wolkenschichten zehn Kilometer weiter oben schien, warf ihre matten und wässerigen Schatten auf die undurchsichtige Nebeldecke.

Sich durch die Luft bewegend, hinterließen diese riesigen Türme wirbelnde Fetzen und Streifen von Wasserdampf, der von dem gewaltigen Schiff unter ihnen aus der glatten Oberfläche des Nebels gepflügt wurde. In den kleinen freien Stellen, die die Türme und höheren Ebenen des Aufbaus in dem Nebel ließen, waren niedrigere Ebenen zu erkennen: Verbindungsstege und Promenaden, die miteinander verbundenen Bogen einer Einschienenbahn, Schwimmbecken und kleine Parks mit Bäumen, sogar ein paar Ausrüstungsgegenstände wie kleine Flieger und winzige, puppenhausähnliche Möbel. Sobald Auge und Gehirn die Szene begriffen, konnten sie aus dieser Höhe die Ausbuchtung erkennen, die das Schiff in der Oberfläche der Wolken machte – eine leicht erhabene Stelle in dem Nebel, die vier Kilometer lang, beinahe drei breit und wie ein gedrungenes, spitzes Blatt oder eine Pfeilspitze geformt war.

Die Fähre ging tiefer. Die Türme mit ihren glitzernden Fenstern, ihren Hängebrücken, Landeplätzen für Flieger, Antennen, Geländern, Decks und flatternden Zeltbahnen segelten stumm und dunkel an ihr vorbei.

»Sieht aus, als hätten wir einen ganz schönen Marsch bis zum Bug, Leute«, stellte Kraiklyns Stimme sachlich fest. »Unter diesem ganzen Zeug kann ich nicht landen. Immerhin sind wir noch gut hundert Kilometer vom Randwall entfernt, so daß wir massenhaft Zeit haben. Und das Schiff fährt auch nicht auf geradem Weg darauf zu. Ich bringe uns so nahe heran, wie es geht.«

»Scheiße. Da haben wir's«, stellte Lamm ärgerlich fest. »Ich hätte es mir denken können.«

»Ein langer Marsch bei dieser Schwerkraft ist genau, was ich brauche«, sagte Jandraligeli.

»Es ist *groß!*« Lenipobra starrte immer noch auf den Schirm. »Das Ding ist *riesig!*« Er schüttelte den Kopf. Lamm stand von seinem Platz auf, schob den Jungen aus dem Weg und hämmerte gegen die Tür, die zum Flugdeck des Shuttle führte.

»Was ist?« fragte Kraiklyn über den Kabinenlautsprecher. »Ich suche nach einem Platz zum Landen. Wenn du das bist, Lamm, setz dich wieder hin!«

Lamm betrachtete die Tür mit einem Gesicht, das erst Überraschung, dann Verärgerung ausdrückte. Er schnaubte und ging zu seinem Platz zurück, sich wieder an Lenipobra vorbeischiebend. »Bastard«, murmelte er, dann ließ er die Sichtscheibe seines Helms herunter und stellte sie auf Verspiegelung ein.

»Gut«, sagte Kraiklyn. »Wir gehen hinunter.« Diejenigen, die standen, nahmen wieder Platz, und ein paar Sekunden später wurde die Fähre vorsichtig aufgesetzt. Die Türen öffneten sich; ein Stoß kalter Luft drang durch sie ein. Langsam stieg einer nach dem anderen aus, hinein in die Weiten des stillen Megaschiffes, das völlig ruhig im Wasser lag. Horza blieb in der Fähre sitzen und wartete darauf, daß die anderen gingen. Dann merkte er, daß Lamm ihn fixierte. Nun stand Horza auf und verbeugte sich spöttisch vor der Gestalt in dem dunklen Raumanzug.

»Nach Ihnen«, sagte er.

»Nein«, antwortete Lamm. »Du gehst zuerst!« Er wies mit dem Kopf auf die offenen Türen. Horza verließ die Fähre. Lamm folgte ihm. Lamm legte Wert darauf, die Fähre immer als letzter zu verlassen; er meinte, das bringe ihm Glück.

Sie standen auf einem Flieger-Landeplatz am Fuß eines großen rechteckigen Turms des Aufbaus, vielleicht sechzig Meter hoch. Die Decks des Turms stiegen in den Himmel auf, während vor dem Landeplatz und auf allen seinen Seiten Türme und kleine Ausbuchtungen in dem Nebel verrieten, wo sich der Rest des Schiffes befand. Allerdings ließ sich unmöglich sagen, wo es endete; dazu waren sie jetzt zu weit unten. Sie konnten nicht einmal erkennen, wo die Atombombe losgegangen war. Keine Krängung, kein Zittern verriet, daß sie auf einem havarierten Schiff über ein Meer fuhren und nicht in einer verlassenen Stadt standen, über die Wolken dahinzogen.

Horza schloß sich einigen anderen an, die vor einem niedrigen Schutzgeländer am Rand des Landeplatzes standen und auf ein etwa zwanzig Meter tiefer liegendes Deck blickten, das hin und wieder durch die dünne Oberfläche des Nebels gerade eben sichtbar war. Dampfschwaden schlängelten sich in langen Wellen über das Gebiet unten, enthüllten und verhüllten dann wieder einen Abschnitt, der stellenweise mit Erde bedeckt und mit kleinen Büschen bepflanzt war, auf dem kleine Kanapees und Sessel verstreut standen und kleine zeltähnliche Bauwerke. Alles wirkte verlassen und verloren, wie ein Badeort im Winter, und Horza erschauerte innerhalb seines Anzugs. Geradeaus wurde der Blick von einer Stelle angezogen, wo in vielleicht einem Kilometer Entfernung ein paar magere Türmchen nahe dem unsichtbaren Bug des Schiffes aus der Wolkenbank stachen.

»Sieht aus, als führen wir in noch mehr Wolken hinein.« Wubslin zeigte in die Fahrtrichtung. Dort erstreckte sich eine gewaltige Cañonwand aus Wolken von der einen Seite des Horizonts zur anderen und ragte höher auf als jeder Turm des Megaschiffs. Sie leuchtete ihnen in dem stärker werdenden Sonnenlicht.

»Vielleicht lösen sich die Wolken auf, wenn es wärmer wird.« Dorolows Stimme klang nicht überzeugt.

»Wenn wir in diese Wolken geraten, können wir die Laser vergessen.« Horza sah zu der Fähre zurück, wo Kraiklyn mit Mipp redete, der als Wache an Bord bleiben sollte, während die übrigen zum Bug marschierten. »Ohne Radar sind wir gezwungen zu starten, bevor wir überhaupt nichts mehr sehen.«

»Vielleicht ...« begann Yalson.

»Also, ich werde mich da unten mal ein bißchen umsehen«, sagte Lenipobra, schob seine Sichtscheibe nach unten und legte eine Hand auf die niedrige Reling. Horza sah zu ihm hinüber.

Lenipobra winkte. »Wir sehen uns am B-bug. Juhuu!«

Er sprang über die Reling und fiel auf das fünf Stockwerke tiefer liegende Deck hinunter. Horza hatte den Mund zum Schreien geöffnet und eine Bewegung gemacht, um den Jungen zu fassen. Aber wie alle übrigen war ihm zu spät klar geworden, was Lenipobra tat.

In der einen Sekunde war er noch da, in der nächsten war er hinübergesprungen.

»Nein!«

»Leni ...!« Diejenigen, die noch nicht nach unten sahen, stürzten an die Reling. Die kleine Gestalt überschlug sich. Horza sah es und hoffte, der Junge könne sich hochschwingen, den Fall bremsen, irgend etwas tun. Der Schrei begann in ihren Helmen, als Lenipobra keine zehn Meter mehr von dem Deck unten entfernt war. Er endete wie abgeschnitten in dem Augenblick, als die Gestalt mit ausgebreiteten Armen und Beinen am Rand eines der Beete aufschlug. Sie rollte schlaff etwa einen Meter über das Deck und blieb dann liegen.

»O mein Gott ...« Neisin setzte sich abrupt, nahm seinen Helm ab und führte die Hand an die Augen. Dorolow senkte den Kopf und fingerte an den Verschlüssen, um ihren Helm zu lösen.

»Was, zum Teufel, war das?« Kraiklyn kam von der Fähre gerannt, Mipp hinter ihm her. Horza sah immer noch über das Geländer, hinunter auf die unbewegliche, puppenhafte Gestalt auf dem Deck. Um sie verdichtete sich der Nebel, als die Fetzen und Schwaden für eine Weile häufiger wurden.

»Lenipobra! Lenipobra!« rief Wubslin in sein Helmmikrophon. Yalson wandte sich ab und fluchte leise vor sich hin. Dann stellte sie ihren Sender ab. Aviger zitterte. Sein Gesicht leuchtete weiß aus dem Helm. Kraiklyn kam rutschend an der Reling zum Stehen und blickte hinüber.

»Leni ...?« Er sah von einem zum anderen. »Ist das ...? Was ist *passiert?* Was hat er getan? Hat einer von euch ...?«

»Er ist gesprungen«, sagte Jandraligeli. Seine Stimme klang zitterig. Er versuchte zu lachen. »Ich vermute, die jungen Leute lernen es heutzutage nicht mehr, Gravitation von einem rotierenden Koordinatensystem zu unterscheiden.«

»Er ist *gesprungen?*« brüllte Kraiklyn. Er packte Jandraligeli am Anzugkragen. »Wie konnte er *springen?* Ich habe euch doch *gesagt*, die Antigravgeräte würden nicht funktionieren, euch allen habe ich es gesagt, als wir im Hangar waren ...«

»Er kam zu spät«, unterbrach Lamm ihn. Er trat gegen das dünne Metall der Reling, ohne es eindellen zu können. »Der dumme kleine Kerl kam *zu spät.* Keiner von uns hat daran gedacht, es ihm zu sagen.«

Kraiklyn ließ Jandraligeli los und musterte die anderen.

»Das stimmt«, bestätigte Horza. »Ich habe einfach nicht daran gedacht. Keiner von uns hat daran gedacht. Auch als Lamm und Jandraligeli sich darüber beschwerten, zum Bug laufen zu müssen, war Leni nicht dabei, weil er im Shuttle war, und du erwähntest es, aber ich nehme an, er hat nicht zugehört.« Horza zuckte die Achseln. »Er war aufgeregt.«

»Wir haben alle Mist gebaut«, stellte Yalson mit Nachdruck fest. Sie hatte ihren Kommunikator wieder angestellt. Eine Weile sagte niemand etwas. Kraiklyn stand da und sah von einem zum anderen. Dann ging er an das Geländer, legte beide Hände darauf und spähte nach unten.

»Leni?« sagte Wubslin in seinen Kommunikator und spähte ebenfalls nach unten. Seine Stimme klang ruhig.

»Chicel horhava.« Dorolow schlug das Zeichen des Flammenkreises, schloß die Augen und betete: »Süße Dame, nimm seine Seele in Frieden auf.«

»Wurmscheiße«, schimpfte Lamm und wandte sich ab. Er hob den Laser und schoß auf entfernte, höhere Teile der Türme über ihnen.

»Dorolow«, befahl Kraiklyn, »du, Wubslin und Yalson geht da hinunter! Seht, was … ach, Scheiße …« Kraiklyn drehte sich um. »Geht da hinunter. Mipp, du wirfst ihnen eine Leine oder die Erste-Hilfe-Tasche oder was auch immer zu. Wir übrigen … wir gehen zum Bug, verstanden?« Er blickte in die Runde, forderte sie heraus. »Ihr möchtet vielleicht umkehren, aber das würde nur bedeuten, daß er für nichts gestorben ist.«

Yalson wandte sich ab und schaltete ihren Sendeknopf wieder aus.

»Dann gehen wir«, sagte Jandraligeli. »Was soll's?«

»Ich nicht«, widersetzte sich Neisin. »Ich gehe nicht mit. Ich bleibe hier bei der Fähre.« Er setzte sich mit hängendem Kopf, den Helm auf dem Deck. Er starrte das Deck an. »Ich nicht. Nein, Sir, ich nicht. Ich habe für heute genug. Ich bleibe hier.«

Kraiklyn sah Mipp an und deutete mit einem Kopfnicken auf Neisin. »Kümmere dich um ihn!« Er wandte sich Dorolow und Wubslin zu. »Macht schon! Man kann nie wissen, vielleicht seid ihr imstande, etwas zu tun. Yalson – du auch!« Yalson sah Kraiklyn nicht an, aber sie drehte sich um und folgte Wubslin und der anderen Frau, die sich daranmachten, einen Weg hinunter zum nächsten Deck zu suchen.

Ein Krachen, das sie durch die Sohlen spürten, ließ

sie alle zusammenzucken. Sie drehten sich um und sahen Lamm, eine Silhouette vor den weit entfernten Wolken, der auf die Stützen des Flieger-Landeplatzes fünf oder sechs Decks weiter oben schoß. Der unsichtbare Strahl erzeugte züngelnde Flammen um das strapazierte Metall. Ein weiterer Landeplatz gab nach, flatterte und drehte sich wie eine riesige Spielkarte und schmetterte in die Ebene, auf der sie standen, daß das Deck von neuem bebte. »Lamm!« explodierte Kraiklyn. »Laß das!«

Der schwarze Anzug mit dem erhobenen Gewehr tat, als höre er nicht. Kraiklyn hob seinen eigenen schweren Laser und drückte den Abzug. Ein Stück des Decks fünf Meter vor Lamm ging in Flammen auf. Glühendes Metall wölbte sich hoch und brach wieder zusammen. Es spie eine Blase aus Gasen aus, die Lamm von den Füßen warf, so daß er taumelte und beinahe gestürzt wäre. Er gewann das Gleichgewicht zurück. Sogar aus dieser Entfernung war zu erkennen, daß er vor Wut zitterte. Kraiklyn hielt immer noch das Gewehr auf ihn gerichtet. Lamm reckte sich, schulterte seine Waffe und kam beinahe schlendernd zurück, als sei nichts geschehen. Die anderen entspannten sich.

Kraiklyn holte sie alle zusammen, und dann gingen sie. Sie folgten Dorolow, Yalson und Wubslin in einen der Türme und eine breite, teppichbelegte Wendeltreppe hinunter in das Megaschiff *Olmedreca.*

»Tot wie ein Fossil«, sagte auf halbem Weg nach unten Yalsons Stimme bitter in ihren Helmlautsprechern. »Tot wie ein gottverdammtes Fossil.«

Als sie auf ihrem Weg zum Bug an ihnen vorbeikamen, warteten Yalson und Wubslin neben der Leiche auf die Winschleine, die Mipp von oben herunterließ. Dorolow betete.

*

Sie überquerten die Ebene, auf der Lenipobra gestorben war, wanderten in den Nebel hinein und mit nichts als leerem Raum zu beiden Seiten eine schmale Gangway entlang. »Nur fünf Meter«, stellte Kraiklyn fest, der den Wasserdampf unter ihnen mit dem Lichtnadel-Radar in seinem Rairch-Anzug auslotete. Der Nebel lichtete sich ein bißchen, während sie weitergingen, hinauf auf ein weiteres Deck, auf dem die Luft jetzt klar war, dann wieder über Außentreppen und lange Rampen hinunter. Die Sonne war ein paarmal verschwommen sichtbar, eine rote Scheibe, die sich manchmal erhellte und manchmal trübte. Ihr Weg umging Swimming-pools, kreuzte Promenaden und Landeplätze, zeigte ihnen Tische und Sessel, führte durch Gehölze und unter Zeltbahnen, Arkaden und Bögen hindurch. Sie sahen Türme über sich durch den Nebel aufragen, und ein paarmal blickten sie in tiefe Schächte hinunter, die aus dem Schiff herausgeschnitten und von weiteren Decks und offenen Plätzen umsäumt waren, und sie meinten, von ganz unten das Meer hören zu können. Der wirbelnde Nebel lag am Grund solcher großen Schüsseln wie eine Brühe aus Träumen.

Vor einer Reihe von kleinen, offenen Räderfahrzeugen mit Sitzen und buntgestreiften Zeltplanen als Dächern blieben sie stehen. Kraiklyn hielt Umschau und orientierte sich. Wubslin versuchte, die Fahrzeuge in Gang zu bringen, aber keiner der kleinen Wagen funktionierte.

»Es gibt von hier aus zwei Wege.« Kraiklyn sah stirnrunzelnd bugwärts. Für einen Augenblick kam die Sonne hell zum Vorschein und vergoldete den Wasserdampf über und neben ihnen mit ihren Strahlen. Auf dem Deck unter ihren Füßen waren Linien für ein unbekanntes Spiel oder einen Wettkampf gezogen. Auf der einen Seite drängte sich ein Turm durch den Nebel, dessen Schlingen und Wirbel sich wie große Arme bewegten und die Sonne wieder verdunkelten. Schatten legte sich über den Weg vor ihnen. »Wir werden uns aufteilen«, sagte Kraiklyn. »Ich nehme mit Aviger und Jandraligeli diesen Weg. Horza und Lamm, ihr nehmt jenen.« Er zeigte zu der einen Seite hin. »Er führt zu einem der Nebenschnäbel. Dort müßte etwas zu finden sein; haltet die Augen offen.« Er berührte einen Knopf an seinem Handgelenk. »Yalson?«

»Hallo«, sagte Yalson über das Interkom. Sie, Wubslin und Dorolow hatten gewartet, bis Lenipobras Leiche zum Shuttle hochgewunden worden war. Dann waren sie den anderen gefolgt.

»Gut.« Kraiklyn sah auf einen der Helmschirme. »Ihr seid nur etwa dreihundert Meter von uns entfernt.« Er drehte sich um und sah den Weg zurück, den sie gekommen waren. In einer Entfernung von ein paar Kilometern reihte sich jetzt eine Gruppe von Türen auf, von denen die meisten auf höheren Ebenen begannen. Sie konnten mehr und mehr von der *Olmedreca* erkennen. Nebel floß lautlos an ihnen vorbei. »O ja«, sagte Kraiklyn, »ich sehe euch.« Er winkte.

Ein paar kleine Gestalten auf einem fernen Deck, das am Rand einer der großen nebelgefüllten Schüsseln lag, winkten zurück. »Ich sehe euch auch«, sagte Yalson.

»Wenn ihr dahin kommt, wo wir jetzt sind, geht ihr weiter nach links zu dem Schnabel auf der anderen Seite. Dort sind Hilfslaser. Horza und Lamm werden …«

»Ja, wir haben es gehört«, bestätigte Yalson.

»Gut. Wir werden die Fähre näher heranbringen können, vielleicht gleich an die Stelle, wo wir zuerst etwas finden. Gehen wir. Haltet die Augen offen!« Er nickte Aviger und Jandraligeli zu, und sie setzten sich in Marsch. Lamm und Horza wechselten einen Blick und schlugen dann die Richtung ein, die Kraiklyn ihnen gewiesen hatte. Lamm forderte Horza mit einer Geste auf, seinen Sender abzuschalten und seine Sichtscheibe zu öffnen.

»Wenn wir gewartet hätten, hätten wir die Fähre doch gleich da landen können, wo wir sie haben wollten«, sagte er bei offener Sichtscheibe. Horza stimmte ihm zu.

»Dummes, armes Schwein.«

»Wer?« fragte Horza.

»Der Junge. Springt er doch von der gottverdammten Plattform.«

»Hmm.«

»Weißt du, was ich tun werde?« Lamm sah den Wandler an.

»Was denn?«

»Ich werde diesem dummen, armen Schwein die Zunge rausschneiden, das werde ich tun. Eine tätowierte Zunge müßte doch einiges wert sein, oder? Der Kleine schuldete mir sowieso noch Geld. Was meinst du? Wieviel könnte sie einbringen?«

»Keine Ahnung.«

»Armes Schwein ...«, murmelte Lamm.

Die beiden Männer stapften das Deck entlang und wichen dabei von der schnurgerade nach oben führenden Linie ab, die sie vorher verfolgt hatten. Es war schwer zu sagen, wo genau ihr Ziel lag, aber laut Kraiklyn war es einer der Nebenschnäbel. Sie stachen wie enorme Ausleger aus der *Olmedreca* hervor und bildeten Häfen für die Linienschiffe, die in ihrer Glanzzeit Exkursionen vom und zum Megaschiff gemacht oder als Tender gearbeitet hatten.

Sie kamen an einer Stelle vorbei, wo offensichtlich kürzlich ein Feuergefecht stattgefunden hatte. Laserverbrennungen, Glasscherben und Metallfetzen übersäten einen Wohnabschnitt. Zerrissene Vorhänge und Wandbehänge flatterten in dem stetigen Fahrtwind des großen Schiffes. Zwei der kleinen Fahrzeuge lagen nahebei zerschmettert auf der Seite. Die beiden Männer stapften über den knirschenden Abfall und gingen weiter. Die anderen beiden Gruppen kamen ebenfalls gut voran; nach ihren Meldungen und ihren Unterhaltungen machten sie angemessene Fortschritte. Immer noch lag die gewaltige Wolkenbank, die sie vorhin gesehen hatten, vor ihnen. Sie wurde weder dünner noch niedriger, und sie konnten jetzt nur noch ein paar Kilometer von ihr entfernt sein, obwohl Entfernungen schwer zu schätzen waren.

»Wir sind da«, verkündete Kraiklyn schließlich. Seine Stimme knatterte in Horzas Ohr. Lamm stellte seinen Sender an.

»Was?« Er warf einen verwunderten Blick zu Horza hinüber, der die Achseln zuckte.

»Was hält euch beide auf?« fragte Kraiklyn. »Wir hatten den weiteren Weg. Wir sind an einem der Hauptbugs. Sie ragen weiter hervor als euer kleiner Nebenbug.«

»Du hast Mist gebaut, Kraiklyn«, fuhr ihm Yalson von dem anderen Team aus dazwischen, das zu den Nebenschnäbeln auf der entgegengesetzten Seite hatte gehen sollen.

»Wie bitte?« fragte Kraiklyn. Lamm und Horza blieben stehen, um dem Wortwechsel über ihre Kommunikatoren zuzuhören. Wieder war Yalson zu hören:

»Wir sind gerade am Rand des Schiffes angekommen. Ich glaube, wir sind sogar ein bißchen über die eigentliche Seitenlinie hinaus ... auf einem Flügel oder einem Vorsprung oder so etwas ... Jedenfalls ist das hier kein Nebenschnabel. Du hast uns in die falsche Richtung geschickt.«

»Aber ihr ...«, begann Kraiklyn. Seine Stimme erstarb.

»Kraiklyn, verdammt noch mal, du hast uns zum

Bug geschickt, und *du* selbst bist auf einem Nebenschnabel!« brüllte Lamm in sein Helmmikrophon. Horza war zu dem gleichen Schluß gekommen. Das war der Grund, warum sie immer noch marschierten und Kraiklyns Team den Bug erreicht hatte. Ein paar Sekunden lang kam von dem Kapitän der *Clear Air Turbulence* nichts als Schweigen. Dann sagte er:

»Scheiße, du mußt recht haben.« Sie hörten ihn seufzen. »Du und Horza, ihr geht wohl am besten weiter. Ich werde jemanden in eure Richtung schicken, sobald wir uns hier kurz umgesehen haben. Ich meine, eine Art von Galerie mit einer Menge transparenter Blasen zu erkennen, wo ein paar Laser sein könnten. Yalson, ihr geht bis dahin zurück, wo wir uns getrennt haben. Gib mir Bescheid, wenn ihr dort angekommen seid. Wir werden sehen, wer zuerst etwas Nützliches zu melden hat.«

*

»Na, großartig!« Lamm stapfte in den Nebel hinein. Horza folgte ihm und wünschte, der schlecht passende Anzug würde nicht so scheuern.

Nach einer Weile blieb Lamm stehen, um ein paar Staatskabinen zu untersuchen, die bereits geplündert waren. An zerbrochenem Glas aufgespießte zarte Stoffe umschwebten sie wie Wolken. In einer Suite sahen sie luxuriöse Holzmöbel. Eine Holosphäre lag zerbrochen in einer Ecke. Auf der Oberfläche eines Wassertanks mit Glaswänden, so groß wie ein Zimmer, trieben Mengen von verfaulenden, prachtvoll gefärbten Fischen zusammen mit feinen Kleidern wie exotische Algen.

Über ihre Kommunikatoren bekamen Horza und Lamm mit, wie die Leute in Kraiklyns Gruppe etwas entdeckten, das sie für eine Tür zu der Galerie hielten, wo sie – hoffentlich – hinter diesen transparenten Blasen Laser finden würden. Horza sagte zu Lamm, sie täten gut daran, keine Zeit zu verschwenden. So verließen sie die Staatskabinen und kehrten auf das Deck zurück, wo sie ihren Weg bugwärts fortsetzten.

»He, Horza!« sagte Kraiklyn, als der Wandler und Lamm gerade in einen langen Tunnel eindrangen. Er wurde von mattem Sonnenlicht erhellt, das durch Nebel und durchscheinende Deckenplatten fiel. »Dieses Nadelradar funktioniert nicht richtig.«

Horza fragte im Weitergehen zurück: »Was stimmt denn nicht mit ihm?«

»Es geht nicht durch Wolken.«

»Ich habe eigentlich nie Gelegenheit gehabt, es … Was meinst du?« Horza blieb mitten in dem Korridor stehen. Er hatte ein mulmiges Gefühl im Magen. Lamm marschierte weiter und entfernte sich von ihm.

»Es gibt mir Daten von dieser großen Wolke vor uns, genau geradeaus und rund einen halben Kilometer hoch.« Kraiklyn lachte. »Der Randwall ist das nicht, das ist sicher, und ich kann *sehen*, daß es eine Wolke ist, und sie ist näher, als das Nadelgerät angibt.«

»Wo bist du jetzt?« fiel Dorolow ein. »Hast du irgendwelche Laser gefunden? Was ist mit dieser Tür?«

»Da ist nur eine Art Sonnendeck oder so etwas«, antwortete Kraiklyn.

»Kraiklyn!« rief Horza. »Bist du sicher, daß das Gerät diese Angaben macht?«

»Klar doch. Das Nadelradar behauptet …«

»Verdammt, das ist kein Sonnendeck«, unterbrach jemand. Doch es klang, als komme die Bemerkung zufällig dazwischen und der Sprecher wisse nicht, daß sein Sender eingeschaltet war. Horza spürte, wie ihm der Schweiß auf der Stirn ausbrach. Irgend etwas stimmte nicht.

»Lamm!« rief er. Lamm, dreißig Meter weiter den Tunnel hinunter, drehte sich zu ihm um, ging aber weiter. »Komm zurück!« schrie Horza. Lamm blieb stehen.

»Horza, da kann doch nichts …«

»Kraiklyn!« Diesmal war es Mipp, dessen Stimme von der Fähre kam. »Hier war schon jemand. Ich habe eben ein anderes Fahrzeug ein Stück hinter unserem Landeplatz abheben sehen. Es ist jetzt weg.«

»Okay, danke, Mipp.« Kraiklyns Stimme klang ruhig. »Hör zu, Horza, nach dem, was ich von hier aus sehen kann, ist der Bug, wo ihr seid, soeben in der Wolke verschwunden. Also ist es eine Wolke … Scheiße, wir alle sehen doch genau, daß es eine gottverdammte Wolke ist. Bleibt nicht …«

Das Schiff bebte unter Horzas Füßen. Er taumelte. Lamm sah ihn verwirrt an. »Hast du nichts gemerkt?« schrie Horza.

»Was denn?« fragte Kraiklyn.

»Kraiklyn?« Das war wieder Mipp. »Ich sehe etwas …«

»Lamm, komm hierher zurück!« brüllte Horza, gleichzeitig durch die Luft und in sein Helmmikrophon. Lamm sah sich zu ihm um. Horza meinte, ein sich fortsetzendes Beben in dem Deck unter seinen Füßen zu fühlen.

»Was hast du gemerkt?« erkundigte Kraiklyn sich. Er wurde allmählich ärgerlich.

Yalson fiel ein: »Mir ist auch etwas komisch vorgekommen. Nicht sehr. Aber hör zu, diese Dinger sind doch nicht dazu gedacht … sie sind nicht dazu gedacht …«

»Kraiklyn …« – Mipps Stimme hatte einen dringlicheren Ton angenommen – »ich glaube, ich sehe …«

»Lamm!« Horza machte kehrt, lief durch den langen Tunnel zurück. Lamm blieb, wo er war, und blickte unschlüssig drein.

Horza hörte etwas, ein merkwürdig grollendes Geräusch. Es erinnerte ihn an eine Düsenmaschine oder einen Fusionsmotor in weiter Ferne, aber es war weder das eine noch das andere. Er spürte auch etwas unter seinen Füßen – dieses Beben, und da war eine Art von Zug, der ihn vorwärtszerrte, zu Lamm hin, zum Bug hin, als befinde er sich in einem schwachen Feld oder …

»Kraiklyn!« brüllte Mipp. »Ich kann! Da ist! Ich … du … ich bin …« sprudelte er hervor.

»Wollt ihr euch wohl alle erst einmal beruhigen?«

»Ich spüre etwas …« begann Yalson.

Horza fiel in Laufschritt, rannte den Korridor zurück. Lamm, der sich auch schon auf den Rückweg gemacht hatte, blieb stehen und stemmte die Hände in die Hüften, als er Horza von sich weglaufen sah. Ein fernes Donnern lag in der Luft wie von einem großen Wasserfall, den man von unten aus dem Tal hört.

»Ich spüre auch etwas. Es ist, als ob …«

»Was wollte Mipp mit seinem Gebrüll sagen?«

»Wir laufen auf!« rief Horza und rannte weiter. Das Donnern kam näher, wurde die ganze Zeit lauter.

»Eis!« Das war Mipp. »Ich komme mit der Fähre! Lauft! Es ist ein Wall aus Eis! Neisin! Wo bist du? Neisin! Ich habe …«

»Was?«

»EIS?«

Das donnernde Geräusch verstärkte sich. Der Korridor um Horza begann zu stöhnen. Mehrere der durchscheinenden Deckenplatten brachen und fielen vor ihm auf den Boden. Ein Abschnitt der Wand sprang plötzlich wie eine sich öffnende Tür hervor, und er entging nur knapp einem Zusammenstoß. Das Geräusch dröhnte ihm in den Ohren.

Lamm drehte sich um und sah das Ende des Korridors auf sich zukommen. Der ganze Abschnitt näherte sich ihm unter lautem Knirschen mit der ungefähren

Geschwindigkeit eines Läufers. Er schoß darauf, aber die Masse blieb nicht stehen. Rauch ergoß sich in den Tunnel. Lamm fluchte, machte kehrt und lief hinter Horza her.

Jetzt schrien und riefen Leute von überallher. In beiden Ohren Horzas babbelten dünne Stimmen, aber alles, was er wirklich hören konnte, war das Donnern hinter ihm. Das Deck unter seinen Füßen bockte und zitterte, als sei das ganze gigantische Schiff in einem Erdbeben gefangen. Die Platten und Paneele, aus denen die Korridorwände bestanden, wölbten sich. Der Fußboden stieg an manchen Stellen in die Höhe. Weitere Deckenplatten lösten sich und fielen. Die ganze Zeit zog ihn die gleiche saugende Kraft rückwärts und verlangsamte seinen Lauf wie in einem Traum. Er lief hinaus ins Tageslicht, hörte Lamm nicht weit hinter sich.

»Kraiklyn, du blödes ausgefurztes Arschloch!« schrie Lamm.

Die Stimmen quasselten und kreischten in Horzas Ohren; sein Herz hämmerte. Er schleuderte Fuß für Fuß mit all seiner Kraft vorwärts, aber das Donnern kam näher, wurde lauter. Er lief an den leeren Staatskabinen vorbei, wo die weichen Stoffe wehten, das Dach begann, sich nach innen zu falten, und das Deck kippte. Die Holosphäre, die sie vorhin gesehen hatten, kam rollend und hüpfend aus den zusammenbrechenden Fenstern. Eine Luke ganz in Horzas Nähe flog in einem Schwall von Druckluft und Trümmern heraus. Horza rannte geduckt weiter, fühlte Splitter seinen Anzug treffen. Er schlitterte über das knallende, springende Deck. Hinter ihm hämmerten Lamms Schritte. Der Mann hörte nicht auf, Kraiklyn über das Interkom wüst zu beschimpfen.

Der Lärm hinter Horza war wie ein gigantischer Wasserfall, wie ein großer Erdrutsch, wie eine nicht enden wollende Explosion, wie ein Vulkan. Seine

Ohren schmerzten, seine Gedanken kreiselten, betäubt von dem wahnsinnigen Tumult. Eine Reihe von Fenstern, die in die Wand vor ihm eingelassen waren, wurden weiß, explodierten dann in seine Richtung und schleuderten in einer Folge von kleinen harten Wolken Partikel gegen seinen Anzug. Wieder senkte er den Kopf, rannte auf den Eingang zu.

»Bastard Bastard Bastard!« brüllte Lamm.

»… hört nicht auf!«

»… hier herüber!«

»Halt den Mund, Lamm!«

»Horzaaa …!«

Stimmen kreischten ihm ins Ohr. Er lief jetzt über einen Teppich einen breiten Korridor entlang. Offene Türen knallten, Lampenfassungen an der Decke lösten sich. Plötzlich fegte eine Wasserflut zwanzig Meter vor ihm über den Gang, und eine Sekunde lang glaubte er, sich auf Meereshöhe zu befinden. Doch das war nicht möglich. Als er über die Stelle rannte, wo das Wasser gewesen war, hörte er, wie es eine breite Wendeltreppe hinunterschäumte und gurgelte, und nur ein paar Tropfen fielen von oben herab. Der Zug des allmählich langsamer werdenden Schiffs verringerte sich, aber das Donnern war immer noch rings um ihn. Er wurde schwächer, lief in benommenem Zustand, versuchte, in dem um ihn schlenkernden Korridor das Gleichgewicht zu bewahren. Nun traf ihn ein Luftzug; ein paar Blätter Papier und Plastik flatterten wie farbige Vögel an ihm vorbei.

»… Bastard Bastard Bastard …«

»Lamm!«

Vor ihm fiel Tageslicht durch die breiten Glasfenster eines Sonnendecks. Er sprang durch ein paar großblättrige Pflanzen in Kübeln und landete in einer Gruppe zerbrechlicher Sesselchen, die einen kleinen Tisch umstanden. Die Möbel zerbrachen.

»… gottverdammter blöder Bast …«

»Lamm, halt den Mund!« unterbrach Kraiklyns Stimme ihn. »Wir können nicht hören …«

Die Fensterreihe vor Horza wurde weiß, knackte wie Eis und flog heraus. Horza machte einen Satz, schlitterte über die Scherben auf dem Deck. Hinter ihm begannen oberer und unterer Rand der zerschmetterten Fenster sich langsam zu schließen wie ein riesiger Mund.

»Du Bastard! Du arschfickender …«

»Verdammt, wechselt den Kanal! Geh zum …«

Horza rutschte auf den Glasscherben aus und wäre beinahe gefallen.

Jetzt gellte nur noch Lamms Stimme durch seinen Helm, füllte seine Ohren mit Flüchen, die zum größten Teil in dem alles übertönenden Brüllen des endlosen Wracks hinter ihm untergingen. Er blickte zurück, nur für eine Sekunde, und sah, wie Lamm sich zwischen die Kiefer der zusammenbrechenden Fenster warf. Er torkelte fallend und rollend und wieder aufstehend über das Deck, sein Gewehr immer noch in der Hand, als Horza den Blick abwandte. Erst in diesem Augenblick fiel ihm auf, daß er sein Gewehr nicht mehr hatte. Er mußte es fallengelassen haben, doch er konnte sich nicht erinnern, wo und wann.

Horza wurde langsamer. Er war fit und stark, aber der über dem Standardwert liegende Zug von Vavatchs künstlicher Schwerkraft und der schlecht passende Anzug verlangten ihren Tribut.

Er lief in einem Zustand, der einer Trance ähnlich war. Sein Atem strömte durch seinen weit offenen Mund aus und ein. Er versuchte sich vorzustellen, wie nahe sie am Bug gewesen waren, wie lange das immense Gewicht des Schiffes hinter ihm imstande sein würde, seinen vorderen Abschnitt einzudrücken, während seine Milliarden-Tonnen-Masse in etwas hineinrammte, das – wenn es die Wolkenbank, die sie gesehen hatten, füllte – ein massiver Tafel-Eisberg sein mußte.

Wie in einem Traum sah Horza das Schiff um sich, immer noch in Wolken und Nebel eingehüllt, aber von oben durch goldenen Sonnenschein beleuchtet. Die Türme und Türmchen schienen nicht in Mitleidenschaft gezogen zu sein. Die ganze riesige Struktur glitt immer noch vorwärts dem Eis entgegen; die Kilometer von Megaschiff hinter ihnen drückten mit der titanischen Massenträgheit des Fahrzeugs vorwärts. Horza kam an Spielhöfen, an Zelten aus sich bauschendem Silber vorbei, brach durch einen Stapel von Musikinstrumenten. Vor ihm erhob sich eine Wand aus Reihen weiterer Decks, und über ihm schwankten und lösten sich Brücken, deren bugwärts gelegene Stützen, außer Sicht hinter ihm, der heranbrandenden Woge der Vernichtung näherkamen und von ihr verschlungen wurden. Er sah das Deck auf der einen Seite in nebelerfülltes Nichts kippen. Das Deck unter seinen Füßen begann sich vor ihm zu heben, langsam, aber auf einer Strecke von fünfzehn Metern oder mehr. Er kämpfte sich eine Schräge hinauf, die immerzu steiler wurde. Eine Hängebrücke zu seiner Linken brach zusammen, die Kabel peitschten umher. Sie verschwand in dem goldenen Nebel. Das Geräusch ihres Falls ging in dem knirschenden Getöse unter, das seine Ohren attackierte. Seine Füße glitten von dem schrägen Deck ab. Er fiel, landete schwer auf dem Rücken, drehte sich um und blickte zurück.

Das Megaschiff schmetterte sich an einer Wand aus reinem Weiß, die höher aufragte als der höchste Turm der *Olmedreca,* in einem Schaum aus Trümmern und Eis zu Tode. Es war wie die größte Welle im Universum, gestaltet in Altmetall, gehauen aus knirschendem Schrott, und von der Klippe aus gefrorenem Wasser dahinter senkten sich Kaskaden aus blitzendem, glitzerndem Eis und Schnee in großen langsamen Schleiern nieder. Horza starrte die Wand an, und dann begann er, ihr, wie das Deck ihn kippte, entgegenzurutschen. Zu seiner Linken brach ein hoher Turm langsam zusammen, verbeugte sich vor der sich brechenden Welle aus zusammengeschobenen Wrackteilen wie ein Sklave vor seinem Herrn. Ein Schrei bildete sich in Horzas Kehle beim Anblick der zerbröckelnden und sich zusammenballenden und auf ihn zukommenden Decks und Relings, Wände und Schotts und Rahmen, an denen er gerade erst vorübergelaufen war.

Er rollte über gleitende Scherben und purzelnde Bruchstücke zu der sich krümmenden Reling am Rande des Decks, bekam sie zu fassen, stemmte sich mit beiden Armen hoch, drückte sich mit einem Fuß ab und warf sich hinüber.

Er fiel nur ein Deck tief, krachte auf schräges Metall, daß ihm die Luft wegblieb. So schnell er konnte, stellte er sich auf die Füße, atmete durch den Mund ein, schluckte und versuchte so, seine Lungen zum Arbeiten zu zwingen. Das enge Deck, auf dem er gelandet war, bog sich ebenfalls, aber der Faltpunkt lag zwischen ihm und der hochaufragenden, knirschenden Wand aus Wrackteilen. Er rutschte und glitt weg davon, die schräge Oberfläche hinunter, während das Deck hinter ihm sich zu einem Gipfel erhob. Metall riß, Träger bohrten sich aus dem Deck über ihm wie gebrochene Knochen durch Haut. Er sah eine Treppe vor sich, die zu dem Deck führte, von dem er eben heruntergesprungen war, aber auf ein Gebiet, das noch eben war. Er kletterte zu dem ebenen Deck hinauf, das erst dann zu kippen begann, sich von der Trümmerbrandung wegkantete, als sein vorderer Rand sich zerbrechend hob.

Horza rannte die steiler werdende Schräge hinunter,

umflutet von Wasser aus seichten ornamentalen Teichen. Weitere Stufen: Er hievte sich zum nächsten Deck hinauf.

Ihm war, als seien Brust und Kehle mit heißen Kohlen gefüllt, seine Beine mit geschmolzenem Blei, und die ganze Zeit kam dieser schreckliche, alptraumhafte Zug von hinten, zerrte ihn zurück in Richtung der Katastrophe. Stolpernd und keuchend erkämpfte er sich den Weg vom Kopf der Treppe bis zu einem zerbrochenen, ausgelaufenen Swimming-pool.

»Horza!« rief eine Stimme. »Bist du das? Horza! Ich bin es, Mipp! Sieh nach oben!«

Horza hob den Kopf. In dem Nebel dreißig Meter über ihm hing die Fähre der *CAT*. Er winkte ihr schwach zu, taumelte dabei. Die Fähre senkte sich durch den Nebel vor ihm, ihre hinteren Türen öffneten sich, bis sie unmittelbar über dem nächsten Deck weiter oben schwebte.

»Ich habe die Türen geöffnet! Spring herein!« rief Mipp. Horza versuchte zu antworten, brachte aber keinen anderen Ton als ein rasselndes Keuchen hervor. Er taumelte weiter mit dem Gefühl, die Knochen in seinen Beinen hätten sich in Gelee verwandelt. Der schwere Anzug polterte und krachte um ihn, seine Füße glitten auf den Glasscherben aus, mit denen das vibrierende Deck unter seinen Füßen übersät war. Und vor ihm stiegen weitere Stufen in die Höhe, führten zu dem Deck, wo die Fähre wartete. »Beeil dich, Horza! Ich kann nicht mehr viel länger bleiben!«

Er warf sich auf die Stufen, zog sich hinauf. Die Fähre schwankte in der Luft, drehte sich, ihre offene hintere Rampe zeigte in seine Richtung, dann von ihm weg. Die Stufen unter ihm zitterten, das Getöse, voll von Schreien und Krachen, schlug über ihm zusammen. Eine zweite Stimme brüllte ihm in die Ohren, aber er konnte die Worte nicht unterscheiden. Er fiel auf das obere Deck, kämpfte sich in Richtung der Fährenrampe weiter, die nur ein paar Meter von ihm entfernt war. Er konnte die Sitze und das Licht drinnen sehen. Lenipobras im Anzug steckender Leichnam lag in einer Ecke.

»Ich kann nicht länger warten! Ich muß ...« brüllte Mipp durch das Kreischen der Trümmer und die zweite schreiende Stimme. Die Fähre begann zu steigen. Horza warf sich dagegen.

Seine Hände faßten den Rand der Rampe, gerade als sie auf die Höhe seiner Brust kam. Er wurde von dem Deck hochgerissen, schwang an den ausgestreckten Armen und sah vor sich den Bauch der Fähre, die sich in die Luft hochkämpfte.

»Horza! Horza! Es tut mir leid«, schluchzte Mipp.

»Du hast mich!« rief Horza heiser.

»Was?«

Die Fähre stieg immer noch, vorbei an Decks und Türmen und den dünnen waagerechten Linien der Einschienenbahn. Horzas gesamtes Gewicht hing an seinen Fingern, die sich in ihren Handschuhen über den Rand der Rampentür hakten. Seine Arme schmerzten. »Ich hänge an der gottverdammten Rampe!«

»Ihr Bastarde!« kreischte eine andere Stimme. Es war Lamm. Die Rampe fing an, sich zu schließen; der Ruck hätte Horzas Griff fast gelöst. Sie waren fünfzig Meter hoch und stiegen weiter. Er sah den oberen Teil der Türen auf seine Finger niedersinken.

»Mipp!« schrie er. »Nicht die Tür schließen! Laß die Rampe, wo sie ist, und ich werde versuchen, hineinzukommen!«

»Okay«, antwortete Mipp schnell. Die Rampe hörte in einem Winkel von etwa zwanzig Grad auf, nach oben zu kippen. Horza schwang seine Beine von einer Seite zur anderen. Sie waren inzwischen siebzig, achtzig Meter hoch, der Bug war der Wolke aus Wrackteilen abgekehrt, und sie entfernten sich langsam von ihr.

»Du schwarzer Bastard! Komm zurück!« brüllte Lamm.

»Das kann ich nicht, Lamm!« antwortete Mipp. »Ich kann nicht! Du bist zu nahe dran!«

»Du hinterfotziger *Bastard!*« kreischte Lamm.

Licht flackerte rings um Horza. Die Unterseite der Fähre flammte, von Laserschüssen getroffen, an einem Dutzend Stellen auf. Etwas knallte gegen die Sohle von Horzas linkem Stiefel, sein rechtes Bein wurde weggeschleudert und brannte vor Schmerz.

Mipp schrie unzusammenhängend. Das Shuttle gewann Geschwindigkeit, flog diagonal über das Megaschiff zurück. Die Luft brüllte um Horzas Körper, riß seine Hände allmählich weg. »Mipp, langsamer!« rief er.

»Bastard!« war wieder Lamms Stimme zu hören. Der Nebel auf der einen Seite leuchtete; ein Fächer kurzlebiger Strahlen erstrahlte darin. Dann verlagerte sich das Laser-Feuer, und wieder funkelte die Fähre, krachte unter fünf oder sechs kleinen Explosionen um den Front- und Nasenabschnitt. Mipp heulte. Die Fähre wurde immer noch schneller. Horza versuchte weiter, ein Bein auf die schräge Rampe zu schwingen, aber der Fahrtwind riß seinen Körper von der Fähre weg, und die gekrümmten Finger seiner Handschuhe scharrten langsam über die rauhe Oberfläche zurück.

Lamm stieß einen hohen, gurgelnden Schrei aus, der Horza wie ein elektrischer Schock durch den Kopf fuhr, bis das Geräusch plötzlich abbrach und für einen Augenblick von einem scharfen Knacken und Brechen ersetzt wurde.

Die Fähre raste in hundert Metern Höhe über die Oberfläche des sich zerknitternden Megaschiffes. Horza fühlte die Kraft aus seinen Fingern und Armen weichen. Er sah durch die Sichtscheibe seines Helms in das Innere der Fähre, das nur wenige Meter von ihm entfernt war, und dabei glitt er Millimeter um Millimeter davon weg.

Das Innere blitzte einmal auf, und einen Augenblick später erfüllte es ein weißes, blendendes, unerträgliches Gleißen. Horza schloß instinktiv die Augen. Ein brennendes gelbes Licht drang durch seine Lider. Sein Helmlautsprecher gab plötzlich ein unmenschliches Geräusch von sich wie das Kreischen einer Maschine und verstummte dann ganz. Das Licht verblaßte langsam. Horza öffnete die Augen wieder.

Das Innere der Fähre war immer noch hell erleuchtet, und zudem qualmte es jetzt. Die turbulente Luft, die von den offenen Hecktüren hereinströmte, riß Rauchfetzen von versengten Sitzen, Gurten und Netzen und von der schwarzgesengten Haut auf Lenipobras ungeschütztem Gesicht. Das Schott vorn sah aus, als seien Schatten hineingebrannt worden.

Horzas Finger rutschten einer nach dem anderen an den Rand der Rampe.

Mein Gott, dachte er, die Verbrennungen und den Rauch vor sich, *dieser Wahnsinnige hat also doch eine Atombombe gehabt.* Dann erfaßte die Schockwelle ihn.

Sie schleuderte ihn vorwärts, über die Rampe und in die Fähre, kurz bevor sie das Fahrzeug selbst traf und es über den Himmel tanzen ließ wie einen kleinen Vogel im Sturm. Horza wurde von einer Seite zur anderen geworfen, versuchte verzweifelt, sich an etwas festzuklammern, um nicht wieder durch die offenen Hecktüren hinauszufallen. Seine Hand fand ein paar Gurte und schloß sich um sie mit letzter Kraft.

Vor den Türen stieg langsam durch den Nebel eine große rollende Feuerkugel in den Himmel. Ein Geräusch wie die Summe sämtlicher Donnerschläge, die er jemals gehört hatte, vibrierte durch das heiße, verqualmte Innere der fliehenden Maschine. Die Fähre ging in die Kurve und warf Horza gegen die eine Sitzreihe. Ein großer Turm sauste an den offenen Hecktüren vorbei und blockierte die Sicht auf die Feuerkugel, während die Fähre weiter wendete. Die Türen wollten sich schließen, doch dann klemmten sie.

Horza fühlte sich schwer und heiß innerhalb seines Anzugs. Die Hitze von der Bombe sickerte durch die Oberflächen, die dem ersten Lichtblitz ausgesetzt gewesen waren. Sein rechtes Bein schmerzte stark unterhalb des Knies. Er konnte riechen, daß es irgendwo brannte.

Dann beruhigte sich der Kurs des Shuttles. Horza stand auf und hinkte zu der Tür, die in das Schott eingelassen war. Auf dem gedeckten Weiß der Wand waren die Umrisse der Sitze und der Leiche Lenipobras – die jetzt mit ausgebreiteten Gliedern vor den Hecktüren lag – in erstarrten Schatten eingebrannt. Horza öffnete die Tür und ging hindurch.

Mipp bückte sich auf dem Platz des Piloten über die Kontrollen. Die Monitor-Schirme waren leer, aber durch das dicke, polarisierte Glas der Windschutzscheibe waren Wolken, Nebel, ein paar unten vorüberziehende Türme und dahinter das offene Meer zu sehen, das weitere Wolken bedeckten. »Dachte … du bist tot …« sagte Mipp mit schwerer Zunge und drehte sich halb zu Horza um. Er machte den Eindruck, als sei er verwundet, wie er da mit hochgezogenen Schultern und halbgeschlossenen Augen hockte. Schweiß glitzerte auf seiner dunklen Stirn. Es war Rauch im Flugdeck, gleichzeitig stechend und süß.

Horza nahm seinen Helm ab und ließ sich in den anderen Sitz fallen. Er sah an seinem rechten Bein hinunter. Ein sauberes, schwarzgerändertes Loch von ungefähr einem Zentimeter Durchmesser war durch die Anzugwade gestanzt worden. Ihm entsprach ein größeres und gezackteres Loch an der Seite. Horza bog das Bein und zuckte zusammen. Es war nur eine Muskelverbrennung, schon kauterisiert. Blut war keins zu sehen.

Er sah Mipp an. »Bist du in Ordnung?« fragte er. Die Antwort kannte er schon.

Mipp schüttelte den Kopf. »Nein«, antwortete er mit leiser Stimme. »Dieser Wahnsinnige hat mich getroffen. Ins Bein und irgendwo in den Rücken.«

Horza sah sich den Rücken von Mipps Anzug in der Nähe der Stelle an, wo er den Sitz berührte. Ein Loch in der Sitzmulde führte zu einer langen dunklen Narbe auf der Anzugoberfläche. Horzas Blick wanderte zum Fußboden des Flugdecks. »Scheiße«, sagte er. »Das Ding ist voller Löcher.«

Der Fußboden war von Einschüssen zersiebt. Zwei waren direkt unter Mipps Sitz. Ein Laser-Schuß hatte diese dunkle Narbe an der Seite seines Anzugs verursacht, der andere mußte Mipps Körper getroffen haben.

»Es fühlt sich an, als hätte das Schwein mir durch den Arsch in die Brust geschossen, Horza.« Mipp versuchte zu lächeln. »Er hatte tatsächlich eine Atombombe, nicht wahr? Sie ist losgegangen. Hat alle elektrischen Instrumente zerstört … Nur die optischen Kontrollen funktionieren noch. Nutzlose verdammte Fähre …«

»Mipp, laß mich übernehmen«, sagte Horza. Sie waren jetzt in den Wolken; nur ein vages kupferiges Licht fiel durch den kristallenen Schirm vor ihnen ein. Mipp schüttelte den Kopf.

»Geht nicht. Du kannst dieses Ding nicht fliegen … nicht in seinem jetzigen Zustand.«

»Wir müssen umkehren, Mipp. Vielleicht konnten sich die anderen …«

»Geht nicht. Sie werden alle schon tot sein.« Mipp faßte die Kontrollen fester und starrte durch die Scheibe. »Gott, dieses Ding stirbt.« Er sah einen der leeren Monitore nach dem anderen an, schüttelte langsam den Kopf. »Ich fühle es.«

»Scheiße!« Horza kam sich hilflos vor. »Was ist mit der Strahlung?« fragte er plötzlich. Es war eine Binsenwahrheit, daß man in einem ordentlich gemachten Anzug, wenn man Lichtblitz und Druckwelle überlebt hatte, auch die Strahlung überlebte, aber Horza war sich nicht sicher, ob sein Anzug ordentlich gemacht war. Eins der vielen Instrumente, an denen es ihm mangelte, war ein Strahlungsmonitor, und das war an sich schon ein schlechtes Zeichen. Mipp sah den kleinen Schirm auf der Konsole an.

»Strahlung ...« Er schüttelte den Kopf. »Nichts Ernstes«, meinte er. »Wenige Neutronen ...« Er verzog unter Schmerzen das Gesicht. »Ziemlich saubere Bombe, wahrscheinlich gar nicht das, was das Schwein haben wollte. Er sollte sie in den Laden zurückbringen ...« Mipp stieß ein kurzes, ersticktes, verzweifeltes Lachen aus.

»Wir müssen umkehren, Mipp«, wiederholte Horza. Er dachte an Yalson, die vor der Katastrophe weglief. Sie hatte einen besseren Start gehabt als Lamm und er. Er versuchte sich einzureden, sie habe es sicher geschafft; als die Bombe losging, sei sie weit genug entfernt gewesen, um nicht von ihr verletzt zu werden, und das Eindringen des Schiffes in den Eisberg werde sich nach und nach verlangsamen und schließlich zum Stillstand kommen. Nur – wie sollte sie oder einer der anderen, falls einer von ihnen überlebt hatte, das Megaschiff verlassen? Er probierte es mit dem Kommunikator der Fähre, aber der war so tot wie der seines Anzugs.

»Du kannst sie nicht erreichen«, sagte Mipp. »Du kannst die Toten nicht aufwecken. Ich habe sie gehört; sie schalteten ab, während sie rannten. Ich versuchte, ihnen zu sagen ...«

»Mipp, sie haben den Kanal gewechselt, das war alles. Hast du Kraiklyn nicht gehört? Sie gingen auf einen anderen Kanal über, weil Lamm so herumbrüllte, daß man sein eigenes Wort nicht hörte.«

Mipp krümmte sich auf seinem Sitz. »Das habe ich nicht gehört«, antwortete er dann. »Ich versuchte, sie über das Eis zu unterrichten … die Größe, die Höhe.« Wieder schüttelte er den Kopf. »Sie sind tot, Horza.«

»Sie waren ein gutes Stück von Lamm und mir entfernt, Mipp«, entgegnete Horza ruhig. »Mindestens einen Kilometer. Wahrscheinlich haben sie überlebt. Wenn sie im Schatten waren, wenn sie ebenso wie wir gelaufen sind … Sie waren noch nicht so weit gekommen wie wir. Sie müssen noch leben, Mipp. Wir müssen umkehren und sie holen.«

»Geht nicht, Horza. Sie müssen tot sein. Sogar Neisin. Ging auf einen Spaziergang … nachdem ihr alle fort wart. Mußte ohne ihn starten. Konnte ihn nicht erreichen. Sie müssen tot sein. Alle.«

»Mipp«, gab Horza zu bedenken. »es war keine *große* Atombombe.«

Mipp lachte, dann stöhnte er. »Na und? Du hast diesen Eisberg nicht gesehen, Horza. Er war …«

In diesem Augenblick machte das Shuttle einen Satz. Horza warf einen schnellen Blick durch die Windschutzscheibe, aber da war nur rings um sie das Glühen der Wolke, durch die sie flogen. »O Gott«, flüsterte Mipp, »das Ding stirbt.«

»Was stimmt denn nicht?« fragte Horza. Mipp zuckte unter Schmerzen die Achseln.

»Alles. Ich glaube, wir fallen, aber ich habe keinen Höhenmesser, keinen Fahrtmesser, keine Kommunikations- und Navigationsinstrumente, nichts … Sie sind bei all diesen Löchern und den offenen Türen ausgefallen.«

»Wir verlieren an Höhe?« fragte Horza.

Mipp nickte. »Möchtest du damit anfangen, Gegenstände hinauszuwerfen? Na gut, wirf sie hinaus. Vielleicht können wir dadurch an Höhe gewinnen.« Wieder machte das Shuttle einen Satz.

»Du meinst das im Ernst.« Horza begann sich aus seinem Sitz loszumachen. Mipp nickte.

»Wir fallen. Das ist mein Ernst. Verdammt, auch wenn wir umkehrten, könnten wir dieses Ding nicht über den Randwall bringen, nicht einmal mit einem oder zweien an Bord ...« Mipps Stimme erstarb.

Horza stemmte sich mühsam hoch und ging durch die Tür.

Das Passagierabteil war erfüllt von Rauch, Nebel und Lärm. Das dunstige Licht strömte durch die Türen. Horza versuchte, die Sitze von den Wänden zu reißen, aber sie rührten sich nicht. Sein Blick blieb auf Lenipobras zerbrochenem Körper und verbranntem Gesicht hängen. Die Fähre ruckte; eine Sekunde lang fühlte sich Horza in seinem Anzug leichter. Er packte Lenipobras Anzug beim Arm und zog den toten Jungen an die Rampe. Er schob den Leichnam über den Rand, und die schlaffe Hülle fiel, verschwand in dem Nebel unten. Die Fähre legte sich erst in die eine, dann in die andere Richtung schräg und hätte Horza beinahe von den Füßen geworfen.

Er fand noch ein paar Sachen: einen Ersatzhelm, ein Stück dünnes Seil, einen Antigrav-Harnisch und ein schweres Geschütz-Dreibein. Er warf alles hinaus. Er fand einen kleinen Feuerlöscher. Er sah sich um, aber Flammen waren anscheinend keine da, und der Rauch war nicht schlimmer geworden. Mit dem Feuerlöscher in der Hand kehrte er auf das Flugdeck zurück. Auch hier lichtete sich der Rauch allmählich.

»Wie steht's?« fragte er. Mipp schüttelte den Kopf.

»Weiß nicht.« Er wies mit dem Kinn nach dem Sitz,

auf dem Horza gesessen hatte. »Du kannst ihn vom Deck abmachen. Wirf ihn hinaus.«

Horza fand die Riegel, die den Sitz auf dem Deck sicherten. Er löste sie, zerrte den Sitz durch die Tür und an die Rampe und warf ihn mitsamt dem Feuerlöscher hinaus.

»An der Wand neben diesem Schott sind Sicherungen«, rief Mipp, dann stöhnte er vor Schmerz. Er fuhr fort: »Du kannst die Wandsitze damit losmachen.«

Horza fand die Sicherungen und schob erst die eine Reihe von Sitzen, dann die andere, komplett mit Gurten und Netzen, auf der im Innenraum der Fähre angebrachten Schiene nach hinten, bis sie über die Rampenkante sprangen und durch den glühenden Nebel abwärtstaumelten. Von neuem legte die Fähre sich schräg.

Die Tür zwischen dem Passagierabteil und dem Flugdeck knallte zu. Horza lief hin; sie war verschlossen.

»Mipp!« schrie er.

»Tut mir leid, Horza«, kam Mipps Stimme schwach von der anderen Seite der Tür. »Ich kann nicht umkehren. Kraiklyn würde mich töten, wenn er nicht bereits tot ist. Aber ich könnte sie nie finden. Das ist einfach unmöglich. Es war pures Glück, daß ich dich gesehen habe.«

»Mipp, spiel nicht verrückt! Öffne die Tür!« Horza rüttelte daran. Sie war nicht stark; er konnte sie aufbrechen, wenn es sein mußte.

»Ich kann nicht, Horza … Versuch nicht, mit Gewalt einzudringen. Ich werde dann die Nase der Fähre senkrecht nach unten richten, das schwöre ich. Sehr hoch über dem Meer können wir sowieso nicht mehr sein … Ich kann sie so schon kaum noch in der Luft halten … Wenn du willst, versuche, die Türen manuell zu schließen. Irgendwo an der hinteren Wand müßten abgedeckte Kontrollen sein.«

»Mipp, um Gottes willen, wohin willst du? Das Orbital wird in ein paar Tagen gesprengt. Wir können nicht für immer umherfliegen.«

»Oh, wir werden vorher abstürzen«, sagte Mipp hinter der verschlossenen Tür. Seine Stimme klang müde. »Wir werden abstürzen, bevor das Ding gesprengt wird, Horza, nur keine Bange. Die Fähre stirbt.«

»Aber wohin *willst* du?« brüllte Horza zum zweiten Mal die Tür an.

»Ich weiß es nicht, Horza. Auf die andere Seite vielleicht … Evanauth … ich weiß es nicht. Nur weg. Ich …« Ein Krachen war zu hören, als sei etwas zu Boden gefallen, und Mipp fluchte. Die Fähre vibrierte und legte sich kurz auf die Seite.

»Was war das?« fragte Horza angstvoll.

»Nichts«, antwortete Mipp. »Ich habe die Erste-Hilfe-Tasche fallengelassen, das ist alles.«

»Scheiße«, murmelte Horza vor sich hin und setzte sich mit dem Rücken gegen das Schott.

»Mach dir keine Sorgen, Horza, ich werde … ich werde tun, was ich kann.«

»Ja, Mipp.« Horza stand wieder auf. Er ignorierte den Schmerz der Erschöpfung in beiden Beinen und die stechende Qual in seiner rechten Wade und ging ans Heck der Fähre. Er sah sich nach einer Abdeckplatte um, fand eine und stemmte sie auf. Sie enthüllte fünf weitere Feuerlöscher; er warf auch sie hinaus. Hinter der Platte an der gegenüberliegenden Wand fand er eine Handkurbel. Horza drehte den Griff. Die Türen begannen, sich langsam zu schließen, dann klemmten sie. Er riß an dem Hebel, bis er abbrach. Fluchend warf er ihn den Feuerlöschern hinterher.

Genau in diesem Augenblick kam die Fähre aus dem Nebel heraus. Horza blickte hinunter und sah die gekräuselte Oberfläche eines grauen Meeres. Graue Wellen rollten langsam darüber hin und brachen sich. Die Nebelschicht lag hinter ihnen, ein unbestimmter grauer

Vorhang, unter dem das Meer verschwand. Sonnenstrahlen fielen schräg in den Nebel ein, und Schleierwolken füllten den Himmel.

Horza sah die abgebrochene Kurbel auf das Meer zufallen, kleiner und kleiner werdend. Sie zog eine weiße Spur über das Wasser, dann war sie verschwunden. Er schätzte, daß sie etwa einhundert Meter hoch waren. Die Fähre ging in die Kurve und zwang Horza, sich am Türrand festzuhalten. Jetzt flogen sie beinahe parallel zu der Wolkenbank.

Horza trat an das Schott und ballerte gegen die Tür. »Mipp? Ich bekomme die Türen nicht zu.«

»Ist schon gut«, antwortete der schwach.

»Mipp, mach auf! Spiel nicht verrückt!«

»Laß mich in Ruhe, Horza. Laß mich in Ruhe! Verstanden?«

»Gottverdammt!« sagte Horza zu sich selbst. Er kehrte an die offenen Türen zurück, die im Luftzug klapperten. Nach dem Winkel der Sonne zu urteilen, flogen sie vom Randwall weg. Hintern ihnen lag nichts als Meer und Wolken. Da war kein Zeichen von der *Olmedreca* oder irgendeinem anderen Fahrzeug oder Schiff. Der scheinbar flache Horizont verschwand auf beiden Seiten im Dunst; der Ozean vermittelte durch nichts den Eindruck, konkav zu sein; er war nur groß. Horza versuchte, den Kopf um die Ecke der offenen Tür zu stecken, um festzustellen, in welche Richtung sie flogen. Der Luftstrom zwang ihn, den Kopf wieder zurückzuziehen, bevor er sich richtig hatte umsehen können, und die Fähre machte von neuem einen kleinen Satz. Aber er hatte einen Blick nach vorn erhascht, wo der Horizont ebenso flach und konturlos war wie zu beiden Seiten. Nun zog sich Horza weiter in die Fähre zurück und probierte es mit seinem Kommunikator. Nichts kam aus den Helmlautsprechern; alle Kanäle waren tot. Anscheinend hatte der elektromagnetische

Impuls von der Explosion auf dem Megaschiff alles ausgelöscht.

Horza überlegte, ob er seinen Anzug ausziehen und ebenfalls hinauswerfen solle. Aber er fror jetzt schon, und ohne den Anzug würde er buchstäblich nackt sein. Lieber behielt er ihn an, bis sie plötzlich an Höhe verloren. Er zitterte, und sein ganzer Körper schmerzte.

Am besten schlief er eine Weile. Im Augenblick konnte er doch nichts tun, und sein Körper brauchte Ruhe. Er erwog eine Wandlung, entschied sich jedoch dagegen. Als er die Augen schloß, sah er Yalson, wie er sie sich bei ihrer Flucht über das Megaschiff vorgestellt hatte, und da öffnete er die Augen wieder. Er redete sich ein, ihr sei nichts geschehen, und machte einen neuen Versuch.

Vielleicht hatten sie, wenn er erwachte, das Gebiet unter der Schicht magnetisierten Staubs in der oberen Atmosphäre verlassen und waren in der tropischen oder auch nur der gemäßigten Zone statt in der arktischen. Wahrscheinlich stürzten sie dann in warmes Wasser ab, nicht in kaltes. Er konnte sich nicht vorstellen, daß Mipp oder das Shuttle lange genug aushalten würde, um einen Flug quer über das Orbital zu Ende zu bringen.

… angenommen, es hatte einen Durchmesser von dreißigtausend Kilometern; sie machten vielleicht dreihundert pro Stunde …

Den Kopf voll von wechselnden Zahlen, fiel Horza in Schlaf. Sein letzter zusammenhängender Gedanke war, daß sie einfach nicht schnell genug flogen und es wahrscheinlich nicht schaffen würden. Sie würden immer noch über dem Kreismeer in Richtung Land fliegen, wenn die Kultur das ganze Orbital zu einem Vierzehn-Millionen-Kilometer-Halo aus Licht und Staub zerstäubte …

*

Horza erwachte davon, daß er im Innern der Fähre herumrollte. In den ersten paar benommenen Sekunden glaubte er, bereits aus der Hecktür hinausgefallen zu sein und durch die Luft zu stürzen. Dann wurde sein Kopf klar, und er stellte fest, daß er mit ausgebreiteten Armen und Beinen auf dem Fußboden des Passagierabteils lag und den blauen Himmel draußen kippen sah, als die Fähre sich schräglegte. Sie schien jetzt langsamer zu fliegen als vorher. Durch die Hecktüren konnte er nichts erkennen als blauen Himmel, blaues Meer und ein paar wattige weiße Wolken. Deshalb steckte er den Kopf um die Türkante.

Der böige Wind war warm, und in der Richtung, die das Shuttle einschlug, lag eine kleine Insel. Horza betrachtete sie ungläubig. Sie war winzig, umgeben von noch kleineren Atollen und Riffen, die hellgrün durch das seichte Wasser heraufschimmerten, und auf ihr war ein einziger kleiner Berg, der sich aus konzentrischen Kreisen üppig grüner Vegetation und leuchtend gelben Sandes hochreckte.

Die Fähre ging tiefer und dann in Richtung der Insel in den Horizontalflug über. Horza zog den Kopf zurück und ruhte die Hals- und Schultermuskeln von der Anstrengung aus, den Kopf in den Fahrtwind zu halten. Die Fähre wurde noch langsamer, ging wieder tiefer. Ein leichtes Beben lief durch die Hülle. Horza sah auf dem Meer hinter der Fähre eine Ringfläche limonenfarbenen Wassers erscheinen; er sah von neuem aus der Tür und erkannte die Insel genau voraus und etwa fünfzig Meter tiefer. Kleine Gestalten rannten von dem Strand weg, dem die Fähre sich näherte. Eine Gruppe von Menschen machte sich über den Sand nach dem Dschungel auf. Sie trugen etwas, das wie eine große Pyramide aus goldenem Sand auf einer Art Tragbahre aussah, die sie an Stangen zwischen sich hielten.

Horza sah das Bild unten vorbeiziehen. Auf dem

Strand waren kleine Feuer und lange Kanus zu erkennen. An einem Ende, wo die Bäume nahe ans Wasser heranreichten, hockte eine breitrückige, schaufelnasige Raumfähre, vielleicht zwei- oder dreimal so groß wie die der *CAT*. Sie überflogen die Insel durch ein paar dünne graue Rauchsäulen.

Der Strand war beinahe leer von Menschen. Die letzten paar, magere und fast nackte Leute, suchten Dekkung unter den Bäumen, als fürchteten sie sich vor der Flugmaschine. Einer lag ausgestreckt im Sand neben der Raumkapsel. Horza erspähte eine menschliche Gestalt, vollständiger angezogen als die anderen, die nicht rannte, sondern stillstand und mit etwas in der Hand nach oben auf ihn, auf die vorüberfliegende Fähre wies. Dann erschien der Gipfel des kleinen Berges genau unter der offenen Hecktür und blockierte die Sicht. Horza hörte eine Reihe von scharfen Knallen wie kleine, harte Explosionen.

»Mipp!« rief er und trat an die geschlossene Tür.

»Wir sind vom Pech verfolgt, Horza«, antwortete Mipp schwach von der anderen Seite. Es lag eine Art verzweifelter Scherzhaftigkeit in seiner Stimme. »Nicht einmal die Eingeborenen sind freundlich.«

»Sie wirken verängstigt«, meinte Horza. Die Insel verschwand achtern. Sie kehrten nicht um, und Horza spürte, daß die Fähre beschleunigte.

»Einer von ihnen hatte eine Schußwaffe«, stellte Mipp fest. Er hustete, dann stöhnte er.

»Hast du diese Fähre gesehen?« fragte Horza.

»Ja, habe ich.«

»Ich finde, wir sollten umkehren, Mipp«, sagte Horza. »Ich finde, wir sollten wenden.«

»Nein«, antwortete Mipp. »Nein, meiner Meinung nach sollten wir … ich halte das nicht für eine gute Idee, Horza. Mir hat es gar nicht gefallen, wie es dort aussah.«

»Mipp, es sah *trocken* aus. Was willst du mehr?« Horza betrachtete die Aussicht durch die Hecktüren. Die Insel war schon fast einen Kilometer von ihnen entfernt, und die Fähre beschleunigte immer noch, während sie die ganze Zeit an Höhe gewann.

»Wir müssen weiter, Horza. Zur Küste.«

»Mipp! Das schaffen wir doch nie! Es würde uns mindestens vier Tage kosten, und die Kultur will das Orbital in drei Tagen sprengen!«

Von der anderen Seite kam keine Antwort. Horza rüttelte mit der Hand an der leichten, schmutzigen Türfüllung.

»Laß das sein, Horza!« kreischte Mipp. Horza erkannte die heisere, schrille Stimme kaum. »Laß das bloß sein! Ich bringe uns beide um, das schwöre ich!«

Plötzlich kippte das Shuttle, reckte die Nase in den Himmel und kehrte die offenen Hecktüren dem Meer zu. Horza rutschte zurück, seine Füße glitten auf dem Fußboden aus. Er stieß die Handschuhfinger in den Wandschlitz, wo die Sitze befestigt gewesen waren, und hielt sich dort fest, als die Fähre begann, in ihrem steilen Anstieg zu überziehen.

»Schon gut, Mipp!« rief er. »Schon gut!«

Das Shuttle fiel, sich seitlich drehend, und schleuderte Horza nach vorn gegen das Schott. In dem Augenblick, wo das Fahrzeug aus seinem kurzen Sturzflug herauskam, wurde er schwer. Das Meer glitt nur etwa fünfzig Meter unter ihm dahin.

»Laß mich bloß in Frieden, Horza«, sagte Mipps Stimme.

»Okay, Mipp«, antwortete Horza. »Okay.«

Die Fähre stieg ein bißchen, gewann an Höhe und beschleunigte. Horza entfernte sich wieder von dem Schott, das ihn von dem Flugdeck und von Mipp trennte.

Er stellte sich an die offene Tür, blickte auf die Insel

mit ihren limonenfarbenen Untiefen, dem grauem Fels, der grünblauen Vegetation und dem Streifen gelben Sandes zurück. Das alles schrumpfte langsam, der Rahmen der offenen Hecktüren füllte sich mit mehr und immer mehr Wasser und Himmel, während die Insel sich im Dunst verlor.

Horza fragte sich, was er tun könne, und erkannte, daß es nur einen Weg für ihn gab. Auf dieser Insel hatte eine Raumfähre gestanden. Sie konnte kaum in schlechterem Zustand sein als die, in der er sich jetzt befand, und ihre Chancen, gerettet zu werden, standen im Augenblick buchstäblich auf Null. Sich immer noch an der Kante der Hecktür festhaltend, gezaust von dem warmen Wind, drehte er sich zu der schwachen Tür um, die zum Flugdeck führte.

Sollte er sie gleich einschlagen oder erst versuchen, Mipp zur Vernunft zu bringen? Während er noch darüber nachdachte, erbebte die Fähre und fiel dann wie ein Stein auf das Meer zu.

Sechster Teil

Die Fresser

Horza war eine Sekunde lang schwerelos. Er wurde von dem Luftwirbel erfaßt, der durch die Hecktüren hereinkam und ihn auf sie zuzog. Wie zuvor hielt er sich an der Wandlücke fest. Das Shuttle kehrte die Nase nach unten, und das Brüllen des Windes verstärkte sich. Horza schwebte, die Augen geschlossen, die Finger in den Wandschlitz gebohrt, und wartete auf den Aufprall. Doch statt dessen ging die Fähre noch einmal in den Horizontalflug über, und er stand wieder auf den Füßen.

»Mipp!« rief er und taumelte zur Tür. Er spürte, daß die Fähre wendete, und warf einen Blick nach draußen. Sie fielen immer noch.

»Sie ist tot, Horza«, sagte Mipp schwach. »Ich habe sie verloren.« Aus seiner Stimme klang stille Verzweiflung. »Ich kehre nach der Insel um. Wir werden nicht dort ankommen, aber … wir werden in ein paar Augenblicken abstürzen … Am besten legst du dich vor dem Schott auf den Boden und machst dich darauf gefaßt. Ich werde versuchen, sie so weich hinunterzubringen, wie ich kann …«

»Mipp«, sagte Horza und setzte sich mit dem Rükken zum Schott auf den Boden, »kann ich irgend etwas tun?«

»Nichts«, antwortete Mipp. »Es geht los. Tut mir leid, Horza. Halt die Ohren steif – und auch alles andere.«

Horza tat genau das Gegenteil, er machte sich ganz schlaff. Die durch die Hecktüren hereinströmende

Luft heulte in seinen Ohren. Die Fähre bebte unter ihm. Der Himmel war blau. Er erhaschte einen Blick auf … Er bewahrte gerade soviel Spannung in seinem Rücken, daß sein Kopf an der Oberfläche des Schotts blieb. Dann hörte er Mipp schreien, keine Worte – nichts als einen Schrei der Angst, einen animalischen Laut.

Das Shuttle schlug auf, krachte in etwas, schmetterte Horza heftig gegen die Wand und ließ ihn dann los. Das Fahrzeug hob die Nase ein bißchen. Horza fühlte sich für einen Augenblick leicht, sah Wellen und weiße Gischt durch die offenen Hecktüren. Dann verschwanden die Wellen, er sah Himmel und schloß die Augen, als die Nase der Fährte sich wieder senkte.

Sie pflügte durch die Wellen, kam im Wasser zum Stillstand. Horza wurde wie vom Fuß eines gigantischen Tieres in das Schott gedrückt. Die Luft wurde aus seinen Lungen gequetscht, sein Blut rauschte, der Anzug biß ihn. Er wurde geschüttelt und flachgewalzt, und dann, gerade als der Angriff vorbei zu sein schien, traf ihn ein Schmiedehammer auf Rücken und Nacken und Kopf, und plötzlich war er blind.

Als nächstes merkte er, daß überall um ihn Wasser war. Prustend und spuckend schlug er in der Dunkelheit um sich und prallte mit den Händen von harten, scharfen, zerbrochenen Flächen ab. Wasser gurgelte, sein Atem röchelte. Horza blies Wasser aus dem Mund und hustete.

Er schwebte in einer Luftblase, in Dunkelheit, in warmem Wasser. Das meiste von seinem Körper schmerzte, jedes Glied und jedes Teil jammerte seine eigene spezielle Schmerzbotschaft hinaus.

Vorsichtig tastete er den kleinen Raum ab, in dem er gefangen war. Das Schott war zusammengebrochen; er war – endlich – auf dem Flugdeck bei Mipp. Er fand seine Leiche, zermalmt zwischen Sitz und Instrumentenpaneel, eingeklemmt und bewegungslos, einen halben Meter unter der Wasseroberfläche. Sein Kopf, den Horza berühren konnte, wenn er die Hand zwischen der Kopfstütze des Sitzes und Teilen, die sich wie die Innereien des Hauptmonitor-Schirms anfühlten, nach unten streckte, bewegte sich zu leicht im Kragen des Anzugs, und die Stirn war eingedrückt.

Das Wasser stieg. Die Luft entwich durch die zerschmetterte Nase der Fähre, die mit dem Bug nach oben im Meer umhertanzte. Horza war klar, daß er durch den hinteren Abschnitt der Fähre und die Hecktüren hinausschwimmen mußte; hier saß er in der Falle.

Trotz seiner Schmerzen atmete er so tief ein, wie er konnte, ungefähr eine Minute lang, während die steigende Wasseroberfläche seinen Kopf nach und nach in den Winkel zwischen der Oberkante des Instrumentenpaneels und der Decke zwang. Horza tauchte.

Er kämpfte sich den Weg hinunter, vorbei an den Trümmern des Sitzes, in dem Mipp gestorben war, und den verkrümmten Leichtmetallplatten, aus denen das Schott bestanden hatte. Er konnte Licht sehen, vage grau-grün, das ein Rechteck unter ihm bildete. Luft, die sich in seinem Anzug gefangen hatte, sprudelte an seinen Beinen entlang zu seinen Füßen hoch. Die Bojenwirkung seiner luftgefüllten Stiefel hielt ihn auf, und eine Sekunde lang glaubte er, er werde es nicht schaffen, er werde mit dem Kopf nach unten hängenbleiben und ertrinken. Dann entwich die Luft durch die Löcher in seinen Stiefeln, die Lamms Laser hineingestanzt hatte, und Horza sank.

Er schwamm auf das helle Rechteck zu, dann durch die offenen Hecktüren und hinein in die schimmernden grünen Tiefen des Wassers unter der Fähre. Er schwang die Füße nach unten und stieg in die Höhe, durchbrach die Wellen keuchend, sog warme, frische

Luft in seine Lungen. Seine Augen paßten sich dem schräg einfallenden, aber immer noch hellen Sonnenlicht des späten Nachmittags an.

Er hielt sich an der eingebeulten durchlöcherten Nase des Shuttle fest – sie ragte etwa zwei Meter aus dem Wasser hervor – und spähte nach der Insel aus, aber ohne Erfolg. Einfach Wasser tretend, ließ Horza seinem strapazierten Körper und Gehirn Zeit, sich zu erholen. Die aufrechtstehende Nase sank währenddessen immer tiefer ins Wasser und kippte langsam nach vorn, so daß die Fähre schließlich beinahe waagerecht in den Wellen trieb, knapp unter Wasser. Der Wandler, dem die angestrengten Armmuskeln weh taten, zog sich auf ihr Dach und blieb dort wie ein gestrandeter Fisch liegen.

Wie ein müder Diener, der nach einem Wutfanfall seines Herrn die Trümmer zerbrechlicher Gegenstände aufliest, begann er, die Schmerzsignale abzuschalten.

So lag er da, und kleine Wellen spülten über den Rumpf des Shuttle hin. Mit einem Mal wurde ihm bewußt, daß all das Wasser, das er ausgespuckt und hinuntergeschluckt hatte, süß war. Ihm war nicht in den Sinn gekommen, das Kreismeer könne etwas anderes als salzig sein, so wie es die meisten planetaren Ozeane waren. Aber da war nicht der leiseste Geschmack von Salz, und er gratulierte sich dazu, daß er wenigstens nicht verdursten könne.

Vorsichtig stand er in der Mitte des Fährendaches auf. Die Wellen brachen sich um seine Füße. Er spähte in die Ferne und konnte die Insel erkennen – gerade eben. Sie sah im Licht des frühen Abends sehr klein und sehr weit entfernt aus, und wenn auch eine schwache warme Brise mehr oder weniger in ihre Richtung blies, hatte er doch keine Ahnung, wohin ihn irgendwelche Strömungen tragen mochten.

Er setzte sich, dann legte er sich zurück und ließ das

Wasser des Kreismeeres über die flache Oberfläche unter sich spülen und sich in einer kleinen Brandung an seinem oftmals beschädigten Anzug brechen. Nach einer Weile schlief er ein. Er hatte es eigentlich nicht vorgehabt, aber er wehrte sich nicht dagegen, als der Schlaf ihn überkam, und befahl sich, nach einer Stunde wieder aufzuwachen.

Als er erwachte, stand die Sonne zwar hoch am Himmel, war jedoch dunkelrot, als schiene sie durch Staubschichten oberhalb des fernen Randwalls. Horza stellte sich auf die Füße. Anscheinend war die Fähre nicht tiefer ins Wasser gesunken. Die Insel war immer noch weit entfernt, aber es kam ihm vor, als sei sie ein bißchen näher als vorhin. Die Strömungen oder die Winde, wie dem auch sei, mußten ihn ungefähr in die richtige Richtung blasen. Er setzte sich.

Die Luft war immer noch warm. Er überlegte, ob er den Anzug ausziehen solle, und entschied sich dagegen; er war unbequem, aber ohne ihn würde es ihm vielleicht zu kalt werden. Er legte sich wieder hin.

Wo mochte Yalson jetzt sein? Hatte sie Lamms Bombe überlebt – und den Zusammenstoß? Er hoffte es. Er hielt es für wahrscheinlich; er konnte sie sich nicht tot oder sterbend vorstellen. Das war recht wenig, um daraus Schlußfolgerungen zu ziehen, und er bestritt vor sich selbst, abergläubisch zu sein. Aber daß er nicht fähig war, sie sich tot vorzustellen, war irgendwie tröstlich. Sie würde am Leben bleiben. Um dieses Mädchen auszulöschen, war mehr erforderlich als eine taktische Atombombe und ein Eine-Milliarde-Tonnen-Schiff im Zusammenstoß mit einem Eisberg von der Größe eines Kontinents … Horza merkte, daß er in Gedanken an Yalson lächelte.

Er hätte gern mehr Zeit mit Gedanken an Yalson verbracht, aber da war noch etwas, an das er denken mußte.

Diese Nacht würde er sich einer Wandlung unterziehen.

Es war alles, was ihm zu tun übrigblieb. Wahrscheinlich kam es inzwischen gar nicht mehr darauf an. Kraiklyn war entweder tot oder würde – falls er noch lebte – Horza wahrscheinlich nie wieder begegnen. Doch der Wandler hatte sich auf die Transformation vorbereitet; sein Körper wartete darauf, und ihm fiel nichts Besseres ein.

Die Situation, redete er sich zu, war alles andere als hoffnungslos. Er war nicht schwer verletzt, er trieb anscheinend auf die Insel zu, wo das fremde Shuttle wahrscheinlich immer noch stand, und wenn er rechtzeitig von dort wegkam, boten ihm Evanauth und das Katastrophenspiel eine Chance. So oder so würde die Kultur inzwischen nach ihm suchen. Deshalb war es nicht ratsam, ein und dieselbe Identität zu lange beizubehalten. Zum Teufel, dachte er; dann unterzog er sich eben der Wandlung. Er würde als der Horza, den die anderen kannten, einschlafen und als eine Kopie des Kapitäns der *Clear Air Turbulence* erwachen.

So gut er konnte, bereitete er seinen zerschlagenen und schmerzenden Körper auf die Veränderung vor, entspannte Muskeln und aktivierte Drüsen und Zellgruppen, sandte durch Nerven, die nur Wandler besaßen, willentlich Signale vom Gehirn zum Körper und Gesicht.

Er betrachtete die Sonne, die irgendwo niedrig über dem Ozean auf dem Weg über rote Phasen verblaßte.

Jetzt würde er schlafen, schlafen und Kraiklyn werden, wieder eine neue Identität annehmen, den vielen Verkörperungen seines Lebens eine weitere hinzufügen …

Vielleicht hatte es keinen Sinn, vielleicht verwandelte er sich in diese neue Gestalt nur, um in ihr zu sterben. *Aber*, dachte er, *was habe ich zu verlieren?*

Er beobachtete das sinkende, sich verdunkelnde rote Auge der Sonne, bis er in den Schlaf der Wandlung eintrat, und obwohl seine Augen geschlossen waren, sah er in der Wandlungstrance unter seinen Lidern immer noch dieses ersterbende Glühen …

*

Tieraugen. Raubtieraugen. Hinter ihnen eingesperrt, hinaussehend. Niemals schlafend, drei Leute darstellend. Eigentum besitzend: Gewehr und Schiff und Truppe. Vielleicht im Augenblick noch nicht viel, aber eines Tages … mit nur einem kleinen bißchen Glück, nicht mehr als das, worauf jedermann ein Recht hatte … eines Tages würde er es ihnen zeigen. Er wußte, wie gut er war, er wußte, wofür er sich eignete, und wer sich für ihn eignete. Die übrigen waren nur Spielmarken; sie waren sein, weil sie unter seinem Befehl standen; schließlich war es sein Schiff. Vor allem die Frauen – nichts als Figuren. Sie konnten kommen und gehen, und es interessierte ihn nicht. Alles, was man mit ihnen zu tun hatte, war, daß man ihre Gefahr teilte, und schon hielten sie einen für wundervoll. Sie erkannten nicht, daß es für ihn keine Gefahr gab; er hatte noch eine Menge zu tun im Leben; er *wußte*, daß er nicht dazu bestimmt war, bei einem Kampf einen dummen, erbärmlichen Tod zu erleiden. Die Galaxis würde eines Tages seinen Namen kennen und ihn, wenn er am Ende tatsächlich sterben mußte, entweder betrauern oder verfluchen … Er hatte noch nicht entschieden, ob es das Betrauern oder das Verfluchen sein würde … Vielleicht hing es davon ab, wie die Galaxis ihn in der Zwischenzeit behandelte … Alles, was er brauchte, war ein Quentchen Glück, nur das, was die anderen gehabt hatten, die Anführer der größeren, erfolgreicheren, besser bekannten, mehr gefürchteten und geachteten Freien Söldnergruppen. Sie mußten Glück gehabt haben ... Sie mochten dem Anschein nach größer sein, als er jetzt war, aber eines Tages würden sie zu ihm aufsehen; alle würden sie zu ihm aufsehen. Alle würden seinen Namen kennen: *Kraiklyn!*

*

Horza erwachte im Morgengrauen, immer noch auf dem vom Wasser überfluteten Shuttledach liegend, wie etwas, das angespült und auf einem Tisch ausgebreitet worden ist. Er war halb wach, halb im Schlaf. Es war kälter geworden, das Licht war dünner und blauer, aber sonst hatte sich nichts verändert. Er ließ sich von neuem in den Schlaf sinken, weg von Schmerz und verlorenen Hoffnungen.

Sonst hatte sich nichts verändert ... bis auf ihn ...

*

Er mußte zu der Insel schwimmen.

Als er am gleichen Morgen ein zweites Mal erwachte, fühlte er sich anders, besser, ausgeruhter. Die Sonne stieg am Himmel hoch und ließ den Hochnebel hinter sich.

Die Insel war näher, aber er würde an ihr vorbeitreiben. Die Strömung führte ihn und das Shuttle jetzt von ihr weg, nachdem sie nicht weiter als bis auf zwei Kilometer an die Gruppe der Riffe und Sandbänke rund um die Insel herangekommen waren. Horza verfluchte sich, daß er so lange geschlafen hatte. Er stieg aus dem Anzug – der hatte jetzt keinen Nutzen mehr für ihn und verdiente, weggeworfen zu werden – und ließ ihn auf dem immer noch knapp unter Wasser befindlichen Fährendach liegen. Er hatte Hunger, sein Magen knurrte, doch er fühlte sich fit und durchaus imstande, die drei Kilometer, die es nach seiner Schätzung waren, zu schwimmen. Also tauchte er ins Wasser und schwamm mit kräftigen Zügen. Sein rechtes Bein schmerzte, wo es von Lamms Laser getroffen worden war, und an seinem Körper gab es immer noch wunde Stellen. Aber er konnte es schaffen; er wußte, daß er es konnte.

Ein einziges Mal blickte er zurück, nachdem er ein paar Minuten geschwommen war. Den Anzug konnte er sehen, die Fähre nicht. Der leere Anzug war wie der zurückgelassene Kokon eines Tieres, das eine Metamorphose durchgemacht hat. Offen und leer schien er auf den Wellen hinter ihm zu schaukeln. Horza wandte sich ab und schwamm weiter.

Die Insel kam näher, wenn auch sehr langsam. Das Wasser war anfangs warm, dann schien es kälter zu werden, und Horzas Schmerzen wurden schlimmer. Er ignorierte sie, schaltete sie ab, aber er merkte, wie er langsamer wurde, und erkannte, daß er zu schnell losgeschwommen war. Er machte für einen Augenblick Pause, trat Wasser, und nachdem er ein bißchen von dem warmen süßen Wasser getrunken hatte, schwamm er mit bewußteren und stetigeren Zügen auf den grauen Turm der fernen Insel zu.

Er sagte sich, daß er großes Glück gehabt habe. Beim Absturz der Fähre war er nicht ernsthaft verletzt worden – obwohl die Schmerzen ihn immer noch plagten wie geräuschvolle Verwandte, die man in einem abseits gelegenen Raum eingeschlossen hat, und seine Konzentration störten. Das Wasser wurde zwar offenbar kälter, doch es war süß, so daß er davon trinken konnte und nicht dehydrieren würde. Doch es schoß ihm durch den Kopf, daß Salzwasser ihn besser getragen hätte.

Er gab nicht auf. Das Schwimmen hätte leichter werden müssen, aber es wurde die ganze Zeit schwieriger. Er hörte auf, darüber nachzudenken, konzentrierte sich auf seine Bewegungen, auf die stetigen, rhythmischen Züge der Arme und Beine, die ihn durch das Wasser zwangen, die Welle hinauf, hinüber, hinunter; hinauf, hinüber, hinunter.

Unter eigenem Dampf, sagte er zu sich selbst, *unter eigenem Dampf.*

Der Berg auf der Insel wurde ganz allmählich größer. Horza war zumute, als baue er ihn, als schichte er mit der gleichen Anstrengung, die erforderlich war, um den Berg größer erscheinen zu lassen, diesen Gipfel mit eigenen Händen Stein um Stein auf …

Noch zwei Kilometer. Dann noch einer.

Die Sonne stieg höher.

Schließlich erreichte er die äußeren Riffe und Untiefen. Benommen glitt er an ihnen vorbei in seichteres Wasser.

Ein Meer von Schmerzen. Ein Ozean an Erschöpfung.

Er schwamm auf den Strand zu, durch einen Fächer aus Wellen und Brandung, der von der Lücke in den Riffen ausging, durch die er gekommen war …

… und fühlte sich, als habe er den Anzug niemals ausgezogen, als trage er ihn immer noch, und als sei das alte Ding steif von Rost oder Alter oder mit schwerem Wasser oder nassem Sand gefüllt und zerre ihn zurück.

Er hörte, wie sich Wellen am Strand brachen, und als er hochblickte, sah er Leute auf dem Strand: dünne dunkle Gestalten, in Lumpen gekleidet, die sich um runde Zelte und um Feuer scharten oder zwischen ihnen umhergingen. Einige waren vor ihm im Wasser, trugen Körbe, große durchbrochene Körbe, die sie auf der Hüfte hielten. Sie wateten durch das Wasser, sammelten irgend etwas ein und legten es in die Körbe.

Sie hatten ihn nicht gesehen. Deshalb schwamm er

weiter, machte langsame, kraulende Bewegungen mit den Armen und trat schwach mit den Füßen aus.

Die Leute, die das Meer aberntеten, nahmen gar keine Notiz von ihm. Sie wateten weiter durch die Brandung und bückten sich gelegentlich, um etwas aus dem Sand unten zu holen. Ihre Augen wanderten suchend umher, aber in zu nahem Umkreis, so daß sie ihn nicht sahen. Horzas Züge verlangsamten sich zu einem keuchenden, ersterbenden Kraulen. Er konnte die Hände nicht aus dem Wasser heben, und seine Beine waren wie gelähmt.

Dann hörte er durch das Rauschen der Brandung wie in einem Traum mehrere Stimmen in der Nähe rufen und platschende Geräusche näherkommen. Er schwamm immer noch schwach, als eine neue Welle ihn hochhob und er mehrere der dünnen, in Lendentücher und zerlumpte Jacken gekleideten Leute sah, die durch das Wasser auf ihn zu wateten.

Sie halfen Horza durch die sich brechenden Wellen, über sonnengestreifte Untiefen auf den goldenen Sand. Dort blieb er eine Weile liegen, während die dünnen und ausgemergelten Leute um ihn zusammenliefen. Sie redeten leise miteinander. Ihre Sprache hatte er noch nie zuvor gehört. Er versuchte, sich zu bewegen, konnte es aber nicht. Seine Muskeln fühlten sich wie schlaffe Lappen an.

»Hallo«, krächzte er. Er versuchte es in allen Sprachen, die er kannte, aber keine funktionierte. Er sah in die Gesichter der Leute, die ihn umstanden. Sie waren humanoid – aber dieses Wort umfaßte so viele Spezies in der ganzen Galaxis, daß es ein ständiges Diskussionsthema war, was die Kultur dazu zu sagen hatte. Die Kultur pflegte die Gesetze darüber zu erlassen (nur daß die Kultur natürlich keine richtigen Gesetze kannte), was es bedeutete, humanoid zu sein, oder wie intelligent eine bestimmte Spezies war (während sie gleichzeitig klarmachte, daß bloße Intelligenz für sich genommen nicht viel zu bedeuten habe), oder wie lange Leute leben sollten (wenn auch nur als ungefährer Anhaltspunkt), und die Leute akzeptierten diese Vorschriften kritiklos, weil jeder glaubte, was die Kultur in ihrer Propaganda von sich selbst behauptete, daß sie nämlich gerecht, ohne Vorurteile und ohne eigenes Interesse sei, daß es ihr um nichts als die absolute Wahrheit gehe ... und so weiter.

Waren nun die Leute um ihn wirklich humanoid? Sie waren ungefähr von Horzas Größe und zweiseitig symmetrisch, sie hatten anscheinend im großen und ganzen die gleiche Knochenstruktur und das gleiche Atmungssystem, und ihre Gesichter besaßen – obwohl jedes anders aussah – alle Augen, Mund, Nase und Ohren.

Aber sie waren dünner, als sie hätten sein sollen, und ihre Haut wirkte ungeachtet der Farbe oder Schattierung irgendwie kränklich.

Horza lag still. Er fühlte sich wieder sehr schwer, aber endlich war er auf trockenem Land. Andererseits sah es, wenn man nach der körperlichen Verfassung der Leute ging, nicht so aus, als gebe es auf der Insel viel zu essen. Wenigstens nahm er an, das sei der Grund für ihre Magerkeit. Er hob matt den Kopf und versuchte, durch den Wald aus dünnen Beinen nach der Raumfähre zu spähen, die er hier gesehen hatte. Er konnte gerade das Dach der Maschine erkennen, das über eins der großen Kanus am Strand emporragte. Die Hecktüren standen offen.

Ein Geruch wehte Horza unter die Nase. Ihm wurde übel davon. Erschöpft ließ er den Kopf wieder auf den Sand sinken.

Die Leute hörten auf zu reden und drehten ihre dünnen, sonnengebräunten oder jedenfalls dunklen Körper so herum, daß sie den Strand hinaufsahen. In ihren

Reihen öffnete sich unmittelbar über Horzas Kopf eine Lücke. Doch so sehr er sich auch bemühte, er konnte sich nicht auf dem Ellbogen hochdrücken oder den Kopf wenden, um zu sehen, was oder wer da kam. Also lag er still und wartete. Dann zogen sich die Leute zu seiner Rechten alle zurück. Eine Reihe von acht Männern erschien auf dieser Seite. Sie trugen mit ihren linken Händen gemeinsam eine lange Stange, die rechten Arme hielten sie des Gleichgewichts wegen ausgestreckt. Es war die Trage, die am Tag zuvor in den Dschungel gebracht worden war, wie Horza gesehen hatte, als die Fähre die Insel überflog. Was mochte damit befördert werden? Zwei Reihen von Männern drehten die Trage so, daß sie Horza gegenüberstand, und stellten sie ab. Dann setzten alle sechzehn sich. Sie wirkten erschöpft. Horza traten die Augen aus den Höhlen.

Auf der Trage saß ein Mensch von einer solch obszönen Fettleibigkeit, wie Horza noch nie einen gesehen hatte.

Am Vortag, von der Fähre der *CAT* aus, hatte er den Riesen irrtümlich für eine Pyramide aus goldenem Sand gehalten. Jetzt erkannte er, daß sein erster Eindruck zwar nicht in bezug auf die Substanz, wohl aber auf die Form richtig gewesen war. Ob der große Kegel aus menschlichem Fleisch einem Mann oder einer Frau gehörte, konnte Horza nicht sagen; große brustähnliche Falten nackten Fleisches hingen von der oberen und mittleren Partie des Wesen, aber sie lagen über noch enormeren Wellen nackten, haarlosen Torso-Fettes, die teils in den Fleischschichten der angewinkelten Beine eingebettet waren und teils auf das Segeltuch der Trage überflossen. Horza entdeckte keinen Faden Kleidung an dem Monster, aber auch keine Spur von Genitalien. Ganz gleich, wie sie aussahen, sie waren unter Rollen goldbraunen Fleisches völlig begraben.

Horzas Blick wanderte zu dem Kopf hoch. Eine kahle Kuppel aus geschwollenem Fleisch erhob sich auf einem dicken Halskegel und spähte über konzentrische Wälle von Kinnen hinaus. Sie enthielt zwei schlaffe, wulstige Lippen, eine kleine Knopfnase und Schlitze da, wo Augen sein mußten. Der Kopf saß auf seinen Schichten aus Hals-, Schulter- und Brustfett wie eine große goldene Glocke auf einer Pagode mit vielen Dächern. Plötzlich bewegte der von Schweiß glitzernde Riese die Hände, ließ sie an den Enden der aufgeblähten Ballons von Armen kreisen, bis sich die runden Finger trafen und so fest ineinander verflochten, wie es ihr Umfang zuließ. Als sich der Mund zum Sprechen öffnete, trat ein weiterer der mageren Menschen, dessen Lumpen etwas weniger zerfetzt waren als die der anderen, schräg hinter dem Riesen in Horzas Gesichtsfeld.

Der Glockenkopf bewegte sich ein paar Zentimeter zur Seite und sagte etwas zu dem Mann, das Horza nicht mitbekam. Dann hob der Riese mit offensichtlicher Anstrengung seine oder ihre Arme und blickte von einem der dürren Menschen rings um Horza zum anderen. Die Stimme klang, als werde erstarrendes Fett in einen Krug gegossen; es war eine ertrinkende Stimme, dachte Horza, wie aus einem Alptraum. Er lauschte, verstand jedoch die Sprache nicht. Aber er konnte beobachten, welche Wirkung die Worte des Riesen auf die verhungert wirkende Menge hatte. Für einen Augenblick verwirrten sich Horzas Gedanken, als habe sich sein Gehirn verlagert, während sein Schädel stehenblieb. Er war plötzlich wieder im Hangar der *Clear Air Turbulence*, als die Truppe ihn betrachtete, und er hatte sich damals ebenso nackt und verwundbar gefühlt wie jetzt.

»Oh, nicht schon wieder«, stöhnte er auf Marain.

»Oh-hoo!« sagten die goldenen Fleischrollen. Die

Stimme kollerte über die Hänge aus Fett in einer stokkenden Reihe von Tönen. »Du meine Güte! Unser Meeresgeschenk *sprechen!*« Die haarlose Kuppel des Kopfes drehte sich noch ein Stück weiter zu dem Mann schräg hinter der Bahre herum. »Mr. Eins, sein das nicht wundervoll?« gurgelte der Riese.

»Fatum ist freundlich zu uns, Prophet«, antwortete der Mann schroff.

»Fatum die Geliebten begünstigen, ja, Mr. Eins. Es schicken unsere Feinde fort und bringen uns ein Geschenk – ein Geschenk aus dem Meer! Fatum gepriesen sein!« Die große Fleischpyramide erbebte, als die Arme höher wanderten und Falten blasseren Fleisches hinaufzogen. Der turmartige Kopf drehte sich zurück. Der Mund öffnete sich und enthüllte einen dunklen Raum, in dem nur einige wenige Fänge wie Stahl glitzerten. Wieder sprach die gurgelnde Stimme, und diesmal in der Sprache, die Horza nicht verstand, aber es war ein und derselbe Satz, der immerfort wiederholt wurde. Schnell stimmte die Menge mit ein. Die Leute schüttelten die Hände in der Luft und sangen heiser. Horza schloß die Augen und versuchte aufzuwachen, obwohl er wußte, daß es kein Traum war.

Als er die Augen öffnete, sangen die dünnen Menschen immer noch, aber sie drängten sich wieder um ihn und versperrten ihm die Sicht auf das goldbraune Ungeheuer. Mit fanatischen Gesichtern, entblößten Zähnen, wie Klauen ausgestreckten Händen fiel die Menge aus halbverhungerten, singenden Menschen über ihn her.

Sie rissen ihm die Unterhose herunter. Er versuchte, sich zu wehren, aber sie hielten ihn am Boden fest. In seiner Erschöpfung war er wahrscheinlich nicht stärker als einer von ihnen, und es machte ihnen keine Schwierigkeiten, ihn zu bändigen. Sie rollten ihn herum, zogen ihm die Hände auf den Rücken und banden sie dort zusammen. Dann fesselten sie ihm die Füße. Sie zerrten seine Beine zurück, bis seine Füße beinahe seine Hände berührten, und banden sie mit einem kurzen Strick an seine Handgelenke. Nackt, verschnürt wie ein Tier, das geschlachtet werden soll, wurde Horza über den heißen Sand vorbei an einem schwach brennenden Feuer geschleift, dann aufgerichtet und so über einen kurzen Pfahl gehoben, der im Sand steckte, daß er zwischen seinem Rücken und seinen gefesselten Gliedmaßen hindurchging. Seine Knie, auf denen der größte Teil seines Gewichts ruhte, sanken in den Sand ein. Das Feuer brannte vor ihm, und beißender Holzrauch drang ihm in die Augen. Der gräßliche Geruch kehrte wieder. Anscheinend stieg er aus den verschiedenen Töpfen und Kesseln auf, die um das Feuer standen. Andere Feuer und Ansammlungen von Gefäßen waren über den Strand verteilt.

Der riesige Fleischhaufen, den der Mr. Eins genannte Mann mit ›Prophet‹ angeredet hatte, wurde neben dem Feuer abgesetzt. Mr. Eins stellte sich an die Seite des Fettleibigen und starrte Horza mit tiefliegenden Augen in einem blassen und schmutzigen Gesicht an. Der goldene Gigant auf der Trage klatschte in die runden Hände und sagte: »Fremder, Meeresgeschenk, willkommen. Ich … bin große Prophet Fwi-Song.«

Das umfangreiche Geschöpf sprach eine primitive Form von Marain. Horza öffnete den Mund, um ihm seinen Namen zu nennen, aber schon fuhr Fwi-Song fort: »Du sein uns in unserer Zeit der Prüfung gesendet, ein Brocken aus menschlichem Fleisch auf der Flut von Nichts, ein Ernteding, gepflückt aus dem faden Spülicht des Lebens, ein Leckerbissen zum Teilen und Geteiltwerden in unserem Sieg über den giftigen Auswurf des Unglaubens! Du sein ein Zeichen von Fatum, für das wir sagen unseren Dank!« Fwi-Songs gewaltige Arme hoben sich; Rollen von Schulterfett wabbelten zu beiden Seiten des turmähnlichen Kopfes; sie bedeckten beinahe die Ohren. Fwi-Song intonierte etwas in einer Sprache, die Horza nicht kannte, und die Menge wiederholte den Satz mehrere Male.

Die von Fett erstickten Arme wurden wieder gesenkt. »Du sein das Salz der Erde, Meeresgeschenk.« Fwi-Songs sirupdicke Stimme wechselte von neuem ins Marain über. »Du sein ein Zeichen, ein Segen von Fatum. Du sein der eine, der sollen werden viele, der einzige, der sollen werden geteilt. Dein werden sein das gewinnende Geschenk, die gesegnete Schönheit der Transsubstantiation!«

Unfähig zu sprechen, starrte Horza den goldenen Riesen entgeistert an. Was sagte man eigentlich zu solchen Leuten? Horza räusperte sich, immer noch hoffend, ihm falle etwas ein, aber Fwi-Song ließ ihn nicht zu Wort kommen.

»Höre denn, Meeresgeschenk, daß wir sein die Fresser, die Fresser der Asche, die Fresser des Schmutzes, die Fresser von Sand und Baum und Gras, die Elementarsten, die Geliebtesten, die Wirklichsten. Wir uns abgemüht haben mit Vorbereiten auf unseren Tag der Prüfung, und jetzt sein dieser Tag herrlich nahe!« Die Stimme des goldhäutigen Propheten wurde schrill. Er breitete die Arme aus, und die Fettfalten erbebten. »So siehe uns, die wir erwarten die Zeit unseres Aufstiegs von dieser sterblichen Ebene, mit leeren Bäuchen und hohlen Eingeweiden und hungrigen Seelen!« Fwi-Songs gepolsterte Hände trafen klatschend zusammen. Die Finger verflochten sich wie große gemästete Maden.

»Wenn ich kann …« krächzte Horza, aber der Riese sprach wieder zu der Menge schmutzigen Volkes. Die Stimme blubberte über den goldenen Sand und die Kochfeuer und die trübsinnigen, unterernährten Menschen hin.

Horzas Blick wanderte über den weiten Strand zu der weit von ihm entfernten Raumfähre mit ihren offenen Türen. Je länger er das Fahrzeug betrachtete, desto sicherer wurde er, daß es eine Kultur-Maschine war.

Es war nichts Bestimmtes, aber seine Überzeugung wurde mit jedem Augenblick stärker. Wahrscheinlich war sie ein Vierzig- oder Fünfzigsitzer, gerade groß genug, um alle Leute, die er auf der Insel gesehen hatte, aufzunehmen. Sie wirkte nicht besonders neu oder schnell, und bewaffnet schien sie überhaupt nicht zu sein, aber etwas an der einfachen, funktionellen Konstruktion verriet die Kultur. Ein von Tieren gezogener Wagen, ein Automobil, von der Kultur entworfen, hätten ungeachtet des Abgrundes der Zeit zwischen den Epochen, die sie repräsentierten, immer noch etwas mit dem Fahrzeug am anderen Ende des Strandes gemeinsam gehabt. Es hätte Horza weitergeholfen, wenn die Kultur irgendein Emblem oder Logo angebracht hätte, aber die Kultur, sinnlos jede Hilfe verweigernd und unrealistisch bis zum letzten, weigerte sich, Vertrauen in Symbole zu setzen. Sie blieb dabei, daß sie sei, was sie sei, und solche äußeren Zeichen nicht nötig habe. Die Kultur war jedes einzelne zu ihr gehörende Menschen- oder Maschinenwesen, keine Einheit. Es war ihr ihrem Wesen nach unmöglich, sich von Gesetzen einkerkern, von Geld arm machen oder von Führern in die Irre leiten zu lassen, und ebensowenig brachte sie es fertig, sich mittels Symbolen falsch darzustellen.

Trotzdem besaß die Kultur eine Gruppe von Symbolen, auf die sie sehr stolz war, und Horza zweifelte nicht daran, daß die Maschine vor seinen Augen in dem Fall, daß sie ein Kultur-Fahrzeug war, auf ihrer Hülle oder in ihrem Inneren oder sonstwo ein paar Beschriftungen in Marain tragen würde.

Stand sie in irgendeinem Zusammenhang mit der Fleischmasse, die immer noch zu den dürren Menschen um das Feuer sprach? Das glaubte Horza nicht. Fwi-Songs Marain war primitiv. Horza selbst beherrschte die Sprache durchaus nicht perfekt, aber er wußte genug darüber, um zu erkennen, daß Fwi-Song ihr Gewalt antat, wann immer er oder sie sie benutzte. Außerdem hatte die Kultur nicht die Gewohnheit, ihre Fahrzeuge an religiöse Irre zu verleihen. War die Fähre dann hier, um die Leute zu evakuieren? Sie in Sicherheit zu bringen, wenn die High-Tech-Scheiße der Kultur das Vavatch-Orbital, diesen rotierenden Ventilator, traf? Mit sinkendem Mut sagte sich Horza, wahrscheinlich sei das der Fall. Also gab es kein Entrinnen. Entweder opferten diese Verrückten ihn oder was sie sonst mit ihm vorhatten, oder das Kultur-Fahrzeug brachte ihn in die Gefangenschaft.

Er ermahnte sich, nicht gleich das Schlimmste anzunehmen. Schließlich sah er jetzt wie Kraiklyn aus, und es war ziemlich unwahrscheinlich, daß die elektronischen Gehirne der Kultur sämtliche Verbindungen zwischen ihm, der *CAT* und Kraiklyn richtig hergestellt hatten. Nicht einmal die Kultur konnte an alles denken. Aber … wahrscheinlich wußten sie, daß er auf der *Hand Gottes 137* gewesen war, wahrscheinlich wußten sie, daß er von ihr entkommen war, wahrscheinlich wußten sie, daß die *CAT* sich zu der Zeit in diesem Raumabschnitt aufgehalten hatte. (Er rief sich die statistischen Angaben ins Gedächtnis zurück, die Xoralundra dem Kapitän der *Hand* vorgehalten hatte. Ja, bestimmt hatte das Kontaktschiff die Schlacht gewonnen … Die schlecht funktionierenden Warptriebwerke der *CAT* fielen ihm ein. Sie mußten eine Kielspur erzeugen, die jedes Kontaktschiff der Kultur, das über einige Selbstachtung verfügte, aus einer Entfernung von Jahrhunderten erkennen konnte) … Verdammt, er traute es diesen Gehirnen zu, daß sie Bescheid wußten. Vielleicht überprüften sie jeden einzelnen, den sie von Vavatch wegbrachten. Sie konnten es in Sekunden feststellen, mit Hilfe einer einzigen Körperzelle, einer Hautschuppe, eines Haars. Soviel er wußte, besaßen sie bereits Proben von ihm. Ein Mikroflugkörper, abgesandt von dem Shuttle dort, konnte ein winziges Gewebestückchen eingesammelt haben … Er ließ den Kopf hängen. Seine Nackenmuskeln schmerzten im Verein mit allen anderen in seinem zerschlagenen, geschundenen, erschöpften Körper.

Hör auf damit! befahl er sich. *Hör auf, zu denken wie ein Versager! Du hast verdammt zuviel Mitleid mit dir selbst. Zieh dich aus dieser Klemme! Du hast immer noch deine Zähne und deine Fingernägel … und dein Gehirn. Warte einfach den richtigen Augenblick ab …*

»Denn sehet«, tönte Fwi-Song, »die Gottlosen, die Meistgehaßten, die Von-den-Verachteten-Verachteten, die Atheisten, die Anathematiker haben zu uns gesendet dieses Instrument von Nichts, von Vakuum …« Als der Riese diese Worte sprach, blickte Horza auf und sah, daß Fwi-Song über den Strand hinweg auf die Fähre zeigte. »Aber wir nicht schwanken in unserem Glauben! Wir widerstehen der Verlockung von Nichts zwischen den Sternen, wo wohnen die Gottlosen, die vom Vakuum Anathematisierten! Wir bleiben Teil von dem, was Teil von uns ist! Wir niemals paktieren mit der großen Blasphemie, die ist das Materielle. Wir stehen wie Felsen und Bäume – fest verwurzelt, sicher, eisern, unnachgiebig!« Fwi-Songs Arme breiteten sich von neuem aus, und die Stimme dröhnte. Der Mann mit der barschen Stimme und der schmutzigen hellen Haut brüllte den sitzenden Leuten etwas zu, und sie brüllten zurück. Der Prophet lächelte Horza über das Feuer hinweg an. Wenn Fwi-Songs Mund sich zum

Lächeln verzog, bildete er ein dunkles Loch, aus dem vier kleine Fänge hervorragten. Sie schimmerten im Sonnenlicht.

»Behandelt ihr alle eure Gäste auf diese Weise?« Horza gab sich Mühe, nicht zu husten, bevor er seinen Satz beendet hatte. Er räusperte sich. Fwi-Songs Lächeln verschwand.

»Du kein Gast sein, Meeresgeschenk, Salzgabe. Du Gewinn sein, den wir behalten, den ich benutzen. Beute aus dem Meer und der Sonne und dem Wind, uns gesendet von Fatum. Hii-hii.« Fwi-Songs Lächeln kehrte mit einem mädchenhaften Kichern zurück, und eine der großen Hände hob sich, um die Wulstlippen zu bedecken. »Fatum anerkennen seinen Propheten, schicken ihm leckere Bissen! Und das in dem Augenblick, als einige meiner Herde hatten Hintergedanken! He, Mr. Eins?« Der Turmkopf drehte sich der dünnen Gestalt des blasseren Mannes zu, der mit übereinandergeschlagenen Armen neben dem Riesen stand. Mr. Eins nickte.

»Fatum ist unser Gärtner und unser Wolf. Er vernichtet die Schwachen zu Ehren der Starken. So hat der Prophet gesprochen.«

»Und das Wort, das im Mund sterben, leben im Ohr.« Fwi-Song drehte den großen Kopf zurück, um Horza anzusehen. *Endlich*, dachte Horza, *weiß ich, daß er männlich ist. Was immer mir das auch nutzen mag.*

»Mächtiger Prophet«, sagte Mr. Eins. Fwi-Song lächelte breiter, sah aber weiter Horza an. Mr. Eins fuhr fort: »Das Meeresgeschenk sollte das Schicksal sehen, das ihn erwartet. Vielleicht ist dieser verräterische Feigling Siebenundzwanzig …«

»O ja!« Fwi-Song klatschte in die großen Hände, und sein ganzes Gesicht erhellte sich. Eine Sekunde lang meinte Horza, kleine weiße Augen in den auf ihn gerichteten Schlitzen zu erkennen. »O ja, den

Feigling herbringen! Uns tun lassen, was getan werden müssen.«

Mr. Eins sprach mit schallender Stimme zu den ausgemergelten Menschen um das Feuer. Ein paar standen auf und gingen hinter Horzas Rücken in Richtung des Waldes davon. Die übrigen begannen zu singen und zu psalmodieren.

Nach ein paar Minuten hörte Horza einen Schrei, dann eine Folge von Rufen und Schreien, die allmählich näherkamen. Schließlich kamen die Leute, die weggegangen waren, zurück. Sie trugen eine kurze, dicke Stange, ähnlich der, an die Horza gefesselt war. Von der Stange baumelte ein junger Mann, der etwas in der Sprache brüllte, die Horza nicht verstand, und sich loszumachen versuchte. Schweiß- und Speicheltropfen fielen von seinem Gesicht auf den Sand. Die Stange war an einem Ende zugespitzt. Diese Spitze wurde auf der Horza gegenüberliegenden Seite des Feuers in den Sand getrieben, so daß der junge Mann den Wandler ansah.

»Dies, meine Libation aus dem Meer«, sagte Fwi-Song zu Horza und zeigte auf den jungen Mann, der zitterte und stöhnte, dessen Augen in den Höhlen rollten und von dessen Lippen Speichel tropfte, »dies sein mein ungezogener Junge, der seit seiner Wiedergeburt tragen Namen Siebenundzwanzig. Er sein gewesen einer von unseren geachteten, vielgeliebten Söhnen, einer von unseren gesalbten, einer von unseren Mit-Leckerbissen, eine unserer brüderlichen Geschmacksknospen auf der großen Zunge des Lebens.« Fwi-Songs Stimme brach vor Gelächter, als sei ihm die Absurdität der Rolle, die er spielte, bewußt und als könne er der Versuchung nicht widerstehen, sie zu übertreiben. »Dieser Splitter von unserem Baum, dieses Sandkorn von unserem Strand, dieser Verlorene es haben gewagt, auf das siebenmal verfluchte Fahrzeug von

Vakuum zuzulaufen. Er haben verschmäht die Gabe von Bürde, mit der wir ihn haben geehrt; er machen Entscheidung für uns verlassen und über den Sand fliehen, als der fremde Feind gestern über uns dahinziehen. Er kein Vertrauen in unsere rettende Gnade, er sich zuwenden einem Instrument von Dunkelheit und Nichts, dem alles verschlingenden Schatten von den Seelenlosen, den Anathematikern.« Fwi-Song betrachtete den Mann, der immer noch an der Stange auf der anderen Seite des Feuers zitterte. Das Gesicht des Propheten nahm den Ausdruck strengen Vorwurfs an. »Fatum es bewirken, daß der Verräter, der von unserer Seite laufen und das Leben seines Propheten aufs Spiel setzen, gefangen – damit er lernen, welchen traurigen Fehler er hat begangen, und können sühnen sein schreckliches Verbrechen.« Fwi-Songs Arme fielen nieder. Er schüttelte den großen Kopf.

Mr. Eins rief den Leuten um das Feuer etwas zu. Sie sahen zu dem Siebenundzwanzig genannten jungen Mann hin und psalmodierten. Der grauenhafte Geruch, den Horza vorhin schon wahrgenommen hatte, kehrte zurück, machte seine Augen tränen und reizte seine Nase.

Während die Leute sangen und Fwi-Song zusah, gruben Mr. Eins und zwei der Jüngerinnen kleine Säcke aus dem Sand. Aus ihnen holten sie dünne Stoffbahnen hervor, die sie sich um die Körper wickelten. Als Mr. Eins seinen Ornat anlegte, bemerkte Horza eine große, plump wirkende Projektil-Pistole, die von einem Bindfaden-Holster unter der schmutzigen Jacke festgehalten wurde. Vermutlich war das die Waffe, die gestern auf die Fähre abgefeuert worden war, als er und Mipp die Insel überflogen hatten.

Der junge Mann öffnete die Augen, sah die drei Leute in ihren Wickelgewändern und begann zu schreien.

»Höre, wie die geschlagene Seele schreien nach ihrer Lektion, wie sie flehen um das Geschenk von Reue, um den Trost von erfrischendem Leiden.« Lächelnd sah Fwi-Song den Wandler an. »Unser Kind Siebenundzwanzig wissen, was auf es warten, und während sein Körper, der sich bereits haben erwiesen als so schwach, vor dem Sturm zusammenbrechen, rufen seine Seele: ›Ja! Ja! Mächtiger Prophet! Steh mir bei! Mach mich zu einem Teil von dir! Gib mir deine Kraft! Komm zu mir!‹ Sein das nicht ein süßer und erbauender Laut?«

Horza sah dem Propheten in die Augen und schwieg. Der junge Mann schrie weiter und versuchte, sich von der Stange loszureißen. Mr. Eins lag vor ihm auf den Knien, den Kopf gesenkt, und murmelte vor sich hin. Die beiden in den verschossenen Stoff gekleideten Frauen füllten Schüsseln aus den Kesseln und Töpfen rund um das Feuer, von denen sie einige aufwärmten, mit einer dampfenden Flüssigkeit. Der Geruch drehte Horza den Magen um.

Fwi-Song schaltete auf die andere Sprache um und sprach zu den beiden Frauen. Sie sahen Horza an, dann kamen sie mit den Schüsseln zu ihm und hielten sie ihm unter die Nase. Horza drehte den Kopf weg. Sein Gesicht verzog sich vor Ekel. Der Inhalt der Schüsseln sah aus und roch wie Fisch-Eingeweide in einer Soße aus Exkrementen. Die Frauen gingen mit dem fürchterlichen Zeug weg; es ließ seinen Gestank in Horzas Nase zurück. Er versuchte, durch den Mund zu atmen.

Der Mund des jungen Mannes wurde mit Holzpflöcken aufgestemmt, und seine erstickten Schreie wurden immer schriller. Mr. Eins hielt ihn fest, und die Frauen löffelten ihm Flüssigkeit aus den Schüsseln in den Mund. Der junge Mann sabberte und wimmerte, würgte und versuchte auszuspucken. Er stöhnte, dann übergab er sich.

»Laß mich dir zeigen meine Waffen, meinen Segen«, sagte Fwi-Song zu Horza und faßte hinter seinen umfangreichen Körper. Seine Hand kam mit einem großen Bündel aus Lumpen zurück, das er auseinanderwikkelte. Zum Vorschein kamen, im Sonnenlicht glitzernd, metallene Geräte wie kleine Menschenfallen. Fwi-Song legte einen Finger an die Lippen, betrachtete die Sammlung und wählte einen der kleinen Apparate aus. Er steckte ihn in den Mund und streifte beide Teile über die Fangzähne, die Horza bereits gesehen hatte. »Wasch du schagen daschu?« wandte sich Fwi-Song mit breitem Grinsen an den Wandler. Die künstlichen Zähne schimmerten in seinem Mund, Reihen von scharfen, sägeförmig angeordneten Spitzen. »Oder daschu?« Fwi-Song tauschte sie gegen ein anderes Gebiß aus, das voll von winzigen Fängen wie Nadeln war, dann gegen ein drittes mit schrägstehenden Zähnen, die wie Stacheln mit Widerhaken aussahen, dann gegen ein weiteres, in das Löcher eingelassen waren. »Gu, wie?« Er ließ das letzte Paar im Mund und wandte sich Mr. Eins zu. »Wasch du meinen, Mischter Einsch? Die da? Oder …« Fwi-Song nahm das Gebiß mit den Löchern heraus, setzte ein anderes ein, das lange, spatenförmige Klingen hatte. »Diesche? Ich finnen schie schön. Fannen wir mit dieschen an. Bestrafen wir dieschen ungeschogenen Jungen.«

Siebenundzwanzigs Stimme wurde heiser. Vier Männer knieten sich hin, hoben eins seiner Beine hoch und hielten es fest. Fwi-Songs Trage wurde vor den jungen Mann gestellt. Der Riese entblößte die Klingenzähne, beugte sich vor und biß mit einer schnellen, nickenden Bewegung eine von Siebenundzwanzigs Zehen ab. Horza drehte das Gesicht zur Seite.

In der nächsten halben Stunde gemächlichen Essens knabberte der enorme Prophet an Siebenundzwanzigs Körper herum, attackierte die Extremitäten und die wenigen noch vorhandenen Fettablagerungen mit verschiedenen Gebissen. Bei jeder frisch angebissenen Stelle schrie der junge Mann von neuem los.

Horza sah zu und sah doch nicht zu. Manchmal versuchte er, sich in einen Gemütszustand hineinzudenken, der ihn befähigen würde, eine Vergeltung gegen diese groteske Verzerrung eines menschlichen Wesens auszuarbeiten. Dann wieder wünschte er sich nichts weiter, als das die ganze gräßliche Geschichte vorbei und erledigt sei. Fwi-Song ließ die Finger seines Ex-Jüngers bis zuletzt übrig. Für sie setzte er die Zähne mit den Löchern ein, die wie Abstreifzangen waren. »Haben Durscht«, sagte er darauf und wischte sich das blutverschmierte Gesicht mit dem gigantischen Unterarm ab.

Siebenundzwanzig, verstümmelt, stöhnend, blutüberströmt und nur noch halb bei Bewußtsein, wurde mit einem Lumpen geknebelt und mit dem Gesicht nach oben flach auf den Sand gelegt. Man trieb ihm Holzkeile durch die Flächen der fingerlosen Hände und zerschmetterte ihm mit einem großen Felsblock die Füße. Trotz des Knebels stieß er von neuem schwache Schreie aus, als er sah, daß der Prophet Fwi-Song zu ihm gebracht wurde. Die Trage wurde über der wimmernden Gestalt abgestellt. Fwi-Song kämpfte mit Schnüren an der Seite seiner Trage, bis sich eine kleine Klappe unter seinem gewaltigen Körper öffnete und über das Gesicht des geknebelten, blutigen Menschen auf dem Sand unter ihm fiel. Der Prophet gab ein Zeichen, und er wurde auf den Mann niedergesenkt, was das Stöhnen erstickte. Der Prophet lächelte. Mit sparsamen Bewegungen rückte er sich zurecht wie ein brütender Vogel über seinen Eiern. Sein fetter Leib verdeckte die menschliche Gestalt unter ihm vollständig. Er summte vor sich hin. Die ausgehungerte

Menge sah zu, sang sehr langsam und leise und schwankte im Stehen hin und her. Fwi-Song begann, leicht nach hinten und nach vorn zu schaukeln, anfangs sehr langsam, dann schneller. Schweißtropfen bildeten sich auf der goldenen Kuppel seines Gesichts. Er keuchte, gab der Menge ein Zeichen. Die beiden stoffumwickelten Frauen kamen herbei und leckten die Blutfäden ab, die wie rote Milch vom Mund des Propheten über die Falten seiner Kinne und seine breite Brust niederrannen. Fwi-Song keuchte, sackte ein bißchen tiefer, verharrte einen Augenblick unbeweglich, und dann schlug er die beiden leckenden Frauen mit einer überraschend schnellen und heftigen Bewegung mit seinen mächtigen Armen über den Kopf. Die Frauen liefen davon und verschwanden in der Menge. Mr. Eins stimmte einen lauteren Gesang an, in den die anderen einfielen.

Zum Schluß befahl Fwi-Song, daß man ihn wieder hochhebe. Die Träger hievten seinen massigen Rumpf in die Höhe und enthüllten den zermalmten Körper von Siebenundzwanzig, dessen Stöhnen für immer verstummt war.

Sie hoben den Leichnam hoch, schlugen ihm den Kopf ab und entfernten die Schädeldecke. Sie fraßen das Gehirn, und erst jetzt erbrach Horza sich.

»Und nun sind wir einer der andere geworden«, erklärte Fwi-Song feierlich dem leeren Schädel des jungen Mannes und warf die blutige Hirnschale ins Feuer. Der Rest des Körpers wurde ans Meer hinuntergetragen und hineingeworfen.

»Nur die Zeremonie und die Fatum-Liebe uns unterscheiden von den Tieren, o Zeichen von Fatums Gnade«, schmetterte Fwi-Song Horza zu, während die dienenden Frauen den fetten Körper des Propheten säuberten und parfümierten. An den im Boden stekkenden Pfahl gebunden, einen widerwärtigen Geschmack im Mund, atmete Horza vorsichtig ein und aus und machte nicht den Versuch zu antworten.

*

Siebenundzwanzigs Körper trieb langsam aufs Meer hinaus. Fwi-Song wurde abgetrocknet. Die dürren Menschen saßen lustlos herum oder kümmerten sich um die schrecklich riechende Flüssigkeit in den brodelnden Töpfen. Mr. Eins und seine beiden Helferinnen nahmen ihre Wickelgewänder ab, was Mr. Eins in seiner schmutzigen, aber heilen Jacke und die Frauen in ihren Fetzen ließ. Fwi-Song befahl, seine Trage vor Horza auf den Sand zu stellen.

»Siehe, Geschenk von den Wellen, Ernte aus dem wogenden Ozean, meine Leute sich darauf vorbereiten, zu brechen ihr Fasten.« Der Prophet schwenkte einen fettwabbelnden Arm, um auf die Leute zu weisen, die mit den Feuern und Kesseln beschäftigt waren. Der Geruch nach verfaulendem Essen erfüllte die Luft.

»Sie essen, was die anderen liegenlassen, was die anderen nicht würden anrühren, weil sie dem Stoff von Fatum wollen näher sein. Sie essen die Rinde von den Bäumen und das Gras von dem Boden und das Moos von den Steinen; sie essen den Sand und die Blätter und die Wurzeln und die Erde; sie essen die Schalen und die Eingeweide der Meerestiere und das Aas des Landes und des Ozeans; sie essen ihre Körperprodukte und teilen die meinen. Ich sein die Quelle. Ich sein der Brunnen, der Geschmack auf ihren Zungen. Du, Schaumblase auf dem Ozean des Lebens, ein Zeichen sein. Ernte des Meeres, vor dem Augenblick deiner Vernichtung du werden erkennen, daß du alles sein, was du gegessen haben, und daß Nahrung nichts weiter sein als unverdaute Exkremente. Dies ich haben gesehen. Dies du werden sehen.«

Eine der Dienerinnen kam mit Fwi-Songs gereinigten Gebissen vom Meer zurück. Er nahm sie von ihr entgegen und brachte sie in den Lumpen irgendwo hinter sich unter. »Alle werden fallen bis auf uns, alle werden den Tod finden, ihre Vernichtung. Wir allein werden in der Vernichtung auferstehen und eintreten in den Glanz unserer höchsten Vollendung.«

Der Prophet lächelte Horza an, während um ihn – die langen Schatten des Nachmittags fielen über den Sand – die ausgemergelten, krank wirkenden Leute sich zu ihrer stinkenden Mahlzeit niedersetzten. Horza beobachtete, wie sie zu essen versuchten. Einige schafften es, angespornt von Mr. Eins, aber die meisten konnten nichts bei sich behalten. Sie rangen nach Atem und nahmen Schlucke von der Flüssigkeit, aber fast immer erbrachen sie, was sie eben erst hinuntergezwungen hatten. Fwi-Song betrachtete sie traurig und schüttelte den Kopf.

»Du sehen, sogar die mir am nächsten stehenden meiner Kinder noch nicht bereit sein. Wir müssen beten und darum flehen, daß sie bereit sein werden, wenn die Zeit kommen, die ja in wenigen Tagen kommen müssen. Hoffen wir, daß die Unfähigkeit ihrer Körper, Sympathie mit allen Dingen zu empfinden, sie nicht lassen erscheinen als Verworfene in den Augen und im Mund Gottes.«

Du fetter Bastard. Du bist innerhalb meiner Reichweite, wenn du das nur wüßtest. Ich könnte dich von hier aus blenden, könnte dir in deine kleinen Augen spucken, und vielleicht …

Aber, dachte Horza, vielleicht auch nicht. Die Augen des Riesen waren so tief in der wabbeligen Haut seiner Stirn und seiner Wangen verborgen, daß der Giftspeichel, mit dem Horza das goldene Monster hätte treffen können, seinen Weg zu den Schleimhäuten der Augen unter Umständen gar nicht fand. Aber der Gedanke war das einzige, was Horza in dieser Situation Trost spenden konnte. Er war imstande, den Propheten anzuspucken, und damit hatte es sich. Vielleicht würde sich eine Situation ergeben, in der es Wirkung zeitigen würde, doch es jetzt zu tun, wäre dumm. Horza kam zu dem Schluß, daß ein blinder, wütender Fwi-Song ihm noch gefährlicher werden würde als ein sehender, kichernder.

Fwi-Song redete weiter auf Horza ein, stellte niemals eine Frage, machte niemals eine Pause, wiederholte sich immer öfters. Er erzählte ihm von seiner Erwekkung und seinem früheren Leben als Zirkus-Mißgeburt, dann als Palast-Maskottchen für einen nichtmenschlichen Satrapen auf einem Megaschiff. Dort hatte seine Erweckung stattgefunden. Er überredete ein paar Beherzte, mit ihm auf einer Insel das Ende aller Dinge abzuwarten. Weitere Jünger waren eingetroffen, als die Kultur das Schicksal des Vavatch-Orbitals bekanntmachte. Horza hörte nur halb zu. Er versuchte, sich einen Fluchtweg auszudenken. Seine Gedanken rasten.

»... Wir auf das Ende aller Dinge warten, auf den letzten Tag. Wir uns vorbereiten auf unsere endgültige Vollendung, indem wir mischen die Früchte von Erde und Meer und Tod mit unseren verletzlichen Körpern aus Fleisch und Blut und Knochen. Du unser Zeichen sein, unser Apéritif, unsere Witterung. Du dich müssen fühlen geehrt.«

»Mächtiger Prophet«, sagte Horza, schluckte schwer und tat sein Bestes, seine Stimme ruhig klingen zu lassen. Fwi-Song hörte auf zu reden, kniff die Augen noch fester zusammen und runzelte die Stirn. Horza fuhr fort: »Ich bin in der Tat euer Zeichen. Ich bringe euch mich selbst; ich bin der Jünger mit der letzten Nummer. Ich komme, euch von der Maschine aus dem Vakuum zu befreien.« Horza spähte zu dem Kultur-

Shuttle hinüber, das mit offenen Hecktüren hinten auf dem Strand hockte. »Ich weiß, wie diese Quelle der Versuchung entfernt werden kann. Laß mich dir meinen Eifer beweisen, indem ich deiner großen und majestätischen Person diesen kleinen Dienst erweise. Dann wirst du erkennen, daß ich dein letzter und treuester Diener bin, der mit der letzten Nummer, der eine, der vor der Vernichtung kommt, um … um deine Gefolgsleute für die kommende Prüfung zu stählen und die Versuchung der Anathematiker zu entfernen. Ich habe mich mit den Sternen und der Luft und dem Ozean gemischt, und ich bringe dir diese Botschaft, diese Errettung.« Hier machte Horza Pause. Seine Kehle und seine Lippen waren trocken, seine Augen tränten von dem scharfgewürzten Gestank der Nahrung dieser Fresser, mit dem eine leichte Brise ihn umfächelte. Fwi-Song saß ganz still auf seiner Trage. Er sah Horza mit seinen zusammengekniffenen Schlitzaugen und der gefurchten Birnenstirn ins Gesicht.

»Mr. Eins!« Fwi-Song wandte sich dem hellhäutigen Mann in der Jacke zu, der gerade einem der Fresser den Bauch massierte. Der unglückliche Jünger lag stöhnend auf dem Boden. Mr. Eins richtete sich auf und kam herbei. Der Prophet wies mit den Kinnen auf Horza und sagte etwas in der Sprache, die der Wandler nicht verstehen konnte. Mr. Eins verbeugte sich leicht, trat hinter Horza, und während er sich aus dem Gesichtsfeld des Wandlers entfernte, zog er etwas unter seiner Jacke hervor. Horzas Herz hämmerte. Er sah verzweifelt zu Fwi-Song zurück. Was hatte der Prophet gesagt? Was hatte Mr. Eins vor? Hände erschienen über Horzas Kopf, faßten etwas. Der Wandler schloß die Augen.

Ein Lappen wurde ihm fest über den Mund gebunden. Er roch nach der scheußlichen Nahrung. Sein Kopf wurde gegen den Pfahl gezwungen. Dann kehrte Mr. Eins zu dem am Boden wimmernden Fresser zurück. Horza starrte Fwi-Song an, der von neuem anhub:

»So. Wie ich gerade sagen wollte ...«

Horza hörte nicht zu. Der primitive Glaube des fetten Propheten unterschied sich wenig von einer Million anderer. Nur das Ausmaß seiner Barbarei machte ihn in diesen angeblich zivilisierten Zeiten ungewöhnlich. Vielleicht war es eine weitere Nebenwirkung des Krieges; dann war die Kultur daran schuld. Fwi-Song redete, aber es hatte keinen Sinn, ihm zuzuhören.

Horza ging es durch den Sinn, daß die Kultur für Personen, die an einen allmächtigen Gott glaubten, hauptsächlich Mitleid empfand. Im übrigen nahm sie nicht mehr Notiz vom Wesen ihres Glaubens als von den Faseleien eines Irren, der behauptet, Kaiser des Universums zu sein. Die Natur des Glaubens war nicht vollständig irrelevant – im Zusammenhang mit Hintergrund und Erziehung ließen sich daraus Schlüsse ziehen, was mit diesen Wesen schiefgelaufen war –, aber man nahm ihre Ansichten nicht ernst.

Auf gleiche Art empfand Horza gegenüber Fwi-Song. Er mußte ihn als den Wahnsinnigen behandeln, der er offensichtlich war. Die Tatsache, daß sein Wahnsinn sich als Religion verkleidete, hatte nichts zu bedeuten.

Zweifellos wäre die Kultur anderer Meinung, würde behaupten, es gebe sehr viele Gemeinsamkeiten zwischen Wahnsinn und Glauben, aber was konnte man von der Kultur anderes erwarten? Die Idiraner wußten es besser, und Horza, der zwar nicht allem beipflichtete, was die Idiraner vertraten, respektierte ihre Religion. Ihre ganze Art zu leben, beinahe jeder ihrer Gedanken war erleuchtet, geleitet und regiert von ihrer einzigen Religion/Philosophie, dem Glauben an Ordnung, an einen vorherbestimmten Platz im Leben und an eine Art heiliger Vernunft.

Sie glaubten an die Ordnung, weil sie so viel von ihrem Gegenteil gesehen hatten, erst in ihrer eigenen planetaren Geschichte bei dem außerordentlich erbitterten evolutionären Wettbewerb auf Idir und dann – als sie schließlich in die Gesellschaft ihres lokalen Sternenhaufens eintraten – rings um sie, zwischen und unter anderen Spezies. Sie hatten wegen dieses Mangels an Ordnung leiden müssen; sie waren zu Millionen in dummen, von Habgier inspirierten Kriegen gestorben, in die sie ohne eigene Schuld verwickelt wurden.

Sie glaubten an den vorherbestimmten Platz. Bestimmte Individuen würden immer an bestimmte Plätze gehören – das Hochland, die fruchtbaren Gebiete, die gemäßigten Inseln –, ob sie dort geboren waren oder nicht. Das gleiche galt für Stämme, Clans und Rassen (und sogar für Spezies; die meisten der alten heiligen Texte hatten sich als ausreichend flexibel und vage erwiesen, um es mit der Entdeckung aufzunehmen, daß die Idiraner nicht allein im Universum waren. Die Texte, die etwas anderes behaupteten, hatte man prompt ausgemerzt, und ihre Verfasser wurden erst rituell verflucht und dann gründlich vergessen). In seiner weltlichen Form konnte der Glaube als die Überzeugung definiert werden, daß es einen Platz für alles gab, und alles an seinem Platz sein sollte. War einmal alles an seinem Platz, würde Gott glücklich über das Universum sein, und ewiger Friede und ewige Freude lösten das gegenwärtige Chaos ab.

Die Idiraner sahen sich selbst als Ausführende dieser großen Umordnung. Sie waren die Erwählten. Zuerst war ihnen Frieden gewährt worden, damit sie begriffen, was Gott wünschte, und dann hatten die Kräfte der Unordnung, die sie, wie sie nach und nach erkannten, bekämpfen mußten, sie zur Tat getrieben. Gott hatte etwas Großes mit ihnen im Sinn. Sie mußten ihren eigenen Platz finden, zumindest in der Heimat-Galaxis und vielleicht noch darüber hinaus. Die reiferen Spezies konnten sich um ihre Rettung selbst kümmern, ihre eigenen Regeln aufstellen und ihren eigenen Frieden mit Gott finden. (Es war ein Zeichen Seiner Großzügigkeit, daß Er glücklich über ihre Errungenschaften war, auch wenn sie Ihn leugneten.) Aber die anderen – die umherschwärmenden, chaotischen, kämpfenden Völker –, sie brauchten Führung.

Die Zeit war gekommen, die Spielzeuge eigensüchtigen Strebens zur Seite zu legen. Daß die Idiraner dies erkannt hatten, war das Zeichen dafür. In ihnen und in der Welt, die ihr göttliches Erbteil, die Zauberformel innerhalb ihres genetischen Erbes war, tauchte eine neue Botschaft auf: *Werdet erwachsen! Benehmt euch! Bereitet euch vor!*

Horza glaubte ebensowenig an die Religion der Idiraner, wie es Balveda getan hatte, und tatsächlich sah er in ihren überüberlegten, zu sehr geplanten Idealen genau die Sorte lebensbeengender Kräfte, die er im ursprünglich gütigeren Ethos der Kultur so verabscheute. Aber die Idiraner verließen sich auf sich selbst, nicht auf ihre Maschinen, und deshalb waren sie immer noch Teil des Lebens. Das machte für Horza den entscheidenden Unterschied aus.

Horza war überzeugt, die Idiraner würden es niemals schaffen, alle weniger weit entwickelten Zivilisationen in der Galaxis zu unterwerfen. Der Tag des Gerichts, von dem sie träumten, würde niemals kommen. Aber die absolute Sicherheit dieser letztendlichen Niederlage machte die Idiraner zu normalen Wesen, zu einem Teil des allgemeinen Lebens der Galaxis. Sie waren einfach eine weitere Spezies, die wachsen und sich ausbreiten und dann, wenn sie die Plateau-Phase fand, die alle nicht selbstmörderischen Spezies schließlich erreichen, sich beruhigen würde. In zehntausend Jahren waren die Idiraner sicher eine Zivilisation unter vielen und führten ihr eigenes Leben. Die augenblickliche Ära der Eroberungen war dann eine Quelle hochgehaltener Erinnerungen, aber bis dahin war sie unwesentlich geworden, wegerklärt von einer kreativen Theologie. Die Idiraner waren vorher ruhig und introspektiv gewesen; sie würden es wieder werden.

Schließlich waren sie vernünftig. Sie hörten mehr auf die Stimme des Verstandes, als sie sich von ihren Emotionen leiten ließen. Das einzige, woran sie glaubten, ohne einen Beweis dafür zu verlangen, war, daß das Leben einen Sinn habe, daß es etwas gebe, das die meisten Sprachen mit ›Gott‹ übersetzten, und daß dieser Gott eine bessere Existenz für seine Schöpfungen wolle. Im Augenblick verfolgten sie dieses Ziel selbst, glaubten, daß sie die Arme und Hände und Finger Gottes seien. Aber wenn die Zeit kam, würden sie sich der Erkenntnis nicht verschließen, daß sie das falsch verstanden hatten, daß es nicht ihre Aufgabe war, die endgültige Ordnung herzustellen. Die Galaxis mit ihren vielen und unterschiedlichen Zivilisationen würde sie assimilieren.

Die Kultur war anders. Horza konnte kein Ende ihrer Politik der ständigen und sich eskalierenden Einmischungen sehen. Es war leicht möglich, daß sie in alle Ewigkeit weiterwuchs, weil sie nicht von natürlichen Grenzen in Schranken gehalten wurde. Wie eine entartete Zelle, ein Krebs ohne ›Aus‹-Schalter in seinem genetischen Aufbau, würde die Kultur solange expandieren, wie man es ihr erlaubte. Sie würde nicht aus freien Stücken damit aufhören, und deshalb mußte sie dazu gezwungen werden.

Schon vor langer Zeit hatte er beschlossen, sich dieser Sache zu weihen, dachte Horza, während Fwi-Song weiterdröhnte. Doch er konnte ihr nicht länger dienen, wenn er den Fressern nicht entkam.

Fwi-Song redete noch ein Weilchen. Dann – nach einem Wort von Mr. Eins – ließ er seine Trage herumdrehen, damit er seine Jünger ansprechen konnte. Den meisten war sehr übel – oder sie sahen so aus. Fwi-Song schaltete auf die lokale Sprache um, die Horza nicht verstand, und hielt offenbar eine Predigt. Die gelegentlichen Ausbrüche von Erbrechen unter seiner Herde ignorierte er.

Die Sonne sank tiefer auf den Ozean herab, und die Luft wurde kühler.

Nach der Predigt saß Fwi-Song still auf seiner Bahre. Die Fresser kamen einer nach dem anderen zu ihm, verbeugten sich und sprachen ernst zu ihm. Der kuppelartige Kopf des Propheten trug ein breites Lächeln, und hin und wieder nickte er wie zum Einverständnis.

Später sangen die Fresser, während Fwi-Song von den beiden Frauen, die bei Siebenundzwanzigs Tod als Helferinnen fungiert hatten, gewaschen und gesalbt wurde. Sein gewaltiger Körper glänzte in den Strahlen der untergehenden Sonne. Er winkte fröhlich. So wurde er vom Strand weg und in das Wäldchen am Fuß des einzigen kümmerlichen Berges der Insel getragen.

Man schürte die Feuer und trug Holz herbei. Die Fresser verteilten sich auf ihre Zelte und Lagerfeuer oder gingen in kleinen Gruppen mit primitiv geflochtenen Körben davon, offenbar, um frischen Abfall zu sammeln, den sie später versuchen würden zu essen.

Zur Zeit des Sonnenuntergangs gesellte sich Mr. Eins den fünf schweigenden Fressern zu, die um das Feuer saßen, das anzusehen Horza mittlerweile satt hatte. Die ausgemergelten Menschen hatten wenig oder gar keine Notiz von dem Wandler genommen, aber Mr. Eins kam und setzte sich neben den an den

Pfahl gebundenen Mann. In der einen Hand hielt er einen kleinen Stein, in der anderen ein paar der Gebisse, die Fwi-Song an Siebenundzwanzig ausprobiert hatte. Mr. Eins schliff und polierte die Zähne und sprach dabei mit den anderen Fressern. Nachdem zwei von ihnen zu ihren Zelten gegangen waren, trat Mr. Eins hinter Horza und löste den Knebel. Horza atmete durch den Mund, um den schalen Geschmack loszuwerden, und übte seinen Unterkiefer. Er verlagerte sein Gewicht in dem Versuch, die zunehmenden Schmerzen in seinen Armen und Beinen zu lindern.

»Bequem?« fragte Mr. Eins und setzte sich wieder hin. Er fuhr fort, die metallenen Fänge zu schärfen. Sie glitzerten im Feuerschein.

»Ich habe mich schon besser gefühlt«, antwortete Horza.

»Du wirst dich auch noch schlechter fühlen ... Freund.« Mr. Eins ließ das letzte Wort wie einen Fluch klingen.

»Mein Name ist Horza.«

»Es interessiert mich nicht, wie dein Name lautet.« Mr. Eins schüttelte den Kopf. »Auf deinen Namen kommt es nicht an. Auf *dich* kommt es nicht an.«

»Dieser Eindruck begann sich bei mir auch schon zu bilden«, gab Horza zu.

»Ach ja?« Mr. Eins stand auf und trat näher an den Wandler heran. »Tatsächlich?« Er holte mit den Stahlzähnen aus, die er in der Hand hielt, und schlug Horza damit auf die linke Wange. »Du hältst dich für klug, wie? Du bildest dir ein, du könntest aus der Sache herauskommen, ja?« Er versetzte Horza einen Tritt in den Bauch. Horza keuchte und würgte. »Siehst du wohl – auf dich kommt es nicht an. Du bist nichts als ein Stück Fleisch. Mehr ist niemand. Nichts als Fleisch. Und außerdem ...« – ein zweiter Tritt – »... ist

Schmerz nicht real. Das sind nur chemische und elektrische Reaktionen und solche Sachen. *Stimmt's?*«

»Oh«, krächzte Horza, dessen Wunden schmerzten, »ja. Das stimmt.«

»Okay«, sagte Mr. Eins grinsend. »Erinnere dich morgen daran, okay. Du bist nichts als ein Stück Fleisch, und der Prophet ist ein größeres.«

»Ihr … äh … ihr glaubt also nicht an Seelen?« fragte Horza schüchtern und hoffte, dies würde ihm keinen weiteren Tritt eintragen.

»Steck dir deine Seele in den Arsch, Fremder«, erwiderte Mr. Eins lachend. »Du tätest gut daran, zu hoffen, daß es so etwas nicht gibt. Manche Leute sind von Natur aus Fresser, und manche werden gefressen, und ich sehe keinen Grund, warum es bei ihren Seelen anders sein sollte. Da du nun offensichtlich zu denen gehörst, die gefressen werden, kannst du nur hoffen, keine Seele zu haben. Das wäre für dich immer noch das Beste, glaub mir.« Mr. Eins holte den Lappen hervor, den er Horza vom Mund genommen hatte. Er band ihn wieder fest. »So ist es – keine Seele wäre das Beste für dich, Freund. Aber sollte sich herausstellen, daß du eine hast, kommst du wieder und erzählst es mir, damit ich etwas zum Lachen habe, in Ordnung?« Mr. Eins zog den Knoten fest und zerrte damit Horzas Kopf gegen den hölzernen Pfahl.

Fwi-Songs Leutnant beendete seine Aufgabe, die schimmernden Metallzähne zu schärfen. Dann stand er auf und sprach mit den anderen Fressern am Feuer. Nach einer Weile gingen sie zu den kleinen Zelten, und bald hatten alle den Strand verlassen. Nur Horza blieb zurück, um den paar sterbenden Feuern zuzusehen.

Die ferne Brandung rauschte leise, Sterne zogen auf ihrer Bahn dahin, und auf der Tagseite des Orbitals war oben eine Linie hellen Lichts. Schimmernd im Sternenlicht und im O-Licht wartete stumm das Kultur-Shuttle mit offenen Hecktüren wie eine Höhle sicherer Dunkelheit.

Horza hatte die Knoten, die seine Hände und Füße fesselten, bereits geprüft. Es würde nichts nützen, wenn er seine Handgelenke schrumpfen ließ. Das Seil, die Schnur oder was sie benutzt hatten, zog sich die ganze Zeit immer wieder ein bißchen mehr zusammen und würde die Lockerung ebenso schnell beseitigen, wie er sie produzieren konnte. Vielleicht schrumpfte das Material beim Trocknen, und sie hatten es angefeuchtet, bevor sie ihn fesselten. Das ließ sich nicht sagen. Er konnte den Säuregehalt seiner Schweißdrüsen da, wo das Seil seine Haut berührte, verstärken, und das war immer einen Versuch wert. Aber wahrscheinlich gab ihm nicht einmal die lange Nacht von Vavatch genug Zeit, daß es funktionierte.

Schmerz ist nicht real, sagte er zu sich selbst. *Quatsch!*

*

Horza erwachte im Morgengrauen gleichzeitig mit mehreren Fressern, die langsam zum Wasser hinunterwanderten, um sich in der Brandung zu waschen. Ihm war kalt. Er zitterte. Wie er feststellte, war seine Körpertemperatur während der Nacht in der leichten Trance, in die er sich für die Veränderung der Hautzellen an seinen Handgelenken hatte versetzen müssen, beträchtlich gesunken. Er zerrte an den Seilen, suchte nach einem Nachlassen der Spannung, nach dem leichtesten Reißen von Fasern oder Strängen. Da war nichts, nur weiterer Schmerz an den Handflächen, wo Schweiß auf unveränderte Haut hinuntergelaufen war, die keinen Schutz gegen die Säure aus seinen Schweißdrüsen besaß. Das beunruhigte ihn eine Sekunde lang. Denn wenn es jemals dazu kommen sollte, daß er Kraiklyn verkörperte, mußte er, um es ordentlich zu machen, die Finger- und Handflächenabdrücke des Mannes übernehmen, und dazu brauchte er Haut, die in perfekter Wandlungskondition war. Dann lachte er über sich selbst, daß er sich darüber Gedanken machte, wo er doch wahrscheinlich den heutigen Abend nicht mehr erleben würde.

Er zog unentschlossen in Erwägung, sich selbst zu töten. Möglich war es; mit nur ein wenig interner Vorbereitung konnte er einen seiner eigenen Zähne benutzen, um sich zu vergiften. Doch solange es noch die geringste Chance gab, brachte er es nicht über sich, ernsthaft daran zu denken. Wie hielten es Kultur-Leute im Krieg? Angeblich waren auch sie imstande, willentlich zu sterben, wenn es auch hieß, die Sache sei komplizierter als einfach nur Gift. Doch wie widerstanden sie der Versuchung, sich davonzuschleichen, diese weichen, vom Frieden verwöhnten Gemüter? Er stellte sie sich im Kampf vor, wie sie, wenn die ersten Schüsse trafen und es die ersten Wunden gab, beinahe im gleichen Augenblick Zuflucht zur Auto-Euthanasie nahmen. Der Gedanke brachte ihn zum Lächeln.

Die Idiraner kannten ebenfalls eine Todestrance, aber sie benutzten sie nur in Fällen äußerster Schande und Entehrung oder wenn ein Lebenswerk vollendet war oder wenn jemandem eine verkrüppelnde Krankheit drohte. Und anders als die Kultur – oder die Wandler – kosteten sie ihren Schmerz voll aus, ohne ihn durch körpereigene Hemmstoffe zu dämpfen. Die Wandler betrachteten Schmerz als einen überflüssigen Rückstand ihrer Evolution aus dem Tierreich. Die Kultur hatte schlicht Angst davor. Aber die Idiraner behandelten ihn mit einer Art stolzer Verachtung.

Horza sah über die beiden großen Kanus auf dem Strand hinweg zu den offenen Hecktüren der Fähre. Ein Paar prachtvoll gefärbter Vögel stolzierte auf ihrem Dach umher und vollführte kleine ritualisierte Bewegungen. Horza sah ihnen eine Weile zu. Das Lager der Fresser erwachte nach und nach, und die Morgensonne wurde heller. Nebel stieg aus dem dünnen Wald auf. Hoch oben am Himmel standen ein paar Wolken. Mr. Eins kam aus seinem Zelt, gähnte und streckte sich, zog dann die schwere Projektil-Pistole unter seiner Jacke hervor und schoß in die Luft. Das schien für alle Fresser das Signal zu sein, aufzustehen und sich an ihre täglichen Obliegenheiten zu machen, falls sie das nicht bereits getan hatten.

Der Lärm der primitiven Waffe erschreckte die beiden Vögel auf dem Dach des Kultur-Shuttle. Sie schwangen sich in die Luft und flogen über die Bäume und Büsche rund um die Insel davon. Horza sah ihnen nach, dann senkte er den Blick, starrte den goldenen Sand an und atmete langsam und tief.

»Dein großer Tag, Fremder«, bemerkte Mr. Eins mit einem Grinsen und stellte sich vor den Wandler. Er steckte die Pistole in das Bindfaden-Holster unter seiner Jacke. Horza sah den Mann an, sagte jedoch nichts. *Wieder einmal ein Festmahl mir zu Ehren*, dachte er.

Mr. Eins wanderte um Horza herum und blickte auf ihn nieder, Horza folgte ihm mit den Augen, soweit es ging, und wartete darauf, daß der Mann den Schaden entdeckte, den der Säureschweiß an dem Seil um seine Handgelenke angerichtet haben mochte. Aber Mr. Eins bemerkte nichts, und als er wieder in Horzas Sichtfeld erschien, lächelte er immer noch leicht, nickte ein wenig mit dem Kopf und war anscheinend zufrieden, daß das an den Pfahl gebundene Opfer noch gut genug gefesselt war. Horza strengte alle seine Kräfte an, um den Strick an seinen Handgelenken zu dehnen. Er gab nicht um eine Spur nach. Es hatte nicht geklappt. Mr. Eins ging, um Fresser zu beaufsichtigen, die ein Fischer-Kanu ins Wasser schoben.

*

Fwi-Song wurde kurz vor Mittag auf seiner Trage aus dem Wald gebracht. Das Fischer-Kanu kehrte soeben zurück.

»Geschenk der See und der Luft! Tribut des großen Kreismeeres mit seinem gewaltigen Reichtum! Sieh, welch ein wunderbarer Tag dich erwarten!« Fwi-Song wurde auf der anderen Seite des Feuers abgesetzt. Er lächelte den Wandler an. »Die ganze Nacht du haben Zeit gehabt, um nachdenken, was dieser Tag dir bringen werden. Bei all der Dunkelheit du haben können sehen in die Früchte vom Vakuum. Du haben die Räume zwischen den Sternen gesehen, du haben gesehen, wieviel da sein vom Nichts, wie wenig da sein von irgend etwas. Jetzt du sein fähig, die Ehre zu würdigen, die dir werden zuteil, wie glücklich du dich können preisen, weil du sein mein Zeichen, meine Opfergabe!« Fwi-Song klatschte vor Entzücken in die Hände, und sein enormer Körper schwappte hinauf und herunter. Die runden Hände führte er beim Sprechen an den Mund. Die Fleischfalten über seinen Augen hoben sich kurz und enthüllten das Weiße darin. »Ho-hoo! Welchen Spaß wir alle werden haben!« Der Prophet machte ein Zeichen, und seine Träger brachten ihn ans Meer hinunter, damit er gewaschen und gesalbt werden konnte.

Horza sah zu, wie die Fresser ihre Mahlzeit zubereiteten. Sie nahmen die Fische aus, warfen das Fleisch fort und behielten die Gedärme und Häute, Köpfe und Gräten zurück. Sie entfernten die Schalen von den Krustentieren und warfen die Tiere fort. Sie mahlten die Schalen zusammen mit Unkraut und ein paar buntgefärbten Meeresschnecken. Horza sah dies alles vor seinen Augen geschehen und sah, wie heruntergekommen die Fresser tatsächlich waren, sah den Schorf und die Entzündungen, die Mangelerkrankungen und die allgemeine Schwäche. Husten und Schnupfen, sich abschälende Haut und teilweise deformierte Glieder, alles sprach von einer letzten Endes tödlichen Diät. Das Fischfleisch und die Krustentiere wurden den Wellen in großen, blutgetränkten Körben zurückgegeben. Horza paßte so genau auf, wie es sein Knebel und die Entfernung zuließen, aber er erwischte keinen Fresser dabei, daß er einen heimlichen Bissen von dem rohen Fleisch nahm, das sie aus den Körben ins Wasser warfen.

Fwi-Song, der am Strand dicht an der Brandungslinie abgetrocknet wurde, sah zu, wie das Essen ins Meer geworfen wurde, nickte billigend und sprach ruhige Worte der Ermutigung zu seiner Herde. Dann klatschte er in die Hände, und die Trage wurde langsam am Strand entlang zu dem Feuer und dem Wandler befördert.

»Opfergabe! Geschenk! Mach dich bereit!« schmetterte Fwi-Song. Er rückte sich auf seiner Trage mit kleinen Bewegungen zurecht, die Wellen über all die großen Falten und Speckseiten seines massigen Körpers schickten. Horza begann, schneller zu atmen, spürte sein Herz hämmern. Er schluckte und zerrte von neuem an dem Strick, der seine Hände fesselte. Mr. Eins und die beiden Frauen gruben im Sand nach den Säcken mit ihren Ornaten.

Alle Fresser versammelten sich um das Feuer, die Gesichter Horza zugekehrt. Ihre Augen blickten leer oder vage interessiert, mehr nicht. Lustlosigkeit kennzeichnete ihre Bewegungen und ihren Ausdruck. Horza fand das deprimierender als regelrechten Haß oder sadistische Freude. Die Fresser begannen zu psalmodieren und zu singen. Mr. Eins und die beiden Frauen wickelten die verschossenen Stoffbahnen um ihre Körper. Mr. Eins sah Horza an und grinste.

»O glücklicher Augenblick in den endenden Tagen!« Fwi-Song hob Stimme und Hände, und seine Worte schallten zum Mittelpunkt der Insel hin. Von neuem wehte der Gestank der Kochtöpfe an dem Wandler vorbei. »Die Vernichtung und Erschaffung von diesem hier sollen sein ein Symbol für uns!« Fwi-Song ließ seine Arme in riesigen Rollen weißen Fleisches sinken. Die goldbraunen Oberflächen schimmerten im Sonnenlicht, als der Prophet seine fetten Finger verflocht. »Sein Schmerz sollen sein unser Entzücken, so wie unsere Vernichtung werden sein unsere Vereinigung. Sein Geschunden- und Verzehrtwerden sollen sein unsere Befriedigung und Ergötzung!« Fwi-Song hob den Kopf und sprach in der Sprache, die die anderen verstanden. Ihr Gesang veränderte sich und wurde lauter. Mr. Eins und die beiden Frauen näherten sich Horza.

Horza spürte, daß Mr. Eins ihm den Knebel vom Mund nahm. Der hellhäutige Mann sagte etwas zu den beiden Frauen, die an die brodelnden Kessel mit stinkender Flüssigkeit traten. Horzas Kopf fühlte sich sehr leicht an. Ihm saß ein Geschmack in der Kehle, den er nur zu gut kannte. Es war, als hätte etwas von der Säure, die an seinen Handgelenken fraß, irgendwie den Weg zu seiner Zunge gefunden. Wieder zerrte er an den Fesseln in seinem Rücken, daß die Muskeln zitterten. Der Gesang ging weiter. Die Frauen schöpften die scheußliche Brühe in Schüsseln. Horzas leerer Magen drehte sich bereits um.

Es gibt im wesentlichen zwei Möglichkeiten, um Fesseln zu entrinnen, wenn man von denen absieht, die auch Nicht-Wandlern zu Gebote stehen (hatte auf der Akademie in seinem Kollegheft gestanden): den anhaltenden Säureschweiß, wenn das Material der Fesseln davon angegriffen werden kann, und eine Verformung, vorzugsweise eine Verjüngung des betreffenden Gliedes.

Horza versuchte, aus seinen müden Muskeln noch ein kleines bißchen Kraft herauszulocken.

Starkes Säureschwitzen kann nicht nur die anstoßenden Hautflächen beschädigen, sondern durch ein gefährlich verändertes chemisches Gleichgewicht auch den Körper als Ganzes. Bei zu starker Verjüngung besteht die Gefahr eines so starken Verschleißes der Muskeln und einer solchen Schwächung der Knochen, daß während des kurz- und langfristigen Fluchtversuches ernste Behinderungen in ihrer Benutzung auftreten können.

Mr. Eins näherte sich mit den Holzkeilen, die er Horza in den Mund stemmen wollte. Zwei der größeren Fresser hatten sich vor der Menge aufgestellt und traten ein Stück vor, bereit, Mr. Eins zu assistieren. Fwi-Song faßte mit der Hand hinter sich. Die Frauen verließen die brodelnden Kessel.

»Öffne den Mund weit, Fremder!« befahl Mr. Eins und streckte die Hände mit den beiden Holzklötzen aus. »Oder sollen wir eine Brechstange benutzen?« Mr. Eins lächelte.

Horza strengte die Armmuskeln an. Sein Oberarm bewegte sich. Mr. Eins sah es und hielt einen Augenblick lang inne. Eine von Horzas Händen riß sich los. Sie schoß herum, die Finger zu Klauen gekrümmt, bereit, Mr. Eins das Gesicht aufzukratzen. Der hellhäutige Mann wich zurück, doch nicht schnell genug.

Horzas Finger faßten Mr. Eins' Wickelgewand und Jacke, die von seinem sich duckenden Körper nach vorn flatterten. Horza, der sich bereits so weit von dem Pfahl wegreckte, wie er konnte, fühlte seine Nägel zwei Schichten Stoff zerreißen, ohne Kontakt mit dem Fleisch darunter zu bekommen. Mr. Eins taumelte rückwärts, stieß mit einer der Frauen zusammen, die

die Schüsseln mit stinkendem Brei trugen, und schlug ihr das Gefäß aus den Händen. Horzas Arm vollendete seinen Schwung, gerade als die beiden Fresser, die ein Stück vor der Menge standen, herbeieilten und den Wandler am Kopf und am Arm packten.

»Sakrileg!« kreischte Fwi-Song. Mr. Eins' Augen wanderten zu der Frau, die er angerempelt hatte, zum Feuer, zu dem Propheten, dann mit wütendem Ausdruck zurück zu dem Wandler. Er hob einen Arm und musterte die Risse in Robe und Jacke. »Das Schmutzgeschenk entheiligt unseren Ornat!« brüllte Fwi-Song. Die beiden Fresser rissen Horzas Arm dahin zurück, wo er gewesen war, und drückten seinen Kopf gegen den Pfahl. Mr. Eins trat auf Horza zu, holte die Pistole unter seiner Jacke hervor und faßte sie am Lauf wie eine Keule. »Mr. Eins!« fuhr Fwi-Song den hellhäutigen Mann an, und der blieb wie angewurzelt stehen. »Tritt zurück! Streckt diesen Arm aus; wir werden zeigen dem ungezogenen Jungen, wie wir verfahren mit seiner Sorte!«

Horzas freier Arm wurde vor seinem Körper ausgestreckt. Einer der Fresser, die ihn festhielten, hakte ein Bein um den Pfahl und sorgte so verankert dafür, daß Horzas andere Hand blieb, wo sie war. Fwi-Song hatte ein Gebiß mit schimmernden Stahlzähnen im Mund. Es waren die mit den Löchern. Er maß den Wandler mit finsteren Blicken. Mr. Eins trat zurück, immer noch die Projektil-Pistole in der Hand. Der Prophet nickte zwei anderen Fressern in der Menge zu. Sie ergriffen Horzas Hand, spreizten die Finger und banden sie mit dem Handgelenk an eine Stange. Horza spürte, daß er am ganzen Körper zitterte. Er schnitt jedes Gefühl in dieser Hand ab.

»Ungezogenes, ungezogenes Geschenk von der See!« sagte Fwi-Song. Er beugte sich vor, begrub Horzas Zeigefinger in seinem Mund, schloß die Abstreifzähne darüber, schlug sie ins Fleisch und zog den Kopf schnell zurück.

Der Prophet kaute und schluckte, beobachtete dabei das Gesicht des Wandlers und runzelte die Stirn. »Gar nicht schehr schmackhaft, Gabe ausch den Meeresch-strömen!« Der Prophet leckte sich die Lippen. Horza sah über die Fresser, die ihn festhielten, auf die über die Stange ausgestreckte Hand. Von ihrem einen Finger war das Fleisch abgestreift, die Knochen hingen schlaff hernieder, Blut tropfte von der dünnen Spitze.

Hinter dieser Hand saß Fwi-Song stirnrunzelnd auf seiner Trage. Mr. Eins stand neben ihm, fixierte Horza immer noch mit finsteren Blicken und hielt die Pistole am Lauf. Als Fwi-Song weiterhin schwieg, sah Mr. Eins den Propheten verwundert an. Fwi-Song nahm die Abstreifzähne mit einiger Mühe aus dem Mund und legte sie zu den anderen Gebissen auf ihren Lappen. Er fuhr sich mit der einen dicken Hand an die Kehle, mit der anderen an die gewaltige Hemisphäre seines Bauchs. Mr. Eins' Blick wanderte zu Horza zurück, der sein Bestes tat, um zu lächeln. Der Wandler öffnete seine Zahndrüsen und saugte Gift heraus.

»Mr. Eins …« begann Fwi-Song, dann nahm er die Hand vom Bauch und streckte sie dem anderen entgegen. Mr. Eins war sich offenbar nicht sicher, was von ihm erwartet wurde. Er wechselte die Pistole von rechts nach links und ergriff die ihm dargebotene Hand des Propheten mit seiner nun freien. »Ich glaube, ich … ich …« sagte Fwi-Song. Seine Augen erweiterten sich von Schlitzen zu schmalen Ovalen. Horza bemerkte, daß sein Gesicht schon die Farbe wechselte. *Gleich kommt die Stimme dran, wenn die Stimmbänder reagieren.* »Hilf mir, Mr. Eins!« Fwi-Song umklammerte einen Klumpen Fett an seiner Kehle, als wolle er einen zu eng gebundenen Schal lockern. Er steckte die Finger in den Mund, den Hals hinunter. Aber Horza wußte, das nutzte nichts mehr; die Magenmuskeln des Propheten waren bereits gelähmt – er konnte das Gift nicht mehr erbrechen. Fwi-Songs Augen waren jetzt weit aufgerissen und schimmerten weiß. Sein Gesicht wurde graublau. Mr. Eins glotzte den Propheten an und hielt immer noch seine goldene Pranke, in der seine eigene Hand ganz begraben war. »Hi-il-fe!« quiekte der Prophet. Dann kam nichts mehr als erstickte Laute. Die weißen Augen traten aus ihren Höhlen, der riesige Körper bebte, der Kuppelkopf wurde blau.

Irgendwer in der Menge fing an zu schreien. Mr. Eins sah Horza an und hob die große Pistole. Horza sammelte seine Kräfte und spuckte dann so kräftig wie möglich aus.

Der Speichel platschte Mr. Eins ins Gesicht und bildete vom Mund zu dem einen Ohr einen Halbmond, der das eine Auge einschloß. Mr. Eins taumelte zurück. Horza atmete ein und saugte weiteres Gift. Dann spuckte und blies er gleichzeitig und traf Mr. Eins' Augen mit einer zweiten Speichelladung. Mr. Eins fuhr sich mit der Linken ans Gesicht und ließ die Pistole fallen. Seine andere Hand hing immer noch in Fwi-Songs Griff, während der fette Prophet zitterte und bebte, die Augen weit aufgerissen hatte, aber nichts sah. Die Männer, die Horza festhielten, schwankten; er spürte es in ihnen. Jetzt schrien weitere Leute in der Menge. Horza gab seinem Körper einen Ruck, fauchte und spuckte diesmal einen der Männer an, die die Stange hielten, an die seine Hand gebunden war. Der Mann stieß einen schrillen Schrei aus und taumelte zurück. Die anderen ließen ihn oder die Stange los und rannten davon. Fwi-Song wurde vom Hals abwärts blau. Er zitterte immer noch und umklammerte seine Kehle mit der einen Hand, Mr. Eins mit der anderen. Mr. Eins lag auf den Knien, hielt den Kopf gesenkt und versuchte stöhnend, den Speichel aus seinem Gesicht zu wischen und das unerträgliche Brennen in seinen Augen zu beseitigen.

Horza hielt schnell Umschau. Die Fresser beobachteten entweder ihren Propheten und seinen Oberjünger oder ihn, aber sie trafen keine Anstalten, jenen zu helfen oder ihn aufzuhalten. Nicht alle riefen oder schrien. Einige psalmodierten weiter, schnell und ängstlich, als könne das, was sie sagten, das schreckliche Geschehen verhindern. Doch nach und nach zogen sie sich zurück, entfernten sich sowohl von dem Propheten und Mr. Eins als auch von dem Wandler. Horza riß und zerrte an seiner Hand, die an die Stange gebunden war. Langsam kam sie frei.

»Aah!« Mr. Eins hob plötzlich den Kopf, eine Hand auf ein Auge gedrückt, und schrie, was die Lungen hergeben wollten. Seine andere Hand, die immer noch in der des Propheten lag, zuckte in dem Versuch, sich zu befreien. Doch Fwi-Song, so sehr er zitterte und glotzte und blau wurde, hielt ihn fest. Horzas Hand löste sich. Er zog an den Fesseln in seinem Rücken und mühte sich mit der verkrüppelten freien Hand ab, die Knoten zu lösen. Die Fresser stöhnten jetzt, einige sangen immer noch, aber sie entfernten sich. Horza brüllte teils sie, teils die hartnäckigen Knoten hinter sich an. Mehrere Leute rannten. Eine der Frauen, die den Lumpen-Ornat trugen, schleuderte kreischend ihre Schleimschüssel auf Horza, verfehlte ihn und sank schluchzend in den Sand nieder.

Horza spürte, daß die Stricke hinter ihm nachgaben. Er bekam den anderen Arm frei, dann den einen Fuß. Zitterig stand er auf, sah Fwi-Song gurgeln und würgen, während Mr. Eins heulte, mit dem Kopf hierhin und dahin ruckte und seine umklammerte Hand wie in einer monströsen Travestie eines Händeschüttelns schwang. Die Fresser rannten zu den Kanus oder der

Fähre oder warfen sich in den Sand. Horza hatte sich endlich befreit und stolperte auf das schwer aus dem Gleichgewicht geratene Duo von Männern zu, das durch Handschluß verbunden war. Er warf sich auf die Knie und ergriff die in den Sand gefallene Pistole. Als er aufstand, gab Fwi-Song, als könne er Horza plötzlich wieder sehen, ein paar letzte gurgelnde, würgende Geräusche von sich und kippte langsam auf die Seite hinüber, an der Mr. Eins riß und zerrte. Mr. Eins sank von neuem in die Knie. Er schrie immer noch, denn das Gift verätzte die Schleimhaut seiner Augen und griff die darunterliegenden Nerven an. Arm und Hand des umsinkenden Fwi-Song wurden schlaff. Mr. Eins sah nach oben und in die Runde, gerade noch rechtzeitig, um in seinen Schmerzen zu erkennen, daß der riesige Leib des Propheten auf ihn niedersank. Einmal im Einatmen aufheulend, riß er seine Hand endlich aus dem jetzt blauen Klumpen dicker Finger los. Er versuchte auf die Füße zu kommen, aber Fwi-Song polterte von seiner Trage und schlug ihn in den Sand. Bevor Mr. Eins einen weiteren Laut von sich geben konnte, war der gewaltige Prophet über seinen Jünger gefallen und hatte ihn vom Kopf bis zum Hinterteil flach in den Sand gebügelt.

Fwi-Songs Augen schlossen sich langsam. Die Hand, die an seiner Kehle gelegen hatte, hopste über den Sand und über den Rand des Feuers, wo sie zu brutzeln begann.

Mr. Eins' Beine trommelten auf den Sand. Jetzt flohen auch die letzten Fresser, ließen Zelte und Feuer im Stich und rannten zu den Kanus oder zu der Fähre oder in den Wald. Dann wurden die beiden dürren Beine, die unter dem Wanst des Propheten hervorsahen, von Krämpfen befallen, und nach einer Weile hörten sie ganz auf, sich zu bewegen. All ihr Zappeln hatte es nicht geschafft, Fwi-Songs riesigen Körper auch nur um einen Zentimeter zu verschieben.

Horza blies etwas Sand von der klobigen Pistole und stellte sich luvwärts von dem Gestank der im Feuer brennenden Hand des Propheten. Er überprüfte die Pistole, er sah sich den leeren Strand um die Feuer und die Zelte an. Die Kanus wurden ins Wasser geschoben. Fresser drängten sich in das Kultur-Shuttle.

Horza streckte seine schmerzenden Glieder, betrachtete den bloßen Knochen seines Fingers, steckte die Pistole in eine Achselhöhle, legte die unversehrte Hand um die Fingerknochen, zog und drehte. Die nutzlosen Knochen schnappten aus ihren Pfannen, und er warf sie ins Feuer.

Schmerzen sind ja nicht real, sagte er zitterig zu sich selbst und lief in langsamem Trott auf das Kultur-Shuttle zu.

Die Fresser in der Fähre sahen ihn in ihre Richtung laufen und fingen wieder an zu schreien. Sie drängten heraus. Einige rannten den Strand hinunter, um den fliehenden Kanus nachzuwaten, andere verstreuten sich im Wald. Horza mäßigte sein Tempo, um sie entkommen zu lassen. Vor den offenen Türen des Kultur-Fahrzeugs angekommen, spähte er vorsichtig hinein. Eine kurze Rampe führte zu Sitzen, Lichter brannten, und hinten war ein Schott zu sehen. Horza holte tief Atem und stieg die sanftgeneigte Rampe hoch, hinein in die Fähre.

»Hallo«, grüßte ihn eine primitiv synthetisierte Stimme. Horza sah sich um. Die Fähre war abgenutzt und alt. Sie stammte aus der Kultur, dessen war er sich so gut wie sicher, aber sie war nicht so sauber und brandneu, wie die Kultur meinte, daß ihre Erzeugnisse auszusehen hätten. »Warum hatten diese Leute solche Angst vor dir?«

Horza sah immer noch von einem Punkt zum anderen und fragte sich, was er wo anzureden habe.

»Ich bin mir nicht sicher.« Horza zuckte die Achseln. Er war nackt und hielt immer noch die Pistole in der Hand. An dem einen Finger hingen nur ein paar Fetzen Fleisch, doch die Blutung hatte schnell aufgehört. Er wirkte bestimmt ganz wie eine bedrohliche Gestalt, aber konnte die Fähre das beurteilen? »Wo bist du? Was bist du?« Er hatte sich entschieden, Unwissenheit vorzutäuschen. Nun sah er sich in sehr auffälliger Weise um und machte eine Show daraus, durch eine Tür in einem Schott einen Blick nach vorn auf ein Kontrolldeck zu werfen.

»Ich bin die Fähre. Ihr Gehirn. Wie geht es dir?«

»Gut«, antwortete Horza, »ausgezeichnet. Und dir?«

»Sehr gut in Anbetracht der Umstände, danke. Ich habe mich überhaupt nicht gelangweilt, aber es ist hübsch, endlich jemanden zur Unterhaltung zu haben. Du sprichst sehr gut Marain; wo hast du es gelernt?«

»Äh … ich habe einen Kursus darin genommen«, sagte Horza. Er studierte weiter das Innere der Fähre. »Hör mal, ich weiß nicht, wohin ich sehen soll, wenn ich mit dir rede. Wohin soll ich sehen, hm?«

»Haha«, lachte die Fähre. »Ich denke, du siehst am besten hierher, nach vorn in Richtung Schott.« Horza tat es. »Siehst du das kleine runde Ding genau in der Mitte, dicht unter der Decke? Das ist eins meiner Augen.«

»Oh.« Horza winkte und lächelte. »Hi. Mein Name ist … Orab.«

»Hallo, Orab. Ich werde Tsealsir genannt. Das ist eigentlich nur ein Teil meiner namentlichen Kennzeichnung, aber du darfst mich so anreden. Was war da draußen los? Ich habe die Leute, die ich hier retten sollte, nicht beobachtet. Man hatte mir gesagt, ich solle es nicht tun, damit ich mich nicht aufrege, aber ich habe Leute schreien gehört, als sie näherkamen, und anscheinend hatten sie Angst, als sie drinnen waren. Dann sahen sie dich und liefen fort. Was hast du da in der Hand? Ist es eine Waffe? Dann muß ich dich bitten, sie der Sicherheit wegen wegzulegen. Ich bin hier, um Leute zu retten, die gerettet werden wollen, wenn das Orbital zerstört wird, und wir dürfen keine gefährlichen Waffen an Bord haben, denn sonst könnte ja jemand verletzt werden, nicht wahr? Ist dieser Finger verletzt? Ich habe eine sehr gute medizinische Ausrüstung an Bord. Möchtest du Gebrauch davon machen, Orab?«

»Ja, das ist eine gute Idee.«

»Fein. Sie ist auf der inneren Seite des Durchgangs zu meinem vorderen Abteil links.«

Horza ging an den Reihen der Sitze entlang in Richtung des Bugs der Fähre. Trotz ihres Alters roch das Shuttle nach … – er war sich nicht ganz sicher. Nach all den synthetischen Stoffen, aus denen sie gemacht war, vermutete er. Im Vergleich zu den natürlichen, aber grauenhaften Gerüchen des letzten Tages fand Horza die Fähre sehr viel angenehmer, auch wenn sie von der Kultur kam und deshalb zum Feind gehörte. Er berührte die Pistole, als tue er etwas damit.

»Ich habe nur den Sicherungsflügel umgelegt«, erzählte er dem Auge an der Decke. »Möchte nicht, daß sie losgeht, aber die Leute da draußen hatten versucht, mich umzubringen, und ich fühle mich sicherer, wenn ich die Waffe in der Hand halte. Weißt du, was ich meine?«

»Nun, nicht genau, Orab«, antwortete die Fähre, »aber ich denke, ich verstehe. Du mußt mir die Waffe nur geben, bevor wir starten.«

»Oh, natürlich. Sobald du diese Hecktüren geschlossen hast.« Horza war jetzt in dem Durchgang zwischen dem Hauptabteil und dem kleineren Kontrollabschnitt.

Es war ein sehr kurzer Korridor, nicht einmal zwei Meter lang, und auf beiden Seiten standen die Türen zu den Abteilen offen. Horza sah sich schnell um, konnte jedoch kein weiteres Auge entdecken. Er entdeckte eine große offene Klappe etwa in Hüfthöhe, die eine gut ausgestattete medizinische Ausrüstung enthielt.

»Ja, Orab, wenn ich könnte, würde ich die Türen schließen, damit du dich ein bißchen sicherer fühlst, aber, weißt du, ich bin hier, um Leute zu retten, die gerettet werden wollen, wenn das Orbital zerstört wird, und ich kann diese Türen erst kurz vor dem Start schließen, damit jeder, der will, an Bord kommen kann. Zwar verstehe ich nicht recht, warum nicht jeder gerettet werden will, aber man hat mir geraten, mir keine Sorgen zu machen, wenn einige Leute zurückbleiben. Ich muß schon sagen, das wäre doch ziemlich töricht, nicht wahr, Orab?«

Horza stöberte in der medizinischen Ausrüstung herum, betrachtete aber über sie hinweg die Umrisse anderer Türen in der Wand des kurzen Korridors. Er sagte: »Hmm? O ja, das wäre töricht. Wann soll das Ding übrigens gesprengt werden?« Er steckte den Kopf um die Ecke in das Kontrollabteil oder Flugdeck und blickte zu einem zweiten Auge hoch, das die gleiche Position wie das Auge im Hauptabteil hatte, aber von der anderen Seite der dicken Wand zwischen ihnen beiden nach vorn blickte. Horza grinste, winkte kurz und zog den Kopf wieder zurück.

»Hi«, lachte die Fähre. »Nun, Orab, leider muß ich sagen, daß wir gezwungen sein werden, das Orbital in dreiundvierzig Standardstunden zu zerstören. Es sei denn, natürlich, die Idiraner nehmen Vernunft an und nehmen ihre Drohung, Vavatch als Kriegsbasis zu benutzen, zurück.«

»Oh«, sagte Horza. Er betrachtete einen der Türumrisse über der geöffneten Tür, aus der die medizinische Ausrüstung hervorragte. Soweit er es beurteilen konnte, befanden sich diese beiden Augen Rücken an Rücken und waren durch die dicke Wand zwischen den beiden Abteilen getrennt. Falls es keinen Spiegel gab, den er nicht sehen konnte, war er für die Fähre unsichtbar, solange er in dem kurzen Korridor blieb.

Er blickte zurück, durch die offenen Hecktüren ins Freie. Die einzige Bewegung kam von den Wipfeln einiger ferner Bäume und dem Rauch der Feuer. Er überprüfte die Pistole. Die Projektile waren anscheinend in einer Art Magazin verborgen, aber eine kleine kreisförmige Anzeige mit einer weisenden Hand gab an, daß entweder noch eine Kugel übrig oder eine von zwölfen abgeschossen worden war.

»Ja«, sagte die Fähre, »es ist natürlich sehr traurig, aber ich denke, so etwas muß in Kriegszeiten nun einmal sein. Nicht daß ich behaupten möchte, das alles zu verstehen. Ich bin schließlich nur eine bescheidene Fähre. Ursprünglich bin ich als Geschenk auf eins der Megaschiffe gekommen, weil ich für die Kultur zu altmodisch und primitiv war, weißt du. Ich denke, man hätte mich nachrüsten können, aber das hat man nicht getan, man hat mich einfach verschenkt. Wie dem auch sei, jetzt braucht man mich, wie ich glücklich bin, sagen zu dürfen. Wir haben eine große Aufgabe zu bewältigen, weißt du, wenn wir jeden, der Vavatch verlassen möchte, von hier wegbringen wollen. Mir wird es leid tun, das Orbital zerstört zu sehen; ich habe hier glückliche Zeiten erlebt, das kannst du mir glauben … Aber so geht es nun einmal, denke ich. Was macht übrigens dein Finger? Möchtest du, daß ich einen Blick darauf werfe? Bring die medizinischen Geräte in eins der beiden Abteile, damit ich ihn mir ansehen kann. Ich bin vielleicht imstande, dir zu helfen, weißt du. Oh!

Berührst du eins der anderen Fächer in diesem Korridor?«

Horza versuchte, die Tür, die der Decke am nächsten war, mit Hilfe des Pistolenlaufs aufzustemmen. »Nein«, sagte er, emsig weiterarbeitend. »Ich komme ihnen nicht einmal in die Nähe.«

»Das ist merkwürdig. Ich bin sicher, daß ich etwas fühle. Bist du sicher?«

»Natürlich bin ich sicher.« Horza verstärkte die Hebelwirkung der Pistole mit seinem ganzen Gewicht. Die Tür gab nach, enthüllte Rohre, Glasfaserkabel, Metallflaschen und verschiedene andere nicht zu identifizierende Bestandteile der Maschinerie, elektrische, optische und Feldeinheiten.

»Autsch!« sagte die Fähre.

»He!« rief Horza. »Es ist einfach aufgeknallt! Da brennt irgend etwas!« Er hob die Pistole mit beiden Händen, zielte sorgfältig. Ungefähr dort.

»Feuer!« jaulte die Fähre auf. »Aber das ist nicht möglich!«

»Meinst du, ich erkenne *Rauch* nicht, wenn ich ihn sehe, du gottverdammte verrückte Maschine?« brüllte Horza. Er drückte den Abzug.

Die Pistole ging los, schleuderte seine Hände nach oben und ihn zurück. Die lauten Ausrufe der Fähre gingen unter in dem Krachen, mit dem die Kugel innen einschlug und explodierte. Horza bedeckte das Gesicht mit den Armen.

»Ich bin blind!« jammerte die Fähre. Jetzt wallte tatsächlich Rauch aus dem Fach, das Horza geöffnet hatte. Er taumelte in das Kontrollabteil.

»Hier drin brennt es auch!« rief er. »Überall kommt Rauch heraus!«

»Was? Aber das kann gar nicht …«

»Du brennst! Ich verstehe nicht, daß du es nicht fühlst oder riechst! Du stehst in Flammen!«

»Ich traue dir nicht!« kreischte die Maschine. »Leg diese Waffe weg, oder …«

»Du mußt mir vertrauen!« Horza sah sich im ganzen Kontrollabteil nach der Stelle um, wo das Gehirn der Fähre untergebracht war. Hier gab es Schirme und Sitze, Anzeigen und sogar ein Paneel, hinter dem manuelle Kontrollen versteckt sein mochten, aber keinen Hinweis auf das Gehirn. »Überall kommt Rauch heraus!« wiederholte er und bemühte sich, seiner Stimme einen hysterischen Ton zu geben.

»Hier! Hier ist ein Feuerlöscher! Ich stelle meinen an!« schrie die Maschine. Eine Wandeinheit drehte sich herum, und Horza ergriff den dicken Zylinder, der an der Innenseite der Klappe angebracht war. Er krümmte die vier unverletzten Finger seiner verstümmelten Hand um den Pistolengriff. Ein zischendes Geräusch und ein leichter Dampf erschienen an verschiedenen Stellen des Abteils.

»Es geschieht nichts!« schrie Horza. »Hier sind Mengen von schwarzem Qualm und – Krrrch!« – er tat, als hustete er – »… Krrrch! Er wird dichter!«

»Woher kommt er? Schnell!«

»Von überall!« Verzweifelt suchte Horza mit seinen Blicken das ganze Kontrollgebiet ab. »Aus der Nähe deines Auges … unter den Sitzen, über den Schirmen, unter den Schirmen … ich sehe nichts mehr …!«

»Mach weiter! Jetzt rieche ich auch Rauch!«

Horza sah den dünnen grauen Rauchschleier, der von seinem Schuß in dem kurzen Korridor in das Kontrollgebiet einsickerte. »Er kommt von allen diesen Stellen und von diesen Informationsschirmen zu beiden Seiten der hinteren Sitze und … von direkt oberhalb der Sitze, aus der Seitenwand, wo das Stückchen hervorsteht …«

»Was?« rief das Fährengehirn entsetzt. »Links in der Richtung nach vorn?«

»Ja!«

»Lösch da zuerst!« kreischte die Fähre.

Horza ließ den Feuerlöscher fallen, nahm die Pistole wieder in beide Hände, zielte auf die Ausbuchtung in der Wand über dem Sitz links. Er drückte den Auslöser, einmal, zweimal, dreimal. Die Pistole ging los und erschütterte seinen ganzen Körper. Funken und Trümmer flogen aus den Löchern, die die Kugeln in das Gehäuse der Maschine schmetterten.

»IIliii …« sagte die Fähre. Dann herrschte Schweigen.

Ein wenig Rauch erhob sich von der Ausbuchtung und vereinigte sich mit dem, der aus dem Korridor eindrang, um eine dünne Schicht unter der Decke zu bilden. Horza ließ die Pistole langsam sinken, sah sich um und lauschte.

»Das wär's dann wohl«, sagte er.

*

Er benutzte den Handfeuerlöscher, um die kleinen Brände in der Korridorwand und da, wo das Gehirn der Fähre gewesen war, zu löschen. Dann ging er hinaus in das Passagierabteil und setzte sich an die offenen Türen, bis sich Rauch und Dämpfe verzogen hatten. Auf dem Strand und im Wald war kein einziger Fresser zu entdecken, und auch die Kanus waren außer Sicht. Er suchte nach Türkontrollen und fand sie. Die Türen schlossen sich zischend, und Horza grinste.

Zurück im Kontrollabteil, drückte er Knöpfe und öffnete Paneele, bis er die Schirme zum Leben erweckt hatte. Sie gingen alle plötzlich an, als er mit den Knöpfen auf der Armlehne eines der couchähnlichen Sitze herumspielte. Das Brandungsgeräusch im Flugdeck brachte ihn auf den Gedanken, die Türen hätten sich wieder geöffnet, aber es waren nur die Außenmikrophone, die es von draußen hereinleiteten. Auf den Schirmen erschienen Zahlen und Wörter. Klappen öffneten sich vor den Sitzen. Kontrollräder und -hebel glitten reibungslos hervor und arretierten sich, nur darauf wartend, daß sie ergriffen und benutzt wurden. Glücklicher, als er seit vielen Tagen gewesen war, machte sich Horza auf eine schließlich erfolgreiche, aber längere und zermürbendere Suche nach Nahrungsmitteln. Er hatte großen Hunger.

*

Ein paar kleine Insekten liefen in ordentlichen Reihen über den riesigen Körper, der auf dem Sand zusammengebrochen war. Seine eine Hand lag, verkohlt und schwarz, in den ersterbenden Flammen eines Feuers.

Die kleinen Insekten fingen damit an, daß sie die tiefliegenden Augen fraßen, die offenstanden. Sie merkten gar nichts davon, daß die Fähre sich wackelig in die Luft erhob, Geschwindigkeit gewann, ohne jede Eleganz über dem Berg wendete und dann durch die Luft des frühen Abends davondonnerte, weg von der Insel.

Zwischenspiel in Dunkelheit

Das Gehirn illustrierte seine Speicherkapazität mit einem Bild. Es stellte sich gern vor, daß der Inhalt seines Gedächtnisses auf Karteikarten geschrieben stehe, kleinen Papierstreifen mit winziger Schrift darauf, groß genug, daß ein Mensch sie hätte lesen können. Wenn die Buchstaben zwei Millimeter hoch waren und das Papier eine Größe von ungefähr zehn Quadratzentimetern hatte und auf beiden Seiten beschrieben war, dann konnten auf jede Karte zehntausend Buchstaben gequetscht werden. In eine Schublade von einem Meter Länge würden vielleicht tausend Karten hineingehen – zehn Millionen Informationsstücke. In einer Kammer von ein paar Quadratmetern, in der Mitte mit einem Gang, der gerade breit genug war, daß man eine Schublade in ihn hinausziehen konnte, ließen sich tausend Schubladen in dichtstehenden Aktenschränken unterbringen. Das waren insgesamt zehn Milliarden Buchstaben.

Ein Quadratkilometer dieser vollgestopften Zellen konnte einhunderttausend Räume enthalten, tausend solcher Stockwerke würden sich zu einem Gebäude zusammenfügen, das zweitausend Meter hoch war und hundert Millionen Kammern besaß. Wenn man lauter viereckige Türme baute, immer einen an den anderen, bis sie die Oberfläche einer größeren Standard-G-Welt vollständig bedeckten – vielleicht eine Milliarde Quadratkilometer –, hätte man einen Planeten mit einer Trillion Quadratkilometer Fußbodenfläche, einhundert Quadrillionen mit Papier gefüllter Kammern, dreißig Lichtjahre an Korridoren und eine Zahl potentiell gespeicherter Buchstaben, die groß genug war, um so gut wie jeden Verstand zu überwältigen.

Im Dezimalsystem wäre diese Zahl eine 1, gefolgt von siebenundzwanzig Nullen, und sogar diese hohe Zahl war nur ein Bruchteil der Kapazität des Gehirns. Ihr hätten erst tausend solcher Welten entsprochen, ganze Planetensysteme, ein Sternhaufen mit Informationen vollgepackter Globen … und diese große Kapazität befand sich physisch in einem Raum, der kleiner war als eine einzige dieser Kammern, innerhalb des Gehirns …

*

Das Gehirn wartete in der Dunkelheit.

Es hatte bis jetzt gezählt, wie lange es wartete. Es hatte versucht, zu schätzen, wie lange es noch würde warten müssen. Es wußte bis auf den kleinsten vorstellbaren Sekundenbruchteil genau, wie lange es in den Tunneln des Kommando-Systems gewesen war, und es dachte über diese Zahl öfter nach, als notwendig war, beobachtete, wie sie in ihm wuchs. Es war eine Art von Versicherung, vermutete es, ein kleiner Fetisch, etwas, an das man sich halten konnte.

Es hatte die Tunnel des Kommando-Systems erkundet. Es war schwach, beschädigt, fast völlig hilflos, aber es war der Mühe wert gewesen, sich in dem irrgartenähnlichen Komplex aus Tunneln und Höhlen umzusehen, schon weil es sich gern von der Tatsache ablenkte, daß es als Flüchtling hier weilte. Zu Stellen, die es selbst nicht erreichen konnte, schickte es seinen einzigen noch übrigen ferngesteuerten Roboter, um zu sehen, was es dort zu sehen gab.

Und das alles war gleichzeitig langweilig und furchtbar deprimierend. Das technische Niveau der Erbauer des Kommando-Systems war sehr niedrig gewesen; die Anlagen funktionierten entweder mechanisch oder elektronisch. Getriebe und Räder, elektrische Drähte, Supraleiter und Glasfasern; wirklich sehr primitiv, dachte das Gehirn, und nichts, was möglicherweise sein Interesse hätte erregen können. Ein Blick durch eine der Maschinen im Tunnel genügte, um sie alle genau zu kennen – aus welchem Material sie bestanden, wie sie hergestellt worden waren, sogar welchem Zweck sie gedient hatten. Da gab es kein Geheimnis, nichts, um sich damit zu beschäftigen.

Auch daß all dem die Exaktheit fehlte, fand das Gehirn beinahe beängstigend. Es betrachtete beispielsweise ein sorgfältig bearbeitetes Stück Metall oder ein fein geformtes Plastikteil und wußte, daß diese Dinge für die Leute oder die Augen der Leute, die das Kommando-System erbaut hatten, exakt und präzise aussahen, konstruiert innerhalb geringer Toleranzwerte mit haargenau geraden Linien, perfekten Ecken, glatten Oberflächen, makellosen rechten Winkeln ... und so weiter. Aber das Gehirn erkannte selbst mit seinen beschädigten Sensoren die rauhen Kanten, die Primitivität der zusammengefügten Teile und Komponenten. Sie waren seinerzeit für jene Leute gut genug gewesen, und zweifellos hatten sie das wichtigste Kriterium von allen erfüllt; sie hatten funktioniert ...

Trotzdem waren sie plump, roh, unvollkommen entworfen und hergestellt. Aus irgendeinem Grund fand das Gehirn das besorgniserregend.

Und es würde diese antiken, primitiven, abgenutzten technischen Einrichtungen *benutzen* müssen. Es würde sich mit ihnen *verbinden* müssen.

Es hatte die Sache nach bestem Vermögen durchdacht und sich entschlossen, Pläne für den Fall vorzubereiten, daß es den Idiranern gelang, jemanden durch die Stille Barriere zu schleusen, der es entdecken könnte.

Dann würde es sich bewaffnen und sich ein Versteck schaffen. Beides hatte eine Beschädigung des Kommando-Systems zur Folge. Deshalb wollte es erst damit beginnen, wenn es definitiv bedroht wurde. War es soweit, würde es gezwungen sein, das Mißvergnügen des Dra'Azon zu riskieren.

Aber vielleicht kam es gar nicht dazu. Das Gehirn hoffte, es werde nicht dazu kommen. Das Schmieden von Plänen und das Ausführen von Plänen war zweierlei. Die Wahrscheinlichkeit war gering, daß ihm viel Zeit bleiben würde, sich zu verstecken oder sich zu bewaffnen. Beide Pläne würden vielleicht durch Improvisationen ergänzt werden müssen, besonders da es nur über einen einzigen ferngelenkten Roboter und seine eigenen schlimm verkrüppelten Felder verfügte, um die Einrichtungen des Systems zu manipulieren.

Das war besser als nichts. Es war immer noch besser, Probleme zu haben, als daß der Tod sie alle auslöschte …

Doch da war ein weiteres Problem, das nicht sofort gelöst werden mußte, ihm aber eigentlich mehr Sorge bereitete. Es ließ sich mit der Frage umschreiben: Wer bin ich?

Seine höheren Funktionen waren gezwungen gewesen, sich abzuschalten, als es vom vier- in den dreidimensionalen Raum überwechselte. Die Informationen des Gehirns waren in binärer Form gespeichert, in Spiralen, die aus Protonen und Neutronen bestanden. Und Neutronen zerfallen, sowohl außerhalb eines Kerns als auch außerhalb des Hyperraums (in Protonen, haha; ohne geeignete Gegenmaßnahmen hätte der Großteil seines Gedächtnisses gar nicht lange, nachdem es in das Kommando-System eingedrungen war, aus der ungeheuer informativen Botschaft ›0000000 …‹ bestanden). Deshalb hatte es sein Primärgedächtnis und seine kognitiven Funktionen zweckmäßigerweise eingefroren, sie in Felder gehüllt, die sowohl ihren Zerfall als auch ihre Benutzung unmöglich machten. An ihrer Stelle arbeitete es mit Backup-Pikoschaltungen im Realraum und benutzte Realraum-Licht, um damit zu denken (wie demütigend).

Es hatte zwar theoretisch immer noch Zugang zu all den gespeicherten Informationen (obwohl der Prozeß so kompliziert und so *langsam* war), und deshalb war dort nicht alles verloren … Aber das Denken, das *Es-selbst-sein* war eine völlig andere Sache. Es war nicht wirklich es selbst. Es war eine schlechte, abstrahierte Kopie seiner selbst, nichts als ein Rohentwurf für die ganze labyrinthische Komplexität seiner wahren Persönlichkeit. Es war die getreueste Kopie, die es mit seinen begrenzten Möglichkeiten hatte herstellen können, und es verfügte immer noch über Bewußtsein, auch wenn man an das Bewußtsein die strengsten Maßstäbe anlegte. Doch ein Inhaltsverzeichnis ist nicht der vollständige Text, ein Stadtplan ist nicht die Stadt, eine Karte nicht das Land.

Also fragte es: *Wer bin ich?*

Nicht die Wesenheit, die es zu sein meinte, das war die Antwort, und zwar die beunruhigende Antwort. Denn es wußte, das Ich, das es jetzt war, würde niemals fähig sein, all die Dinge zu denken, die sein altes Ich gedacht haben würde. Es fühlte sich unwürdig. Es fühlte sich fehlbar und begrenzt und … stumpf.

Nein, denke positiv! Muster, Bilder, die Karteikarten-Analogie … mach die schlechte Konstruktion zu einer guten. Du mußt nur denken …

Wenn es nicht es selbst war, dann würde es nicht es selbst sein.

In seinem gegenwärtigen Zustand verhielt es sich zu seinem vorherigen wie der ferngesteuerte Roboter zu seinem jetzigen Ich (hübscher Vergleich).

Der ferngesteuerte Roboter würde mehr sein als nur

seine Augen und Ohren, wenn er auf der Planetenoberfläche, in der Basis der Wandler oder doch in ihrer Nähe, Wache hielt, mehr als nur ein Helfer bei den zweifellos hektischen Vorbereitungen zur Bewaffnung und zum Verstecken, die zu treffen waren, wenn der Roboter Alarm schlug. Und er würde weniger sein.

Denk an die angenehme Seite! Denk an die guten Dinge! War es nicht *klug* gewesen? Ja, in der Tat.

Seine Flucht von dem Ersatzteil-Kriegsschiff war, auch wenn es das selbst dachte, einfach atemberaubend, meisterhaft und brillant gewesen. Sein mutiges Warpen so tief innerhalb eines Schwerkraftschachtes hätte man in allen anderen Umständen außer dem vorliegenden Notfall als äußerste Torheit bezeichnen können, aber so oder so zeugte es von ungeheurem Geschick ... Und sein überwältigender Transfer vom Hyper- in den Realraum war nicht nur noch brillanter und noch mutiger als alles andere, was es vollbracht hatte, sondern dazu noch fast sicher der allererste Versuch auf diesem Gebiet. Nirgendwo in seinem umfangreichen Gedächtnisspeicher fand sich ein Hinweis darauf, daß so etwas schon *jemals* gemacht worden war. Es war stolz darauf.

Aber nach dem allen saß es hier gefangen, ein intellektueller Krüppel, ein philosophischer Schatten seines früheren Ichs.

Es konnte jetzt nichts anderes tun als warten und hoffen, daß, wenn jemand es suchen kam, der Jemand freundlich gesonnen war. Die Kultur mußte Bescheid wissen. Das Gehirn war sicher, daß sein Signal funktioniert hatte und irgendwo aufgefangen worden war. Aber die Idiraner wußten ebenso Bescheid. Es glaubte nicht, daß sie versuchen würden, einfach hereinzustürmen, weil auch sie es nicht für eine gute Idee halten würden, den Dra'Azon gegen sich aufzubringen. Aber was geschah, wenn die Idiraner einen Weg durch die

Stille Barriere fanden, die Kultur jedoch nicht? Was geschah, wenn die ganze Region um den Düsteren Golf mittlerweile von Idiranern besetzt war? Fiel es den Idiranern in die Hände, blieb ihm nur eins zu tun übrig. Allerdings widerstrebte es ihm nicht nur aus persönlichen Gründen, sich zu zerstören, es widerstrebte ihm überhaupt, sich in der Nähe von Schars Welt zu zerstören, der gleichen Überlegungen wegen, die die Idiraner daran hindern würden, hereinzustürmen. Aber falls es auf dem Planeten gefangengenommen wurde, mochte das der letzte Augenblick sein, in dem ihm die Selbstzerstörung möglich war. Hatten die Idiraner es erst einmal von dem Planeten weggebracht, mochten sie auch einen Weg gefunden haben, es an der Selbstzerstörung zu hindern.

Vielleicht war es überhaupt falsch gewesen, zu fliehen. Vielleicht hätte es zusammen mit dem Rest des Schiffes untergehen und sich all diese Komplikationen und Sorgen ersparen sollen. Nur war es ihm damals beinahe wie eine vom Himmel gesandte Fluchtmöglichkeit vorgekommen, sich, als es angegriffen wurde, so nahe an einem Planeten der Toten wiederzufinden. Es wollte auf jeden Fall gern weiterleben, aber selbst dann, wenn es voller Zuversicht gewesen wäre, hätte es eine Verschwendung darin gesehen, eine so große Chance wegzuwerfen.

Nun, jetzt ließ sich nichts mehr daran ändern. Es war hier, und es mußte abwarten. Abwarten und nachdenken. Alle möglichen Entscheidungen (wenige) und alle möglichen Situationen (viele) in Betracht ziehen. Diesen Gedächtnisspeicher, so gut es konnte, nach allem durchkämmen, was von Wichtigkeit, was eine Hilfe sein mochte. Zum Beispiel (und die einzige wirklich interessante Information würde eine schlechte sein) hatte es entdeckt, daß die Idiraner wahrscheinlich einen der Wandler beschäftigten, der einmal im Verwalter-Stab auf Schars Welt Dienst getan hatte. Natürlich konnte der Mann inzwischen tot oder mit einer anderen Aufgabe befaßt oder zu weit entfernt sein, oder die Information stimmte gar nicht, und die nachrichtensammelnde Sektion der Kultur hatte sich geirrt … Aber wenn nicht, dann lag es auf der Hand, daß die Idiraner diesen Mann schicken würden, um etwas zu suchen, das sich in den Tunneln des Kommando-Systems versteckte.

In das Gehirn war – auf jeder Ebene – die Überzeugung eingebaut, daß es so etwas wie schlechtes Wissen – außer in sehr relativer Bedeutung – nicht gab. Aber es wünschte doch, es hätte dieses Stückchen an Information nicht in seinem Gedächtnisspeichern gehabt. Ihm wäre es viel lieber gewesen, nichts über diesen Mann, diesen Wandler, zu wissen, der Schars Welt kannte und vermutlich für die Idiraner arbeitete. (Das Gehirn ertappte sich bei dem unsinnigen Wunsch, den *Namen* dieses Mannes zu kennen.)

Aber mit ein bißchen Glück mischte er gar nicht mit oder die Kultur gelangte zuerst hierher. Oder das Dra'Azon-Wesen erkannte ein Mit-Gehirn in Not und half ihm … oder sonst etwas.

Das Gehirn wartete in der Dunkelheit.

*

… Hunderte dieser Planeten waren leer, die hundert Millionen Türme standen dort, die kleinen Kammern, die Aktenschränke und die Schubladen und die Karten und der Platz für die Zahlen und Buchstaben waren vorhanden, aber auf keiner der Karten stand etwas geschrieben … (Manchmal gefiel es dem Gehirn, sich vorzustellen, es wandere die engen Gänge zwischen den Aktenschränken entlang, einer seiner ferngesteuerten Roboter schwebe zwischen den Karteikästen voller aufgezeichneter Erinnerungen von Zimmer zu Zimmer, von Stockwerk zu Stockwerk, Kilometer um Kilometer, über begrabenen Kontinenten von Räumen, ausgefüllten Ozeanen von Räumen, nivellierten Gebirgen, gefällten Wäldern, zugedeckten Wüsten von Räumen.) ... Diese ganzen Systeme dunkler Planeten, diese Billionen von Quadratkilometern leeren Papiers repräsentierten die Zukunft des Gehirns, die Räume, die es in seinem zukünftigen Leben füllen würde.

Falls es ein zukünftiges Leben hatte.

SIEBTER TEIL

Ein Katastrophenspiel

»›Katastrophe‹ – das überall verbotene Spiel. Heute abend, in diesem unvoreingenommenen Gebäude am Platz unter der Kuppel werden sie sich versammeln: die Spieler des Vorabends der Zerstörung ... die auserlesenste Gruppe reicher Psychoten in der menschlichen Galaxis, um sich hier an dem Spiel zu beteiligen, das sich zum wirklichen Leben verhält wie die Seifenoper zur klassischen Tragödie.

Dies ist die Doppelhafenstadt Evanauth auf dem Vavatch-Orbital, demselben Orbital, das in etwa elf Standardstunden in seine Atome aufgelöst werden wird, weil der Krieg zwischen den Idiranern und der Kultur in diesem Teil der Galaxis, rund um die Glitzerwand und den Düsteren Golf, einen neuen Höhepunkt im rücksichtslosen Verfechten der beiderseitigen Prinzipien und einen neuen Tiefpunkt im gesunden Menschenverstand erreicht. Die skatologischen Geier sind von der unmittelbar bevorstehenden Zerstörung herbeigezogen worden, nicht von den berühmten Megaschiffen oder den azurblauen technischen Wundern des Kreismeeres. Nein, diese Leute sind hier, weil das ganze Orbital dazu verurteilt ist, in Kürze gesprengt zu werden, und sie es irgendwie amüsant finden, an Orten, die am Rand der Annihilierung stehen, Katastrophe zu spielen – ein normales Kartenspiel mit einigen wenigen Verfeinerungen, die es für geistig Gestörte attraktiv machen.

Sie haben auf Welten gespielt, kurz bevor diese

schwer von Kometen oder Meteoriten getroffen wurden, in Kratern von Vulkanen, die vor dem Ausbruch standen, in Städten, die in rituellen Kriegen von Atombomben ausgelöscht werden sollten, in Asteroiden auf dem Weg zum Mittelpunkt eines Sterns, vor heranrückenden Klippen aus Eis oder Lava, innerhalb geheimnisvoller Raumfahrzeuge fremder Rassen, die man leer und verlassen aufgefunden und auf einen Kurs gesetzt hatte, der sie in ein Schwarzes Loch führen würde, in weitläufigen Palästen, denen die Plünderung durch einen Androiden-Mob bevorstand, und sonst noch überall an Orten, an denen Sie lieber *nicht* sein wollen, nachdem die Spieler ihn verlassen haben. Es mag Ihnen als eine seltsame Methode vorkommen, sich einen Nervenkitzel zu verschaffen, aber ich denke, in der Galaxis muß es auch solche Käuze geben.

Nun sind sie also angekommen, diese hyperreichen Schmarotzer, in gemieteten Schiffen oder in ihren eigenen Kreuzern. Im Augenblick werden sie langsam wieder nüchtern, unterziehen sich einer Schönheitsoperation oder einer Benimm-Therapie – oder beidem –, um sich für das akzeptabel zu machen, was auch in diesen vergeistigten Kreisen als normale Gesellschaft gilt, nachdem sie Monate mit gerade der teuren und unwahrscheinlichen Ausschweifung oder Perversion, die ihnen besonders zusagt oder zufällig gerade in Mode ist, verbracht haben. Gleichzeitig kratzen sie oder ihre Speichellecker ihre Aoish-Credits zusammen – lauter Münzen, keine Noten – und suchen Hospitale, Asyle und Gefrierhäuser nach neuem Leben ab.

Erschienen sind auch die Anhänger – die Katastrophen-Groupies, die Glückssucher, die früheren Verlierer des Spiels, die verzweifelt auf einen neuen Versuch hoffen, zu dem sie nur das Geld und die Leben zusammenbringen müssen – und die dem Katastrophenspiel eigentümliche Sorte von menschlichem Abfall: die Moties, Opfer des emotionalen Fallouts bei dem Spiel, emotional Süchtige, die nur dafür leben, die Krumen der Ekstase und der Qual aufzulecken, die von den Lippen ihrer Helden, der Spieler, fallen.

Niemand weiß genau, wie diese verschiedenen Gruppen von dem Spiel erfahren und wie sie alle rechtzeitig hier sein können, aber die Nachricht erreicht jene, die sie wirklich hören müssen oder hören wollen, und wie Ghouls versammeln sie sich, bereit für das Spiel und die Zerstörung.

Ursprünglich wurde ›Katastrophe‹ unmittelbar vor Katastrophen gespielt, weil das auch an solchen Orten, die nur von fern Teilen der zivilisierten Galaxis ähnlich sehen – von der ein Teil zu sein, ob Sie es glauben oder nicht, sich die Spieler einbilden –, allein während des Zusammenbruchs von Gesetz und Moral und in der Verwirrung und dem Chaos, die diesen Ereignissen vorausgehen, durchzuführen war. Heutzutage wird die dem Spiel folgende Nova, die Vernichtung eines Planeten oder sonst etwas in dieser Größenordnung als ein metaphysisches Symbol für die Sterblichkeit aller Dinge angesehen, und da die Leben, die bei einem Vollen Spiel mitwirken, alle Freiwillige sind, lassen viele Welten – so auch das gute, alte, vergnügungsorientierte, tolerante Vavatch – das Spiel mit dem offiziellen Segen der Behörden stattfinden. Manche sagen, das Spiel sei nicht mehr das, was es früher einmal war, es sei sogar zu so etwas wie einem Medienereignis geworden. Ich jedoch sage, es ist immer noch ein Spiel für die Wahnsinnigen und die Schlechten, die Reichen und Rücksichtslosen. Immer noch sterben Leute beim Katastrophenspiel, und nicht nur die Leben und auch nicht nur die Spieler.

Es ist das dekadenteste Spiel der Geschichte genannt worden. So ungefähr alles, was man zu seiner Verteidigung sagen kann, ist, daß es anstelle der Realität den verdrehten Verstand der abartigeren Bewohner der Galaxis beschäftigt; die Götter wissen, was sie sich einfallen ließen, wenn es das Spiel nicht gäbe. Und wenn das Spiel irgend etwas Gutes bewirkt – abgesehen davon, daß es uns, als ob wir das nötig hätten, daran erinnert, wie verrückt das zweibeinige, Sauerstoff atmende, auf Kohlenstoff aufgebaute Lebewesen werden kann –, so eliminiert es gelegentlich einen der Spieler und schüchtert den Rest für eine Weile ein. In diesen Zeiten, die man Zeiten des Wahnsinns nennen könnte, mag *jede* Verminderung von Wahnsinn etwas sein, für das wir dankbar sein müssen.

Ich werde irgendwann während des Spiels einen weiteren Bericht durchgeben, aus dem Innern des Auditoriums, wenn ich hineingelange. Vorerst sage ich: Leben Sie wohl und seien Sie vorsichtig! Es sprach zu Ihnen Sarble das Auge, Evanauth City, Vavatch.«

Das Bild auf dem Handgelenk-Schirm eines Mannes, der im Sonnenschein auf einer Plaza stand, verblaßte. Das noch junge Gesicht mit der Halbmaske verschwand.

Horza steckte seinen Terminal-Schirm wieder auf die Manschette. Die Zeitangabe blinkte langsam mit dem Countdown zu Vavatchs Zerstörung.

Sarble das Auge, einer der berühmtesten freien Reporter der humanoiden Galaxis und auch einer der erfolgreichsten darin, an Orte zu gelangen, wohin er nicht hätte gelangen dürfen, würde jetzt wahrscheinlich versuchen, in die Spielhalle einzudringen – falls er nicht bereits drinnen war. Die Sendung, die Horza sich gerade angesehen hatte, war an diesem Nachmittag aufgezeichnet worden. Zweifellos hatte Sarble sich verkleidet, und deshalb war Horza froh, daß er sich den Eintritt durch Bestechung gesichert hatte, bevor der

Bericht des Reporters ausgestrahlt wurde und die Sicherheitsleute rund um die Halle noch wachsamer wurden. Es war so schon schwer genug gewesen.

Horza, der jetzt wie Kraiklyn aussah, hatte sich als Motie ausgegeben – einen jener emotionalen Junkies, die dem regellosen, geheimnistuerischen Weg der größeren Spiele rund um den geschmackloseren Rand der Zivilisation folgten. Er mußte jedoch feststellen, daß alle bis auf die teuersten reservierten Plätze schon am Vortag ausverkauft worden waren. Die fünf Aoish-Credit-Zehntel, mit denen er diesen Morgen angefangen hatte, waren mittlerweile auf drei zusammengeschmolzen. Allerdings hatte er außerdem etwas Geld auf zwei Kreditkarten, die er gekauft hatte, eintragen lassen. Diese Währung würde natürlich im Wert sinken, je näher der Augenblick der Zerstörung rückte.

Horza holte tief und genüßlich Atem und sah sich in der großen Arena um. Er war über die Bankstufen, Schrägen und Plattformen so hoch hinaufgestiegen, wie er konnte, und hatte die Zeit vor Spielbeginn dazu benutzt, sich einen Überblick zu verschaffen.

Die Kuppel der Arena war transparent. Man konnte Sterne und den hellen Streifen sehen, der die jetzt im Tageslicht liegende andere Seite des Orbitals war. Die Lichter der landenden und startenden Shuttles – meist waren es startende – zogen Linien durch die festen Punkte. Unter der Kuppeldecke hing ein rauchiger Dunst, erhellt von den bunten Explosionen eines kleinen Feuerwerks. Das Gesumm vieler Stimmen erfüllte die Luft. Ein Chor von Skalisten hatte sich auf der anderen Seite des Auditoriums aufgestellt. Diese Humanoiden schienen in allem bis auf die Statur und die Töne, die sie mit ihren aufgeblasenen Brustkörben und langen Hälsen erzeugten, identisch zu sein. Erst meinte Horza, daß sie den ganzen Lärm erzeugten. Doch als er sich in der Arena umsah, erkannte er die schwach purpurnen Ränder in der Luft, wo andere, örtlich begrenzte Dämpferfelder kleinere Bühnen abschirmten. Dort wurde getanzt, gesungen, gestrippt, geboxt, und manchmal standen nur Leute herum, die sich unterhielten.

Ringsumher tobten die Sekundär-Phänomene des Spiels wie ein gewaltiges Unwetter. Vielleicht zehn- oder sogar zwanzigtausend Leute, die meisten humanoid, aber einige völlig anders, dazu nicht wenige Maschinen und Roboter saßen oder lagen oder gingen oder standen, sahen Zauberern, Jongleuren, Kämpfern, Opferern, Hypnotiseuren, Schauspielern, Rednern und hundert anderen Typen von Unterhaltungskünstlern zu, die alle ihr Bestes gaben. Zelte waren auf einigen der größeren Terrassen errichtet worden. Reihen von Sitzen und Couchen standen auf anderen. Viele kleine Bühnen verstrahlten Licht, Rauch und glitzernde Hologramme und Soligramme. Horza sah, wie sich ein Drei-D-Irrgarten über mehrere Terrassen ausbreitete, voll von Gängen und Winkeln, manche durchsichtig, manche undurchsichtig, manche sich bewegend, manche stillstehend. Drinnen zogen schattenhafte Gestalten vorbei.

Ein Zeitlupen-Tier-Trapezakt war oben in der Luft zu sehen. Horza kannte die Tiere, die ihn vollführten. Später würde ein Kampfakt daraus werden.

Mehrere Leute gingen an Horza vorbei, große Humanoide in fabelhaften Kleidern, glitzernd wie die bunten Lichter des Nachtlebens einer Stadt, aus der Luft gesehen. Sie unterhielten sich mit beinahe unhörbar hohen Stimmen, und von einem Netzwerk feiner goldfarbener Röhren, die ihre hellroten und dunkelpurpurnen Gesichter umrahmten, stiegen Wölkchen eines leuchtenden Gases auf, umwallten ihre halbschuppigen Hälse und nackten Schultern und zogen ihnen, allmählich verblassend, in einem feurigen orangefarbenen Glühen nach. Horza sah sie sich an. Ihre Mäntel, die hinter ihnen herflatterten, als seien sie kaum schwerer als die Luft, durch die sie sich bewegten, flackerten mit dem Bild eines nichtmenschlichen Gesichtes. Jeder Mantel zeigte den Teil eines riesigen, sich bewegenden Bildes, als werde von oben ein Projektor auf die Capes der dahinschreitenden Gruppe gerichtet. Das orangefarbene Gas berührte Horzas Nasenlöcher, und für eine Sekunde schwamm ihm der Kopf. Er ließ seine Immun-Drüsen mit dem Narkotikum fertigwerden und fuhr fort, in der Arena Umschau zu halten.

Das Auge des Sturms, der ruhige, windstille Fleck, war so klein, daß man ihn, auch wenn man das Auditorium langsam und aufmerksam mit den Blicken absuchte, leicht übersehen konnte. Er lag nicht im Mittelpunkt, sondern am einen Ende des Ellipsoids ebenen Bodens, das die niedrigste sichtbare Ebene der Arena bildete. Dort, unter einem Baldachin von noch dunklen Beleuchtungskörpern, stand ein runder Tisch, gerade groß genug, daß man ringsherum sechzehn große, verschieden gestaltete Stühle hatte aufstellen können. Jedem Stuhl war ein farbiges Segment der Tischplatte zugeteilt. In den Tisch eingelassen war für jeden Stuhl eine Konsole, auf der Gurte und andere Fesseln in geöffnetem Zustand lagen. Hinter jedem Sitz standen auf einer reservierten Fläche kleine Stühle, zwölf im ganzen. Ein niedriger Zaun trennte sie von den größeren Stühlen am Tisch, und ein zweiter Zaun trennte die zwölf Stühlchen von einem größeren Abschnitt dahinter, wo bereits Leute, die meisten Moties, ruhig warteten.

Es sah aus, als sei der Spielbeginn verschoben worden. Horza nahm auf etwas Platz, das entweder ein Stuhl war, an dem ein Designer sich ausgetobt hatte, oder eine ziemlich phantasielose Skulptur. Er befand sich beinahe auf der höchsten Ebene der Arena und hatte eine gute Aussicht auf die meisten anderen Terrassen. Niemand war in der Nähe. Er faßte tief ins Innere seiner schweren Bluse und schälte ein Stück künstliche Haut von seinem Unterleib ab. Die Haut rollte er zu einer Kugel zusammen und warf sie in einen großen Kübel mit einem kleinen Baum, der gleich hinter ihm stand. Dann überprüfte er die Aoish-Credit-Zehntel, die übertragbare Memory-Karte, das Taschen-Terminal und die leichte CRE-Pistole, die in dem Beutel aus falscher Haut versteckt gewesen war. Aus dem Augenwinkel sah er einen kleinen, dunkel gekleideten Mann näher kommen. Der Mann betrachtete Horza mit schiefgelegtem Kopf aus ungefähr fünf Metern Entfernung. Dann trat er vor.

»He, möchtest du ein Leben sein?«

»Nein. Guten Tag«, antwortete Horza. Der Mann rümpfte die Nase und ging ein Stück weiter den Weg hinunter. Er blieb stehen und stupste eine Gestalt an, die dicht am Rand einer schmalen Terrasse lag. Horza blickte hinüber und sah eine Frau, die benommen den Kopf hob und ihn dann langsam schüttelte, wobei sie schmutzige weiße Haarsträhnen bewegte. Ihr Gesicht zeigte sich kurz im Licht eines Deckenscheinwerfers. Sie war schön, wirkte jedoch sehr müde. Der kleine Mann sprach sie noch einmal an, aber sie machte eine abwehrende Bewegung mit der Hand. Der kleine Mann ging davon.

*

Der Flug in dem Ex-Kultur-Shuttle war verhältnismäßig ereignislos gewesen; nach einigem Durcheinander war es Horza gelungen, zu dem Navigationssystem des Orbitals durchzukommen, festzustellen, wo er in Relation zu der letzten bekannten Position der *Olmedreca* war, und den Kurs dorthin einzuschlagen, um nachzusehen, was von dem Megaschiff noch übrig sein mochte. Er hatte die Verbindung mit einem Nachrichtendienst hergestellt, während er sich mit Kultur-Notrationen vollstopfte, und einen Bericht über die *Olmedreca* im Verzeichnis gefunden. Die Bilder zeigten das Schiff, wie es mit ein bißchen Schlagseite und einem etwas zu niedrig liegenden Bug in ruhigem Wasser trieb, umgeben von Eis. Man hatte den Eindruck, der erste Kilometer seines Rumpfes sei in dem riesigen Tafelberg aus Eis begraben. Kleine Flugmaschinen und ein paar Raumfähren schwebten über dem gigantischen Wrack wie Fliegen über dem Kadaver eines Dinosauriers. Im Begleittext zu diesen Bildern war von einer geheimnisvollen zweiten Atomexplosion an Bord des Schiffes die Rede. Außerdem hieß es, bei der Ankunft des Polizeifahrzeugs sei das Megaschiff verlassen gewesen.

Als er das hörte, änderte Horza sofort das Reiseziel des Shuttle und nahm Kurs auf Evanauth.

Horza hatte drei Zehntel eines Aoish-Credits besessen. Für fünf Zehntel hatte er das Shuttle verkauft. Das war absurd billig, vor allem in Anbetracht der unmittelbar bevorstehenden Zerstörung des Orbitals, aber er war in Eile gewesen, und die Händlerin, die ihm das Shuttle abnahm, ging natürlich ein Risiko ein. Denn das Shuttle war offenbar ein Kultur-Erzeugnis, dem man ebenso offenbar das Gehirn ausgeschossen hatte. Also ließ sich kaum daran zweifeln, daß das Fahrzeug gestohlen worden war. Die Kultur würde die Vernichtung eines Bewußtseins als Mord behandeln.

In drei Stunden hatte Horza die Fähre verkauft und sich mit Kleidung, Karten, einer Waffe, zwei Terminals und einigen Informationen eingedeckt. Alles bis auf die Informationen war billig gewesen.

Jetzt wußte er, daß sich ein Fahrzeug, auf das die Beschreibung der *Clear Air Turbulence* paßte, auf dem Orbital oder vielmehr unter dem Orbital befand, innerhalb eines Ex-Kultur-Kriegsschiffes mit dem Namen *Der Zweck der Erfindung*. Er hatte das kaum glauben können, aber sonst kam kein anderes Fahrzeug in Frage. Der Informationsagentur zufolge war ein Schiff, auf das die Beschreibung der *CAT* zutraf, von einer der Werften im Hafen von Evanauth an Bord gebracht worden, um dort Reparaturen an seinen Warptriebwerken durchzuführen. Es war vor zwei Tagen angeschleppt worden. Allein die Fusionstriebwerke funktionierten noch. Horza konnte jedoch weder seinen Namen noch seine genaue Position herausfinden.

Für Horza hörte sich das alles an, als sei die *CAT* eingesetzt worden, um die Überlebenden von Kraiklyns Truppe zu retten. Sie mußte mittels Fernsteuerung über den O-Wall geholt worden sein und ihre Warpmotoren benutzt haben. Sie hatte die Freie Truppe aufgenommen, war wieder zurückgesprungen und hatte dabei ihre Warptriebwerke beschädigt.

Ebensowenig hatte Horza in Erfahrung bringen können, wo die Überlebenden jetzt waren, aber er nahm an, daß Kraiklyn zu ihnen gehörte. Niemand sonst hätte die *CAT* über den Randwall bringen können. Er hoffte, Kraiklyn bei dem Katastrophenspiel zu finden. Doch so oder so wollte Horza hinterher die *CAT* aufsuchen. Es war immer noch seine Absicht, nach Schars Welt zu reisen, und die *Clear Air Turbulence* bot ihm die größte Chance hinzukommen. Er hoffte, Yalson war am Leben. Er hoffte auch, es stimmte, daß die *Zweck der Erfindung* völlig demilitarisiert und das Raumvolumen um Vavatch frei von Kultur-Schiffen war. Nach all dieser Zeit traute er es den Kultur-Gehirnen zu, herausgefunden zu haben, daß die *CAT* sich zur Zeit des Angriffs auf *Die Hand Gottes 137* im gleichen Raumvolumen befunden hatte. Vielleicht hatten sie auch eine oder zwei Verbindungen hergestellt.

Horza lehnte sich auf dem Sitz – oder der Skulptur – zurück, entspannte sich und ließ das innere Muster des Motie von Geist und Körper abgleiten. Er mußte wieder anfangen, wie Kraiklyn zu denken; er schloß die Augen.

Nach ein paar Minuten hörte er, daß sich in den unteren Bereichen der Halle etwas tat. Er kehrte ins volle Bewußtsein zurück und sah sich um. Die weißhaarige Frau, die auf der nächsten Terrasse gelegen hatte, war aufgestanden. Ein bißchen schwankend stieg sie in die Arena hinunter. Ihr langes, schweres Kleid fegte über die Stufen. Horza stand ebenfalls auf und folgte ihr schnell im Kielwasser ihres Parfums. Sie sah ihn nicht an, als er an ihr vorbeischlüpfte. Ihre Hände tasteten an ihrer schiefsitzenden Tiara herum.

Die Lampen über dem in farbige Segmente eingeteilten Tisch, an dem das Spiel stattfinden sollte, waren angegangen. Einige der Bühnen im Auditorium stellten die Darbietungen ein oder dämpften die Beleuchtung. Nach und nach folgten Leute der Anziehungskraft des Spieltisches zu den Sitzen und Couchen und Stehplätzen, von denen aus man ihn überblicken konnte. Im hellen Licht der Deckenscheinwerfer bewegten sich langsam hohe Gestalten in schwarzen Roben. Sie überprüften die Bestandteile der Spiel-Ausrüstung. Das waren die Schiedsrichter: Ischlorsinami. Die Spezies war dafür bekannt, die phantasieloseste, humorloseste, prüdeste, ehrlichste und unkorrumpierbarste Population der Galaxis zu sein. Sie stellte bei Katastrophenspielen immer die Schiedsrichter, weil man sonst kaum jemandem trauen konnte.

Horza blieb an einem Verkaufsstand stehen, um sich mit Essen und Getränken zu versorgen. Während er auf seine Bestellung wartete, beobachtete er den Spieltisch und die Gestalten, die sich um ihn zu schaffen machten. Die Frau mit dem schweren Gewand und dem langen weißen Haar ging an ihm vorbei. Sie stieg weiter die Stufen hinunter. Ihre Tiara saß beinahe gerade, wenn auch ihr langes, loses Kleid zerknittert war. Sie gähnte.

Horza bezahlte für sein Essen mit einer Karte. Dann folgte er wieder der Frau, ging auf die wachsende Menge aus Menschen und Maschinen zu, die sich allmählich um den äußeren Rand des Spielgebiets sammelte. Die Frau sah ihn mißtrauisch an, als er sie von neuem halb gehend, halb laufend überholte.

Horza verschaffte sich durch Bestechung einen Platz auf einer der besseren Terrassen. Er zog die Kapuze seiner schweren Bluse aus dem dicken Kragen und strich sie sich über Stirn und Nase, so daß sein Gesicht im Schatten lag. Der richtige Kraiklyn sollte ihn jetzt nicht sehen. Die Terrasse ragte über niedrigere Ebenen vor und war abgeschrägt, so daß man einen ausgezeichneten Blick auf den Tisch selbst und die Brücken darüber hatte. Von den abgesperrten Flächen rund um den Tisch war auch das meiste sichtbar. Horza ließ sich auf einer weichen Couch neben einer geräuschvollen Gruppe extravagant gekleideter Dreifüßer nieder, die dauernd johlten und in einen großen Topf spuckten, der in der Mitte ihrer Gruppe sanft schaukelnder Couches stand.

Die Ischlorsinami hatten sich anscheinend zu ihrer Zufriedenheit überzeugt, daß alles funktionierte und ordnungsgemäß aufgestellt war. Sie schritten eine Rampe hinunter, die in den ellipsoiden Fußboden der Arena eingelassen war. Einige Lampen gingen aus; langsam schnitt ein Dämpferfeld die Geräusche vom übrigen Auditorium ab. Horza warf einen schnellen Blick in die Runde. Ein paar Bühnen zeigten immer noch Licht, aber es ging jetzt aus. Der Zeitlupen-Tier-Trapezakt wurde jedoch fortgesetzt, hoch oben in der Dunkelheit unter den Sternen. Die großen, massigen

Tiere schwangen sich mit glitzernden Feldharnischen durch die Luft. Sie überschlugen und drehten sich, aber wenn sie aneinander vorbeiflogen, streckten sie nun ihre Tatzen aus und schlitzten dem anderen langsam und stumm das Fell auf. Anscheinend sah niemand sonst zu.

Es überraschte Horza, daß die Frau, die er auf den Stufen zweimal überholt hatte, wieder an ihm vorbeiging und sich auf einer leeren Couch drapierte, die ganz vorn auf der Terrasse reserviert gewesen war. Er hätte nicht gedacht, daß sie reich genug war, sich diesen Platz zu leisten.

Ohne Tusch oder sonstige Ankündigung erschienen die Spieler des Vorabends der Zerstörung. Sie stiegen die Rampe in dem Arena-Boden hinauf, geführt von einem einzelnen Ischlorsinami. Horza sah auf sein Terminal. Es waren noch genau sieben Standardstunden bis zur Vernichtung des Orbitals. Man begrüßte die Wettkämpfer mit Applaus, Zurufen und, zumindest in Horzas Nähe, lautem Johlen, obwohl die Dämpferfelder alles erstickten. Aus dem Schatten der Rampe ins Licht tretend, dankten einige Teilnehmer der Menge, die gekommen war, sie spielen zu sehen, während andere sie völlig ignorierten.

Horza erkannte ein paar Spieler. Diejenigen, die er kannte, oder von denen er zumindest gehört hatte, waren Ghalssel, Tengayet Doy-Suut, Wilgre und Neeporlax. Ghalssel von Ghalssels Nahkampftruppe – wahrscheinlich die erfolgreichste Söldnertruppe überhaupt. Horza hatte ihr Schiff aus etwa elf Kilometern Entfernung ankommen gehört, als er der Händlerin die Fähre verkaufte. Sie war erstarrt, ihre Augen waren glasig geworden. Sicher glaubte sie, das Geräusch kündige das Eintreffen der Kultur an, aber Horza hatte sie nicht fragen wollen, ob sie fürchtete, das Orbital werde ein paar Stunden zu früh zerstört oder man wolle sie nur ans Schlafittchen nehmen, weil sie ein heißes Fahrzeug gekauft hatte.

Ghalssel war ein durchschnittlich wirkender Mann, stämmig genug, daß er offensichtlich von einem Planeten mit hoher Schwerkraft stammte, aber ohne wie die meisten solcher Leute nach komprimierter Kraft auszusehen. Er war einfach gekleidet, sein Kopf war sauber rasiert. Vermutlich konnte nur ein Katastrophenspiel, wo eine solche Ausrüstung verboten war, Ghalssel zwingen, den Anzug abzulegen, den er sonst immer trug.

Tengayet Doy-Suut war groß, sehr dunkel und ebenfalls einfach gekleidet. Der Suut war der Champion unter den Katastrophenspielern. Vor zwanzig Jahren war er von einem kurz zuvor von der Kultur kontaktierten Planeten gekommen, und auch dort war er in Glücks- und Bluffspielen ein Champion gewesen. Schon auf seiner Heimatwelt hatte er sein Gesicht entfernen und sich eine Maske aus rostfreiem Stahl implantieren lassen. Nur die Augen wirkten lebendig: ausdruckslose weiche Edelsteine, eingelassen in das skulpturierte Metall. Die Maske war mattiert, damit seine Gegner darin keine Widerspiegelung seiner Karten sehen konnten.

Wilgre ließ sich von ein paar Sklaven seines Gefolges die Rampe hinaufhelfen. Es sah beinahe so aus, als werde der blaue Riese von Ozhleh, der eine Spiegelrobe trug, von den kleinen Menschen hinter ihm die Schräge hinaufgerollt, obwohl der Saum seiner Robe sich ab und zu hob und zeigte, daß seine vier stämmigen Beine vorwärtskrabbelten und seinen großen Körper bewegten. In einer seiner beiden Hände hielt er einen großen Spiegel, in der anderen eine Peitsche, an deren Ende sich ein geblendeter Rogothuyr wie ein geschmeidiger Alptraum in reinem Weiß klammerte. Die vier Pfoten des Tieres waren mit kostbaren Metallen eingelegt, seine Schnauze steckte in einem Maulkorb aus Platin, und seine Augen waren durch Smaragde ersetzt. Sein großer Kopf drehte sich von einer Seite zur anderen; es benutzte seinen Ultraschall-Sinn, um sich ein Bild von seiner Umgebung zu machen. Auf einer Terrasse Horza fast genau gegenüber warfen sämtliche zweiunddreißig Konkubinen Wilgres ihre Körperschleier beiseite, fielen auf Knie und Ellbogen nieder und beteten ihren Herrn an. Er winkte ihnen kurz mit dem Spiegel zu. Buchstäblich jeder optische Verstärker und jede Mikrokamera, die ins Auditorium eingeschmuggelt worden waren, wurde auf die Kollektion von zweiunddreißig weiblichen Wesen eingestellt, die angeblich der feinste eingeschlechtliche Harem in der Galaxis waren.

Neeporlax stellte so etwas wie einen Kontrast dar. Der junge Mann war eine dahinlatschende, hagere, protzig gekleidete Gestalt, die im Licht der Arena glitzerte. Er umklammerte ein Stoffspielzeug. Er mochte der zweitbeste Katastrophenspieler der Galaxis sein, aber er schenkte seine Gewinne immer weg, und ein durchschnittliches Taxameterbett-Hotel hätte sich zweimal überlegt, ob es ihn einlassen solle. Er war krank, halb blind, unfähig, Blase und Darm zu beherrschen, und ein Albino. In einem nervenaufreibenden Augenblick des Spiels geriet sein Kopf bestimmt außer Kontrolle, aber seine Hände hielten Holokarten, als seien die Plastikstücke in Fels eingelassen. Auch ihm wurde die Rampe hinaufgeholfen, und zwar von einem jungen Mädchen, das ihn zu seinem Stuhl brachte, ihm das Haar kämmte, ihn auf die Wange küßte und sich dann in die reservierte Zone hinter dem Platz des Jungen stellte.

Wilgre hob eine seiner dicken blauen Hände und warf ein paar Hundertstel in die Menge hinter der Absperrung. Leute grapschten nach den Münzen. Wilgre mischte immer ein paar größere Geldstücke darunter. Vor ein paar Jahren hatte er bei einem Spiel innerhalb eines Mondes, der auf ein Schwarzes Loch zusteuerte, zusammen mit dem Kleingeld eine Milliarde weggeschmissen und sich so mit einer einzigen Drehung des Handgelenks um vielleicht ein Zehntel Prozent seines Vermögens beraubt. Ein klappriger Asteroiden-Tramp, der gerade als Leben abgelehnt worden war, weil er nur einen Arm hatte, endete damit, daß er sich einen eigenen Planeten kaufte.

Der Rest der Spieler war auch ein ziemlich bunter Haufen, aber mit einer einzigen Ausnahme kannte Horza sie nicht. Drei oder vier wurden mit Hochrufen und einigem Feuerwerk begrüßt, also mußten sie gut bekannt sein. Die anderen waren entweder unbeliebt oder unbekannt.

Der letzte Spieler, der die Rampe hochkam, war Kraiklyn.

Horza lehnte sich lächelnd auf seiner Couch zurück. Der Anführer der Freien Söldnertruppe hatte ein neues Gesicht – wahrscheinlich ließ es sich abziehen –, und sein Haar war gefärbt, aber er war es ohne Zweifel. Er trug einen hellen, einteiligen Stoffanzug, er war ordentlich rasiert, und sein Haar war braun. Vielleicht hätten die anderen von der *CAT* ihn nicht erkannt, aber Horza hatte den Mann genau studiert, weil er wissen mußte, wie er sich hielt, wie er ging, wie die Muskeln in seinem Gesicht arbeiteten. Deshalb fiel Kraiklyn für den Wandler so auf wie ein Felsblock in einem Kieselfeld.

Als alle Spieler saßen, wurden ihre Leben hereingeführt und auf den Plätzen unmittelbar hinter jedem Spieler untergebracht.

Sämtliche Leben waren Menschen. Sie sahen sowieso schon halb tot aus, obwohl sie körperlich alle unversehrt waren. Einer nach dem anderen bekamen sie

Gurte angelegt und einen Helm aufgesetzt. Die leichtgewichtigen schwarzen Helme bedeckten ihre Gesichter bis auf die Augen. Die meisten sackten nach vorn, sobald der Gurt geschlossen war. Ein paar blieben aufrecht sitzen, aber keiner hob die Augen oder sah sich um. Alle regulären Spieler hatten die volle zugelassene Zahl an Leben mitgebracht. Einige ließen sie speziell für diesen Zweck züchten, während andere von Agenten beliefert wurden. Die weniger Reichen, die nicht so gut bekannten Spieler wie Kraiklyn hatten den Abschaum von Gefängnissen und Irrenanstalten, dazu ein paar bezahlte Depressive, die ihren Anteil an eventuellen Gewinnen jemand anders vermacht hatten. Oft konnten Mitglieder der Sekte der Verzweifelten überredet werden, als Leben mitzuwirken, entweder umsonst oder gegen eine Spende für ihre Sache. Doch entdeckte Horza keine einzige auffällige Turmfrisur, wie sie sie trugen, und kein Symbol des blutenden Auges.

Kraiklyn hatte nur drei Leben finden können. Es sah nicht danach aus, als werde er sehr lange im Spiel bleiben.

Die weißhaarige Frau auf dem reservierten Platz vorn an der Terrasse stand auf, streckte sich und schlenderte zwischen den Couchen und Sitzen die Terrasse hoch, einen gelangweilten Ausdruck auf dem Gesicht. Gerade als sie auf der Höhe von Horzas Couch anlangte, brach auf einer Terrasse hinter ihnen ein Tumult los. Die Frau blieb stehen und sah hin. Horza drehte sich um. Noch durch das Dämpferfeld hörte man einen Mann brüllen. Anscheinend war es zu einem Kampf gekommen. Zwei Sicherheitsleute versuchten, zwei Besucher daran zu hindern, auf dem Boden herumzurollen. Die Aufmerksamkeit der Menge auf der Terrasse war zwischen den Vorbereitungen für das Katastrophenspiel und dem Handgemenge auf ihrer Terrasse geteilt. Schließlich wurden die beiden Kämpfer auf die Füße gestellt, aber nur den einen hielt man fest – einen noch jungen Mann, der Horza irgendwie bekannt vorkam, obwohl er sich offenbar mit einer blonden Perücke, die ihm jetzt vom Kopf rutschte, verkleidet hatte.

Der andere Kämpfer – es war auch ein Mann – zog eine Karte aus seiner Kleidung und zeigte sie seinem Gegner, der immer noch herumbrüllte. Dann führten die beiden uniformierten Wachen und der Mann, der die Karte geschwenkt hatte, den jungen Mann ab. Der Mann mit der Karte nahm etwas hinter einem Ohr des Verhafteten weg, der zu einem der Zugangstunnel geschleppt wurde. Die junge Frau mit dem langen weißen Haar kreuzte die Arme und stieg weiter nach oben. Die kreisförmige freie Stelle in der Menschenmenge auf der höhergelegenen Terrasse schloß sich wieder wie ein Loch in einer Wolke.

Horza sah der Frau nach, die sich ihren Weg vorbei an weiteren Couches bahnte, bis sie die Terrasse verließ und ihm aus den Augen kam. Er hob den Kopf. Die sich duellierenden Tiere waren immer noch dabei, zu springen und sich zu drehen. Ihr weißes Blut, das ihre zottigen Felle verklebte, schien zu glühen. Sie fauchten leise und schlitzten sich gegenseitig mit ihren langen Vordergliedmaßen auf. Aber ihre Akrobatik und ihre Zielsicherheit hatten gelitten. Allmählich wirkten sie erschöpft und unbeholfen. Horza wandte den Blick wieder dem Spieltisch zu. Dort waren alle bereit, und das Spiel sollte gleich beginnen.

*

›Katastrophe‹ war im Grunde nichts als ein ausgefallenes Kartenspiel: teils Geschick, teils Glück und teils Bluff. Interessant wurde es nicht einfach durch die hohen Summen, um die es ging, und nicht einmal durch die Tatsache, daß ein Spieler immer, wenn er ein Leben verlor, ein Leben verlor – ein lebendes, atmendes menschliches Wesen –, sondern durch die Verwendung komplizierter, das Bewußtsein verändernder elektronischer Zweiwege-Felder rund um den Spieltisch.

Mit den Karten in der Hand konnte ein Spieler die Gefühle eines anderen Spielers oder manchmal mehrerer anderer Spieler verändern. Furcht, Haß, Verzweiflung, Hoffnung, Liebe, Kameradschaft, Zweifel, Hochstimmung, Paranoia, buchstäblich jeder emotionale Zustand, dessen das menschliche Gehirn fähig ist, konnte auf einen anderen Spieler abgestrahlt oder auf sich selbst gerichtet werden. Aus genügend großer Entfernung oder in einem Feldschild nahebei wirkte das Spiel wie ein Zeitvertreib für Geistesgestörte oder Schwachsinnige. Ein Spieler mochte sein offensichtlich gutes Blatt plötzlich hinwerfen; jemand, der praktisch nichts in der Hand hatte, setzte vielleicht sämtliche Credits, die er besaß; Leute brachen weinend zusammen oder wurden von unbeherrschbaren Lachkrämpfen befallen; sie stöhnten vor Liebe zu einem Spieler, der bekanntermaßen ihr erbittertster Feind war, oder rissen an ihren Haltegurten, weil sie sich freimachen wollten, um einen mörderischen Angriff auf ihren besten Freund zu führen.

Oder sie brachten sich selbst um. Katastrophenspieler kamen niemals von ihren Stühlen los (falls es ihnen gelang, schoß ein Ischlorsinami sie mit einer schweren Lähmwaffe nieder), aber sie konnten sich selbst vernichten. Jede Spielkonsole, aus der die Emotionssender die entsprechenden Gefühle abstrahlten, auf der die Karten ausgespielt wurden und die dem Spieler anzeigte, wieviel Uhr es war und wie viele Leben er noch hatte, enthielt einen kleinen hohlen Knopf, in dem eine mit Gift gefüllte Nadel bereitlag, sich in den Finger zu bohren, der darauf drückte.

›Katastrophe‹ gehörte zu den Spielen, bei denen es unklug war, sich zu viele Feinde zu machen. Nur Leute mit sehr starker Willenskraft konnten dem Wunsch nach Selbstmord widerstehen, der ihren Gehirnen durch eine gemeinsame Attacke eines halben Tisches von Spielern eingepflanzt wurde.

Am Ende jeder Runde, wenn das Geld, das gesetzt worden war, von dem Spieler mit den meisten Kartenpunkten eingestrichen wurde, verloren alle anderen Spieler, die mitgehalten hatten, ein Leben. Hatten sie keins mehr übrig, waren sie aus dem Spiel, und auch, wenn ihnen das Geld ausging. Nach den Regeln war das Spiel beendet, wenn nur noch ein einziger Spieler Leben besaß, doch in der Praxis wurde es abgebrochen, wenn die noch übrigen Teilnehmer übereinkamen, daß sie, sollten sie weiterspielen, ihr eigenes Leben an die jeweilige bevorstehende Katastrophe verlieren würden. Sehr interessant konnte es gegen Ende eines Spiels werden, wenn der Augenblick der Vernichtung ganz nahe war, die Runde schon einige Zeit andauerte, ein großer Geldbetrag auf diese eine Runde gesetzt war, und einer oder mehrere Spieler nicht mit einem Abbruch einverstanden waren. Dann schieden sich in Wahrheit die Klugen von den Affen, und es wurde in verstärktem Maß ein Nervenspiel. Nicht wenige der besten Katastrophenspieler waren umgekommen, weil sie versucht hatten, einander unter solchen Umständen an Tollkühnheit und Sturheit zu übertreffen.

Vom Standpunkt des Zuschauers aus war die besondere Attraktion eines Katastrophenspiels, daß er, je näher er dem Emotionssender eines bestimmten Spielers war, desto mehr von den Emotionen, die die Spieler empfanden, mitbekam. Eine ganze Subkultur von Leuten, wild auf solche Gefühle aus dritter Hand, war in den paar hundert Jahren, seit ›Katastrophe‹ sich zu einem so exklusiven, aber populären Spiel entwickelt hatte, entstanden: die Moties.

Es gab weitere Gruppen, die ›Katastrophe‹ spielten. Die Spieler am Vorabend der Zerstörung waren nur die berühmtesten und die reichsten. Die Moties konnten ihren emotionalen Schuß an vielen Orten in der ganzen Galaxis bekommen, aber nur bei einem Vollen Spiel, nur am Rand der Annihilierung, nur mit den allerbesten Spielern (plus ein paar hoffnungsvollen) erlebte man die intensivsten Sensationen. Einen dieser Unglücklichen hatte Horza verkörpert, als er entdeckte, daß ein Eintrittspaß die doppelte Geldsumme kostete, die er an dem Shuttle verdient hatte. Einen Türsteher zu bestechen, war viel billiger gewesen.

Die echten Moties saßen dicht bei dicht hinter dem Zaun, der sie von den Leben trennte. Sechzehn Klumpen von schwitzenden, nervös dreinblickenden Leuten – wie die Spieler waren es hauptsächlich Männer – stießen und drückten sich vorwärts, um möglichst nahe an den Tisch, an die Spieler heranzukommen.

Horza betrachtete sie, während die Karten von dem Ober-Ischlorsinami ausgeteilt wurden. Moties sprangen in die Höhe, versuchten zu sehen, was passierte. Sicherheitsleute, die mit Prallhelmen gegen die Emotionsstrahlungen ausgerüstet waren, patrouillierten am Zaun entlang, klatschten sich mit Nervenstöcken gegen die Schenkel und behielten sie wachsam im Auge.

»... Sarble das Auge ...« sagte jemand in Horzas Nähe, und Horza drehte sich nach ihm um. Ein leichenblasser Mensch, der hinter und links von Horza auf einer Couch lag, sprach mit einem anderen und zeigte nach oben auf die Terrasse, wo es vor ein paar Minuten den Tumult gegeben hatte. Horza hörte die Wörter ›Sarble‹ und ›gefangen‹ noch ein paarmal von anderen Stellen in seiner Umgebung, als die Neuigkeit sich ausbreitete. Er wandte den Kopf zurück, um dem Spiel zuzusehen. Die Spieler prüften ihre Blätter; das Wetten begann. Horza fand es schade, daß der Reporter gefangen worden war, aber es konnte bedeuten, daß die Sicherheitsleute sich ein bißchen entspannten und seine Chancen, nicht nach seinem Eintrittspaß gefragt zu werden, dadurch stiegen.

Horza saß gut fünfzig Meter von der ihm nächsten Spielerin entfernt, einer Frau, deren Namen er gehört, aber wieder vergessen hatte. Im Laufe der ersten Runde drangen nur milde Versionen dessen, was sie fühlte und was man sie fühlen ließ, in sein Bewußtsein. Trotzdem mochte er die Sensation nicht und schaltete mittels des kleinen Kontrollpaneels in der Armlehne seiner Couch das Prallfeld ein. Er hätte auch die unmittelbare Wirkung des Spielers, hinter dem er zufällig saß, eliminieren und durch die Wirkung irgendeines anderen Emotionssenders auf dem Tisch ersetzen können. Der Empfang wäre bei weitem nicht so intensiv gewesen wie das, was die Moties und die Leben spürten, aber es hätte ihm bestimmt eine gute Vorstellung davon vermittelt, was die Spieler durchmachten. Die meisten anderen Zuschauer um ihn benutzten ihre Couch-Kontrollen auf diese Weise, schalteten in dem Versuch, die Situation des Spiels zu beurteilen, von einem Teilnehmer zum anderen. Horza hatte vor, sich später auf Kraiklyns Gefühlssendungen zu konzentrieren, aber im Augenblick wollte er sich nur eingewöhnen und die allgemeine Stimmung des Spiels auffangen.

Kraiklyn schied bei der ersten Runde rechtzeitig aus, um bei ihrem Ende kein Leben zu verlieren. Mit so wenigen eigenen Leben war es der klügste Kurs, falls er kein sehr gutes Blatt hatte. Horza lehnte sich entspannt auf seinem Sitz zurück und beobachtete den Mann genau, der seinen Emotionssender nicht in Betrieb genommen hatte. Kraiklyn leckte sich die Lippen und wischte sich die Stirn. In der nächsten Runde wollte Horza belauschen, was er durchmachte, nur um zu sehen, wie es war.

Die Runde war zu Ende. Wilgre hatte gewonnen. Er winkte, dankte für die Hochrufe der Menge. Ein paar Moties waren bereits ohnmächtig geworden. Am anderen Ende des Ellipsoids fauchte der Rogothuyr in seinem Käfig. Fünf Spieler verloren Leben; fünf Menschen, die hoffnungslos und verzweifelt unter der Wirkung der Emotionsfelder dasaßen, sackten plötzlich auf ihren Stühlen zusammen. Ihre Helme hatten einen Stromstoß durch ihre Schädel geschickt, der stark genug war, um die neben ihnen sitzenden Leben zu lähmen und die nächsten Moties wie auch den Spieler, dem jedes Leben gehörte, zusammenzucken zu lassen.

Ischlorsinami lösten die Gurte an den Sitzen der toten Menschen und trugen sie die Zugangsrampe hinunter. Die übrigen Leben erholten sich allmählich, aber sie saßen ebenso schlapp da wie zuvor. Die Ischlorsinami behaupteten, sie überzeugten sich, daß jedes sich anbietende Leben echt sei und daß die Mittel, die sie ihnen gaben, sie nur daran hinderten, hysterisch zu werden. Aber es ging das Gerücht, die Abschirmung der Ischlorsinami könne umgangen werden, und manche Leute seien ihre Feinde schon losgeworden, indem sie sie durch Drogen oder Hypnose veranlaßten, sich ›freiwillig‹ für das Spiel zu melden.

Die zweite Runde begann. Horza schaltete seinen Couch-Monitor an, um Kraiklyns Emotionen mitzuerleben. Die weißhaarige Frau kam durch den Mittelgang zurück und nahm ihren Platz vor Horza, vorn an der Terrasse, wieder ein. Sie drapierte sich müde über das Möbelstück, als langweile sie sich.

Horza wußte zu wenig über ›Katastrophe‹ als Kartenspiel, als daß er entweder durch Lesen der verschiedenen Emotionen, die den Tisch umliefen, oder durch Analysieren jeder beendeten Runde hätte genau verfolgen können, was mit den Karten vorging. Die erste Runde wurde bereits von den johlenden Dreifüßern neben ihm analysiert, während auf dem Schirm der Arena-Hausleitung die Karten, wie sie gegeben und ausgespielt worden waren, aufleuchteten. Aber er schaltete sich in Kraiklyns Gefühle ein, nur um zu sehen, wie sie waren.

Der Kapitän der *Clear Air Turbulence* wurde aus verschiedenen Richtungen getroffen. Einige der Emotionen widersprachen anderen, woraus Horza schloß, daß keine gemeinsame Anstrengung gegen Kraiklyn im Gange war; er wurde nur von der Streustrahlung der anderen erwischt. Da war ein ziemlich starker Drang, Wilgre zu mögen – diese attraktive blaue Farbe … und mit diesen vier komischen Füßchen konnte er doch keine echte Bedrohung darstellen … Ein bißchen ein Clown, wirklich, trotz all seines Geldes … Die Frau jedoch, die rechts von Kraiklyn saß, bis zur Taille entblößt, ohne Brüste, eine Scheide für ein Zeremonialschwert auf dem nackten Rücken, das war eine, auf die er aufpassen mußte … Im Grunde war es zum Lachen … *Nichts ist wirklich wichtig; alles ist nur ein Witz, das Leben, das Spiel … Die eine Karte ist so ziemlich gleich der anderen, wenn man einmal darüber nachdenkt … Eigentlich könnte ich mein Blatt in die Luft werfen …* Er war fast mit dem Ausspielen an der Reihe … Erst noch diese flachbrüstige Schlampe … Junge, hatte er ein Blatt, und damit würde er *sie* schlagen …

Horza schaltete wieder ab. Er war sich nicht sicher, ob er Kraiklyns eigene Gedanken über die Frau hörte oder ob jemand anders versuchte, Kraiklyn so über sie denken zu lassen.

Später in der Runde, als die Frau ausgeschieden war

und sich mit geschlossenen Augen zurücklehnte, hörte Horza sich Kraiklyns Gedanken noch einmal an. (Horza sah kurz zu der weißhaarigen Frau hin, die auf der Couch weiter unten lag. Offenbar verfolgte sie das Spiel, aber ihr eines Bein hing über den Rand der Couch und schwang hin und her, als sei sie in Gedanken woanders.) Kraiklyn fühlte sich gut. Zunächst einmal war die Schlampe neben ihm ausgeschieden, und er war überzeugt, das hatten die Karten bewirkt, die er ausgespielt hatte, aber dann war da noch ein inneres Frohlocken … Hier war er, spielte mit den besten Spielern der Galaxis … mit *den* Spielern. Er. Er … (Ein plötzlicher hemmender Gedanke blockierte einen Namen, den er gerade hatte denken wollen) … und er hielt sich wirklich gar nicht schlecht … Er war obenauf … Tatsächlich hatte er ein verdammt gutes Blatt … Endlich lief es für ihn so, wie es sollte … Er würde einiges gewinnen … Zu vieles war früher … nun, es war vorbei … *Konzentrier dich auf die Karten!* (plötzlich) *Konzentrier dich auf das Hier und Jetzt! Ja, die Karten … Sehen wir mal … Ich kann diesen fetten blauen Lümmel damit übertrumpfen …* Horza schaltete wieder ab.

Er schwitzte. Ihm war nicht klar gewesen, wie stark das Feedback aus den Gehirnen der Spieler war. Er hatte gemeint, es seien nur die Emotionen, die auf sie abgestrahlt wurden. Nicht im Traum hatte er sich vorgestellt, daß er *mitten drin* in Kraiklyns Kopf sein würde. Und doch war es nur ein Hauch von dem, was Kraiklyn selbst und die Moties und die Leben hinter ihm mit voller Wucht empfingen. Richtiges Feedback, nur knapp unter Kontrolle, kurz davor, das emotionale Äquivalent eines Lautsprecher-Geheuls zu werden, sich aufbauend zur Zerstörung. Jetzt erkannte der Wandler die Anziehungskraft des Spiels und den Grund, warum schon Leute beim Spielen verrückt geworden waren.

So wenig ihm die Erfahrung gefiel, Horza empfand neuen Respekt für den Mann, den er zumindest entfernen und ersetzen, höchstwahrscheinlich aber töten würde.

Kraiklyn hatte so etwas wie einen Vorteil, weil die Gedanken und Empfindungen, die auf ihn zurückgestrahlt wurden, wenigstens teilweise aus seinem eigenen Kopf stammten, wohingegen die Leben und die Moties extrem starke Stöße von Gefühlen aushalten mußten, die voll und ganz die eines anderen waren. Trotzdem brauchte man beträchtliche Charakterstärke oder sehr viel hartes Training, um das wegzustecken, womit Kraiklyn offensichtlich fertig wurde. Horza schaltete sich wieder ein und dachte: *Wie ertragen die Moties das?* Und: *Paß auf, vielleicht haben sie einmal so angefangen.*

Zwei Einsätze später verlor Kraiklyn die Runde. Auch Neeporlax, der halb blinde Albino, wurde geschlagen, und der Suut strich den Gewinn ein. Sein Stahlgesicht schimmerte in dem Licht, das die vor ihm liegenden Aoish-Credits zurückwarfen. Kraiklyn war auf seinem Stuhl zusammengesunken, und ihm war, wie Horza sah, sterbenselend. Eine Art resignierter, beinahe dankbarer Agonie überrollte Kraiklyn von hinten, als sein erstes Leben starb, und auch Horza fühlte es. Er und Kraiklyn zuckten beide zusammen.

Horza schaltete ab und sah nach der Zeit. Weniger als eine Stunde war vergangen, seit er sich den Eintritt vorbei an den Wachposten vor den Toren der Arena erschwindelt hatte. Er hatte Essen auf einem niedrigen Tisch neben seiner Couch, aber er stand trotzdem auf, ließ es liegen und stieg die Terrasse zu dem nächsten Gehweg hoch, wo Imbißstände und Bars warteten.

Sicherheitsleute überprüften die Pässe. Horza sah, wie sie sich auf der Terrasse von Person zu Person bewegten. Er hielt sein Gesicht nach vorn gerichtet, aber seine Augen flackerten von einer Seite zur anderen und beobachteten sie. Eine Kontrolleurin, fast auf direktem Weg zu ihm, beugte sich gerade über eine alt wirkende Frau. Die Zuschauerin lag auf einem Luftbett, das parfümierte Dämpfe um ihre dünnen, bloßliegenden Beine blies, und sie folgte dem Spiel mit einem breiten Lächeln auf dem Gesicht. Es dauerte eine Weile, bis sie die Beamtin bemerkte. Horza schritt ein bißchen schneller aus, so daß er, wenn die Frau sich aufrichtete, an ihr vorbei sein würde.

Die alte Dame zeigte ihren Paß vor und wandte sich schnell wieder dem Spiel zu. Die Kontrolleurin streckte vor Horza den Arm aus.

»Darf ich Ihren Paß sehen, Sir?«

Horza blieb stehen und sah in das Gesicht der jungen, stämmigen Frau. Sein Blick wanderte zu der Couch zurück, auf der er gesessen hatte.

»Es tut mir leid, ich glaube, ich habe ihn dort unten liegen lassen. Ich werde in einer Sekunde wieder da sein; darf ich ihn Ihnen dann zeigen? Ich habe es ein bißchen eilig.« Er verlagerte sein Gewicht von einem Fuß auf den anderen und beugte sich ein bißchen aus der Taille heraus vor. »Die letzte Runde war so spannend, da wollte ich nicht gehen. Vor Spielbeginn zuviel getrunken, immer das gleiche, ich lerne es nie. In Ordnung?« Er hob die Hände, blickte ein bißchen verlegen drein und tat, als wolle er der Beamtin auf die Schulter klopfen. Wieder verlagerte er sein Gewicht. Die Beamtin sah zu der Stelle hinunter, wo Horza angeblich seinen Paß liegengelassen hatte.

»Für den Augenblick, Sir. Ich werde mir Ihren Paß später ansehen. Aber Sie sollten wirklich nicht weggehen und ihn liegen lassen. Tun Sie das nicht wieder.«

»Bestimmt nicht! Ich danke Ihnen!« Horza lachte und ging schnellen Schrittes davon, über den Ringweg und dann zu einer Toilette, nur für den Fall, daß er beobachtet wurde. Er wusch sich Gesicht und Hände, hörte irgendwo in dem widerhallenden Raum eine betrunkene Frau singen, verließ dann die Toilette durch einen zweiten Ausgang und wanderte um die Arena zu einer neuen Terrasse, wo er sich etwas anderes zu essen besorgte und ein Glas trank. Wieder ergatterte er durch Bestechung einen Platz auf einer Terrasse, diesmal auf einer noch teureren als der ersten, weil sie neben der lag, auf der Wilgres Konkubinen saßen. Eine weiche Wand aus schimmerndem schwarzem Material war hinten und an den Seiten um ihre Plätze errichtet worden, um sie vor den Blicken der Nachbarn zu schützen, aber ihr Körpergeruch wehte in kräftigen Wellen über die Terrasse, auf der Horza jetzt saß. Die Haremsfrauen hatten noch vor der Empfängnis durch Gen-Manipulation nicht nur eine atemberaubende Anziehungskraft für eine große Vielzahl humanoider Männer erhalten, sondern auch eine Erhöhung der aphrodisiakischen Pheromone. Ehe Horza wußte, wie ihm geschah, hatte er eine Erektion, und er schwitzte wieder. Die meisten Männer und Frauen um ihn befanden sich in einem Zustand offensichtlicher sexueller Erregung, und diejenigen, die sich nicht in das Spiel eingeschaltet hatten, waren sexuell aktiv, wenn nicht schon mit Geschlechtsverkehr beschäftigt. Horza ließ von neuem seine Immundrüsen arbeiten und schritt steif an den vorderen Rand der Terrasse. Dort waren fünf Couchen von zwei Männern und drei Frauen verlassen worden, die sich davor, dicht an der Absperrung, kopulierend auf dem Boden wälzten. Der Kopf einer Frau, von Schweißperlen bedeckt, tauchte lange genug aus dem Wirrwarr von wogenden Körpern auf, um Horza anzusehen und zu keuchen: »Tu dir keinen Zwang an, und wenn du möchtest …« Ihre Augen rollten nach oben, sie stöhnte und verschwand wieder unter den pumpenden Leibern.

Horza schüttelte den Kopf, fluchte und verließ die Terrasse. Sein Versuch, das Bestechungsgeld zurückzufordern, begegnete mitleidigem Lachen.

Zum Schluß saß Horza auf einem Schemel vor einer Kombination von Bar und Wettbüro. Er bestellte eine Drogenschale und setzte einen kleinen Betrag auf Kraiklyns Sieg in der nächsten Runde, während sein Körper sich allmählich von den Wirkungen erholte, die die künstlich veränderten Schweißdrüsen der Konkubinen erzeugt hatten. Sein Puls beruhigte sich allmählich, seine Atmung wurde flacher. Der Schweiß hörte auf, ihm die Stirn hinunterzurinnen. Er nippte an seiner Drogenschale und atmete die Dämpfe ein, und er sah Kraiklyn erst die eine und dann noch eine Runde verlieren, obwohl er sich in der ersten früh genug zurückzog, um kein Leben einzubüßen. Trotzdem hatte er jetzt nur noch eins. Es war einem Katastrophenspieler erlaubt, sein eigenes Leben einzusetzen, wenn er kein anderes mehr hinter sich hatte, aber das kam selten vor, und bei Spielen, in denen die allerbesten Spieler mit Hoffnungsvollen zusammentrafen, neigten die Ischlorsinami dazu, es zu verbieten.

Der Kapitän der *Clear Air Turbulence* ging kein Risiko ein. Jedesmal schied er aus, bevor er ein Leben verlieren konnte. Offenbar wartete er auf ein Blatt, das fast unschlagbar war, bevor er einen Einsatz wagte, der der letzte in diesem Spiel sein mochte. Horza aß. Horza trank. Horza schnüffelte. Manchmal versuchte er, zu der Terrasse hinüberzuspähen, auf der er zuerst gesessen hatte, aber wegen der Scheinwerfer konnte er nichts sehen. Hin und wieder blickte er zu den kämpfenden Tieren auf den Trapezen hoch. Sie waren jetzt müde und schwerverletzt. Von der vorher so kunstvollen Choreographie ihrer Bewegungen war nichts mehr vorhanden, und sie hingen nur noch grimmig entschlossen mit einem Glied an ihren Trapezen und schlugen mit den Klauen des anderen Arms zu, wenn sie sich zufällig nahe genug kamen. Tropfen weißen Blutes fielen wie spärlicher Schnee und blieben auf einem unsichtbaren Kraftfeld zwanzig Meter unter ihnen liegen.

Nach und nach starben die Leben. Das Spiel ging weiter. Die Zeit schleppte sich dahin oder raste, je nachdem, wer man war. Die Preise der Getränke und Drogen und Lebensmittel stiegen langsam, während der Zeitpunkt der Zerstörung näherkroch. Durch die immer noch transparente Kuppel der alten Arena leuchteten ab und zu die Lichter der startenden Fähren herein. Zwischen zwei Wettern an der Bar kam es zu einer Schlägerei. Horza stand auf und ging weg, bevor die Sicherheitsleute eingriffen.

Er zählte sein Geld. Jetzt waren noch zwei Aoish-Credit-Zehntel übrig, dazu etwas Geld auf den übertragbaren Kreditkarten, deren Benutzung ständig größere Schwierigkeiten machte, weil die Annahme-Computer im finanziellen Netzwerk des Orbitals abgeschaltet wurden.

Er lehnte sich an die Barriere am Rand eines Rundwegs. Das Spiel an dem Tisch unten ging weiter. Wilgre führte; der Suut kam dicht hinter ihm. Sie hatten beide die gleiche Anzahl von Leben verloren, aber der blaue Riese hatte mehr Geld. Zwei der Hoffnungsvollen hatten das Spiel verlassen, einer, nachdem er ohne Erfolg versucht hatte, dem amtierenden Ischlorsinami einzureden, er könne es sich leisten, sein eigenes Leben zu setzen. Kraiklyn war immer noch dabei. Aber nach der Nahaufnahme seines Gesichts, die Horza im Vorübergehen auf dem Monitor-Schirm einer Drogenbar sah, wurde der Weg für ihn steinig.

Horza spielte mit einem der Aoish-Credit-Zehntel und wünschte, das Spiel würde enden oder es würde wenigstens Kraiklyn ausscheiden. Die Münze blieb an seiner Hand haften, und er blickte auf sie hinunter. Es war, als sehe er in ein dünnes, ewig langes Rohr, das von ganz unten beleuchtet wurde. Wenn man es an ein Auge hielt und das andere schloß, konnte einem schwindelig werden.

Die Aoish waren eine Bänker-Spezies, und die Credits waren ihre größte Erfindung. Sie waren so gut wie die einzige existierende Währung, die universell akzeptiert wurde, und jeder berechtigte den Inhaber, die Münze entweder in ein stabiles Element von einem bestimmten Gewicht, ein Stück Land auf einem freien Orbital oder einen Computer von festgelegter Geschwindigkeit und Kapazität einzutauschen. Die Aoish garantierten den Eintausch und kamen ihrer Verpflichtung stets nach, und obwohl der Kurs manchmal stärker schwankte, als offiziell zugegeben wurde – wie es während des Krieges zwischen den Idiranern und der Kultur der Fall war –, blieben der reale und der theoretische Wert der Währung im großen und ganzen doch in genügendem Maße berechenbar, daß sie ein sicheres Deckungsgeschäft in unsicheren Zeiten statt den Traum eines Spekulanten darstellte. Es ging das Gerücht – wie immer widersprüchlich genug, um mit Vorbehalt geglaubt zu werden –, daß diejenige Gruppe in der Galaxis, die den größten Vorrat dieser Münzen besaß, die Kultur sei, gerade die Gesellschaft auf der zivilisierten Szene, die die Geldlosigkeit am militantesten vertrat. Horza glaubte nicht recht daran. Er fand, das Gerücht sei genau von der Art, die die Kultur über sich selbst verbreiten würde.

Er steckte sein Geld in eine Innentasche seiner Bluse, als er sah, daß Kraiklyn ein paar Münzen auf den großen Stapel zuschob, die bereits in der Mitte des Spieltischs lagen. Jetzt paßte der Wandler genau auf. Er ging auf dem Rundweg bis zu der nächsten Geldwechsler-Bar weiter, erhielt acht Hundertstel für sein einziges Zehntel (eine ungeheuerliche Provision, auch nach Vavatch-Begriffen) und benutzte einen Teil des Wechselgeldes dazu, sich Zugang auf eine Terrasse mit mehreren unbesetzten Couchen zu verschaffen. Dort schaltete er sich in Kraiklyns Gedanken ein.

Wer bist du? Die Frage sprang ihn an, sprang in ihn hinein.

*

Es war wie ein Schwindelgefühl, eine überwältigende Benommenheit, das ungeheuer verstärkte Äquivalent der Desorientierung, die einen manchmal befällt, wenn die Augen sich auf ein einfaches, regelmäßiges Muster richten, das Gehirn die Entfernung aus diesem Muster falsch ableitet, und der nicht am gehörigen Ort befindliche Brennpunkt an den Augen zu zerren scheint, Muskeln gegen Nerven, Realität gegen Annahmen. Horza drehte es sich nicht vor den Augen, ihm war, als versinke er trotz aller Gegenwehr.

Wer bist du? (Wer bin ich?) Wer bist du?

Peng, peng, peng: Das Geräusch von Sperrfeuer, das Geräusch zuknallender Türen, Angriff und Einkerkerung, Explosion und Zusammenbruch, alles gleichzeitig.

Nichts als ein kleiner Unfall. Ein unbedeutender Fehler. Wie es so geht. Ein Katastrophenspiel und ein High-Tech-Impressionist … eine unglückliche Kombination. *Zwei harmlose Chemikalien, die, wenn man sie mischt* … Feedback, ein Heulen wie Schmerz und etwas, das bricht …

Ein Geist zwischen Spiegeln. Er ertrank in den reflektierten Bildern seiner selbst (etwas brach), fiel hindurch. Ein verblassender Teil von ihm – der Teil, der nicht schlief? Ja? Nein? – kreischte aus dem tiefen, dunklen Abgrund, in den er fiel: *Wandler … Wandler … Wand- … (iii) …*

*

… Das Geräusch erstarb, wurde zu einem Flüstern, wurde das Stöhnen schaler Luft in toten Bäumen auf einem kahlen nächtlichen Sonnwendpunkt, dem Mittwinter der Seele an einem ruhigen, harten Ort.

Er wußte …

(Fang noch einmal von vorn an!)

Jemand wußte, daß in einer großen Halle in einer Stadt … auf einem bedrohten Himmelskörper ein Mann auf einem Stuhl saß, beschäftigt … mit einem Spiel (einem Spiel, das tötete). Der Mann war immer noch da, lebend und atmend … Aber seine Augen sahen nicht, seine Ohren hörten nicht. Er hatte nur noch einen einzigen Sinn: diesen Sinn, hier drinnen.

Flüstern: *Wer bin ich?*

Es hatte einen kleinen Unfall gegeben *(Leben eine Folge von Unfällen, Evolution abhängig von Mischung, aller Fortschritt eine Funktion von Mißverständnissen) …*

Er *(und vergiß, wer dieser ›er‹ ist, akzeptiere einfach den namenlosen Ausdruck, während diese Gleichung sich selbst löst)* … er ist der Mann auf dem Stuhl in der Halle auf dem Himmelskörper, an einen Ort in sich selbst gefallen, irgendwo im Innern … eines andern. Ein Double, eine Kopie, jemand, der vorgibt, er zu sein.

… Aber an dieser Theorie war irgend etwas falsch …

(Fang noch einmal von vorn an!)

Muß Gedanken ordnen.

Brauche Hinweise, Bezugspunkte, etwas, woran ich mich halten kann.

Erinnerung an eine sich teilende Zelle, im Zeitraffer gesehen, der erste Anfang unabhängigen Lebens, wenn auch immer noch abhängig. *Halte dieses Bild fest!*

Wörter (Namen): brauche Wörter.

Noch nicht, aber … etwas über von innen nach außen drehen, einen Ort …

Wonach suche ich?

Geist.

Wessen?
(Schweigen)
Wessen?
(Schweigen)
Wessen?
(Schweigen)
(... Fang noch einmal von vorn ...)

Hör zu! Das ist ein Schock. Es hat dich erwischt, schwer. Das ist nur eine Form von Schock, und du wirst dich davon wieder erholen.

Du bist der Mann, der spielt (wie wir es alle tun) ... Doch es ist immer noch etwas verkehrt, etwas, das gleichzeitig fehlt und hinzugefügt worden ist. Denk an jene lebenswichtigen Fehler, denk an diese sich teilende Zelle, die gleiche und nicht die gleiche, an den Ort, der von innen nach außen gedreht wird, den Zellhaufen, der sich von innen nach außen kehrt, der aussieht wie ein gespaltenes Gehirn (nicht schlafend, sich bewegend). Hör auf jemanden, der mit dir zu reden versucht ...

(Schweigen)

(Es kommt aus jenem Abgrund der Nacht, er ist nackt im Ödland, der stöhnende Eiswind seine einzige Decke, allein ist er in der frostigen Dunkelheit unter einem Himmel aus kaltem Obsidian:)

Wer hat je versucht, mit mir zu reden? Wann habe ich jemals zugehört? Wann bin ich jemals etwas anderes gewesen als nur ich selbst, wann hat mich je etwas interessiert als nur ich selbst?

Das Individuum ist die Frucht des Fehlers. Deshalb hat nur der Prozeß Gültigkeit ... Wer ist es also, der für ihn spricht?

Der Wind heult, bar einer Bedeutung, nimmt ihm die Wärme, nimmt ihm die Hoffnung, verteilt die Wärme seines erschöpften Körpers über den schwarzen Himmel, löst die salzige Flamme seines Lebens auf, erkältet bis ins Mark, höhlt ihn aus und erschöpft ihn. Er fühlt, daß er wieder fällt, und weiß, diesmal geht es tiefer hinab, dahin, wo die Stille und die Kälte absolut sind und keine Stimme ruft, nicht einmal seine eigene.

(Geheult wie der Wind:) *Wem hat jemals genug an mir gelegen, daß er mit mir geredet hätte?*

(Schweigen)

Wem hat jemals genug …

(Schweigen)

Wem …?

(Flüstern:) *Hör zu: »Die Jinmoti von …«*

… Bozlen Zwei.

Zwei. Irgendwer hatte einmal gesprochen. Er war der Wandler, er war der Irrtum, die imperfekte Kopie.

Er spielte ein anderes Spiel als das eine (aber er hatte immer noch die Absicht, ein Leben zu nehmen). Er beobachtete, fühlte, was der andere fühlte, aber fühlte mehr.

Horza. Kraiklyn.

Jetzt wußte er es. Das Spiel war … das Katastrophenspiel. Der Ort war … eine Welt, wo ein Band der ursprünglichen Idee von innen nach außen gedreht wurde … ein Orbital: Vavatch. Das Gehirn auf Schars Welt. Xoralundra. Balveda. *Die* (und als er seinen Haß fand, hämmerte er ihn in die Wand des Abgrunds wie einen Kletterhaken für ein Seil) *Kultur!*

Ein Bruch in der Zellenwand, ausströmendes Wasser, befreiendes Licht. Es führt zur Wiedergeburt.

Schwere und Kälte und helles, helles Licht …

… Scheiße. Schufte. Alles verloren dank einem Abgrund des Zweifels an sich selbst … Eine Woge von Wut und Verzweiflung fegte über ihn hin, und etwas starb.

*

Horza riß den Kopfhörer ab. Er lag zitternd auf der Couch, seine verklebten, brennenden Augen starrten zu den Scheinwerfern an der Decke des Auditoriums und den beiden kämpfenden Tieren hoch, die halbtot von ihren Trapezen hingen. Er zwang sich, die Augen zu schließen, dann riß er sie wieder auf, riß sich los von der Dunkelheit.

Abgrund des Zweifels an sich selbst. Kraiklyn war von Karten besiegt worden, die den Zielspieler seine eigene Identität in Frage stellen ließen. Horza hatte, bevor er den Kopfhörer abriß, aus Kraiklyns Gedanken den Eindruck gewonnen, der Söldnerführer sei durchaus nicht von Entsetzen überwältigt gewesen, nur desorientiert. Der Angriff hatte ihn genügend abgelenkt, daß er die Runde verloren hatte, und mehr hatten seine Gegner auch gar nicht erreichen wollen. Kraiklyn war aus dem Spiel ausgeschieden.

Eine schlimmere Wirkung hatte es auf ihn, Horza, gehabt, der versuchte, Kraiklyn zu sein, und dabei wußte, daß er es nicht war. Das war die ganze Geschichte. Jeder Wandler hätte das gleiche Problem gehabt, davon war er überzeugt …

Das Zittern ließ nach. Er setzte sich hoch und schwang die Füße von der Couch. Er mußte gehen. Kraiklyn würde gehen, also mußte er es auch tun.

Reiß dich zusammen, Mann!

Unten am Spieltisch hatte die brustlose Frau gewonnen und strich ihren Gewinn ein. Kraiklyn sah sie böse an. Seine Gurte wurden gelöst. Auf dem Weg aus der Arena kam er an dem schlaffen, noch warmen Leichnam seines letzten Lebens vorbei, der vom Sitz gehoben wurde.

Er trat nach der Leiche. Buh-Rufe stiegen von der Menge auf.

Horza stand auf, drehte sich um und stieß gegen einen harten, unnachgiebigen Körper.

»Darf ich jetzt den Paß sehen, Sir?« fragte die Beamtin, die er vorhin belogen hatte.

Er lächelte nervös und war sich bewußt, daß er immer noch ein bißchen zitterte, daß seine Augen rot waren und daß Schweiß sein Gesicht bedeckte. Die Beamtin sah ihn unverwandt und ausdruckslos an. Ein paar Leute auf der Terrasse beobachteten sie beide.

»Es … tut mir leid …« sagte der Wandler langsam und klopfte mit bebenden Händen seine Taschen ab. Die Beamtin ergriff seinen linken Ellbogen.

»Vielleicht sollten Sie lieber …«

»Hören Sie!« Horza beugte sich näher zu ihr. »Ich … ich habe keinen. Geht es nicht mit einer Bestechung?« Er wollte nach den Credits in seiner Bluse fassen. Das Knie der Beamtin schoß hoch; gleichzeitig drehte sie Horza den linken Arm auf den Rücken. Das geschah auf die fachmännischste Art, und Horza mußte in die Höhe springen, um den Kniestoß erträglich abzuleiten. Er ließ seine linke Schulter sich lösen und brach zusammen, aber nicht, bevor seine freie Hand leicht über das Gesicht der Beamtin gekratzt hatte (und das, wurde ihm im Fallen klar, war eine instinktive Reaktion gewesen, keine beabsichtigte. Aus irgendeinem Grund amüsierte es ihn).

Die Beamtin fing Horzas anderen Arm ein und sicherte seine beiden Hände hinter seinem Rücken mit einem Fesselhandschuh. Sie wischte sich das Blut von der Wange. Horza kniete auf dem Boden der Terrasse und stöhnte so, wie die meisten Leute mit einem gebrochenen oder ausgerenkten Arm gestöhnt haben würden.

»Es ist alles in Ordnung, Leute; da gab es nur ein kleines Problem mit einem Paß. Bitte, lassen Sie sich in Ihrem Vergnügen nicht stören«, sagte die Beamtin. Dann hob sie den Arm, und der Fesselhandschuh zog auch Horza in die Höhe. Er schrie vor markiertem Schmerz auf, und dann wurde er die Stufen zum Gehweg hochgeschoben. »Sieben drei, sieben drei, männlich, Code grün, kommt über Weg sieben spinwärts«, berichtete die Frau dem Mikrophon an ihrem Aufschlag.

Auf dem Gehweg merkte Horza, daß sie schwächer wurde. Bisher hatte er noch keine anderen Sicherheitsleute entdeckt. Der Schritt der Frau hinter ihm stockte und verlangsamte sich. Er hörte sie keuchen. Zwei Betrunkene, die an einer Auto-Bar lehnten, sahen sie komisch an; der eine drehte sich eigens auf seinem Barhocker um.

»Sieben ... dr ...« begann die Beamtin. Dann knickten ihre Knie ein. Horza wurde mit ihr zu Boden gezerrt. Die Muskeln der Frau erschlafften, aber der Fesselhandschuh hielt. Horza fügte seine Schulter wieder an, drehte und ruckte. Die brechenden Feldfäden des Handschuhs ließen Verfärbungen auf seinen Handgelenken zurück. Die Beamtin lag mit geschlossenen Augen auf dem Rücken und atmete schwach. Horza glaubte, sie mit einem nicht tödlichen Giftnagel gekratzt zu haben, doch er hatte keine Zeit, abzuwarten, ob das stimmte. Sicher kam man bald nach der Frau suchen, und er konnte es sich nicht leisten, daß Kraiklyn einen zu großen Vorsprung gewann. Ob der Kapitän nun auf das Schiff zurückkehrte, wie Horza annahm, oder ob er dem Spiel weiter zusah, Horza wollte in seiner Nähe bleiben.

Seine Kapuze war ihm beim Fallen nach hinten gerutscht. Er zog sie wieder vor, dann hievte er die Frau hoch, zerrte sie an die Bar, wo die beiden Betrunkenen saßen, setzte sie auf einen Schemel, kreuzte ihre Arme vor ihr auf der Theke und legte ihren Kopf darauf.

Der Betrunkene, der das Geschehen beobachtet hatte, grinste den Wandler an. Horza versuchte zurückzugrinsen. »Kümmern Sie sich jetzt um sie«, sagte er. Auf dem Boden neben dem Schemel des anderen Betrunkenen lag ein Mantel. Horza hob ihn auf. Der

Eigentümer war zu sehr damit beschäftigt, einen neuen Drink zu bestellen, als daß er es bemerkt hätte. Horza legte der Frau den Mantel um die Schultern, was ihre Uniform versteckte. »Für den Fall, daß ihr kalt wird«, erzählte er dem ersten Betrunkenen. Dieser nickte.

Ruhig ging Horza davon. Der zweite Betrunkene, dem die Frau bis dahin gar nicht aufgefallen war, erhielt seinen Drink aus der Klappe vor seinem Platz, drehte sich zu seinem Freund um und wollte ihm etwas sagen, entdeckte die halb über der Bar liegende Frau, stieß sie an und sagte: »He, dir gefällt der Mantel wohl? Wie ist es, möchtest du etwas trinken?«

Bevor er das Auditorium verließ, blickte Horza nach oben. Die kämpfenden Tiere würden nie mehr kämpfen. Unter dem schimmernden Reifen, der Vavatchs andere und, im Augenblick, Tagseite war, lag das eine Tier in einer großen, seichten Lache milchigen Blutes hoch in der Luft. Sein mächtiger vierfüßiger Körper bildete ein X über dem Geschehen in der Arena, der dunkle Pelz und der schwere Kopf waren zerschlitzt und weiß gefleckt. Das andere Wesen baumelte von seinem Trapez, vertropfte weißes Blut und drehte sich langsam. Es hing an der einen geschlossenen Klauenhand und war so tot wie sein heruntergefallener Gegner.

Horza zermarterte sich das Gehirn, aber der Name dieser seltsamen Tiere wollte ihm nicht einfallen. Er schüttelte den Kopf und eilte fort.

*

Er fand das Spieler-Areal. Ein Ischlorsinami wachte vor einer Doppeltür in einem Gang, der tief unter der Arena lag. Eine kleine Ansammlung von Leuten und Maschinen stand oder saß herum. Einige stellten dem schweigenden Ischlorsinami Fragen; die meisten unterhielten sich miteinander. Horza holte tief Atem, dann bahnte er sich mit den Ellbogen, eine seiner jetzt nutzlos gewordenen Kreditkarten schwenkend, einen Weg durch die Menge und sagte: »Sicherheit, los, los, machen Sie Platz! Sicherheit!« Die Leute protestierten, wichen aber zur Seite. Horza pflanzte sich vor dem hochgewachsenen Ischlorsinami auf. Stählerne Augen blickten aus einem dünnen, harten Gesicht auf ihn nieder. »Sie!« Horza schnippte mit den Fingern. »Wohin ist dieser Spieler gegangen? Der mit dem hellen einteiligen Anzug und den braunen Haaren.« Der große Humanoide zögerte. »Reden Sie schon, Mann!« drängte Horza. »Ich habe diesen Karten-Betrüger um die halbe Galaxis gejagt, und ich will ihn jetzt nicht mehr verlieren!«

Der Ischlorsinami wies mit einem Ruck seines Kopfes in die Richtung des Gangs, der zum Haupteingang der Arena führte. »Er ist gerade gegangen.« Die Stimme des Humanoiden klang, als würden zwei Glasscherben aneinandergerieben. Horza zuckte zusammen, nickte jedoch schnell, drängte sich wieder durch die Menge und rannte den Gang hinauf.

Im Vestibül des Arena-Komplexes traf er auf eine noch größere Menge. Wachen, Sicherheitsroboter auf Rädern, private Leibwächter, Fahrer von Bodenwagen, Piloten von Raumfähren, Stadtpolizisten. Leute mit verzweifelten Gesichtern schwenkten übertragbare Kreditkarten, andere notierten die Namen jener, die Plätze auf Fähren-Bussen und Luftkissenfahrzeugen buchten. Manche standen nur herum und wollten sehen, was passierte, oder hofften, ein bestelltes Taxi werde kommen. Leute wanderten einfach geistesabwesend herum, die Kleider zerrissen und in Unordnung, andere waren ganz Lächeln und Zuversicht, drückten umfangreiche Taschen und Beutel an sich und waren häufig von einer eigenen angeheuerten Leibwache begleitet. Diese Menge wogte in dem lauten, geschäftigen Raum umher, der von dem eigentlichen Auditorium zu der Plaza draußen im Freien unter den Sternen und dem hellen Streifen der anderen Seite des Orbitals führte.

Horza zog sich die Kapuze noch tiefer ins Gesicht und drängte sich durch eine Barrikade aus Sicherheitsleuten. Obwohl das Spiel und der Countdown der Zerstörung sich ihrem Ende näherten, war ihr Interesse anscheinend noch immer darauf gerichtet, Leute draußen zu halten. Deshalb behinderten sie Horza nicht. Er blickte über die unruhige Masse aus Köpfen, Capes, Helmen, Gehäusen und Zieraten hinweg und fragte sich, wie er Kraiklyn in diesem Haufen fangen oder auch nur finden solle. Eine Keilformation von uniformierten Vierfüßern, die in ihrer Mitte irgendeinen hohen Würdenträger trugen, schob ihn zur Seite. Ehe Horza das Gleichgewicht zurückgewonnen hatte, rollte ihm ein weicher pneumatischer Reifen von einer mobilen Bar, die ihre Waren anpries, über den Fuß. »Hätten Sie gern einen Drogen-Cocktail, Sir?« fragte die Maschine.

»Verpiß dich!« riet Horza ihr und lief der Keilformation vierfüßiger Wesen nach, die dem Ausgang zustrebten.

»Sofort, Sir. Dry, medium oder …?«

Horza holte die Vierfüßer ein, und dann gelangte er in ihrem Kielwasser mühelos an die Tür.

Draußen war es überraschend kalt. Horzas Atem dampfte. Schnell sah er sich um und versuchte, Kraiklyn zu entdecken. Die Menge außerhalb der Arena war kaum weniger dicht und rüpelhaft als die drinnen. Leute verhökerten Waren, verkauften Fahrkarten, taumelten herum, liefen hin und her, bettelten Fremde um Geld an, machten lange Finger, suchten den Himmel mit ihren Blicken ab oder spähten die breiten Räume zwischen den Gebäuden hinunter. Ein ständiger heller Strom von Maschinen kam donnernd vom Himmel herunter oder sausend die Boulevards herauf. Sie hielten an, nahmen Leute auf und rasten wieder davon.

Horza konnte einfach nicht genug sehen. Ein drei Meter großer Riese in einem klobigen Anzug fiel ihm auf. Er hielt eine große Waffe in der Hand und trug einen leeren Ausdruck auf seinem breiten, blassen Gesicht. Strähnen von leuchtend rotem Haar spitzten unter seinem Helm hervor.

»Kann man Sie engagieren?« fragte Horza und machte so etwas wie ein paar Schwimmzüge, um sich durch einen Knoten von Menschen, die kämpfenden Insekten zusahen, zu dem Riesen durchzuarbeiten. Das breite Gesicht nickte ernst, und der große Mann nahm Haltung an.

»Das kann man«, rumpelte seine tiefe Stimme.

»Hier ist ein Hundertstel.« Schnell schob Horza eine Münze in den Handschuh des Mannes, wo sie ganz verloren wirkte.

»Lassen Sie mich auf Ihre Schultern steigen. Ich suche jemanden.«

»In Ordnung«, stimmte der Mann zu, nachdem er eine Sekunde lang überlegt hatte. Er ließ sich langsam auf ein Knie nieder und stützte sich dabei auf sein Gewehr, das er mit dem Kolben auf den Boden stemmte. Horza schlang die Beine über die Schultern des Riesen. Ohne dazu aufgefordert zu sein, richtete der Mann sich wieder auf, und Horza wurde hoch über die Köpfe der Leute gehoben. Sich die Kapuze seiner Bluse wieder tief ins Gesicht ziehend, suchte er die Menge nach einer Gestalt in einem hellen einteiligen Anzug ab, obwohl ihm klar war, daß Kraiklyn sich inzwischen umgezogen haben oder sogar fort sein konnte. Vor Verzweiflung baute sich ein nervöser Krampf in Horzas Bauch auf. Er versuchte sich zuzureden, es sei nicht weiter wichtig, wenn er Kraiklyn jetzt verliere, er könne immer noch allein zum Hafen und zu dem System-Schiff fahren, das die *Clear Air Turbulence* an Bord genommen hatte. Aber seine Eingeweide wollten sich nicht beruhigen lassen. Es war, als hätten die Atmosphäre des Spiels, die Untergangsstimmung auf dem Orbital, die Stadt, die Arena in ihren letzten Stunden seine Körperchemie verändert. Mit der notwendigen Konzentration wäre es ihm möglich gewesen, sich zu entspannen, aber das konnte er sich jetzt nicht leisten. Er mußte Kraiklyn suchen.

Er suchte die bunte Ansammlung von Individuen ab, die in einem abgesperrten Gebiet auf Fähren warteten. Dann fiel ihm Kraiklyns Gedanke ein, er habe einen Haufen Geld verschwendet, und er richtete den Blick auf den Rest der Menge.

Er sah ihn. Der Kapitän der *Clear Air Turbulence* stand, den Anzug teilweise von einem grauen Mantel verdeckt, mit übereinandergeschlagenen Armen und gespreizten Beinen in einer dreißig Meter entfernten Schlange von Menschen, die auf Busse und Taxis warteten. Horza beugte sich vor, bis er seinem Träger verkehrt herum ins Gesicht blickte. »Danke. Sie können mich jetzt wieder absetzen.«

»Ich kann nicht herausgeben«, brummelte der Mann und bückte sich. Die Vibration lief durch Horzas Körper.

»Geht in Ordnung. Behalten Sie das Geld!« Horza sprang von den Schultern des Riesen und rannte, hierhin und dahin ausweichend, auf die Stelle zu, wo er Kraiklyn gesehen hatte.

Er hatte sein Terminal an der linken Manschette befestigt; die Zeit war minus zweieinhalb Stunden. Horza quetschte und schob und bat und entschuldigte sich quer durch die Menge. Unterwegs sah er viele Leute, die auf Uhren, Terminals und Schirme sahen, hörte viele synthetisierte Stimmchen die Zeit quaken und nervöse Menschen sie wiederholen.

Da war die Schlange. Sie war überraschend ordentlich, dachte Horza. Dann bemerkte er, daß sie von den gleichen Sicherheitsleuten beaufsichtigt wurde, die innerhalb der Arena Dienst getan hatten. Kraiklyn war schon dicht an die Spitze vorgerückt, und ein Bus war beinahe voll. Dahinter warteten Boden- und Luftkissenfahrzeuge. Ein Beamter mit einem Notizschirm sagte etwas zu Kraiklyn, und der Kapitän zeigte auf eins davon.

Horza schätzte die Reihe der Wartenden ab. Es mußten mehrere hundert Personen sein. Wenn er sich hinten anschloß, würde er Kraiklyn verlieren. Schnell sah er sich um. Welchen anderen Weg, ihm zu folgen, mochte es geben?

Irgendwer rempelte ihn von hinten an, und Horza drehte sich nach dem Lärm rufender Stimmen und dem Druck elegant gekleideter Leute um. Eine maskierte Frau in einem engen Silberkleid schrie unzusammenhängend auf einen kleinen, verwirrt dreinblickenden Mann mit langem Haar ein, der nichts als verwickelte Schlingen dunkelgrüner Schnüre trug. Sie schlug mit den offenen Händen nach ihm; er wich zurück, schüttelte den Kopf. Leute sahen zu. Horza vergewisserte sich, daß man ihm beim Anrempeln nichts gestohlen hatte. Dann hielt er weiter nach irgendeinem Transportmittel oder einem Kundenwerber für Taxis Ausschau.

Ein Flugzeug zog in geräuschvollem Tiefflug über sie dahin und warf Prospekte ab. Sie waren in einer Sprache geschrieben, die Horza nicht verstand.

»… Sarble«, sagte ein Mann mit transparenter Haut zu einem Gefährten, als sie sich aus der Menge quetschten und an Horza vorbeigingen. Der Mann versuchte, im Gehen auf einen kleinen Terminal-Schirm zu blicken. Horza erhaschte einen Blick auf etwas, das ihm zu denken gab. Er stellte sein eigenes Terminal auf den entsprechenden Kanal ein.

Das mußte die Szene sein, die er vor ein paar Stunden im Auditorium miterlebt hatte: Die Schlägerei auf der Terrasse über seiner eigenen. Es hatte damals geheißen, Sarble das Auge sei von den Sicherheitsleuten festgenommen worden. Stirnrunzelnd führte Horza den an seiner Manschette steckenden Schirm näher an die Augen.

Es *war* derselbe Ort, es *war* die Szene, beinahe genau aus dem Winkel und der Entfernung gesehen, aus der er sie beobachtet hatte. Er schnitt dem Schirm eine Grimasse und versuchte sich vorzustellen, von wo aus die Bilder, die jetzt gesendet wurden, aufgenommen worden waren. Die Szene endete; es folgten Schnappschüsse von verschiedenen exzentrisch wirkenden Wesen, die sich im Auditorium amüsierten, während das Katastrophenspiel irgendwo im Hintergrund weiterging.

... Wenn ich aufgestanden und nur ein bißchen zur Seite getreten wäre ... dachte Horza.

Es war die Frau gewesen.

Die Frau mit dem weißen Haar, die er gleich zu Beginn gesehen hatte, als sie im höchsten Teil der Arena ihre Tiara zurechtrückte. Sie war auf seiner Terrasse gewesen, hatte neben seiner Couch gestanden, als der Krawall weiter oben losging. Sie war Sarble das Auge. Wahrscheinlich war die Tiara die Kamera, und der junge Mann auf der höheren Terrasse hatte die Sicherheitsleute ablenken sollen.

Horza schaltete den Schirm ab. Er lächelte, dann schüttelte er den Kopf, als wolle er die kleine, nutzlose Enthüllung aus dem Mittelpunkt seiner Aufmerksamkeit entfernen. Wichtig allein war, daß er ein Transportmittel fand.

Er bahnte sich einen Weg vorbei an Leuten in Gruppen und Reihen und Schlangen, hielt Ausschau nach einem freien Fahrzeug, einer offenen Tür, dem Auge eines Kundenwerbers. Dort war die Schlange, in der Kraiklyn stand. Der Kommandant der *CAT* war an die offene Tür eines roten Bodenwagens vorgerückt und stritt offensichtlich mit dessen Fahrer und zwei anderen Leuten hinter ihm in der Reihe.

Horza war elend zumute. Der Schweiß brach ihm aus, er wollte um sich treten, all die Leute, die sich um ihn drängten, aus dem Weg werfen, von sich wegschleudern. Er kehrte um. Er würde den Versuch wagen müssen, sich durch Bestechung einen Platz vorn in Kraiklyns Schlange zu verschaffen. Als er noch fünf Meter von der Schlange entfernt war, hörten Kraiklyn und die beiden anderen Leute auf, sich zu streiten, stiegen in das Taxi ein und fuhren davon. Horza drehte den Kopf und sah ihm nach, ein jämmerliches Gefühl im Magen. Da kam ihm von neuem die weißhaarige Frau vor die Augen. Sie trug einen blauen Mantel mit Kapuze, aber die Kapuze fiel zurück, als sie sich aus der Menge an den Rand der Straße drängte, wo ein großer Mann ihr den Arm um die Schultern legte und in Richtung der Plaza winkte. Sie zog die Kapuze wieder hoch.

Horza steckte die Hand in die Tasche und umfaßte die Waffe. Dann ging er auf das Paar zu – und in diesem Augenblick zischte ein schlanker, mattschwarzer Luftkissenwagen aus der Dunkelheit und blieb neben den beiden stehen. Horza trat vor. Die Seitentür des Fahrzeugs schwang auf, und die Frau, die Sarble das Auge war, bückte sich, um einzusteigen.

Horza klopfte ihr auf die Schulter. Sie drehte sich schnell zu ihm um. Der große Mann setzte sich in Bewegung, aber Horza schob die Hand in der Tasche schräg nach oben, so daß sich die Waffe abzeichnete.

Der Mann blieb stehen, sah unsicher nach unten. Die Frau erstarrte, einen Fuß auf der Türschwelle.

»Ich glaube, Sie fahren in meine Richtung«, erklärte Horza rasch. »Ich weiß, wer Sie sind.« Er nickte der Frau zu. »Ich weiß über das Ding Bescheid, das Sie auf dem Kopf hatten. Alles, was ich will, ist, daß Sie mich zum Hafen mitnehmen. Mehr nicht. Machen Sie keinen Quatsch!« Er wies mit dem Kopf zu den Sicherheitsleuten am Kopf der Hauptschlange hin.

Die Frau sah den großen Mann und dann Horza an. Sie trat langsam zurück. »Okay. Nach Ihnen.«

»Nein, Sie zuerst.« Horza bewegte die Hand in der Tasche. Die Frau lächelte, zuckte die Achseln und stieg ein, gefolgt von dem großen Mann und Horza.

»Wer ist denn *das?*« fragte die Fahrerin, eine grimmig blickende glatzköpfige Frau.

»Ein Gast«, teilte Sarble ihr mit. »Fahren Sie einfach los!«

Das Luftkissenfahrzeug hob sich. »Geradeaus«, sagte Horza. »So schnell es geht. Ich suche nach einem roten Räderwagen.« Er nahm die Pistole aus der Tasche und drehte sich herum, so daß er Sarble dem Auge und dem großen Mann das Gesicht zuwandte. Das Luftkissenfahrzeug beschleunigte.

»Ich habe dir doch gesagt, es war zu früh für die Sendung«, zischte der große Mann mit heiserer Stimme. Sarble zuckte die Achseln. Horza lächelte, warf gelegentliche Blicke aus dem Fenster auf den Verkehr rings um den Wagen, bewachte aber die beiden Menschen ständig aus dem Augenwinkel.

»Pech gehabt«, meinte Sarble. »Ich bin draußen wieder mit diesem Mann zusammengestoßen.«

»Dann sind Sie tatsächlich Sarble?« wandte sich Horza an die Frau. Sie sah ihn nicht an und antwortete nicht.

»Hören Sie«, sagte der Mann zu Horza, »wir werden

Sie zum Hafen bringen, wenn das der Ort ist, wohin dieser rote Wagen fährt, aber kommen Sie bloß nicht auf dumme Gedanken. Wir werden kämpfen, wenn es sein muß. Ich fürchte mich nicht zu sterben.« Er sprach gleichzeitig ängstlich und wütend; sein gelblichweißes Gesicht war wie das eines Kindes, das kurz davor steht, loszuweinen.

»Sie haben mich überzeugt«, sagte Horza grinsend. »Könnten Sie jetzt nicht Ausschau nach dem roten Wagen halten? Drei Räder, vier Türen, Fahrer, drei Leute im Fond. Gar nicht zu verkennen.«

Der große Mann biß sich auf die Lippe. Horza winkte ihm mit einer kleinen Bewegung seiner Pistole, nach vorn zu sehen.

»Ist er das?« fragte die glatzköpfige Fahrerin. Horza sah den Wagen, den sie meinte. Es sah aus, als sei es der richtige.

»Ja. Folgen Sie ihm, aber nicht zu dicht.« Das Luftkissenfahrzeug fiel ein bißchen zurück.

Sie kamen in das Hafengebiet. Weit hinten wurden Kräne und Brücken angestrahlt, geparkte Bodenwagen, Luftkissenfahrzeuge und sogar leichte Fähren säumten beide Seiten der Straße. Der rote Wagen war jetzt dicht vor ihnen und folgte zwei sich abquälenden Luftkissen-Bussen eine niedrige Rampe hinauf. Auch der Motor des Wagens, in dem Horza saß, hatte beim Hochfahren Mühe.

Der rote Wagen bog von der Hauptroute ab und ging in eine lange Kurve. Zu beiden Seiten der Straße schimmerte dunkles Wasser.

»Sind Sie tatsächlich Sarble?« erkundigte sich Horza noch einmal bei der weißhaarigen Frau, die ihn immer noch nicht ansah. »Waren Sie das vorhin, draußen vor der Halle? Oder nicht? Besteht Sarble in Wirklichkeit aus vielen Personen?«

Die Leute im Wagen antworteten nicht. Horza

lächelte nur, beobachtete sie genau, aber nickte und lächelte vor sich hin. Schweigen herrschte, nur der Wind sang.

Der Wagen verließ die Straße und fuhr eine abgezäunte Strecke an hohen Kranbrücken und den erleuchteten Massen hochaufragender Maschinen entlang, dann zwischen dunklen Lagerhäusern hindurch. Vor einer kleinen Anlegestelle wurde er langsamer.

»Bleiben Sie zurück!« befahl Horza. Die glatzköpfige Frau fuhr langsamer. Der rote Wagen kreuzte an der Anlegestelle unter dem viereckigen Käfig der Kranbeine.

Dann hielt er vor einem hellerleuchteten Gebäude. Ein Muster aus Lichtern, die um seine Oberkante liefen, bildete in verschiedenen Sprachen die Inschrift: ›SUB-BASIS STEIG 54‹.

»Gut. Stop«, sagte Horza. Der Luftkissenwagen sank auf seine Schürze nieder. »Danke.« Horza stieg aus, das Gesicht immer noch dem Mann und der weißhaarigen Frau zugekehrt.

»Sie haben Glück gehabt, daß Sie keinen Blödsinn gemacht haben«, sagte der Mann wütend und nickte heftig. Seine Augen glitzerten.

»Ich weiß«, pflichtete Horza ihm bei. »Auf Wiedersehen.« Er zwinkerte der weißhaarigen Frau zu. Sie drehte sich um und machte mit einem Finger eine Geste, von der Horza vermutete, daß sie obszön war. Der Wagen stieg in die Höhe, raste geradeaus, ging in die Kurve und fuhr den Weg zurück, den sie gekommen waren. Horza sah zu dem Schachteingang hinüber, wo sich die drei Leute, die aus dem roten Wagen gestiegen waren, vor dem Licht drinnen abhoben. Sie hätten ihn sehen können, wenn sie sich umdrehten. Horza war sich nicht sicher, ob sie es taten, aber vorsichtshalber wich er in den Schatten des Krans über ihm zurück.

Zwei der Leute an dem Zugangsschacht betraten das Gebäude und verschwanden. Der dritte, der Kraiklyn sein konnte, ging am Hafenbecken entlang weiter.

Horza steckte die Pistole wieder in die Tasche und eilte unter einem anderen Kran in die gleiche Richtung.

Ein Brüllen, wie Sarbles Luftkissenwagen es beim Abfahren erzeugt hatte, aber viel lauter und tiefer, kam von innerhalb des Hafenbeckens.

Licht und Gischt füllten das meerwärts gelegene Ende des Docks, als ein großes Luftkissenfahrzeug, im Prinzip dem ähnlich, das Horza requiriert hatte, nur viel größer, aus den Weiten des schwarzen Ozeans heranfegte. Beleuchtet von den Sternen, von der Tagseite des Orbitals, die oben als Bogen zu sehen war, und von den Lichtern des Bootes selbst, erhoben sich die Gischtwolken mit milchigem Schimmern in die Luft. Die große Maschine bewegte sich schwerfällig mit kreischenden Motoren zwischen den Wänden des Docks. Draußen auf dem Meer konnte Horza zwei weitere Wolken erkennen, die ebenfalls von innen durch blitzende Lichter erhellt wurden. Auf dem führenden Fahrzeug, das langsam das Dock heraufkam, wurde Feuerwerk abgebrannt. Horza machte eine lange Reihe von Fenstern aus. Anscheinend tanzten dahinter Leute. Sein Blick kehrte in die Richtung zurück, die seine Beute eingeschlagen hatte. Der Mann stieg die Stufen einer Fußgängerbrücke hoch, die das Hafenbecken in großer Höhe überquerte. Horza lief ihm vorsichtig nach, duckte sich hinter Kranbeinen und sprang über dicke Trossen. Die Lichter des Luftkissenbootes blitzten auf den dunklen Oberbauten der Kräne; das Kreischen der Düsen und Laufräder hallte zwischen Betonmauern wider.

Als wolle es darauf hinweisen, wie ungefüge die Szene im Vergleich war, schoß ein kleines Fahrzeug – dunkel und bis auf das Rauschen der Luft geräuschlos – über ihnen dahin, leuchtete einmal vor dem Reifen der Tagseite auf und verschwand im schwarzen Himmel. Horza widmete ihm einen kurzen Blick, dann beobachtete er die Gestalt auf der kleinen Brücke. Die blitzenden Lichter des Luftkissenbootes, das sich immer noch durch das Dock unten quälte, beleuchteten sie. Das zweite Fahrzeug manövrierte sich gerade außerhalb des Docks in die richtige Position, um dem ersten zu folgen.

Horza kam an die Stufen, die zu der schmalen Hängebrücke hinaufführten. Der Mann, der wie Kraiklyn ging und einen grauen Mantel trug, war ungefähr zur Hälfte hinüber. Horza konnte nicht viel davon erkennen, wie das Terrain auf der anderen Seite des Docks aussah, hielt es jedoch für sehr wahrscheinlich, daß ihm seine Beute entging, wenn er sie hinübergelangen ließ, bevor er ihr nachsetzte. Wahrscheinlich hatte der Mann – Kraiklyn, wenn er es war – das so geplant; Horza nahm an, er wußte, daß er verfolgt wurde. Er machte sich auf den Weg über die Brücke. Sie schwankte leicht. Der Lärm und die Lichter des riesigen Luftkissenbootes befanden sich beinahe unter ihm. Der Geruch nach Salzwasser, der aus dem seichten Wasser des Docks aufstieg, erfüllte die Luft. Der Mann sah sich nicht nach Horza um, doch er mußte Horzas Schritte spüren, die zusammen mit seinen eigenen die Brücke schwingen ließen.

Die Gestalt verließ die Brücke am anderen Ende. Horza verlor sie aus den Augen und begann zu rennen, die Waffe vor sich haltend. Das Luftkissenboot unten blies Gischtwolken hoch, die ihn durchweichten. An Bord spielte laute Musik, hörbar noch durch das Kreischen der Motoren. Horza kam schlitternd ans Ende der Brücke und sprang schnell die Wendeltreppe zum Rand des Hafenbeckens hinunter.

Etwas segelte aus der Dunkelheit unter der Wendeltreppe und krachte ihm ins Gesicht. Gleich darauf knallte ihm etwas in den Rücken und gegen den Hinterkopf. Er lag auf etwas Hartem und fragte sich benommen, was passiert sei, während Lichter über ihn hinzogen, die Luft in seinen Ohren donnerte und irgendwo Musik gellte. Ein helles Licht schien ihm genau in die Augen. Die Kapuze wurde von seinem Gesicht zurückgezogen.

Er hörte ein Keuchen, das Keuchen eines Mannes, der eine Kapuze von einem Gesicht zurückzieht, nur um sein eigenes Gesicht auf sich zurückblicken zu sehen. *(Wer bist du?)* Wenn es das war, was es war, dann war dieser Mann jetzt verwundbar, stand ein paar Sekunden lang unter Schock *(Wer bin ich?)* … Horza hatte Kraft genug, um mit einem Bein fest nach oben zu treten, gleichzeitig seine Arme hochzuzwingen und ein Stück Stoff zu packen. Sein Schienbein hatte Kontakt mit einer Lende. Der Mann flog über Horzas Schultern auf das Dock zu. Dann fühlte Horza, wie er bei den Schultern gepackt wurde, und als der Mann, den er hielt, seitlich hinter ihm aufschlug, wurde er hinübergezogen …

Über den Rand des Docks. Der Mann war dicht an der Kante gelandet und hinübergeglitten, wobei er Horza mitriß. Sie fielen.

Horza nahm Lichter wahr, dann Schatten, den Mantel oder Anzug des Mannes, von dem er immer noch einen Zipfel umklammert hielt, eine Hand, die immer noch auf seiner Schulter lag. Sie fielen: Wie tief war das Dock? Das Geräusch des Windes. Horche auf den Lärm des …

Horza schlug zweimal auf, traf erst das Wasser, dann, in einer stauchenden Kollision von Flüssigkeit und Körper, etwas Härteres. Es war kalt, und sein Hals schmerzte. Unsicher, welche Richtung oben war, und benommen von den Schlägen auf den Kopf, zappelte er umher. Etwas zerrte an ihm. Er schlug zu, auf etwas Weiches, dann zog er sich auf die Füße und fand sich in Wasser stehend wieder, das wenig über einen Meter tief war. Er kämpfte sich vorwärts. Es war ein Tollhaus – Licht und Lärm und Gischt überall, und irgendwer hing an ihm.

Wieder schlug Horza um sich. Die Gischtwolken verzogen sich für einen Augenblick, und er sah zwei Meter zu seiner Rechten die Wand des Hafenbeckens und direkt vor sich das Heck des riesigen Luftkissenbootes. Es war fünf oder sechs Meter von ihm entfernt und wich langsam zurück. Eine kräftige Bö öliger, feuriger Luft riß ihn von den Füßen und warf ihn wieder ins Wasser. Die Gischt schloß sich über ihm. Die Hand ließ los, und Horza ging unter.

Er kam noch rechtzeitig wieder nach oben, um zu sehen, daß sein Gegner durch die Gischt davonlief, dem langsam schwimmenden Luftkissenboot das Dock hinauf folgend. Horza versuchte zu rennen, aber das Wasser war zu tief. Er mußte seine Beine in der zeitlupenartigen Alptraum-Version eines Laufs vorwärtszwingen und seinen Rumpf so abknicken, daß sein Gewicht ihn vorwärtstrug. Mit übertriebenen Verrenkungen von einer Seite zur anderen lief er dem Mann in dem grauen Mantel nach, benutzte in dem Versuch, die Geschwindigkeit zu erhöhen, seine Hände wie Paddel. Der Kopf drehte sich ihm, Rücken, Gesicht und Hals taten schrecklich weh, und er sah nur verschwommen, aber wenigstens war er immer noch der Jäger. Der Mann vor ihm schien eher darauf bedacht zu sein zu fliehen, als sich zum Kampf zu stellen.

Der knatternde Auspuff des sich bewegenden Bootes blies ein neues Loch in die Gischt um die beiden Männer und enthüllte den Stern, der sich oberhalb der birnenförmigen Schürze volle drei Meter über die Wasserfläche erhob. Zuerst wurde der Fliehende vor ihm, dann Horza selbst, von dem Stoß heißer, erstickender Dämpfe zurückgetrieben. Das Wasser wurde seichter. Horza stellte fest, daß er die Beine jetzt höher aus dem Wasser ziehen und schneller waten konnte. Wieder fegten Lärm und Gischt über ihn hin, und für einen Augenblick geriet ihm seine Beute außer Sicht. Dann klärte sich die Sicht voraus, und er sah, daß das große Luftkissenfahrzeug auf einer trockenen Betonfläche lag. Die Wände des Docks ragten auf beiden Seiten hoch hinauf, aber das Wasser und die Gischtwolken waren fast verschwunden. Der Mann vor ihm schwankte zu der kurzen Rampe, die aus dem nur noch knöcheltiefen Wasser auf den Beton führte, stolperte und wäre beinahe gefallen. Dann begann er kraftlos, dem Boot hinterherzurennen, daß nun auf der ebenen Fläche zwischen den Cañonwänden des Docks schneller fuhr.

Horza kam endlich platschend aus dem Wasser und nahm die Verfolgung des vor Nässe klatschenden grauen Mantels auf.

Der Mann rutschte aus, fiel und rollte. Als er aufstehen wollte, rammte Horza ihn und riß sie beide um. Horza schlug nach dem Gesicht des Mannes, das bei dem von hinten kommenden Licht im Schatten lag, verfehlte ihn aber. Der Mann trat nach ihm, versuchte erneut, zu fliehen. Horza warf sich gegen die Beine des Mannes, brachte ihn ein weiteres Mal zu Fall. Der nasse Mantel schwang über seinen Kopf. Sich auf alle viere erhebend, rollte Horza seinen Gegner auf den Rücken. Es war tatsächlich Kraiklyn. Horza holte zum Schlag aus. Das blasse, rasierte Gesicht unter ihm war verzerrt vor Entsetzen. Das Licht hinter Horzas Rükken, wo ebenfalls großes Getöse herrschte, warf Schatten darauf … Kraiklyn schrie, sah nicht den Mann an, der sein eigenes echtes Gesicht trug, sondern an ihm vorbei, über ihn hinweg. Horza fuhr herum.

Eine schwarze, Gischt versprühende Masse raste auf ihn zu; hoch oben flammten Lichter. Eine Sirene tutete, dann war der alles zermalmende schwarze Rumpf über ihm, traf ihn, walzte ihn platt, mordete seine Trommelfelle mit Lärm und Druck, drückte, drückte, drückte ... Horza hörte ein Gurgeln; er wurde gegen Kraiklyns Brust gerammt, sie wurden beide wie von einem gewaltigen Daumen in den Beton gerieben.

Ein zweites Luftkissenboot; das nächste in der Reihe, die er gesehen hatte.

Mit einem einzigen stechenden Schmerz, der ihn von Kopf bis Fuß durchfuhr, als versuche ein Riese, ihn mit einem großen harten Besen vom Boden aufzufegen, hob sich das Gewicht von ihm. An seine Stelle traten völlige Dunkelheit, ein Lärm, der geeignet war, Schädel zu spalten, und ein heftiger, turbulenter, quetschender Luftdruck.

Sie waren unter der Schürze des großen Fahrzeugs. Es war genau über ihnen, bewegte sich langsam vorwärts oder – es war zu dunkel, um irgend etwas zu sehen – blieb über der Betonfläche stationär, hatte vielleicht vor, sich darauf niederzusenken, sie zermalmend.

Ein Schlag aufs Ohr, der wie ein Teil dieses Mahlstroms hämmernden Schmerzes war, schleuderte Horza seitwärts in die Dunkelheit. Er rollte über rauhen Beton, drehte sich, sobald er konnte, auf einem Ellbogen und stemmte das eine Bein ein, während er mit dem anderen in die Richtung trat, aus der der Schlag gekommen war. Er spürte, daß etwas unter seinem Fuß nachgab.

Er stellte sich auf die Füße, duckte sich im Gedanken an sausende Propellerblätter dicht über ihm. Die Wirbel und Strudel heißer, ölgefüllter Luft schaukelten ihn wie ein kleines Boot, das auf einer kabbeligen See tanzt. Ihm war zumute, als sei er eine Marionette, die von einem Betrunkenen geführt wird. Mit ausgestreckten Armen taumelte er vorwärts und stieß gegen Kraiklyn. Wieder drohten sie gemeinsam zu Boden zu gehen. Horza ließ los und boxte mit aller Kraft gegen die Stelle, wo er den Kopf des Mannes vermutete. Seine Faust krachte in Knochen, aber er wußte nicht, wo. Für den Fall, daß ein Vergeltungsschlag oder -tritt unterwegs war, wich er zurück. In seinen Ohren rauschte es, sein Kopf saß wie in einer Klammer. Er fühlte, wie seine Augen in ihren Höhlen vibrierten; er glaubte, taub zu sein, aber er spürte ein Hämmern in Brust und Kehle, das ihm den Atem nahm, ihn würgen und keuchen ließ. Rings um sie war die schwache Andeutung einer Lichtgrenze zu erkennen, als befänden sie sich unter der Mitte des Luftkissenbootes. Horza sah etwas, das nichts weiter war als ein dunkler Fleck auf dieser Grenze, stürzte sich darauf und schwang seinen Fuß von ganz unten hoch. Wieder traf er, und der dunkle Teil der Grenze verschwand. Ein heftiger Fallwind blies ihn um. Er rollte über den Beton und stieß gegen Kraiklyn, der nach Horzas letztem Tritt auf dem Boden lag. Horzas Kopf mußte einen weiteren Schlag hinnehmen, der aber schwach war und kaum weh tat. Der Wandler tastete nach Kraiklyns Kopf umher und fand ihn. Er hob ihn an und knallte ihn einmal, zweimal auf den Beton. Kraiklyn wehrte sich, doch es nützte ihm nichts, daß seine Hände gegen Horzas Brust und Schultern trommelten. Das helle Gebiet jenseits der undeutlichen Gestalt auf dem Boden vergrößerte sich, kam näher. Noch einmal ließ Horza den Kopf Kraiklyns auf den Boden donnern, dann warf er sich flach hin. Der hintere Rand der Schürze schrubbte über ihn weg; seine Rippen schmerzten, und sein Schädel fühlte sich an, als stehe jemand darauf. Dann war es vorbei, und sie waren im Freien.

Das große Fahrzeug brauste davon, Überreste von

Gischt nachschleppend. Ein zweites war fünfzig Meter weiter unten im Dock und in ihrer Richtung unterwegs.

Zwei Meter von Horza entfernt lag Kraiklyn ganz still da.

Horza kroch zu ihm hinüber. Er sah in seine Augen hinunter, die sich ein bißchen bewegten.

»Ich bin Horza! *Horza!*« schrie er und konnte seine eigene Stimme nicht hören.

Sein Gesicht, das nicht sein eigenes war, verzerrte sich vor Frustration, und das war das letzte, was Kraiklyn jemals sehen sollte. Horza faßte den Kopf des liegenden Mannes, verdrehte ihn mit einem scharfen Ruck und brach ihm den Hals, ganz wie er es bei Zallin gemacht hatte.

Er schaffte es noch gerade rechtzeitig, die Leiche an den Rand des Docks zu zerren, um dem dritten und letzten Luftkissenboot aus dem Weg zu kommen. Die hochaufragende Schürze fegte zwei Meter von der Stelle entfernt vorbei, wo er halb lag, halb saß, keuchend und schwitzend, den Rücken gegen den kalten, nassen Beton des Docks gelehnt, mit offenem Mund und hämmerndem Herzen.

*

Er nahm Kraiklyn den Mantel und den hellen einteiligen Anzug ab, stieg aus seiner eigenen zerrissenen Bluse und der blutigen Hose und zog an, was Kraiklyn getragen hatte. Er streifte Kraiklyn den Ring von dem kleinen Finger seiner Rechten. Nun zupfte er an der Innenseite seines rechten Handgelenks. Mühelos löste sich eine Hautschicht vom Handgelenk bis zu den Fingerspitzen. Horza wischte Kraiklyns schlaffe, blasse rechte Handfläche auf einem feuchten Stück der Kleidung ab, legte die Haut darüber und drückte sie fest.

Er hob sie vorsichtig wieder ab und brachte sie von neuem auf seiner eigenen Rechten an. Dann wiederholte er die Operation mit der Linken.

Es war kalt, und er hatte das Gefühl, daß ihn diese Arbeit sehr viel Zeit und Mühe kostete. Schließlich – die drei großen Luftkissenboote hielten einen halben Kilometer weiter unten im Hafenbecken an und ließen Passagiere aussteigen – schleppte sich Horza zu einer Leiter mit metallenen Sprossen, die in die Betonwand des Docks eingelassen war, und zog sich mit zitternden Händen und Füßen nach oben.

Eine Weile blieb er liegen, dann stand er auf, stieg die Wendeltreppe zu der kleinen Fußgängerbrücke hoch, überquerte sie, stieg auf der anderen Seite hinunter und betrat das runde Eingangsgebäude. Gutgekleidete, animierte Leute, die gerade mit den großen Luftkissenbooten angekommen und noch in Party-Stimmung waren, wurden still, als sie ihn neben den Aufzugtüren auf die Kapsel warten sahen, die sie in das Raumhafen-Areal einen halben Kilometer unter ihren Füßen bringen sollte. Horza konnte nicht besonders gut hören, aber er sah ihre ängstlichen Blicke, spürte die Verlegenheit, die er ihnen mit seinem zerschlagenen, blutigen Gesicht und seinen zerrissenen, nassen Kleidern bereitete.

Endlich kam der Aufzug. Die Party-Gäste strömten hinein, und Horza stolperte ihnen, sich an der Wand abstützend, nach. Jemand faßte seinen Arm, half ihm, und er nickte dankend. Sie sagten etwas, das er als fernes Grollen hörte; er versuchte, von neuem zu lächeln und zu nicken. Der Aufzug fiel.

Die Unterseite begrüßte sie mit einem Anblick wie von einem Sternenhimmel. Langsam erkannte Horza, daß es die lichtgesprenkelte Oberseite eines Raumfahrzeugs war. Er hatte ein so großes Schiff noch nie gesehen, hatte nicht einmal davon gehört. Das mußte das entmilitarisierte Kulturschiff sein, die *Zweck der Erfindung*. Es kümmerte ihn nicht, wie es genannt wurde, solange er an Bord gehen konnte und die *CAT* dort fand.

Der Aufzug hatte in einer transparenten Röhre oberhalb einer sphärischen Empfangshalle angehalten, die hundert Meter unter der Basis des Orbitals mitten im Vakuum hing. Von der Sphäre führten Gehwege und Röhrentunnel in alle Richtungen zu den Eingangsbrücken und offenen und geschlossenen Docks des eigentlichen Hafens. Die Türen der geschlossenen Docks, wo Schiffe unter Druck repariert werden konnten, waren sämtlich offen. Die offenen Docks, wo die Schiffe einfach anlegten und Luftschleusen notwendig waren, standen leer. Sie alle ersetzte, direkt unter der Empfangssphäre hängend, so wie diese direkt unter dem Hafengebiet hing, das Ex-Kultur-Systemschiff *Zweck der Erfindung*. Seine breite, flache Oberseite erstreckte sich Kilometer um Kilometer in alle Richtungen und blockierte fast völlig den Blick auf den Raum und die Sterne. Dafür glitzerten schiffseigene Lichter da, wo Verbindungen mit den Zugangsröhren und Tunneln des Hafens hergestellt worden waren.

Horza machte sich die Maße des riesigen Fahrzeugs klar, und ihm wurde von neuem schwindelig. Er hatte noch nie ein System-Schiff gesehen, ganz zu schweigen davon, daß er noch nie eins betreten hatte. Er wußte von ihnen, er wußte, welchem Zweck sie dienten, aber erst jetzt erkannte er, was für eine Errungenschaft sie darstellten. Dieses hier war theoretisch nicht länger Teil der Kultur. Es war entmilitarisiert worden; man hatte es des größten Teils seiner Ausrüstung und des Gehirns oder der Gehirne, die es normalerweise betreiben würden, beraubt. Aber schon das Gebilde allein beeindruckte.

System-Schiffe waren wie eingekapselte Welten. Sie waren mehr als nur sehr große Raumschiffe; sie waren Habitate, Universitäten, Fabriken, Museen, Werften, Bibliotheken, sogar mobile Ausstellungszentren. Sie repräsentierten die Kultur – sie waren die Kultur. Beinahe alles, was irgendwo in der Kultur vollbracht werden konnte, war auch auf einem System-Schiff möglich. Sie konnten alles herstellen, was in der Kultur hergestellt wurde, sie enthielten alles Wissen, das die Kultur angehäuft hatte, sie führten spezialisierte Ausrüstungen jeden vorstellbaren Typs für jede vorstellbare Eventualität mit sich oder konnten sie anfertigen und produzierten fortlaufend kleinere Schiffe, früher Kontaktschiffe, jetzt Kriegsschiffe. Ihre Besatzungen wurden zumindest nach Millionen gerechnet. Sie bemannten ihre Tochterschiffe mit ihrem eigenen Bevölkerungsüberschuß. Unabhängig, autark, produktiv und, zumindest in Friedenszeiten, ständig Informationen austauschend, waren sie die Gesandten der Kultur, ihre am deutlichsten sichtbaren Bürger und ihre technologischen und intellektuellen Prunkstücke. Es war nicht notwendig, von den hinterwäldlerischen Gebieten der Galaxis zu einem fernen Heimatplaneten der Kultur zu reisen, um von dem überwältigenden Niveau und der angsteinflößenden Macht der Kultur beeindruckt zu werden. Ein System-Schiff konnte einem das alles direkt vor die Haustür bringen.

Horza folgte der gutgekleideten Menge durch den regen Betrieb der Empfangshalle. Dort waren ein paar Uniformierte, aber sie hielten niemanden an. Horza ging wie im Traum, als sei er nur ein Passagier in seinem eigenen Körper, und der betrunkene Puppenspieler, der vorhin an seinen Schnüren gezogen hatte, war halbwegs nüchtern geworden und führte ihn auf die Tür eines anderen Aufzugs zu. Horza versuchte, seine Gedanken zu klären, indem er den Kopf schüttelte, aber das tat weh. Sein Hörvermögen kehrte ganz langsam zurück.

Er betrachtete seine Hände. Dann löste er die Prägehaut von seinen Handflächen und rieb sie an den Aufschlägen des Tagesanzugs, bis sie abrollten und auf den Boden des Korridors fielen.

Als sie den zweiten Aufzug verließen, waren sie in dem Sternenschiff. Die Leute verstreuten sich in den breiten, pastellfarbenen Gängen mit ihren hohen Dekken. Horza sah erst in die eine, dann in die andere Richtung. Die Liftkapsel zischte wieder aufwärts zu der Empfangssphäre. Ein kleiner Roboter schwebte auf ihn zu. Er hatte die Größe und die Form eines Standard-Anzugrückenpacks, und Horza beäugte ihn argwöhnisch, nicht sicher, ob das ein Kultur-Gerät war oder nicht.

»Entschuldigen Sie, haben Sie Probleme?« fragte die Maschine. Ihre Stimme war kernig, aber nicht unfreundlich. Horza konnte sie gerade eben hören.

»Ich kenne den Weg nicht«, antwortete er zu laut. »Den Weg nicht«, wiederholte er so leise, daß er sich kaum selbst verstand. Er merkte, daß er im Stehen ein bißchen schwankte, und er fühlte Wasser in seine Stiefel rinnen und von dem durchnäßten Mantel auf die weiche, absorbierende Oberfläche unter seinen Füßen tropfen.

»Wohin wollen Sie?« erkundigte sich der Roboter.

»Zu einem Schiff namens …« – in müder Verzweiflung schloß Horza die Augen. Er wagte es nicht, den richtigen Namen zu nennen – »… *Bettler-Bluff.*«

Der Roboter schwieg eine Sekunde lang. Dann antwortete er: »Es tut mir leid, ein solches Fahrzeug ist nicht an Bord. Vielleicht ist es im Hafen-Areal, nicht auf der *Zweck.*«

»Es ist ein altes hronisches Sturmlandefahrzeug«, erklärte Horza matt und sah sich nach einem Platz um, wo er sich hinsetzen konnte. Ein paar Meter weiter entdeckte er in die Wand eingelassene Sitze und ging hin. Der Roboter folgte ihm, und als Horza saß, schwebte er ein Stück nach unten, so daß er wieder auf Augenhöhe mit ihm war. »Ungefähr hundert Meter lang«, fuhr der Wandler fort, den es nicht länger kümmerte, ob er sich damit in die Karten gucken ließ. »Es sollte von einer Vavatch-Werft repariert werden – hatte einen Schaden an den Warptriebwerken.«

»Ah, ich glaube, ich habe das Schiff, das Sie suchen. Es befindet sich fast senkrecht nach unten von hier. Ich habe keine Aufzeichnung seines Namens, aber es hört sich ganz so an, als sei es dieses Schiff. Schaffen Sie es allein dorthin, oder soll ich Sie hinbringen?«

»Ich weiß nicht, ob ich es schaffe«, antwortete Horza ehrlich.

»Warten Sie einen Augenblick.« Der Roboter blieb eine oder zwei Sekunden schweigend vor Horza in der Luft stehen, dann sagte er: »Folgen Sie mir! Gleich da drüben und ein Deck weiter unten ist eine Reiseröhre.« Er schwebte ein Stück zurück und wies in die Richtung, die sie einschlagen mußten, indem er ein leicht nebliges Feld aus seinem Gehäuse entweichen ließ. Horza stand auf und folgte ihm.

Sie benutzten einen kleinen Antigravschacht nach unten und überquerten dann ein großes offenes Gebiet, wo man einige der Räder- und Luftkissenfahrzeuge, die auf dem Orbital in Benutzung gewesen waren, gelagert hatte; nur einige wenige Exemplare, erläuterte der Roboter, für die Nachwelt. Die *Zweck* habe bereits ein Megaschiff an Bord, das in einer der beiden großen Ladebuchten dreizehn Kilometer weiter unten am Boden des Fahrzeuges ruhe. Horza wußte nicht recht, ob er der Maschine glauben sollte.

Am hinteren Ende des Hangars gelangten sie in einen anderen Korridor, und dort betraten sie einen

Zylinder mit einem Durchmesser von etwa drei Metern und einer Länge von sechs, der seine Tür zurollte, sich auf die Seite legte und augenblicklich in einen dunklen Tunnel gesaugt wurde. Das Innere war weich beleuchtet. Der Roboter erklärte, die Fenster seien undurchsichtig gemacht, weil eine Kapselfahrt durch ein System-Schiff für jemanden, der nicht daran gewöhnt sei, eine zu große Belastung darstelle, und zwar sowohl wegen der Geschwindigkeit als auch wegen der plötzlichen Richtungsänderungen, die das Auge sah, aber der Körper nicht fühlte. Horza ließ sich schwerfällig auf einem der Faltstühle in der Mitte der Kapsel nieder, doch die Fahrt dauerte nur ein paar Sekunden.

»Da wären wir. Kleine Ladebucht 27492, falls Sie die Bezeichnung noch einmal brauchen. Innen-Ebene S-10-rechts. Auf Wiedersehen.« Die Kapseltür rollte herunter. Horza nickte dem Roboter zu und trat in einen Korridor mit geraden, transparenten Wänden. Die Kapseltür schloß sich, und die Maschine verschwand. Er hatte den flüchtigen Eindruck, sie sei an ihm vorbeigezischt, aber es geschah so schnell, daß er sich geirrt haben mochte. Jedenfalls sah er immer noch verschwommen.

Er wandte den Blick nach rechts. Durch die Wände des Korridors sah er in leere Luft. Kilometer davon. Hoch oben war eine Art von Dach mit einer Andeutung von Schleierwolken. Ein paar kleine Wagen fuhren umher. Auf einer Ebene mit ihm, aber so weit entfernt, daß sie in Dunst eingehüllt waren, lagen Hangars, Buchten, Docks – ganz gleich, wie man sie nannte, sie füllten Quadratkilometer von Horzas Blickfeld. Von der bloßen Größe wurde ihm schwindelig. Sein Gehirn reagierte verzögert. Er blinzelte und schüttelte sich, aber der Anblick ging nicht weg. Fahrzeuge bewegten sich, Lichter gingen an oder aus, zu seinen Füßen vernebelte eine Wolkenschicht die Sicht nach unten noch mehr, und dann sauste etwas durch Horzas Korridor: Ein Schiff, volle dreihundert Meter lang. Weit, weit weg schwenkte es nach links ein, legte sich anmutig in der Luft schräg und verschwand in einem weiteren hellen, großen Gang, der anscheinend im rechten Winkel zu dem verlief, in dem Horza stand und gaffte. In der Richtung, aus der das Schiff gekommen war, erhob sich eine Wand, auf der er anfangs keine Unterbrechung entdeckte. Nach genauerem Hinsehen rieb Horza sich die Augen. Er sah, daß die Wand mit einem ordentlichen Netz von hellen Tüpfelchen überzogen war: Tausende und Tausende von Fenstern und Lichtern und Balkonen. Kleinere Fahrzeuge flitzten über ihre Oberfläche, und die Pünktchen der Reiseröhren-Kapseln blitzten darüber hin, kreuz und quer und hinauf und herunter.

Mehr verkraftete Horza nicht. Links bemerkte er eine glatte Rampe, die in den Bereich unterhalb der Röhre führte, in der die Kapsel reiste. Er stolperte sie hinunter, in die gemütliche Enge einer zweihundert Meter langen kleinen Ladebucht.

*

Am liebsten hätte Horza geweint. Das alte Schiff stand auf drei kurzen Beinen genau in der Mitte der Bucht. Ein paar Teile und Ausrüstungsstücke lagen um es verstreut. Kein Mensch war zu sehen, nur Maschinerie. Die *CAT* sah alt und mitgenommen, aber heil und ganz aus. Anscheinend waren die Reparaturarbeiten entweder beendet, oder sie hatten noch nicht begonnen. Der Lift des Hauptladeraums war unten und ruhte auf dem glatten weißen Deck der Bucht. Horza trat näher und entdeckte eine leichte Leiter, die in den hellerleuchteten Laderaum der *CAT* führte. Ein kleines Insekt landete zu kurzer Pause auf seinem Handgelenk.

Er schlug mit der Hand nach ihm, als es davonflog. Wie furchtbar *unordentlich* von der Kultur, dachte er geistesabwesend, ein Insekt an Bord eines ihrer vor Sauberkeit blitzenden Fahrzeuge zu lassen! Nun ja, die *Zweck* war, zumindest offiziell, kein Kultur-Fahrzeug mehr. Müde stieg er die Leiter hoch, behindert von dem feuchten Mantel und begleitet von den schmatzenden Geräuschen, die seine Stiefel machten.

Der Frachtraum roch vertraut, obwohl er ohne Fähre darin seltsam geräumig wirkte. Es war niemand da. Horza stieg die Treppe hoch, die vom Frachtraum zu den Unterkünften führte, folgte dem Korridor zur Messe, fragte sich, wer noch am Leben, wer tot sein mochte, welche Veränderungen, falls überhaupt welche, es gegeben habe. Nur drei Tage waren vergangen, aber es kam ihm vor, als sei er jahrelang weg gewesen. Als er noch ein paar Schritte von Yalsons Kabine entfernt war, wurde die Tür schnell aufgezogen.

Yalsons hellhaariger Kopf kam zum Vorschein. Auf ihrem Gesicht bildete sich ein Ausdruck der Überraschung, sogar der Freude. »Hor …« sagte sie, brach ab, sah ihn stirnrunzelnd an, schüttelte den Kopf, murmelte etwas und zog sich in ihre Kabine zurück. Horza war stehengeblieben.

Da stand er nun, froh, daß sie noch lebte, und erkannte, daß er nicht richtig gegangen war – nicht wie Kraiklyn. Statt dessen hatten seine Schritte wie seine eigenen geklungen. Als Yalson sich ein leichtes Gewand übergeworfen hatte, kam sie wieder heraus, postierte sich mit den Händen auf den Hüften vor ihm und sah sich den Mann an, den sie für Kraiklyn hielt. Ihr mageres, hartes Gesicht wirkte ein bißchen beunruhigt, vor allem aber wachsam. Horza versteckte die Hand, an der der Finger fehlte, hinter dem Rücken.

»Was, zum Teufel, ist denn mit dir passiert?« fragte Yalson.

»Ich bin in eine Schlägerei geraten. Nach was sonst soll es aussehen?« Die Stimme bekam er genau hin. Sie standen sich gegenüber und betrachteten sich.

»Wenn du Hilfe brauchst …«, begann sie. Horza schüttelte den Kopf.

»Ich komme schon zurecht.«

Yalson nickte halb lächelnd und musterte ihn von oben bis unten. »Ja, schon gut.« Sie wies mit dem Daumen über die Schulter in Richtung der Messe. »Deine neue Rekrutin hat gerade ihre Sachen an Bord gebracht. Sie wartet in der Messe, obwohl sie, wenn du dich ihr zeigst, wie du augenblicklich aussiehst, es vielleicht nicht mehr für eine glänzende Idee halten wird, der Truppe beizutreten.«

Horza nickte. Yalson zuckte die Achseln, drehte sich um und ging den Korridor hinauf, durch die Messe auf die Brücke zu. Horza folgte ihr. »Unser ruhmreicher Kapitän«, sagte sie im Vorbeigehen zu jemandem am Tisch. Horza zögerte vor Kraiklyns Kabine, dann ging er weiter und steckte den Kopf um die Tür zur Messe.

Eine Frau saß am hinteren Ende des großen Messetisches, die Beine überkreuz auf einem Stuhl vor ihr. Der Schirm oben an der Wand war eingeschaltet, als habe sie ihn betrachtet. Er zeigte ein Megaschiff, das von Hunderten kleiner Hebeschlepper, die sich unter ihm und um es zusammendrängten, in einem Stück aus dem Wasser gehoben wurde. Die Schlepper waren als veraltete Kultur-Maschinen zu erkennen. Doch die Frau hatte sich von dem Anblick abgewendet und sah Horza entgegen, der durch den Türspalt spähte.

Sie war schlank und groß und hellhäutig. Sie wirkte fit, und ihre schwarzen Augen saßen in einem Gesicht, das gerade anfing, auf die demolierte Visage im Eingang mit besorgter Überraschung zu reagieren. Sie trug einen leichten Anzug, dessen Helm vor ihr auf dem Tisch lag. Ein rotes Tuch war unter dem Ansatz ihres kurzgeschnittenen roten Haares um ihren Kopf gewickelt. »Oh, Kapitän Kraiklyn«, sagte sie, nahm die Füße vom Stuhl und beugte sich vor. Jetzt zeigte ihr Gesicht Schreck und Mitleid. »Was ist geschehen?«

Horza versuchte zu sprechen, aber seine Kehle war trocken. Er konnte nicht glauben, was er sah. Seine Lippen arbeiteten, und er leckte sie mit trockener Zunge. Die Frau wollte vom Tisch aufstehen, aber er hob die Hand und bedeutete ihr, zu bleiben, wo sie war. Langsam ließ sie sich wieder niedersinken, und er schaffte es, hervorzuwürgen: »Mir fehlt nichts. Wir sehen uns später. Bleib du … einfach … da.« Dann stieß er sich von der Tür ab und torkelte den Korridor zu Kraiklyns Kabine hinunter. Der Ring paßte in die Tür, sie schwang auf. Er fiel beinahe hinein.

In einem tranceähnlichen Zustand schloß er die Tür. Eine Weile blieb er stehen, die Augen auf das gegenüberliegende Schott gerichtet. Dann setzte er sich langsam auf den Fußboden.

Er wußte, er war immer noch behindert, er wußte, er sah verschwommen und er hörte nicht richtig. Er wußte, es war unwahrscheinlich – oder, wenn es das nicht war, dann war es in der Tat eine sehr schlechte Neuigkeit. Aber er war sich sicher, absolut sicher. So sicher, wie er sich über Kraiklyn gewesen war, als der Kapitän bei dem Katastrophenspiel die Rampe herauf in die Arena kam.

Als ob er für einen Abend noch nicht genug Schocks erlitten habe, hatte der Anblick der Frau, die an dem Tisch in der Messe saß, ihm die Sprache verschlagen und beinahe sein Gehirn lahmgelegt. Was sollte er tun? Er konnte nicht denken. Der Schock hallte immer noch in seinem Kopf wider, das Bild schien hinter seinen Augen zu kleben.

Die Frau in der Messe war Perosteck Balveda.

ACHTER TEIL

◊

Zweck der Erfindung

Vielleicht ist sie ein Klon, dachte Horza. *Vielleicht ist es eine zufällige Ähnlichkeit.* Er saß in Kraiklyns Kabine – jetzt seiner Kabine – auf dem Fußboden und starrte die Türen der Wandschränke an, sich bewußt, daß er irgend etwas tun mußte, aber nicht sicher, was. Sein Gehirn war nicht imstande, all die Schläge und Schocks, die es erlitten hatte, zu verarbeiten. Er mußte eine Weile ruhig sitzenbleiben und nachdenken.

Er versuchte sich einzureden, daß er sich irre, sie sei es doch nicht, er sei müde und verwirrt und werde paranoid und habe Halluzinationen. Aber er wußte, es war Balveda, genügend verändert, daß wohl nur ein enger Freund oder ein Wandler sie erkennen würde, und trotzdem sie, am Leben und gesund – und wahrscheinlich bis an die Zähne bewaffnet …

Mechanisch stand er auf, immer noch ins Leere starrend. Er zog sich aus, verließ die Kabine und suchte den Waschraum auf, wo er die nassen Sachen zum Trocknen ließ und sich säuberte. Wieder in der Kabine, sah er sich nach einem Morgenmantel um und zog ihn an. Er begann, den kleinen, vollgepackten Raum zu inspizieren, und stieß dabei auf einen kleinen Stimmrecorder. Er ließ ihn zurücklaufen und hörte sich die Aufzeichnung an.

»… ahhh … einschließlich … ahhh … Yalson«, erklang Kraiklyns Stimme aus dem kleinen Lautsprecher, »die vermutlich, hm … in ihrer Beziehung zu … ahh … Horza Gobuchul. Sie hat sich … ziemlich schroff verhalten, und ich meine, ich habe von ihr nicht die Unterstützung erhalten, die sie … die mir zusteht … Wenn das so weitergeht, werde ich ein Wort mit ihr reden müssen, aber … ahhh … im Augenblick, solange das Schiff repariert wird und so … hat das wohl wenig Sinn … Ich werde das nicht vergessen … ah … ich will nur erst abwarten, wie sie sich benimmt, wenn das Orbital gesprengt ist und wir wieder unterwegs sind.

Ahh … jetzt diese neue Frau … Gravant … die ist in Ordnung. Ich habe den Eindruck, sie könnte es … ah … nötig haben … ein bißchen herumkommandiert zu werden … braucht anscheinend Disziplin … Aber ich sehe keinen Grund, warum sie mit irgendwem von den anderen über das Übliche hinaus in Streit geraten sollte. Besonders wegen Yalson habe ich mir Sorgen gemacht, aber ich glaube nicht … ah … ich glaube, es wird alles gut gehen. Nur kann man das bei Frauen natürlich nie wissen … aber sie gefällt mir … ich finde, sie hat Klasse, und vielleicht … ich weiß nicht … vielleicht könnte sie eine gute Nummer zwei abgeben, wenn ich sie zurechtgestutzt habe.

Ich brauche wirklich mehr Leute … Hmm … in letzter Zeit sind die Dinge nicht besonders gut gelaufen, aber nicht, weil ich … sie haben mich im Stich gelassen. Ganz bestimmt Jandraligeli … und ich weiß nicht; ich muß einmal sehen, ob ich seinetwegen etwas unternehmen kann, weil … er hat mich ja nun wirklich betrogen … das muß jeder zugeben. Deshalb werde ich beim Spiel vielleicht ein Wort mit Ghalssel reden, wenn er kommt … Ich meine, der Mann entspricht den Anforderungen einfach nicht, und das werde ich Ghalssel auch sagen, weil wir beide … im gleichen … ah … Geschäft sind, und ich … ich denke, daß er gehört haben wird … nun, er wird sich anhören, was ich zu sagen habe, weil er um die Verantwortungen der Führerschaft Bescheid weiß und … genau wie ich.

Jedenfalls werde ich … nach dem Spiel noch ein paar Leute anwerben, und wenn das System-Schiff gestartet ist, haben wir ja Zeit … wir werden noch eine ganze Weile in dieser Bucht sein, und ich werde es bekanntgeben. Es müssen doch … eine Menge Leute bereit sein anzumustern … Ah … o ja, ich darf morgen nicht vergessen, mich um die Fähre zu kümmern. Ganz bestimmt kann ich den Preis herunterhandeln. Ah … ich könnte natürlich bei dem Spiel gewinnen …« – die dünne Stimme aus dem Lautsprecher lachte, ein blechernes Echo – »… und unglaublich reich werden …« – wieder das Lachen, verzerrt – »… und keinen Furz mehr um diesen Schrott geben … ha … die *CAT* verschenken … nun ja, verkaufen … und mich zurückziehen … Wir werden ja sehen …«

Die Stimme verstummte. Horza schaltete die schweigende Maschine ab. Er stellte sie an den Ort, wo er sie gefunden hatte, und rieb den Ring am kleinen Finger seiner Rechten. Dann zog er den Morgenmantel aus und zog seinen – *seinen* – Anzug an. Der Anzug redete ihn an; er befahl ihm, seine Stimme abzustellen.

Er betrachtete sich in dem Reverser-Feld auf den Spindtüren, reckte sich, überzeugte sich, daß die Plasma-Pistole an seinem Oberschenkel angeschaltet war, verbannte Schmerzen und Müdigkeit in den Hintergrund seiner Gedanken, verließ die Kabine und ging den Korridor hinauf zur Messe.

Yalson und die Frau, die Balveda war, saßen in dem langen Raum am hinteren Ende des Tisches unter dem Bildschirm, der ausgeschaltet war, und unterhielten sich. Als er eintrat, blickten sie auf. Er ging hinüber und setzte sich zwei Stühle von Yalson entfernt, die mit einem Blick auf seinen Anzug fragte: »Fliegen wir irgendwohin?«

»Vielleicht.« Horza sah sie kurz an und richtete den Blick dann auf die Balveda-Frau. Lächelnd sagte er:

»Es tut mir leid, Ms. Gravant, daß ich Ihre Bewerbung abschlägig bescheiden muß. Es tut mir leid, aber es ist kein Platz für Sie auf der *CAT*. Ich hoffe, Sie verstehen.« Er legte die verschlungenen Hände auf die Tischplatte und grinste von neuem.

Balveda – je länger er sie ansah, desto stärker wurde seine Überzeugung, daß sie es war – wirkte ganz geknickt. Ihr Mund öffnete sich leicht, ihr Blick wanderte von Horza zu Yalson und wieder zurück. Yalson hatte die Stirn in tiefe Falten gelegt.

»Aber …« begann Balveda.

»Was, zum Teufel, redest du da?« fuhr Yalson wütend dazwischen. »Du kannst sie doch nicht einfach …«

Horza lächelte. »Ich habe mich entschlossen, die Mannschaft an Bord zu reduzieren, verstehst du, und …«

»Was?« explodierte Yalson und schlug mit der flachen Hand auf die Tischplatte. »Es sind nur noch sechs von uns übrig! Was, zum Teufel, sollen wir mit sechs Mann zustandebringen …?« Ihre Stimme erstarb und kehrte dann leiser und langsamer zurück. Sie neigte den Kopf auf die Seite und musterte ihn mit zusammengekniffenen Augen. »… Oder haben wir Schwein gehabt …, oh, vielleicht bei einem Glücksspiel, und nun haben wir keine rechte Lust mehr zu neuen Unternehmungen?«

Horza sah wieder kurz zu Yalson hin und antwortete lächelnd: »Nein, aber ich habe eben eins unserer früheren Mitglieder von neuem angeheuert, und das ändert die Pläne ein bißchen … Der Platz, den Ms. Gravant in der Schiffsgesellschaft einnehmen sollte, ist nun besetzt.«

»Du hast Jandraligeli nach allem, was du ihn genannt hast, überredet, zurückzukommen?« sagte Yalson lachend und reckte sich auf ihrem Sitz.

Horza schüttelte den Kopf.

»Nein, meine Liebe. Wie du längst hättest erfahren können, wenn du mich nicht dauernd unterbrechen würdest, habe ich soeben unseren Freund Mr. Gobuchul in Evanauth getroffen, und er brennt darauf, wieder zu uns zu stoßen.«

»Horza?« Yalson zitterte ein bißchen, ihre Stimme klang gepreßt, und er sah, wie sie um Beherrschung rang. *O ihr Götter*, flüsterte ein kleine Stimme in seinem Innern, *warum tut das so weh?* Yalson drängte: »Lebt er noch? Bist du sicher, daß er es war? Kraiklyn, sag doch!«

Horza ließ seinen Blick von der einen Frau zur anderen wandern. Yalson beugte sich über den Tisch vor, ihre Augen glitzerten im Licht des Messeraums, ihre Hände waren zu Fäusten geballt. Ihr magerer Körper spannte sich, der goldene Flaum auf ihrer dunklen Haut schimmerte. Balveda blickte unsicher und verwirrt drein. Horza sah, daß sie sich auf die Lippe beißen wollte und es dann unterließ.

»Ich würde darüber keinen Scherz mit dir treiben, Yalson«, versicherte Horza. »Horza lebt und ist gesund und gar nicht weit weg.« Er sah auf den Monitor an seiner Manschette, der die Zeit anzeigte. »Ich treffe mich mit ihm in einer der Empfangssphären des Hafens um … nun, kurz bevor das System-Schiff startet. Er sagte, er habe noch ein paar Kleinigkeiten in der Stadt zu erledigen. Ich soll dir ausrichten … ahh … er hoffe, du setztest immer noch auf ihn …« Er zuckte die Achseln. »Jedenfalls etwas in der Art.«

»Du machst keine Witze!« Yalsons Gesicht verzog sich zum Lächeln. Sie schüttelte den Kopf, fuhr sich mit der Hand durchs Haar, klatschte ein paarmal leicht auf den Tisch. »Oh …«, sagte sie, dann lehnte sie sich wieder zurück. Schweigend sah sie von der Frau zu dem Mann.

»Sie sehen also, Gravant, wir brauchen Sie im Augenblick nicht«, sagte Horza zu Balveda. Die Kultur-Agentin öffnete den Mund, aber Yalson sprach zuerst. Sie hustete und bat dann:

»Oh, laß sie bleiben, Kraiklyn. Was macht das für einen Unterschied?«

»Der Unterschied, Yalson«, antwortete Horza wohlüberlegt und dachte dabei intensiv an Kraiklyn, »ist, daß ich der Kapitän dieses Schiffes bin.«

Yalson schien etwas sagen zu wollen, doch statt dessen wandte sie sich Balveda zu und spreizte die Hände. Sie lehnte sich mit gesenkten Augen zurück, ihre eine Hand spielte mit der Tischecke, und sie versuchte, nicht zu sehr zu lächeln.

»Nun, Kapitän ...« – Balveda erhob sich – »Sie müssen es ja wissen. Ich hole nur meine Sachen.« Rasch verließ sie die Messe. In das Geräusch ihrer Schritte klangen die Schritte anderer Personen, und Horza und Yalson hörten ein paar gedämpfte Worte. Gleich darauf kamen Dorolow, Wubslin und Aviger, fröhlich gekleidet und mit glücklichen roten Gesichtern, in die Messe. Der ältere Mann hatte den Arm um die kleine runde Frau gelegt.

»Unser Kapitän!« rief Aviger. Dorolow hielt eine seiner Hände an ihrer Schulter fest. Sie lächelte. Wubslin winkte verträumt; der stämmige Ingenieur war sicher betrunken. »In der Schlacht gewesen, wie ich sehe.« Aviger starrte in Horzas Gesicht, das trotz seiner inneren Anstrengungen, den Schaden zu reduzieren, immer noch Spuren des Kampfes zeigte.

»Was hat Gravant getan, Kraiklyn?« quietschte Dorolow. Auch sie war vergnügt, und ihre Stimme klang noch höher, als Horza sie in Erinnerung hatte.

»Nichts.« Horza lächelte den drei Söldnern zu. »Aber wir bekommen Horza Gobuchul von den Toten zurück, deshalb brauchen wir sie nicht.«

»*Horza?*« Wubslins großer Mund öffnete sich in einem fast übertriebenen Ausdruck des Erstaunens. Dorolow sah an Horza vorbei zu Yalson hin, bemerkte die Frage: »Ist das wahr?«, die ihr im grinsenden Gesicht geschrieben stand. Yalson zuckte die Achseln und blickte glücklich, hoffnungsvoll und immer noch ein bißchen mißtrauisch den Mann an, den sie für Kraiklyn hielt.

»Er wird gleich nach dem Start der *Zweck* an Bord kommen«, sagte Horza. »Er hatte noch etwas in der Stadt zu erledigen. Vielleicht ist die Angelegenheit ein bißchen zwielichtig.« Horza lächelte in der herablassenden Art, die Kraiklyn manchmal an sich gehabt hatte. »Wer weiß?«

Wubslin blickte unsicher über Dorolows gebückte Gestalt zu Aviger hin. »Vielleicht hat dieser Kerl nach Horza Ausschau gehalten. Vielleicht sollten wir ihn warnen.«

»Was für ein Kerl? Wo?« fragte Horza.

»Er hat Halluzinationen.« Aviger wedelte mit der Hand. »Zuviel Leberwein.«

»Quatsch!« erklärte Wubslin sehr laut, sah von Aviger zu Horza und nickte. »Und ein Roboter.« Er legte vor seinem Gesicht die Handflächen zusammen und nahm sie dann ungefähr einen Viertelmeter auseinander. »Kleines Ding. Nicht größer als so.«

»Wo?« drängte Horza. »Warum glaubst du, es könnte jemand hinter Horza her sein?«

»Da draußen, unter der Reiseröhre«, stellte Aviger fest, während Wubslin sagte:

»Die Art, wie er aus der Kapsel kam, ließ darauf schließen, daß er damit rechnete, augenblicklich in einen Kampf verwickelt zu werden, und … ach, ich *sehe* so etwas einfach … der Kerl war … von der Polizei oder so.«

»Was ist mit Mipp?« wollte Dorolow wissen. Horza

schwieg eine Sekunde lang, sah stirnrunzelnd ins Leere und niemanden im besonderen an. »Hat Horza etwas von Mipp gesagt?« fragte Dorolow ihn.

»Mipp? – Mipp hat es nicht geschafft.«

»Oh, das tut mir leid«, sagte Dorolow.

»Hört mal!« – Horza sah Aviger und Wubslin scharf an – »ihr meint, da draußen ist einer, der hinter einem von uns her ist?«

»Ein Mann ...« – Wubslin nickte bedächtig – »und ein ganz kleiner, richtig *gemein* aussehender Roboter.«

Horza wurde es eiskalt. Ihm fiel das Insekt ein, das draußen in der kleinen Ladebucht kurz auf seinem Handgelenk gesessen hatte, bevor er an Bord der *CAT* gegangen war. Er wußte, die Kultur besaß Maschinen – künstliche Käfer – von dieser Größe.

»Hmm.« Horza schürzte die Lippen. Er nickte vor sich hin, dann forderte er Yalson auf: »Geh und vergewissere dich, daß Gravant das Schiff verläßt, schnell, ja?« Er stand auf und trat zur Seite, damit Yalson vorbeikonnte. Sie ging den Korridor zu den Kabinen hinunter. Horza wies den Ingenieur mit einer Bewegung seiner Augen an, zur Brücke durchzugehen. »Ihr beiden bleibt hier«, sagte er ruhig zu Aviger und Dorolow. Langsam trennten sie sich voneinander und setzten sich auf zwei Stühle. Horza folgte Wubslin auf die Brücke.

Er winkte Wubslin auf den Platz des Ingenieurs und nahm selbst den des Piloten ein. Wubslin seufzte schwer. Horza schloß die Tür, dann ging er im Geist eilig alles durch, was er während seiner ersten Wochen an Bord der *CAT* über die Vorgänge auf der Brücke gelernt hatte. Gerade streckte er die Hand aus, um die Kommunikationskanäle zu öffnen, als sich etwas unter der Konsole neben seinen Füßen bewegte. Er erstarrte.

Wubslin lugte nach unten, dann bückte er sich mit

hörbarer Anstrengung und steckte seinen großen Kopf zwischen seine Beine. Horza roch Alkohol.

»Bist du *noch nicht* fertig?« erklang Wubslins erstickte Stimme.

»Man hat mich für einen anderen Job abgezogen; ich bin gerade erst zurückgekommen«, jammerte eine kleine, dünne, künstliche Stimme. Horza lehnte sich auf seinem Sitz zurück und sah unter die Konsole. Ein Roboter, etwa zwei Drittel so groß wie der, der ihn vom Aufzug zur Bucht der *CAT* geführt hatte, befreite sich aus einem Durcheinander feiner Kabel, die aus einer offenen Inspektionsluke quollen.

»Was«, fragte Horza, »ist denn *das?*«

»Oh«, antwortete Wubslin erschöpft und rülpste, »das ist derselbe, der vorher hier war ... du weißt doch. – Nun komm schon!« sagte er zu der Maschine. »Der Kapitän möchte einen Kommunikationstest machen.«

»Hör zu«, antwortete die kleine Maschine, und ihr synthetisiertes Stimmchen klang ganz aufgeregt, »ich bin *fertig*. Ich räume hier nur noch *auf*.«

»Dann mach voran«, brummte Wubslin. Er zog den Kopf unter der Konsole hervor und sagte entschuldigend zu Horza: »Tut mir leid, Kraiklyn.«

»Schon gut, schon gut.« Horza schwenkte die Hand. Er schaltete den Kommunikator ein. »Ah ... wer kontrolliert den Verkehr hier herum? Ich habe vergessen zu fragen. Wenn ich nun möchte, daß die Türen der Bucht geöffnet werden?«

»Verkehr? Türen geöffnet?« Wubslin sah Horza verwirrt an. »Ich vermute, das macht die Verkehrskontrolle, genauso wie bei unserer Ankunft.«

»Richtig.« Horza kippte den Schalter auf der Konsole und begann: »Verkehrskontrolle, hier ist ...« Seine Stimme erstarb.

Er hatte keine Ahnung, wie Kraiklyn die *CAT* anstelle ihres richtigen Namens genannt hatte. Das war nicht Teil der von ihm gekauften Informationen gewesen, und es war eins der vielen Dinge, die er hatte in Erfahrung bringen wollen, sobald er die dringlichste Aufgabe gelöst hatte, Balveda aus dem Schiff zu entfernen und mit etwas Glück auf eine falsche Fährte zu setzen. Aber die Neuigkeit, daß jemand in dieser Bucht nach ihm – oder nach sonstwem – suchte, hatte ihn durcheinandergebracht. Er fuhr fort: »Hier ist das Fahrzeug in der Kleinen Ladebucht 27492. Ich brauche sofortige Freigabe zum Verlassen der Bucht und des System-Schiffes; wir werden das Orbital aus eigener Kraft verlassen.«

Wubslin starrte Horza an.

»Hier ist die Verkehrskontrolle von Evanauth-Hafen, Interimssektion System-Schiff. Einen Augenblick, Kleine Ladebucht 27492«, kam es aus den Lautsprechern in Horzas und Wubslins Kopfstützen. Horza wandte sich Wubslin zu und stellte den Sendeknopf des Kommunikators ab.

»Das Ding ist bereit zu fliegen, nicht wahr?«

»Wa …? Fliegen?« fragte Wubslin perplex. Er kratzte sich die Brust, blickte zu dem Roboter nieder, der immer noch damit beschäftigt war, Drähte unter die Konsole zurückzustopfen. »Das nehme ich an, aber …«

»Großartig.« Horza schaltete alles ein, was da war, auch die Motoren. Er bemerkte die Schirmreihe, die ihn darüber informierte, daß auch der Bug-Laser zusammen mit allem anderen in Betrieb genommen worden war. Wenigstens hatte Kraiklyn den reparieren lassen.

»Fliegen?« wiederholte Wubslin. Wieder kratzte er sich die Brust und drehte sich zu Horza um. »Hast du ›fliegen‹ gesagt?«

»Ja. Wir starten.« Horzas Hände huschten über die Knöpfe und Sensor-Schalter, justierten die Systeme des zum Leben erweckten Schiffes, als habe er das tatsächlich seit Jahren getan.

»Wir werden einen Schlepper brauchen …«, gab Wubslin zu bedenken. Horza wußte, daß der Ingenieur recht hatte. Die Antischwerkraft der *CAT* konnte nur ein internes Feld erzeugen; die Warptriebwerke würden so nahe (tatsächlich innerhalb) einer Masse, die so groß war wie die *Zweck*, explodieren, und in einem geschlossenen Raum würde man vernünftigerweise auf die Fusionsmotoren verzichten.

»Wir bekommen schon einen. Ich sage der Verkehrskontrolle, es handele sich um einen Notfall. Ich sage, wir hätten eine Bombe an Bord oder so etwas.« Der Hauptschirm ging an und füllte das vorher leere Schott vor den beiden Männern mit der Ansicht auf die Rückwand der Kleinen Ladebucht.

Wubslin entlockte seinem Monitor einen komplizierten Plan, den Horza schließlich als eine Karte ihrer Ebene des riesigen System-Schiffes identifizierte. Erst warf er nur einen Blick darauf, dann ignorierte er, was auf dem Hauptschirm zu sehen war, und sah sich den Plan sorgfältiger an. Schließlich holte er ein Hologramm der ganzen inneren Struktur des System-Schiffes auf den Hauptschirm und prägte sich in aller Eile ein, was er konnte.

»Was …?« Wubslin hielt inne, rülpste schon wieder, rieb sich durch seine Jacke den Bauch und fragte: »Was ist mit Horza?«

»Wir werden ihn später aufnehmen.« Horza studierte immer noch das Layout des System-Schiffes. »Ich habe andere Vereinbarungen für den Fall getroffen, daß wir uns nicht wie geplant treffen können.« Wieder drückte Horza auf den Sendeknopf. »Verkehrskontrolle, Verkehrskontrolle, hier ist die Kleine Ladebucht 27492. Ich brauche eine Not-Freigabe. Ich wiederhole, ich brauche auf der Stelle eine Not-Freigabe und einen Schlepper. Ich habe eine Funktionsstörung an einem Fusionsgenerator, den ich nicht abschalten kann. Ich wiederhole, Versagen eines Atomfusionsgenerators, kurz davor, kritisch zu werden.«

»Was!« quietschte ein Stimmchen. Etwas knallte gegen Horzas Knie, und der Roboter, der unter der Konsole gearbeitet hatte, wackelte eilends in Sicht, mit Kabeln behangen wie ein Partygast mit Luftschlangen. »*Was* hast du gesagt?«

»Halt den Mund und verschwinde vom Schiff. *Sofort!*« befahl Horza ihm und drehte den Verstärker am Empfänger auf. Ein Zischen erfüllte die Brücke.

»Mit Vergnügen!« Der Roboter schüttelte sich, um sich von den an seinem Gehäuse hängenden Kabeln zu befreien. »Wie üblich bin ich der letzte, dem man sagt, was vor sich geht, aber eines steht fest, ich habe nicht die geringste Lust, hierzubleiben, wo …«, murmelte er. In diesem Augenblick erloschen die Hangar-Lichter.

Anfangs glaubte Horza, der Schirm sei ausgefallen. Doch dann schob er die Wellenlängenkontrolle hinauf, und es erschien wieder ein undeutlicher Umriß der Bucht in einer Infrarot-Aufnahme. »Oh-oh«, kommentierte der Roboter, wandte sich erst dem Schirm zu und blickte dann zu Horza zurück. »Ihr habt doch eure *Gebühren* bezahlt, oder?«

»Tot«, verkündete Wubslin. Der Roboter wurde seine letzten Kabel los. Horza sah den Ingenieur scharf an.

»Was?«

Wubslin zeigte auf die Kontrollen des Sendeempfängers vor ihm. »Tot. Irgend jemand hat uns von der Verkehrskontrolle abgeschnitten.«

Ein Beben lief durch das Schiff. Ein Licht flackerte und zeigte dadurch an, daß der Lift des Hauptfrachtraums soeben automatisch eingeholt worden war.

Ein Luftzug wehte durch das Flugdeck und erstarb.

Weitere Lichter blinkten auf der Konsole. »Scheiße«, sagte Horza. »Was nun?«

»Lebt wohl, Jungs«, verabschiedete der Roboter sich hastig. Er schoß an ihnen vorbei, saugte die Tür auf und zischte den Korridor in Richtung des Hangar-Treppenschachtes hinunter.

»Druckabfall?« fragte Wubslin sich selbst, kratzte sich zur Abwechslung den Kopf, zog die Brauen zusammen und betrachtete die Schirme vor sich.

»Kraiklyn!« sagte Yalsons Stimme aus den Kopfstützen-Lautsprechern. Ein Licht auf der Konsole zeigte, daß sie vom Hangar aus sprach.

»Was ist?« rief Horza.

»Zum Teufel, was geht da vor?« schrie Yalson. »Wir wären beinahe zerquetscht worden! Die Luft entweicht aus der Kleinen Ladebucht, und der Hangar-Lift kam nach oben geschossen und hätte uns beinahe getroffen! Was *spielt sich da ab?*«

»Ich werde es dir erklären«, antwortete Horza. Sein Mund war trocken, und ihm war zumute, als habe er einen Klumpen Eis im Bauch. »Ist Ms. Gravant noch bei dir?«

»Natürlich, gottverdammt nochmal!«

»Gut. Kommt sofort wieder nach oben in die Messe! Alle beide!«

»Kraiklyn …«, begann Yalson, dann fiel eine andere Stimme ein, die anfangs noch ein Stück vom Mikrophon entfernt war, aber sich ihm schnell näherte.

»Geschlossen? Geschlossen? Warum ist diese Lifttür geschossen? Was *geschieht* auf diesem Fahrzeug? Hallo, Brücke? Kapitän?« Ein scharfes Klopfen kam aus den Kopfstützen-Lautsprechern, und die synthetisierte Stimme fuhr fort: »Warum werde ich festgehalten? Laßt mich von diesem Schiff, so …«

»Geh aus dem Weg, du Idiot!« sagte Yalson, und dann: »Das war wieder dieser gottverdammte Roboter.«

»Du und Gravant, ihr kommt nach oben«, wiederholte Horza. »Sofort!« Er schaltete die Hangar-Kommunikation aus, erhob sich von seinem Sitz und klopfte Wubslin auf die Schulter. »Schnall dich an! Mach uns fertig zum Start! Alles.« Dann schwang er sich durch die offene Tür. Aviger war im Korridor; er war auf dem Weg von der Messe zur Brücke. Er öffnete den Mund zum Sprechen, aber Horza quetschte sich schnell an ihm vorbei. »Jetzt nicht, Aviger.« Er legte seinen rechten Handschuh an das Schloß der Waffenkammer. Es klickte auf. Horza sah hinein.

»Ich wollte doch nur fragen ...«

»... was, zum Teufel, los ist«, vollendete Horza den Satz des alten Mannes. Er nahm die größte Nervenlähmpistole, die er entdeckte, knallte die Tür der Waffenkammer wieder zu und ging schnell den Korridor hinunter. Durch die Messe, wo Dorolow schlafend in einem Sessel saß, gelangte er auf den Gang zwischen den Unterkünften. Er schaltete die Pistole an, stellte die Energiekontrolle auf Maximum. Dann hielt er sie hinter den Rücken.

Der Roboter erschien als erster, flog die Stufen herauf und schoß in Augenhöhe den Korridor entlang. »Kapitän! Ich muß protestie ...«

Horza trat die Tür zu einer Kabine auf, faßte die abgeschrägte Vorderseite des ihm entgegenfliegenden Roboters, warf ihn hinein und knallte die Tür zu. Stimmen schallten die Treppe vom Hangar herauf. Er hielt die Klinke der Kabinentür fest, an der heftig gezogen wurde. Dann klopfte es laut. »Das ist *unerhört!*« zeterte eine blecherne Stimme von drinnen.

Yalsons Kopf erschien oben an der Treppe. »Kraiklyn«, sagte sie. Horza lächelte und machte die Pistole, die er auf dem Rücken hielt, schußbereit. Von neuem wurde an die Tür geballert, daß seine Hand bebte.

»Laß mich *raus!*«

»Kraiklyn, was ist denn nun wirklich los?« Yalson kam den Korridor herunter. Balveda hatte die Treppe fast erstiegen. Sie trug einen großen Seesack über der Schulter.

»Ich verliere gleich die *Geduld!*« Wieder erbebte die Tür.

Ein Winseln, hoch und dringend, erklang hinter Yalsons Rücken. Es kam aus Balvedas Seesack. Ihm folgte ein Knattern wie von Statik. Yalson hörte das hohe Winseln nicht – das ein Alarm war. Doch Horza nahm undeutlich wahr, daß sich Dorolow irgendwo hinter ihm in der Messe bewegte. Bei dem Ausbruch statischer Geräusche, die eine hochkomprimierte Botschaft oder irgendein Signal darstellten, wollte Yalson sich zu Balveda umdrehen. Doch schon sprang Horza vor, nahm seine Hand von der Klinke der Kabinentür und richtete die schwere Lähmpistole auf die Kultur-Frau. Sie hatte den Seesack bereits fallengelassen, und ihre eine Hand flog – so schnell, daß sogar Horza der Bewegung kaum folgen konnte – an ihre Seite. Horza warf sich in die Lücke zwischen Yalson und dem Korridor-Schott und schleuderte die Söldnerin zur Seite. Gleichzeitig drückte er den Auslöser der Waffe, die genau auf Balvedas Gesicht zeigte. Die Waffe summte in seiner Hand. Er ließ sich weiter nach vorn fallen, und dabei versuchte er auf dem ganzen Weg nach unten, stetig auf Balvedas Kopf zu zielen. Er schlug auf dem Deck auf, kurz bevor die Kultur-Agentin zusammenbrach.

Yalson, die gegen das Schott geschleudert worden war, taumelte immer noch rückwärts. Horza lag auf dem Boden, betrachtete eine Sekunde lang Balvedas Füße und Beine, dann kletterte er schnell in die Höhe. Er sah, daß Balveda sich benommen bewegte. Ihr rothaariger Kopf scharrte über das Deck, ihre dunklen Augen öffneten sich kurz. Noch einmal drückte er den

Auslöser und hielt ihn unten fest, die Waffe auf den Kopf der Frau gerichtet. Eine Sekunde lang wurde sie von einem spastischen Krampf geschüttelt. Speichel rann aus einem Mundwinkel, dann erschlaffte sie. Das rote Tuch fiel ihr vom Kopf.

»Bist du wahnsinnig?« schrie Yalson. Horza drehte sich zu ihr um.

»Ihr Name ist nicht Gravant, sondern Perosteck Balveda, und sie ist eine Agentin in der Sektion für Besondere Umstände. Das ist ein Euphemismus der Kultur für ›Militärischer Geheimdienst‹, falls du das noch nicht weißt«, erklärte Horza. Yalson war beinahe bis an den Eingang zur Messe zurückgewichen. In ihren Augen stand Furcht, die Hände hielt sie zu beiden Seiten des Körpers gegen das Schott gepreßt. Horza trat zu ihr. Sie zuckte vor ihm zurück, und er spürte, daß sie die Muskeln zum Zuschlagen spannte. Kurz vor ihr blieb er stehen, drehte die Lähmpistole um und reichte sie ihr mit dem Kolben voran. »Wenn du mir nicht glaubst, werden wir dabei wahrscheinlich alle ums Leben kommen«, sagte er und schob die Waffe näher auf ihre Hände zu. Schließlich nahm sie sie. »Das ist mein Ernst«, versicherte Horza ihr. »Durchsuche sie nach Waffen! Dann bringst du sie in die Messe, setzt sie auf einen Stuhl und schließt den Sicherheitsgurt. Binde ihr die Hände fest zusammen. Und die Beine. Du selbst schnallst dich ebenfalls an. Wir starten. Ich erkläre das später.« Er wollte an ihr vorbeigehen, doch er drehte sich noch einmal um und sah ihr in die Augen.

»Oh, und betäube sie von Zeit zu Zeit mit der höchsten Energiestufe. BU-Agenten sind *sehr* zäh.« Er wollte den Messe-Raum betreten. Da hörte er die Lähmpistole klicken.

»Kraiklyn«, sagte Yalson.

Er blieb stehen und wandte sich ihr wieder zu. Sie

hielt die Pistole genau auf ihn gerichtet, in beiden Händen und in der Höhe seiner Augen. Horza seufzte und schüttelte den Kopf.

»Tu's nicht!« sagte er.

»Was ist mit Horza?«

»Er ist in Sicherheit. Das schwöre ich. Aber er wird sterben, wenn wir hierbleiben. *Und* wenn sie aufwacht.« Er wies an Yalson vorbei mit dem Kopf auf die lange, bewegungslose Gestalt Balvedas. Dann ging er in die Messe. Sein Hinterkopf und sein Nakken prickelten.

Nichts geschah. Dorolow blickte vom Tisch hoch und fragte: »Was war das für ein Lärm?« als Horza vorbeikam.

»Was für ein Lärm?« fragte Horza zurück und ging zur Brücke durch.

Yalson beobachtete Kraiklyns Rücken, als er die Messe durchquerte. Er sagte etwas zu Dorolow, dann verschwand er durch die andere Tür. Langsam ließ sie die Lähmpistole sinken; sie hing an ihrer einen Hand. Die Waffe nachdenklich betrachtend, sagte sie leise zu sich selbst: »Yalson, mein Mädchen, manchmal glaube ich, daß du ein bißchen zu loyal bist.« Sie hob die Pistole von neuem, als sich die Kabinentür um einen schmalen Spalt öffnete und ein Stimmchen fragte: »Ist es da draußen jetzt *ungefährlich?*«

Yalson verzog das Gesicht und schob die Tür auf. Der Roboter wich tiefer in die Kabine zurück. Sie wies mit dem Kopf zur Seite und sagte: »Komm hier heraus und hilf mir, diese Person wegzuschleppen, du leberloses Stück Uhrwerk!«

*

»Wach auf!« Horza setzte sich wieder auf den Platz des Piloten und trat Wubslin gegen das Bein. Aviger hatte den dritten Platz auf dem Flugdeck eingenommen und sah ängstlich auf die Schirme und Kontrollen. Wubslin fuhr zusammen, dann sah er mit trüben Augen in die Gegend.

»He?« sagte er. Dann: »Ich habe mir nur die Augen ausgeruht.«

Horza zog die manuellen Kontrollen der *CAT* aus der Aussparung am Rand der Konsole. Aviger betrachtete sie voller böser Vorahnungen.

»Wie schlimm hast du dir eigentlich den Kopf angeschlagen?« fragte er Horza.

Horza bedachte ihn mit einem kalten Lächeln. Er überflog die Schirme, so schnell er konnte, und legte die Sicherheitsschalter über die Fusionsmotoren des Schiffes. Noch einmal versuchte er, die Verkehrskontrolle zu erreichen. Die Kleine Ladebucht war immer noch dunkel. Der Außendruck wurde mit Null angezeigt. Wubslin überprüfte die Monitor-Systeme des Schiffes und nuschelte dabei vor sich hin.

»Aviger ...« – Horza sah den Älteren dabei nicht an –, »ich glaube, du solltest dich besser anschnallen.«

»Weshalb?« fragte Aviger ruhig, bedächtig. »Wir können nirgendwohin. Wir können uns nicht bewegen. Wir sitzen hier fest, bis ein Schlepper kommt, um uns herauszuholen, stimmt's?«

»Natürlich.« Horza justierte die Anlasserkontrollen der Fusionsmotoren und stellte die Beinkontrollen auf Automatik. Dann drehte er sich zu Aviger um. »Weißt du was? Geh und hol den Seesack der neuen Rekrutin! Bring ihn in den Hangar hinunter und schieb ihn in ein Vakrohr!«

»Was?« Avigers sowieso schon zerknittertes Gesicht bekam ein paar Falten mehr durch sein Stirnrunzeln. »Ich dachte, sie ist weg.«

»Sie war auch schon unterwegs, aber irgendwer, der versucht, uns hier festzuhalten, evakuierte die Luft aus der Kleinen Ladebucht, bevor sie von Bord gehen konnte. Jetzt möchte ich, daß du ihren Seesack und sämtlichen anderen Kram, den sie vielleicht hat herumliegen lassen, in ein Vakrohr stopfst, *verstanden?*«

Aviger stand langsam auf und betrachtete Horza mit angespanntem, besorgtem Gesichtsausdruck. »Schon gut.« Er wollte die Brücke verlassen, dann zögerte er. »Kraiklyn, warum soll ich ihren Seesack in das Vakrohr tun?«

»Weil es so gut wie sicher ist, daß eine sehr wirksame Bombe darin steckt, deswegen. Nun geh nach unten und *tu* es!«

Aviger nickte und ging, und er sah jetzt noch unglücklicher aus. Horza wandte sich wieder den Kontrollen zu. Sie waren beinahe soweit. Wubslin redete immer noch mit sich selbst und hatte sich nicht ordentlich angeschnallt, aber anscheinend erfüllte er seine Aufgaben gewissenhaft, wenn er auch häufig rülpste und Pause machte, um sich Brust und Kopf zu kratzen. Horza fürchtete sich vor dem nächsten Schritt, aber er mußte getan werden. Er drückte den Identifizierungsknopf.

»Hier ist Kraiklyn«, sagte er und hustete.

»Identifizierung beendet«, antwortete die Konsole unverzüglich. Horza hätte am liebsten gejauchzt oder sich zumindest erleichtert zusammensacken lassen, aber er hatte weder für das eine noch für das andere Zeit, und Wubslin hätte es ein bißchen seltsam gefunden. Der Schiffscomputer übrigens auch: Manche Maschinen waren programmiert, auf Zeichen von Freude oder Erleichterung zu achten, nachdem die offizielle Identifizierung vorüber war. Deshalb tat er nichts, um das Ergebnis zu feiern, sondern brachte die Anlasser der Fusionsmotoren auf Betriebstemperatur.

»Kapitän!« Der kleine Roboter kam auf die Brücke zurückgeschossen und hielt zwischen Wubslin und

Horza an. »Du wirst mich sofort von diesem Schiff herunterlassen und die Unregelmäßigkeiten, die an Bord stattfinden, melden, sonst …«

»Sonst *was?*« Horza sah, wie die Temperatur in den Fusionstriebwerken der *CAT* anstieg. »Wenn du meinst, du bringst es fertig, dieses Schiff zu verlassen, kannst du es gern versuchen. Sollte es dir gelingen, werden dich wahrscheinlich Kultur-Agenten zu Staub zerblasen.«

»Kultur-Agenten?« fragte das Maschinchen mit höhnischer Stimme. »Kapitän, zu deiner Information: Dieses System-Schiff ist ein entmilitarisiertes ziviles Fahrzeug unter der Kontrolle der Vavatch-Nebenbehörden und entspricht den Bedingungen des Kriegsrechtsabkommens, das kurz nach Beginn der Feindseligkeiten zwischen den Idiranern und der Kultur geschlossen wurde. Wie …?«

»Wer hat dann das Licht ausgeschaltet und die Luft abgelassen, du Idiot?« fuhr Horza die Maschine an. Er drehte das Bug-Radargerät so weit auf, wie es ging, und nahm Messungen durch die leere Wand an der Rückseite der Kleinen Ladebucht vor.

»Das weiß *ich* doch nicht«, beschwerte sich der Roboter. »Aber ich möchte bezweifeln, daß es Kultur-Agenten waren. Hinter wem oder was sollen diese angeblichen Agenten deiner Meinung nach denn her sein? Hinter dir?«

»Und wenn das so wäre?« Horza warf noch einmal einen Blick auf das Hologramm der Innenräume des System-Schiffes. Er vergrößerte kurz den Raum um die Kleine Ladebucht 27492, bevor er den Tochter-Schirm ausschaltete. Der Roboter war eine Sekunde lang still. Dann zog er sich durch die Tür zurück.

»Großartig. Ich bin in einem antiken Fahrzeug mit einem paranoiden Wahnsinnigen gefangen. Da werde ich mich lieber einmal nach einem ungefährlicheren Ort umsehen.«

»Tu das!« brüllte ihm Horza durch den Korridor nach. Er stellte die Verbindung mit dem Hangar wieder her. »Aviger?« fragte er.

»Erledigt«, antwortete die Stimme des alten Mannes.

»Gut. Geh schnell in die Messe und schnall dich an!« Horza unterbrach die Verbindung.

»Ich weiß ja nicht, was du vorhast, Kraiklyn«, sagte Wubslin, richtete sich auf, kratzte sich den Kopf und betrachtete die Reihe von Schirmen mit ihren Zahlen und Graphiken, »aber was es auch ist, wir sind so bereit, wie wir es überhaupt werden können.« Der stämmige Ingenieur sah zu Horza hinüber, hob sich ein wenig von seinem Sitz und zog die Sicherheitsgurte über seinen Körper. Horza grinste ihn an und gab sich Mühe, zuversichtlich zu wirken. Seine eigenen Gurte waren ein bißchen fortschrittlicher. Er brauchte bloß einen Schalter umzulegen, damit gepolsterte Arme herüberschwangen und Trägheitsfelder sich einschalteten. Er zog den in den Scharnieren nach hinten hängenden Helm über den Kopf und hörte das Zischen, mit dem er sich schloß.

»O mein Gott.« Wubslin wandte den Blick langsam von Horza ab und starrte auf die fast konturlose Rückwand der Kleinen Ladebucht, die auf dem Hauptschirm zu sehen war. »Ich hoffe von ganzem Herzen, daß du nicht vorhast, was ich glaube.«

Horza antwortete nicht. Er drückte den Knopf, der ihn mit der Messe verband. »Alles in Ordnung?«

»So ziemlich, Kraiklyn, aber ...« antwortete Yalson. Horza trennte auch diese Verbindung. Er leckte sich die Lippen, nahm die Kontrollen in seine behandschuhten Hände, holte tief Atem und drückte dann die Daumenknöpfe für die drei Fusionsmotoren der *CAT*. Kurz bevor sie losdonnerten, hörte er Wubslin sagen: »O mein Gott, du willst ...«

Der Schirm blitzte auf, wurde dunkel, dann wieder

hell. Die Rückwand der Kleinen Ladebucht wurde von drei Plasmaströmen erhellt, die unter dem Schiff hervorbrachen. Ein Geräusch wie Donner füllte die Brücke und hallte durch das ganze Fahrzeug wider. Die beiden Außenbordmotoren gaben den im Augenblick nach unten gerichteten Hauptschub; sie bliesen Feuer auf das Deck der Kleinen Ladebucht, schleuderten die Maschinen und Ausrüstungsgegenstände rings um das Schiff in alle Richtungen, schmetterten sie in Wände und vom Dach hinunter, während sich die blendenden Düsenflammen unter dem Fahrzeug stabilisierten. Der nur zum Heben bestimmte Innenbordmotor in der Nase feuerte anfangs unregelmäßig, dann regulierte er sich und begann ein Loch durch die dünne Schicht ultradichten Materials zu brennen, das den Fußboden der Kleinen Ladebucht bedeckte. Die *Clear Air Turbulence* regte sich wie ein erwachendes Tier, ächzte und knarrte und verlagerte ihr Gewicht. Auf dem Schirm schwenkte ein riesiger Schatten über die Wand und das Dach vorn, als das infernalische Licht von dem Bug-Fusionstriebwerk unter dem Schiff brannte. Rollende Gaswolken stiegen von brennenden Maschinen auf und begannen die Sicht zu verschleiern. Horza staunte, daß die Wände der Kleinen Ladebucht das aushielten. Er schaltete den Bug-Laser ein und erhöhte gleichzeitig die Energie des Fusionstriebwerks.

Auf dem Schirm gab es eine Lichtexplosion. Die Wand voraus platzte wie eine mit Zeitraffer gefilmte Knospe. Riesige Blütenblätter warfen sich dem Schiff entgegen, und eine Million Trümmer und Schutteile flog auf der Schockwelle, die von der entgegengesetzten Seite hereinbrach, an der Nase der *CAT* vorbei. In diesem Augenblick hob das Schiff ab. Die Anzeigen der Beingewichte blieben auf Null stehen und gingen dann ganz aus, als die Beine, rotglühend vor Hitze, sich innerhalb der Hülle verstauten. Winselnd schalteten sich die Not-Kühlaggregate für den Unterrumpf ein. Das Schiff begann sich um seine Achse zu drehen. Es bebte vor der eigenen Kraft und unter den Einschlägen der fliegenden Trümmer. Die Sicht voraus klärte sich.

Horza stabilisierte das Schiff, ließ dann die Hecktriebwerke an, warf einen Teil ihrer Energie nach hinten in Richtung der Ladebucht-Türen. Ein Heckschirm zeigte, daß sie weißglühend waren. Horza hätte sehr gern diesen Weg genommen, aber wahrscheinlich wäre es selbstmörderisch gewesen, zurückzustoßen und die Türen mit der *CAT* zu rammen, und sie in einem so engen Raum zu wenden, war unmöglich. Schon der Weg nach vorn würde schwer genug werden ...

Das Loch war nicht groß genug. Horza sah es auf sich zukommen und erkannte es sofort. Er setzte einen zitternden Finger auf den Regelknopf der Laserstrahlbreite, der im Halbrund der Kontrollen eingelassen war, drehte auf Maximum und feuerte noch einmal. Wieder versagte der Schirm unter der Lichtfülle rings um das Loch. Die *CAT* steckte die Nase und dann den Körper in eine zweite Kleine Ladebucht. Horza wartete darauf, daß sie irgendwo seitlich oder oben an der weißglühenden Lücke anstieß, aber es passierte nichts. Sie segelten auf ihren drei Feuersäulen hindurch und schleuderten Licht und Verderben und Rauch und Gas vor sich her. Die dunklen Wellen fuhren über Shuttles dahin; die ganze Kleine Ladebucht, durch die sie sich jetzt langsam bewegten, war voll von Fähren jeder Form und Art. Sie schwebten über ihnen, mißhandelten und schmolzen sie mit ihrem Feuer.

Horza warf einen Blick zu Wubslin hinüber, der auf dem Platz neben ihm saß, die Augen starr auf das Bild vor sich gerichtet, die Beine so hoch wie möglich hinaufgezogen, so daß seine Knie über den Rand der Konsole emporragten, und die Arme in einer Art Quadrat über dem Kopf verschränkt, die Hände am Bizeps des jeweils anderen Arms. Sein Gesicht war eine Maske aus Furcht und Ungläubigkeit. Horza grinste. Wubslin zeigte entsetzt auf den Hauptschirm. »Paß auf!« überschrie er das Getöse.

Die *CAT* zitterte und ruckte, schaukelte auf dem Strom überhitzter Materie, der unter ihrer Hülle hervordrang. Sie benutzte jetzt, wo ringsum Luft zur Verfügung stand, die Atmosphäre, um Plasma zu erzeugen. In dem verhältnismäßig beschränkten Raum der Kleinen Ladebuchten traten dadurch Turbulenzen auf, die stark genug waren, das Fahrzeug durchzurütteln.

Eine weitere Wand kam schneller heran, als es Horza gefallen konnte. Auch scherten sie wieder ein bißchen zur Seite aus. Er verengte den Laserwinkel und feuerte, und gleichzeitig brachte er das Schiff erneut auf geraden Kurs. Die Wand flammte einmal an ihren Rändern auf; Dach und Boden der Kleinen Ladebucht brannten lichterloh, wo der Laser sie traf, und Dutzende von geparkten Fähren pulsierten unter dem Licht und der Hitze.

Die Wand fiel nach hinten, aber das Schiff näherte sich ihr schneller, als sie zusammenbrach. Horza keuchte und versuchte, die *CAT* zurückzuziehen. Er hörte Wubslin heulen. Die Nase des Schiffes traf den unbeschädigten Mittelpunkt der Wand. Es krachte hinein; das Bild auf dem Hauptschirm kippte. Dann senkte die Nase sich. Die *Clear Air Turbulence* schüttelte sich wie ein Tier, das ein nasses Fell bekommen hat, und sie schaukelten und schlingerten in eine weitere Kleine Ladebucht. Sie war völlig leer. Horza drosselte die Triebwerke ein bißchen, feuerte den Laser zweimal auf die nächste Wand ab und sah dann zu seiner Überraschung, daß diese Wand, statt nach hinten umzufallen wie die vorige, ihnen entgegenfiel wie die Zugbrücke einer Burg. In einem einzigen feurigen Stück schmetterte sie auf das Deck der leeren Bucht nieder. Ein Berg aus Wasser, umtost von Dampf und Gas, erschien über der einstürzenden Wand und floß in hohen Wogen auf das sich nähernde Schiff zu.

Horza hörte sich selbst schreien. Er knallte die Triebwerkskontrollen bis zum Anschlag hoch und hielt den Feuerkopf des Lasers eingedrückt.

Die *CAT* sprang vorwärts. Sie sauste über den Wasserfall, und von ihrer Plasma-Hitze drang genug in die flüssige Oberfläche, um augenblicklich den Großraum aus Ladebuchten, den ihre Passage geschaffen hatte, mit siedendheißem Dampf zu füllen, der ihnen die Sicht nahm. Der Wasserstrom ergoß sich immer weiter aus der gefluteten Kleinen Ladebucht, und die *CAT* schoß kreischend darüber hin. Der Außendruck-Anzeiger stieg schneller, als das Auge ihm folgen konnte. Der Laser verwandelte noch mehr Wasser in überhitzten Dampf, und mit einer Explosion, als sei das Ende der Welt gekommen, flog die nächste Wand vor dem Schiff hinaus – geschwächt von dem Laser und schließlich durch den puren Druck des Dampfes umgelegt. Die *Clear Air Turbulence* schoß aus dem Tunnel, den die Kette Kleiner Ladebuchten bildete, wie eine Kugel aus einem Gewehrlauf.

Mit flammenden Triebwerken, in der Mitte einer Wolke aus Gas und Dampf, die sie schnell hinter sich zurückließ, donnerte sie in einen Cañon luftgefüllten Raums zwischen hochaufragenden Wänden von Buchttüren und geöffneten Unterkünften, erhellte Wand und Wolke kilometerweit, kreischte mit ihren drei feurigen Kehlen und zog eine Flutwelle aus Wasser und eine vulkanartige Wolke aus Dampf, Gas und Rauch hinter sich her. Das Wasser fiel, verwandelte sich aus einer festen Welle in etwas wie schwere Brandung, dann Gischt, dann Regen und Dampf und folgte der großen, flatternden Spielkarte der Buchttür, die durch die Luft taumelte. Die *CAT* schlug einen Haken, drehte und schlängelte sich in der Luft, als wolle sie auf keinen Fall den geraden Kurs zu der letzten Ladebuchttür, die sie über einen tiefen inneren Abgrund hinweg ansah, fortsetzen. Dann stotterten die Triebwerke und blieben stehen. Die *Clear Air Turbulence* begann zu fallen.

Horza griff nach den Kontrollen, aber die Fusionstriebwerke waren tot. Die Schirme zeigten erst die eine Wand voller Türen, dann Luft und Wolken, dann die Wand auf der anderen Seite. Sie waren in eine Kreiselbewegung geraten. Horza warf einen Blick zu Wubslin hinüber. Der Ingenieur starrte den Hauptschirm mit glasigen Augen an. »Wubslin!« schrie Horza. Die Fusionstriebwerke blieben tot.

»Aaah!« Anscheinend war die Tatsache, daß sie unkontrolliert fielen, in Wubslins Gehirn vorgedrungen. Er faßte nach den Kontrollen vor ihm. »Du fliegst sie!« rief er. »Ich versuche sie wieder zu zünden! Wir müssen die Triebwerke unter Überdruck gesetzt haben!«

Horza kämpfte mit den Kontrollen, während Wubslin versuchte, die Triebwerke wieder in Gang zu bringen. Auf dem Schirm drehten sich die Wände wie wahnsinnig um sie, und die Wolken unter ihnen kamen schnell höher – ja, das war tatsächlich eine Wolkenschicht unter ihnen.

Das Bugtriebwerk erwachte wieder zum Leben, stotterte wild, schickte das sich drehende Fahrzeug auf die eine Seite der künstlichen Klippe aus Buchttüren und Wänden zu. Horza stellte den Motor ab. Er steuerte in den Spin, zielte mit dem ganzen Schiff senkrecht nach unten und legte die Finger wieder auf die Laserknöpfe. Die Wolken schossen dem Fahrzeug entgegen. Horza schloß die Augen und aktivierte die Laser.

Die *Zweck der Erfindung* war so groß, daß sie in drei beinahe völlig voneinander getrennten Ebenen gebaut war, jede mehr als drei Kilometer tief. Es waren Druck-

Ebenen, weil der Unterschied zwischen dem Boden ganz unten und der höchsten Stelle des gigantischen Schiffes dem zwischen Standard-Meereshöhe und einem Berggipfel irgendwo an der Grenze zwischen Troposphäre und Stratosphäre entsprochen hätte. Auch so existierte schon eine Dreieinhalbtausend-Meter-Differenz zwischen Basis und Dach jeder Druck-Ebene, was einen schnellen Aufstieg mittels Reiseröhre nicht ratsam machte. In der immensen offenen Höhle, die das hohle Zentrum des System-Schiffes war, wurden die Druck-Ebenen durch Kraftfelder begrenzt, nicht durch irgendeinen materiellen Stoff, damit Fahrzeuge von der einen Ebene zur anderen passieren konnten, ohne das System-Schiff verlassen zu müssen. Auf eine dieser durch Wolken gekennzeichneten Grenzen fiel die *Clear Air Turbulence* zu.

Das Abfeuern des Lasers nutzte überhaupt nichts, obwohl Horza das zu der Zeit nicht wußte. Ein Vavatch-Computer hatte die interne Überwachung und Kontrolle von den Gehirnen der Kultur übernommen, und er öffnete ein Loch in dem Kraftfeld, um das fallende Schiff durchzulassen. Das tat er in der irrigen Annahme, die *Zweck der Erfindung* werde weniger Schaden nehmen, wenn er das Geisterschiff durchließe, als wenn es aufschlüge.

Im Zentrum eines plötzlichen Mahlstroms aus Luft und Wolken, in ihrem eigenen kleinen Hurrikan raste die *CAT* aus der dichten Luft am Boden der einen Druck-Ebene hinein in die dünne Atmosphäre im oberen Teil der darunterliegenden. Ein Wirbel aus Wolkenfetzen folgte ihr wie eine invertierte Explosion. Horza öffnete die Augen wieder und sah mit Erleichterung den fernen Boden des höhlenartigen Innern der *Zweck* und die steigenden Zahlen auf den Monitor-Schirmen der Fusionstriebwerke. Wieder erhöhte er die Energiezufuhr, doch diesmal ließ er das Bugtriebwerk in Ruhe.

Die beiden Haupttriebwerke begannen zu feuern und drückten ihn auf seinem Sitz in den unangenehmen Griff der Dämpferfelder. Er zog die Nase des stürzenden Fahrzeugs nach oben, sah, wie der Boden weit unten allmählich außer Sicht verschwand und durch das Bild einer weiteren Wand voller geöffneter Ladebuchttüren ersetzt wurde. Die Türen waren viel größer als die der Kleinen Ladebuchten in der Ebene, die sie soeben verlassen hatten, und die wenigen Fahrzeuge, die Horza sehen konnte, wenn sie hinein- oder hinausglitten, waren ausgewachsene Sternenschiffe.

Horza hielt die Augen auf den Schirm gerichtet und steuerte die *Clear Air Turbulence* genau wie ein Flugzeug. Sie flogen einen Korridor von mehr als einem Kilometer Breite entlang, und die Wolkenschichten lagen etwa eintausendfünfhundert Meter über ihnen. Sternenschiffe durchquerten gemächlich den gleichen Raum, ein paar auf ihren eigenen Antischwerkraft-Feldern, die meisten mit Hilfe leichter Hebeschlepper. Alles andere bewegte sich langsam und ohne Aufregung; nur die *CAT* störte die Ruhe im Innern des gigantischen Schiffes. Auf Zwillingsschwertern gleißender Flammen, die aus weißglühenden Plasma-Kammern strömten, kreischte sie dahin. Eine weitere Klippe großer Hangartüren versperrte ihnen den Weg. Horza zog die *CAT* in eine lange Linkskurve und ging gleichzeitig ein bißchen nach unten, wodurch er in einen noch breiteren Cañon an Raum geriet. Sie rasten über einen Clipper weg, der zu einer weit entfernten offenen Hauptbucht geschleppt wurde. Das Sternenschiff schaukelte in ihrer Kielspur aus überhitzter Luft. Die Wand mit den Türen und offenstehenden Eingängen kippte auf sie zu, als Horza die Kurve verengte. Voraus zeigte sich etwas wie eine Wolke aus Insekten: Hunderte von schwarzen Pünktchen schwirrten in der Luft umher.

Weit unter ihnen, vielleicht fünf oder sechs Kilometer von ihnen entfernt, markierte ein Tausend-Meter-Quadrat aus Schwärze, umrandet von einem langsam blinkenden Streifen gedämpften weißen Lichts, den Ausgang der *Zweck der Erfindung*. Der Weg dahin führte genau geradeaus.

Horza seufzte. Er spürte, wie sich sein ganzer Körper entspannte. Falls sie nicht abgefangen wurden, hatten sie es geschafft. Jetzt nur noch ein kleines bißchen Glück, und sie kamen vielleicht sogar von dem Orbital weg. Er brachte die Motoren auf Touren und zielte auf das ferne tintige Viereck.

Plötzlich beugte sich Wubslin gegen den Zug der Beschleunigung vor und drückte ein paar Knöpfe. Sein in die Konsole eingelassener Tochterschirm vergrößerte das Mittelfeld des Hauptschirms, der das Gebiet vor ihnen erfaßte. »Das sind Leute!« rief er.

Horza fragte stirnrunzelnd: »Was?«

»Leute! Das sind Leute! Sie müssen Antischwerkraft-Harnische tragen! Wir werden mitten hindurch fliegen!«

Horza warf einen kurzen Blick auf Wubslins Tochterschirm. Es stimmte; die schwarze Wolke, die den Schirm beinahe füllte, bestand aus Menschen, die langsam in Anzügen oder gewöhnlicher Kleidung umherflogen. Es waren Tausende, erkannte Horza, weniger als einen Kilometer vor ihnen, und sie näherten sich ihnen schnell. Wubslin starrte den Schirm an, schwenkte die Hand. »Geht aus dem Weg! Geht aus dem Weg!« schrie er.

Horza sah keine Möglichkeit, die Masse fliegender Menschen zu umgehen. Ob sie sich an irgendeinem merkwürdigen Massenwettkampf beteiligten oder ob sie sich nur amüsierten, es waren zu viele, sie waren zu nahe, zu weit verstreut. »Scheiße!« sagte Horza. Er machte sich bereit, die Hecktriebwerke abzustellen, bevor die *Clear Air Turbulence* in die Wolke aus Menschen hineinstieß. Mit etwas Glück kamen sie hindurch, ohne die Triebwerke wieder zünden zu müssen, so daß nicht allzu viele Leute verbrannt werden würden.

»Nein!« schrie Wubslin. Er warf die Sicherheitsgurte ab, sprang zu Horza herüber und machte einen Satz nach den Kontrollen. Horza versuchte ohne Erfolg, den stämmigen Ingenieur abzuwehren. Die Kontrollen wurden ihm aus den Händen gerissen, und das Bild auf dem Hauptschirm kippte und drehte sich, richtete die Nase des beschleunigten Schiffes weg von dem schwarzen Viereck des Ausgangs, weg von der großen Wolke fliegender Menschen und hin zu der Klippe hell erleuchteter Hauptbucht-Eingänge. Horza hieb Wubslin mit dem Arm über den Kopf, so daß der Ingenieur betäubt zu Boden fiel, und entwand seinen erschlaffenden Fingern die Kontrollen wieder. Aber es war ein bißchen zu spät zum Wenden. Horza stabilisierte den Kurs und zielte. Die *Clear Air Turbulence* schoß auf eine offene Hauptbucht zu; sie flitzte durch den Eingang und über das Skelett eines Sternenschiffes hinweg, das in der Bucht umgebaut wurde. Das Feuer ihrer Fusionstriebwerke rief Brände hervor, versengte Haar, verschmorte Kleider und blendete ungeschützte Augen.

Aus dem Augenwinkel sah Horza, wie Wubslin, der bewußtlos auf dem Fußboden lag, leicht geschaukelt wurde, während die *CAT* durch die einen halben Kilometer lange Hauptbucht jagte. Die Türen zu der nächsten Bucht standen offen, auch zu der übernächsten und überübernächsten. Sie flogen durch einen Zwei-Kilometer-Tunnel, rasten über die Reparatur- und Dock-Einrichtungen eines von Evanauth evakuierten Schiffsbauers. Horza wußte nicht, was sich am anderen Ende befand, aber er sah, daß sie, ehe sie dort ankamen, gezwungen sein würden, über ein großes Raumschiff hinwegzufliegen, das die dritte Bucht fast in ihrer ganzen Länge ausfüllte. Er richtete das Fusionsfeuer nach vorn, damit sie langsamer wurden. Zwillingsstrahlen blitzten zu beiden Seiten des Hauptschirms auf. Wubslins ungesicherter Körper rutschte auf dem Fußboden der Brücke nach vorn, bis er sich unter der Konsole und seinem eigenen Sitz festkeilte. Die stumpfe Schnauze des in der Bucht geparkten Raumfahrzeugs näherte sich. Horza hob die Nase der *CAT*.

Die *Clear Air Turbulence* wurde zur Decke der Hauptbucht hochgerissen, flitzte zwischen ihr und dem Dach des Schiffes durch, fiel auf der anderen Seite hinab, und obwohl sie ihre Geschwindigkeit immer noch verlangsamte, schoß sie durch die letzte Hauptbucht und in einen neuen Korridor aus leerer Luft. Er war zu schmal. Horza tauchte wieder hinunter, sah den Boden hochkommen und ließ den Laser feuern. Bockend und bebend durchquerte die *CAT* eine aufsteigende Wolke aus glühenden Trümmern. Wubslins schwerer Körper rutschte unter der Konsole hervor und auf die hintere Tür der Brücke zu.

Erst dachte Horza, sie seien endlich draußen, doch das waren sie nicht. Sie waren in etwas hineingeraten, das die Kultur eine Generalbucht nannte.

Die *CAT* fiel von neuem, dann ging sie in den Horizontalflug über. Dieser Raum war anscheinend noch größer als die Zentrumsblase des System-Schiffes. Sie flogen durch die Bucht, die das Megaschiff beherbergte, das gleiche Megaschiff, das, wie Horza vor einer Weile gesehen hatte, von hundert oder mehr antiken Kultur-Hebeschleppern aus dem Wasser geholt worden war.

Horza hatte Zeit, sich umzusehen. Es war jede Menge Raum, Platz und Zeit vorhanden. Das Megaschiff lag auf dem Boden der gewaltigen Bucht und sah ganz wie eine kleine Stadt auf einer großen Metallplatte aus. Die *Clear Air Turbulence* passierte das Heck, flog an Tunneln voller Propellerblätter mit zehn Metern Durchmesser vorbei, um den hintersten Ausleger herum, wo gestrandete Vergnügungsboote auf eine Rückkehr ins Wasser warteten, über die Türme und Türmchen der Aufbauten, dann über die Buge hinaus. Horza sah vor sich die Türen der Generalbucht, falls es sich um Türen handelte. Sie waren zwei Kilometer entfernt, maßen von oben bis unten ebenfalls zwei Kilometer und waren doppelt so breit. Horza zuckte die Achseln und überprüfte noch einmal den Laser. Allmählich gewann er eine beinahe abgebrühte Einstellung. *Zum Teufel, was soll's?* dachte er.

Der Laser bohrte ein Loch in die Wand, stanzte eine sich langsam erweiternde Lücke, auf die Horza zielte. Ein Luftwirbel bildete sich um das Loch. Als die *CAT* sich ihm näherte, wurde sie von einem kleinen horizontalen Zyklon eingefangen und begann sich zu drehen. Dann war sie hindurch und im Weltraum.

In einer sich schnell auflösenden Blase aus Luft und Eiskristallen platzte die *CAT* aus dem Körper des System-Schiffes und war endlich im Vakuum und in der sternendurchfunkelten Dunkelheit. Hinter ihr schloß ein Kraftfeld das Loch, das sie in die Tür der Generalbucht gerissen hatte. Die Plasma-Triebwerke stotterten, als die Versorgung mit Außenluft aufhörte. Dann sprangen die Innentanks ein. Horza wollte die Triebwerke gerade abstellen und mit den Startvorbereitungen für den Warpantrieb des Schiffes beginnen, als die Lautsprecher in seiner Kopfstütze knatterten.

»Hier spricht die Hafen-Polizei von Evanauth. Paß auf, du Hurensohn, bleib auf diesem Kurs und brems ab! Hafen-Polizei von Evanauth an Geisterschiff. Kurs beibehalten. Ein …«

*

Horza zog die *CAT* unter Beschleunigung in einen großen Bogen über das Heck des System-Schiffes. Er kam jetzt von außen an dem schwarzen Quadratkilometer des Ausgangs vorbei, auf den er vorhin zugeflogen war. Wubslin kollerte stöhnend in der Brücke herum. Die *CAT* hob die Nase und hielt auf den Irrgarten aus verlassenen Docks und Brücken zu, der den Hafen von Evanauth darstellte. Sie drehten sich immer noch leicht unter dem Spin, den sie beim Hinausschießen aus der Generalbucht erworben hatten. Horza stabilisierte den Kurs erst, als sie sich dem Scheitelpunkt des Bogens näherten. Die Hafeneinrichtungen kamen schnell hoch und glitten unten wieder weg.

»Geisterschiff! Das ist die letzte Warnung!« plärrten die Lautsprecher. »Bremst sofort ab, oder wir pusten euch aus dem Himmel! Gott, der Kerl nimmt Kurs auf …« Die Sendung war unterbrochen. Horza grinste vor sich hin. Er nahm tatsächlich Kurs auf die Lücke zwischen der Unterseite des Hafens und der Oberseite des Systemschiffes. Die *Clear Air Turbulence* flitzte zwischen Reiseröhren-Verbindungen, Aufzugsschächten, Dockbrücken, Transit-Gebieten, ankommenden Shuttles und Turmkränen hindurch. Horza lenkte das Schiff mit den immer noch auf Maximalleistung eingestellten Fusionstriebwerken durch den Wirrwarr und schleuderte das kleine Fahrzeug in die letzten paar hundert Meter engen Raums zwischen dem Orbital und dem System-Schiff. Das Heck-Radar machte *Ping* – es nahm sie verfolgende Echos auf.

Horza zielte die *CAT* auf zwei Türme, die wie mit dem Kopf nach unten hängende Wolkenkratzer an dem Orbital klebten. Plötzlich blühten sie in einer Lichtexplosion auf, ringsum Trümmer verstreuend. Er wand sich auf seinem Sitz, während er das Schiff im Zickzack zwischen den beiden Schuttwolken hindurchsteuerte.

»Das war nur ein Schuß vor den Bug«, knatterten die Lautsprecher von neuem los. »Der nächste kommt euch genau den Arsch hoch, ihr Seifenkistenfahrer.« Die *CAT* schoß über die stumpfgraue schräge Ebene hinaus, die die Nasenspitze der *Zweck* war. Horza ließ die *CAT* kippen und tauchte hinunter, folgte dem Hang des Bugs. Das Heckradar-Signal setzte kurz aus und erschien dann wieder.

Horza ließ das Schiff noch einmal kippen. Wubslin, der schwach mit Armen und Beinen wedelte, wurde an die Decke der Brücke geschleudert und blieb dort hängen wie eine Fliege, während Horza ein Stück von einem Looping vorwärts vollführte.

Die *CAT* entfernte sich rasch von dem Hafengebiet des Orbitals und dem großen System-Schiff und floh hinein in den Raum. Horza fiel Balvedas Seesack ein. Er betätigte den Vakrohr-Schalter auf der Konsole. Ein Schirm zeigte, daß sämtliche Vakrohre gedreht worden waren. Auf dem Heckschirm war zu sehen, daß innerhalb der Zwillingsströme aus Plasma-Feuer etwas aufflammte. Das Heckradar schrillte unausgesetzt.

»Fahr zur Hölle, Dummkopf!« sagte die Stimme im Lautsprecher. Horza warf das Schiff auf die Seite.

Der Heckschirm wurde weiß, dann schwarz. Auf dem Hauptschirm pulsierten Farben und gebrochene Linien. Die Lautsprecher in Horzas Helm und in den Kopfstützen heulten. Jedes einzelne Instrument auf der Konsole blinkte und flackerte.

Horza meinte eine Sekunde lang, sie seien getroffen worden, aber die Triebwerke arbeiteten noch, der Hauptschirm klärte sich allmählich, und auch die anderen Instrumente erholten sich. Die Strahlungsmesser piepsten und blinkten. Der Heckschirm blieb leer. Ein Schadensmonitor gab an, die Sensoren seien von einem sehr starken Strahlungsimpuls zerstört worden.

Horza ging ein Licht auf, was passiert war, als das

Heckradar, auch nachdem es sich erholt hatte, keinen Ton mehr von sich gab. Er warf den Kopf in den Nacken und lachte.

Balvedas Seesack hatte tatsächlich eine Bombe enthalten. Vielleicht war sie losgegangen, weil sie in das Triebwerksplasma der *CAT* geraten war, vielleicht, weil jemand – dann sicher der gleiche, der versucht hatte, die *CAT* an Bord des System-Schiffes festzuhalten – sie in dem Augenblick, als das fliehende Fahrzeug so weit von der *Zweck* entfernt war, daß nicht mehr allzuviel Schaden angerichtet wurde, durch Fernsteuerung gezündet hatte. Das konnte Horza nicht sagen. So oder so, anscheinend hatte die Explosion das sie verfolgende Polizeifahrzeug erwischt.

Unter schallendem Gelächter steuerte Horza die *CAT* weiter weg von dem großen Kreis des strahlend erleuchteten Orbitals und hinaus zu den Sternen. Er bereitete den Wechsel von Plasmaantrieb auf Warpantrieb vor. Wubslin war wieder auf dem Fußboden gelandet, und sein eines Bein hatte sich über die Armlehne seines Sitzes gehakt.

»Mutter«, stöhnte er leise, »Mutter, sag, daß es nur ein Traum ist …«

Horza lachte noch lauter.

*

»Du Wahnsinniger!« Yalsons Augen waren weit aufgerissen. »Das war das Verrückteste, was ich je an dir erlebt habe. Du bist ein Irrer, Kraiklyn. Ich kündige. Ich trete mit sofortiger Wirkung zurück … Scheiße! Ich wollte, ich wäre mit Jandraligeli zu Ghalssel gegangen … Du kannst mich einfach an dem ersten Ort, wo wir landen, absetzen.«

Horza ließ sich müde auf den Platz am Kopf des Messetisches nieder. Yalson saß am anderen Ende, unter dem Schirm, der dem Hauptschirm der Brücke zugeschaltet war. Die *CAT* hatte zwei Stunden von Vavatch entfernt gewarpt. Nach der Zerstörung des Polizeifahrzeugs hatte es keine weitere Verfolgung gegeben, und jetzt schwenkte die *CAT* langsam auf den Kurs ein, den Horza programmiert hatte, hinein in die Kriegszone, in Richtung auf die Glitzerwand, in Richtung auf Schars Welt.

Dorolow und Aviger, beide sichtlich stark mitgenommen, saßen auf Yalsons einer Seite. Die Frau und der ältere Mann starrten Horza an, als halte er eine Waffe auf sie gerichtet. Der Mund stand ihnen offen, ihre Augen blickten glasig. Auf der anderen Seite Yalsons hing der schlaffe Körper Perosteck Balvedas mit gesenktem Kopf in den Haltegurten ihres Sitzes.

In der Messe herrschte das Chaos. Die *CAT* war nicht auf heftige Manöver vorbereitet gewesen, und nichts war verstaut worden. Teller und Gefäße, ein Paar Schuhe, ein Handschuh, ein paar halb abgewickelte Bänder und Spulen und verschiedene andere Gegenstände lagen auf dem Fußboden verstreut. Yalson war von etwas getroffen worden, und auf ihrer Stirn war ein kleines Blutrinnsal getrocknet. Horza hatte seit zwei Stunden niemandem erlaubt, sich zu entfernen, kurze Besuche der Toiletten ausgenommen; er hatte ihnen über den Lautsprecher befohlen, zu bleiben, wo sie waren, während die *CAT* Vavatch auf einem Zickzackkurs hinter sich ließ. Die Plasmatriebwerke und den Laser hatte er betriebsbereit gehalten, aber es kam kein Verfolger mehr. Jetzt nahm er an, daß sie in Sicherheit und weit genug weg waren, daß sie warpen konnten.

Er hatte Wubslin auf der Brücke gelassen. Der Ingenieur päppelte die mißbrauchten Systeme der *Clear Air Turbulence* wieder auf, so gut er konnte. Er hatte sich dafür entschuldigt, daß er Horza die Kontrollen entrissen hatte. Sehr kleinlaut hatte er sich, Horzas Blick ausweichend, darangemacht, ein paar Trümmerstücke wegzuräumen und lose Kabel unter die Konsole zurückzustopfen. Horza erklärte ihm, er hätte sie alle beinahe umgebracht, aber andererseits habe er selbst auch nichts anderes getan, und deshalb wolle er es für diesmal vergessen; sie seien schließlich heil und ganz entkommen. Wubslin nickte und gestand, er wisse nicht, wie; er könne gar nicht glauben, daß das Schiff buchstäblich unbeschädigt war. Wubslin war nicht unbeschädigt; er hatte überall blaue Flecken.

»Ich fürchte«, sagte Horza zu Yalson, nachdem er sich hingesetzt und seine Füße hochgelegt hatte, »der erste Hafen, den wir anlaufen werden, ist ziemlich trostlos und unterbevölkert. Ich bin mir nicht sicher, ob du dort abgesetzt werden willst.«

Yalson legte die schwere Lähmpistole auf die Tischplatte. »Und wohin, zum Teufel, fliegen wir? Was wird hier eigentlich gespielt, Kraiklyn? Was hatte der ganze Irrsinn auf dem System-Schiff zu bedeuten? Was macht *sie* hier? Was hat die Kultur damit zu tun?« Yalson nickte während dieser Rede zu Balveda hin, und Horza wandte den Blick auch dann nicht von der bewußtlosen Kultur-Agentin ab, als Yalson innehielt und auf eine Antwort wartete. Aviger und Dorolow sahen ihn ebenfalls erwartungsvoll an.

Doch bevor Horza etwas sagen konnte, erschien der kleine Roboter aus dem Korridor, der von den Unterkünften zur Messe führte. Er schwebte herein, sah sich in der Messe um und ließ sich dann in der Mitte des Tischs nieder. »Habe ich richtig gehört, daß die Zeit für Erklärungen gekommen ist?« fragte er. Offensichtlich war die Frage an Horza gerichtet.

Horza sah von Balveda zu Aviger und Dorolow, dann zu Yalson und dem Roboter. »Nun, ihr könnt ebensogut erfahren, daß wir unterwegs zu einem Planeten sind, der Schars Welt genannt wird. Es ist ein Planet der Toten.«

Yalson blickte verwirrt drein. Aviger sagte: »Von denen habe ich schon gehört. Aber man wird uns nicht landen lassen.«

»Das wird ja immer schöner!« schimpfte der Roboter. »Wenn ich du wäre, Kapitän Kraiklyn, würde ich zu der *Zweck der Erfindung* zurückkehren und mich dort stellen. Ich bin überzeugt, du würdest ein gerechtes Verfahren bekommen.«

Horza ignorierte die Maschine. Er seufzte, streckte die Beine und gähnte. »Es tut mir leid, daß ihr alle zu Schars Welt befördert werdet, vielleicht gegen euren Willen, aber ich muß hin, und ich kann es mir nicht leisten, irgendwo haltzumachen, um euch aussteigen zu lassen. Deshalb müßt ihr alle mitkommen.«

»So, müssen wir das?« fragte der kleine Roboter.

»Ja.« Horza sah ihn an. »Leider ja.«

»Aber es wird uns nicht gelingen, dem Planeten auch nur in die Nähe zu kommen«, protestierte Aviger. »Sie lassen niemanden hinein. Um diese Planeten liegt eine Art Zone, in die sie keine Leute hineinlassen.«

»Darum werden wir uns kümmern, wenn wir dort sind.« Horza lächelte.

»Du hast meine Fragen nicht beantwortet.« Yalson sah wieder zu Balveda hin, dann zu der Pistole auf dem Tisch. »Ich habe dieses arme Schwein jedesmal betäubt, wenn bei ihr ein Augenlid gezuckt hat, und ich möchte wissen, warum ich das getan habe.«

»Es wird eine Weile dauern, das alles zu erklären, aber im Grunde läuft es darauf hinaus: Es befindet sich etwas auf Schars Welt, das sowohl die Kultur als auch die Idiraner haben wollen. Ich habe … einen Vertrag, einen Auftrag von den Idiranern, hinzufliegen und dieses Ding zu suchen.«

»Du bist wirklich paranoid«, stellte der Roboter fest.

Er erhob sich vom Tisch und drehte sich, um die anderen anzusehen. »Er ist wirklich ein Wahnsinniger!«

»Die Idiraner engagieren *uns – dich* – dazu, etwas zu suchen?« Yalsons Ton verriet ihre Ungläubigkeit. Horza lächelte sie an.

»Du meinst, diese Frau …« – Dorolow zeigte auf Balveda – »ist von der Kultur geschickt worden, um uns beizutreten, uns zu infiltrieren … Ist das dein Ernst?«

»Das ist mein Ernst. Balveda war auf der Suche nach mir. Und nach Horza Gobuchul. Sie wollte auf Schars Welt gelangen oder uns daran hindern, hinzugelangen.« Horza sah Aviger an. »Sie hatte übrigens tatsächlich eine Bombe mit; sie ging los, gleich nachdem ich sie aus dem Vakrohr geworfen hatte, und zerstörte das Polizeischiff. Wir alle haben eine Dosis Strahlung abbekommen, aber sie ist nicht tödlich.«

»Und was ist mit Horza?« fragte Yalson grimmig. »War das nur irgendein Trick, oder hast du ihn wirklich getroffen?«

»Er lebt, Yalson, und ist ebenso in Sicherheit wie jeder von uns.«

Wubslin erschien in der Tür zur Brücke, immer noch einen abbittenden Ausdruck im Gesicht. Er nickte Horza zu und setzte sich in seiner Nähe nieder. »Es sieht alles prima aus, Kraiklyn.«

»Gut«, antwortete Horza. »Ich war gerade dabei, den anderen zu erklären, was mit unserer Reise zu Schars Welt ist.«

»Oh«, machte Wubslin. »Ja.« Achselzuckend sah er die anderen an.

»Kraiklyn …« – Yalson beugte sich über den Tisch vor und musterte Horza scharf –, »du hättest uns vorhin alle, der Henker weiß, wie oft, umbringen können. Du hast wahrscheinlich bei dieser … dieser Hallen-Luftakrobatik nicht wenige Leute umgebracht. Du hast uns eine Geheimagentin der Kultur aufgehalst. Du entführst uns praktisch zu einem Planeten mitten in einer Kriegszone, dem sich zu nähern niemandem erlaubt wird, um nach etwas zu suchen, das beide Seiten so dringend haben möchten, daß sie ... Nun, wenn die Idiraner einen dezimierten Haufen zweitklassiger Söldner engagieren, müssen sie ganz hübsch verzweifelt sein, und wenn wirklich Kultur-Leute hinter dem Versuch steckten, uns in dieser Ladebucht festzuhalten, sind sie verrückt vor Angst, sonst hätten sie nicht gewagt, die Neutralität der *Zweck* zu verletzen und einige ihrer hochgehaltenen Regeln der Kriegsführung zu brechen.

Du bildest dir vielleicht ein, daß du weißt, was vorgeht, und daß das Risiko der Mühe wert ist. Aber ich weiß es nicht, und mir gefällt es zudem gar nicht, im Dunkeln gehalten zu werden. Du hast in letzter Zeit nichts als Mißerfolge gehabt, machen wir uns da nichts vor. Setz dein eigenes Leben aufs Spiel, wenn du willst, aber du hast kein Recht, auch unseres aufs Spiel zu setzen! Jetzt nicht mehr. Vielleicht wollen wir uns gar nicht alle auf die Seite der Idiraner stellen, doch selbst in dem Fall, daß wir sie der Kultur vorzögen, hat sich keiner von uns dazu verpflichtet, sich mitten in einer Kriegszone in einen Kampf einzulassen. Scheiße, Kraiklyn, wir sind weder dazu ausgerüstet noch gut genug ausgebildet, um es mit diesen Kerlen aufnehmen zu können.«

»Das weiß ich alles«, erwiderte Horza. »Wir brauchen jedoch nicht damit zu rechnen, daß wir auf irgendwelche Kampfverbände stoßen. Die Stille Barriere um Schars Welt reicht so weit in den Raum, daß es unmöglich ist, sie überall zu bewachen. Wir nähern uns aus einer zufällig ausgewählten Richtung, und bis wir entdeckt werden, kann niemand mehr etwas gegen uns unternehmen, ganz gleich, was für ein Schiff wir haben. Nicht einmal eine ganze Kriegsflotte könnte uns draußen halten. Beim Verlassen des Planeten wird es ebenso gehen.«

»Was du zu sagen versuchst ...« – Yalson richtete sich auf –, »ist: ›Fix rein, fix raus.‹«

»Mag sein«, sagte Horza lachend.

»He!« rief Wubslin plötzlich und sah auf seinen Terminal-Schirm, den er eben aus der Tasche gezogen hatte. »Es ist gleich soweit!« Er stand auf und verschwand durch die Tür zur Brücke. Ein paar Sekunden darauf veränderte sich der Bildschirm in der Messe, die Sensoren schwenkten herum, bis sie Vavatch erfaßten. Das große Orbital hing im Raum, dunkel und leuchtend, voll von Nacht und Tag, Blau und Weiß und Schwarz. Alle sahen zu dem Schirm hoch.

Wubslin kam wieder herein und setzte sich hin. Horza fühlte sich müde. Sein Körper verlangte nach Ruhe, nach viel Ruhe. Sein Gehirn summte noch von der Konzentration und den Mengen an Adrenalin, die nötig gewesen waren, um die *CAT* durch die *Zweck der Erfindung* und aus ihr hinaus zu steuern. Aber er durfte noch nicht schlafen. Er konnte sich nicht entscheiden, was er tun sollte. Erzählte er ihnen, wer er war, gestand er die Wahrheit, daß er ein Wandler war, daß er Kraiklyn getötet hatte? Wie loyal empfand jeder einzelne dem Anführer gegenüber, von dessen Tod sie noch nichts wußten? Yalson vielleicht am stärksten. Andererseits würde sie sicher froh sein, daß *er* noch lebte ... Doch sie war diejenige, die gesagt hatte, sie stünden vielleicht nicht alle auf der Seite der Idiraner ... Sie hatte im Lauf ihrer Bekanntschaft niemals irgendwelche Sympathie für die Kultur gezeigt, aber sie mochte ihre Meinung geändert haben.

Er hätte sich natürlich auch zurückwandeln können. Es lag eine ziemlich lange Reise vor ihnen, während der es ihm, vielleicht mit Wubslins Hilfe, gelingen müßte, die Sicherheitsschaltungen im Computer der

CAT zu verändern. Aber sollte er es ihnen sagen – sollte er es sie wissen lassen? Und Balveda: Was sollte er mit ihr anfangen? Ihm war der Gedanke gekommen, er könne sie benutzen, um einen Handel mit der Kultur abzuschließen, aber jetzt sah es so aus, als sei ihnen die Flucht geglückt, und der nächste Halt war auf Schars Welt, wo Balveda bestenfalls ein Klotz am Bein war. Das Vernünftigste wäre, sie gleich zu töten, aber er wußte, damit würden die anderen, vor allem Yalson, nicht einverstanden sein. Ebenso wußte er, auch wenn er es ungern zugab, daß es ihn persönlich schmerzen würde, die Kultur-Agentin umzubringen. Sie waren Feinde, und wenn einer von ihnen dem Tod nahegekommen war, hatte der andere wenig oder nichts getan, um einzugreifen. Trotzdem würde es ihm sehr schwerfallen, ihren Tod selbst zu veranlassen.

Oder vielleicht machte er sich auch nur vor, daß es ihm schwerfallen würde. Vielleicht würde es ihm gar nichts bedeuten, und das ganze Gefasel von der Kameradschaft zwischen Agenten, die, wenn auch auf verschiedenen Seiten, die gleiche Arbeit tun, war nichts als Quatsch. Er öffnete den Mund, um Yalson zu sagen, sie solle die Kultur-Agentin noch einmal betäuben.

»Jetzt«, sagte Wubslin.

Das Vavatch-Orbital begann sich aufzulösen.

Der Bildschirm in der Messe zeigte eine kompensierte Hyperraum-Version, so daß sie das Geschehen, obwohl sie sich bereits außerhalb des Vavatch-Systems befanden, in Realzeit verfolgten. Genau zur festgesetzten Stunde begann das unsichtbare, namenlose, alles andere als entmilitarisierte System-Schiff, das sich irgendwo in der Nachbarschaft des Vavatch-Planetensystems aufhielt, mit der Bombardierung. Es war beinahe sicher, daß es sich um ein Schiff der Ozean-Klasse handelte, und bestimmt hatte das gleiche Schiff die Botschaft ausgestrahlt, die sie vor ein paar Tagen, als sie sich Vavatch näherten, auf dem Schirm gesehen hatten. Deshalb mußte das Kriegsschiff sehr viel kleiner sein als der Behemoth *Zweck der Erfindung*, der – für Kriegszwecke – veraltet war. Ein Ozean-Schiff würde in eine der Generalbuchten auf der *Zweck* passen, doch während sich auf dem größeren Fahrzeug – in diesem Augenblick eine Stunde von dem Orbital entfernt – die Evakuierten drängten, würde das Ozean-Schiff vollgepackt mit anderen Kriegsschiffen und Waffen sein.

Netzfeuer traf das Orbital. Horza hielt inne und sah auf den Schirm, der sich plötzlich erhellte und einmal über seine ganze Oberfläche aufblitzte, bis sich die Sensoren auf das schlagartige Ansteigen der Helligkeit eingestellt hatten und sie kompensierten. Aus irgendeinem Grund hatte Horza gedacht, die Kultur würde das Netzfeuer einfach über das ganze massive Orbital verteilen und dann die Überreste unter ZAM-Beschluß nehmen, aber so geschah es nicht. Statt dessen erschien über die ganze Breite der Tagseite des Orbitals eine einzige dünne Linie blendend weißen Lichts, eine feurige Klinge geräuschloser Zerstörung, um die sich sofort eine mattere, aber immer noch makellos weiße Wolkenschicht bildete. Diese Lichtlinie war Teil des Netzes, dieses Gewebes aus reiner Energie, das unter dem gesamten Universum liegt und es von dem etwas jüngeren, etwas kleineren Antimaterie-Universum trennt. Ebenso wie die Idiraner war die Kultur jetzt imstande, diese furchterregende Kraft teilweise zu kontrollieren, zumindest soweit, daß sie zum Zweck der Zerstörung eingesetzt werden konnte. Eine Linie dieser Energie, aus dem Nichts geholt und über das Gesicht des dreidimensionalen Universums gezogen, war da unten zu sehen, auf und in dem Orbital. Sie brachte das Kreismeer zum Kochen, schmolz die zweitausend Kilometer des transparenten Walls, annihilierte das

Basis-Material auf seiner ganzen Breite von fünfunddreißigtausend Kilometern.

Vavatch, dieser Vierzehn-Millionen-Kilometer-Reifen, rollte sich auseinander, eine Kette, die zerschnitten worden war.

Es war jetzt nichts mehr da, es zusammenzuhalten. Sein eigener Spin, die Quelle sowohl seines Tag-Nacht-Zyklus als auch seiner künstlichen Schwerkraft, wurde zu der Kraft, die es auseinanderriß. Mit ungefähr einhundertunddreißig Kilometern pro Sekunde schleuderte Vavatch sich in den äußeren Raum, wickelte sich auseinander wie eine losgelassene Spiralfeder.

Die bleiche Feuerlinie erschien wieder und wieder und wieder. Methodisch arbeitete sie sich von der ersten Stelle aus um das Orbital herum, parzellierte es ordentlich in Vierecke mit einer Seitenlänge von fünftausend Kilometern. Jedes davon enthielt ein Sandwich aus Trillionen über Trillionen Tonnen von ultradichtem Basismaterial, Wasser, Land und Luft.

Vavatch wurde weiß. Zuerst verwandelte das Netzfeuer das Wasser in Wolken. Dann verwandelte die wegströmende Luft, die von jedem gewaltigen Quadrat hochstieg wie schwere Dämpfe von einem Tisch, ihre Last an Wasserdampf in Eis. Der Ozean, der nicht länger von der Spinkraft festgehalten wurde, verlagerte sich, überflutete ganz, ganz langsam die eine Kante jeder Platte zerrissenen Basis-Materials, wurde zu Eis und wirbelte in den Weltraum davon.

Die präzise Feuerlinie glitt weiter, entgegengesetzt zur Spin-Richtung, zerschnitt die immer noch gekrümmten, sich immer noch drehenden Stücke des Orbitals mit ihren tödlichen Lichtblitzen – mit Licht, das von außerhalb des normalen Gewebes der Realität stammte.

Horza fiel ein, wie Jandraligeli es genannt hatte, damals, als Lenipobra sich so für das zu erwartende Schauspiel der Zerstörung begeisterte.

»Waffen, die das Ende des Universums bedeuten«, hatte der Mondlidizianer gesagt. Horza betrachtete den Schirm und verstand, was der Mann gemeint hatte.

Alles verschwand. Alles. Das Wrack der *Olmedreca*, der tafelförmige Eisberg, mit dem sie kollidiert war, das Wrack der Fähre der *CAT*, Mipps Leiche, Lenipobras Leiche, das, was von den Leichen Fwi-Songs und Mr. Eins' übriggeblieben war ... die anderen, noch lebenden Fresser – wenn man sie nicht doch noch gerettet hatte ... die Arena des Katastrophenspiels, die Docks und Kraiklyns Leichnam, die Luftkissenboote ... Säugetiere und Fische, Vögel, Keime, das alles: Blitzartig verbrannte oder gefror es, wurde plötzlich schwerelos, wirbelte in den Raum, verschwand, starb.

Die erbarmungslose Feuerlinie beendete ihren Weg rund um das Orbital fast genau an der Stelle, wo sie ihn begonnen hatte. Das Orbital war jetzt eine Rosette aus weißen flachen Quadraten, die sich langsam voneinander lösten und auf die Sterne zutrieben: Vierhundert einzelne Platten aus gefrierendem Wasser, Schlick, Land und Basis-Material schoben sich über oder unter die planetare Ebene des Systems hinaus, als seien sie selbst flache, viereckige Welten.

Es gab einen Augenblick der Gnade, als Vavatch in einsamer, flammender Pracht starb. Dann stieg aus seinem dunklen Mittelpunkt ein neuer flammender Stern auf und zerbarst. Die Nabe war von der gleichen schrecklichen Energie getroffen worden, die die Welt um sie herum zerschmettert hatte.

Wie ein getroffenes Ziel leuchtete Vavatch auf.

Gerade als Horza dachte, die Kultur könne damit zufrieden sein, wurde der Schirm ein weiteres Mal hell. Jede einzelne dieser flachen Spielkarten und die

Nabe des explodierten Orbitals blitzten einmal mit einem eisigen, funkelnden Gleißen auf, als schimmerten eine Million winziger weißer Sterne durch jedes Bruchstück.

Das Licht verblaßte, und diese vierhundert flachen Welten mit ihrer zentralen Nabe waren verschwunden, ersetzt von einem Netz würfelförmiger Körper, die sich explosionsartig voneinander und von dem Rest des sich auflösenden Orbitals entfernten.

Diese Stücke blitzten ebenfalls, zerplatzten zu einer Milliarde nadelspitzengroßer Lichter, die, als sie erloschen, Trümmer übrigließen, die fast zu klein waren, um noch erkannt zu werden.

Vavatch war jetzt eine geschwollene, spiralförmig gewundene Scheibe glitzernder Splitter. Sehr langsam dehnte sie sich wie ein Ring aus glänzendem Staub vor dem Hintergrund der Sterne aus. Das glitzernde, funkelnde Zentrum gab ihr das Aussehen eines riesigen, lidlosen, niemals blinzelnden Auges.

Der Schirm erhellte sich ein letztes Mal. Diesmal konnte man keine einzelnen Lichtpunkte mehr erkennen. Es war, als glühe das jetzt undeutliche, aber aufgequollene Bild der zerschmetterten Welt von einer inneren Hitze, die aus ihr eine ringförmige Wolke machte, einen Halo weißen Lichts mit einer verblassenden Iris in der Mitte. Dann war die Show vorbei, und nur die Sonne beschien den sich ausdehnenden Nimbus der annihilierten Welt.

Auf der anderen Wellenlänge würde wahrscheinlich noch eine Menge zu sehen sein, aber der Schirm in der Messe war auf normales Licht eingestellt. Nur die elektronischen Gehirne, nur die Sternenschiffe würden die ganze Zerstörung perfekt sehen, nur sie würden imstande sein, sie voll zu würdigen. Aus dem ganzen elektromagnetischen Spektrum sieht das menschliche Auge ohne Hilfsmittel wenig mehr als ein Prozent:

eine einzige Oktave der Strahlung aus einer ungeheuer langen Tastatur von Tönen. Die Sensoren eines Sternenschiffes würden alles sehen, von einem Ende des Spektrums zum anderen, viel detaillierter und mit einer viel geringeren scheinbaren Geschwindigkeit. Das Schauspiel der Zerstörung Vavatchs war, trotz all seiner von Menschen wahrnehmbaren Großartigkeit, für das tierische Auge verschwendet. Ein Spektakel für die Maschinen, dachte Horza, mehr war es nicht. Eine Einlage für die verdammten Maschinen.

»Chicel …« flüsterte Dorolow. Wubslin stieß laut den Atem aus und schüttelte den Kopf. Yalson drehte sich um und sah Horza an. Aviger blieb mit dem Gesicht zum Bildschirm sitzen.

»Erstaunlich, was man fertigbringt, wenn man sich nur ernsthaft daranmacht, nicht wahr … Horza?«

Im ersten Moment glaubte er törichterweise, Yalson habe gesprochen, aber natürlich war es Balveda.

Sie hob langsam den Kopf. Ihre tiefen dunklen Augen standen offen. Sie wirkte benommen, und ihr Körper hing immer noch in den Sicherheitsgurten. Doch die Stimme hatte klar und fest geklungen.

Horza sah, daß Yalson nach der Lähmpistole auf dem Tisch griff. Sie zog sie näher an sich heran, ließ sie jedoch liegen. Mißtrauisch spähte sie zu der Kultur-Agentin hinüber. Aviger und Dorolow und Wubslin starrten Balveda ebenfalls an.

»Sind die Batterien dieser Lähmwaffe leer?« fragte Wubslin. Yalson war immer noch dabei, die Kultur-Agentin mit zusammengekniffenen Augen zu mustern.

»Du bist ein bißchen durcheinander, Gravant, oder wer du sein magst«, sagte Yalson. »Das ist Kraiklyn.«

Balveda lächelte Horza an. Er hielt sein Gesicht ausdruckslos. Was sollte er tun? Er war erschöpft, ausgelaugt. Die Anstrengung war zu groß gewesen. Sollte jetzt kommen, was kommen mußte. Er hatte schon genug Entscheidungen zu treffen gehabt. »Nun«, sagte Balveda zu ihm, »wollen Sie es ihnen sagen, oder soll ich es tun?«

Horza schwieg. Er betrachtete Balvedas Gesicht. Die Frau holte tief Atem. »Oh, schon gut, dann sage ich es ihnen.« Sie wandte sich Yalson zu. »Sein Name ist Bora Horza Gobuchul, er verkörpert Kraiklyn nur. Horza ist ein Wandler von Heibohre, und er arbeitet für die Idiraner. Schon seit sechs Jahren. Er hat sich einer Wandlung unterzogen, um Kraiklyn zu *werden*. Ich nehme an, euer richtiger Anführer ist tot. Wahrscheinlich hat Horza ihn getötet, oder zumindest hat er ihn irgendwo in Evanauth oder Umgebung zurückgelassen.

Es tut mir sehr leid.« Sie sah von einem zum anderen, den kleinen Roboter eingeschlossen. »Aber falls ich mich nicht sehr irre, unternehmen wir alle einen kleinen Ausflug zu einem Planeten, der Schars Welt genannt wird. Jedenfalls unternehmt ihr ihn. Ich habe das Gefühl, meine Reise wird ein bißchen kürzer sein – und unendlich viel länger.« Balveda bedachte Horza mit einem ironischen Lächeln.

»Zwei?« fragte der Roboter niemanden im besonderen. »Sitze ich in einem lecken Museumsstück mit gleich zwei paranoiden Irren fest?«

»Du bist es nicht.« Yalson ignorierte die Maschine und sah Horza an. »Du bist es nicht, nicht wahr? Sie lügt.«

Wubslin drehte sich zu ihm um. Aviger und Dorolow tauschten Blicke. Horza seufzte, nahm seine Füße vom Tisch, setzte sich ein bißchen gerader hin. Er beugte sich vor, stützte die Ellbogen auf und legte das Kinn in die Hände. Er beobachtete, fühlte, versuchte, die Stimmung der verschiedenen Leute im Raum abzuschätzen. Er war sich der Entfernungen, der Spannung in ihren Körpern und der Zeit bewußt, die er brauchen würde, um die Plasma-Pistole an seiner rechten Hüfte zu ziehen. Dann hob er den Kopf, sah sie alle an und ließ zum Schluß den Blick auf Yalson ruhen. »Doch«, sagte er, »ich bin es.«

Stille füllte die Messe. Horza wartete auf eine Reaktion. Statt dessen war das Geräusch einer sich öffnenden Tür in dem Korridor zu hören, der durch die Unterkünfte führte. Aller Augen richteten sich auf den Eingang.

Neisin erschien, nur mit einer schmierigen, dreckigen Unterhose bekleidet. Seine Haare standen nach allen Richtungen ab, seine Augen waren Schlitze, seine Haut war fleckig von trockenen und feuchten Stellen, und sein Gesicht war sehr blaß. Ein Geruch nach Alkohol bahnte sich einen Weg durch die ganze Messe. Neisin sah sich um, gähnte, nickte den anderen zu, zeigte unsicher auf ein paar der immer noch nicht weggeräumten Scherben und erklärte: »Dieser Raum ist beinahe ein ebensolcher Saustall wie meine Kabine. Man sollte meinen, wir hätten irgendwelche Manöver hinter uns. Entschuldigung. Dachte, es sei Zeit zum Essen. Dann werde ich wohl wieder ins Bett gehen.« Er gähnte noch einmal und verschwand. Die Tür schloß sich.

Balveda lachte leise. Horza sah Tränen in ihren Augen. Die anderen wirkten nur verwirrt. Der Roboter sagte:

»Der Schlaukopf da ist im Augenblick wahrscheinlich die einzige Person in diesem mobilen Irrenhaus, die keine Sorgen hat.« Er drehte sich auf dem Tisch zu Horza um, wobei er die Platte zerkratzte. »Behauptest du im Ernst, einer dieser legendären menschlichen Verkörperer zu sein?« fragte er mit höhnischer Stimme.

Horza senkte den Blick auf den Tisch nieder, dann sah er in Yalsons wachsame, mißtrauische Augen. »Das bin ich.«

»Sie sind ausgestorben«, bemerkte Aviger.

»Sie sind nicht ausgestorben.« Balvedas schmales, fein gezeichnetes Gesicht wandte sich kurz dem alten Mann zu. »Aber sie sind jetzt Teil der idiranischen Sphäre, von den Idiranern absorbiert. Einige von ihnen haben die Idiraner schon immer unterstützt; die übrigen sind entweder ausgewandert oder haben sich gesagt, daß sie sich ebensogut mit den Idiranern verbünden können. Horza gehört zu der ersten Gruppe. Kann die Kultur nicht ausstehen. Er bringt euch alle zu Schars Welt, um für seine idiranischen Herren ein schiffbrüchiges Gehirn zu entführen. Ein Kultur-Gehirn. Damit die Galaxis von menschlichen Störungen gesäubert werde und die Idiraner freie Hand ...«

»Das reicht, Balveda«, sagte Horza. Sie zuckte die Achseln.

»Du *bist* Horza.« Yalson zeigte auf ihn. Er nickte. Sie schüttelte den Kopf. »Ich glaube es nicht. Allmählich denke ich so wie der Roboter, ihr seid alle beide verrückt. Du hast einen schweren Schlag auf den Kopf bekommen, Kraiklyn, und bei dir, Lady ...« – sie sah Balveda an –, »ist der Verstand durch dieses Ding in Unordnung geraten.« Yalson nahm die Lähmpistole hoch und legte sie wieder hin.

»Ich weiß nicht.« Wubslin kratzte sich den Kopf und betrachtete Horza, als sei dieser ein Ausstellungsstück. »Ich habe den Kapitän schon längst ein bißchen seltsam gefunden. Es sah ihm gar nicht ähnlich, was er in dem System-Schiff gemacht hat.«

»Was haben Sie gemacht, Horza?« wollte Balveda wissen. »Anscheinend habe ich etwas verpaßt. Wie sind Sie denn nun entkommen?«

»Ich bin hinausgeflogen, Balveda. Mit Hilfe der Fusionstriebwerke und des Lasers habe ich mir den Weg freigemacht.«

»Tatsächlich?« Balveda warf lachend den Kopf in

den Nacken. Sie lachte weiter, aber ihr Lachen klang ein bißchen zu laut, und die Tränen traten ihr zu schnell in die Augen. »Hoho. Nun, ich bin beeindruckt. Ich glaubte schon, wir hätten Sie.«

»Wann haben Sie es herausgefunden?« fragte er sie ruhig. Sie schnüffelte und versuchte, sich die Nase an der Schulter abzuwischen.

»Was? Daß Sie nicht Kraiklyn sind?« Ihre Zunge fuhr über ihre Oberlippe. »Oh, kurz bevor Sie an Bord kamen. Wir hatten einen Mikroroboter eingesetzt, der als Fliege getarnt war. Er war programmiert, auf jedem zu landen, der sich dem Schiff während seines Aufenthalts in der Kleinen Ladebucht näherte, und eine Haut- oder Haarzelle oder sonst etwas mitzunehmen. Wir haben Sie nach Ihren Chromosomen identifiziert. Draußen war noch ein Agent; er muß seinen Effektor auf die Buchtkontrollen gerichtet haben, als er merkte, daß Sie Startvorbereitungen trafen. Ich sollte … tun, was ich konnte, sobald Sie auftauchten. Sie töten, Sie gefangennehmen, das Schiff sabotieren, irgend etwas. Leider wurde ich zu spät informiert. Man fürchtete, abgehört zu werden, wenn man mich warnte, aber man muß angefangen haben, sich Sorgen zu machen.«

»Das war das Geräusch, das du aus ihrem Seesack hörtest«, sagte Horza zu Yalson, »kurz bevor ich sie betäubte.« Er wandte sich wieder an Balveda. »Ich bin Ihre Sachen übrigens losgeworden, Balveda. Habe sie durch ein Vakrohr ausgestoßen. Ihre Bombe ging hoch.«

Es sah aus, als sacke Balveda ein bißchen tiefer in ihrem Sitz zusammen. Horza nahm an, sie hatte gehofft, ihre Ausrüstung sei immer noch an Bord. Zumindest würde sie gehofft haben, die Bombe müsse erst gezündet werden, und wenn sie schon sterben mußte, so doch nicht vergeblich und nicht allein.

»Ach ja«, murmelte sie, auf den Tisch niederblikkend. »Die Vakrohre.«

»Was ist mit Kraiklyn?« wollte Yalson wissen.

»Er ist tot«, antwortete Horza. »Ich habe ihn getötet.«

»So ist das also.« Yalson trommelte mit den Fingern auf die Tischplatte. »Ich weiß nicht, ob ihr beiden wirklich verrückt seid oder ob ihr die Wahrheit sprecht. Beide Möglichkeiten sind scheußlich.« Sie sah von Balveda zu Horza und sagte mit hochgezogenen Augenbrauen zu dem Mann: »Übrigens, wenn du tatsächlich Horza bist, ist es viel weniger erfreulich, dich wiederzusehen, als ich es mir vorgestellt hatte.«

»Es tut mir leid«, versicherte er ihr. Sie wandte das Gesicht von ihm ab.

»Ich bin immer noch der Meinung, das Beste wäre es, zu der *Zweck der Erfindung* zurückzukehren und die ganze Angelegenheit den Behörden zu übergeben.« Der Roboter erhob sich ein Stückchen über die Tischplatte und sah ringsum. Horza beugte sich vor und klopfte der Maschine aufs Gehäuse. Sie drehte sich ihm zu.

»Maschine«, sagte er, »wir fliegen zu Schars Welt. Wenn du zu dem System-Schiff zurückkehren willst, werde ich dich gern in ein Vakrohr stecken und dich den Weg allein machen lassen. Aber wenn du noch ein einziges Mal vom Zurückkehren und einer fairen Gerichtsverhandlung sprichst, werde ich dir dein gottverdammtes synthetisches Gehirn auspusten. Kapiert?«

»Wie kannst du es *wagen*, so mit mir zu sprechen!« schrie der Roboter. »Nimm zur Kenntnis, daß ich ein akkreditiertes freies Konstrukt bin, unter der Willensfreiheit-Akte des Groß-Vavatch-Amtes für die Konzertierung von Moralbegriffen als mit Bewußtsein begabt erklärt und im Besitz sämtlicher Bürgerrechte der Vavatch-Heterokratie. Ich habe meine rückwirkenden Erzeugungsschulden beinahe abbezahlt, und dann wird es mir freistehen, genau das zu tun, was mir paßt, und ich habe bereits die Zulassung zum Studium der angewandten Paratheologie an der Universität von ...«

»Willst du wohl deinen gottverdammten ... Lautsprecher halten und *zuhören?*« unterbrach Horza wütend den atemlosen Monolog der Maschine. »Wir sind hier nicht auf Vavatch, und es interessiert mich nicht, wie gottverdammt schlau du bist oder wie viele Diplome du hast. Du bist auf diesem Schiff, und du tust, was ich dir sage! Du willst von Bord gehen? Dann geh sofort und fliege zu dem zurück, was von deinem wertgeschätzten blöden Orbital noch übrig ist. Wenn du bleiben willst, gehorchst du meinen Befehlen. Oder du wirst verschrottet.«

»Eine andere Wahl habe ich nicht?«

»Nein. Benutze deinen beglaubigten Verstand und entscheide dich auf der Stelle!«

»Ich ...« Der Roboter erhob sich von dem Tisch und ließ sich wieder niedersinken. »Hmm«, sagte er. »Na gut. Ich werde bleiben.«

»Und allen Befehlen gehorchen?«

»Und allen Befehlen gehorchen.«

»Gut, du wirst ...«

»... innerhalb vernünftiger Grenzen.«

»Maschine!« Horza griff nach der Plasma-Pistole.

»Ach du meine Güte, Mann!« rief der Roboter. »Was willst du eigentlich? *Ein technisches Gerät?*« Seine Stimme klang höhnisch. »Meine Verstandeskräfte sind nicht mit einem ›Aus‹-Knopf versehen; ich kann mich nicht dafür entscheiden, *keinen* freien Willen zu haben. Natürlich könnte ich schwören, allen Befehlen ohne Rücksicht auf die Folgen zu gehorchen, ich könnte geloben, mein Leben für dich zu opfern, wenn du es verlangst, aber dann würde ich lügen, um mein Leben zu retten.

Ich schwöre, so gehorsam und treu zu sein, wie irgendeiner deiner menschlichen Crew ... Tatsächlich werde ich das gehorsamste und treueste Mitglied sein. Um Himmels willen, Mann, im Namen der Vernunft, was kannst du mehr verlangen?«

Hinterlistiger Bastard, dachte Horza. »Nun«, sagte er, »ich glaube, damit werde ich mich zufriedengeben müssen. Kannst du jetzt …«

»Aber ich bin verpflichtet, dir augenblicklich bekanntzugeben, daß du nach den Bedingungen meiner nachdatierten Konstruktionsvereinbarung, meines rückwirkenden Erzeugungskreditvertrages und meines Beschäftigungskontraktes wegen der gewaltsamen Entfernung meiner Person von meinem Arbeitsplatz verpflichtet bist, bis zu meiner Rückkehr an diesen die Ratenzahlungen für besagte Verpflichtungen zu leisten, und außerdem Gefahr läufst, zivil- und strafrechtlichen Konsequenzen …«

»Hölle und Verdammnis, Roboter!« unterbrach Yalson. »War es nicht vielleicht Jura, was du studieren wolltest?«

»Ich übernehme die volle Verantwortung, Maschine«, erklärte Horza. »Und jetzt, *halt* …«

»Ich hoffe, du bist entsprechend versichert«, murmelte der Roboter.

»*… die Klappe!*«

»Horza?« fragte Balveda.

»Ja, Perosteck?« Er wandte sich ihr mit einem Gefühl der Erleichterung zu. Ihre Augen glitzerten. Wieder leckte sie sich die Oberlippe, dann richtete sie den Blick mit gesenktem Kopf auf die Tischplatte zurück. »Was ist mit mir?«

»Es ist mir durch den Sinn gegangen«, antwortete er langsam, »Sie durch ein Vakrohr hinauszuwerfen …« Er sah, wie sie erstarrte. Yalson erstarrte ebenfalls; sie drehte sich zu ihm um, ballte die Hände zu Fäusten und öffnete den Mund. Horza fuhr fort: »… aber Sie könnten mir von einigem Nutzen sein, und … oh, nennen Sie es Sentimentalität.« Er lächelte. »Natürlich werden Sie sich benehmen müssen.«

Balveda blickte zu ihm hoch. In ihren Augen schimmerte Hoffnung, aber auch der Jammer derer, die nicht zu früh hoffen wollen. »Ist das Ihr Ernst?« fragte sie leise. Horza nickte.

»Das ist mein Ernst. Ich brächte es übrigens gar nicht fertig, Sie zu eliminieren, bevor ich herausgefunden habe, wie, zum Teufel, Sie von der *Hand Gottes* weggekommen sind.«

Balveda entspannte sich und holte tief Atem. Dann lachte sie leise. Yalson sah Horza feindselig an und trommelte weiter mit den Fingern auf den Tisch. »Yalson«, sagte Horza, »du und Dorolow werdet Balveda … ausziehen. Nehmt ihr den Anzug und alles andere weg.« Er war sich bewußt, daß alle ihn ansahen. Balveda hob in gespieltem Entsetzen die Augenbrauen. Er fuhr fort: »Ich möchte, daß ihr, wenn sie nackt ist, mit den medizinischen Geräten jeden möglichen Test an ihr vornehmt, damit wir sicher sind, daß sie keine falschen Hautbeutel, keine Implantate und keine Prothesen an sich hat. Benutzt die Ultraschall- und die Röntgenapparate und was uns sonst zur Verfügung steht! Seid ihr damit fertig, könnt ihr etwas für sie zum Anziehen suchen. Stopft ihren Anzug in ein Vakrohr und werft ihn hinaus. Auch irgendwelche Schmucksachen oder persönliche Dinge, ganz gleich welcher Art und Größe, ohne Rücksicht darauf, wie unschuldig sie aussehen mögen.«

»Möchtest du auch, daß wir sie waschen und salben, in ein weißes Gewand hüllen und auf einen Steinaltar legen?« fragte Yalson ätzend. Horza schüttelte den Kopf.

»Ich möchte, daß sie sauber von allem ist, was als Waffe benutzt oder in eine Waffe verwandelt werden könnte. Zu den neuesten Geräten, mit denen die Kultur ihre BU-Agenten ausstattet, gehören sogenannte Memoryformen; sie können wie ein Abzeichen oder ein Medaillon aussehen …« Er lächelte Balveda zu, die sarkastisch zurücknickte, »… oder wie sonst etwas. Aber nimmt man etwas mit ihnen vor – berührt man sie an der richtigen Stelle, macht man sie naß, spricht man ein bestimmtes Wort –, werden sie ein Kommunikator, eine Schußwaffe oder eine Bombe. Ich will das Risiko nicht eingehen, daß sich hier an Bord etwas Gefährlicheres als Ms. Balveda selbst befindet.«

»Und was ist, wenn wir nach Schars Welt kommen?« fragte Balveda.

»Wir werden Ihnen warme Kleider geben. Wenn Sie sich tüchtig einmummen, kann Ihnen nichts passieren. Kein Anzug, keine Waffen.«

»Und wir?« wollte Aviger wissen. »Was sollen wir tun, wenn du dein Ziel erreicht hast? Immer vorausgesetzt, man läßt dich herein, was ich bezweifle.«

»Ich bin mir darüber noch nicht im klaren«, antwortete Horza wahrheitsgemäß. »Vielleicht werdet ihr mich begleiten müssen. Ich muß erst sehen, was ich wegen der Sicherheitsschaltungen des Schiffes unternehmen kann. Möglich, daß ihr alle an Bord bleiben könnt. Es kann aber auch sein, daß ihr mit mir in den Dreck zu treten habt. Es leben jedoch ein paar weitere Wandler dort, Leute wie ich, die aber nicht für die Idiraner arbeiten. Sie werden imstande sein, euch bei sich aufzunehmen, wenn meine Aufgabe es erfordert, daß ich längere Zeit abwesend bin. Natürlich, falls irgendwer mit mir kommen möchte …« – er sah Yalson an –, »könnten wir dies doch als normale Operation mit entsprechender Verteilung des Gewinns und so weiter behandeln. Wenn ich die *CAT* einmal nicht mehr brauche, möchten einige von euch sie vielleicht selbst übernehmen, sie nach eigenem Belieben einsetzen oder verkaufen, das ist dann eure Sache. Wie dem auch sei, es steht euch frei, zu tun, was ihr wollt, sobald ich meine Mission auf Schars Welt erfüllt habe – oder zumindest mein Bestes getan habe, um sie zu erfüllen.«

Yalson hatte ihn angesehen, aber jetzt wandte sie sich ab und schüttelte den Kopf. Wubslin hatte den Blick zu Boden gerichtet. Aviger und Dorolow starrten sich gegenseitig an. Der Roboter schwieg.

Horza erhob sich steif. »Und nun, Yalson und Dorolow, wenn ihr euch bitte um Ms. Balveda kümmern wollt ...« Mit zur Schau gestelltem Widerstreben seufzte Yalson und stand auf. Dorolow begann, die Gurte um den Körper der Kultur-Agentin zu lösen. »Und seid ja sehr vorsichtig«, setzte Horza hinzu. »Eine von euch muß die ganze Zeit in gehöriger Entfernung von ihr bleiben und die Pistole auf sie richten, während die andere die Arbeit tut.«

Yalson murmelte etwas vor sich hin und beugte sich vor, um die Lähmpistole vom Tisch zu nehmen. Horza wandte sich Aviger zu. »Ich glaube, jemand sollte Neisin von all der Aufregung erzählen, die er verpaßt hat, findest du nicht?« Aviger zögerte, dann nickte er.

»Ja, Kraik ...« Aviger brach ab, stotterte und sagte nichts mehr. Er stand auf und ging schnell den Korridor zu den Kabinen hinunter.

»Ich denke, ich öffne einmal die Bugabteile und werfe einen Blick auf den Laser, wenn es dir recht ist, Kraiklyn«, sagte Wubslin. »Oh, ich meine Horza.« Der Ingenieur stand stirnrunzelnd da und kratzte sich den Kopf. Horza nickte. Wubslin suchte sich einen sauberen, unbeschädigten Becher, holte sich am Spender etwas Kaltes zu trinken und verschwand dann ebenfalls den Korridor hinunter.

Dorolow und Yalson hatten Balveda befreit. Die große, hellhäutige Kultur-Frau streckte sich, schloß die Augen und bog den Hals. Sie fuhr sich mit der Hand durch ihr kurzes rotes Haar. Dorolow paßte genau auf.

Yalson hielt die Lähmpistole. Balveda bewegte die Schultern, dann gab sie zu verstehen, daß sie bereit sei.

»Gut.« Yalson winkte ihr mit der Pistole. »Wir werden das in meiner Kabine machen.«

Horza trat zur Seite, um die drei Frauen durchzulassen. Als Balveda an ihm vorbeikam, die langen, mühelosen Schritte unbehindert von dem leichten Anzug, fragte er: »Wie sind Sie denn nun wirklich von der *Hand Gottes* weggekommen, Balveda?«

Sie blieb stehen. »Ich habe den Wachposten getötet und mich dann hingesetzt und gewartet, Horza. Dem Kontaktschiff gelang es, den Kreuzer unbeschädigt zu nehmen. Schließlich kamen ein paar nette Soldaten-Roboter und retteten mich.« Sie zuckte die Achseln.

»Sie haben unbewaffnet einen Idiraner in voller Kampfausrüstung, der mit einem Laser auf Sie zielte, getötet?« fragte Horza skeptisch. Wieder zuckte Balveda die Achseln.

»Horza, ich habe nicht gesagt, daß es leicht war.«

»Was ist aus Xoralundra geworden?« erkundigte Horza sich mit einem Grinsen.

»Ihrem alten idiranischen Freund? Muß entkommen sein. Ein paar sind nämlich entkommen. Jedenfalls war er nicht unter den Toten oder Gefangenen.«

Horza nickte und winkte ihr, weiterzugehen. Gefolgt von Yalson und Dorolow, ging Perosteck Balveda den Korridor zu Yalsons Kabine hinunter. Horza sah den Roboter auf dem Tisch an.

»Meinst du, du kannst dich nützlich machen, Maschine?«

»Ich nehme an, da du offensichtlich vorhast, uns alle hierzubehalten und uns zu diesem sich wenig attraktiv anhörenden Felsball am Rand des Nirgendwo zu bringen, kann ich ebensogut tun, was in meinen Kräften steht, um die Reise so sicher wie möglich zu machen. Ich werde bei der Wartung des Fahrzeugs helfen, wenn es dir recht ist. Allerdings zöge ich es vor, du würdest mich mit meinem Namen anreden und nicht mit diesem Wort, das du wie eine Beschimpfung aussprichst: ›Maschine‹. Ich werde Unaha-Closp genannt. Ist es zu viel verlangt, wenn ich dich bitte, daß auch du mich so nennst?«

»Gewiß nicht, Unaha-Closp.« Horza versuchte, bei diesem Zugeständnis so unaufrichtig wie möglich auszusehen und zu sprechen. »Ich werde unter allen Umständen darauf achten, dich in Zukunft immer so anzureden.«

Der Roboter stieg von der Tischplatte bis zu Horzas Augenhöhe auf. »Dir mag es vielleicht komisch vorkommen, aber mir ist es wichtig. Ich bin nicht einfach ein Computer, ich bin ein bewußtes Konstrukt und besitze eine individuelle Identität. Deshalb trage ich einen Namen.«

»Ich sagte doch schon, daß ich ihn benutzen werde«, erwiderte Horza.

»Danke. Dann gehe ich jetzt und sehe, ob dein Ingenieur beim Inspizieren des Laser-Gehäuses Hilfe braucht.« Er schwebte zur Tür. Horza sah ihn verschwinden.

Er war allein. Er setzte sich und betrachtete den Schirm am anderen Ende der Messe. Der Schutt, der Vavatch gewesen war, glühte; die große Wolke war immer noch sichtbar. Aber sie kühlte sich ab, sie war tot, sie trieb auseinander, wurde die ganze Zeit weniger real, weniger substantiell und immer geisterhafter.

Horza lehnte sich zurück und schloß die Augen. Besser war, er wartete eine Weile, bevor er sich schlafen legte. Damit gab er den anderen Zeit, über das, was sie herausgefunden hatten, nachzudenken. Sie würden dann leichter zu durchschauen sein; er würde erkennen, ob er für den Augenblick sicher war, oder ob er sie alle unter Beobachtung halten mußte. Auch sollten

Yalson und Dorolow erst mit Balveda fertig sein. Die Kultur-Agentin mochte auf einen günstigen Augenblick lauern, jetzt, wo sie glaubte, daß sie am Leben bleiben würde, aber vielleicht versuchte sie auch sofort, etwas zu unternehmen. In dem Fall wollte er wach sein. Er hatte sich immer noch nicht entschieden, ob er sie gleich töten sollte oder nicht, aber wenigstens hatte auch er jetzt Zeit zum Nachdenken gewonnen.

*

Die *Clear Air Turbulence* führte ihre letzte programmierte Kurskorrektur durch und schwang ihre Nase auf die Glitzerwand zu, nicht genau in die Richtung von Schars Welt, aber doch ungefähr.

Hinter ihr, sich immer noch ausdehnend, immer noch strahlend, sich immer noch langsam verteilend in dem System, dem es den Namen gegeben hatte, trieben die zahllosen funkelnden Fragmente des einmal Vavatch genannten Orbitals auf einem stellaren Wind, der von der gewaltsamen Zerstörung dieser Welt berichtete, und wirbelten den Sternen zu.

Horza blieb noch ein Weilchen allein in der Messe sitzen und sah zu, wie die Reste sich auflösten.

Licht vor der Dunkelheit, eine Ringfläche aus Schutt, ein Nichts. Eine ganze Welt war im Handumdrehen weggefegt worden. Nicht einfach zerstört – dazu hätte der allererste Schnitt der Netz-Energien genügt –, sondern ausgelöscht, sorgfältig, präzise, künstlerisch auseinandergenommen, Annihilierung als ästhetisches Erlebnis. Die arrogante Anmut des Vorgangs, die auf dem absoluten Nullpunkt liegende Kälte dieser wissenschaftlichen Bösartigkeit ... es beeindruckte fast ebenso, wie es abstieß. Sogar Horza konnte nicht umhin, dem eine gewisse widerwillige Bewunderung zu zollen.

Die Kultur hatte damit den Idiranern und dem Rest der galaktischen Gemeinschaft eine Lehre erteilt. Sie hatte eine gräßliche Verschwendung von Fleiß und Wissen in Schönheit verwandelt ... Aber, dachte Horza, sie würde, während das Hyperlicht durch die Galaxis eilte und das gewöhnliche Licht hinterherkroch, noch bereuen, diese Botschaft auf den Weg gebracht zu haben.

Das war es, was die Kultur zu bieten hatte, das war ihr Signal, ihre Werbung, ihr Erbteil: Chaos aus Ordnung, Zerstörung aus Aufbau, Tod aus Leben.

Vavatch würde der Zukunft mehr bedeuten als ein Denkmal seiner selbst. Es würde auch an die letztendliche, schauerliche Manifestation der Kultur mit ihrem tödlichen Idealismus erinnern und die längst überfällige Erkenntnis bringen, daß die Kultur nicht nur nicht besser war als jede andere Gesellschaft, sondern viel, viel schlechter.

Die Vertreter der Kultur strebten danach, die Ungerechtigkeit auszumerzen, aus der übermittelten Botschaft des Lebens die Fehler zu tilgen, die einen Fortschritt überhaupt erst möglich machten (eine dunkle Erinnerung stieg in ihm auf, und er erschauerte) ... Aber auf ihrer Seite lag der letztendliche Fehler, der endgültige Irrtum – und das würde ihr Untergang werden.

Horza überlegte, ob er auf die Brücke gehen und den Schirm auf Realraum schalten solle, um das Orbital wieder intakt zu sehen, wie es vor ein paar Wochen gewesen war, als das Reallicht, durch das die *CAT* jetzt reiste, Vavatch verlassen hatte. Langsam schüttelte er den Kopf, obwohl niemand da war, der es hätte sehen können, und betrachtete statt dessen den stillen Schirm am anderen Ende des unordentlichen und verlassenen Raums.

Spielstand: Zwei

Die Yacht warf in einer bewaldeten Bucht Anker. Das Wasser war klar; zehn Meter unter den glitzernden Wellen war der sandige Boden zu sehen. Hohe immerblaue Bäume zogen sich ungefähr im Halbkreis um das Ufer. An manchen Stellen traten ihre staubig wirkenden Wurzeln aus dem ockerfarbenen Sandstein hervor, an den sie sich klammerten. Ein paar kleine Klippen aus dem gleichen Stein waren mit bunten Blumen besprenkelt und überblickten goldene Strände. Die weiße Yacht, deren langes Spiegelbild auf dem Wasser flackerte wie eine stumme Flamme, schwang ihre hohen Segel herum und glitt langsam in die schwache Brise, die durch einen Arm des Waldes und über die schüsselförmige Bucht kam.

Leute brachten kleine Kanus und Dinghis ans Ufer oder sprangen in das warme Wasser und schwammen. Einige der Ceerevellen, die die Yacht auf ihrer Fahrt von ihrem Heimathafen hierher begleitet hatten, blieben, um in der Bucht zu spielen. Ihre langen roten Körper schossen rund um das Fahrzeug und unter ihm hinweg durch das Wasser, und ihr schnaubendes Atmen hallte von den niedrigen Klippen wider. Manchmal stupsten sie die Boote an, die aufs Ufer zuhielten. Ein paar Leute spielten mit den schlanken Tieren, tauchten, um mit ihnen zu schwimmen, sie zu berühren, sich an ihnen festzuhalten.

Fal 'Ngeestra seufzte. Nachdem sie auf dem Deck einmal ringsherum gegangen war, setzte sie sich in der

Nähe des Sterns auf eine gepolsterte Bank. Geistesabwesend spielte sie mit einem der Taue, die zwischen den Stützen gespannt waren, rieb es mit der Hand. Der Junge, der diesen Vormittag mit ihr geredet hatte, als die Yacht langsam vom Festland zu den Inseln segelte, sah sie dort sitzen und kam zu ihr.

»Willst du dir die Insel nicht ansehen?« fragte er. Er war sehr dünn und leicht. Seine Haut zeigte ein tiefes, beinahe goldenes Gelb. Sie hatte einen Schimmer, der Fal an ein Hologramm denken ließ, weil er irgendwie tiefer aussah, als die mageren Arme und Beine des Jungen dick waren.

»Mir ist nicht danach«, antwortete Fal. Sie hatte an dem Vormittag nicht gewollt, daß der Junge mit ihr sprach, und sie wollte jetzt nicht mit ihm sprechen. Sie bereute, daß sie zugestimmt hatte, auf die Kreuzfahrt mitzukommen.

»Warum nicht?« wollte der Junge wissen. Sein Name fiel ihr nicht ein. Sie hatte nicht Obacht gegeben, als er angefangen hatte, mit ihr zu reden, und sie war sich nicht einmal sicher, ob er ihr seinen Namen genannt hatte, wenn sie auch annahm, er habe es getan.

»Einfach so.« Sie zuckte die Achseln, ohne ihn anzusehen.

»Oh«, sagte er. Er schwieg eine Weile. Fal war sich des Sonnenlichts bewußt, das von seinem Körper reflektiert wurde, aber sie drehte sich immer noch nicht um und sah ihn nicht an. Sie betrachtete die fernen Bäume, die Wellen, die rötlichen Körper der Ceerevellen, die aus dem Wasser herausschossen, sich krümmten und wieder hineintauchten. Der Junge behauptete: »Ich weiß, wie du dich fühlst.«

»Ach ja?« Nun drehte sie sich doch zu ihm um. Er sah ein bißchen überrascht aus. Jetzt nickte er.

»Du hast es satt, nicht wahr?«

»Mag sein.« Sie wandte das Gesicht wieder ab. »Ein kleines bißchen.«

»Warum folgt dieser alte Roboter dir überallhin?«

Sie schoß einen Blick zu dem Jungen hinüber. Jase war im Augenblick unter Deck und holte ihr etwas zu trinken. Er war im Hafen mit ihr an Bord gegangen und hatte sich die ganze Zeit niemals sehr weit von ihr entfernt – war in der beschützenden Art, die er an sich hatte, ständig in ihrer Nähe geschwebt. Wieder zuckte sie die Achseln. Eine Schar von Vögeln flog im Innern der Insel auf. Sie riefen und machten Sturzflüge und kreisten in der Luft. »Er sorgt für mich«, sagte sie. Sie betrachtete ihre Hände, sah das Sonnenlicht auf den Fingernägeln glänzen.

»Muß man für dich sorgen?«

»Nein.«

»Warum sorgt er dann für dich?«

»Das weiß ich nicht.«

»Du bist sehr geheimnisvoll, weißt du«, stellte er fest. Sie glaubte, ein Lächeln in seiner Stimme zu hören. »Du bist wie diese Insel«, fuhr er fort. »Du bist seltsam und geheimnisvoll wie sie.«

Fal schnaubte und versuchte, vernichtend dreinzublicken. Dann sah sie Jase aus einer Tür auftauchen. Er trug ein Glas. Schnell stand sie auf und ging das Deck hinunter, gefolgt von dem Jungen. Sie nahm dem alten Roboter das Glas ab und lächelte ihm dankbar zu. Dann begrub sie ihr Gesicht in dem Glas und trank und betrachtete den Jungen durch das Glas.

»Hallo, junger Mann«, sagte Jase. »Willst du dir die Insel nicht ansehen?« Am liebsten hätte Fal der Maschine wegen ihres herzlichen Tons und weil sie dem Jungen fast die gleiche Frage stellte, wie er eben ihr, einen Tritt gegeben.

»Das könnte ich tun.« Der Junge sah Fal an.

»Das solltest du unbedingt tun.« Jase setzte sich in

Richtung Heck in Bewegung. Aus dem Gehäuse der alten Maschine drang ein gekrümmtes Feld wie ein Schatten, ohne daß etwas da war, das ihn hätte werfen können, und legte sich dem Jungen um die Schultern. »Übrigens, ich konnte nicht umhin, mitanzuhören, was du vorhin gesagt hast.« Sanft führte er den Jungen das Deck hinunter. Der goldene Kopf des Jungen wandte sich über die Schulter zu Fal zurück, die noch dabei war, ganz langsam ihr Glas zu leeren, und sich gerade in Bewegung setzte, um den beiden mit ein paar Schritten Abstand zu folgen. Der Blick des Jungen ging von ihr zu dem Roboter an seiner Seite, der sagte: »Du sprachst davon, daß du nicht in Kontakt aufgenommen wirst …«

»Das ist richtig.« Ein defensiver Ton stahl sich in die Stimme des Jungen. »Ich habe darüber gesprochen. Und?« Fal kam weiter hinterher. Sie schmatzte mit den Lippen. Eis klingelte in dem Glas.

»Das klingt verbittert«, meinte Jase.

»Ich bin *nicht* verbittert«, erklärte der Junge rasch. »Ich halte es nur für ungerecht, das ist alles.«

»Daß du nicht ausgewählt worden bist?« fragte Jase. Sie näherten sich den Bänken am Stern, wo Fal vor ein paar Minuten gesessen hatte.

»Nun ja. Es ist alles, was ich mir je gewünscht habe, und ich glaube, sie haben einen Fehler gemacht. Ich weiß, ich würde gut sein. Ich dachte, mit dem Krieg und dem allen würden sie mehr Leute brauchen.«

»Das stimmt auch. Nur hat Kontakt viel mehr Bewerber, als es brauchen kann.«

»Aber ich dachte, einer der Punkte, die sie bei der Auswahl berücksichtigten, sei, wie sehr man es sich wünsche, beizutreten, und ich weiß, niemand hätte es sich so sehr wünschen können wie ich. Seit ich mich erinnern kann, habe ich es mir gewünscht …« Der Junge verstummte. Sie waren bei den Bänken angelangt. Fal setzte sich, der Junge auch. Jetzt sah Fal ihn an, aber sie hörte nicht zu. Sie dachte nach.

»Vielleicht halten sie dich für noch nicht reif genug.«

»Ich *bin* reif!«

»Hmm. Selten werden so junge Leute genommen. Soviel ich weiß, halten sie, wenn sie Leute deines Alters nehmen, nach einer besonderen Art von Unreife Ausschau.«

»Also, das ist dumm. Ich meine, wie kann man wissen, was man tun soll, wenn sie einem nicht sagen, was sie wollen? Wie kann man sich vorbereiten? Ich finde, das ist alles sehr ungerecht.«

»Ich glaube, in gewisser Weise soll es auch ungerecht sein«, erwiderte Jase. »Es gibt so viele Bewerber, sie können nicht alle nehmen und nicht einmal die Besten auswählen, weil es auch von denen so viele gibt. Deshalb treffen sie eine Zufallsauswahl unter ihnen. Du kannst dich immer noch von neuem bewerben.«

»Ich weiß nicht.« Der Junge beugte sich vor, stützte die Ellbogen auf die Knie, den Kopf in die Hände und starrte das polierte Holz des Decks an. »Manchmal glaube ich, das erzählen sie einem nur, damit man sich nicht so jämmerlich vorkommt, wenn man abgewiesen wird. Ich glaube, vielleicht nehmen sie eben die Allerbesten. Aber ich glaube, sie haben einen Fehler gemacht. Aber wenn sie einem nicht sagen, warum man versagt hat, wie kann man etwas dagegen tun?«

... Auch Fal dachte über ein Versagen nach.

Jase hatte ihr zu ihrem Einfall, wie man den Wandler finden könne, gratuliert. Erst an diesem Morgen, als sie mit der alten dampfbetriebenen Drahtseilbahn von der Hütte heruntergekommen waren, hatten sie über die Ereignisse auf Vavatch gehört. Der Wandler namens Bora Horza Gobuchul war gekommen und mit dem Piratenschiff geflohen. Die Kultur-Agentin Perosteck Balveda hatte er mitgenommen. Fals Ahnung war richtig gewesen, und Jase hatte sich nicht genugtun können, sie zu loben. Immer wieder hatte er darauf hingewiesen, ihre Schuld sei es nicht, daß der Mann entkommen war. Trotzdem war sie niedergeschlagen. Manchmal recht zu haben, das Richtige zu denken, eine genaue Vorhersage zu treffen, deprimierte sie.

Ihr war alles so offensichtlich vorgekommen. Es war kein übernatürliches Omen oder etwas ähnlich Törichtes gewesen, als Perosteck Balveda plötzlich auftauchte (auf dem vom Kampf verbeulten, aber siegreichen Kontaktschiff *Nervenenergie*, das den größten Teil eines genommenen idiranischen Kreuzers im Schlepp hatte), aber es hatte so … so *natürlich* ausgesehen, daß Balveda die Suche nach dem verlorengegangenen Wandler übernehmen sollte. Bis dahin hatten sie weitere Informationen darüber vorliegen, was bei dem speziellen Zweikampf in diesem Raumvolumen geschehen war. Die gemeldeten möglichen und wahrscheinlichen Bewegungen verschiedener Schiffe hatten (wieder, dachte Fal, sehr deutlich) auf das Freibeuterschiff *Clear Air Turbulence* hingewiesen. Es gab noch andere Möglichkeiten, und man war ihnen so weit nachgegangen, wie es die bereits überbeanspruchten Hilfsmittel der Kontakt-Sektion für Besondere Umstände erlaubten. Doch Fal war von Anfang an überzeugt gewesen, sollte eine dieser sich auffächernden Möglichkeiten Frucht tragen, dann die Vavatch-Verbindung. Der Kapitän der *Clear Air Turbulence* war ein gewisser Kraiklyn, ein Spieler. Vavatch war seit Jahren der geeignetste Schauplatz für ein volles Katastrophenspiel. Deshalb war Vavatch der wahrscheinlichste Ort, an dem man das Schiff abfangen konnte, von Schars Welt, sollte der Wandler die Kontrolle bereits übernommen haben, abgesehen. Fal hatte den Kopf hingehalten, indem sie darauf bestanden hatte, Vavatch sei der wahrscheinlichste Ort und Balveda solle eine von den Agenten sein, die hingeschickt wurden. Und jetzt war alles so gekommen, und Fal erkannte, daß sie in Wirklichkeit nicht ihren Kopf hingehalten hatte, sondern Balvedas Kopf.

Aber was hätte man sonst tun können? Der Krieg beschleunigte sich innerhalb eines ungeheuren Raumvolumens; auf die wenigen BU-Agenten warteten viele andere dringende Missionen, und so oder so war Balveda die einzige wirklich gute Agentin in Reichweite gewesen. Es gab einen jungen Mann, den man mit ihr hingeschickt hatte, aber er war nur vielversprechend, nicht erfahren. Fal hatte von Anfang an gewußt, Balveda würde ihr eigenes Leben aufs Spiel setzen, nicht das des Mannes, wenn eine Infiltration der Söldner sich als die einzige Chance erwies, an den Wandler und durch ihn an das Gehirn zu kommen. Es war tapfer, aber, so vermutete Fal, ein Fehler gewesen. Der Wandler war schon mit Balveda zusammengetroffen; es war gut möglich, daß er sie wiedererkannte, ganz gleich, wie sehr sie ihr Erscheinungsbild modifiziert hatte (und für eine radikale physische Veränderung war keine Zeit gewesen). Wenn der Wandler merkte, wer sie war (und Fal vermutete, er hatte es gemerkt), waren die Chancen für Balveda, ihre Mission zu erfüllen, geringer als die des grünsten und nervösesten, aber unverdächtigen Agenten-Rekruten. Verzeih mir, Balveda, dachte Fal. *Ich hätte dir ein besseres Los bereitet, wenn ich gekonnt hätte …*

Den ganzen Tag hatte sie versucht, den Wandler zu hassen, hatte versucht, ihn sich vorzustellen und ihn zu hassen, weil er Balveda wahrscheinlich getötet hatte. Aber abgesehen von der Tatsache, daß es ihr schwerfiel, sich jemanden vorzustellen, wenn sie keine Ahnung hatte, wie er aussah (wie Kraiklyn, der Kapitän des Schiffes?), wollte sich aus irgendeinem Grund der Haß nicht materialisieren. Der Wandler schien nicht real zu sein.

Ihr gefiel, was sie über Balveda gehört hatte. Die Frau war tapfer und verwegen, und Fal hoffte entgegen aller Hoffnung, daß Balveda am Leben blieb, daß sie alles irgendwie überstand und daß sie sich eines Tages, vielleicht nach dem Krieg, kennenlernen würden …

Aber auch das schien nicht real zu sein.

Sie konnte nicht daran glauben; sie konnte es sich nicht auf die Weise vorstellen, wie sie sich zum Beispiel vorgestellt hatte, daß Balveda den Wandler finden würde. Das hatte sie im Geist gesehen, und es hatte sich so ereignet … In ihrer Version hatte natürlich Balveda gesiegt, nicht der Wandler. Aber sie konnte sich nicht vorstellen, daß sie mit Balveda zusammentraf, und irgendwie machte ihr das Angst, als habe sie angefangen, an ihr eigenes Vorherwissen so fest zu glauben, daß die Unfähigkeit, sich etwas vorzustellen, unweigerlich bedeutete, es werde niemals geschehen. Deprimierend war es auf jeden Fall.

Welche Chance hatte die Agentin, den Krieg zu überleben? Im Augenblick keine besonders große, das war Fal klar, aber selbst angenommen, Balveda hatte sich dieses Mal retten können, wie hoch war dann die Wahrscheinlichkeit, daß sie später doch sterben würde? Je länger der Krieg dauerte, desto höher wurde sie. Fal glaubte, und die bestinformierten Gehirne stimmten ihr im allgemeinen darin zu, daß der Krieg eher noch Jahrzehnte als Jahre dauern würde.

Plus/minus ein paar Monate natürlich. Fal runzelte die Stirn und biß sich auf die Lippe. Sie konnte nicht sehen, daß sie das Gehirn bekamen; der Wandler siegte, und ihr waren die Einfälle vollständig ausgegangen. In letzter Zeit war ihr nichts weiter eingefallen als Mittel, um Gobuchul – vielleicht, nur vielleicht – abzuschrecken: Das waren sicher keine Mittel, um ihm das Handwerk ganz zu legen, aber vielleicht konnten sie ihm seine Aufgabe erschweren. Doch Fal war nicht optimistisch, auch wenn das Kontakt-Kriegskommando einem so gefährlichen, ungewissen und teuer werdenden Plan zugestimmt hätte …

»Fal?« fragte Jase. Ihr kam zu Bewußtsein, daß sie den Blick auf die Insel gerichtet hielt, ohne sie wahrzunehmen. Das Glas wurde warm in ihrer Hand, und Jase und der Junge sahen sie beide an.

»Was?« Sie nahm einen Schluck.

»Ich hatte dich gefragt, was du über den Krieg denkst«, sagte der Junge. Er musterte sie mit zusammengekniffenen Augen. Das Sonnenlicht lag scharf auf seinem Gesicht. Fal betrachtete die breiten, offenen Züge und fragte sich, wie alt er sei. Älter als sie? Jünger? Empfand er so, wie sie empfand – wünschte er sich, älter zu sein, sehnte er sich danach, als verantwortlich behandelt zu werden?

»Ich verstehe nicht. Was meinst du? Auf welche Weise soll ich darüber denken?«

»Nun«, erläuterte der Junge, »wer wird ihn gewinnen?« Er war verärgert. Fal hatte den Verdacht, es sei sehr offensichtlich gewesen, daß sie nicht zugehört hatte. Sie sah Jase an, aber der alte Roboter schwieg, und ohne Aurafeld konnte niemand sagen, was er dachte oder fühlte. Belustigte es ihn? Machte es ihn besorgt? Sie nahm den letzten Schluck von dem kalten Getränk.

»*Wir* natürlich«, behauptete sie, von dem Jungen zu Jase blickend.

Der Junge schüttelte den Kopf. »Da bin ich mir nicht so sicher.« Er rieb sich das Kinn. »Ich bin mir nicht sicher, ob wir den Willen haben.«

»Den *Willen?*« wunderte sich Fal.

»Ja. Den Wunsch zu kämpfen. Ich glaube, die Idiraner sind Kämpfer von Natur aus. Wir nicht. Sieh uns doch an …« Er lächelte, als sei er viel älter und halte sich für viel weiser als das Mädchen, und er drehte den Kopf und winkte mit der Hand lässig zu der Insel hin, wo die Boote auf den Strand gezogen waren.

Fünfzig oder sechzig Meter weiter weg, in dem seichten Wasser unter einer kleinen Klippe sah Fal etwas, das wie ein kopulierendes Paar aussah. Sie ruckten auf und ab, die dunklen Hände der Frau lagen um den helleren Nacken des Mannes. Hatte das den Jungen zu seiner Bemerkung veranlaßt?

Nun ja, die Faszination des Sex.

Zweifellos machte es großen Spaß, aber wie konnten die Leute das so *ernst* nehmen? Manchmal überkam Fal Neid auf die Idiraner; sie kamen darüber hinweg; nach einer Weile spielte Sex für sie keine Rolle mehr. Sie waren Doppel-Hermaphroditen, jede Hälfte des Paares schwängerte die andere, und jeder gebar für gewöhnlich Zwillinge. Nach einer oder gelegentlich zwei Schwangerschaften – und Stillzeiten – wechselten sie von ihrer fruchtbaren Brüter-Phase in die des Kriegers über. Die Meinungen darüber, ob sie an Intelligenz gewannen oder nur eine Persönlichkeitsveränderung durchmachten, waren geteilt. Bestimmt wurden sie listiger und verloren dafür an Aufgeschlossenheit, sie wurden logischer und verloren an Vorstellungskraft, sie wurden kühner und verloren an Mitgefühl. Sie wuchsen um einen Meter, ihr Gewicht verdoppelte sich beinahe, ihre hornige Haut wurde dicker und härter, ihre Muskeln nahmen an Umfang und Festigkeit zu, und ihre inneren Organe veränderten sich so, daß sie dem höheren Energiebedarf gerecht wurden. Gleichzeitig absorbierten ihre Körper die Fortpflanzungsorgane, und sie wurden geschlechtslos. Alles war sehr geradlinig, symmetrisch und ordentlich, wenn man es mit dem System der Kultur verglich, sich den Partner selbst zu wählen.

Ja, sie konnte verstehen, warum dieser schlaksige

Idiot, der mit einem überlegenen, nervösen Lächeln vor ihr saß, sich von den Idiranern beeindrucken ließ. Junger Esel.

»So sind wir ...« Fal ärgerte sich gerade soviel, daß sie ein bißchen um Worte verlegen war. »So sind wir nun einmal. Wir haben uns nicht weiterentwickelt ... wir haben uns sehr verändert, wir haben uns selbst sehr verändert, aber es hat keine Evolution mehr stattgefunden, seit wir herumgelaufen sind und uns umgebracht haben. Ich meine, uns gegenseitig umgebracht haben.« Sie saugte den Atem ein. Jetzt ärgerte sie sich über sich selbst. Der Junge lächelte ihr tolerant zu. Sie spürte, daß sie errötete. »Trotzdem sind wir immer noch Tiere«, erklärte sie überzeugt. »Wir sind ebenso von Natur aus Kämpfer wie die Idiraner.«

»Wie kommt es dann, daß sie gewinnen?« höhnte der Junge.

»Sie hatten einen Vorsprung. Wir haben uns erst im letzten Augenblick dazu bequemt, uns auf den Krieg vorzubereiten. Das Kriegführen ist für sie eine Lebensweisheit geworden; wir sind darin bis heute immer noch nicht so gut, weil es Hunderte von Generationen her ist, daß wir es tun mußten. Keine Bange ...« – sie blickte in ihr leeres Glas und senkte die Stimme ein bißchen –, »wir lernen es schnell genug.«

»Wart's nur ab!« Der Junge nickte vor sich hin. »Ich glaube, wir werden uns aus dem Krieg zurückziehen und die Idiraner mit ihrer Expansion weitermachen lassen – oder wie du es nennen willst. Der Krieg ist irgendwie aufregend gewesen, und er hat eine Abwechslung gebracht, aber jetzt dauert er schon beinahe vier Jahre, und ...« – wieder wedelte er mit der Hand – »... wir haben noch keine großen Fortschritte erzielt.« Er lachte. »Wir tun nichts anderes als weglaufen!«

Fal stand schnell auf und wandte sich ab, weil sie fürchtete, weinen zu müssen.

»Oh, Scheiße«, sagte der Junge zu Jase. »Ich glaube, das hätte ich nicht sagen sollen … Ist ein Freund oder Verwandter von ihr …?«

Fal ging das Deck hinunter. Sie hinkte ein bißchen, denn das frischverheilte Bein brachte sich mit einem nagenden Schmerz in Erinnerung.

»Mach dir keine Sorgen«, sagte Jase zu dem Jungen. »Laß sie in Ruhe, und sie wird sich schon wieder fangen …«

Fal stellte ihr Glas in einer der dunklen, leeren Kabinen der Yacht ab, dann ging sie weiter in Richtung der vorderen Aufbauten.

Sie stieg eine Leiter zum Ruderhaus hoch, dann über eine weitere Leiter auf das Dach, setzte sich dort mit untergeschlagenen Beinen hin (das vor kurzem gebrochene Bein tat ihr weh, aber sie ignorierte es) und sah aufs Meer hinaus.

Weit entfernt, beinahe an der Dunstgrenze, schimmerte ein weißer Grat in der nahezu windstillen Luft. Fal stieß traurig den Atem aus. Ob die weißen Gebilde – sichtbar wahrscheinlich nur, weil sie bis hoch oben in klarere Luft reichten – schneebedeckte Berggipfel waren? Vielleicht waren es auch bloß Wolken. Sie erinnerte sich an die Geographie dieses Ortes nicht gut genug, um es sicher sagen zu können.

Sie saß da und dachte an diese Gipfel. Einmal hatte sie hoch im Vorgebirge, wo ein kleiner Bergbach für etwa einen Kilometer über ein ebenes, sumpfiges Plateau floß und sich auf dem feuchten, von Schilf bedeckten Land wand und schlängelte und bog wie ein Athlet, der sich zwischen zwei Wettkämpfen streckt und biegt, etwas gefunden, das ihr diesen Winterspaziergang unvergeßlich gemacht hatte.

An den Seiten des fließenden Baches hatte sich Eis in klaren, brüchigen Schollen gebildet. Fal hatte einige Zeit damit verbracht, glücklich durch die seichten Stellen zu marschieren, das dünne Eis mit ihren Stiefeln zu zermalmen und zuzusehen, wie es flußabwärts davontrieb. An diesem Tag kletterte sie nicht, sondern ging nur spazieren. Sie trug winterfeste Kleidung und hatte nur wenig an Ausrüstung bei sich. Irgendwie hatte ihr die Tatsache, daß sie nichts Gefährliches oder körperlich Anstrengendes tat, das Gefühl vermittelt, wieder ein kleines Kind zu sein.

Sie kam an einen Ort, wo der Bach über eine Felsenterrasse floß, von einer moorigen Ebene zur nächsten, und dort hatte sich gleich unterhalb des Wasserfalls ein kleiner Teich in den Fels gegraben. Das Wasser stürzte nicht einmal einen Meter herab, und der Bach war schmal genug, um zu springen. Aber Fal erinnerte sich an diesen Bach und diesen Teich, weil dort in dem kreisenden Wasser, unterhalb des spritzenden Wasserfalls gefangen, ein gefrorener Kreis aus Schaum trieb.

Das Wasser war von Natur weich und torfig, und manchmal bildete sich gelbweißer Schaum in den Bergbächen dieser Gegend, wurde vom Wind weitergeblasen und blieb im Schilf hängen, aber noch nie hatte sie Schaum in Kreisform und gefroren gesehen. Sie lachte, als sie das sah. Sie watete hin und nahm den Kreis vorsichtig in die Hand. Er war im Durchmesser nur ein bißchen größer als die Strecke zwischen ihrem ausgestreckten Daumen und dem kleinen Finger und ein paar Zentimeter dick, nicht so zerbrechlich, wie sie zuerst befürchtet hatte.

Die schaumigen Blasen hatten sich in der kalten Luft und dem beinahe gefrierenden Wasser in Eis verwandelt und etwas geformt, das wie ein winziges Modell einer Galaxis aussah, einer allgemein üblichen Spiral-Galaxis wie diese, wie ihre. Sie hielt das leichte Gebilde aus Luft und Wasser und schwebenden Chemikalien hoch, drehte es in den Händen, beroch es, streckte die Zunge heraus und leckte daran, betrachtete die matte

Wintersonne durch den Schaum, schnippte mit dem Finger dagegen, um festzustellen, ob es klang.

Sie bemerkte, daß ihre kleine Schaum-Galaxis zu schmelzen begann, ganz langsam, und sah ihren eigenen Atem darüber hinwehen, ein kurzes Bild ihrer Wärme in der Luft.

Schließlich legte sie den Kreis dahin zurück, wo sie ihn gefunden hatte. Er drehte sich langsam in dem Teich am Fuß des kleinen Wasserfalls.

Damals war sie auf den Vergleich mit der Galaxis gekommen, und sie hatte über die Ähnlichkeit der Kräfte nachgedacht, die die kleine und die große Galaxis bildeten. *Und welche ist in Wirklichkeit die wichtigere?* war es ihr durch den Sinn gegangen. Aber dann war sie über diesen Gedanken verlegen geworden.

Doch hin und wieder griff sie den Gedanken wieder auf und sagte sich, daß die eine genauso wichtig sei wie die andere. Regelmäßig kehrte dann auch die zweite Regung zurück, und sie geriet in Verlegenheit.

*

Fal 'Ngeestra holte tief Atem und fühlte sich ein bißchen besser. Sie lächelte, hob den Kopf, schloß kurz die Augen und betrachtete den roten Sonnennebel hinter ihren Lidern. Dann fuhr sie sich mit der Hand durch ihr lockiges blondes Haar und fragte sich noch einmal, ob die fernen, schwankenden, undeutlichen Formen über dem schimmernden Wasser Wolken oder Berge seien.

Neunter Teil

Schars Welt

Stellen Sie sich einen weiten und glitzernden Ozean vor, aus großer Höhe gesehen. Er erstreckt sich in jeder Richtung bis zum deutlich erkennbaren Horizont. Die Sonne brennt auf einer Milliarde winziger Wellen. Und nun stellen Sie sich eine glatte Wolkendecke über dem Ozean vor, eine Schale aus schwarzem Samt hoch über dem Wasser, die ebenfalls bis an den Horizont reicht. Aber behalten Sie das Glitzern des Wassers bei, auch wenn die Sonne fehlt. Fügen Sie den Wolken viele scharfe, kleine Lichter hinzu, auf der Unterlage der tintigen Decke verstreut wie funkelnde Augen: einzeln, in Paaren oder in größeren Gruppen, jede weit, weit von allen anderen Zusammenstellungen entfernt.

Das ist der Anblick, den ein Schiff im Hyperraum hat, wenn es wie ein mikroskopisch kleines Insekt frei zwischen dem Griff der Energie und dem realen Raum fliegt.

Die kleinen, scharfen Lichter auf der Wolkendecke sind die Sterne; die Wellen auf dem Meer sind die Unregelmäßigkeiten des Netzes, auf dem ein Schiff, das sich durch den Hyperraum bewegt, mit seinen Kraftfeldern Haftung findet, während das Funkeln seine Energiequelle ist. Das Netz und die Ebene des realen Raums sind gekrümmt, so wie sich der Ozean und die Wolken um einen Planeten krümmen würden, aber in geringerem Ausmaß. Schwarze Löcher zeigen sich als dünne und verdrehte Wasserstrahlen von den Wolken zum Meer, Supernovae als lange Blitze. Felsen, Monde,

Planeten, Orbitale und sogar Ringe und Sphären sind überhaupt nicht zu sehen …

Die beiden Schnellen Angriffsschiffe der ›Killer‹-Klasse *Handelsüberschuß* und *Revisionist* rasten durch den Hyperraum, flitzten unter dem Gewebe des Realraums dahin wie schlanke, glitzernde Fische in einem tiefen, stillen Teich. Sie machten Bogen um Systeme und Sterne und hielten sich tief unter den leeren Stellen, um die Gefahr der Entdeckung so gering wie möglich zu halten.

Jedes ihrer Triebwerke war Brennpunkt einer beinahe unvorstellbaren Energie. Sie packte eine Kraft in ihre zweihundert Meter, die etwa einem Prozent der Leistung einer kleinen Sonne gleichkam und die beiden Fahrzeuge über den vierdimensionalen Abgrund mit einer Geschwindigkeit schleuderte, die im Realraum kaum weniger als zehn Lichtjahre pro Stunde betragen hätte. Zu der Zeit galt das als besonders schnell.

Sie nahmen voraus die Glitzerwand und den Düsteren Golf wahr. Sie bogen von ihrem geraden Kurs ab und schoben sich tief in die Kriegszone hinein, zielten auf das System, das Schars Welt enthielt.

In großer Entfernung konnten sie die Gruppe Schwarzer Löcher sehen, die den Golf geschaffen hatten. Diese Riefen springender Energie hatten das Gebiet vor Jahrtausenden durchzogen und einen Raum hinter sich zurückgelassen, der von Sternen freigeräumt war. Sie schufen einen künstlichen galaktischen Arm, indem sie sich in einer langen Spirale näher an das Zentrum der sich drehenden Insel aus Sternen und Nebeln, die die Galaxis war, heranschwangen.

Die Gruppe Schwarzer Löcher war allgemein als ›der Wald‹ bekannt, so dicht standen sie zusammen. Die beiden dahinrasenden Kultur-Fahrzeuge sollten in dem Fall, daß sie gesehen und verfolgt wurden, den Versuch machen, sich einen Weg zwischen diesen gekrümmten, tödlichen Stämmen zu erzwingen. Die Feldtechnik der Kultur war angeblich der idiranischen überlegen; deshalb nahm man an, sie hätten eine bessere Chance durchzukommen, und ein verfolgendes Fahrzeug werde die Jagd eher abbrechen als es mit dem Wald aufnehmen. Schon es in Erwägung zu ziehen, war ein schreckliches Risiko, aber die beiden Schnellen Angriffsschiffe waren kostbar; die Kultur hatte noch nicht viele davon gebaut, und alles mußte getan werden, damit sie sicher zurückkehrten oder, wenn es zum Schlimmsten kam, völlig zerstört wurden.

Sie begegneten keinen feindlichen Schiffen. In Sekunden sausten sie über die innere Oberfläche der Stillen Barriere, lieferten ihre Ladung, wie befohlen, in zwei kurzen Explosionen ab, wendeten und kehrten mit Höchstgeschwindigkeit durch die lichter werdenden Sterne und vorbei an der Glitzerwand in den leeren Himmel des Düsteren Golfs zurück.

Sie registrierten, daß ein feindliches Fahrzeug, stationiert in der Nähe des Systems von Schars Welt, die Verfolgung aufnahm, aber sie waren zu spät gesehen worden, und sie liefen den Strahlen der Such-Laser bald davon. Ihre seltsame Mission war beendet. Sie nahmen Kurs auf die andere Seite des Golfs. Den Gehirnen an Bord und der kleinen Crew aus Menschen, die jedes der beiden Schiffe mit sich führte (für ihre Anwesenheit war eher ihr Wunsch als ihre Nützlichkeit ausschlaggebend gewesen), war nicht gesagt worden, warum sie teure Gefechtsköpfe in den leeren Raum ballern, mit den Kohärenzstrahl-Waffensystemen auf die Zielroboter des jeweils anderen schießen, Wolken aus ZAM und gewöhnlichem Gas ablassen und seltsame kleine antriebslose Signal-Schiffe, die wenig mehr als unbemannte Shuttles voller nachrichtentechnischer Geräte waren, aussetzen sollten. Die ganze Wirkung dieser Operation würde in ein paar spektakulären Lichterscheinungen und einer Verteilung von Strahlungssphären und Breitbandsignalen bestehen, bis die Idiraner aufräumen kamen und die Signalschiffe vernichteten oder wegnahmen.

Man hatte von ihnen verlangt, ihr Leben in einer törichten Panik-Mission aufs Spiel zu setzen, mit der anscheinend niemand im besonderen zu der Annahme verführt werden sollte, es habe mitten im Nirgendwo eine Raumschlacht stattgefunden, obwohl dem nicht so war. Und sie hatten es gemacht!

Wie weit sollte es mit der Kultur denn noch kommen? Die Idiraner liebten anscheinend Selbstmord-Missionen. Man konnte leicht den Eindruck gewinnen, daß sie den Befehl, einen Auftrag anderer Art auszuführen, als Beleidigung betrachteten. Aber die *Kultur?* Wo sogar in den Streitkräften ›Disziplin‹ ein Tabu-Wort war, wo die Leute immer wissen wollten, *warum* dies und *warum* das?

In der Tat, es war mit der Kultur weit gekommen.

Die beiden Schiffe rasten über den Golf und stritten sich. An Bord fanden hitzige Diskussionen zwischen den Mitgliedern ihrer Crews statt.

*

Die *Clear Air Turbulence* brauchte einundzwanzig Tage für die Reise von Vavatch zu Schars Welt.

Wubslin hatte die Zeit damit verbracht, an Reparaturen auszuführen, was er konnte, aber was das Schiff brauchte, war eine gründliche Überholung. Während es strukturell immer noch gesund war und die Lebenserhaltung nahezu normal lief, hatten sich seine Systeme doch allgemein abgenutzt, wenn es auch keine katastrophalen Ausfälle gab. Die Warpmotoren liefen ein bißchen unregelmäßiger als vorher, die Fusionstriebwerke waren einer längeren Benutzung in einer

Atmosphäre nicht mehr gewachsen – sie würden das Schiff auf Schars Welt hinunter- und wieder in den Raum bringen, aber längere Zeit durch die Luft fliegen würde man nicht können –, und die Sensoren der *CAT* waren in Anzahl und Leistung auf ein Niveau reduziert, das nicht weit über dem Funktionsminimum lag.

Trotzdem waren sie gut davongekommen, dachte Horza.

Jetzt, wo er die *CAT* unter seiner Kontrolle hatte, konnte er die Identitätsschaltungen des Computers umgehen. Er brauchte auch die Freie Söldnertruppe nicht mehr zu täuschen. Die Tage gingen dahin, und er unterzog sich einer langsamen Wandlung, die ihn seinem früheren Ich ein bißchen ähnlicher machte. Das tat er für Yalson und die übrigen Mitglieder der Freien Söldnertruppe. Es lief auf einen Zweidrittel-Kompromiß zwischen Kraiklyn und dem Mann, der er auf der *CAT* gewesen war, bevor sie Vavatch erreichte, hinaus. Das letzte Drittel ließ er für niemanden an Bord wachsen und sich in seinem Gesicht zeigen. Es war für ein rothaariges Wandler-Mädchen namens Kierachell bestimmt, und er hoffte, sie erkannte ihn an diesem Teil seiner Erscheinung, wenn sie sich auf Schars Welt wiedersahen.

*

»Warum hast du gedacht, wir würden böse sein?« fragte Yalson ihn eines Tages im Hangar der *CAT*. Sie hatten am einen Ende einen Zielschirm aufgestellt und übten mit ihren Lasern. Der in den Schirm eingebaute Projektor zeigte Bilder, auf die sie schießen konnten. Horza sah die Frau an.

»Er war euer Anführer.«

Yalson lachte. »Er war ein Manager; wie viele Manager werden von ihrem Stab geliebt? Das ist ein Geschäft, Horza, und nicht einmal ein erfolgreiches. Kraiklyn hat es geschafft, daß die meisten von uns vorzeitig ausgeschieden sind. Scheiße! Die einzige Person, die du täuschen mußtest, war das Schiff.«

»Natürlich mußte ich das Schiff täuschen.« Horza zielte auf eine menschliche Figur, die über den Schirm hinten rannte. Der Laser-Treffer war unsichtbar, aber der Schirm registrierte ihn und ließ an seiner Stelle weißes Licht aufblitzen. Die menschliche Figur war ins Bein getroffen. Sie stolperte, fiel jedoch nicht: halbe Punktezahl. »Ich wollte nur nicht riskieren, daß irgend jemand Kraiklyn gegenüber loyal war.«

Yalson war an der Reihe, aber sie sah Horza an, nicht den Schirm.

Die Sicherheitsschaltungen des Schiffs waren umgangen worden, und jetzt war, um es kommandieren zu können, nichts weiter mehr erforderlich als ein numerischer Code, den allein Horza kannte, und der kleine Ring, der Kraiklyn gehört hatte. Horza hatte versprochen, nach ihrer Ankunft auf Schars Welt werde er, wenn es keine andere Möglichkeit gebe, den Planeten zu verlassen, den Computer der *CAT* so programmieren, daß er sich nach einer bestimmten Zeit von sämtlichen Treue-Beschränkungen befreie. Sollte er also aus den Tunneln des Kommando-Systems nicht zurückkehren, wäre die Freie Söldnertruppe nicht gestrandet. »Du hättest es uns gesagt, Horza, nicht wahr?« fragte Yalson. »Ich meine, du hättest uns irgendwann reinen Wein eingeschenkt.«

Horza wußte, sie wollte in Wirklichkeit wissen, ob er es *ihr* gesagt hätte. Er legte seine Waffe hin und sah ihr in die Augen. »Sobald ich sicher gewesen wäre«, sagte er, »sicher, was die Leute anging, sicher, was das Schiff anging.«

Es war die ehrliche Antwort, aber er wußte nicht recht, ob es die beste war. Er wollte Yalson, wollte nicht nur ihre Wärme in der roten Nacht des Schiffes, sondern auch ihr Vertrauen, ihre Teilnahme. Aber sie verhielt sich immer noch distanziert.

Balveda lebte noch; vielleicht wäre sie nicht mehr am Leben, wenn es Horza nicht um Yalsons Achtung gegangen wäre. Das war ihm klar, und es war ein bitterer Gedanke, denn er kam sich dabei billig und grausam vor. Das Schlimmste war seine Unsicherheit. Er konnte zu keinem Schluß kommen, ob die kalte Logik dieses Spiels diktierte, daß die Kultur-Frau starb oder daß sie am Leben blieb, und ob er, hätte er ihren Tod als Notwendigkeit erkannt, sie kaltblütig hätte töten können. Er hatte es durchdacht, und er wußte es immer noch nicht. Hoffentlich erriet keine der beiden Frauen, daß ihm solche Gedanken durch den Kopf gegangen waren.

Kierachell war ein weiteres Problem. Es war absurd, sagte er sich, daß er sich zu einer solchen Zeit über seine persönlichen Angelegenheiten Sorgen machte, aber er konnte nicht aufhören, an die Wandler-Frau zu denken. Je näher sie Schars Welt kamen, desto mehr Erinnerungen an sie stiegen in ihm hoch und desto realer wurden die Erinnerungen. Er versuchte, sich nicht zu sehr hineinzusteigern, er rief sich die Langeweile des einsamen Wandler-Vorpostens auf dem Planeten zurück, die Ruhelosigkeit, die ihn dort sogar in Kierachells Gesellschaft gequält hatte. Und doch träumte er von ihrem scheuen Lächeln und hörte ihre leise Stimme in all ihrer fließenden Anmut mit dem Herzweh der ersten Liebe eines Jünglings. Manchmal fürchtete er, Yalson spürte es, und etwas in seinem Innern wand sich vor Scham.

Yalson zuckte die Achseln, nahm ihr Gewehr an die Schulter und schoß auf den vierbeinigen Schatten auf dem Übungsschirm. Er blieb ruckartig stehen, fiel um und schien sich in dem schattigen Boden am unteren Rand des Schirms aufzulösen.

*

Horza hielt Vorträge.

Er kam sich dabei vor wie ein Gastdozent an einem College, aber er hatte das Gefühl, den anderen erklären zu müssen, warum er tat, was er tat, warum die Wandler die Idiraner unterstützen, warum er an das, wofür er kämpfte, glaubte. Er nannte es Einsatzbesprechungen, und es ging ja auch um Schars Welt und das Kommando-System, seine Geschichte, Geographie und so weiter, aber er schloß (durchaus absichtlich) immer damit, daß er über den Krieg im allgemeinen oder über Aspekte des Krieges sprach, die mit dem Planeten, dem sie sich näherten, in gar keinem Zusammenhang standen.

Die Tarnung als Einsatzbesprechung gab ihm einen guten Vorwand, Balveda auf ihre Kabine zu beschränken, während er, in der Messe auf- und abschreitend, zu den Mitgliedern der Freien Söldnertruppe sprach. Er wollte nicht, daß sich seine Reden in Diskussionen verwandelten.

Mit Perosteck Balveda hatte es keine Schwierigkeiten gegeben. Sie hatten ihren Anzug, ein paar harmlos aussehende Schmuckstücke und andere Kleinigkeiten durch ein Vakrohr ausgestoßen. Balveda war mit jedem Gerät, über das die bescheidene Krankenstation der *CAT* verfügte, untersucht worden und sauber daraus hervorgegangen. Sie schien ganz glücklich mit ihrem Leben als sich wohlverhaltene Gefangene zu sein, auf das Schiff beschränkt, wie sie es alle waren, und außer des Nachts nur gelegentlich in ihrer Kabine eingesperrt. Horza ließ sie nicht in die Nähe der Brücke, nur für alle Fälle, aber Balveda strengte sich gar nicht an, das Schiff besonders gut kennenzulernen – wie er es gemacht hatte, als er an Bord kam. Sie versuchte nicht einmal, einen der Söldner zu ihrer Anschauung über den Krieg und die Kultur zu bekehren.

Horza hätte gern gewußt, wie sicher sie sich fühlte. Balveda war freundlich und schien sich keine Sorgen zu machen. Aber manchmal, wenn er sie ansah, meinte er, eine innere Anspannung, ja, sogar Verzweiflung durchschimmern zu sehen. In einer Beziehung war es ihm eine Erleichterung, aber in anderer fühlte er sich wieder auf so scheußliche Weise grausam wie bei Überlegungen darüber, warum die Kultur-Agentin noch am Leben sei. Manchmal fürchtete er sich schlicht davor, nach Schars Welt zu gelangen. Je länger die Reise jedoch dauerte, desto erfreulicher kam ihm die Aussicht auf Action und ein Ende der Grübeleien vor.

*

Eines Tages, nachdem sie alle in der Messe gegessen hatten, rief er Balveda in seine Kabine. Die Frau trat ein und setzte sich auf dasselbe Stühlchen, auf dem er gesessen hatte, als Kraiklyn ihn zu sich befahl, kurz nachdem er der Söldnertruppe beigetreten war.

Balvedas Gesicht war ruhig. Sie saß elegant da, die Haltung ihres langen Körpers war gleichzeitig entspannt und sicher. Ihre tiefen dunklen Augen blickten Horza aus dem schmalen, feingezeichneten Gesicht an, und ihr rotes Haar – es wurde jetzt schwarz – schimmerte im Licht der Kabine.

»Kapitän Horza?« sagte sie lächelnd und kreuzte die langfingrigen Hände auf ihrem Schoß. Sie trug ein langes blaues Gewand, das einfachste Ding, das sie auf dem Schiff hatte finden können. Es hatte der Frau Gow gehört.

»Hallo, Balveda«, sagte Horza, der in einem losen Morgenmantel auf dem Bett saß. Die ersten paar Tage war er in seinem Anzug geblieben, aber wenn er auch bemerkenswert bequem war, war er in den engen Räumen der *Clear Air Turbulence* doch hinderlich und lästig, und so hatte er ihn für die Reise abgelegt.

Schon wollte er Balveda etwas zu trinken anbieten, doch irgendwie, weil es das war, was Kraiklyn mit ihm gemacht hatte, schien es ihm nicht das Richtige zu sein.

»Was gibt es, Horza?« fragte Balveda.

»Ich wollte nur … sehen, wie es Ihnen geht«, antwortete er. Er hatte versucht, sich einzustudieren, was er sagen wollte: Sie sei nicht in Gefahr, er empfinde Sympathie für sie, und er sei sicher, daß ihr diesmal nichts Schlimmeres passieren könne, als irgendwo interniert und vielleicht ausgetauscht zu werden. Aber die Worte wollten nicht kommen.

»Mir geht es gut.« Sie fuhr sich glättend mit der Hand über das Haar und sah sich kurz in der Kabine um. »Ich gebe mir Mühe, eine Muster-Gefangene zu sein, damit Sie keinen Vorwand haben, mich über Bord zu werfen.« Sie lächelte, aber wieder meinte er, eine gewisse Nervosität an ihr zu bemerken. Trotzdem war er erleichtert.

»Nein«, sagte er lachend und ließ den Kopf mit dem Lachen auf den Schultern zurückschaukeln. »Das liegt nicht in meiner Absicht. Sie sind sicher.«

»Bis wir zu Schars Welt kommen?« fragte sie ruhig.

»Danach auch«, versicherte er.

Balveda blinzelte nachdenklich. »Hmm, gut.« Sie sah ihm in die Augen.

Er zuckte die Achseln. »Ich bin überzeugt, Sie würden das gleiche für mich tun.«

»Wahrscheinlich«, erwiderte sie und nickte, und er konnte nicht sagen, ob sie log oder nicht. »Ich finde nur, es ist ein Jammer, daß wir auf verschiedenen Seiten stehen.«

»Es ist ein Jammer, daß wir *alle* auf verschiedenen Seiten stehen, Balveda.«

»Nun …« – von neuem verschlang sie die Hände auf dem Schoß –, »es gibt eine Theorie, daß die Seite, auf der zu stehen wir glauben, diejenige ist, die letzten Endes auf jeden Fall triumphieren wird.«

»Was für eine Seite ist denn das?« Er grinste. »Wahrheit und Gerechtigkeit?«

»Im Grunde weder – noch.« Sie lächelte, ohne ihn anzusehen. »Einfach … einfach das Leben. Die Evolution, von der Sie gesprochen haben. Sie sagten, die Kultur sei in einem Stauwasser, einer Sackgasse. Wenn wir das sind … werden wir vielleicht doch noch verlieren.«

»Verdammt, ich hole Sie doch noch auf die Seite der gerechten Sache herüber, Perosteck«, sagte er mit einer Spur zuviel Herzlichkeit. Balveda lächelte dünn.

Sie öffnete den Mund, um zu antworten, dann überlegte sie es sich anders und schloß ihn wieder. Sie betrachtete ihre Hände. Horza fragte sich, was er als Nächstes sagen solle.

*

Eines Nachts, sechs Tage von ihrem Ziel entfernt – der Stern des Systems war schon, auch bei normaler Sicht, ziemlich hell am Himmel vor dem Schiff –, kam Yalson in seine Kabine.

Er hatte es nicht erwartet, und das Klopfen an der Tür riß ihn so brutal aus einem Zustand zwischen Schlaf und Wachen, daß er für ein paar Augenblicke desorientiert war. Er sah sie auf dem Türschirm und ließ sie ein. Sie kam schnell, schloß die Tür hinter sich, umarmte ihn und hielt ihn schweigend fest. Horza versuchte, aufzuwachen und zu ergründen, wie das geschehen sei. Anscheinend gab es keinen Grund dafür, keinen Aufbau einer Spannung irgendeiner Art zwischen ihnen, keine Hinweise, keine Andeutungen: nichts.

Yalson hatte den Tag, verkabelt mit kleinen Sensoren, im Hangar verbracht und trainiert. Er hatte sie da gesehen, wie sie sich ausarbeitete, schwitzte, sich erschöpfte, mit kritischen Augen Anzeigen und Schirme ablas, als sei ihr Körper eine Maschine wie das Schiff, und sie teste ihn beinahe bis zur Zerstörung.

Sie schliefen zusammen. Aber wie zur Bestätigung der Anstrengungen, denen sie sich im Verlauf des Tages unterzogen hatte, schlief Yalson fast in dem Augenblick ein, als sie sich hinlegten, in seinen Armen, während er sie küßte und liebkoste, den Duft ihres Körpers nach einer Zeit, die ihm wie Monate vorkam, einatmete. Er lag wach und lauschte auf ihren Atem, spürte, wie sie sich sacht in seinen Armen bewegte und wie ihr Puls langsamer und langsamer schlug, als sie in tiefen Schlaf versank.

Am Morgen liebten sie sich, und danach fragte er sie, als er sie hielt und der Schweiß auf ihren Körpern trocknete: »Warum?« Der Schlag ihrer Herzen beruhigte sich. »Was hat deine Meinung geändert?« Rings um sie summte das Schiff.

Sie umarmte ihn noch fester und schüttelte den Kopf.

»Nichts«, sagte sie, »nichts Besonderes, nichts Wichtiges.« Er spürte, wie sie die Achseln zuckte. Sie drehte den Kopf von seinem Gesicht weg in seinen Arm, auf das summende Schott zu. Mit dünnem Stimmchen sagte sie: »Alles; Schars Welt.«

*

Drei Tage vor ihrem Ziel sah er den Mitgliedern der Freien Söldnertruppe im Hangar zu, wie sie sich ausarbeiteten und sich mit ihren Lasern im Schießen auf den Schirm übten. Neisin machte nicht mit, weil er sich nach dem, was im Tempel des Lichts geschehen war, immer noch weigerte, einen Laser zu benutzen. Er hatte sich während seiner wenigen nüchternen Augenblicke in Evanauth mit Mikroprojektil-Magazinen eingedeckt.

Nach den Schießübungen ließ Horza jeden der Söldner seinen Antigrav-Harnisch überprüfen. Kraiklyn hatte einen billigen Posten davon gekauft und darauf bestanden, daß Mitglieder der Freien Söldnertruppe, die nicht bereits eine Antigrav-Einheit in ihrem Anzug hatten, einen Harnisch von ihm zu einem Preis kauften, den er als Selbstkosten bezeichnete. Horza hatte anfangs Bedenken gehabt, aber die Antigrav-Einheiten funktionierten, und bestimmt würden sie bei der Durchsuchung der tieferen Schächte des Kommando-Systems von Nutzen sein.

Es freute Horza, daß die Söldner ihm in das Kommando-System folgen würden, wenn es notwendig war. Die lange Pause seit den Aufregungen auf Vavatch und die langweilige Routine des Lebens auf der *Clear Air Turbulence* ließ sie nach etwas Interessanterem lechzen. Schars Welt konnte, wie Horza sie – ehrlich – beschrieben hatte, so schlecht nicht sein. Wenigstens war es unwahrscheinlich, daß sie sich in einem Feuergefecht wiederfinden würden, und niemand, einschließlich des Gehirns, das zu suchen sie Horza letzten Endes helfen mochten, würde anfangen, Dinge in die Luft zu sprengen. Denn schließlich war da ein Dra'Azon, mit dem man rechnen mußte.

*

Die Sonne des Systems von Schars Welt strahlte jetzt hell vor ihnen, das hellste Licht am Himmel. Die Glitzerwand war nicht sichtbar, weil sie sich noch innerhalb des Spiral-Astes befanden und hinausblickten, aber es fiel auf, daß alle Sterne voraus entweder ganz nah oder sehr weit entfernt waren, und in der Lücke dazwischen gab es gar keine.

Horza hatte den Kurs der *CAT* mehrere Male geändert, aber die allgemeine Richtung beibehalten, in der sie, wenn sie nicht abbogen, nicht näher als auf zwei Lichtjahre an den Planeten herankommen würden. Am nächsten Tag wollte er das Schiff drehen und Kurs auf den Planeten nehmen. Bis jetzt war die Reise ereignislos verlaufen. Sie waren zwischen den verstreuten Sternen hindurchgeflogen, ohne etwas Ungewöhnlichem zu begegnen, keiner Botschaft, keinen Signalen, keinen fernen Lichtblitzen von Schlachten, keinen Warpspuren. Das Gebiet um sie schien ruhig und ungestört zu sein, als geschehe dort nichts anderes als das, was immer geschieht: Sterne wurden geboren und starben, die Galaxis rotierte, die Löcher wanden sich, die Gase wirbelten. In dieser eiligen Stille, in ihrem falschen Rhythmus von Tag und Nacht schien der Krieg etwas zu sein, das sie sich alle eingebildet hatten, ein unerklärlicher, irgendwie von allen geteilter Alptraum, dem sie entronnen waren.

Horza hatte jedoch dafür gesorgt, daß das Schiff bei dem ersten Anzeichen von Schwierigkeiten Alarm gab. Es war unwahrscheinlich, daß sie irgend etwas herausfanden, bevor sie an die Stille Barriere kamen, aber wenn alles so friedlich und ruhig war, wie dieser Name andeutete, hielt er es für klug, nicht pfeilgerade hineinzufliegen. Im Idealfall hätte er gern ein Rendezvous mit den idiranischen Flotteneinheiten veranstaltet, die in der Nähe warten sollten. Das hätte die meisten seiner Probleme gelöst. Er hätte ihnen Balveda übergeben, dafür gesorgt, daß Yalson und die übrigen Söldner in Sicherheit waren, hätte ihnen die *CAT* gelassen und die Sonderausrüstung in Empfang genommen, die Xoralundra ihm versprochen hatte.

Nach diesem Drehbuch wäre es ihm auch möglich,

Kierachell allein wiederzusehen, ohne Ablenkung durch die Anwesenheit der anderen. Er wäre in der Lage, sein altes Ich zu sein, ohne Konzessionen an das Ich zu machen, das die Freie Söldnertruppe und Yalson kannten.

*

Zwei Tage vor ihrem Ziel gab das Schiff Alarm. Horza döste in seinem Bett. Er raste aus der Kabine und nach vorn auf die Brücke.

In dem Raumvolumen vor ihnen schien die Hölle losgebrochen zu sein. Annihilierungslicht flutete über sie hin; das war die Strahlung von Waffen-Explosionen, die von den Sensoren des Schiffes rein und vermischt registriert wurden, je nachdem, wo Gefechtsköpfe von selbst oder in Kontakt mit etwas anderem detoniert waren. Der Stoff des dreidimensionalen Raums zuckte und vibrierte unter Entladungen. Die Automatiken der *CAT* waren dadurch gezwungen, die Motoren alle paar Sekunden loszukuppeln, damit sie von den Schockwellen nicht beschädigt wurden. Horza schnallte sich an und nahm sämtliche Hilfssysteme in Betrieb. Wubslin kam durch die Tür zur Messe.

»Was ist das?«

»Irgendeine Schlacht.« Horza beobachtete die Schirme. Das Volumen des in Mitleidenschaft gezogenen Raums lag mehr oder weniger direkt auf der Innenseite von Schars Welt; der gerade Weg von Vavatch führte hindurch. Die *CAT* war anderthalb Lichtjahre von der Störung entfernt, zu weit weg, um entdeckt zu werden, wenn es nicht gerade durch den engen Strahl eines Such-Lasers geschah, und deshalb ziemlich sicher. Aber Horza sah die fernen Strahlungsausbrüche und fühlte die *CAT* die Wellen des gestörten Raums mit einem Gefühl von Übelkeit, ja, von Niederlage abreiten.

»Botschaft-Sphäre.« Wubslin deutete mit einem Kopfnicken zu einem Schirm hin. Dort erschien, sich aus dem Geräusch der Strahlung aussortierend, nach und nach ein Signal, immer nur ein paar Buchstaben auf einmal wie ein Feld voller Pflanzen, die wachsen und Blüten treiben. Nach ein paar Wiederholungen – das Signal wurde blockiert, nicht einfach vom Hintergrundgeräusch der Schlacht gestört – war es vollständig genug, um gelesen werden zu können.

FAHRZEUG CLEAR AIR TURBULENCE.
SCHLIESSEN SIE SICH EINHEITEN DER
DREIUNDNEUNZIGSTEN FLOTTE AN ZIELORT
S. 591134.45 MITTE. ALLES SICHER.

»Verdammt«, flüsterte Horza.

»Was soll das bedeuten?« fragte Wubslin. Er gab die Zahlen auf dem Schirm in den Navigationscomputer der *CAT* ein. »Oh!« Der Ingenieur richtete sich auf. »Das ist einer der Sterne hier in der Nähe. Wahrscheinlich wollen sie ein Rendezvous auf halbem Weg zwischen ihm und ...« Er blickte auf den Hauptschirm.

»Ja.« Unglücklich betrachtete Horza das Signal. Es mußte eine Fälschung sein. Nichts bewies, daß es von den Idiranern kam. Da waren keine Botschaftsnummer, Code-Klasse, Schiffsherkunft, Signatur, überhaupt nichts Echtes.

»Ist das von den Jungs mit den drei Beinen?« fragte Wubslin. Er holte ein Holo-Display auf einen anderen Schirm. Es zeigte Sterne, umgeben von sphärischen Netzen aus dünnen grünen Linien. »He, wir sind gar nicht so weit von da entfernt.«

»Das bezweifle ich«, antwortete Horza. Die von einer Schlacht kündenden Lichtblitze gingen weiter. Horza gab ein paar Zahlen in das Kontrollsystem der

CAT ein. Das Fahrzeug zog die Nase herum und kam ein Stück weiter an die Richtung nach Schars Welt heran. Wubslin sah zu ihm hinüber.

»Du glaubst nicht, daß es von ihnen ist?«

»Nein«, antwortete Horza. Die Strahlung verblaßte. Die Kampfhandlung war entweder vorüber oder abgebrochen worden. »Ich glaube, wenn wir dort aufkreuzen, könnte ein Kontaktschiff auf uns warten. Oder eine ZAM-Wolke.«

»ZAM? Was – dieses Zeug, mit dem Vavatch zerstört worden ist?« Wubslin stieß einen Pfiff aus. »Nein, danke.«

Horza schaltete den Schirm mit der Botschaft aus.

Nicht einmal eine Stunde später geschah alles gleichzeitig: Strahlungssphären, Warp-Störungen, und jetzt zwei Botschaften, eine, die der *CAT* mitteilte, sie solle die erste ignorieren, und eine andere, die einen neuen Rendezvous-Punkt bekanntgab. Beide machten einen echten Eindruck; beiden war der Name ›Xoralundra‹ angefügt. Horza, der immer noch an dem Bissen kaute, den er in den Mund gesteckt hatte, als der Alarm zum zweiten Mal losging, fluchte. Eine dritte Botschaft erschien und riet ihm persönlich, jene beiden Signale zu ignorieren und die *CAT* wieder einem anderen Rendezvous-Gebiet zuzusteuern.

Horza brüllte vor Wut. Stückchen durchweichten Essens flogen ihm aus dem Mund und trafen den Schirm mit der Botschaft. Er stellte den Breitband-Kommunikator ganz ab und kehrte in die Messe zurück.

*

»Wann erreichen wir die Stille Barriere?«

»Es dauert noch ein paar Stunden. Einen halben Tag vielleicht.«

»Bist du nervös?«

»Ich bin nicht nervös. Ich bin schon dort gewesen. Wie ist es mit dir?«

»Wenn du sagst, es wird alles gut gehen, glaube ich dir.«

»Es müßte gut gehen.«

»Wirst du jemanden von den Leuten dort kennen?«

»Das weiß ich nicht. Es ist ein paar Jahre her. Sie tauschen das Personal oft aus, aber der eine oder andere geht ja von selbst. Ich weiß es nicht. Ich muß es abwarten.«

»Du hast von deinen eigenen Leuten lange Zeit keinen mehr gesehen, nicht wahr?«

»Nein. Nicht, seit ich von da weg bin.«

»Freust du dich nicht darauf?«

»Mag sein.«

»Horza … höre, ich weiß, ich hab dir gesagt, daß wir einander niemals nach … dem fragen, was war, bevor wir an Bord der *CAT* kamen, aber seitdem … hat sich vieles geändert …«

»So haben wir es gehalten, stimmt.«

»Du meinst, du möchtest auch jetzt nicht darüber sprechen?«

»Nicht unbedingt. Ich weiß es nicht. Du möchtest mich fragen, ob …«

»Nein.« Sie legte ihm die Hand auf die Lippen. Er fühlte sie dort in der Dunkelheit. »Nein, es ist okay. Alles in Ordnung, laß nur.«

*

Er saß auf dem mittleren Platz. Wubslin hatte den Sitz des Ingenieurs zu Horzas Rechten inne. Yalson saß links von ihm. Der Rest drängte sich hinter ihnen zusammen. Horza hatte auch Balveda erlaubt, zuzusehen; es war kaum möglich, daß jetzt noch etwas geschah, worauf sie irgendwie hätte Einfluß nehmen können. Der Roboter schwebte dicht unter der Decke.

Die Stille Barriere kam näher. Sie zeigte sich als Spiegelfeld direkt vor ihnen, etwa einen Lichttag im Durchmesser. Ganz plötzlich war sie auf dem Schirm erschienen, als sie noch eine Stunde von ihr entfernt gewesen waren. Wubslin hatte sich Sorgen gemacht, sie würde ihre Position verraten, aber Horza wußte, daß das Spiegelfeld nur in den Sensoren der *CAT* existierte. Für jemand anders gab es dort nichts zu sehen.

Fünf Minuten vor der Stillen Barriere wurden alle Schirme schwarz. Horza hatte die anderen entsprechend gewarnt, aber sogar er wurde ängstlich und kam sich wie blind vor, als es geschah.

»Bist du sicher, daß das seine Richtigkeit hat?« fragte Aviger.

»Ich wäre beunruhigt, wenn es nicht geschehen wäre«, gab Horza zurück. Der alte Mann bewegte sich irgendwo hinter ihm.

»Ich finde das unglaublich«, flüsterte Dorolow. »Dieses Wesen ist buchstäblich ein Gott. Bestimmt kann es unsere Stimmungen und Gedanken lesen. Ich spüre es bereits.«

»Tatsächlich ist es eine Ansammlung von auf sich selbst verweisenden …«

»Balveda!« Horza drehte sich zu der Kultur-Frau um. Sie hörte auf zu reden und schlug sich mit der Hand vor den Mund. Ihre Augen sprühten. Horza wandte sich wieder dem leeren Schirm zu.

»Wann hat dieses Ding …« begann Yalson.

NÄHERKOMMENDES FAHRZEUG, redete der Schirm sie in verschiedenen Sprachen an.

»Jetzt geht's los«, bemerkte Neisin. Dorolow bedeutete ihm, still zu sein.

»Ich antworte«, sagte Horza auf Marain in den mit

enggebündeltem Strahl arbeitenden Kommunikator. Die anderen Sprachen verschwanden von dem Schirm.

SIE NÄHERN SICH DEM SCHARS WELT GENANNTEN PLANETEN, EINEM DRA'AZON PLANETEN DER TOTEN. VORDRINGEN ÜBER DIESEN PUNKT HINAUS IST UNTERSAGT.

»Ich weiß. Mein Name ist Bora Horza Gobuchul. Ich möchte für kurze Zeit auf Schars Welt zurückkehren. Darum bitte ich mit allem Respekt.«

»Glattzüngiger Redner«, bemerkte Balveda. Horza schoß ihr einen finsteren Blick zu. Der Kommunikator würde nur übermitteln, was er selbst sagte, aber die Frau sollte nicht vergessen, daß sie eine Gefangene war.

SIE SIND SCHON FRÜHER HIER GEWESEN.

Horza konnte nicht unterscheiden, ob dies eine Frage war oder nicht. »Ich bin schon auf Schars Welt gewesen«, bestätigte er. »Ich war einer der Wandler-Wächter.« Es hatte wenig Zweck, dem Wesen mitzuteilen, wann; die Dra'Azon nannten jede Zeit ›jetzt‹, obwohl ihre Sprache Zeitformen benutzte. Der Schirm wurde leer und wiederholte dann:

SIE SIND SCHON FRÜHER HIER GEWESEN.

Horza runzelte die Stirn und wußte nicht, was er darauf antworten sollte. Balveda murmelte: »Offenbar hoffnungslos senil.«

»Ich bin schon früher hier gewesen«, sagte Horza. Meinte der Dra'Azon, daß er nicht zurückkehren durfte, weil er schon hier gewesen war?

»Ich kann es fühlen, ich kann seine Gegenwart fühlen«, wisperte Dorolow.

ES SIND ANDERE MENSCHEN BEI IHNEN.

»Vielen Dank«, ließ sich der Roboter Unaha-Closp von irgendwo unter der Decke hören.

»Siehst du wohl?« Dorolows Stimme war beinahe ein Wimmern. Horza hörte Balveda schnauben. Dorolow schwankte; Aviger und Neisin mußten sie festhalten, damit sie nicht fiel.

»Es war mir nicht möglich, sie anderswo abzusetzen«, sagte Horza. »Ich bitte Sie um Nachsicht. Notfalls werden sie an Bord dieses Fahrzeugs bleiben.«

SIE SIND KEINE WÄCHTER. SIE GEHÖREN ZU ANDEREN HUMANOIDEN SPEZIES.

»Ich allein muß auf Schars Welt landen.«

DER ZUTRITT IST VERBOTEN.

Horza seufzte. »Ich allein bitte um Landeerlaubnis.«

WARUM SIND SIE HERGEKOMMEN?

Horza zögerte. Wieder hörte er Balveda schnauben. Er sagte: »Ich suche einen, der hier ist.«

WAS SUCHEN DIE ANDEREN?

»Sie suchen nichts. Sie sind bei mir.«

SIE SIND HIER.

»Sie ...« Horza leckte sich die Lippen. Alle seine vorbereiteten Texte, alle seine Überlegungen, was er in diesem Augenblick sagen solle, waren sinnlos geworden. »Sie sind nicht aus eigenem Willen hier. Aber ich hatte keine Alternative. Ich mußte sie mitnehmen. Wenn Sie wünschen, werden sie in diesem Fahrzeug auf einem Orbit um Schars Welt oder weiter entfernt innerhalb der Stillen Barriere bleiben. Ich habe einen Anzug, ich kann ...«

SIE SIND GEGEN IHREN WILLEN HIER.

Soviel Horza wußte, hatte ein Dra'Azon noch nie jemanden unterbrochen. Er konnte sich nicht vorstellen, daß es ein gutes Zeichen war. »Die … Umstände sind … kompliziert. Bestimmte Spezies in der Galaxis führen Krieg gegeneinander. Die Möglichkeiten werden eingeengt. Man tut Dinge, die man normalerweise nicht tun würde.«

ES IST TOD HIER.

Horza sah auf die Wörter, die auf dem Schirm geschrieben standen. Er fühlte sich wie versteinert durch sie. Einen Augenblick lang herrschte Schweigen auf der Brücke. Dann hörte er, daß Leute unbehaglich umherrückten.

»Was bedeutet das?« fragte der Roboter Unaha-Closp.

»Es … es ist?« sagte Horza. Die Wörter blieben auf dem Schirm, geschrieben in Marain. Wubslin drückte ein paar Knöpfe auf seiner Seite der Konsole. Sie regulierten normalerweise das Bild auf den Schirmen vor ihm, die jetzt alle die Botschaft des Hauptschirms wiederholten. Verkrampft und angespannt hockte der Ingenieur auf seinem Platz. Horza räusperte sich. »Es hat hier in der Nähe eine Schlacht, eine Kampfhandlung gegeben. Kurz bevor wir eintrafen. Sie könnte immer noch im Gange sein. Dort mag es Tod geben.«

ES IST TOD HIER.

»Oh …« Dorolow brach in Neisins und Avigers Armen zusammen.

»Wir bringen sie besser in die Messe«, sagte Aviger zu Neisin. »Da kann sie sich hinlegen.«

»Gut.« Neisin warf einen schnellen Blick in das Gesicht der Frau. Anscheinend war sie bewußtlos.

»Vielleicht bin ich imstande …« begann Horza. Dann holte er tief Atem. »Wenn hier Tod ist, bin ich vielleicht imstande, ihm ein Ende zu bereiten. Ich bin vielleicht imstande, weiteren Tod zu verhindern.«

BORA HORZA GOBUCHUL.

»Ja?« Horza schluckte. Aviger und Neisin schleppten Dorolows schlaffen Körper durch die Tür in den Korridor zur Messe. Der Schirm veränderte sich.

SIE SUCHEN NACH DER GEFLOHENEN
MASCHINE.

»Ho-ho!« Balveda wandte sich mit einem Lächeln im Gesicht ab und legte die Hand auf den Mund.

»Scheiße!« kommentierte Yalson.

»Sieht ganz danach aus, als sei unser Gott gar nicht so dumm«, bemerkte Unaha-Closp.

»Ja«, antwortete Horza scharf. Es hatte wohl wenig Zweck, jetzt noch etwas anderes vorzugeben. »Ja, das tue ich. Aber ich glaube …«

SIE DÜRFEN LANDEN.

»Was?« sagte der Roboter.

»Juhu!« Yalson kreuzte die Arme und lehnte sich gegen das Schott zurück. Neisin kam wieder herein. Er blieb stehen, als er den Schirm sah.

»Das ging schnell«, sagte er zu Yalson. »Was hat er gesagt?« Yalson schüttelte nur den Kopf. Eine Welle der Erleichterung überflutete Horza. Er betrachtete eins der Wörter auf dem Schirm nach dem anderen, als fürchte er, die kurze Botschaft könne eine versteckte Negation enthalten. Lächelnd sagte er: »Ich danke Ihnen. Soll ich allein auf dem Planeten landen?«

SIE DÜRFEN LANDEN.
ES IST TOD HIER.
SEIEN SIE GEWARNT.

»Was für ein Tod?« fragte Horza. Die Erleichterung verflog; ihm wurde bei der Dra'Azon-Botschaft über den Tod eiskalt. »Wo ist hier Tod? Wessen Tod?«

Wieder veränderte sich der Schirm. Die ersten beiden Zeilen verschwanden. Jetzt hieß es einfach:

SEIEN SIE GEWARNT.

»Das alles«, erklärte Unaha-Closp langsam, »gefällt mir gar nicht.«

Dann erloschen die Schirme. Wubslin seufzte und entspannte sich. Die Sonne des Systems von Schars Welt schien hell vor ihnen, weniger als ein Standard-Lichtjahr entfernt. Horza überprüfte die Zahlen auf dem Navigationscomputer, als dessen Schirm ebenso wie alle anderen zur Normalität zurückflackerte und Zahlen und Graphiken und Hologramme zeigte. Der Wandler richtete sich in seinem Sitz auf. »Wir sind tatsächlich durch«, stellte er fest. »Wir haben die Stille Barriere hinter uns.«

»Also kann uns nichts mehr etwas anhaben, wie?« sagte Neisin.

Horza betrachtete den Schirm, den einzelnen gelben Zwergstern, der als leuchtender fester Lichtpunkt im Zentrum stand. Die Planeten waren noch unsichtbar. Er nickte. »Nichts. Jedenfalls nichts, was von außen kommt.«

»Großartig. Ich glaube, ich werde einen Schluck nehmen, um das zu feiern.« Neisin nickte Yalson zu und schwang dann seinen dünnen Körper durch den Eingang.

»Meinst du, es bedeutet nur, daß du landen darfst, oder dürfen wir alle landen?« fragte Yalson. Die Augen immer noch auf den Schirm gerichtet, schüttelte Horza den Kopf.

»Ich weiß es nicht. Wir werden in eine Umlaufbahn gehen und dann, kurz bevor wir versuchen, die *CAT* hinunterzubringen, einen Funkspruch an die Wandler-Basis absetzen. Falls Mr. Adäquat das nicht paßt, wird er es uns wissen lassen.«

»Sie sind also zu dem Schluß gekommen, daß es sich um ein männliches Wesen handelt«, sagte Balveda, und gleichzeitig fragte Yalson:

»Warum nehmen wir nicht gleich Kontakt mit ihnen auf?«

»Mir gefällt die Sache mit dem Tod nicht.« Horza wandte sich Yalson zu. Balveda stand neben ihr; der Roboter hatte sich bis auf Augenhöhe niedergesenkt. Horza sah Yalson an. »Nur als Vorsichtsmaßnahme. Ich möchte nichts zu früh preisgeben.« Er richtete die Augen auf die Kultur-Frau. »Das Letzte, was ich hörte, war, daß die regelmäßige Sendung von der Basis auf Schars Welt seit ein paar Tagen überfällig sei. Sie wissen nicht zufällig, ob sie empfangen worden ist?« Horza grinste Balveda auf eine Weise an, die ihr zeigen sollte, daß er keine Antwort erwartete, oder zumindest keine wahrheitsgemäße. Die hochgewachsene Kultur-Agentin blickte zu Boden, zuckte fast unmerklich die Achseln, dann begegnete sie Horzas Blick.

»Sie ist nicht gekommen«, sagte sie.

Horza fixierte sie. Balveda wandte den Blick nicht ab. Yalson sah von einem zum anderen. Schließlich erklärte der Roboter Unaha-Closp: »Ehrlich, nichts von all dem erweckt Zuversicht. Mein Rat würde lauten …« Er brach ab, als Horza ihn böse anfunkelte. »Hmm«, sagte er, »schon gut, lassen wir das fürs erste.« Er schwebte seitlich zur Tür hinaus.

»Scheint alles okay zu sein«, meldete Wubslin, ohne jemanden im besonderen anzusprechen. Er richtete sich vor der Konsole auf und nickte vor sich hin. »Ja, das Schiff ist jetzt wieder normal.« Er drehte sich um und lächelte die anderen drei an.

Sie wollten ihn holen. Er war in einer Sporthalle und spielte Schwebeball. Er hatte gemeint, hier sicher zu sein, in allen Richtungen von Freunden umgeben (für eine Sekunde schienen sie wie eine Wolke aus Fliegen vor ihm zu tanzen, aber er lachte das weg, fing den Ball, warf ihn und erzielte einen Punkt). Und doch kamen sie dorthin, um ihn zu holen. Er sah sie kommen, zwei waren es, aus einer Tür, die in den engen Kamin der sphärischen, gerippten Halle eingelassen war. Sie trugen Mäntel ohne Farbe und hielten geradewegs auf ihn zu. Er versuchte, wegzuschweben, aber sein Energie-Harnisch war tot. Unfähig, in irgendeiner Richtung weiterzukommen, hing er mitten in der Luft fest. Er versuchte, durch die Luft zu schwimmen und sich aus dem Harnisch zu winden, um ihn auf sie zu werfen – um sie vielleicht zu treffen und sich selbst bestimmt in die Gegenrichtung zu schleudern –, doch da fingen sie ihn.

Keiner der Leute um ihn nahm davon Notiz, und ihm wurde plötzlich klar, daß sie nicht seine Freunde waren, daß er nicht einen einzigen von ihnen kannte. Sie faßten seine Arme, und auf einmal, ohne daß sie an etwas vorbei oder durch etwas geflogen wären, obwohl sie ihm das Gefühl vermittelten, sie seien um eine unsichtbare Ecke gebogen an einen Ort, der immer da, aber außer Sicht war, befanden sie sich in Dunkelheit. Ihre farblosen Mäntel zeigten sich in der Schwärze, wenn er wegblickte. Er war machtlos, in Stein eingeschlossen, aber er konnte sehen und atmen.

»Helft mir!«

»Dazu sind wir nicht hier.«

»Wer seid ihr?«

»Das weißt du.«

»Ich weiß es nicht.«

»Dann dürfen wir es dir nicht sagen.«

»Was wollt ihr?«

»Wir wollen dich.«

»Warum?«

»Warum nicht?«

»Aber warum mich?«

»Du hast niemanden.«

»Was?«

»Du hast niemanden.«

»Was meint ihr?«

»Keine Familie. Keine Freunde …«

»… keine Religion. Keinen Glauben.«

»Das ist nicht wahr!«

»Woher willst du das wissen?«

»Ich glaube an …«

»Was?«

»Mich!«

»Das ist nicht genug.«

»Jedenfalls werdet ihr es nie finden.«

»Was? Was finden?«

»Genug. Tun wir es jetzt.«

»Was?«

»Wir nehmen dir deinen Namen.«

»Ich …«

Und gemeinsam faßten sie in seinen Schädel und nahmen ihm seinen Namen.

Er schrie.

»Horza!« Yalson schüttelte seinen Kopf, ließ ihn von dem Schott am Kopfende des schmalen Bettes abprallen. Schubweise wurde er wach. Das Wimmern erstarb ihm auf den Lippen. Sein Körper war für einen Augenblick angespannt, dann erschlaffte er.

Er streckte die Hände aus und berührte die pelzbedeckte Haut der Frau. Sie legte die Hände hinter seinen Kopf und zog ihn an ihre Brust. Er sagte nichts, aber sein Herzschlag beruhigte sich und paßte sich dem ihren an. Sie wiegte ihn sanft, dann schob sie seinen Kopf weg, beugte sich vor und küßte seine Lippen.

»Ich bin wieder in Ordnung«, versicherte er ihr. »Es war nur ein Alptraum.«

»Worüber?«

»Nichts.« Er legte den Kopf wieder an ihre Brust, schmiegte ihn zwischen ihre Brüste wie ein großes, zerbrechliches Ei.

*

Horza hatte seinen Anzug an. Wubslin saß auf seinem üblichen Platz. Yalson besetzte den Copiloten-Sessel. Sie trugen alle Anzüge. Schars Welt füllte den Schirm vor ihnen aus, die Bauch-Sensoren der *CAT* sahen senkrecht nach unten auf die Sphäre aus Weiß und Grau und vergrößerten sie.

»Noch einmal«, sagte Horza. Wubslin strahlte die aufgezeichnete Botschaft zum dritten Mal ab.

»Vielleicht benutzen sie diesen Code nicht mehr«, überlegte Yalson. Ihre Augen unter den scharfgezeichneten Brauen wichen nicht von dem Schirm. Sie hatte ihr Haar auf einen Zentimeter Länge geschnitten, so daß es kaum dichter war als der Flaum, der ihren Körper bedeckte. Die bedrohliche Wirkung stand im Widerspruch zu der Kleinheit ihres Kopfes, der aus dem großen Kragen des Anzugs hervorschaute.

»Er ist traditionell, mehr eine Zeremonialsprache als ein Code«, antwortete Horza. »Sie werden sofort Bescheid wissen, wenn sie ihn hören.«

»Bist du sicher, daß wir die Botschaft an die richtige Stelle abstrahlen?«

»Ja.« Horza versuchte, ruhig zu bleiben. Sie waren weniger als eine halbe Stunde im Orbit, stationär über dem Kontinent, auf dem sich die tief im Boden vergrabenen Tunnel des Kommando-Systems befanden. Der Planet war fast vollständig mit Schnee bedeckt. Eis umschloß die tausend Kilometer lange Halbinsel, wo das Tunnelsystem sicher im Meer selbst lag. Schars Welt war vor siebentausend Jahren in eine neue Eiszeit eingetreten, und nur auf einem verhältnismäßig schmalen Streifen um den Äquator – zwischen den leicht schwankenden tropischen Zonen des Planeten – gab es offenen Ozean. Er zeigte sich als stählern graues Band um die Welt, das gelegentlich durch Wirbel von Sturmwolken sichtbar wurde.

Sie befanden sich fünfundzwanzigtausend Kilometer oberhalb der schneeverkrusteten Oberfläche des Planeten. Ihr Kommunikator strahlte auf ein kreisförmiges Gebiet von einigen … zig Kilometern Durchmesser hinunter, das in der Mitte zwischen den beiden zugefrorenen Wasserarmen lag, die der Halbinsel eine leichte Taille gaben. Dort lag der Eingang zu den Tunneln, dort lebten die Wandler. Horza wußte, daß er keinen Fehler gemacht hatte, aber es kam keine Antwort.

Es ist Tod hier, dachte er andauernd. Ein bißchen von der Kälte des Planeten kroch ihm in die Knochen.

»Nichts«, meldete Wubslin.

»Gut.« Horza nahm die manuellen Kontrollen in seine behandschuhten Hände. »Wir landen!«

Die *Clear Air Turbulence* streckte ihre Warpfelder um die sanfte Kurve des planetaren Schwerkraftschachtes und schob sich vorsichtig den Hang hinunter. Horza stellte die Motoren ab und ließ sie auf Notfall-Bereitschaft zurückkehren. Er brauchte sie jetzt nicht, und bald konnte er sie nicht mehr brauchen, wenn der Schwerkraft-Gradient stieg.

Die *CAT* fiel mit allmählich zunehmender Geschwindigkeit auf den Planeten zu, die Fusionstriebwerke feuerbereit. Horza behielt die Schirme im Auge, bis er sich überzeugt hatte, daß sie auf dem richtigen Kurs waren. Dann – der Planet schien sich ein bißchen unter dem Schiff zu drehen – löste er seine Sicherheitsgurte und kehrte in die Messe zurück.

Aviger, Neisin und Dorolow saßen in Anzügen und festgeschnallt dort. Perosteck Balveda war ebenfalls angeschnallt; sie trug eine dicke Jacke und ebensolche

Hose. Ihr Kopf ragte aus der weichen Krause eines weißen Hemdes. Die umfangreiche Stoffjacke war bis zu ihrer Kehle geschlossen. Sie hatte warme Stiefel an, und ein Paar Lederhandschuhe lag auf dem Tisch vor ihr. Die Jacke besaß sogar eine kleine Kapuze, die ihr den Rücken hinunterhing. Horza war sich nicht sicher, ob Balveda diese weiche, nutzlose Imitation eines Raumanzugs gewählt hatte, um ihm unter die Nase zu reiben, daß sie keinen hatte, oder unterbewußt, aus Angst und dem Bedürfnis nach Sicherheit.

Unaha-Closp saß auf einem Stuhl, an der Rückenlehne festgeschnallt, und zeigte zur Decke hinauf. »Ich verlasse mich darauf«, sagte er, »daß wir nicht wieder so eine Fliegender-Zirkus-Nummer erleben werden wie das letzte Mal, als du diesen Schrotthaufen geflogen hast.« Horza ignorierte ihn.

»Wir haben von Mr. Adäquat nichts gehört, deshalb sieht es so aus, als würden wir alle hinuntergehen«, sagte er. »Nach der Landung werde ich erst einmal allein gehen, um festzustellen, wie es steht. Wenn ich zurückkomme, werden wir entscheiden, was wir tun wollen.«

»Das heißt, *du* wirst entscheiden ...« begann der Roboter.

»Und wenn du nicht zurückkommst?« fragte Aviger. Der Roboter gab ein zischendes Geräusch von sich, blieb dann aber still. Horza sah die spielzeughafte Gestalt des alten Mannes im Raumanzug an.

»Ich werde zurückkommen, Aviger«, sagte er. »Ich bin sicher, allen Leuten in der Basis wird es gutgehen. Ich werde sie bitten, für uns Essen warmzumachen.« Er lächelte, aber er wußte, besonders überzeugend war es nicht. »Wie dem auch sei«, fuhr er fort, »in dem unwahrscheinlichen Fall, daß irgend etwas nicht in Ordnung ist, werde ich auf der Stelle kehrtmachen.«

»Nun, dieses Schiff ist unsere einzige Möglichkeit,

den Planeten wieder zu verlassen, denk daran, Horza«, sagte Aviger. Die Angst stand ihm in den Augen geschrieben. Dorolow berührte den Arm seines Anzugs.

»Vertraue auf Gott«, sagte Dorolow. »Uns wird nichts geschehen.« Sie sah Horza an. »Nicht wahr, Horza?«

Horza nickte. »Ja. Uns wird nichts geschehen. Alles wird gut ablaufen.« Er drehte sich um und ging wieder auf die Brücke.

*

Sie standen im Hochgebirgsschnee und sahen die Mittsommer-Sonne in ihrem eigenen roten Meer aus Luft und Wolken versinken. Ein kalter Wind blies ihr das Haar über das Gesicht, Kastanienbraun über Weiß, und er hob ohne nachzudenken die Hand, um es zurückzustreichen. Sie wandte sich ihm zu, ihr Kopf schmiegte sich in seine hohle Hand. Ein kleines Lächeln lag auf ihrem Gesicht.

»Das ist vielleicht ein Mittsommer-Tag«, sagte sie. Der Tag war schön gewesen, die Temperatur immer noch ein gutes Stück unter dem Gefrierpunkt, aber mild genug, daß sie hatten die Handschuhe ausziehen und die Kapuzen zurückschlagen können. Ihr Nacken lag warm an seiner Handfläche, und das glänzende, schwere Haar strich über seinen Handrücken, als sie zu ihm aufsah, die Haut so weiß wie Schnee, so weiß wie Knochen. »Wieder dieser Blick«, sagte sie leise.

»Was für ein Blick?« fragte er abwehrend, aber er wußte es.

»Der ferne Blick.« Sie nahm seine Hand, führte sie an ihren Mund, küßte sie, streichelte sie, als sei sie ein kleines, hilfloses Tier.

»Nun, so pflegst du ihn zu nennen.«

Sie sah von ihm weg zu der sich verfärbenden roten Sonnenkugel, die hinter der Bergkette unterging. »Das ist es, was ich sehe«, sagte sie zu ihm. »Ich kenne deine

Blicke inzwischen. Ich kenne sie alle und weiß, was sie bedeuten.«

Es ärgerte ihn ein bißchen, daß sie ihn für so leicht durchschaubar hielt, aber er mußte sich eingestehen, daß sie recht hatte, zumindest teilweise. Was sie von ihm nicht wußte, war nur das, was er selbst nicht von sich wußte (aber das, dachte er bei sich, war immer noch eine ganze Menge). Vielleicht kannte sie ihn sogar besser als er sich selbst.

»Ich bin nicht verantwortlich für meine Blicke«, sagte er nach einem Moment und machte einen Witz daraus. »Mich überraschen sie manchmal auch.«

»Und was tust du?« Das Glühen des Sonnenuntergangs rieb falsche Farbe in ihr blasses, mageres Gesicht. »Wirst du dich selbst überraschen, wenn du hier weggehst?«

»Warum nimmst du immer als erwiesen an, daß ich weggehen werde?« Gereizt steckte er die Hände in die Taschen der dicken Jacke und starrte die Hemisphäre des verschwindenden Sterns an. »Ich erzähle dir doch dauernd, daß ich hier glücklich bin.«

»Ja«, sagte sie. »Du erzählst es mir dauernd.«

»Warum sollte ich weggehen wollen?«

Sie zuckte die Achseln, schob einen Arm durch seinen, legte den Kopf an seine Schulter. »Helle Lichter, große Menschenmengen, interessante Erlebnisse, andere Leute.«

»Ich bin glücklich hier mit dir«, versicherte er ihr und legte ihr den Arm um die Schultern. Noch in der dicken gesteppten Jacke wirkte sie schlank, beinahe zerbrechlich.

Eine Weile schwieg sie, dann sagte sie in ganz anderem Ton: »… Und das kannst du auch sein.« Lächelnd wandte sie ihm das Gesicht zu. »Jetzt küß mich.«

Er küßte sie, umarmte sie. Über ihre Schulter zu Boden blickend, sah er etwas Kleines und Rotes sich auf dem zertrampelten Schnee zu ihren Füßen bewegen.

»Sieh mal!« Er machte sich von ihr los, bückte sich. Sie hockte sich neben ihn, und gemeinsam beobachteten sie, wie das winzige, stabförmige Insekt langsam, mühselig über den Schnee kroch: ein weiteres lebendes, sich bewegendes Wesen auf dem leeren Gesicht der Welt. »Das ist das erste, das ich gesehen habe«, erzählte er ihr.

Sie schüttelte lächelnd den Kopf. »Du siehst nur nicht hin«, schalt sie.

Er schaufelte das Insekt mit der Hand hoch, bevor sie ihn daran hindern konnte. »Oh, *Horza* …«, sagte sie, und ihre Stimme versagte an einem kleinen Schluchzen der Verzweiflung.

Verständnislos sah er ihren betroffenen Ausdruck, während das Schnee-Geschöpf an der Wärme seiner Hand starb.

*

Die *Clear Air Turbulence* fiel auf den Planeten zu, umkreiste die eishellen Atmosphäre-Schichten vom Tag zur Nacht und wieder zurück und kippte auf ihrer spiralförmigen Bahn über den Äquator und die Tropen.

Nach und nach drang sie in diese Atmosphäre ein – Ionen und Gase, Ozon und Luft. Sie brüllte mit Feuerstimme durch die dünne Hülle der Welt, flammte wie ein großer, stetiger Meteorit über den Nachthimmel, dann über die Sonnenaufgangslinie, über stahlgraue Seen, Tafelberge, Eisplatten, Eisschollen und Schelfe, gefrorene Küsten, Gletscher, Bergketten, Permafrost-Tundren, noch mehr zermalmtes Packeis und schließlich, als sie sich auf ihren Flammensäulen bäuchlings niedersenkte, wieder über Land: Land auf einer tausend Kilometer langen Halbinsel, die sich wie ein monströses gebrochenes Glied in einem Gipsverband in ein gefrorenes Meer hinausstreckte.

»Da ist es.« Wubslin beobachtete den Massensensor-Schirm. Ein helles, blinkendes Licht wanderte langsam über das Bild. Horza sah hinüber.

»Das Gehirn?« fragte er. Wubslin nickte.

»Die richtige Dichte. Fünf Kilometer tief …« Er drückte ein paar Knöpfe und sah sich die Zahlen an, die auf dem Schirm abrollten. »An der hinteren Seite des Systems, vom Eingang aus betrachtet … und es bewegt sich.« Der nadelspitzengroße Lichtfleck verschwand auf dem Schirm. Wubslin justierte die Kontrollen, richtete sich auf, schüttelte den Kopf. »Der Sensor braucht eine Überholung; er hat kaum noch eine Reichweite.« Der Ingenieur kratzte sich die Brust und seufzte. »Auch wegen der Motoren tut es mir leid, Horza.« Der Wandler zuckte die Achseln. Hätte der Antrieb richtig funktioniert und hätte der Massensensor eine angemessene Reichweite gehabt, hätte jemand auf der *CAT* bleiben, sie, wenn nötig, fliegen und die Position des Gehirns an die anderen in den Tunneln durchgeben können. Anscheinend fühlte Wubslin sich schuldig, daß nach keiner der Reparaturen, die auszuführen er sich bemühte hatte, eine wesentliche Verbesserung bei den Motoren oder dem Sensor eingetreten war.

»Laß nur!« Horza betrachtete die Wüste aus Eis und Schnee, die unter ihnen dahinzog. »Wenigstens wissen wir jetzt, daß das Ding da drin ist.«

Das Schiff führte sie zu dem richtigen Gebiet, obwohl Horza es sowieso aus der Zeit kannte, als er das einzige kleine Flugzeug, das der Basis erlaubt war, geflogen hatte. Bei der endgültigen Annäherung hielt er nach dem Flugzeug Ausschau – es konnte ja sein, daß jemand es zufällig gerade benutzte.

Die schneebedeckte Ebene war von Bergen umgeben; die *Clear Air Turbulence* fegte einen Paß zwischen zwei Gipfeln entlang, brach die Stille, riß Pulverschnee von den zerklüfteten Graten und Klippen der kahlen Felsen auf beiden Seiten. Sie bremste weiter ab, ging mit der Nase nach oben auf ihrem Dreifuß aus Fusionsfeuer hinunter. Der Schnee auf der Ebene hob und bewegte sich anfangs, als werde er nervös. Dann, als das Schiff tiefer und tiefer sank, wurde der Schnee von dem gefrorenen Boden geblasen, dann gerissen. Er flog davon in großen wirbelnden Rollen erhitzter Luft, gemischt mit Schnee und Wasser, Dampf und Plasma-Partikeln, in einem heulenden Blizzard, der über die Ebene fegte und an Kraft gewann, je weiter das Schiff nach unten kam.

Horza landete die *CAT* manuell, die Augen auf den Schirm vor sich gerichtet. Er sah den falschen, vom Schiff erzeugten Wind aus stürmendem Schnee und Dampf und dahinter den Eingang zu dem Kommando-System.

Er war ein schwarzes Loch in einem zerklüfteten Vorgebirge, das von den höheren Klippen niederfiel wie ein Stück verfestigten Gerölls. Der Schneesturm brodelte um den dunklen Eingang wie Nebel, der braun wurde, als die Fusionsflammen den gefrorenen Boden der Ebene aufheizten, schmolzen und als irdene Gischt hochzupften.

Fast ohne Erschütterung und nur mit einem kleinen Nachrutschen, als die Beine in die jetzt sumpfige Oberfläche der leergefegten Ebene einsanken, berührte die *CAT* die Oberfläche von Schars Welt.

Die Triebwerke verstummten, der Dampf verzog sich. Aufgewühlter Schnee fiel zurück, und ein paar neue Schneeflocken bildeten sich, als das in der Luft schwebende Wasser von neuem gefror. Die *CAT* kühlte klickend und knackend von der Hitze ab, die sowohl die Reibung des Eintritts in die Atmosphäre als auch ihre eigenen Plasma-Düsen erzeugt hatten. Wasser gurgelte und verwandelte sich in Matsch.

Horza schaltete den Bug-Laser der *CAT* auf Bereitschaft. Am Tunnel war keine Bewegung, kein Zeichen zu erkennen. Die Sicht war jetzt klar, Schnee und Dampf waren verschwunden. Es war ein heller, sonniger, windstiller Tag.

»Da wären wir«, sagte Horza, und sofort kam er sich dumm vor. Yalson, die immer noch den Schirm anstarrte, nickte.

»So ist es«, sagte Wubslin, Anzeigen überprüfend, und nickte. »Füße sind etwa einen halben Meter eingesunken. Wir müssen beim Start daran denken, daß wir die Triebwerke eine Weile laufen lassen, bevor wir versuchen abzuheben. In einer halben Stunde werden sie festgefroren sein.«

»Hmm.« Horza betrachtete den Schirm. Nichts regte sich. Es standen keine Wolken an dem hellblauen Himmel, kein Wind verwehte den Schnee. Die Sonne war nicht warm genug, um Eis und Schnee zu schmelzen, deshalb gab es kein laufendes Wasser, nicht einmal Lawinen in den fernen Bergen.

Mit der Ausnahme der Meere – die immer noch Fische enthielten, aber keine Säugetiere mehr – bewegten sich auf Schars Welt nur noch ein paar hundert Spezies kleiner Insekten, sich langsam ausbreitende Flechten auf Felsen nahe dem Äquator und die Gletscher. Der Krieg der Humanoiden oder die Eiszeit hatten alles andere ausgelöscht.

Horza versuchte es noch einmal mit der codierten Botschaft. Es kam keine Antwort.

»Gut«, sagte er und erhob sich von seinem Sitz. »Ich werde hinausgehen und mich einmal umsehen.« Wubslin nickte. Horza sagte zu Yalson: »Du bist so still.«

Yalson sah ihn nicht an. Sie starrte auf den Schirm und das niemals blinzelnde Auge des Tunnels. »Sei vorsichtig«, bat sie. Jetzt drehte sie sich zu ihm um. »Sei nur vorsichtig, ja?«

Horza lächelte ihr zu, hob Kraiklyns Lasergewehr vom Fußboden auf und verließ die Brücke.

»Wir sind unten«, sagte er, als er durch die Messe kam.

»Siehst du wohl?« wandte sich Dorolow an Aviger. Neisin trank aus seinem Flachmann. Balveda bedachte den Wandler auf seinem Weg von einer Tür zur anderen mit einem dünnen Lächeln. Unaha-Closp widerstand der Versuchung, etwas zu sagen, und schlängelte sich aus den Haltegurten.

Horza stieg in den Hangar hinunter. Er fühlte sich leicht beim Gehen; sie hatten auf dem Weg über die Berge auf die Schwerkraft des Planeten umgeschaltet, und Schars Welt übte weniger Zug aus als der Standard-G-Wert, den sie auf der *CAT* benutzten. Mit dem Aufzug fuhr er zu dem schon wieder gefrierenden Sumpf hinunter. Dort wehte eine Brise, frisch und scharf und sauber.

»Hoffe, es ist alles in Ordnung«, sagte Wubslin, als er und Yalson die kleine Gestalt durch den Schnee auf das felsige Vorgebirge zuwaten sahen. Yalson schwieg, aber sie konnte sich von dem Schirm nicht losreißen. Die Gestalt blieb stehen, berührte ihr Handgelenk, stieg dann in die Luft und schwebte langsam über den Schnee.

»Ha!« Wubslin lachte. »Ich hatte ganz vergessen, daß wir hier Antigrav-Geräte benutzen können. Wir sind zu lange auf diesem verdammten O gewesen.«

»In den gottverdammten Tunneln werden sie uns nicht viel nützen«, murmelte Yalson.

*

Horza landete direkt neben dem Tunnel-Eingang. Von den Messungen, die er beim Überfliegen des Schnees vorgenommen hatte, wußte er, daß das Türfeld des Tunnels abgeschaltet war. Normalerweise schützte es das Innere des Tunnels vor dem Schnee und der kalten Luft draußen, aber da war kein Feld, und er konnte erkennen, daß ein bißchen Schnee in den Tunnel geweht war und fächerförmig auf dem Fußboden lag. Der Tunnel war drinnen kalt, nicht warm, wie er hätte sein sollen, und sein schwarzes, tiefes Auge wirkte mehr wie ein riesiger Mund, jetzt, wo er dicht davor stand.

Er sah zu der *CAT* zurück, die ihn aus zweihundert Metern Entfernung ansah, eine schimmernde metallene Unterbrechung in der weißen Weite, die in einer Pockennarbe aus Braun hockte.

»Ich gehe hinein«, teilte er dem Schiff mit, zielte einen enggebündelten Strahl darauf, statt die Meldung über Funk durchzugeben.

»Okay«, sagte ihm Wubslin ins Ohr.

»Du möchtest dort nicht jemanden haben, der dir Deckung gibt?« fragte Yalson.

»Nein«, antwortete Horza.

Er ging den Tunnel hinunter, hielt sich dicht an der Wand. In der ersten Ausrüstungsbucht waren ein paar Eisschlitten und Rettungsgeräte, Spürapparate und Leitstrahlsender. Alles war fast genau so, wie er es in Erinnerung hatte.

In der zweiten Bucht, wo das Flugzeug hätte stehen sollen, war nichts. Er ging weiter zur nächsten: weitere Ausrüstungsgegenstände. Jetzt war er ungefähr vierzig Meter in den Tunnel eingedrungen und knapp zehn Meter vor der rechtwinkligen Abbiegung, von wo aus es in die größere, in Abschnitte eingeteilte Galerie ging, die die Unterkünfte der Basis beherbergte.

Horza drehte sich zu der Tunnelmündung um, die sich in ein weißes Loch verwandelt hatte. Er stellte den engen Strahl weiter. »Noch nichts. Ich werde mir jetzt die Wohnquartiere ansehen. Gib Piepton durch, aber antworte nicht auf andere Weise.« Die Helmlautsprecher piepsten.

Bevor er um die Ecke bog, löste er den Fernsensor des Anzugs vom Helm und schob die kleine Linse um die Ecke des behauenen Steins. Auf einem Innenschirm sah er das kurze Tunnelstück, das auf dem Boden liegende Flugzeug und ein paar Meter dahinter die Wand aus Plastik-Planken, die den Tunnel abschloß und zeigte, wo die Unterkünfte für die Menschen der Wandler-Basis begannen.

Neben dem kleinen Flugzeug lagen vier Leichen.

Nichts bewegte sich.

Horza wurde die Kehle eng. Er schluckte heftig, dann steckte er den Fernsensor wieder an den Helm. Er ging über den Boden aus geschmolzenem Stein zu den Leichen.

Zwei trugen leichte, ungepanzerte Anzüge. Es waren beides Männer, und er kannte sie nicht. Einer war mit einem Laser erschossen worden. Der Strahl hatte den Anzug geöffnet, so daß geschmolzenes Metall und geschmolzene Plastik sich mit den Eingeweiden und dem Fleisch drinnen vermischt hatten; das Loch hatte einen Durchmesser von einem halben Meter. Der andere Mann hatte keinen Kopf mehr. Seine Arme waren steif vor seinem Körper ausgestreckt, als wolle er etwas umarmen.

Da war noch ein Mann, der leichte, lose Kleidung trug. Ihm war der Schädel von hinten eingeschlagen worden, und mindestens ein Arm war gebrochen. Er lag auf der Seite, so tot und gefroren wie die beiden anderen. Horza kannte den Mann, nur wollte ihm im Augenblick sein Name nicht einfallen.

Kierachell mußte im Schlaf gestorben sein. Ihr schlanker Körper lag gerade ausgestreckt in einem blauen Nachtgewand, die Augen waren geschlossen, das Gesicht war friedlich.

Ihr war der Hals gebrochen worden.

Horza blickte eine Weile auf sie nieder, dann zog er einen Handschuh aus und beugte sich über sie. Rauhreif lag auf ihren Wimpern. Er spürte innerhalb des Anzugs den Handgelenkverschluß, der seinen Unterarm eng umspannte, und die dünne kalte Luft, der seine Hand ausgesetzt war.

Ihre Haut war hart. Ihr Haar war immer noch weich, und er ließ es durch seine Finger gleiten. Es war röter, als er sich erinnerte, aber das mochte die Wirkung der Helmsichtscheibe sein, die das spärliche Licht des dunklen Tunnels verstärkte. Vielleicht sollte er auch den Helm abnehmen, um sie besser zu sehen, und die Helmscheinwerfer benutzen ...

Er schüttelte den Kopf, wandte sich ab.

Vorsichtig, nachdem er gehorcht hatte, ob irgendein Geräusch durch die Wand drang, öffnete er die Tür zu den Unterkünften.

In dem offenen Abschnitt mit der gewölbten Decke, wo die Wandler ihre Kleidung für den Aufenthalt im Freien, ihre Anzüge und ein paar kleinere Ausrüstungsgegenstände aufbewahrt hatten, zeigte nur wenig, daß die Anlage überrannt worden war. Tiefer in den Wohnquartieren fand Horza Spuren eines Kampfes: getrocknetes Blut, Brandspuren von Laserschüssen, und im Kontrollraum, wo die Systeme der Basis überwacht wurden, hatte es eine Explosion gegeben. Es sah aus, als sei eine kleine Granate unter dem Kontrollpaneel hochgegangen. Das erklärte den Ausfall der Heizung und die Notbeleuchtung. Aus einigen Werkzeugen, Ersatzteilen und Drähten, die herumlagen, ließ sich schließen, daß jemand versucht hatte, den Schaden zu reparieren.

In zwei der Kabinen fand Horza Spuren, daß Idiraner sie benutzt hatten. Die Räume waren vollständig ausgeräumt und in die Wände religiöse Symbole eingebrannt worden. In einem anderen Raum war der Fußboden mit einem weichen, dicken Belag wie trokkene Gelatine versehen. In dem Material befanden sich sechs lange Einkerbungen, und es roch nach Medjel. In Kierachells Zimmer war nur das Bett unordentlich. Sonst hatte es sich wenig verändert.

Er verließ das Zimmer und ging bis zum hinteren Ende der Wohnquartiere durch, wo eine weitere Wand aus Plastik-Bohlen den Beginn der Tunnel markierte.

Vorsichtig öffnete er die Tür.

Ein totes Medjel lag genau davor. Sein langer Körper zeigte den Tunnel hinunter zu den wartenden Schächten. Horza sah es sich genau an, untersuchte es kurz (mausetot, gefroren), dann stieß er es an, und schließlich schoß er es durch den Kopf, nur um ganz sicher zu gehen.

Es trug die Standard-Uniform der zur Flotte gehörenden Bodentruppen, und es war schon vor geraumer Zeit verwundet worden, schwer. Bevor es an seinen Wunden starb und gefror, mußte es schon an Erfrierungen gelitten haben. Es war männlich, ergraut, die grün-braune Haut lederig vor Alter, das lange Schnauzengesicht und die kleinen, zarten Hände von tiefen Falten durchzogen.

Horza spähte in den dunklen Tunnel.

Mit einem glatten Fußboden aus geschmolzenem Stein und glatten, überwölbten Wänden lief der Tunnel in den Berghang hinein. Explosionssichere Türen bildeten Rippen an seinen Flanken. Einschnitte in Boden und Decke markierten ihre Halterungen. Horza erkannte die Türen der Aufzugschächte und die Anlegestellen für die Wartungsrohrkapseln. Er ging weiter, bis er zu den Zugangsschächten kam. Die Aufzüge waren alle am Boden; das Transit-Rohr war abgeschlossen. Anscheinend hatte keins der Systeme Energie. Er drehte sich um und kehrte zu den Wohnquartieren zurück, durchquerte sie, ging an den Leichen und dem Flugzeug vorbei, ohne ihnen einen Blick zu widmen, und kam schließlich hinaus ins Freie.

Neben dem Tunneleingang setzte er sich in den Schnee, den Rücken an den Fels gelehnt. Sie sahen ihn von der *CAT* aus, und Yalson rief: »Horza! Bist du in Ordnung?«

»Nein.« Er schaltete das Lasergewehr ab. »Nein, bin ich nicht.«

»Was ist los?« fragte Yalson schnell. Horza nahm den Anzughelm ab und legte ihn neben sich in den Schnee. Die kalte Luft saugte die Wärme aus seinem Gesicht, und das Atmen machte ihm in der dünnen Atmosphäre Mühe.

»Es ist Tod hier«, sagte er zu dem wolkenlosen Himmel.

Zehnter Teil

◊

Das Kommando-System: Batholit

»Man nennt es einen Batholiten: einen granitischen Einschluß, der wie eine geschmolzene Blase in das sedimentäre und metamorphische Gestein, das bereits vor hundert Millionen Jahren hier war, hochstieg.

Vor elftausend Jahren bauten die Planetenbewohner darin das Kommando-System. Sie hofften, der Fels stelle einen ausreichenden Schutz vor atomaren Gefechtsköpfen dar.

Sie bauten neun Bahnhöfe und acht Züge. Der Gedanke dabei war, daß die Politicos und militärischen Chefs in dem einen Zug, ihre Stellvertreter und Bevollmächtigten in einem anderen sitzen sollten. Im Falle eines Krieges würden alle acht Züge in den Tunnel umherfahren und von den Bahnhöfen aus Befehle über gesicherte Kommunikationsleitungen an Empfängerstationen durchgeben, die überall im Staat auf der Oberfläche angelegt waren. Dem Feind sollte es schwerfallen, den Granit – und noch dazu in dieser Tiefe – zu sprengen, aber etwas so verhältnismäßig Kleines wie einen Bahnhof zu treffen, würde noch schwieriger sein, und er konnte niemals Gewißheit haben, ob gerade ein Zug in dem Bahnhof hielt und ob er, falls ja, besetzt wäre. Zu allem übrigen würde er dann auch noch den Zug mit der Ersatzmannschaft vernichten müssen.

Sie alle kamen durch die biologische Kriegsführung ums Leben. Irgendwann zwischen damals und der Zeit vor zehntausend Jahren trafen die Dra'Azon ein, pumpten die Luft aus den Tunnel und ersetzten sie durch Edelgase. Vor siebentausend Jahren brach eine neue Eiszeit an, und rund viertausend Jahre danach war der Planet so kalt geworden, daß Mr. Adäquat das Argon auspumpte und die Atmosphäre des Planeten wieder einließ. Sie ist so trocken, daß in den Tunnel drei Jahrtausende lang nichts gerostet ist.

Vor etwa dreieinhalbtausend Jahren trafen die Dra'Azon eine Vereinbarung mit den meisten der rivalisierenden Föderationen in der Galaxis, nach der Schiffe in Raumnot die Stille Barriere durchqueren dürfen. Politisch neutralen, relativ machtlosen Spezies wurde erlaubt, auf den meisten Planeten der Toten kleine Basen zu errichten, um diesen Schiffen helfen zu können und – so nehme ich an – den Leuten, die schon immer wissen wollten, wie es auf diesen Planeten aussieht, einen Brocken an Information zukommen zu lassen. Auf Schars Welt war es jedenfalls so, daß Mr. Adäquat uns jedes Jahr eine eingehende Besichtigung des Kommando-Systems erlaubte und ein Auge zukniff, wenn wir inoffiziell hinunterstiegen. Es hat jedoch nie jemand unzerhackte Aufzeichnungen irgendwelcher Art aus den Tunnel nach oben gebracht.

Der Eingang ist hier, an der Grundlinie der Halbinsel, oberhalb von Bahnhof Vier, einem der drei Hauptbahnhöfe – die anderen sind Eins und Sieben –, wo es Werkstätten für Reparatur und Wartung gibt. In Vier, Drei und Fünf stehen keine Züge. Zwei Züge stehen in Bahnhof Eins, zwei in Sieben, je einer in den übrigen. Wenigstens sind das die Standorte, wo sie sein müßten. Natürlich können die Idiraner sie bewegt haben, was ich allerdings bezweifele.

Die Bahnhöfe liegen fünfundzwanzig bis fünfunddreißig Kilometer auseinander und sind durch Zwillingstunnel verbunden, die nur in den Bahnhöfen zusammentreffen. Das ganze System ist in rund fünf Kilometern Tiefe vergraben.

Wir werden uns alle mit Lasern bewaffnen … dazu mit einem Nervenlähmer und Düppelstreifengranaten zu unserem Schutz – nichts Schwererem. Neisin kann sein Projektil-Gewehr mitnehmen; die Kugeln, die er hat, sind nur leicht explosiv … Aber keine Plasma-Kanonen oder Mikro-Atombomben. Sie wären in den Tunnel, weiß Gott, gefährlich genug, aber sie könnten auch den Zorn von Mr. Adäquat auf uns herabbeschwören, und das wollen wir ganz gewiß nicht.

Wubslin hat den Massenanomalien-Sensor des Schiffs zu einem tragbaren Gerät umgebaut, also können wir das Gehirn aufspüren. Außerdem habe ich einen Massensensor in meinem Anzug. Es dürfte deswegen für uns kein Problem darstellen, zu finden, was wir suchen, selbst wenn es sich versteckt hat.

Da die Idiraner wahrscheinlich keine eigenen Kommunikatoren besitzen, werden sie die der Wandler verwenden. Unsere Sendeempfänger decken ihre Frequenzen und mehr ab, so daß wir sie belauschen können, sie uns aber nicht.

Das hier sind nun die Tunnel. Das Gehirn steckt irgendwo da drin, und ein paar Idiraner und Medjel wahrscheinlich auch.«

Horza stand in der Messe am Kopf des Tisches unter dem Bildschirm. Auf dem Schirm war ein Diagramm der Tunnel über eine Karte der Halbinsel gelegt. Alle Anwesenden sahen ihn an. Der leere Halbanzug des Medjels, das er gefunden hatte, lag mitten auf dem Tisch.

»Du willst uns *alle* mit hineinnehmen?« erkundigte sich der Roboter Unaha-Closp.

»Ja.«

»Was wird mit dem Schiff?« fragte Neisin.

»Es kann für sich selbst sorgen. Ich werde seine Automatiken so programmieren, daß es uns erkennt und sich gegen jeden anderen verteidigt.«

»Und *sie* willst du auch mitnehmen?« Yalson deutete mit einem Kopfnicken auf Balveda, die ihr gegenübersaß.

»Ich ziehe es vor, Balveda da zu haben, wo ich sie sehen kann«, erklärte Horza. »Ich würde mich nicht sicher fühlen, wenn ich sie mit einem von euch hier zurückließe.«

»Ich sehe immer noch nicht ein, warum *ich* mitkommen muß«, beschwerte sich Unaha-Closp.

»Weil ...« klärte Horza ihn auf, »ich auch dir an Bord nicht traue. Außerdem möchte ich, daß du Sachen trägst.«

»Was?« Die Stimme des Roboters klang wütend.

»Ich weiß nicht, ob du in diesem Zusammenhang ganz ehrlich bist, Horza«, begann Aviger verlegen. »Du sagst, die Idiraner und Medjel ... nun, daß du auf ihrer Seite stehst. Aber hier haben sie bereits vier deiner eigenen Leute getötet, und du glaubst, daß sie irgendwo in diesen Tunnel umherwandern ... Und sie gelten als so ungefähr die besten Bodentruppen der Galaxis. Da willst du uns gegen sie in den Kampf führen?«

»Zunächst einmal«, seufzte Horza, »stehe ich tatsächlich auf ihrer Seite. Wir sind hinter demselben Gegenstand her. Zweitens habe ich ganz den Eindruck, als hätten sie nicht viele eigene Waffen; andernfalls wäre das Medjel bestimmt bewaffnet gewesen. Wahrscheinlich steht ihnen nichts weiter zur Verfügung als die Waffen der Wandler. Auch kann man aus dem Anzug des Medjels schließen ...« – er zeigte auf den versteiften Apparat, den er und Wubslin studiert hatten, seit Horza mit ihm an Bord gekommen war –, »daß ein Großteil ihrer Ausrüstung defekt ist. An diesem Ding funktionieren nur noch die Lampen und die

Heizung. Alles andere ist durchgebrannt. Ich vermute, das ist passiert, als sie die Stille Barriere durchquerten. Sie saßen im *Innern* des Chuy-hirtsi, und danach war ihre Kampfausrüstung im Eimer. Wenn mit ihren Waffen dasselbe geschehen ist wie mit ihren Anzügen, sind sie buchstäblich unbewaffnet und haben eine Menge Probleme. Wir mit all diesen raffinierten neuen Antigrav-Harnischen und Lasern sind viel besser ausgestattet, auch in dem unwahrscheinlichen Fall, daß es zum Kampf kommen sollte.«

»Was sehr wahrscheinlich ist, wenn man bedenkt, daß sie keine Kommunikatoren mehr haben«, warf Balveda ein. »Horza, Sie werden niemals nahe genug an sie herankommen, daß Sie ihnen erzählen können, wer Sie sind. Und selbst wenn es Ihnen gelänge, woher sollen sie wissen, daß Sie der sind, der zu sein Sie behaupten? Wenn es sich um die gleiche Gruppe handelt, die Sie meinen, sind sie kurz nach dem Gehirn hier angekommen. Sie werden nicht einmal von Ihnen gehört haben. Ganz bestimmt werden sie Ihnen nicht glauben.« Die Kultur-Agentin sah von einem der Truppe zum anderen. »Euer Ersatz-Kapitän führt euch in den Tod.«

»Balveda«, sagte Horza, »ich erweise Ihnen Höflichkeit, indem ich Sie teilnehmen lasse. Verärgern Sie mich nicht.«

Balveda hob die Augenbrauen und verstummte.

»Und woher sollen wir wissen, daß sie die Gruppe sind, die im Innern dieses unheimlichen Tieres herkam?« fragte Neisin. Er sah Horza mißtrauisch an.

»Es können gar keine Idiraner sein«, antwortete Horza. »Sie haben verdammt viel Glück gehabt, daß sie nach dem, was der Dra'Azon ihnen antat, noch am Leben sind, und nicht einmal die Idiraner würden es riskieren, weitere Truppen loszuschicken, nachdem sie gesehen haben, was dem ersten Haufen passiert ist.«

»Aber das bedeutet, daß sie seit Monaten hier sind«, stöhnte Dorolow. »Wie sollen wir etwas finden, wenn sie die ganze Zeit gesucht und nichts gefunden haben?«

»Vielleicht haben sie es gefunden.« Horza breitete die Arme weit aus und lächelte die Frau an. Er legte eine Spur Sarkasmus in seine Stimme. »Aber wenn sie es nicht gefunden haben, ist der Grund höchstwahrscheinlich der, daß ihnen keine funktionierende Ausrüstung zur Verfügung steht. Sie würden das ganze Kommando-System absuchen müssen.

Außerdem, wenn dieses Warptier so schwer verletzt war, wie ich hörte, können sie keine rechte Kontrolle mehr über es gehabt haben. Sehr wahrscheinlich haben sie mehrere hundert Kilometer von hier entfernt eine Bruchlandung gemacht und mußten durch den Schnee hierher zu Fuß latschen. In dem Fall sind sie vielleicht erst ein paar Tage da.«

»Ich kann nicht glauben, daß Gott das zulassen würde«, sagte Dorolow, schüttelte den Kopf und betrachtete die Tischplatte vor sich. »Es muß etwas anderes hinter all dem stecken. Ich habe seine Macht und ... und seine Güte gespürt, als wir durch die Barriere kamen. Er würde nicht erlauben, daß diese armen Leute einfach so niedergeschossen werden.«

Horza rollte die Augen gen Himmel. »Dorolow ...« – er beugte sich vor und pflanzte die Fingerknöchel auf den Tisch –, »die Dra'Azon sind sich kaum bewußt, daß ein Krieg stattfindet. Individuen sind ihnen scheißegal. Sie kennen Tod und Vergänglichkeit, aber weder Hoffnung noch Glauben. Solange die Idiraner oder wir das Kommando-System nicht beschädigen und den Planeten nicht wegpusten, interessieren sie sich überhaupt nicht dafür, wer lebt oder stirbt.«

Dorolow schwieg, aber sie war nicht überzeugt.

Horza richtete sich auf. Seine Worte klangen gut; er hatte den Eindruck, die Söldner würden ihm folgen, aber in seinem Innern, tiefer als die Stelle, von der die Worte kamen, fühlte er sich nicht beteiligter und nicht lebendiger als die schneebedeckte Ebene draußen.

Er war mit Wubslin und Neisin noch einmal in den Tunnel gewesen. Sie hatten den Abschnitt mit den Wohnquartieren untersucht und weitere Beweise gefunden, daß dort Idiraner gehaust hatten. Es sah aus, als sei eine sehr kleine Truppe – ein oder zwei Idiraner und vielleicht ein halbes Dutzend Medjel – für eine Weile in der Wandler-Basis geblieben, nachdem sie sie eingenommen hatten.

Offenbar hatten sie eine Menge gefriergetrockneter Notrationen mitgenommen, dazu die beiden Laser-Gewehre, die paar kleinen Pistolen, die die Wandler-Basis hatte besitzen dürfen, und die vier tragbaren Kommunikationsgeräte aus dem Lagerraum.

Horza hatte die toten Wandler mit Reflektor-Folie zugedeckt, die sie in der Basis gefunden hatten, und dem toten Medjel den Halbanzug ausgezogen. Sie hatten nachgesehen, ob das Flugzeug noch zu verwenden war. Das war es nicht; sein Mikro-Reaktor war teilweise ausgebaut und dabei schwer beschädigt worden. Wie fast alles andere in der Basis war es ohne Energie. Zurück an Bord der *Clear Air Turbulence* hatten Horza und Wubslin den Anzug des Medjels seziert und den kaum merklichen, aber nicht zu reparierenden Schaden entdeckt, der ihm zugefügt worden war.

Die ganze Zeit, wenn Horza sich nicht gerade Sorgen um ihre Chancen und Möglichkeiten machte, in jedem Augenblick, den er aufhörte, sich auf unmittelbare Aufgaben zu konzentrieren, sah er ein hartes und gefrorenes Gesicht vor sich. Es lag im rechten Winkel zu dem Körper, an dem es befestigt war, und es hatte Rauhreif auf den Wimpern.

Er versuchte, nicht an sie zu denken. Das hatte keinen Sinn; er konnte nichts mehr für sie tun. Er mußte weitermachen, er mußte diese Sache durchstehen, jetzt erst recht.

Lange Zeit hatte er sich überlegt, was er mit den übrigen Leuten auf der *Clear Air Turbulence* anfangen sollte, und war zu dem Schluß gekommen, sie alle in das Kommando-System mitzunehmen.

Balveda bereitete ihm auch Kopfschmerzen. Wenn sie an Bord blieb, würde er sich nicht sicher fühlen, auch wenn er die ganze Crew zurückließe, um auf sie aufzupassen. Außerdem sollten die besten Kämpfer bei ihm sein und nicht auf dem Schiff festsitzen. Das Problem hätte sich aus der Welt schaffen lassen, indem er die Kultur-Agentin tötete, aber die anderen hatten sich zu sehr an sie gewöhnt, hatten schon ein bißchen zuviel Sympathie für sie entwickelt. Wenn er Balveda tötete, würde er die anderen verlieren.

»Also, ich finde, es ist Wahnsinn, in diese Tunnel hinabzusteigen«, bemerkte Unaha-Closp. »Warum können wir nicht einfach hier oben warten, bis die Idiraner wieder auftauchen, mit diesem kostbaren Gehirn oder ohne es?«

»Erstens ...« – Horza beobachtete die Gesichter der anderen nach irgendwelchen Hinweisen, daß sie dem Roboter zustimmten –, »wenn sie es nicht finden, werden sie wahrscheinlich nicht wieder auftauchen. Es sind Idiraner, und dazu noch eine sorgfältig ausgesuchte Mannschaft von erstklassigen Kämpfern. Sie werden in dem Fall für immer unten bleiben.« Er sah zu der Darstellung des Tunnelsystems auf den Schirm hin, dann wieder zu den Leuten und der Maschine um den Tisch. »Sie könnten da drinnen tausend Jahre lang suchen, besonders wenn die Energie ausgefallen ist und sie nicht wissen, wie sie sich wieder einschalten läßt, und ich nehme an, das wissen sie nicht.«

»Und du weißt es natürlich«, warf die Maschine ein.

»Ja«, antwortete Horza, »ich weiß es. Wir können die Energie in einem von drei Bahnhöfen anstellen: in diesem hier, in Nummer sieben oder Nummer eins.«

»Funktionieren tut sie noch?« fragte Wubslin skeptisch.

»Nun, sie hat noch funktioniert, als ich den Planeten verließ. Tiefe geothermische Quelle, die Elektrizität erzeugt. Die Schächte sind ungefähr hundert Kilometer durch die Kruste getrieben worden.

Jedenfalls, wie ich sagte, es ist da unten zuviel Platz, als daß diese Idiraner und Medjel die leiseste Hoffnung hätten, ohne irgendwelche Spürgeräte eine gründliche Suche durchführen zu können. Ein Massenanomalie-Sensor ist das einzige, was weiterhelfen würde, und sie können keinen haben. Deshalb müssen wir hinein.«

»Und kämpfen«, sagte Dorolow.

»Wahrscheinlich nicht. Sie haben Kommunikatoren mitgenommen; ich werde mich mit ihnen in Verbindung setzen und erklären, wer ich bin. Natürlich kann ich euch die Einzelheiten nicht mitteilen, aber ich weiß einiges über das militärische System der Idiraner, über ihre Schiffe, sogar über ihr Personal. Deshalb wird es mir gelingen, sie zu überzeugen, daß ich bin, wer ich zu sein behaupte. Sie werden mich nicht persönlich kennen, aber es ist ihnen gesagt worden, es würde später ein Wandler geschickt.«

»Lügner«, stellte Balveda kalt fest. Horza spürte, wie die Atmosphäre in der Messe sich änderte, angespannt wurde. Das Gesicht der Kultur-Frau verriet feste Entschlossenheit, sogar Resignation.

»Balveda«, sagte er leise, »ich weiß nicht, was man Ihnen gesagt hat, aber ich wurde auf der *Hand Gottes* instruiert, und Xoralundra erzählte mir, die idiranische Bodentruppe in dem Chuy-hirtsi wisse, daß man mich habe kommen lassen.« Er sprach ruhig. »Okay?«

»So habe ich es nicht gehört«, gab Balveda zurück, aber er erkannte, daß sie sich ihrer selbst nicht mehr völlig sicher war. Sie hatte eine Menge riskiert, als sie das sagte. Wahrscheinlich hatte sie gehofft, er werde sie zumindest bedrohen oder etwas tun, das die anderen gegen ihn aufbrachte. Es hatte nicht geklappt.

Horza zuckte die Achseln. »Ich kann nichts dafür, wenn die Sektion für Besondere Umstände nicht fähig ist, Sie genau zu informieren, Perosteck.« Er lächelte dünn. Die Augen der Kultur-Agentin wanderten vom Gesicht des Wandlers zum Tisch und dann von einer der daran sitzenden Personen zur anderen, als wolle sie feststellen, wem jeder einzelne glaubte. »Hört zu«, sagte Horza mit seiner ungeheuer ehrlich und vernünftig klingenden Stimme und spreizte die Hände, »ich habe keine Lust, für die Idiraner zu sterben, und Gott kennt den Grund, aber euch mag ich gern. Ich würde euch nicht auf eine Selbstmord-Mission führen. Uns wird nichts geschehen. Wenn es zum Schlimmsten kommt, können wir uns immer noch zurückziehen. Wir werden die *CAT* durch die Stille Barriere zurückbringen und Kurs auf irgendein neutrales Gebiet nehmen. Ihr könnte das Schiff haben; ich bekomme eine gefangene Kultur-Agentin.« Er sah zu Balveda hin, die mit gekreuzten Beinen, übereinandergeschlagenen Armen und gesenktem Kopf dasaß. »Aber ich glaube nicht, daß es soweit kommen wird. Ich glaube, wir werden diesen hochgejubelten Computer fangen, und wir werden dafür belohnt werden.«

»Und wenn die Kultur die Schlacht vor der Barriere gewonnen hat und sie dort auf uns warten, wenn wir herauskommen, ob mit oder ohne Gehirn?« fragte Yalson. Es klang nicht feindselig, nur interessiert. Bei ihr allein hatte Horza das Gefühl, sich auf sie verlassen zu können, wenn er auch glaubte, Wubslin werde ebenfalls zu ihm halten. Horza nickte.

»Das ist unwahrscheinlich. Ich kann mir nicht vorstellen, daß die Kultur in diesem ganzen Volumen zurückweicht und nur hier aushält. Aber selbst wenn dem so wäre, müßten sie schon großes Glück haben, um uns zu fangen. In die Barriere hineinsehen können sie nur im Realraum, vergeßt das nicht! Deshalb würden sie nicht feststellen können, wo wir herauskommen. Dort gibt es keine Probleme.«

Yalson lehnte sich zurück, offensichtlich überzeugt. Horza wußte, er wirkte ruhig, aber innerlich war er angespannt, wartete darauf, daß die Stimmung der anderen deutlich zu Tage trat. Seine letzte Antwort hatte der Wahrheit entsprochen, aber die übrigen waren entweder nicht die ganze Wahrheit oder Lügen gewesen.

Er mußte sie überzeugen. Er brauchte sie auf seiner Seite. Es gab keine andere Möglichkeit, seine Mission zu erfüllen, und er war von zu weit her gekommen, er hatte zuviel getan, zu viele Leute getötet, zu viel von seinen eigenen Zielen und seiner Entschlossenheit in die Aufgabe gesteckt, um jetzt auszusteigen. Er *mußte* das Gehirn aufspüren, er *mußte* in das Kommando-System hinuntersteigen, ob dort Idiraner waren oder nicht, und er *mußte* das, was von Kraiklyns Freier Söldnertruppe noch übrig war, bei sich haben. Er betrachtete sie: Yalson, heftig und ungeduldig, wollte, daß das Gerede endlich aufhörte, damit man die Arbeit hinter sich bringen konnte. Ihr Schatten von Haar ließ sie gleichzeitig sehr jung, beinahe kindlich, und doch hart aussehen. Dorolow sah die anderen unsicher an, kratzte sich nervös an einem ihrer Wickelohren. Der kompakte Wubslin lümmelte sich bequem auf seinem Sitz, und sein ganzer stämmiger Körper strahlte Entspannung aus. Wubslins Gesicht hatte Interesse gezeigt, als Horza das Kommando-System beschrieb. Der Wandler nahm an, der Ingenieur fand die ganze Idee dieses gigantischen Eisenbahnnetzes faszinierend.

Aviger waren starke Zweifel, was das ganze Abenteuer betraf, anzumerken. Aber nachdem Horza es jetzt hinreichend klargemacht hatte, daß niemandem erlaubt werden würde, auf dem Schiff zurückzubleiben, glaubte er, daß der alte Mann dies eher akzeptieren als sich die Mühe machen werde, deswegen zu streiten. Bei Neisin war er sich nicht sicher. Neisin hatte soviel getrunken wie immer und war stiller gewesen, als Horza sich an ihn erinnerte, doch während es ihm einerseits nicht gefiel, herumkommandiert zu werden und gesagt zu bekommen, was er dürfe und nicht dürfe, stand es ihm andererseits offensichtlich bis obenhin, auf der *Clear Air Turbulence* eingesperrt zu sein. Er war schon zu einem Spaziergang im Schnee draußen gewesen, solange Wubslin und Horza sich den Medjel-Anzug ansahen. Allein die Langeweile, wenn nichts anderes, würde ihn in die Tunnel treiben.

Wegen der Maschine Unaha-Closp machte sich Horza keine Gedanken. Sie würde tun, was ihr gesagt wurde, wie es Maschinen immer taten. Nur die Kultur ließ sie so eingebildet werden, daß sie tatsächlich einen eigenen Willen zu haben schienen.

Was Perosteck Balveda anging, sie war seine Gefangene; so einfach war das.

»Fix rein, fix raus ...« sagte Yalson. Sie lächelte, zuckte die Achseln und blickte in die Runde. »Zum Henker, wir bekommen jedenfalls endlich etwas zu tun, oder?«

Niemand widersprach.

*

Horza programmierte ein weiteres Mal die Sicherheitsschaltungen der *CAT* um und gab dem Computer mit einem abgenutzten, aber immer noch gute Dienste leistenden Tastenfeld neue Instruktionen ein, als Yalson das Flugdeck betrat. Sie glitt in den Sitz des Copiloten und sah dem Mann bei der Arbeit zu. Das beleuchtete Display des Tastenfelds warf die Schatten von Marain-Buchstaben über sein Gesicht.

Nach einer Weile sagte sie, auf die Bezeichnungen des beleuchteten Brettes blickend: »Marain, wie?«

Horza zuckte die Achseln. »Es ist die einzige präzise Sprache, die ich und diese Antiquität teilen.« Er tippte ein paar weitere Instruktionen ein. »He!« Er drehte sich zu Yalson um. »Du dürftest gar nicht hier drin sein, wenn ich das tue.« Sein Lächeln zeigte ihr, daß er es nicht ernst meinte.

»Vertraust du mir nicht?« Yalson lächelte zurück.

»Du bist die einzige, der ich vertraue.« Horza wandte sich wieder der Tastatur zu. »Übrigens kommt es bei diesen Instruktionen nicht darauf an.«

Yalson sah ihm noch eine Weile zu. »Hat sie dir viel bedeutet, Horza?«

Er blickte nicht auf, aber seine Hände über den Tasten hielten in ihren Bewegungen inne. Er starrte die Leuchtbuchstaben an.

»Wer?«

»Horza ...« sagte Yalson sanft.

Er sah sie immer noch nicht an. »Wir waren Freunde.« Es war, als spreche er mit dem Tastenfeld.

»Nun ja«, meinte sie nach einer Pause, »wie dem auch sei, es ist sicher sehr hart, wenn es einer von den eigenen Leuten ist ...«

Horza nickte stumm.

Yalson musterte sein Gesicht. »Hast du sie geliebt?«

Er zögerte; seine Augen schienen jede der scharfen, kompakten Formen vor sich zu inspizieren, als verberge eine die Antwort. Achselzuckend meinte er: »Vielleicht. Früher einmal.« Er räusperte sich, sah kurz zu Yalson hinüber und beugte sich dann wieder über die Tastatur. »Aber das ist lange her.«

Yalson stand auf, als er sich wieder an seine Arbeit machte, und legte ihm die Hände auf die Schultern. »Es tut mir leid, Horza.« Wieder nickte er und legte eine Hand über ihre. »Wir werden sie erwischen«, sagte Yalson. »Wenn es das ist, was du willst. Du und ...«

Er schüttelte den Kopf, drehte sich zu ihr um. »Nein. Wir suchen das Gehirn, das ist alles. Sollten uns die Idiraner in die Quere kommen, würde es mir nichts ausmachen, sie ... – aber nein, es hat keinen Sinn, mehr zu riskieren, als wir müssen. Trotzdem danke.«

Yalson nickte bedächtig. »Das geht in Ordnung.« Sie beugte sich nieder, küßte ihn schnell und ging hinaus. Der Mann betrachtete ein paar Augenblicke lang die geschlossene Tür, dann beugte er sich wieder über das Brett mit den fremden Symbolen.

Er programmierte den Schiffscomputer darauf, erst zu warnen, dann tödliche Laserschüsse auf jeden und alles abzugeben, was sich ihm näherte, solange es nicht durch die unmißverständliche elektromagnetische Signatur-Emission ihrer Anzüge als einer von der Freien Söldnertruppe identifiziert werden konnte. Außerdem bedurfte es Horzas – Kraiklyns – Identitätsring, um den Aufzug der *CAT* in Betrieb zu setzen und, einmal an Bord, die Kontrolle über das Schiff selbst zu gewinnen. Das schienen Horza ausreichende Sicherheitsmaßnahmen zu sein. Nur mit dem Ring könnten sie das Schiff übernehmen, und wer ihm den Ring wegnehmen wollte, nahm ein größeres Risiko auf sich, als es ein Trupp bösartiger und hungriger Idiraner darstellte.

Aber es war möglich, daß er getötet wurde und die anderen überlebten. Vor allem Yalsons wegen wollte er, daß ihnen ein Fluchtweg offenstand, der nicht völlig von ihm abhängig war.

*

Sie versorgten sich mit ein paar von den Plastik-Bohlen aus der Wandler-Basis, um das Gehirn, falls sie es fanden, transportieren zu können. Dorolow wollte die toten Wandler beerdigen, aber Horza verweigerte es ihr. Er trug sie einzeln an den Tunneleingang und ließ sie dort liegen. Bei ihrer Rückkehr zum Schiff wollte er sie mitnehmen und nach Heibohre zurückbringen. Der natürliche Gefrierraum, den die Atmosphäre von Schars Welt darstellte, würde sie bis dahin konservieren. Er blickte für einen Augenblick in dem schwindenden Licht des späten Nachmittags auf Kierachells Gesicht nieder, während sich eine Wolkenbank, die von dem gefrorenen Meer hereinkam, über den fernen Bergen zusammenzog und der Wind auffrischte.

Er würde das Gehirn bekommen. Er war entschlossen dazu, und er spürte es in seinen Knochen. Aber wenn es zu einem Feuergefecht mit denjenigen kam, die dies getan hatten, würde er nichts tun, um es zu vermeiden. Es mochte ihm sogar Befriedigung gewähren. Balveda würde es vielleicht nicht verstehen, aber es gab solche und solche Idiraner. Xoralundra war ein Freund und ein freundlicher und humaner Offizier. Wahrscheinlich war der alte Querl als ›Gemäßigter‹ zu betrachten. Horza kannte noch weitere im militärischen und diplomatischen Dienst, die er mochte. Aber es gab Idiraner, die richtige Fanatiker waren und alle anderen Spezies verachteten.

Xoralundra hätte die Wandler nicht ermordet; es wäre unnötig und unelegant gewesen … aber man schickte ja auch keine Gemäßigten auf eine Mission wie diese. Man schickte Fanatiker. Oder einen Wandler.

Horza machte sich auf den Weg zu den anderen. Er kam bis zu dem verkrüppelten Flugzeug, das jetzt von den abmontierten Plastik-Bohlen umgeben war und vor dem Loch in der Wand stand, als wolle es in eine Garage hineinrollen, als er Schüsse hörte.

Er rannte durch den Korridor, der zum hinteren Teil des Abschnittes führte, und zog seine Waffe. »Was ist los?« sagte er in sein Helmmikrophon.

»Laser. Unten im Tunnel, aus den Schächten«, erwiderte Yalsons Stimme. Horza rannte in den offenen Lagerraum, wo die anderen waren. Das Loch, das sie in der Plastikwand geöffnet hatten, war vier oder fünf Meter breit. In dem Augenblick, als Horza aus dem Korridor hereinstürmte, sprühten Flammen von der Längswand neben ihm, und er sah in der Luft die glühenden Spuren eines Laserstrahls, die dicht an seinem Anzug vorbei durch die Lücke zurück- und den Tunnel hinunterführten. Wer auch immer da geschossen hatte, er konnte ihn sehen. Horza rollte sich zur Seite ab und landete neben Dorolow und Balveda, die unter einer großen tragbaren Winde Zuflucht gesucht hatten. Löcher öffneten sich in den Plastik-Bohlen, brannten kurz und erloschen wieder. Das Keuchen der Laserschüsse hallte in den Tunneln wider.

»Was ist geschehen?« wandte sich Horza an Dorolow. Er sah sich in dem Lagerraum um. Die übrigen waren alle da und suchten Deckung, wo sie konnten, außer Yalson.

»Yalson ist …« begann Dorolow, dann fiel Yalsons Stimme ein:

»Ich kam durch das Loch in der Wand und wurde beschossen. Ich liege auf dem Boden. Ich bin unverletzt, aber ich wüßte gern, ob es in Ordnung geht, wenn ich zurückschieße. Ich will schließlich nichts beschädigen!«

»Schieß!« brüllte Horza, während ein neuer Fächer glühender Spuren eine Linie brennender Krater über die Innenwand des Lagerraums zog. »Schieß zurück!«

»Danke«, sagte Yalson. Horza hörte die Waffe der Frau schnappen, dann das Doppler-Echo des von der überhitzten Luft erzeugten Geräuschs. Unten im Tunnel krachten Explosionen. »Hmm«, sagte Yalson.

»Ich glaube, damit …« begann Neisin von der hinteren Seite des Lagerraums. Seine Stimme wurde durch weitere Schüsse abgeschnitten, die in die Wand hinter ihm einschlugen. Die Wand war voller Pockennarben aus dunklen, blasenwerfenden Löchern.

»Schweinehund!« sagte Yalson. Sie schoß in kurzen, schnellen Stößen zurück.

»Sorg dafür, daß er den Kopf unten hält!« wies Horza sie an. »Ich komme an die Wand vor. Dorolow, du bleibst mit Balveda hier.« Er stand auf und rannte bis an die Lücke in den Plastik-Bohlen. Rauchende Löcher in dem Material zeigten, wie wenig Schutz es bot. Trotzdem kniete er in der Deckung der Wand nieder. Yalsons Füße waren ein paar Meter weiter im Tunnel auf dem glatten Steinboden zu sehen. Er lauschte auf ihre Schüsse, dann sagte er: »Gut. Mach lange genug Pause, damit ich sehen kann, woher das Feuer kommt, dann halte von neuem drauf!«

»Okay.« Yalson hörte auf zu schießen. Horza steckte den Kopf hinaus, wobei er sich unglaublich verwundbar fühlte. Er sah zwei kleine Funken weit unten im Tunnel auf der einen Seite, hob sein Gewehr und deckte die Stelle mit Dauerfeuer ein. Yalson fing auch wieder an zu schießen. Horzas Anzug zirpte; an seiner Wange leuchtete ein Schirm auf und zeigte an, daß er am Oberschenkel getroffen worden war. Er fühlte keinen Schmerz. Weit unten an den Aufzugschächten flimmerten tausend Lichtpunkte.

Neisin tauchte an der anderen Seite der Lücke auf, kniete sich wie Horza hin und feuerte sein Projektil-Gewehr ab. Es gab einen gewaltigen Donner mit Blitz und Rauch; Schockwellen trieben den Tunnel herauf, schüttelten die Plastik-Bohlen und ließen Horzas Ohren klingen.

»Genug!« rief er und stellte das Feuer ein. Yalson auch. Neisin gab noch einen letzten Schuß ab. Horza rannte durch die Lücke, über den dunklen Steinboden des Tunnels hinüber zur Seitenwand und warf sich flach hin. Er hatte hier ein wenig Deckung durch den etwas vorstehenden Rand einer Drucktür weiter unten.

Wo ihr Ziel gewesen war, lag jetzt ein Haufen trübroter Scherben auf dem Tunnelboden und kühlte von der gelben Hitze des Laserfeuers ab, das sie von der Wand gerissen hatte. Im Nachtvisier des Helms konnte Horza eine Reihe sich kräuselnder Wellen aus warmem Rauch und Gas erkennen, die sich von der beschädigten Stelle geräuschlos zur Decke des Tunnels erhoben.

»Yalson, komm hier herüber!« sagte er. Yalson rollte sich über den Boden, bis sie gegen die Wand gleich hinter ihm stieß. Rasch war sie auf den Füßen und warf sich neben ihm nieder. »Ich glaube, wir haben es erwischt«, gab Horza über Funk bekannt. Neisin, der immer noch an der Lücke kniete, spähte hinaus und schwenkte das Schnellfeuer-Mikroprojektil-Gewehr hin und her, als erwarte er, ein weiterer Angriff werde durch die Tunnelwände kommen.

Den Rücken immer an der Wand haltend, schob Horza sich weiter in den Tunnel. Er kam an den Rand der Drucktür. Der größte Teil der meterdicken Füllung war in ihre Wandnische zurückgeschoben, aber ungefähr ein halber Meter ragte hervor. Wieder spähte Horza den Tunnel hinunter. Der Trümmerhaufen glühte immer noch, als seien heiße Kohlen auf dem Boden verstreut worden. Die Welle heißen schwarzen Rauchs zog über ihm hin und wallte langsam den Tunnel hinauf. Horza drehte den Kopf zur anderen Seite. Yalson war ihm gefolgt. »Bleib hier!« sagte er.

Er ging bis zu dem ersten der Aufzugschächte. Geschossen hatten sie auf den dritten und letzten, wie man an den Gruppen von Kratern und Narben rings um seine offenen, verzogenen Türen sehen konnte. Horza sah einen halb geschmolzenen Laser-Karabiner in der Mitte des Tunnels auf dem Boden liegen. Er streckte den Kopf von der Wand vor, runzelte die Stirn.

Er war sicher, daß er am äußersten Rand des Aufzugschachtes, zwischen den zernarbten und durchlöcherten Türen, umgeben von einem Meer trübrot glühender Trümmer ein Paar Hände sah – in Handschuhen, kurzfingrig, verletzt (an dem einen Handschuh fehlte ein Finger), aber zweifellos Hände. Es machte den Eindruck, als hänge jemand innerhalb des Schachtes an den Fingerspitzen. Er zielte den engen Strahl seines Kommunikators in diese Richtung. »Hallo?« rief er auf idiranisch. »Medjel? Medjel in dem Aufzugschacht? Hörst du mich? Melde dich sofort!«

Die Hände bewegten sich nicht. Er schob sich näher heran.

»Was war das?« kam Wubslins Stimme durch die Lautsprecher.

»Nur einen Moment.« Horza hielt das Gewehr schußbereit. Eine der Hände bewegte sich ein bißchen, als versuche sie, am Rand des Tunnelbodens besseren Halt zu gewinnen. Horzas Herz hämmerte. Er ging auf die hohen offenen Türen zu. Seine Füße knirschten über den warmen Schutt. Dann sah er Arme in einem Halbanzug, den oberen Teil eines langen, von Laserschüssen beschädigten Helms …

Mit einem schnarrenden Geräusch, das er von Medjeln gehört hatte, wenn sie in einer Schlacht angriffen, tauchte blitzartig eine dritte Hand – er wußte, es war ein Fuß, aber es sah wie eine Hand aus, und es hielt eine kleine Pistole – aus dem Aufzugschacht auf, und gleichzeitig hob sich der Kopf des Medjels und sah ihn geradewegs an. Horza duckte sich. Die Pistole knallte. Ihr Plasma-Bolzen verfehlte ihn nur um Zentimeter.

Horza schoß schnell und wich dabei in geduckter Haltung zur Seite aus. Feuer schlug rings um den Schachtrand ein und traf die Handschuhe. Ein Schrei, und sie verschwanden. In dem runden Schacht flakkerte kurz Licht auf. Horza rannte zur Öffnung, steckte den Kopf zwischen die Türen und sah hinunter.

Die undeutliche Gestalt des fallenden Medjels wurde von den brennenden Handschuhen seines Anzugs beleuchtet. Irgendwie hielt es immer noch die Plasma-Pistole fest; fallend, schreiend feuerte es die kleine Waffe ab. Das Krachen ihrer Schüsse und das Aufblitzen der Bolzen wichen in immer größere Entfernung zurück, während das Wesen, mit seinen sechs Gliedmaßen um sich schlagend, nach unten in die Dunkelheit eintauchte.

»Horza!« rief Yalson. »Bist du verletzt? Was, zum Geier, war das?«

»Mir ist nichts passiert«, antwortete er. Das Medjel war jetzt eine winzige, zappelnde Gestalt tief in dem Tunnel aus senkrechter Nacht. Seine Schreie hallten immer noch wider, die mikroskopisch kleinen Funken seiner brennenden Hände und der schießenden Plasma-Pistole flammten immer noch. Horza wandte den Blick ab. Ein paar dumpfe Schläge kündeten vom

Kontakt der unglücklichen Kreatur mit den Schachtwänden.

»Was war das für ein *Lärm?*« fragte Dorolow.

»Das Medjel lebte noch. Es hat auf mich geschossen, aber ich habe es erwischt«, berichtete Horza ihnen und trat von den offenen Aufzugtüren zurück. »Es fiel – es fällt noch – den Aufzugschacht hinunter.«

»Scheiße!« flüsterte Neisin, den schwachen, verklingenden, widerhallenden Schreien lauschend. »Wie tief ist das?«

»Zehn Kilometer, wenn keine der Drucktüren geschlossen ist«, antwortete Horza. Er sah sich die externen Kontrollen der beiden anderen Aufzüge und den Eingang der Transitkapsel an. Sie waren mehr oder weniger unbeschädigt geblieben. Die Türen der Transitröhren standen offen. Sie waren geschlossen gewesen, als Horza diesen Abschnitt früher inspiziert hatte.

Yalson schulterte ihr Gewehr und kam zu Horza. »Eins zu Null für uns«, sagte sie.

»Ja«, stimmte Neisin ihr zu. »Teufel! Diese Kerle sind also gar nicht so zäh. Einer ist schon umgefallen.«

»Ja, und tief gefallen«, sagte Yalson.

Horza überprüfte seinen Anzug, während die anderen den Tunnel herunterkamen. Am rechten Oberschenkel war eine Brandstelle, einen Millimeter tief und zwei Finger breit. Wenn man von dem unwahrscheinlichen Fall absah, daß ein zweiter Schuß genau diese Stelle traf, hatte der Schuß dem Anzug keinen Schaden zugefügt.

»Ein schöner Anfang, wenn du mich fragst«, murmelte der Roboter, den anderen folgend.

Horza kehrte an die hohen, eingebeulten, zerlöcherten Türen des Aufzugschachtes zurück und sah hinunter. Mit voll aufgedrehtem optischem Verstärker konnte er tief, tief unten eben noch ein Flackern erkennen. Die Außenmikrophone des Helms nahmen ein

Geräusch auf, aber von so weit entfernt und so verzerrt von Echos, daß es sich nicht anders anhörte als ein Wind, der durch einen Zaun seufzt.

*

Sie drängten sich um die geöffneten Türen eines Aufzugschachtes – nicht um den, in den das Medjel gefallen war. Die Türen hatten die doppelte Höhe eines jeden von ihnen, und sie wirkten davor wie Kinder. Horza hatte diese Türen geöffnet und sich den Schacht genau angesehen. Dann war er mit dem Antigrav-Gerät seines Anzugs ein Stückchen hinuntergeschwebt und wieder nach oben gekommen. Alles wirkte ungefährlich.

»Ich gehe als erster«, teilte er der versammelten Gruppe mit. »Wenn es irgendwelche Schwierigkeiten gibt, laßt ihr zwei Düppelstreifen-Granaten los und zieht euch nach oben zurück. Unser Ziel ist die Hauptebene des Systems in rund fünf Kilometern Tiefe. Sobald wir die Türen hinter uns haben, befinden wir uns mehr oder weniger in Bahnhof Vier. Dort haben wir die Möglichkeit, die Energie wieder anzustellen, etwas, das den Idiranern nicht gelungen ist. Danach stehen uns Transportmittel in der Form von Transitröhren-Kapseln zur Verfügung.«

»Was ist mit den Zügen?« erkundigte sich Wubslin.

»Die Transitröhren sind schneller«, antwortete Horza. »Vielleicht müssen wir einen Zug in Gang bringen, wenn wir das Gehirn gefangennehmen; das hängt davon ab, wie groß es ist. Außerdem stehen die nächsten Züge, falls sie nicht bewegt worden sind, seit ich zuletzt hier war, in Bahnhof Zwei oder Sechs, nicht hier. Es führt jedoch ein Spiraltunnel zu Bahnhof Eins, über den wir einen Zug hochbringen könnten.«

»Und die Transitröhre hier?« fragte Yalson. »Wenn das der Weg ist, auf dem das Medjel plötzlich auftauchte, was kann ein zweites daran hindern, den Tunnel zu Fuß hochzukommen?«

Horza zuckte die Achseln. »Nichts. Ich möchte die Türen jedoch für den Fall, daß wir mit dem Gehirn auf diesem Weg zurückkommen, nicht zuschmelzen. Aber wenn eins der Medjel heraufkommt, ist das auch egal. Dann macht uns da unten eins weniger Ärger. Immerhin kann einer von euch oben bleiben, bis wir alle sicher unten sind, und uns dann folgen. Ich glaube allerdings nicht, daß sich so kurz nach dem ersten Medjel noch eins herwagen wird.«

»Ja, das erste, bei dem es dir nicht gelungen ist, es davon zu überzeugen, daß ihr beide auf der gleichen Seite steht«, bemerkte der Roboter unwirsch.

Horza hockte sich auf die Fersen, um den Roboter anzusehen; er war wegen einer Palette voller Ausrüstung, die er trug, von oben unsichtbar.

»Dieser erste«, sagte er, »hatte keinen Kommunikator, oder? Wohingegen jeder Idiraner da unten bestimmt eins der Geräte haben wird, die sie aus der Basis mitgenommen haben, oder? Und Medjel tun, was Idiraner ihnen sagen, richtig?« Er wartete auf eine Antwort der Maschine, und als keine kam, wiederholte er: »Richtig?«

Horza hatte den Eindruck, daß der Roboter, wäre er ein Mensch gewesen, ausgespuckt hätte.

»Ganz wie Sie meinen, *Sir*«, höhnte der Roboter.

»Und was mache ich, Horza?« Balveda stand in ihrem Stoffanzug da, über dem sie eine Pelzjacke trug. »Haben Sie die Absicht, mich in den Schacht zu werfen und zu sagen: ›Oh, ich vergaß, daß Sie kein Antigrav-Gerät haben‹, oder muß ich den Transit-Tunnel zu Fuß hinuntersteigen?«

»Sie werden mit mir kommen.«

»Und wenn auf uns geschossen wird, dann werden Sie – was tun?« fragte Balveda.

»Ich glaube nicht, daß auf uns geschossen wird«, sagte Horza.

»Weißt du genau, daß in der Basis keine AG-Harnische waren?« fragte Aviger.

Horza nickte. »Wenn welche dagewesen wären, meinst du nicht, daß eins der Medjel, die wir bisher getroffen haben, einen angehabt hätte?«

»Vielleicht benutzen die Idiraner sie.«

»Idiraner sind zu schwer.«

»Sie könnten zwei nehmen«, beharrte Aviger auf seiner Meinung.

»Es waren keine Harnische da«, erklärte Horza durch zusammengebissene Zähne. »Uns war gar nicht erlaubt, welche zu besitzen. Wir sollten das Kommando-System nicht betreten, abgesehen von den jährlichen Inspektionen, wenn wir überall die Energie einschalten konnten. Wir betraten es trotzdem; wir gingen die Spiralrampe zu Bahnhof Vier hinunter, wie dieses Medjel hinaufgekrochen sein muß, aber dabei sollten und durften wir keine Antigrav-Harnische tragen. Sie hätten das Hinuntergehen zu leicht gemacht.«

»Verdammt noch mal, nun gehen wir doch hinunter«, fiel Yalson ungeduldig ein und sah die anderen an. Aviger zuckte die Achseln.

»Wenn mein Antigrav bei all dem Plunder, den ich tragen muß, versagt ...« begann der Roboter. Die volle Palette auf seinem Rücken erstickte seine Stimme.

»Laß nur ein Stück von diesen Sachen den Schacht hinunterfallen, und du wirst ihm folgen, Maschine«, drohte Horza. »Und jetzt spar dir deine Energie für den Abstieg, statt zu quatschen. Du bist gleich nach mir dran; halte dich fünf- oder sechshundert Meter über mir. Yalson, willst du oben bleiben, bis wir die

Türen aufbekommen haben?« Yalson nickte. »Ihr übrigen«, wandte sich Horza an sie, »kommt nach dem Roboter. Drängt euch nicht zu dicht zusammen, aber paßt auf, daß ihr nicht getrennt werdet. Wubslin, du bleibst mit der Maschine auf gleicher Höhe und hältst die Düppelstreifen-Granaten bereit.« Horza streckte Balveda die Hand hin. »Madam?«

Er zog sie an sich; sie stellte ihre Füße auf seine Stiefel, das Gesicht von ihm abgewandt. Dann trat Horza in den Schacht, und sie schwebten zusammen in die nachtdunklen Tiefen.

»Auf Wiedersehen unten am Boden«, sagte Neisin in den Helmlautsprechern.

»Wir sinken nicht bis zum Boden, Neisin.« Horza seufzte und verlagerte seinen Arm um Balvedas Taille ein bißchen. »Unser Ziel ist die Hauptebene des Systems. Dort sehen wir uns dann.«

»Ja, okay, wo auch immer.«

Sie fielen mit den Antigrav-Geräten, ohne daß ein Unfall geschah, und Horza gelang es, die Türen der fünf Kilometer unter dem Fels liegenden Ebene zu öffnen.

Zwischen ihm und Balveda waren auf dem Weg nach unten nur einmal Worte gewechselt worden, etwa eine Minute nach dem Betreten des Schachtes:

»Horza?«

»Was denn?«

»Wenn auf uns von da unten … geschossen wird oder sonst etwas passiert und Sie mich loslassen müssen … ich meine, mich fallenlassen …«

»*Was*, Balveda?«

»Töten Sie mich. Das ist mein Ernst. Erschießen Sie mich; das wäre mir lieber, als den ganzen Weg zu fallen.«

»Nichts«, antwortete Horza nach kurzem Nachdenken, »wäre mir ein größeres Vergnügen.«

Sie sanken in die kalte steinerne Stille der schwarzen Kehle des Tunnels, sich umarmend wie Liebende.

*

»*Gottverdammt* noch mal!« sagte Horza leise.

Er und Wubslin standen in einer Kammer gleich neben dem dunklen, widerhallenden Gewölbe, das Bahnhof Vier war. Die anderen warteten draußen. Die Lampen von Horzas und Wubslins Anzügen erhellten einen mit elektrischen Schaltgeräten vollgepackten Raum; die Wände verschwanden hinter Schirmen und Kontrollen. Dicke Kabel schlängelten sich über die Decke die Wände entlang, und metallene Fußbodenplatten bedeckten Rohre mit weiteren elektrischen Apparaten.

Brandgeruch hing in der Kammer. Eine lange schwarze rußige Narbe hatte sich über verkohlten und geschmolzenen Kabeln auf die eine Wand gedruckt.

Der Geruch war ihnen schon auf dem Weg durch die Verbindungstunnel vom Schacht zum Bahnhof aufgefallen. Als Horza ihn wahrnahm, war ihm die Galle hochgekommen; es war nur ein schwacher Hauch, der auch den empfindlichsten Magen nicht hätte umdrehen können, aber Horza hatte gewußt, was er bedeutete.

»Glaubst du, wir können das zusammenflicken?« fragte Wubslin. Horza schüttelte den Kopf.

»Wahrscheinlich nicht. Das ist einmal bei einem jährlichen Test passiert, als ich noch hier war. Wir schalteten die Systeme in der falschen Reihenfolge ein und verschmorten die gleiche Kabellänge. Wenn die Idiraner es ebenso gemacht haben, werden wir weiter unten, auf den tieferen Ebenen, schlimmere Schäden finden. Die Reparatur hat uns Wochen gekostet. Verdammt!«

»Ich finde, diese Idiraner sind ziemlich schlau gewesen, daß sie überhaupt soviel herausgefunden haben.« Wubslin öffnete die Sichtscheibe, faßte in den Helm und kratzte sich ungeschickt den Kopf. »Ich meine, daß sie so weit gekommen sind.«

»Ja.« Horza versetzte einem großen Transformator einen Tritt. »Zu gottverdammt schlau!«

Sie durchsuchten kurz den Bahnhofskomplex, dann versammelten sie sich wieder in der Haupthöhle um den improvisierten Massen-Sensor, den Wubslin aus der *Clear Air Turbulence* ausgebaut hatte. Drähte und Glasfasern baumelten von dem Gerät, und oben war ein von der Brücke ausgeschlachteter Schirm angebracht, der jetzt direkt mit dem Sensor verbunden war.

Der Schirm wurde hell. Wubslin fummelte an den Kontrollen. Das Schirm-Hologramm zeigte das schematisierte Bild einer Sphäre mit drei perspektivisch dargestellten Achsen.

»Das sind rund vier Kilometer«, murmelte Wubslin. Es machte den Eindruck, als spreche er zu dem Massen-Sensor, nicht zu den Leuten, die ihn umstanden. »Versuchen wir es mit acht …« Wieder berührte er die Kontrollen. Die Zahl der Linien auf den Achsen verdoppelte sich. Ein sehr schwacher Lichtfleck blinkte dicht am Rande des Schirms.

»Ist es das?« fragte Dorolow. »Ist das die Stelle, wo es ist?«

»Nein.« Wubslin versuchte, den kleinen Lichtfleck mit Hilfe der Kontrollen klarer zu bekommen. »Nicht dicht genug.« Noch zweimal verdoppelte er die Reichweite, aber es blieb bei dieser einzigen Spur, die in Störflecken unterging.

Horza sah sich um und orientierte sich anhand des Netzmusters auf dem Schirm. »Würde sich das Ding von einem Uran-Meiler täuschen lassen?«

»O ja.« Wubslin nickte. »Jede Strahlung wird die Energie, die wir verwenden, ein bißchen beeinflussen. Darum sind ja schon dreißig Kilometer das Maximum, verstehst du? Nur durch all diesen Granit. Ja, ein Reaktor, und sei es ein alter, würde sich zeigen, sobald die Lesewellen des Sensors ihn erfassen. Aber auch nur so wie hier, als verschwommenen Flecken. Wenn dieses Gehirn nur fünfzehn Meter lang ist und zehntausend Tonnen wiegt, wäre er richtig hell. Wie ein Stern auf dem Schirm.«

»Okay«, sagte Horza. »Dann ist das wahrscheinlich nur der Reaktor unten auf der tiefsten Wartungsebene.«

»Oh«, wunderte sich Wubslin, »Reaktoren hatten sie auch?«

»Für Notfälle«, antwortete Horza. »Dieser eine war für die Ventilatoren, wenn die natürliche Luftzirkulation mit Rauch oder Gas nicht mehr fertig wurde. Ebenso haben die Züge Reaktoren, falls die geothermische Energie versagte.« Er verglich die Angaben auf dem Schirm mit dem eingebauten Massen-Sensor seines Anzugs, aber die schwache Spur des Notreaktors lag außerhalb von dessen Reichweite.

»Sollen wir ihn uns ansehen?« fragte Wubslin. Der Schirm leuchtete sein Gesicht an.

Horza richtete sich auf und schüttelte den Kopf. »Nein«, sagte er müde. »Im Augenblick nicht.«

*

Sie machten im Bahnhof Pause und aßen. Der Bahnhof war über dreihundert Meter lang und hatte die doppelte Breite der Haupttunnel. Die metallenen Gleise der Kommando-System-Züge liefen in zwei Spuren geradeaus über den geschmolzenen Steinboden. Sie erschienen durch ein umgekehrtes U in der einen

Wand und verschwanden durch eine andere in Richtung Reparatur und Wartung. Zu beiden Enden des Bahnhofs stiegen Brücken und Rampen beinahe bis zum Dach hinauf. Sie erlaubten den Zugang zu den beiden oberen Stockwerken der Züge, wenn sie auf einem Bahnhof hielten, erklärte Horza, als Neisin sich danach erkundigte.

»Ich kann es kaum erwarten, diese Züge zu sehen«, mümmelte Wubslin mit vollem Mund.

»Du wirst sie gar nicht sehen *können*, wenn kein Licht da ist«, versicherte Aviger ihm.

»Ich halte es wirklich für absolut unerträglich, daß ich all dieses Zeug tragen muß«, beschwerte sich der Roboter. Er hatte die mit Ausrüstung beladene Palette abgesetzt. »Und jetzt heißt es, daß ich noch mehr Gewicht aufgeladen bekommen soll!«

»So schwer bin ich nicht, Unaha-Closp«, tröstete ihn Balveda.

»Du wirst es schon schaffen«, sagte Horza zu der Maschine. Ohne Energie blieb ihnen nichts übrig, als mit den Antigrav-Geräten ihrer Anzüge zum nächsten Bahnhof zu fliegen. Das würde langsamer gehen als mit der Transitröhre, aber schneller als zu Fuß. Der Roboter würde Balveda tragen müssen.

»Horza … ich habe mir Gedanken gemacht«, sagte Yalson.

»Worüber?«

»Wieviel Strahlung haben wir alle in letzter Zeit abbekommen?«

»Nicht viel.« Horza überprüfte den kleinen Schirm im Innern seines Helms. Das Strahlungsniveau war nicht hoch; der Granit um sie gab ein bißchen Strahlung ab, aber selbst ohne Anzüge wären sie nicht in ernsthafter Gefahr gewesen. »Warum?«

»Nichts.« Yalson zuckte die Achseln. »Ich dachte nur, bei all diesen Reaktoren und diesem Granit und dieser Explosion, als die Bombe hochging, die du auf der *CAT* durch das Vakrohr ausgestoßen hast … nun, da dachte ich, wir könnten eine Dosis erwischt haben. Dazu sind wir auf dem Megaschiff gewesen, als Lamm versuchte, es zu sprengen. Aber wenn du sagst, wir sind okay, dann sind wir okay.«

»Falls nicht jemand besonders empfindlich dagegen ist, brauchen wir uns keine großen Sorgen deshalb zu machen.«

Yalson nickte.

Horza überlegte, ob es vorteilhaft wäre, sich aufzuteilen. Sollten sie alle zusammen gehen, oder sollte je eine Gruppe einen der beiden Fußgängertunnel benutzen, die die Hauptlinie und die Transitröhre begleiteten? Sie könnten sich sogar noch weiter aufteilen und durch jeden der sechs Tunnel, die von Bahnhof zu Bahnhof führten, einen schicken. Nein, das ging zu weit, aber es zeigte, wie viele Möglichkeiten es gab. Aufgeteilt mochten sie bei einem Flankenangriff besser plaziert sein, als wenn sie in einer geschlossenen Gruppe auf die Idiraner trafen, obwohl sie im ersten Augenblick nicht die gleiche Feuerkraft hätten. Ihre Chancen, das Gehirn zu finden, würden sich nicht verbessern, sofern der Massen-Sensor richtig funktionierte, aber die Wahrscheinlichkeit, daß sie vorher in die Idiraner hineinstolperten, würde steigen. Der Gedanke, in dem einen Tunnel zusammenzubleiben, rief jedoch in Horza ein Gefühl der Klaustrophobie hervor. Eine einzige Granate konnte sie auslöschen, ein einziger Feuerstoß aus einem schweren Laser sie alle töten oder kampfunfähig machen.

Es war, als sei ihm bei einem Semesterabschluß-Examen auf der Militär-Akademie von Heibohre ein kniffliges, aber unwahrscheinliches Problem zur Lösung vorgelegt worden.

Er konnte sich nicht einmal entscheiden, welchen

Weg sie einschlagen sollten. Bei der Durchsuchung des Bahnhofs hatte Yalson Spuren in der dünnen Staubschicht auf dem Boden des Fußgängertunnels bemerkt, der zu Bahnhof Fünf führte. Das ließ vermuten, daß die Idiraner diesen Weg genommen hatten. Aber sollten sie ihnen folgen, oder sollten sie in die entgegengesetzte Richtung gehen? Wenn sie ihnen folgten und er die Idiraner nicht überzeugen konnte, daß er auf ihrer Seite stand, würden sie kämpfen müssen.

Aber wenn sie in die entgegengesetzte Richtung gingen und in Bahnhof Eins den Strom einschalteten, versorgten sie auch die Idiraner mit Energie. Es gab keine Möglichkeit, die Energie auf einen Teil des Kommando-Systems zu beschränken. Jeder Bahnhof konnte seinen Gleisabschnitt von der Versorgungsschleife abschließen, aber die Stromleitungen waren so gelegt, daß es einem einzelnen Verräter – oder Dummkopf – unmöglich war, das ganze System abzuschalten. Also könnten die Idiraner dann ebenfalls die Transitröhren, die Züge selbst und die Reparaturwerkstätten benutzen … Da war es besser, er fand sie und versuchte, mit ihnen zu verhandeln, die Sache auf die eine oder andere Weise zu regeln.

Horza schüttelte den Kopf. Diese ganze Sache war zu kompliziert. Das Kommando-System mit seinen Tunneln und Höhlen, seinen Ebenen und Schächten, seinen Seitenstrecken und Schleifen und Überführungen und Weichen war für seine Gedanken wie ein höllisches Flußdiagramm von einem Stromkreis.

Er wollte es überschlafen. Er brauchte jetzt Schlaf wie alle übrigen auch. Das spürte er an ihnen. Die Maschine mochte zusammenbrechen, aber Schlaf brauchte sie nicht, und Balveda machte immer noch einen recht munteren Eindruck. Aber den anderen war anzusehen, daß es nicht mehr genügte, wenn sie sich eine Weile hinsetzten. Nach ihren Körperuhren war es

Zeit zum Schlafen; es wäre töricht, wenn er sie weiterhetzen würde.

Auf der Palette hatte er einen Fesselharnisch für Balveda. Die Maschine konnte Wache stehen, und er würde mit dem Fernsensor seines Anzugs das Gebiet, in dem sie schliefen, nach Bewegungen absuchen. Das sollte ihnen ausreichende Sicherheit geben.

Sie beendeten ihre Mahlzeit. Niemand hatte etwas gegen den Vorschlag einzuwenden, sich jetzt aufs Ohr zu legen. Balveda wurde in den Fesselharnisch geschnürt und in einem der leeren Lagerräume abseits der Bahnsteige verbarrikadiert. Unaha-Closp erhielt den Befehl, sich auf eine der hohen Brücken zu setzen und sich still zu verhalten, solange er nichts Verdächtiges sah oder hörte. Horza legte seinen Fernsensor neben der Stelle, wo er schlafen wollte, auf einen der niedrigsten Träger eines Hebemechanismus. Er hätte gern ein Wort mit Yalson geredet, aber bis er all diese Vorkehrungen beendet hatte, waren mehrere Leute, einschließlich Yalson, schon eingeschlafen. Sie lehnten mit dem Rücken an der Wand oder lagen auf dem Boden, hatten die Helmsichtscheiben verspiegelt oder die Köpfe von dem schwachen Licht der Anzüge ihrer Kameraden weggedreht.

Wubslin wanderte noch ein bißchen im Bahnhof umher. Dann legte sich auch der Ingenieur hin, und alles war still. Horza stellte den Fernsensor so ein, daß er Alarm gab, wenn er etwas oberhalb eines bestimmten niedrigen Bewegungsniveaus wahrnahm.

Er schlief unruhig. Seine Träume weckten ihn.

Geister jagten ihn durch widerhallende Docks und stille, verlassene Schiffe, und wenn er sich nach ihnen umdrehte, warteten ihre Augen immer wie Zielscheiben, wie Münder, und die Münder verschluckten ihn, so daß er in den schwarzen Mund des Auges fiel, vorbei an seinem Eisrand, totem Eis um das kalte, verschluckende Auge, und dann fiel er nicht, sondern rannte, rannte mit bleierner, teeriger Langsamkeit durch die Knochenhöhlen seines eigenen Schädels, der sich langsam auflöste; ein kalter Planet, durchzogen von Tunneln. Er schmetterte gegen einen bröckelnden, niemals endenden Eiswall, bis die Trümmer ihn einfingen und er brennend wieder in den kalten Eistunnel fiel, und während er fiel, stieg aus der Kehle des kalten Eis-Auges und aus seinem eigenen Mund ein Geräusch auf, und ihm wurde davon kälter als von dem Eis, und das Geräusch sagte:

»IIIiii …«

Spielstand: Drei

Fal 'Ngeestra war da, wo sie am liebsten weilte: auf dem Gipfel eines Berges. Sie hatte ihre erste richtige Klettertour seit ihrem Beinbruch hinter sich. Es war ein verhältnismäßig harmloser Gipfel, und sie hatte die leichteste Route gewählt. Doch jetzt, oben angelangt, wo sie die Aussicht in sich hineintrank, war sie entsetzt, in wie schlechter körperlicher Verfassung sie war. Der geheilte Knochen schmerzte tief innen ein bißchen, natürlich, aber die Muskeln in beiden Beinen ebenfalls, als habe sie eben einen doppelt so hohen Berg erstiegen, und zwar mit vollem Rucksack. Ganz außer Kondition geraten, sagte sie zu sich selbst.

Sie saß auf der höchsten Stelle des Grates und sah über kleinere weiße Gipfel zu den scharfen, bewaldeten Zacken der Vorberge und das Hügelland hin, wo sich Grasland und Bäume abwechselten. In der Ferne erstreckte sich die Ebene, Flüsse glitzerten im Sonnenschein, und den Abschluß bildeten die Berge, wo die Hütte stand, ihr Zuhause. Vögel kreisten weit weg in den hohen Tälern unter ihr, und manchmal kam ein Lichtblitz von der Ebene her, wenn sich eine spiegelnde Oberfläche bewegte.

Ein Teil von ihr lauschte dem fernen Knochenschmerz, taxierte ihn; dann schaltete sie das nagende Gefühl ab. Sie wollte sich nicht ablenken lassen; sie war nicht heraufgeklettert, nur um die Aussicht zu genießen, sondern weil sie eine bestimmte Absicht verfolgte.

Es bedeutete ihr etwas, zu steigen, diesen Sack aus Knochen und Fleisch den ganzen Weg hochzuhieven, und dann zu schauen, dann zu denken, dann zu sein. Sie hätte in ihrer Rekonvaleszenzzeit immer mit einem Flieger herkommen können, aber das hatte sie nicht getan, auch wenn Jase es vorgeschlagen hatte. Das war zu leicht. Hier oben zu sein, hätte ihr dann nichts bedeutet.

Sie konzentrierte sich, ließ die Lider sinken, ging den stummen inneren Gesang durch, den unmagischen Zauber, mit dem sie die Geister heraufbeschwor, die in ihren gentechnisch veränderten Drüsen begraben waren.

Die Trance kam mit einem anfänglichen Schwindel, so daß sie die Hände nach beiden Seiten ausstreckte und um ein Gleichgewicht kämpfte, das sie nicht verloren hatte. Die Geräusche in ihren Ohren, ihres eigenen Blutstroms, der langsamen Gezeiten ihres Atems wurden lauter, gingen in fremdartige Harmonien über. Das Licht hinter ihren Lidern pulsierte im Rhythmus ihres Herzens. Sie fühlte, daß sie die Stirn runzelte, stellte sich vor, daß die Haut sich in Falten legte wie die Hügel, und ein Teil von ihr, distanziert beobachtend, dachte: *Darin bin ich immer noch nicht sehr gut …*

Sie öffnete die Augen, und die Welt hatte sich verändert. Die fernen Hügel waren ewig wogende braune und grüne Wellen mit Kämmen aus brechendem weißem Schaum. Die Ebene dampfte vor Licht; das Muster aus Weideland und Gehölzen im Vorgebirge sah wie Tarnung aus, sich bewegend, sich nicht bewegend, wie ein hohes Gebäude, gesehen vor schnell dahinziehenden Wolken. Die bewaldeten Kämme waren gebuckelte Abteilungen in einem riesigen, geschäftigen Baum-Gehirn, und die von Schnee und Eis bedeckten Gipfel um sie waren zu vibrierenden Quellen eines Lichts geworden, das man auch hören und riechen konnte. Sie erfuhr ein berauschendes Gefühl der Konzentration, als sei sie der Mittelpunkt der Landschaft.

Hier in einer von innen nach außen gekehrten Welt, einem umgestülpten Hohlkörper.

Teil davon. Hier geboren.

Alles, was sie war, jeder Knochen und jedes Organ, jede Zelle und jeder chemische Stoff und jedes Molekül und Atom und Elektron, Proton und jeder Kern, jedes Elementarteilchen, jede Wellenfront aus Energie, stammte von hier … nicht nur von dem Orbital (ein neues Schwindelgefühl, sie berührte Schnee mit behandschuhten Händen), sondern aus der Kultur, der Galaxis, dem Universum …

Dies ist unser Ort und unsere Zeit und unser Leben, und wir sollten uns dessen erfreuen. Aber tun wir es? Sieh von außen nach innen; frage dich selbst … Was tun wir da?

Wir töten die Unsterblichen, verändern, um zu erhalten, führen Krieg für den Frieden … und so umarmen wir aus eigenen guten Gründen Dinge, denen wir angeblich voll und ganz entsagt haben.

Es war vollendete Tatsache. Diejenigen Leute in der Kultur, die energisch gegen den Krieg gesprochen hatten, waren fort. Sie gehörten nicht länger zur Kultur, sie hatten nicht teil an der Leistung. Sie waren Neutrale geworden, hatten ihre eigenen Gruppierungen gebildet und neue Namen angenommen (oder den Anspruch erhoben, die echte Kultur zu sein, eine weitere Nuance der Verwirrung an den unscharfen Grenzen der Kultur). Aber dieses eine Mal kam es nicht auf die Namen an. Worauf es ankam, waren die Unstimmigkeit und das Unbehagen, das die Teilung hervorgerufen hatte.

Ah, diese Verachtung. Der Überfluß an Verachtung, den wir angesammelt haben. Unsere eigene getarnte Verachtung für ›Primitive‹, die Verachtung jener, die die Kultur verließen, als der Krieg erklärt wurde, für die anderen, die sich entschieden, gegen die Idiraner zu kämpfen, die Verachtung, die so viele unserer eigenen Leute für die Besonderen Umstände empfinden ... die Verachtung, die, wie wir vermuten, die Gehirne für uns empfinden müssen ... Auch anderswo herrscht Verachtung, die Verachtung der Idiraner für uns, für die gesamte Menschheit, und die menschliche Verachtung für die Wandler. Ein föderierter Widerwille, eine Galaxis von Geringschätzung. Wir mit unseren emsigen, emsigen kleinen Leben, die wir keinen besseren Weg finden, unsere Jahre zu verbringen, als im Wettbewerb der Verachtung.

Und was müssen die Idiraner von uns halten! Man bedenke: Fast unsterblich, einzigartig und unverändert. Fünfundvierzigtausend Jahre der Geschichte auf einem einzigen Planeten, mit einer einzigen alles umfassenden Religion/Philosophie, ganze ungestörte Äonen zufriedenen Studiums, ein ruhiges Zeitalter der Hingabe an diesen einen angebeteten Ort, ohne Interesse an den Dingen draußen. Dann, vor Jahrtausenden, in einem früheren Krieg, Invasion. Plötzlich finden sie sich als Schachfiguren in dem erbärmlichen Imperialismus anderer wieder. Von introvertiertem Frieden durch Zeitalter der Qual und Unterdrückung – in der Tat eine schmiedende Kraft – zu extrovertierter Militanz, zielgerichtetem Eifer.

Wer konnte es ihnen zum Vorwurf machen? Sie hatten versucht, sich abseits zu halten, und waren von Kräften, größer als die, die sie selbst aufbringen konnten, zerschlagen, waren beinahe ausgerottet worden. Kein Wunder, daß sie zu der Schlußfolgerung gelangten, der einzige Weg, sich zu schützen, sei, als erste anzugreifen, zu expandieren, stärker und stärker zu werden, ihre Grenzen so weit wie möglich um den geliebten Planeten Idir hinauszuschieben.

Und es gibt sogar eine genetische Schablone für diesen katastrophalen Wandel von demütig zu gewalttätig, nämlich in dem Schritt vom Brüter zum Krieger ... Oh, eine wilde und edle Spezies, mit Recht stolz auf sich, die sich weigert, ihren genetischen Code zu ändern, und gar nicht so unrecht mit der Behauptung hat, bereits Vollkommenheit erreicht zu haben. Was müssen sie für die schwärmenden zweifüßigen Stämme der Menschheit empfinden!

Wiederholung. Materie und Leben und die Stoffe, die Veränderungen bewirken können – die eine Evolution bewirken können –, wiederholen sich ständig: Das Futter des Lebens gibt dem Leben freche Antworten.

Und wir? Nichts als ein weiterer Rülpser in der Dunkelheit. Ein Geräusch, aber kein Wort, Lärm ohne Sinn.

Wir bedeuten in ihren Augen nichts, wir sind bloße Biotomaten, und noch dazu das schrecklichste Beispiel des Typs. Die Kultur muß ihnen wie ein teuflisches Amalgam von allem vorkommen, was die Idiraner jemals widerwärtig gefunden haben.

Wir sind eine Bastardrasse, unsere Vergangenheit ist ein Wirrwarr, wir sind als Rüpel in gierigen, kurzsichtigen Imperien und grausamen, verschwenderischen Diasporas groß geworden. Unsere Vorfahren waren das Ungeziefer der Galaxis, unaufhörlich heckend und heckend und wimmelnd und tötend, ihre Gesellschaften und Zivilisationen zerbrachen ständig, bildeten sich ständig neu … Es konnte mit uns etwas nicht stimmen, es mußte eine Mutation im System sein, etwas, das für uns selbst und für alle anderen zu schnell und nervös und hektisch war. Wir sind solche kläglichen fleischlichen Wesen, so kurzlebig, so unruhig und konfus. Und in den Augen eines Idiraners beinahe schwachsinnig.

Also physischer Abscheu, aber es kommt noch schlimmer. Wir verändern uns selbst, wir pfuschen an dem Code des Lebens herum, wir ändern die Buchstaben des Wortes, das der Weg ist, das Fleisch; wir ändern die Zauberformel des Seins. Wir mischen uns in unser eigenes Erbgut ein, und wir mischen uns in die Entwicklung anderer Völker ein (ha! ein gemeinsames Interesse) … Und noch schlimmer, am schlimmsten von allem, wir produzieren sie nicht nur, wir geben uns ihnen hin, wir liefern uns ihnen aus, den Gehirnen, den intelligenten Maschinen, dem letztendlichen Anathema. Das Urbild und die Essenz des Lebens werden entheiligt. Der Inbegriff des Götzendienstes.

Kein Wunder, daß sie uns verabscheuen, die armseligen kranken Mutationen, die wir sind, niedrig und obszön, Diener der Maschinen-Teufel, die wir anbeten. Nicht einmal unserer eigenen Identität sind wir uns sicher: Was ist Kultur? Wo genau beginnt und endet sie? Wer ist sie und wer ist sie nicht? Die Idiraner wissen genau, wer sie sind: reinrassig, die eine Rasse – oder nichts. Wissen wir es? Kontakt ist Kontakt, der Kern, aber was kommt dann? Das Niveau der Gentechnik ist unterschiedlich, ungeachtet des Ideals kann sich nicht jeder erfolgreich mit jedem anderen paaren. Die Gehirne? Keine echten Vorbilder, auch sie sind Individuen und nicht voll berechenbar – besserwisserisch, selbständig. Das Leben auf einem von der Kultur hergestellten Orbital oder in einem Fels, einer anderen Sorte von Hohlwelt, einem kleinen Wanderer? Nein; zu viele erheben Anspruch auf Unabhängigkeit. Die Kultur hat keine festen Grenzen. Sie verblaßt einfach an den Rändern, wo sie sowohl verschleißt als auch ausläuft. Also wer sind wir?

Das Summen von Bedeutung und Materie um sie, der Lichtgesang der Berge stiegen um sie empor wie eine Springflut, durchtränkten und verschlangen sie. Sie fühlte sich als die Winzigkeit, die sie war: ein Stäubchen, ein kämpfendes unvollkommenes Lebensteilchen, verloren in der es umgebenden Wüste aus Licht und Raum.

Sie spürte die gefrorene Kraft des Eises und des Schnees und wurde von ihrer hautverbrennenden Kälte verzehrt. Sie fühlte den Rhythmus der Sonne und erkannte das Brechen und Schmelzen der Kristalle, erkannte das Wasser, wie es gluckste und glitt und zu dunklen Blasen unter dem Eis und Tautropfen an den Eiszapfen wurde. Sie sah die gefächerten

Fäden, die springenden Bäche und die über Katarakte stürzenden Flüsse, sie nahm die sich krümmenden und streckenden Schlingen wahr, als der Fluß langsamer wurde und ruhiger und mündete … in einen See, ins Meer, wo der Dampf von neuem aufstieg.

Und sie fühlte sich darin verloren, löste sich darin auf, und zum ersten Mal in ihrem jungen Leben geriet sie in echte Angst. Sie fürchtete sich hier und jetzt mehr als damals, als sie abgestürzt war und sich das Bein gebrochen hatte, während des kurzen Falls, des Aufschlags und des Schmerzes und der langen kalten Stunden danach, als sie ungeschützt in Schnee und Fels lag, zitternd und sich bemühend, nicht zu weinen. Das war etwas, worauf sie sich selbst lange vorbereitet hatte, sie wußte, was geschah, sie hatte die Wirkungen ausgearbeitet, die es haben könnte, und ihre Möglichkeiten, darauf zu reagieren. Es war ein Risiko, das man einging, etwas, das man verstand. Das hier war es nicht, weil es jetzt nichts zu verstehen gab und vielleicht – sie eingeschlossen – auch nichts, um es zu verstehen.

Hilfe! jammerte etwas in ihr. Sie hörte es und konnte nichts tun.

Wir sind Eis und Schnee, wir sind in diesem Zustand gefangen.

Wir sind fallendes Wasser, fließend und vage, immer auf der Suche nach der niedrigsten Ebene, immer bemüht, uns zu sammeln und zu verbinden.

Wir sind Dampf, aufsteigend gegen unsere eigene Neigung, zu Wolken gemacht, fortgeblasen vom Wind, wie er sich gerade erhebt. Um von neuem zu beginnen, ob als Eis oder anders.

(Sie konnte aus der Trance kommen, sie fühlte die Schweißperlen auf der Stirn, merkte, daß ihre Hände sich in dem festen, knirschenden Schnee eigene Mulden schufen, und wußte, es gab einen Weg hinaus, sie konnte herunterkommen … aber mit nichts, sie hatte nichts gefunden, nichts getan, nichts verstanden. Dann wollte sie lieber bleiben, sie wollte es ausfechten.)

Der Zyklus begann von neuem; ihre Gedanken schlossen sich zum Kreis, und sie sah das Wasser, wie es Schluchten und Täler hinunterfloß oder sich unten in Bäumen sammelte oder geradenwegs in Seen und in das Meer zurückkehrte. Sie sah es auf Wiesen und auf die Hochmoore und die Sümpfe fallen, und sie fiel mit, von Terrasse zu Terrasse, über kleine Felssimse, schäumend und kreisend (die Feuchtigkeit auf ihrer Stirn begann zu frieren, durchkältete sie, und sie erkannte die Gefahr, überlegte wiederum, ob sie aus der Trance kommen solle, fragte sich, wie lange sie hier gesessen hatte, ob man sie wohl überwachte oder nicht). Wieder schwindelte ihr, und sie grub die Hände tiefer in den Schnee. Ihre Handschuhe preßten die gefrorenen Flokken, und als sie das tat, erinnerte sie sich.

Sie sah das Muster aus gefrorenem Schaum vor sich, sie stand wieder am Rand des Moors, an dem kleinen Wasserfall und dem Teich, wo sie die Linse aus schaumigem Eis gefunden hatte. Sie hielt sie in den Händen, und sie klang nicht, als sie mit dem Finger dagegenschnippte, sie schmeckte nach Wasser, nach nichts anderem, als sie sie mit der Zunge berührte … und ihr Atem wehte in einer Wolke darüber hin, einem weiteren wirbelnden Bild in der Luft. Und das war sie.

Und das war, was es bedeutete. Etwas, um sich daran festzuhalten.

Wer sind wir?

Wir sind, wer wir sind. Einfach das, was wir als Wesen darstellen. Was wir wissen und was wir tun. Nicht weniger und nicht mehr.

Weitergegebene Information. Muster, Galaxien, Sternensysteme, Planeten, alle entwickeln sich. Auch die Materie unterliegt Veränderungen. Das Leben ist eine schnellere

Kraft, ordnet sich neu, findet neue Nischen, beginnt sich zu gestalten. Intelligenz – Bewußtsein – um eine Größenordnung schneller, eine weitere neue Ebene. Was jenseits davon lag, war unbekannt, zu vage, um verstanden zu werden (frage einen Dra'Azon und warte auf die Antwort) … Alles war nur Verfeinerung, ein Prozeß, es richtiger zu machen (falls richtig selbst richtig war) …

Wir pfuschen also an unserem Erbgut herum – na und? Womit wären wir wohl eher berechtigt, herumzupfuschen? Wenn wir Fehler machen, dann deshalb, weil wir dumm sind, nicht weil die Idee schlecht war. Und wenn wir uns nicht länger am brechenden Rand der Welle befinden, ist das eben Pech. Wir geben den Stab weiter, beste Wünsche, viel Vergnügen.

Alles an uns, alles um uns, alles, was wir wissen und wissen können, setzt sich letzten Endes aus Mustern des Nichts zusammen. Das ist die Grundlinie, die endgültige Wahrheit. Wenn wir nun feststellen, daß wir die Kontrolle über bestimmte Muster haben, warum sollen wir nicht die nach unseren eigenen Vorstellungen elegantesten, erfreulichsten und besten machen? Ja, wir sind Hedonisten, Mr. Bora Horza Gobuchul. Wir suchen das Vergnügen, und, zugegeben, wir haben uns selbst so zurechtgetrimmt, daß wir mehr davon empfinden können. Wir sind, was wir sind. Aber was ist mit dir? Zu was macht dich das?

Wer bist du?

Was bist du?

Eine Waffe. Ein Ding, das von den längst Toten gemacht wurde, um zu täuschen und zu töten. Die ganze Subspezies der Wandler ist ein Überbleibsel aus einem alten Krieg, einem so lange vergangenen Krieg, daß niemand sich erinnert, wer gegen wen kämpfte oder wann oder weswegen. Niemand weiß auch nur, ob die Wandler auf der Seite der Sieger standen oder nicht.

Aber auf jeden Fall wurdest du gemacht, Horza. Du bist nicht das Produkt einer Evolution, die du ›natürlich‹ nen-

nen würdest, sondern das Produkt sorgfältigen Nachdenkens und genetischer Manipulation und militärischer Planung und überlegter Entwürfe – und des Krieges. Allein der Krieg ist für deine Erschaffung verantwortlich, du bist sein Kind, sein Vermächtnis.

Wandler, wandele dich selbst … aber das kannst du nicht, das willst du nicht. Du kannst dich nur bemühen, nicht darüber nachzudenken. Und doch ist das Wissen da, die Information ist deinem tiefsten Innern eingepflanzt. Es ist möglich, daß du unbeschwert damit leben kannst, aber ich glaube nicht, daß du es fertigbringst …

Und du tust mir leid, weil ich glaube, ich weiß jetzt, wen du in Wirklichkeit haßt.

Sie kam schnell aus der Trance, als der Nachschub an Chemikalien aus den Drüsen in ihrem Hals und Hirnstamm aufhörte. Die Verbindungen, die sich bereits im Gehirn des Mädchens gebildet hatten, brachen zusammen, gaben sie frei.

Die Realität umwehte sie, der Wind war kalt an ihrer Haut. Sie wischte sich den Schweiß von der Stirn. In ihren Augen standen Tränen, sie trocknete sie; schniefte und rieb sich die gerötete Nase.

Wieder ein Fehlschlag, dachte sie bitter. Aber es war eine junge, unstabile Art von Bitterkeit, sozusagen eine Nachahmung, etwas, worin sie sich eine Weile gefiel, wie ein Kind Erwachsenenkleider anprobiert. Sie schwelgte einen Augenblick lang in dem Gefühl, alt und enttäuscht zu sein, dann ließ sie es fallen. Die Stimmung stand ihr nicht. Es war noch Zeit für die echte Version, wenn sie alt war, dachte sie sarkastisch und lächelte der Bergreihe auf der anderen Seite der Ebene zu.

Aber ein Fehlschlag war es trotzdem. Sie hatte gehofft, es werde ihr ein Einfall kommen, über die Idiraner oder Balveda oder den Wandler oder den Krieg oder … irgend etwas …

Statt dessen war es zum größten Teil altes Terrain gewesen, akzeptierte Tatsachen, das bereits Bekannte.

Ein gewisser Ekel davor, menschlich zu sein, Verständnis für die stolze Verachtung, die die Idiraner ihrer Rasse entgegenbrachten, eine abermalige Bestätigung, daß wenigstens dieses eine Ding seine eigene Bedeutung hatte, und der wahrscheinlich trügerische, wahrscheinlich von zuviel Sympathie begleitete Blick in den Charakter eines Mannes, den sie nie gesehen hatte und niemals sehen würde, der von ihr durch den größten Teil einer Galaxis und eine ganze Ethik getrennt war.

Wenig genug, um es von einem gefrorenen Gipfel herunterzubringen.

Sie seufzte. Der Wind blies, und Wolkenmassen sammelten sich über der hohen Bergkette. Sie mußte mit dem Abstieg beginnen, wenn sie es vor dem Sturm schaffen wollte. Sie hätte es wie einen Betrug empfunden, wenn sie nicht unter eigenem Dampf nach Hause kam, und Jase würde schimpfen, wenn die Bedingungen so schlecht wurden, daß sie sich von einem Flieger abholen lassen mußte.

Fal 'Ngeestra stand auf. Der Schmerz in ihrem Bein kehrte zurück, Signale von ihrer schwachen Stelle. Sie wartete einen Augenblick lang, taxierte noch einmal den Zustand dieses geflickten Knochens, entschied, daß er halten würde, und begann in die nicht gefrorene Welt unten hinabzusteigen.

ELFTER TEIL

◊

Das Kommando-System: Bahnhöfe

Er wurde sanft geschüttelt.

»Wach jetzt auf! Komm, wach auf! Nun komm schon, du mußt aufwachen!«

Er erkannte die Stimme als die Xoralundras. Der alte Idiraner versuchte ihn aufzuwecken. Horza tat, als schlafe er weiter.

»Ich weiß, daß du wach bist. Nun komm, es ist Zeit zum Aufstehen!«

Mit vorgetäuschter Müdigkeit öffnete er die Augen. Xoralundra war da, in einem leuchtend blauen runden Raum. Eine Menge großer Couchen stand in Alkoven, die in das blaue Material eingelassen waren. Darüber hing ein weißer Himmel mit schwarzen Wolken. Es war sehr hell in dem Raum. Seine Augen abschirmend, sah Horza den Idiraner an.

»Was ist mit dem Kommando-System passiert?« fragte er und sah sich in dem runden blauen Raum um.

»Der Traum ist jetzt vorbei. Du hast deine Sache gut gemacht, hast mit fliegenden Fahnen bestanden. Die Akademie und ich sind sehr stolz auf dich.«

Er konnte nicht umhin, sich zu freuen. Es war, als hülle ein warmes Glühen ihn ein, und unwillkürlich erschien ein Lächeln auf seinem Gesicht.

»Danke«, sagte er. Der Querl nickte.

»Du hast dich als Bora Horza Gobuchul gut gehalten«, sagte Xoralundra mit seiner gewaltigen Rumpelstimme. »Nun solltest du dir etwas Freizeit gönnen. Geh und spiel mit Gierashell!«

Horza hatte seine Füße vom Bett geschwungen und

wollte schon auf den Fußboden hinunterspringen, als Xoralundra das sagte. Er lächelte den alten Querl an.

»Mit wem?«

»Mit deiner Freundin Gierashell«, antwortete der Idiraner.

»Du meinst Kierachell«, sagte er lächelnd. Xoralundra mußte tatsächlich alt werden!

»Ich meine Gierashell«, betonte der Idiraner kalt, trat zurück und sah ihn seltsam an. »Wer ist Kierachell?«

»Willst du sagen, das weißt du nicht? Aber wie konntest du ihren Namen verwechseln?« Er schüttelte den Kopf über die Dummheit des Querl. Oder war das immer noch Teil irgendeines Tests?

»Einen Augenblick.« Xoralundra betrachtete einen Gegenstand in seiner Hand, der farbige Lichter auf sein breites, glänzendes Gesicht warf. Dann schlug er die andere Hand vor den Mund. Mit einem Ausdruck des Staunens und der Überraschung wandte er sich ihm zu und sagte: »Oh! Entschuldigung!« Und plötzlich schob er ihn zurück in …

Er setzte sich auf. Etwas heulte ihm ins Ohr. Langsam legte er sich wieder zurück, versuchte, in der körnigen Dunkelheit zu erkennen, ob einer der anderen etwas bemerkt hatte, doch sie waren alle still. Er befahl dem Fernsensor, den Alarm abzustellen. Das Heulen in seinem Ohr erstarb. Unaha-Closps Gehäuse war hinten auf der hohen Brücke gut zu erkennen.

Horza öffnete seine Helmsichtscheibe und wischte sich den Schweiß von Nase und Stirn. Zweifellos hatte der Roboter es jedesmal bemerkt, wenn er aufwachte. Horza fragte sich, was er jetzt dachte, was er von ihm dachte. Konnte die Maschine gut genug sehen, um zu erkennen, daß er Alpträume hatte? Konnte sie durch die Sichtscheibe sein Gesicht erkennen oder das leichte Zucken wahrnehmen, das seinen Körper befiel, wenn sein Gehirn seine eigenen Bilder aus den Trümmern seines Lebens schuf? Er verspiegelte die Sichtscheibe.

Den Anzug konnte er so einstellen, daß er sich ausdehnte und starr wirkte.

Er stellte sich vor, wie er für die Maschine aussehen mußte: Ein kleines, weiches, nacktes Ding, das sich in einem harten Kokon unter dem Einfluß von Halluzinationen wand, die es im Koma überfielen.

Er entschloß sich, wach zu bleiben, bis die anderen aufstanden.

*

Die Nacht ging vorüber, und die Freie Söldnertruppe erwachte in Dunkelheit und in einem Labyrinth. Der Roboter sagte nichts davon, daß er gesehen habe, wie Horza aus dem Schlaf aufgefahren war, und fragen tat Horza ihn nicht. Er trug eine falsche Fröhlichkeit und Herzlichkeit zur Schau, ging von einem zum anderen, lachte und klopfte Rücken, erzählte ihnen, heute würden sie zu Bahnhof Sieben gelangen, und dort konnten sie die Beleuchtung einschalten und die Transitröhren in Betrieb nehmen.

»Ich will dir was sagen, Wubslin.« Er grinste den Ingenieur an, der sich die Augen rieb. »Wir werden probieren, ob wir einen dieser großen Züge in Gang bringen können, nur so zum Spaß.«

Wubslin gähnte. »Wenn das in Ordnung geht …«

»Warum nicht?« Horza breitete die Arme aus. »Ich glaube, Mr. Adäquat gibt uns freie Hand; er hat sich entschlossen, bei dieser ganzen Sache wegzusehen. Wir wollen mal einen von diesen Super-Zügen lossausen lassen, he?«

Wubslin streckte sich, lächelte und nickte. »Nun ja, das hört sich wie eine gute Idee an.« Horza lächelte breit, zwinkerte Wubslin zu und ging, Balveda zu befreien. Es war, als mache er ein wildes Tier los, dachte er, als er die leere Kabeltrommel wegschob, mit der er die Tür blockiert hatte. Fast erwartete er, Balveda sei geflohen, auf wunderbare Weise ihren Fesseln entschlüpft und aus dem Raum verschwunden, ohne die Tür zu öffnen. Aber als er hineinsah, lag sie in ihren warmen Kleidern ruhig da. Der Harnisch grub Furchen in den Pelz der Jacke und war immer noch so an der Wand befestigt, wie Horza ihn angebracht hatte.

»Guten Morgen, Perosteck!« grüßte er munter.

»Horza«, sagte die Frau verdrießlich, setzte sich langsam hoch, bewegte Schultern und Hals, »nach zwanzig Jahren im Haus meiner Mutter, mehr Jahren, als ich gern nachrechne, in denen ich, ein munteres, kesses junges Ding, alle Freuden genossen habe, die die Kultur *jemals* zu bieten hatte, ein oder zwei Jahren der Reife, siebzehn in Kontakt und vier in BU bin ich frühmorgens keine mehr, die eine angenehme Bekanntschaft ist oder schnell wach wird. Sie hätten nicht zufällig etwas Wasser zum Trinken für mich? Ich habe zu lange geschlafen, ich hatte es nicht bequem, es ist kalt und dunkel, ich hatte Alpträume, die ich für durch und durch gräßlich hielt, bis ich aufwachte und erkannte, wie die Realität im Augenblick aussieht, und … ich habe eben Wasser erwähnt, haben Sie es gehört? Oder steht mir keins zu?«

»Ich hole Ihnen welches«, sagte er und ging zur Tür zurück. Dort blieb er stehen. »Sie haben übrigens recht. Sie sind morgens ziemlich abschreckend.«

Balveda schüttelte in der Dunkelheit den Kopf. Sie steckte einen Finger in den Mund und rieb ihn auf der einen Seite herum, als massiere sie ihr Zahnfleisch oder säubere ihre Zähne. Dann saß sie einfach mit dem Kopf zwischen den Knien da, starrte auf das jettschwarze Nichts des alten Steinfußbodens und fragte sich, ob dies der Tag sei, an dem sie sterben würde.

*

Sie standen in einem großen halbrunden Alkoven, der aus dem Fels gehauen war, und blickten über den dunklen Raum des Reparatur- und Wartungsareals von Bahnhof Vier hin. Die Höhle war dreihundert Quadratmeter oder mehr groß, und von der Galerie, auf der sie standen, ging es bis zum Boden der weiten Höhle – vollgestopft mit Maschinen und Ausrüstungen – dreißig Meter hinunter.

Große Kran-Arme, die einen ganzen Kommando-System-Zug heben und halten konnten, hingen von der Decke oben, weitere dreißig Meter hoch in der Finsternis. Auf halber Höhe erstreckte sich eine Hängebrücke über die Höhle, von einer Galerie auf der einen Seite zu einer anderen auf der gegenüberliegenden Seite, und teilte die dunkle Höhle in zwei Hälften.

Sie waren bereit zum Aufbruch; Horza gab den Befehl.

Wubslin und Neisin flogen mit ihren AG-Geräten durch kleine Seitenröhren zum Haupttunnel des Kommando-Systems beziehungsweise zu der Transitröhre. Dort angelangt, würden sie sich auf gleicher Höhe wie der Haupttrupp halten. Horza schaltete sein eigenes Antigrav-Gerät an, stieg ungefähr einen Meter auf und schwebte einen Seitentunnel der Fußgänger-Galerie entlang. Dann bewegte er sich langsam durch die Schwärze auf Bahnhof Fünf zu, der dreißig Kilometer entfernt lag. Die übrigen würden ihm, ebenfalls fliegend, folgen. Balveda teilte sich die Palette mit der Ausrüstung.

Horza lächelte, als Balveda sich auf die Palette setzte. Sie erinnerte ihn plötzlich an Fwi-Song auf seiner stabilen Trage im Sonnenschein eines Ortes, der jetzt verschwunden war. Der Vergleich kam ihm wundervoll absurd vor.

Er schwebte den Fußgängertunnel entlang, machte

an jeder auftauchenden Seitenröhre halt, überprüfte sie und nahm dabei jedesmal Kontakt mit den anderen auf. Die Sensoren seines Anzugs waren auf maximale Kapazität eingestellt; jedes Licht, das leiseste Geräusch, eine Veränderung der Luftströme, sogar Vibrationen im Gestein um ihn, alles wurde erfaßt. Auch ungewöhnliche Gerüche würden registriert werden, ebenso Energie, die durch die Kabel in den Tunnelwänden floß, und jede Art von Kommunikation über Funk.

Er hatte daran gedacht, die Idiraner auf dem Marsch anzurufen, sich dann aber dagegen entschieden. Von Bahnhof Vier aus hatte er ein einziges kurzes Signal abgestrahlt, ohne eine Antwort zu erhalten. Weitere Sendungen von unterwegs würden zuviel preisgeben, wenn die Idiraner (wie er vermutete) nicht in der Stimmung waren zuzuhören.

Er bewegte sich durch die Dunkelheit, als sitze er auf einem unsichtbaren Sessel, die Kohärenzstrahl-Emissionswaffe in den Armen. Er hörte seinen Herzschlag, seine Atmung und das leise Wehen der kalten, ziemlich schalen Luft um seinen Anzug. Der Anzug nahm eine vage Hintergrundstrahlung von dem Granit ringsum wahr, durchsetzt von stoßweisen kosmischen Strahlen. Auf der Gesichtsplatte des Anzughelms sah Horza ein geisterhaftes Radarbild der Tunnel, die sich durch den Fels wanden.

An manchen Stellen verlief der Tunnel gerade, und wenn Horza sich umdrehte, konnte er den Haupttrupp sehen, der ihm mit einem halben Kilometer Abstand folgte. Dann wieder beschrieb der Tunnel eine Reihe von flachen Kurven und beschränkte die Sicht des Radargeräts auf zweihundert Meter oder weniger, so daß es war, als schwebe er allein in der kalten Schwärze.

*

In Bahnhof Fünf fanden sie ein Schlachtfeld.

Horzas Anzug hatte merkwürdige Gerüche aufgefangen, das war das erste Zeichen gewesen: organische Moleküle in der Luft, verkohlt und verbrannt. Er hatte den anderen befohlen anzuhalten und war vorsichtig vorausgeflogen.

Vier tote Medjel lagen an einer Wand der dunklen, verlassenen Höhle: Ihre verbrannten und verstümmelten Körper waren wie ein Echo der Formation steifgefrorener Wandler in der Oberflächen-Basis. Religiöse Symbole der Idiraner waren über den Gefallenen an die Wand gebrannt.

Es hatte ein Feuergefecht stattgefunden. Die Bahnhofswände waren übersät mit kleinen Kratern und langen Laser-Narben. Horza fand die Überreste eines Laser-Gewehrs; es war zerschmettert, und ein kleines Stück Metall war darin eingebettet. Die Medjel-Körper waren von Hunderten dieser kleinen Projektile zerrissen worden.

Am hinteren Ende des Bahnhofs fand er hinter den halb zerstörten Zugangsrampen die zerstreuten Teile einer primitiv gebauten Maschine, einer Art Waffe auf Rädern, einem kleinen Panzerwagen ähnlich. Ihr zerfetzter Turm enthielt immer noch einen Vorrat der Projektil-Munition, und weitere Kugeln waren wie Flugsamen über das vom Feuer versengte Wrack verstreut. Angesichts der Trümmer lächelte Horza leicht und wog eine Handvoll der unbenützten Projektile in der Hand.

*

»Das Gehirn?« fragte Wubslin und blickte auf das nieder, was von dem kleinen Fahrzeug übrig war. »Es hat dieses Ding gebaut?« Er kratzte sich den Kopf.

»Es muß das Gehirn gewesen sein.« Horza sah, daß Yalson vorsichtig, das Gewehr schußbereit, mit einem

Stiefel gegen das zerrissene Metall des Wracks stieß. »So etwas wie das da hat es zu meiner Zeit hier unten nicht gegeben, aber man hätte es durchaus in einer der Werkstätten herstellen können; ein paar der alten Maschinen funktionierten noch. Es muß schwierig gewesen sein, aber wenn das Gehirn noch über ein paar seiner Felder verfügt, vielleicht auch über einen ferngesteuerten Roboter oder zwei, konnte es das schaffen. Zeit hatte es ja.«

»Ziemlich primitiv.« Wubslin drehte ein Stück des Waffen-Mechanismus in der Hand herum. Er blickte zu den fernen Leichen der Medjel hinüber und ergänzte: »War aber wirksam.«

»Nach meiner Zählung sind jetzt keine Medjel mehr am Leben«, sagte Horza.

»Es sind immer noch zwei Idiraner übrig«, stellte Yalson mürrisch fest und trat gegen ein kleines Gummirad. Es rollte zwei Meter über den Schutt und fiel neben Neisin um. Neisin feierte die Entdeckung der dahingeschiedenen Medjel mit einem Schluck aus seinem Flachmann.

»Bist du sicher, daß diese Idiraner nicht noch hier sind?« Aviger sah sich ängstlich um. Auch Dorolow spähte in die Dunkelheit und schlug das Zeichen des Flammenkreises.

»Ganz sicher«, antwortete Horza. »Ich habe mich vergewissert.« Es hatte keine große Mühe gemacht, Bahnhof Fünf zu durchsuchen; er war nichts weiter als eine Anordnung von Weichen, eine Schikane in der Doppelschleife des Kommando-Systems und ein Ort, an dem die Züge hatten halten und sich mit den Kommunikationsleitungen zur Oberfläche des Planeten verbinden können. Neben der Haupthöhle lagen ein paar Lagerräume und Kammern, aber es gab keine Schaltwerke, keine Unterkünfte oder Kontrollräume und keine großen Reparatur- und Wartungsareale. Spuren im Staub zeigten, wo die Idiraner den Bahnhof nach dem Kampf mit dem primitiven Automaten des Gehirns verlassen hatten. Sie waren in Richtung Bahnhof Sechs gegangen.

»Glaubst du, im nächsten Bahnhof wird ein Zug stehen?« fragte Wubslin.

Horza nickte. »Müßte eigentlich.« Der Ingenieur nickte ebenfalls, den leeren Blick auf die Doppelspur stählerner Schienen gerichtet, die auf dem Boden des Bahnhofs schimmerten.

Balveda schwang sich von der Palette und streckte ihre Beine. Der Infrarot-Sensor von Horzas Anzug war noch eingeschaltet, und Horza sah, wie der Kultur-Agentin der warme Atem in einer schwach glühenden Wolke vom Mund wehte. Sie schlug die Hände zusammen und stampfte mit den Füßen.

»Immer noch nicht zu warm, nicht wahr?« sagte sie.

»Keine Bange«, murrte der Roboter unter der Palette hervor. »Es ist durchaus möglich, daß ich bald heißlaufe. Dann wirst du es gemütlich haben, bis es mit mir auf einmal ganz aus ist.«

Balveda lächelte, setzte sich wieder auf die Palette und sagte zu Horza: »Denken Sie immer noch daran, Ihre dreibeinigen Freunde davon zu überzeugen, daß Sie auf ihrer Seite stehen?«

»Hu!« machte der Roboter.

»Wir werden sehen«, lautete Horzas ganze Antwort.

*

Wieder sein Atem, sein Herzschlag, das langsame Wehen schaler Luft.

Die Tunnel führten in die tiefe Nacht des alten Felsgesteins wie ein heimtückischer runder Irrgarten.

»Der Krieg wird nicht enden«, behauptete Aviger. »Er wird einfach absterben.« Horza schwebte den Tunnel entlang und hörte über den offenen Kanal mit halbem Ohr der Unterhaltung der anderen zu, die ihm folgten. Er hatte die Außenmikrophone seines Anzugs von den Helmlautsprechern auf einen kleinen Schirm an seiner Wange geschaltet; die Bildspur zeigte nichts als Stille an. Aviger fuhr fort: »Alle denken, die Kultur werde aufgeben, aber ich bin anderer Meinung. Ich glaube, die Kultur-Leute werden weiterkämpfen, weil sie an ihre Sache glauben. Die Idiraner werden ebensowenig aufgeben; sie werden kämpfen bis zum letzten Mann, und sie und die Kultur werden sich weiterhin immerzu gegenseitig angreifen, schließlich überall in der Galaxis, und ihre Waffen und Bomben und Strahlen werden immer besser und besser werden, und am Ende wird die ganze Galaxis zum Schlachtfeld, bis sie alle Sterne und Planeten und Orbitals und was sonst noch groß genug ist, um darauf zu stehen, vernichtet haben, und dann werden sie die großen Schiffe des Gegners vernichten und dann auch die kleinen Schiffe, bis alle Leute in Einzelanzügen leben und einander mit Waffen beschießen, die einen Planeten zerstören könnten … und so wird es enden. Man wird wahrscheinlich Waffen oder Roboter erfinden, die noch kleiner sind, und es werden nur noch ein paar immer kleinere und kleinere Maschinen um das kämpfen, was von der Galaxis übrig ist, und es wird niemand mehr da sein, der wissen könnte, wie das Ganze überhaupt angefangen hat.«

»Das hört sich richtig lustig an«, sagte Unaha-Closp. »Und was soll werden, wenn die Sache schlecht ausgeht?«

»Das ist eine zu negative Einstellung zum Kampf, Aviger«, fiel Dorolows hohe Stimme ein. »Du mußt positiv sein. Der Wettstreit fördert die Entwicklung, der Kampf ist eine Prüfung, der Krieg ein Teil des Lebens und des evolutionären Prozesses. An seiner äußersten Grenze finden wir uns selbst.«

»… für gewöhnlich in der Scheiße«, kommentierte Yalson. Horza grinste.

»Yalson«, legte Dorolow los, »auch wenn du keine …«

»Ruhe da hinten!« befahl Horza plötzlich. Der Schirm an seiner Wange hatte geflackert. »Wartet dort! Ich empfange irgendein Geräusch von vorn.« Er hielt an, saß mitten in der Luft still und legte das von außen kommende Geräusch auf die Helmlautsprecher.

Ein tiefes Grollen wie schwere Brandung, die von weit her kommt, oder ein Gewitter in fernen Bergen.

»Ja, da ist etwas, das irgendeinen Lärm macht«, sagte Horza.

»Wie weit ist es bis zum nächsten Bahnhof?« erkundigte sich Yalson.

»Etwa zwei Kilometer.«

»Glaubst du, das sind die Idiraner?« Neisins Stimme klang nervös.

»Wahrscheinlich«, antwortete Horza. »Okay. Ich fliege voraus. Yalson, steck Balveda in den Fesselharnisch. Jeder sieht seine Waffen nach. Seid leise! Wubslin, Neisin, fliegt langsam weiter. Haltet an, sobald ihr den Bahnhof sehen könnt. Ich werde versuchen, mit den Kerlen zu reden.«

Das undeutliche Geräusch stieg an und erinnerte ihn an einen Steinschlag, der aus einer Mine tief im Innern eines Berges zu hören ist.

*

Er näherte sich dem Bahnhof. Hinter einer Ecke kam eine Drucktür in Sicht. Bis zum Bahnhof konnten es nur noch hundert Meter sein. Horza hörte ein dumpfes Rasseln. Es klang durch den dunklen Tunnel herauf, tief und schwingend, kaum gedämpft durch die Entfernung, als würden große Weichen gestellt, schwere Ketten befestigt. Der Anzug registrierte organische

Moleküle in der Luft – es war der Geruch nach Idiranern. Horza schwebte am Rand der Drucktür vorbei und sah den Bahnhof.

Es brannte Licht in Bahnhof Sechs, trüb und gelb wie von einer schwachen Taschenlampe. Horza wartete, bis Wubslin und Neisin meldeten, daß sie den Bahnhof von ihren Tunneln aus sehen konnten, dann flog er näher heran.

Ein Kommando-System-Zug stand in Bahnhof Sechs. Seine gerundete Masse, drei Stockwerke hoch und dreihundert Meter lang, füllte die zylindrische Höhle zur Hälfte. Das Licht kam vom hinteren Ende des Zuges, von hoch oben, wo das Kontrolldeck war. Auch die Geräusche kamen von dem Zug. Horza schwebte quer durch den Fußgängertunnel, um den Rest des Bahnhofs überblicken zu können.

Am hinteren Ende des Bahnsteigs schwebte das Gehirn.

Er starrte es einen Augenblick lang an, dann vergrößerte er das Bild, um ganz sicher zu gehen. Das Ding sah echt aus, ein Ellipsoid, vielleicht fünfzehn Meter lang, mit einem Durchmesser von drei Metern, silbrig gelb in dem schwachen Licht, das aus der Kontrollkabine des Zuges fiel. Es schwebte in der schalen Luft wie ein toter Fisch an der Oberfläche eines stillen Teiches. Horza sah auf den Massen-Sensor des Anzugs. Er registrierte das verschwommene Signal des Zug-Reaktors, sonst nichts.

»Yalson ...« – er flüsterte, obwohl er wußte, daß es unnötig war –, »zeigt sich irgend etwas auf diesem Massen-Sensor?«

»Nur eine schwache Spur; ein Reaktor, nehme ich an.«

»Wubslin«, sagte Horza, »da ist etwas hinten im Bahnhof, das wie das Gehirn aussieht. Aber auf beiden Sensoren zeigt es sich nicht. Kann sein Antigrav es für die Sensoren unsichtbar machen?«

»Eigentlich nicht«, gab Wubslin verwirrt zurück. »Das könnte einen passiven Schwerkraft-Sensor täuschen, aber nicht …«

Ein lautes Geräusch wie von brechendem Metall kam von dem Zug. Horzas Anzug meldete ein abruptes Ansteigen der lokalen Strahlung. »Heilige Scheiße!« sagte Horza.

»Was ist los?« fragte Yalson. Weitere klickende, schnappende Geräusche hallten durch den Bahnhof. Ein zweites schwaches gelbes Licht glomm an der Unterseite des Reaktor-Wagens in der Mitte des Zuges auf.

»Sie basteln an dem Reaktor-Wagen herum, das ist los«, antwortete Horza.

»Gott«, stöhnte Wubslin. »Wissen sie nicht, wie alt das ganze Zeug ist?«

»Warum tun sie das?« wollte Aviger wissen.

»Es könnte ein Versuch sein, den Zug unter eigener Energie fahren zu lassen«, meinte Horza. »Diese verrückten Schweinehunde.«

»Vielleicht sind sie zu faul für eine Fußwanderung zurück an die Oberfläche«, meinte der Roboter.

»Diese … diese Atomreaktoren, die können doch nicht explodieren, oder?« fragte Aviger, und im gleichen Augenblick schoß ein blendendes blaues Licht unter dem mittleren Teil des Zuges hervor. Horza zuckte zusammen. Die Augen hatte er geschlossen. Er hörte Wubslin etwas rufen. Dann wartete er auf die Druckwelle, den Lärm, den Tod.

Er blickte hoch. Das Licht blitzte und funkelte immer noch unter dem Reaktor-Wagen hervor. Ab und zu zischte es wie Statik.

»Horza!« rief Yalson.

»Heilands Sack!« fluchte Wubslin. »Ich hätte mir beinahe in die Hose geschissen.«

»Es ist okay«, beruhigte Horza die anderen. »Ich

dachte, sie würden das verdammte Ding in die Luft jagen. Was ist das, Wubslin?«

»Sie schweißen, glaube ich«, erwiderte Wubslin. »Mit Lichtbogen.«

»Dann wollen wir diesen Wahnsinnigen das Handwerk legen, bevor sie uns alle wegpusten«, entschied Horza. »Yalson, komm zu mir! Dorolow, schließ dich Wubslin an! Aviger, du bleibst bei Balveda!«

Die Leute brauchten ein paar Minuten, um sich umzugruppieren. Horza beobachtete das helle, flackernde blaue Licht, das unter der Mitte des Zuges knisterte. Dann ging es aus. Der Bahnhof wurde nur noch von den beiden schwachen Lichtern erhellt, die von dem Kontrolldeck und von dem Reaktor-Wagen kamen. Yalson schwebte den Fußgängertunnel hinunter und landete weich neben Horza.

»Fertig«, meldete Dorolow über das Interkom. Dann blitzte ein Schirm in Horzas Helm auf, ein Lautsprecher piepste ihm ins Ohr. In ihrer Nähe hatte etwas ein Signal abgestrahlt, aber es war nicht von einem ihrer Anzüge oder von dem Roboter ausgegangen.

»Was war das?« fragte Wubslin. Dann: »Sieh mal, da drüben. Auf dem Boden. Sieht wie ein Kommunikator aus.« Horza und Yalson wechselten einen Blick. »Horza«, sagte Wubslin, »hier im Tunnel liegt ein Kommunikator auf dem Boden; ich glaube, er ist eingeschaltet. Er muß das Geräusch aufgenommen haben, mit dem Dorolow neben mir landete. Das hat er gesendet; sie benutzen ihn als Wanze.«

»Tut mir leid«, entschuldigte Dorolow sich.

»Faßt das Ding bloß nicht an!« rief Yalson hastig. »Es könnte losgehen.«

»So. Jetzt wissen sie, daß wir hier sind«, stellte Aviger fest.

»Sie hätten es sowieso bald erfahren«, sagte Horza. »Ich werde versuchen, sie anzurufen. Haltet euch bereit für den Fall, daß sie keine Lust zum Reden haben.«

Horza stellte sein Antigrav-Gerät ab und ging ans Ende des Tunnels, fast bis auf den Bahnsteig. Dort lag noch ein Kommunikator und gab das einzige Geräusch hier weiter. Horza betrachtete den großen, dunklen Zug und schaltete seinen Lautsprecher ein. Er holte tief Atem und wollte auf idiranisch zu reden beginnen.

Etwas blitzte aus einem schlitzähnlichen Fenster fast am hinteren Ende des Zuges. Horzas Kopf wurde in den Helm zurückgeschleudert, und er fiel gelähmt zu Boden. Ihm klangen die Ohren. Echos des Schusses hallten im ganzen Bahnhof wider. Der Anzug-Alarm piepste ihn aufgeregt an. Horza rollte sich bis an die Tunnelwand. Weitere Schüsse hämmerten auf ihn ein, flammten an Helm und Rumpf des Anzugs auf.

Yalson rannte geduckt herbei. Sie schlitterte bis an den Rand des Tunnels und bestrich das Fenster, aus dem die Schüsse kamen, mit Feuer. Dann drehte sie sich um, faßte Horza an einem Arm und zog ihn weiter in den Tunnel hinein. Plasma-Bolzen krachten in die Wand, an der er gelegen hatte. »Horza?« rief sie und schüttelte ihn.

»Befehlsvorrang Stufe Null«, zirpte ein Stimmchen durch das Rauschen in Horzas Ohren. »Dieser Anzug hat eine systemfatale Beschädigung erlitten, womit von diesem Augenblick an die Hersteller-Garantie erloschen ist. Sofortige Totalüberholung erforderlich. Weitere Benutzung auf eigenes Risiko des Trägers. Die Energie wird abgeschaltet.«

Horza versuchte Yalson zu sagen, er sei in Ordnung, aber der Kommunikator war tot. Er zeigte auf seinen Kopf, um es ihr verständlich zu machen. Weitere Schüsse knallten von der Spitze des Zuges her in den Fußgängertunnel. Yalson warf sich zu Boden und erwiderte das Feuer. »Schießt!« rief sie den anderen zu. »Erledigt diese Halunken!«

Horza sah, daß Yalson auf den Zug zielte. Die anderen schossen ebenfalls; links aus ihrem Tunnel zischten Laserstrahlen, Rauchspurgeschosse kamen von rechts. Der Bahnhof füllte sich mit zuckendem, flammendem Licht. Schatten sprangen und tanzten über Wände und Decke. Horza lag da, gelähmt, mit dumpfen Kopf, hörte die gedämpfte Kakophonie sich wie Brandung an seinem Anzug brechen. Er fummelte an seinem Laser-Gewehr herum, versuchte, sich zu erinnern, wie man es abschoß. Er mußte den anderen beim Kampf gegen die Idiraner doch helfen! Sein Kopf schmerzte.

Yalson hörte auf zu schießen. Die Spitze des Zuges glühte rot, wo Yalson sie getroffen hatte. Die Explosionsgeschosse aus Neisins Waffe knatterten in kurzen Salven um das Fenster, aus dem die ersten Schüsse gefallen waren. Wubslin und Dorolow waren am hinteren Ende des Zuges vorbei aus dem Haupttunnel gekommen. Sie hockten an der Wand und feuerten auf dasselbe Fenster wie Neisin.

Der Plasma-Beschuß hatte aufgehört. Die Menschen stellten das Feuer ebenfalls ein. Der Bahnhof wurde dunkel, die Echos erstarben. Horza versuchte aufzustehen, aber es war, als habe jemand die Knochen aus seinen Beinen entfernt.

»Irgendwer …« begann Yalson.

Feuer sprühte um Wubslin und Dorolow. Es wurde aus dem unteren Stockwerk des letzten Wagens abgegeben. Dorolow schrie und fiel. Ihre Hand verkrampfte sich, und ihr Gewehr ballerte wild in die Höhlendecke. Wubslin rollte über den Boden und schoß auf die Idiraner zurück. Yalson und Neisin kamen ihm zu Hilfe. Die Wagenoberfläche beulte sich nach innen und brach unter dem Beschuß. Dorolow lag auf dem Bahnsteig, zuckte und stöhnte.

Weitere Schüsse fielen von der Spitze des Zugs und schlugen um die Tunnelmündungen ein. Dann bewegte sich etwas von dem letzten Wagen dicht vor der hinteren Zugangsbrücke weg. Ein Idiraner war aus einer Wagentür gekommen und rannte die mittlere Rampe entlang. Er hob ein Gewehr und schoß nach unten, erst auf Dorolow, dann auf Wubslin, der sich neben dem Zug hingeworfen hatte.

Dorolows Anzug wirbelte brennend über den schwarzen Boden des Bahnhofs. Wubslins Waffenarm wurde getroffen. Dann fanden Yalsons Schüsse den Idiraner, verteilten Feuer über seinen Anzug, die Brücke und die Flanke des Zuges. Die Rampenstützen gaben eher nach als der gepanzerte Anzug des Idiraners, wurden unter dem Feuerstrom weich und lösten sich auf. Die Brücke sackte und brach zusammen, die obere Plattform der Rampe krachte herunter. Der idiranische Krieger wurde unter den rauchenden Trümmern begraben. Wubslin fluchte und schoß einhändig nach der Spitze des Zugs, von wo aus der zweite Idiraner immer noch feuerte.

Horza lag an der Wand, es rauschte in seinen Ohren, seine Haut war kalt und schlüpfrig von Schweiß. Er fühlte sich stumpf, abgesondert. Gern hätte er seinen Helm abgenommen und etwas frische Luft geatmet, aber er wußte, das durfte er nicht. Auch wenn der Helm beschädigt war, bot er ihm doch vor Treffern Schutz. Er fand einen Kompromiß, indem er die Sichtscheibe öffnete. Lärm attackierte seine Ohren. Schockwellen trommelten gegen seine Brust. Yalson sah sich zu ihm um, winkte ihm, sich weiter in den Tunnel zurückzuziehen. Schon knallten Schüsse in den Boden neben ihm. Er stand auf, fiel aber wieder hin und verlor für kurze Zeit das Bewußtsein.

Der Idiraner vorn im Zug hörte für einen Augenblick mit dem Schießen auf. Yalson ergriff die Gelegenheit, um erneut nach Horza zu sehen. Er lag auf dem Tunnelboden hinter ihr und bewegte sich schwach. Sie spähte zu der Stelle hinüber, wo Dorolow mit aufgerissenem und schwelendem Anzug lag. Neisin war fast schon außerhalb seines Tunnels, schickte lange Salven den Bahnhof hinunter und verteilte Explosionen über den ganzen vorderen Teil des Zugs. Die Luft vibrierte von dem schnarrenden Geräusch seiner Waffe. Es flutete durch die Höhle hin und her und wurde von einer pulsierenden Lichtwelle begleitet, die anscheinend bis dahin zurückreichte, wo die Kugeln einschlugen und detonierten.

Yalson nahm wahr, daß jemand etwas schrie – eine Frau –, aber bei dem Krach von Neisins Gewehr konnte sie kaum etwas hören. Wieder kreischten Plasma-Bolzen den Bahnsteig herunter. Sie kamen von der Spitze des Zugs von hoch oben in der Nähe der vorderen Zugangsrampe. Yalson erwiderte das Feuer. Neisin sandte Schüsse in die gleiche Richtung, hielt inne.

»Neisin! Hören Sie auf!« schrie die Stimme Yalson in die Ohren. Es war Balveda. »Mit Ihrem Gewehr stimmt etwas nicht, es wird …« Neisin schoß von neuem, und Balvedas Stimme wurde von dem Lärm ertränkt »… explodieren!« hörte Yalson die Kultur-Agentin verzweifelt schreien. Dann füllte ein Streifen aus Licht und Geräusch den Bahnhof vom einen Ende zum anderen und endete bei Neisin. Der helle Stengel blühte in einer Explosion auf, die Yalson durch ihren Anzug spürte. Stücke von Neisins Gewehr flogen über den Bahnsteig. Der Mann wurde gegen die Wand zurückgeschleudert. Er fiel zu Boden und blieb liegen.

»Bastarde«, hörte Yalson sich schreien. Sie rannte den Bahnsteig hinauf, bestrich den Zug mit ihrem Laserstrahl, versuchte, den Schußwinkel zu vergrößern. Schüsse wurden von oben auf sie gezielt, setzten dann aus. Es entstand eine Pause, in der Yalson weiterrannte und feuerte. Dann erschien der zweite Idiraner auf der oberen Ebene der hinteren Zugangsrampe, eine Pistole in beiden Händen haltend. Er ignorierte sowohl Yalsons als auch Wubslins Schüsse und schoß quer durch die ganze Höhle auf das Gehirn.

Das silbrige Ellipsoid setzte sich in Bewegung, hielt auf den fernen Fußgängertunnel zu. Man hatte den Eindruck, der erste Schuß gehe geradenwegs durch das Gehirn, der zweite ebenso. Ein dritter Bolzen ließ es vollständig verschwinden. Nur ein Rauchwölkchen war zu sehen, wo es gewesen war.

Der Anzug des Idiraners glitzerte – Yalsons und Wubslins Schüsse hatten getroffen. Der Krieger schwankte; er drehte sich, als wolle er von neuem anfangen, auf sie zu schießen. In diesem Augenblick gab der gepanzerte Anzug nach. Der Idiraner wurde zurück- und über die Brücke geschleudert. Sein einer Arm verschwand in einer Wolke aus Flammen und Rauch. Er fiel über den Rand der Rampe und krachte auf die mittlere Ebene hinunter. Der Anzug brannte hell, das eine Bein hatte sich über das Schutzgeländer der mittleren Rampe gehakt. Die Plasma-Pistole flog ihm aus den Händen. Weitere Schüsse rissen an dem breiten Helm, zerschmetterten die geschwärzte Sichtscheibe. So lag er schlaff und brennend und von Laser-Feuer eingedeckt noch ein paar Sekunden da. Dann brach das Bein, das über dem Geländer hing, einfach ab und fiel nach unten. Der Idiraner sackte auf der Rampe zusammen.

*

Horza lauschte. Seine Ohren klangen immer noch.

Nach einer Weile wurde es ruhig. Beißender Rauch stach ihm in die Nase, Qualm von brennendem Plastik, geschmolzenem Metall, geröstetem Fleisch.

Er war bewußtlos gewesen, und als er aufwachte, sah er Yalson über den Bahnsteig rennen. Er hatte versucht, ihr Deckung zu geben, aber seine Hände zitterten zu sehr, und es war ihm nicht gelungen, das Gewehr zum Funktionieren zu bringen. Jetzt hatten alle mit dem Schießen aufgehört, und es war sehr still. Horza stand auf und schwankte in den Bahnhof, wo Rauch von dem verbeulten Zug in die Höhe stieg.

Wubslin kniete neben Dorolow und versuchte mit einer Hand, einen Handschuh der Frau zu lösen. Ihr Anzug schwelte immer noch. Die Helmsichtscheibe war rot verschmiert, auf der Innenseite mit Blut bedeckt, so daß ihr Gesicht nicht zu erkennen war.

Yalson kam zurück, das Gewehr schußbereit. Der Rumpf ihres Anzugs hatte ein paar Plasma-Bolzen abbekommen; die spiralförmigen Male bildeten schwarze Narben auf der grauen Oberfläche. Mißtrauisch spähte sie zu den hinteren Zugangsrampen hoch, wo der eine Idiraner festsaß. Aber er bewegte sich nicht mehr. Yalson öffnete ihre Sichtscheibe. »Bist du in Ordnung?« erkundigte sie sich bei Horza.

»Ja. Ein bißchen benommen. Kopfschmerzen«, antwortete er. Yalson nickte. Dann ging sie dahin, wo Neisin lag.

Neisin war noch knapp am Leben. Sein Gewehr war explodiert und hatte ihm Brust, Arme und Gesicht mit Schrapnellen durchsiebt. Ein Stöhnen gurgelte aus den blutigen Ruinen seines Gesichts. »Gottverdammt«, sagte Yalson. Sie holte ein kleines Erste-Hilfe-Päckchen aus ihrem Anzug und streckte die Hand durch das, was von Neisins Sichtscheibe übrig war, um dem halb bewußtlosen Mann eine schmerzstillende Spritze in den Hals zu geben.

»Was ist geschehen?« fragte Avigers dünne Stimme aus Yalsons Helm. »Ist die Gefahr vorbei?« Yalson sah Horza an, der die Achseln zuckte, dann nickte.

»Ja, sie ist vorbei, Aviger«, antwortete Yalson. »Du kannst herkommen.«

»Ich habe Balveda mein Anzug-Mikrophon benutzen lassen. Sie sagte, sie …«

»Wir haben es gehört«, unterbrach Yalson ihn.

»Etwas über einen … ›Rohrkrepierer‹? Ist das richtig …?« Horza hörte, daß Balvedas gedämpfte Stimme es bestätigte.

»Sie meinte, Neisins Gewehr könne explodieren oder so etwas.«

»Nun, es ist explodiert«, teilte Yalson ihm mit. »Er sieht ziemlich schlimm aus.« Sie sah zu Wubslin hinüber, der Dorolows Hand zurücklegte. »Dorolow hat es erwischt, Aviger.« Der alte Mann schwieg einen Augenblick lang, dann fragte er:

»Und Horza?«

»Ihm ist Plasma um den Helm geflogen. Anzugschaden, keine Kommunikation. Er wird am Leben bleiben.« Yalson brach ab, seufzte. »Es sieht aber so aus, als hätten wir das Gehirn verloren; es verschwand.«

Aviger wartete wieder ein paar Sekunden, bevor er mit zitternder Stimme feststellte: »Eine verfluchte Schweinerei. Fix rein, fix raus. Ein weiterer Triumph. Unser Wandler-Freund macht da weiter, wo Kraiklyn aufgehört hat!« Seine Stimme war vor Wut immer höher gestiegen. Er schaltete den Sendeempfänger ab.

Yalson sah Horza an, schüttelte den Kopf und meinte: »Das alte Arschloch.«

Wubslin kniete immer noch bei Dorolows Leiche. Sie hörten ihn zweimal schluchzen, bevor auch er sich aus dem offenen Kanal ausschaltete. Neisins langsamer werdender Atem ging röchelnd durch eine Maske aus Blut und zerfetztem Fleisch.

*

Yalson schlug das Zeichen der Flamme über dem roten Nebel, der Dorolows Gesicht verbarg, und deckte die Leiche dann mit einer Folie von der Palette zu. Horzas Ohren hörten auf zu klingen, sein Kopf klärte sich. Balveda, von dem Fesselharnisch befreit, sah zu, wie der Wandler sich um Neisin kümmerte. In ihrer Nähe stand Aviger mit Wubslin, dessen Armwunde bereits behandelt worden war. »Ich habe das Geräusch gehört«, erklärte Balveda. »Es ist ein unmißverständliches Geräusch.«

Wubslin hatte gefragt, warum Neisins Gewehr explodiert sei und woher Balveda gewußt habe, daß das passieren werde.

»Ich hätte es auch erkannt, wenn ich keinen Schlag auf den Kopf bekommen hätte«, sagte Horza. Er löste vorsichtig Bruchstücke der Sichtscheibe aus dem Gesicht des bewußtlosen Mannes, sprühte Haut-Gel auf die Stellen, aus denen Blut drang. Neisin war im Schock, lag wahrscheinlich im Sterben, aber sie konnten ihn nicht einmal aus dem Anzug holen; zuviel Blut hatte sich zwischen seinem Körper und dem Anzugmaterial verklumpt. Es würde die vielen kleinen Punkturen recht wirksam verstopfen, bis man den Anzug entfernte, aber dann würde Neisin an zu vielen Stellen zu bluten beginnen, als daß sie damit hätten fertig werden können. Deshalb mußten sie ihn in dem Ding lassen, als seien der Mensch und die Maschine in diesem gemeinsamen Unglück ein einziger zerbrechlicher Organismus geworden.

»Aber was ist *geschehen?*« fragte Wubslin.

»Der Lauf seines Gewehrs explodierte«, antwortete Horza. »Er benutzte Projektile, die für die Detonation nur einen verhältnismäßig weichen Aufschlag brauchen. Den lieferte ihnen schon die Druckwelle von den Kugeln weiter vorn im Lauf, nicht erst das Ziel. Neisin hörte nicht auf zu schießen, deshalb zog sich die Wellenfront von der Mündung weit in den Lauf des Gewehrs zurück.«

»Die Gewehre haben Sensoren, die so etwas verhindern sollen«, setzte Balveda hinzu und zuckte mitfühlend vor Schmerz zusammen, als Horza einen langen Splitter der Sichtscheibe aus einer Augenhöhle zog. »Vermutlich hat seiner nicht funktioniert.«

»Ich habe ihm doch gesagt, das Gewehr sei zu verdammt billig, als er es kaufte.« Yalson kam herbei und stellte sich neben Horza.

»Der arme Teufel«, sagte Wubslin.

»Noch zwei tot«, verkündete Aviger. »Ich hoffe, Sie sind glücklich, Mr. Horza. Ich hoffe, es freut Sie, was Ihre ›Verbündeten‹ alles ...«

»Aviger«, fiel Yalson ruhig ein, »halt den Mund!« Der alte Mann sah sie für eine Sekunde finster an, dann stapfte er davon. Bei Dorolow blieb er stehen und sah sie an.

Unaha-Closp schwebte von der hinteren Zugangsrampe herunter. »Dieser Idiraner da oben ...« – er schraubte die Stimme hoch, um leichte Überraschung anzuzeigen –, »der lebt noch. Es liegen ein paar Tonnen Schutt auf ihm, aber er atmet.«

»Was ist mit dem anderen?« fragte Horza.

»Keine Ahnung. Ich hatte keine Lust, zu nahe heranzugehen; da oben ist es *schrecklich* schmutzig.«

Horza überließ es Yalson, sich um Neisin zu kümmern, und ging über den von Trümmern übersäten Bahnsteig zu der zerschossenen hinteren Zugangsbrücke.

Sein Kopf war bloß. Der Helm seines Anzugs war ruiniert, und der Anzug selbst hatte sein Antigrav, seine motorische Energie und den größten Teil seiner Sinne verloren. Die Lampen wurden noch von dem Notstromaggregat gespeist, ebenso der kleine Tochterschirm, der in das eine Handgelenk eingelassen war.

Der Massen-Sensor des Anzugs war beschädigt; der Handgelenkschirm füllte sich mit Störflecken, wenn man ihn mit dem Sensor verband, und der Reaktor des Zuges war kaum noch zu erkennen.

Horzas Gewehr war noch in Ordnung – was immer ihm das nützen sollte.

Am Fuß der Rampen blieb er stehen. Immer noch strahlte Hitze aus den metallenen Stützbeinen, wo die Laserschüsse sie getroffen hatten. Horza holte tief Atem und stieg die Rampe zu dem Idiraner hoch. Der massige Kopf ragte aus den Trümmern heraus, eingeklemmt zwischen den beiden Ebenen. Langsam wandte sich der Idiraner Horza zu, stemmte einen Arm gegen die Trümmer, die sich knarrend bewegten. Dann zog der Krieger den Arm unter dem auf ihm lastenden Metall hervor, löste den verschrammten Kampfhelm und ließ ihn zu Boden fallen. Das große Sattel-Gesicht blickte zu dem Wandler auf.

»Die Grüße des Schlachttages«, sagte Horza in sorgfältigem Idiranisch.

»Ho!« dröhnte der Idiraner. »Der Kleine spricht unsere Sprache.«

»Ich stehe sogar auf Ihrer Seite, obwohl ich nicht erwarte, daß Sie das glauben. Ich gehöre zu der Nachrichtendienst-Abteilung des Ersten Marine-Dominats unter dem Querl Xoralundra.« Horza setzte sich auf der Rampe hin und war jetzt fast auf einer Höhe mit dem Gesicht des Idiraners. »Ich wurde hergeschickt, um zu versuchen, das Gehirn zu bergen«, fuhr er fort.

»Wirklich?« staunte der Idiraner. »Zu schade; ich glaube, mein Kamerad hat es vorhin zerstört.«

»So hörte ich es.« Er richtete das Laser-Gewehr auf das große Gesicht, das zwischen den verdrehten Metallplanken eingeklemmt war. »Ihr habt auch die Wandler oben in der Basis ›zerstört‹. *Ich* bin ein Wandler; deshalb haben unsere gemeinsamen Herren mich hergeschickt. Warum mußtet ihr meine Leute töten?«

»Was konnten wir anderes tun, Mensch?« fragte der Idiraner ungeduldig. »Sie stellten ein Hindernis dar. Wir brauchten ihre Waffen. Sie hätten versucht, uns aufzuhalten. Wir waren zu wenige, als daß wir sie hätten bewachen können.« Das Wesen sprach mühsam; es mußte gegen das Gewicht der Rampe ankämpfen, die ihm den Rumpf und den Brustkorb eindrückte. Horza zielte mit dem Gewehr genau auf das Gesicht des Idiraners.

»Du Schurke! Ich sollte dir auf der Stelle den Kopf wegpusten.«

»Tu das, Zwerg!« Lächelnd spreizte der Idiraner die harten Doppellippen. »Mein Kamerad ist bereits tapfer gefallen; Quayanorl hat seine lange Reise durch die Obere Welt angetreten. Ich bin gleichzeitig Gefangener und Sieger, und wenn du mir den Trost des Gewehrs anbietest, werde ich die Augen nicht schließen, Mensch.«

»Das brauchen Sie nicht.« Horza ließ das Gewehr sinken. Er blickte durch die Dunkelheit des Bahnhofs zu Dorolows Leiche hinüber, dann zu dem trüben, rauchverschleierten Licht in der Ferne. Nase und Kontrolldeck des Zuges glühten schwach und leuchteten die leere Stelle des Bodens an, wo das Gehirn gewesen war. Er wandte sich wieder dem Idiraner zu. »Ich werde Sie zurückbringen. Es halten sich, wie ich glaube, immer noch Einheiten der Dreiundneunzigsten Flotte draußen vor der Stillen Barriere auf. Ich muß mein Versagen melden und dem Flotten-Inquisitor eine Agentin der Kultur abliefern. Ich werde Sie melden, weil Sie Ihre Kompetenzen überschritten haben, als Sie diese Wandler töteten – nicht etwa, daß ich erwarte, es wird irgend etwas nützen.«

»Deine Geschichte langweilt mich, Kleiner.« Der Idiraner wandte den Blick ab und stemmte sich noch einmal gegen den Druck des ihn bedeckenden verborgenen Metalls, doch ohne Erfolg. »Töte mich jetzt; du stinkst so, und du sprichst unsere Sprache so kratzig. Sie ist für Tiere nicht geeignet.«

»Wie lautet Ihr Name?« fragte Horza. Der Sattelkopf wandte sich ihm wieder zu. Die Augen blinzelten langsam.

»Xoxarle, Mensch. Jetzt wirst du ihn zweifellos beschmutzen, indem du versuchst, ihn auszusprechen.«

»Nun, bleiben Sie ruhig hier liegen, Xoxarle. Wie ich sagte, werden wir Sie mit uns nehmen. Zuerst möchte ich mich wegen des Gehirns vergewissern, das Sie zerstört haben. Mir ist gerade ein Gedanke gekommen.« Horza stellte sich auf die Füße. Sein Kopf tat scheußlich weh, wo der Helm dagegengeschmettert war, aber er ignorierte das Hämmern in seinem Schädel und stieg die Rampe wieder hinunter. Er hinkte ein bißchen.

»Deine Seele ist Scheiße!« rief der Idiraner hinter ihm her. »Deine Mutter hätte in dem Augenblick erwürgt werden sollen, als sie läufig wurde. Wir hatten angefangen, die Wandler, die wir töteten, zu essen, aber sie rochen wie Scheiße!«

»Sparen Sie Ihren Atem, Xoxarle.« Horza sah den Idiraner nicht an. »Ich werde Sie nicht erschießen.«

Am Fuß der Rampe wartete Yalson. Der Roboter hatte sich bereiterklärt, nach Neisin zu sehen. Horza sah zum anderen Ende des Bahnhofs hinüber. »Ich möchte mir die Stelle ansehen, wo das Gehirn gewesen ist.«

»Was, meinst du, kann mit ihm geschehen sein?« Yalson fiel mit ihm in Schritt. Er zuckte die Achseln. Yalson fuhr fort: »Vielleicht hat es den gleichen Trick wie zuvor angewandt und ist wieder in den Hyperraum gegangen. Vielleicht ist es irgendwo anders in den Tunneln wieder aufgetaucht.«

»Vielleicht«, stimmte Horza ihr zu. Er blieb bei Wubslin stehen, faßte den Mann beim Ellbogen und zog ihn von Dorolows Leiche weg. Der Ingenieur hatte geweint. »Wubslin«, sagte Horza, »bewach diesen Schurken! Er wird dich provozieren wollen, ihn zu erschießen, aber tu das nicht! Das könnte ihm nämlich so passen. Ich werde den Hurensohn zur Flotte zurückbringen, damit er vor ein Kriegsgericht gestellt werden kann. Wird sein Name beschmutzt, ist das eine Strafe; wer ihn tötet, tut ihm einen Gefallen. Verstehst du?«

Wubslin nickte. Sich immer noch die verletzte Seite seines Kopfes reibend, ging Horza mit Yalson den Bahnsteig hinunter.

Sie kamen an die Stelle, wo das Gehirn gewesen war. Horza schaltete die Lampen seines Anzugs ein und betrachtete den Boden. Dann hob er einen kleinen, verbrannt aussehenden Gegenstand nahe der Mündung des Fußgängertunnels auf, der zu Bahnhof Sieben führte.

»Was ist das?« Yalson wandte sich von der Leiche des Idiraners auf der anderen Zugangsbrücke ab.

»Ich *glaube* …« – Horza drehte die noch warme Maschine in den Händen –, »es ist ein ferngesteuerter Roboter.«

»Das Gehirn hat ihn zurückgelassen?« Yalson kam näher, um sich das Ding anzusehen. Es war nichts als eine geschwärzte Platte. Durch die klumpige, unregelmäßige Oberfläche waren da, wo sie von Plasma-Bolzen getroffen worden war, ein paar Röhrchen und Heizfäden zu sehen.

»Stimmt, das gehört dem Gehirn«, stellte Horza fest. »Was ist *genau* geschehen, als sie auf das Gehirn schossen?« fragte er Yalson.

»Als der Idiraner es schließlich erwischte, verschwand es. Es hatte angefangen, sich zu bewegen, aber so schnell hätte es nicht beschleunigen können, dann hätte ich die Schockwelle gespürt. Nein, es verschwand einfach.«

»War es, als schalte jemand eine Projektion ab?« faßte Horza nach.

Yalson nickte. »Ja. Und es gab ein bißchen Rauch. Nicht viel. Hast du vor …«

»Was meinst du damit, daß er es *schließlich* erwischte?«

»Ich *meine* …« – Yalson stemmte eine Hand in die Hüfte, und ihr Gesicht nahm einen ungeduldigen Ausdruck an –, »daß dazu drei oder vier Schüsse notwendig waren. Der erste ging glatt hindurch. Willst du damit sagen, es war tatsächlich eine Projektion?«

Horza nickte und hielt die kleine Maschine hoch. »Es war so: Ein ferngesteuerter Roboter hat ein Hologramm des Gehirns produziert. Es muß außerdem ein schwaches Kraftfeld gehabt haben, so daß es berührt und geschoben werden konnte wie ein fester Gegenstand. Aber es war nichts weiter darin als das hier.« Mit leisem Lächeln betrachtete er die zerstörte Maschine. »Kein Wunder, daß sich das verdammte Ding auf unseren Massen-Sensoren nicht gezeigt hat.«

»Also steckt das Gehirn noch hier irgendwo?« Yalson blickte auf den Roboter in Horzas Hand. Der Wandler nickte.

*

Balveda sah Horza und Yalson in die Dunkelheit am hinteren Ende des Bahnhofs hineingehen. Sie schlenderte zu der Stelle, wo der Roboter über Neisin schwebte, seine lebenswichtigen Funktionen kontrollierte und Medizinflaschen aus der Erste-Hilfe-Tasche sortierte. Wubslin hielt sein Gewehr auf den eingeklemmten Idiraner gerichtet, beobachtete aber gleichzeitig aus dem Augenwinkel Balveda. Die Kultur-Frau setzte sich mit untergeschlagenen Beinen neben der Tragbahre auf den Boden.

»Bevor Sie fragen«, sagte der Roboter, »nein, es gibt nichts, was Sie tun können.«

»Das habe ich mir gedacht, Unaha-Closp«, antwortete Balveda.

»Hmm. Dann haben Sie ja ghoulische Neigungen?«

»Nein, ich wollte mit dir reden.«

»Tatsächlich?« Der Roboter fuhr fort, die Medizinen zu sortieren.

»Ja …« Sie beugte sich vor, einen Ellbogen auf dem Knie, das Kinn in die Hand gestützt. Sie senkte die Stimme ein bißchen. »Wartest du einen günstigen Augenblick ab oder was sonst?«

Der Roboter kehrte ihr seine Vorderseite zu, eine unnötige Geste, wie sie beide wußten, aber er war daran gewöhnt, sie zu machen. »Einen günstigen Augenblick?«

»Du hast dich bisher von ihm ausnützen lassen. Ich habe mich gefragt: Wie lange noch?«

Der Roboter wandte sich wieder ab, schwebte über dem Sterbenden. »Vielleicht ist es Ihnen entgangen, Miss Balveda, aber meine Wahl ist in dieser Angelegenheit fast ebenso beschränkt wie die Ihre.«

»Ich habe nur meine Arme und Beine, und nachts werde ich gefesselt und eingesperrt. Du nicht.«

»Ich muß Wache halten. Außerdem hat er einen Bewegungssensor, den er eingeschaltet läßt, so daß er es merken würde, wenn ich versuchte zu fliehen. Und wohin sollte ich auch gehen?«

»Da ist das Schiff«, deutete Balveda lächelnd an. Sie sah in den dunklen Bahnhof hinein, wo die Lampen an den Anzügen Yalsons und des Wandlers verrieten, daß die beiden etwas vom Boden aufhoben.

»Ich würde seinen Ring brauchen«, gab der Roboter zu bedenken. »Möchten Sie ihm den Ring wegnehmen?«

»Du hast doch sicher einen Effektor. Kannst du die Schaltungen des Schiffes nicht täuschen? Oder eben nur diesen Bewegungssensor?«

»Miss Balveda …«

»Nenn mich Perosteck.«

»Perosteck, ich bin ein Vielzweck-Roboter, ein Zivilist. Ich habe leichte Felder, das Äquivalent für viele Finger, aber nicht für starke Gliedmaßen. Ich kann ein Schneidefeld produzieren, aber nur einige wenige Millimeter tief, und bei Panzerplatten nützt es nichts. Ich kann mich mit anderen elektronischen Systemen zusammenschließen, aber ich kann mich nicht in die geschützten Schaltungen militärischer Ausrüstungen einmischen. Ich besitze ein inneres Kraftfeld, das mich ungeachtet der Schwerkraft schweben läßt, aber abgesehen davon, daß ich meine eigene Masse als Waffe benutzen könnte, ist auch das nicht von großem Nutzen. Tatsächlich bin ich nicht besonders stark; wenn ich es für meine Arbeit sein mußte, hatte ich Zusatzgeräte zur Verfügung. Unglücklicherweise verwendete ich sie nicht, als ich entführt wurde. Andernfalls wäre ich wahrscheinlich jetzt nicht hier.«

»Verdammt«, sagte Balveda in die Schatten hinein. »Gar kein As im Ärmel?«

»Keine Ärmel, Perosteck.«

Balveda holte tief Atem und starrte düster auf den dunklen Boden. »Ach du meine Güte«, sagte sie.

»Unser Führer kommt.« Unaha-Closp legte Wachsamkeit in seine Stimme. Er drehte sich und verbeugte sich mit der Vorderseite vor Yalson und Horza, die vom hinteren Ende der Höhle zurückkehrten. Der Wandler lächelte. Balveda erhob sich geschmeidig, als Horza ihr winkte.

*

»Perosteck Balveda ...« – Horza stand mit den anderen am Fuß der hinteren Zugangsbrücke und wies mit einer Hand auf den Idiraner, der oben in den Trümmern festsaß –, »ich möchte Ihnen Xoxarle vorstellen.«

»Dies ist das Weibchen, von dem du behauptest, es sei eine Kultur-Agentin, Mensch?« Der Idiraner drehte mühsam den Kopf, um auf die Gruppe von Leuten hinabsehen zu können.

»Erfreut, Sie kennenzulernen«, murmelte Balveda, sah zu dem Idiraner hinauf und hob eine Augenbraue.

Horza stieg die Rampe hoch, ging an Wubslin vorbei, der sein Gewehr auf das gefangene Wesen gerichtet hielt. Der Wandler hatte immer noch den ferngesteuerten Roboter in der Hand. Er erreichte die zweite Rampe und sah dem Idiraner ins Gesicht.

»Sehen Sie das da, Xoxarle?« Er hielt den Roboter hoch, der im Licht seines Anzugs schimmerte.

Xoxarle nickte langsam. »Das ist ein kleines Stück von einem beschädigten Ausrüstungsgegenstand.« Die tiefe, schwere Stimme verriet Zeichen von Anspannung, und Horza bemerkte ein Rinnsal dunkelpurpurnen Blutes auf dem Boden der Rampe.

»Es ist das, was ihr beiden stolzen Krieger hattet, als ihr glaubtet, das Gehirn gefangengenommen zu haben. Mehr steckte nicht dahinter. Ein ferngesteuerter Roboter, der ein schwaches Soligramm erzeugte. Wenn ihr damit zur Flotte zurückgekommen wäret, hätte man euch ins nächste Schwarze Loch geworfen und eure Namen aus den Aufzeichnungen gelöscht. Ihr habt verdammtes Glück gehabt, daß ich im richtigen Augenblick aufgekreuzt bin.«

Eine Weile betrachtete der Idiraner nachdenklich den zerstörten Roboter.

»Du, Mensch«, erklärte Xoxarle langsam, »bist niedriger als Gewürm. Deine kläglichen Tricks und Lügen würden einen Jährling zum Lachen bringen. In deinem dicken Schädel muß mehr Fett sein als auf deinen dürren Knochen. Du eignest dich nicht einmal dazu, ausgekotzt zu werden.«

Horza trat auf die Rampe, unter der der Idiraner lag. Er hörte, wie das Wesen den Atem scharf durch die angespannten Lippen einsog, als er langsam bis an die Stelle schritt, wo Xoxarles Gesicht aus den Trümmern herausragte. »Und Sie, Sie gottverdammter Fanatiker, sind nicht wert, diese Uniform zu tragen. *Ich* werde das Gehirn finden, das Sie schon zu haben glaubten, und dann bringe ich Sie zur Flotte zurück, wo Ihre Vorgesetzten, wenn sie auch nur ein bißchen Verstand haben, Sie von dem Inquisitor wegen unentschuldbarer Dummheit verhören lassen werden.«

»Verdammt …« ächzte der Idiraner unter Schmerzen, »… sei deine Tierseele.«

*

Horza benutzte bei Xoxarle die Lähmpistole. Dann hoben er, Yalson und der Roboter Unaha-Closp die Rampe von dem Körper des Idiraners und ließen sie nach unten krachen. Sie schnitten den Panzer des Riesen auf, banden seine Beine mit Draht zusammen und fesselten ihm die Arme an die Seiten. Xoxarle hatte keine Knochen gebrochen, aber das Keratin hatte auf der einen Seite seines Körpers einen Riß, aus dem Blut sickerte, während eine andere Wunde zwischen seiner Kragenschuppe und der rechten Schulterplatte sich schloß, sobald der Druck von ihm weggenommen wurde. Er war groß, sogar für einen Idiraner, über dreieinhalb Meter, und nicht dünn. Horza war froh, daß der Sektionsführer – das war er nach den Abzeichen auf der Rüstung, die er getragen hatte – wahrscheinlich innerlich verletzt war und Schmerzen haben würde. Das machte die Aufgabe leichter, ihn zu bewachen, wenn er wieder zu sich kam. Der Fesselharnisch war für ihn zu klein.

Yalson hatte sich hingesetzt und aß einen Rationsriegel. Ihr Gewehr balancierte auf einem Knie und zeigte genau auf den bewußtlosen Idiraner, Horza saß am Fuß der Rampe und versuchte, seinen Helm zu reparieren. Unaha-Closp wachte über Neisin und war ebenso machtlos wie alle übrigen darin, dem Verwundeten zu helfen.

Wubslin hatte es sich auf der Palette bequem gemacht und nahm Einstellungen an dem Massen-Sensor vor. Er hatte sich den Kommando-System-Zug bereits von allen Seiten angesehen, aber was ihn wirklich interessierte, war ein fahrender Zug bei besserem Licht und ohne die Strahlung, die ihn daran hinderte, in dem Reaktor-Wagen herumzukriechen.

Aviger stand eine Weile an Dorolows Leiche. Dann ging er zu der hinteren Zugangsrampe, wo der tote Idiraner lag, den Xoxarle Quayanorl genannt hatte, durchlöcherte und zerbeult und mit fehlenden Gliedmaßen. Aviger schielte nach allen Seiten und glaubte, es passe niemand auf, aber sowohl Horza, der gerade von dem beschädigten Helm aufblickte, als auch Balveda, die umherging und in dem Versuch, sich warmzuhalten, die Füße aufstampfte und ausschüttelte, sahen den alten Mann mit dem Fuß nach dem reglosen Körper auf der Rampe ausholen und mit aller Kraft gegen den Helm treten. Der Helm fiel ab; Aviger trat den nackten Kopf. Balveda sah Horza an und schüttelte den Kopf. Dann spazierte sie weiter auf und ab.

»Bist du sicher, daß das alle Idiraner waren?« wollte Unaha-Closp von Horza wissen. Er hatte Wubslin auf dem Rundgang durch den Bahnhof und den Zug begleitet. Jetzt schwebte er vor dem Wandler.

»Das war die ganze Truppe.« Horza sah nicht den Roboter an, sondern das Durcheinander von gebrochenen optischen Fasern, die geräuchert und miteinander verschmolzen in die Außenhaut seines Helms eingebettet lagen. »Du hast doch die Spuren gesehen.«

»Hmm«, machte die Maschine.

»Wir haben gesiegt, Roboter.« Horza sah ihn immer noch nicht an. »Wir werden in Bahnhof Sieben den Strom einschalten, und dann wird es nicht mehr lange dauern, bis wir das Gehirn aufgespürt haben.«

»Dein ›Mr. Adäquat‹ scheint sich bemerkenswert wenig Sorgen über die Freiheiten zu machen, die wir uns mit seiner Eisenbahn herausnehmen«, bemerkte der Roboter.

Horza betrachtete den Schutt und die Trümmer neben dem Zug, dann zuckte er die Achseln und bastelte weiter an dem Helm herum. »Vielleicht ist es ihm gleichgültig«, sagte er.

»Oder könnte es sein, daß ihn das alles amüsiert?« meinte Unaha-Closp. Horza sah ihn an. Der Roboter fuhr fort: »Dieser Planet ist schließlich ein Monument des Todes. Ein geheiligter Ort. Vielleicht ist er ebensosehr ein Altar wie ein Monument, und wir tun nichts anderes, als daß wir den Göttern Opfer darbringen.«

Horza schüttelte den Kopf. »Ich glaube, in deinen Phantasie-Schaltungen hat man die Sicherung weggelassen, Maschine.« Er widmete sich wieder dem Helm.

Unaha-Closp gab ein zischendes Geräusch von sich und kehrte zu Wubslin zurück, der im Innern des Massen-Sensors herumstocherte. Der Roboter sah ihm zu.

»Was haben Sie gegen Maschinen, Horza?« Balveda unterbrach ihren Spaziergang und blieb vor ihm stehen. Hin und wieder rieb sie sich Nase und Ohren. Seufzend legte Horza den Helm aus der Hand.

»Nichts, Balveda, solange sie an ihrem Platz bleiben.«

Das quittierte Balveda mit einem Schnauben. Dann ging sie weiter. Yalson rief von der Rampe herunter:

»Hast du etwas Komisches gesagt?«

»Ich sagte, Maschinen sollten an ihrem Platz bleiben. Das ist keine Bemerkung von der Art, die bei der Kultur gut ankommt.«

»Ja.« Yalson, die bis jetzt den Idiraner im Auge behalten hatte, blickte auf die verschrammte Vorderseite ihres Anzugs nieder, wo er von einem Plasma-Bolzen getroffen worden war. »Horza?« sagte sie. »Können wir irgendwo reden? Aber nicht hier.«

Horza sah zu ihr hoch. »Natürlich«, antwortete er erstaunt. Wubslin löste Yalson auf der Rampe ab. Unaha-Closp schwebte, die Lichter gedämpft, zu Neisin. In einem nebligen Kraftfeld hielt der Roboter einen Injektor. Yalson blieb bei ihm stehen.

»Wie geht es ihm?« fragte sie die Maschine.

»Wie sieht er aus?« gab Unaha-Closp zurück und drehte die Lampen wieder auf. Yalson und Horza sagen nichts darauf. Der Roboter blendete das Licht erneut ab. »Vielleicht hält er noch ein paar Stunden durch.«

Yalson strebte dem Tunneleingang zu, der zu der Transitröhre führte. Horza folgte ihr. Im Innern des Tunnels, sobald sie außer Sicht der anderen waren, blieb Yalson stehen und drehte sich zu dem Wandler um. Anscheinend suchte sie nach Worten und konnte keine finden. Sie nahm den Helm ab und lehnte sich mit dem Rücken an die gekrümmte Tunnelwand.

»Was gibt's für Probleme, Yalson?« fragte sie. Er versuchte, ihre Hand zu fassen, aber sie kreuzte die Arme. »Sind dir Zweifel gekommen, ob du bei der Suche weiter mitmachen willst?«

»Nein«, sagte sie, »ich mache weiter mit. Ich möchte dieses gottverdammte Super-Gehirn sehen. Mir ist es gleich, wer es bekommt oder ob es in die Luft gesprengt wird, aber ich möchte es finden.«

»Ich hätte nicht gedacht, daß dir das so wichtig ist.«

»Es ist mir wichtig geworden.« Sie wandte den Blick

zur Seite, sah ihn wieder an, lächelte unsicher. »Teufel, ich würde auf jeden Fall mitkommen – nur um aufzupassen, daß du nicht in Schwierigkeiten gerätst.«

»Ich glaubte, du hättest dich in letzter Zeit ein bißchen von mir zurückgezogen«, sagte er.

»Ja«, gestand Yalson. »Nun, ich war nicht ... ach ...« Sie seufzte schwer. »Zum Teufel, was soll's?«

»Was ist denn?« Horza sah, daß sie die Achseln zuckte. Ihr kleiner, geschorener Kopf hob sich vor dem fernen Licht als Umriß ab. Wieder ließ sie ihn sinken.

»Oh, Horza«, sagte sie und gab ein kleines, grunzendes Lachen von sich. »Du wirst mir das nicht glauben.«

»Was glauben?«

»Ich weiß nicht, ob ich es dir erzählen soll.«

»Erzähl es mir«, bat er.

»Ich erwarte nicht, daß du mir glaubst, und wenn du es tust, erwarte ich nicht, daß es dir gefällt. Nicht alles. Es ist mir ernst. Vielleicht sollte ich es doch nicht ...« Es klang ehrlich bekümmert. Horza lachte leise.

»Komm, Yalson. Du hast schon zuviel gesagt, um jetzt aufhören zu können. Gerade hast du noch betont, daß du nicht von der Sorte bist, die kneift. Was ist es?«

»Ich bin schwanger.«

Zuerst glaubte er, er habe sich verhört, und wollte einen Witz über das reißen, was er meinte, eben gehört zu haben, aber ein Teil seines Gehirns spulte die Geräusche, die ihre Stimme gemacht hatte, zurück und ließ sie ein zweites Mal ablaufen. Da erkannte er, daß es genau das war, was sie gesagt hatte. Sie hatte recht. Er glaubte es nicht. Er konnte es nicht glauben.

»Frag mich nicht, ob ich sicher bin.« Yalson hatte den Kopf wieder gesenkt, spielte mit ihren Fingern und sah sie oder den dunklen Fußboden an. Ihre von den Handschuhen befreiten Hände ragten nackt aus den Anzugarmen hervor. Sie preßte sie zusammen. »Ich bin sicher.« Sie hob das Gesicht, obwohl er ihre Augen und sie seine nicht sehen konnte. »Ich hatte recht, nicht wahr? Du glaubst mir nicht! Ich meine, es ist von dir. Deswegen erzähle ich es dir ja. Ich würde doch nichts sagen, wenn es … wenn du nicht … wenn es bloß zufällig passiert wäre.« Sie zuckte die Achseln. »Ich dachte, vielleicht würdest du es erraten, als ich dich wegen der Strahlung fragte, die wir alle aufgenommen haben … Aber jetzt wunderst du dich, wie es geschehen konnte, stimmt's?«

»Nun ja …« – Horza räusperte sich –, »es dürfte eigentlich gar nicht möglich sein. Wir sind beide … aber wir gehören zu verschiedenen Spezies.«

»Es gibt eine Erklärung«, seufzte Yalson, zupfte und knetete an ihren Fingern und sah darauf nieder, »aber ich glaube, auch die wird dir nicht gefallen.«

»Versuch's mal!«

»Es ist … es ist so. Meine Mutter … meine Mutter lebte auf einem Felsen. Einem reisenden Felsen, einem von vielen, du weißt schon. Einem der ältesten; er war … einfach so rund um die Galaxis getrampt, vielleicht acht- oder neuntausend Jahre lang, und …«

»Einen Augenblick«, fiel Horza ein, »einem von wessen ältesten?«

»Mein Vater war irgendein Mann … ein Mann von einem Planeten, wo der Felsen einmal haltmachte. Meine Mutter sagte, sie werde irgendwann wiederkommen, aber sie kehrte nie mehr zurück. Ich sagte ihr, ich würde irgendwann einmal hinreisen, nur um ihn zu sehen, falls er noch lebt … Reine Sentimentalität, vermute ich, aber ich sagte, ich wolle es tun, und irgendwann werde ich es tun, wenn ich aus dieser Sache heil herauskomme.« Sie stieß wieder dieses kleine Halblachen, Halbgrunzen aus und löste den Blick für eine Sekunde von ihren zupfenden Fingern, um in die dunkle Höhle des Bahnhofs zu spähen. Dann wandte sich ihr Gesicht wieder dem Wandler zu, und ihre Stimme klang plötzlich drängend, beinahe flehend. »Ich bin meiner Geburt nach nur zur Hälfte Kultur, Horza. Ich verließ den Felsen, sobald ich alt genug war, mit einem Gewehr richtig zu zielen. Ich wußte, die Kultur war nicht der richtige Ort für mich. Auf diese Weise habe ich die künstlich veränderten Gene für Transspezies-Paarungen geerbt. Bisher habe ich nie darüber nachgedacht. Angeblich läßt sich die Empfängnis nur durch einen Willensentschluß herbeiführen, oder zumindest muß man aufhören, keine Schwangerschaft zu wollen, aber diesmal hat es nicht hingehauen. Vielleicht habe ich irgendwie in meiner Wachsamkeit nachgelassen. Es war kein Willensentschluß, Horza, wirklich nicht; so etwas ist mir gar nicht in den Sinn gekommen. Es ist einfach geschehen. Ich …«

»Wie lange weißt du es schon?« fragte Horza ruhig.

»Ich wußte es schon auf der *CAT*. Wir waren noch ein paar Tage von dieser Welt entfernt. Ich kann mich nicht genau erinnern. Anfangs glaubte ich es nicht. Aber ich weiß, daß es wahr ist. Hör zu …« – sie beugte sich dichter zu ihm, und wieder kam der flehende Ton in ihre Stimme –, »ich kann es abtreiben. Nur indem ich daran denke, kann ich es loswerden, wenn du das willst. Vielleicht hätte ich das längst getan, aber du hast mir doch erzählt, daß du keine Familie hast, daß niemand da ist, der deinen Namen weitertragen wird, und ich dachte … also, *mein* Name kümmert mich nicht … ich dachte nur, du …« Sie brach ab, legte plötzlich den Kopf zurück und fuhr sich mit den Fingern durch ihr kurzes Haar.

»Es ist ein hübscher Gedanke, Yalson«, sagte Horza. Yalson nickte stumm und machte sich wieder daran, an ihren Fingern zu zupfen.

»Ich lasse dir die Wahl, Horza«, sagte sie, ohne ihn anzusehen. »Ich kann es behalten. Ich kann es wachsen lassen. Ich kann es in dem Stadium lassen, in dem es sich jetzt befindet … Es liegt ganz an dir. Vielleicht möchte ich nur keine Entscheidung treffen müssen; ich meine, ich bin nicht etwa edel und aufopfernd, aber so ist es nun einmal. Du entscheidest. Der Henker weiß, was für einen unheimlichen Mischling ich in mir trage, aber ich dachte, du müßtest es wissen. Weil ich dich gern habe und … weil … – ich weiß nicht – weil es Zeit war, daß ich zur Abwechslung einmal etwas für jemand anderen tat.« Sie schüttelte den Kopf, und aus ihrer Stimme klangen Verwirrung, die Bitte um Verzeihung und Resignation, alles gleichzeitig. »Oder vielleicht, weil ich etwas tun möchte, das mir selber gefällt, wie gewöhnlich. Oh …«

Er streckte ihr die Arme entgegen und trat näher. Sie kam plötzlich auf ihn zu, umschlang ihn fest. Ihre Anzüge machten die Umarmung schwerfällig, und sein Rücken war verkrampft, aber er drückte sie an sich und wiegte sie sanft vor und zurück.

»Es würde nur zu einem Viertel Kultur sein, Horza, wenn du es möchtest. Es tut mir leid, daß ich dir die Entscheidung aufbürde. Aber wenn du nichts davon wissen willst, okay, dann denke ich noch einmal nach und treffe meine eigene Entscheidung. Es ist immer noch Teil von mir, deshalb habe ich vielleicht gar nicht das Recht, dich zu fragen. Ich möchte wirklich nicht …« Sie seufzte schwer. »O Gott, ich weiß es nicht, Horza, ich weiß es einfach nicht.«

»Yalson …« – er hatte darüber nachgedacht, was er sagen wollte –, »mir ist es schnurzegal, daß deine Mutter von der Kultur war. Es ist mir schnurzegal, *warum* geschehen ist, was geschehen ist. Wenn du es auf dich nehmen willst, dann freue ich mich. Und ob es eine Kreuzung wird, ist mir auch schnurzegal.« Er schob sie ein wenig von sich ab und sah in die Dunkelheit, die ihr Gesicht war. »Ich fühlte mich geschmeichelt, Yalson, und ich bin dir dankbar. Es ist eine gute Idee. Und, wie du sagen würdest: Zum Teufel, was soll's?«

Er lachte, und sie lachte mit ihm, und sie umarmten sich fest. Er spürte Tränen an seinen Augen, obwohl er über die Widersinnigkeit von dem allen lachen mußte. Yalsons Gesicht lag auf der harten Oberfläche seiner Anzugschulter neben einer Laserverbrennung. Ihr Körper zitterte leicht in ihrem Anzug.

Hinter ihnen, in dem Bahnhof, bewegte sich der Sterbende leicht. Sein Stöhnen blieb ohne Echo in der Kälte und Dunkelheit.

Er hielt sie noch eine kleine Weile in den Armen. Dann schob sie ihn von sich, um ihm in die Augen sehen zu können. »Sag es den anderen nicht.«

»Natürlich nicht, wenn du es nicht willst.«

»Bitte«, sagte sie. In dem matten Licht ihrer Anzuglampen leuchteten der Flaum auf ihrem Gesicht und das Haar auf ihrem Kopf wie eine dunstige Atmosphäre um einen Planeten, wenn man ihn vom Weltraum aus sieht. Er zog sie noch einmal an sich, unsicher, was er sagen sollte. Zum Teil war es natürlich die Überraschung ... aber dazu kam die Tatsache, daß das, was zwischen ihnen existierte, durch diese Enthüllung soviel wichtiger wurde, und deshalb war er mehr denn je darauf bedacht, nicht das Falsche zu sagen, keinen Fehler zu begehen. Er durfte nicht zulassen, daß es zuviel Bedeutung gewann, noch nicht. Es war vielleicht das größte Kompliment, das ihm je gemacht worden war, aber gerade seine Kostbarkeit ängstigte ihn, verwirrte ihn. Er hatte das Gefühl, welche Kontinuität seines Namens oder Clans die Frau ihm auch anbot, er durfte seine Hoffnung noch nicht darauf setzen. Der Schimmer dieser möglichen Erbfolge war zu schwach und irgendwo auch zu hilflos, um es mit der frostigen ständigen Mitternacht der Tunnel aufnehmen zu können.

»Danke, Yalson. Laß uns erst diese Sache zu Ende

bringen, dann werden wir leichter eine Entscheidung treffen können. Aber auch wenn du später deine Meinung ändern solltest, ich danke dir.«

Es war alles, was er sagen konnte.

Sie kehrten in die dunkle Höhle des Bahnhofs zurück. Gerade zog der Roboter eine leichte Folie über Neisins reglosen Körper. »Oh, da seid ihr«, sagte er. »Ich habe keinen Sinn darin gesehen, euch zu kontakten.« Er hatte die Stimme gedämpft. »Ihr hättet doch nichts tun können.«

*

»Zufrieden?« fragte Aviger den Wandler, nachdem sie Neisins Leiche zu der Dorolows gelegt hatten. Sie standen neben der Zugangsbrücke, wo Yalson die Wache bei dem bewußtlosen Idiraner wieder aufgenommen hatte.

»Es tut mir leid um Neisin und Dorolow«, antwortet Horza dem alten Mann. »Auch ich habe sie gern gehabt; ich kann verstehen, daß es dich mitnimmt. Du brauchst nicht dabeizubleiben; wenn du willst, kannst du zur Oberfläche zurückkehren. Dort ist es jetzt ungefährlich. Der ganze Trupp ist eliminiert.«

»Du hast auch die meisten von uns eliminiert«, stellte Aviger bitter fest. »Du bist nicht besser als Kraiklyn.«

»Halt den Mund, Aviger!« sagte Yalson von oben auf der Brücke. »Du lebst noch.«

»Und dir ist es auch nicht allzu schlecht ergangen, nicht wahr, junge Dame?« sagte Aviger zu ihr. »Dir und deinem *Freund* hier.«

Yalson schwieg für einen Augenblick. Dann gab sie zurück: »Du bist mutiger, als ich dachte, Aviger. Vergiß nur nicht, es stört mich überhaupt nicht, daß du älter und kleiner bist als ich. Wenn du möchtest, daß ich dir die Eier zermatsche …« – sie nickte und schürzte die

Lippen, und dabei hatte sie den Blick unentwegt auf den schlaffen Körper des idiranischen Offiziers gerichtet –, »dann werde ich dir das gern besorgen, alter Junge.«

Balveda kam vorbei, schob ihren Arm durch den Avigers und wollte den alten Mann wegführen. »Aviger«, sagte sie, »ich muß dir erzählen, wie ich einmal …« Aber Aviger schüttelte sie ab und ging allein fort. Gegenüber dem Reaktor-Wagen setzte er sich mit dem Rücken an die Wand.

Horza sah über den Bahnsteig zu ihm hin. »Er täte gut daran, auf seinen Strahlungsmesser zu achten«, sagte er zu Yalson. »So nahe an dem Reaktor-Wagen ist es ziemlich heiß.«

Yalson nagte an einem zweiten Rationsriegel. »Laß den alten Halunken braten«, meinte sie.

*

Xoxarle erwachte. Yalson beobachtete, wie sein Bewußtsein zurückkehrte. Sie richtete das Gewehr auf ihn. »Willst du dem großen Scheusal sagen, er soll die Rampe hinuntersteigen, Horza?« rief sie.

Xoxarle blickte zu Horza hinunter und kämpfte sich mühsam auf die Füße. »Mach dir keine Mühe«, sagte er auf Marain. »Ich kann in diesem jämmerlichen Ersatz für eine Sprache ebensogut bellen wie du.« Er wandte sich Yalson zu. »Nach dir, Mann!«

»Ich bin eine Frau«, knurrte Yalson und wies mit dem Gewehr die Rampe hinunter. »Los, setze deinen Dreifach-Arsch in Bewegung!«

*

Horzas Anzug-AG war nicht mehr zu reparieren. Unaha-Closp konnte Xoxarles Gewicht nicht tragen.

Also würden sie laufen müssen. Aviger konnte fliegen, Wubslin und Yalson ebenfalls, aber Balveda und Horza blieb nichts anderes übrig, als sich beim Ritt auf der Palette abzuwechseln, und Xoxarle stand ein Fußmarsch über siebenundzwanzig Kilometer zur Station Sieben bevor.

Sie ließen die Leichen der beiden Menschen an den Türen zu den Transit-Röhren liegen, wo sie sie später abholen konnten. Horza warf den nutzlosen Klumpen, der einmal der ferngesteuerte Roboter des Gehirns gewesen war, im Bahnhof auf den Boden und zerschmolz ihn dann mit seinem Laser.

»Hat dir das gutgetan?« fragte Aviger. Horza sah zu dem alten Mann hoch, der in seinem Anzug schwebte, bereit, mit den anderen in den Tunnel zu fliegen.

»Ich will dir was sagen, Aviger. Wenn du etwas Nützliches tun möchtest, könntest du diese Zugangsrampe hinauffliegen und Xoxarles Kameraden da oben ein paar Schüsse durch den Kopf jagen, nur damit wir sicher sind, daß er auch wirklich tot ist.«

»Jawohl, Kapitän.« Aviger salutierte spöttisch. Er bewegte sich durch die Luft zu der Rampe, wo die Leiche des Idiraners lag.

»Okay«, sagte Horza zu den übrigen, »gehen wir!«

Als sie die Mündung des Fußgängertunnels erreichten, landete Aviger auf der mittleren Ebene der Zugangsrampe.

Aviger blickte auf den Idiraner hinab. Der gepanzerte Anzug war mit Brandmalen und Löchern bedeckt. Das Wesen hatte einen Arm und ein Bein verloren, überall war schwarzes, getrocknetes Blut. Der Kopf des Idiraners war auf der einen Seite verkohlt, und wo Aviger ihn getreten hatte, war das Keratin dicht unter der linken Augenhöhle gerissen. Das starr geöffnete Auge des Toten sah ihn an. Es saß locker in seiner knöchernen Hemisphäre, und es war so etwas wie Eiter daraus hervorgesickert. Aviger richtete sein Gewehr auf den Kopf und stellte die Waffe auf Einzelschüsse. Der erste Strahl blies das verletzte Auge davon, der zweite stanzte ein Loch in das Gesicht unter dem, was die Nase des Wesens gewesen sein mochte. Ein Strom grüner Flüssigkeit schoß aus dem Loch und landete auf der Brust von Avigers Anzug. Er goß etwas Wasser aus seiner Flasche über die Schweinerei und ließ es ablaufen.

»Schmutz«, murmelte er vor sich hin und schulterte sein Gewehr, »alles, alles … Schmutz.«

*

»Seht mal!«

Sie waren noch keine fünfzig Meter in den Tunnel eingedrungen. Aviger war gerade in der Mündung erschienen und flog ihnen nach, als Wubslin aufschrie. Sie hielten an und sahen auf den Schirm des Massen-Sensors.

Fast im Mittelpunkt der dichten grünen Linien war ein grauer Fleck, die Spur des Reaktors, die sie schon kannten, da der Sensor sich von dem Atommeiler in dem Zug hinter ihnen täuschen ließ.

Ganz am Rand des Schirms, genau geradeaus und mehr als sechsundzwanzig Kilometer entfernt, war ein weiteres Echo zu sehen. Es war kein grauer Fleck, keine falsche Spur. Dort leuchtete ein harter, heller Lichtpunkt auf dem Schirm wie ein Stern.

Zwölfter Teil

◊

Das Kommando-System: Maschinen

»... Ein Himmel wie gehacktes Eis, ein Wind, der bis ins Mark schneidet. Auf dem größten Teil der Reise zu kalt für Schnee, aber einmal fegte elf Tage und Nächte lang ein Blizzard über das Eisfeld, auf dem wir gingen, heulend wie ein Tier und mit einem Biß wie Stahl. Die Eiskristalle flossen als ein einziger Strom über das harte, gefrorene Land. Man konnte nicht hineinsehen und nicht atmen; es war schon beinahe unmöglich, sich auf den Füßen zu halten. Wir gruben ein Loch, flach und kalt, und blieben darin liegen, bis es wieder aufklarte.

Wir marschierten, ein verwundeter, versprengter Haufen. Einige verloren wir, weil ihr Blut in ihnen gefror. Einer verschwand einfach, des Nachts in einem Schneesturm. Einige starben an ihren Wunden. Einen nach dem anderen verloren wir sie, unsere Kameraden und unsere Diener. Jeder von ihnen bat uns, ihre Leichen, sobald sie verschieden seien, zum größtmöglichen Nutzen zu verwenden. Wir hatten so wenig zu essen; wir alle wußten, was es heißen sollte, wir alle waren darauf vorbereitet. Nenne ein größeres Opfer oder ein edleres.

Wenn man in dieser Luft weinte, gefroren einem mit einem Knistern wie von einem brechenden Herzen die Tränen auf dem Gesicht.

Berge. Die hohen Pässe, zu denen wir emporstiegen, ausgehungert in dieser dünnen und bitteren Luft. Der Schnee war ein weißes Pulver, trocken wie Staub. Atmete man ihn ein, gefror man von innen; Schneewolken von den zerklüfteten Hängen, von den Füßen vor einem losgetreten, stachen in der Kehle wie gesprühte Säure. Ich sah Regenbogen in den kristallenen Schleiern aus Eis und Schnee, die wir im Vorübergehen erzeugt hatten, und allmählich haßte ich diese Farben, diese gefrierende Trockenheit, die ausgehungerte hohe Luft und den dunkelblauen Himmel.

Drei Gletscher überquerten wir. Zwei unserer Kameraden stürzten in Spalten und fielen, bis wir sie nicht mehr sehen oder hören konnten, fielen tiefer als die Reichweite eines Echos.

Tief in einem Bergring kamen wir an einen Sumpf; er lag in dem Kessel wie ein Grab jeder Hoffnung. Wir waren zu langsam, zu benommen, um unseren Querl zu retten, der hineinlief und unterging. Wir dachten, das könne nicht sein, nicht in dieser Luft, so kalt trotz des schwachen Sonnenscheins. Wir dachten, der Sumpf müsse gefroren sein, und wir sähen, was nur zu sein scheine, und unser Blick würde sich klären und er zu uns zurückkehren, nicht in dieser dunklen Brühe außer Reichweite versinken.

Es war ein Ölsumpf, das merkten wir zu spät, nachdem die teerigen Tiefen ihren Tribut von uns verlangt hatten. Am nächsten Tag, als wir nach einem Weg zur anderen Seite suchten, sank die Temperatur noch weiter. Sogar dieser Schlamm erstarrte, und wir liefen schnell hinüber.

Mitten in lauter gefrorenem Wasser verdursteten wir langsam. Wir hatten kaum etwas außer unseren eigenen Körpern, um den Schnee zu erwärmen, und wenn wir diesen weißen Staub aßen, bis er uns betäubte, machte uns die Kälte benommen, verlangsamte unsere Sprache und unseren Schritt. Aber wir marschierten weiter, obwohl die Kälte an uns saugte, ob wir wachten oder zu schlafen versuchten, und die harte Sonne blendete uns in Feldern aus glitzerndem Weiß und füllte unsere Augen mit Schmerz. Der Wind schnitt uns, der Schnee wollte uns verschlingen, Berge wie schwarzes Glas blockierten unseren Weg, und in klaren Nächten verhöhnten die Sterne uns. Aber wir kamen voran.

Beinahe zweitausend Kilometer, Kleiner, mit nichts als dem bißchen Essen, das wir aus dem Wrack mitnehmen konnten, dem bißchen Ausrüstung, das von dem Barrieren-Tier nicht in Schrott verwandelt worden war, und unserer eigenen Entschlossenheit. Wir waren vierundvierzig, als wir den Schlachtkreuzer verließen, siebenundzwanzig, als wir unseren Treck über den Schnee begannen, acht von meiner Art und neunzehn von dem Medjel-Volk. Zwei von uns beendeten die Reise und sechs von unseren Dienern.

Wundert es dich, daß wir über den ersten Ort voller Licht und Wärme herfielen, den wir fanden? Überrascht es dich, daß wir einfach nahmen und nicht fragten? Wir hatten tapfere Krieger und treue Diener an der Kälte sterben sehen, es war einer nach dem anderen verschwunden, als habe der Eiswind ihn verschlissen. Wir hatten in den wolkenlosen, erbarmungslosen Himmel eines toten und fremden Planeten gesehen und uns gefragt, wer wohl wen essen werde, wenn es Morgen wurde. Anfangs machten wir Witze darüber, aber später, als wir dreißig Tage lang marschiert waren und die meisten von uns in Eislöchern, in Bergschluchten oder roh in unseren Mägen ein Ende gefunden hatten, fanden wir es nicht mehr so komisch. Ich denke, von den letzten – vielleicht glaubten sie, wir seien nicht mehr auf dem richtigen Kurs – starben einige an Verzweiflung.

Wir töteten unsere menschlichen Freunde, diese anderen Wandler. Ich tötete einen mit meinen eigenen Händen. Ein anderer, der noch schlief, fiel einem Medjel zum Opfer. Der im Kontrollraum kämpfte tapfer, und als er erkannte, daß er verloren war, zerstörte er viele der Kontrollen. Ich salutiere ihm. Es war noch einer da, der sich zur Wehr setzte, in dem Raum, wo sie Dinge lagerten. Auch er starb tapfer. Du solltest nicht zu sehr um sie trauern. Ich werde mit der Wahrheit in meinen Augen und in meinem Herzen vor meine Vorgesetzten hintreten. Sie werden mich nicht bestrafen, sie werden mich belohnen, sollte ich sie jemals wiedersehen.«

Horza ging hinter dem Idiraner durch den Tunnel, solange Yalson sich davon ausruhte, den großen Dreifüßer zu bewachen. Horza hatte Xoxarle aufgefordert, ihm zu erzählen, was aus der Gruppe geworden war, die im Innern des Chuy-hirtsi-Tieres den Planeten erreicht hatte. Der Idiraner hatte mit einem Epos geantwortet.

»Eine, die noch schlief«, sagte Horza.

»Was, Mensch?« grollte Xoxarles Stimme durch den Tunnel. Er hatte sich beim Reden nicht die Mühe gemacht, sich umzudrehen; er sprach zu der klaren Luft des Fußgängertunnels, der zu Bahnhof Sieben führte. Seine mächtige Baßstimme war noch von Wubslin und Aviger, die die Nachhut der kleinen, buntscheckigen Schar bildeten, mühelos zu verstehen.

»Sie haben sich wieder geirrt«, sagte Horza müde zu dem Hinterkopf des Idiraners. »Im Schlaf getötet wurde eine Frau.«

»Nun, das Medjel hat sich um sie gekümmert. Wir legten sie alle in den Korridor. Einiges von ihrer Nahrung erwies sich als eßbar. Uns schmeckte es himmlisch.«

»Wie lange ist das her?« fragte Horza.

»Ungefähr acht Tage, glaube ich. Hier unten ist es schwer, sich die Zeit zu merken. Wir versuchten sofort, einen Massenanomalien-Sensor zu bauen, denn der würde uns von unschätzbarem Wert gewesen sein, aber wir hatten keinen Erfolg. Wir hatten nur das, was in der Wandler-Basis unbeschädigt geblieben war. Ein großer Teil unserer Ausrüstung war von dem Barrieren-Tier zerstört worden, anderes hatten wir liegenlassen müssen, als wir von dem Chuy-hirtsi zu unserem Marsch aufbrachen, oder unterwegs, als einer nach dem anderen starb.«

»Ihr müßt es für pures Glück gehalten haben, daß ihr das Gehirn so leicht fandet.« Horza hielt sein Gewehr auf den Hals des großen Idiraners gerichtet und beobachtete ihn unausgesetzt. Xoxarle mochte verletzt sein – Horza wußte genug über die Spezies, um aus der Art, wie der Sektionsleiter ging, zu erkennen, daß er Schmerzen litte –, aber gefährlich war er immer noch. Aber es machte Horza nichts aus, wenn er redete; es vertrieb ihm die Zeit.

»Wir wußten, das Gehirn war verletzt. Als wir es in Bahnhof Sechs fanden und es sich nicht bewegte und durch nichts erkennen ließ, ob es uns bemerkt habe, nahmen wir an, das seien Folgen der Beschädigung. Wir wußten bereits, daß du angekommen warst; es ist erst einen Tag her. Wir akzeptierten unser Glück, ohne uns weiter den Kopf zu zerbrechen, und trafen Vorbereitungen für unsere Flucht. Du hast uns in letzter Minute aufgehalten. Noch ein paar Stunden, und dieser Zug wäre abgefahren.«

»Wahrscheinlicher ist, daß ihr euch selbst in radioaktiven Staub verwandelt hättet«, korrigierte Horza den Idiraner.

»Denk, was du willst, Zwerg. Ich weiß, was ich getan habe.«

»Klar doch«, sagte Horza skeptisch. »Warum habt ihr alle Gewehre mitgenommen und dieses Medjel an der Oberfläche ohne Waffe zurückgelassen?«

»Wir hatten beabsichtigt, einen der Wandler am Leben zu lassen und zu befragen, aber das mißlang, zweifellos durch unsere eigene Schuld. Wäre es uns gelungen, hätten wir uns vergewissern können, daß wirklich niemand anderer hier unten vor uns war. Wir waren doch so spät eingetroffen. Wir nahmen alle verfügbaren Waffen mit nach unten und ließen dem Diener auf der Oberfläche nur einen Kommunikator, damit ...«

»Den Kommunikator haben wir nicht gefunden«, unterbrach Horza.

»Gut. Er sollte ihn verstecken, wenn er ihn nicht für eine Meldung benutzte.« Xoxarle fuhr fort: »Das taten wir, damit wir das bißchen an Feuerkraft, das wir noch besaßen, da hatten, wo sie am dringendsten gebraucht werden würde. Sobald wir festgestellt hatten, daß wir uns allein hier befanden, schickten wir einen Diener mit einer Waffe für unseren Wachposten nach oben. Zu seinem Unglück muß er, wie es aussieht, gleich nach euch dort angekommen sein.«

»Seien Sie beruhigt«, sagte Horza, »er hat seine Sache gut gemacht. Beinahe hätte er mir den Kopf weggeschossen.«

Xoxarle lachte. Horza zuckte bei dem Geräusch zusammen. Es war nicht nur laut, es war grausam in einer Art, die Xoralundras Lachen nicht gewesen war.

»Dann hat seine arme Sklavenseele Frieden«, dröhnte Xoxarle. »Mehr kann sein Stamm nicht verlangen.«

*

Horza weigerte sich, Pause zu machen, bis sie den halben Weg zu Bahnhof Sieben zurückgelegt hatten.

Sie setzten sich in dem Fußgängertunnel hin und ruhten sich aus. Der Idiraner war am weitesten unten im Tunnel, Horza hatte sich ihm gegenüber in einer Entfernung von ungefähr sechs Metern niedergelassen, das Gewehr schußbereit. Yalson saß nehmen ihm.

»Horza«, sagte sie, betrachtete seinen Anzug und dann ihren eigenen, »ich glaube, wir könnten das AG meines Anzugs benutzen; es läßt sich abnehmen. Wir könnten es an deinem Anzug festmachen. Das mag ein bißchen unordentlich aussehen, aber funktionieren würde es.« Sie sah ihm ins Gesicht. Er wandte die Augen nur kurz von Xoxarle ab.

»Ich komme schon zurecht«, sagte er. »Behalte du das AG.« Er stupste sie sacht mit seinem freien Arm und senkte die Stimme. »Schließlich trägst du ein bißchen mehr Gewicht.« Yalson gab ihm einen solchen Knuff mit dem Ellbogen, daß er ein Stückchen über den Tunnelboden rutschte. In gespieltem Schmerz rieb er sich die Seite seines Anzugs. »Autsch!« sagte er.

»Jetzt wünschte ich, ich hätte es dir nicht erzählt«, erklärte Yalson.

»Balveda?« fragte Xoxarle plötzlich. Er drehte seinen großen Kopf, sah vorbei an Horza und Yalson, über die Palette und den Roboter Unaha-Closp hinweg, vorbei an Wubslin – der den Massen-Sensor betrachtete – und Aviger den Tunnel hinauf zu der Stelle, wo die Kultur-Agentin an der Wand lehnte, stumm, die Augen geschlossen.

»Sektionsführer?« Balveda öffnete die Augen und sah gelassen den Tunnel hinunter zu dem Idiraner hin.

»Der Wandler sagt, du seist von der Kultur. Diese Rolle hat er dir zugeteilt. Er wollte mich glauben machen, du seist eine Spionin.« Xoxarle neigte den Kopf auf die Seite und spähte in die dunkle Röhre des Tunnels. »Du scheinst mir eine Gefangene dieses Mannes zu sein. Bestätigst du, daß du bist, was er sagt?«

Balveda ließ den Blick langsam, beinahe unverschämt von Horza zu dem Idiraner wandern. »Was er sagt, stimmt leider, Sektionsführer.«

Der Idiraner bewegte den Kopf von einer Seite zur anderen, blinzelte mit den Augen und rumpelte dann:

»Höchst seltsam. Ich kann mir nicht vorstellen, warum ihr alle versuchen solltet, mich zu täuschen, oder warum dieser eine Mann soviel Gewalt über euch alle hat. Doch finde ich die Geschichte, wie er sie erzählt, kaum glaublich. Wenn er wirklich auf unserer Seite steht, dann habe ich mich auf eine Weise verhalten, die die gerechte Sache schädigen und vielleicht sogar deiner Seite helfen mag, Frau, wenn du bist, was du behauptest. Höchst seltsam.«

»Denken Sie weiter darüber nach«, riet ihm Balveda, schloß die Augen und lehnte den Kopf wieder an die Tunnelwand.

»Horza steht auf seiner eigenen Seite, nicht auf der von irgendwem anders«, sagte Aviger von weiter oben im Tunnel. Er sprach den Idiraner an, richtete aber die Augen am Ende seines Satzes auf Horza. Dann ließ er den Kopf sinken und kratzte aus einem Essensbehälter, der neben ihm stand, ein paar letzte Krumen heraus.

»Das ist das Übliche bei eurer Art«, antwortete Xoxarle dem alten Mann, der nicht aufblickte. »So seid ihr gemacht. Ihr strebt danach, euch während der kurzen Zeit, die euch im Universum zugemessen ist, einen Weg über die Rücken eurer Mitmenschen zu bahnen, ihr vermehrt euch, wann immer ihr könnt, damit die Stärksten überleben und die Schwächeren aussterben. Das mache ich euch ebensowenig zum Vorwurf, wie ich versuchen würde, einen nicht intelligenten Fleischfresser zum Vegetariertum zu bekehren. Ihr steht alle auf eurer eigenen Seite. Bei uns ist das anders.« Xoxarle sah Horza an. »Dem mußt du zustimmen, Wandler-Verbündeter.«

»Ihr seid anders, das stimmt«, antwortete Horza. »Aber alles, was mich interessiert, ist, daß ihr gegen die Kultur kämpft. Ihr mögt im Endergebnis Gottes Geschenk oder Fluch sein, mir kommt es nur darauf an, daß ihr im Augenblick gegen ihre Leute seid.«

Horza nickte zu Balveda hin, die die Augen nicht öffnete, aber lächelte.

»Was für eine pragmatische Einstellung«, meinte Xoxarle. Horza fragte sich, ob die anderen die Spur von Humor in der Stimme des Riesen erkannten. »Was hat die Kultur bloß getan, daß du sie so haßt?«

»Mir persönlich nichts«, sagte Horza. »Ich bin bloß anderer Meinung als sie.«

»Ihr Menschen hört doch nie auf, mich zu überraschen«, stellte Xoxarle fest. Er krümmte sich plötzlich, und ein prasselndes, donnerndes Geräusch, als würden Felsen zermalmt, kam aus seinem Mund. Sein großer Körper erschauerte. Xoxarle drehte den Kopf zur Seite und spuckte auf den Tunnelboden. Er hielt den Kopf weiter abgewandt, während die Menschen sich gegenseitig ansahen und sich fragten, wie schwer verletzt der Idiraner wirklich sei. Xoxarle wurde still. Er beugte sich vor und betrachtete das, was er ausgespuckt hatte. Ein dumpfer, widerhallender Laut drang aus seiner Kehle. Dann sprach er wieder Horza an. Seine Stimme klang kratzig und heiser. »Ja, Wandler, du bist ein merkwürdiger Geselle. Du läßt den Dissidenten unter deinen Leuten ein bißchen zuviel Spielraum, nichts für ungut.« Er sah zu Aviger oben im Tunnel hin, der den Kopf hob und dem Idiraner einen ängstlichen Blick zuwarf.

»Ich komme schon zurecht«, versicherte Horza dem Sektionsführer. Er stellte sich auf die Füße, sah ringsum und streckte seine müden Beine. »Es wird Zeit.« Bei Xoxarle erkundigte er sich: »Können Sie in Ihrem Zustand gehen?«

»Binde mich los, und ich laufe schneller, als du mir entfliehen könntest, Mensch«, schnurrte Xoxarle. Er richtete seinen gewaltigen Körper aus der hockenden Haltung auf. Horza blickte in das dunkle, breite V des idiranischen Gesichtes hoch und nickte langsam.

»Achten Sie nur darauf, daß Sie am Leben bleiben, damit ich Sie zur Flotte zurückbringen kann, Xoxarle«, sagte Horza. »Das Verfolgen und das Kämpfen sind vorbei. Wir suchen jetzt alle nach dem Gehirn.«

»Eine armselige Jagd, Mensch«, gab Xoxarle zurück. »Ein schimpfliches Ende der ganzen Unternehmung. Ich müßte mich für dich schämen, aber schließlich bist du nur ein Mensch.«

»Ach, halt die Klappe und setz dich in Bewegung!« sagte Yalson zu dem Idiraner. Sie drückte Knöpfe an ihren Anzugkontrollen und schwebte bis zu Xoxarles Kopf hoch. Der Idiraner schnaubte, drehte sich um und hinkte den Fußgängertunnel hinunter. Einer nach dem anderen folgten sie ihm.

*

Horza bemerkte nach ein paar Kilometern, daß der Idiraner anfing, müde zu werden. Die Schritte des Riesen wurden kürzer, immer häufiger bewegte er die großen Keratin-Platten seiner Schultern, als versuche er einen inneren Schmerz zu lindern, und schüttelte seinen großen Kopf, wie um die Gedanken zu klären. Zweimal wandte er sich ab und spuckte an die Wände. Horza sah sich die tropfende Flüssigkeit an: Es war idiranisches Blut.

Schließlich taumelte Xoxarle zur Seite. Horza ging wieder hinter ihm, nachdem er eine Weile auf der Palette gesessen hatte. Als er den Idiraner schwanken sah, verlangsamte er den Schritt und hob die Hand, um es auch die anderen wissen zu lassen. Xoxarle gab leise, stöhnende Geräusche von sich, drehte sich halb um, stolperte, wobei er die Fesseldrähte zwischen seinen Füßen straffzog, daß sie summten wie die Saiten eines Instruments, krachte nach vorn auf den Boden und blieb liegen.

»Oh …« sagte irgendwer.

»Bleibt zurück!« befahl Horza. Vorsichtig rückte er zu dem langen, unbeweglichen Körper des Idiraners auf. Er blickte auf den großen Kopf nieder. Blut drang darunter hervor, bildete eine Lache. Yalson schloß sich Horza an, das Gewehr auf das gefallene Wesen gerichtet.

»Ist er tot?« fragte sie. Horza zuckte die Achseln. Er kniete sich hin und berührte den Körper der Idiraners mit der bloßen Hand an einer Stelle nahe dem Hals, wo es manchmal möglich war, den stetigen Fluß des Blutes im Inneren zu fühlen, aber da war nichts. Er schloß und öffnete dann wieder eins der Augen des Sektionsführers.

»Ich glaube nicht.« Er stippte den Finger in die sich sammelnde Blutlache. »Aber er muß starke innere Blutungen haben.«

»Was können wir tun?« fragte Yalson.

»Nicht viel.« Nachdenklich rieb sich Horza das Kinn.

»Wie wäre es mit einem Anti-Gerinnungsmittel?« fragte Aviger von der anderen Seite der Palette her, auf der Balveda saß und die Szene vor ihr mit dunklen, ruhigen Augen beobachtet.

»Unsere Medikamente nutzen bei ihnen nichts«, antwortete Horza.

»Hautspray«, schlug Balveda vor. Alle sahen sie an. Sie nickte und sagte zu Horza: »Haben Sie medizinischen Alkohol und Hautspray? Stellen Sie daraus eine Mischung zu gleichen Teilen her. Wenn er Verletzungen am Magen-Darm-Trakt hat, könnte ihm das helfen. Sind es die Atmungswege, ist er tot.« Sie zuckte die Achseln.

»Dann tun wir doch was, statt den ganzen Tag um ihn herumzustehen!« rief Yalson.

»Einen Versuch ist es wert«, meinte Horza. »Wir

richten ihn besser auf, wenn wir ihm etwas die Kehle hinuntergießen wollen.«

»Damit«, erklang die Stimme des Roboters müde unter der Palette her, »bin zweifellos ich gemeint.« Er schwebte nach vorn und setzte die Palette vor Xoxarles Füßen auf den Boden. Balveda stieg ab, als der Roboter seine Bürde vom Rücken nahm. Er flog dahin, wo Yalson und Horza neben dem liegenden Idiraner standen.

»Ich fasse zusammen mit dem Roboter an«, sagte Horza zu Yalson und legte sein Gewehr hin. »Du hältst deine Waffe auf ihn gerichtet.«

Wubslin, der jetzt kniete und sich mit den Kontrollen des Massen-Sensors zu schaffen machte, pfiff leise vor sich hin. Balveda ging um die Palette herum, um es sich anzusehen.

»Da ist es.« Wubslin lächelte sie an und nickte zu dem hellen weißen Punkt auf dem grünlinierten Schirm hin. »Ist es nicht eine Schönheit?«

»Bahnhof Sieben, meinen Sie, Wubslin?« fragte Balveda mit einem Blick auf den Schirm. Sie krümmte die schmalen Schultern, schob die Hände tief in die Jackentaschen und rümpfte die Nase. Sie konnte sich selbst riechen.

Sie stanken alle, alle gaben sie nach der Zeit, die sie unten waren, ohne sich zu waschen, tierische Gerüche von sich. Wubslin nickte.

»Es muß da sein«, sagte er zu der Kultur-Agentin. Horza und der Roboter mühten sich ab, den schlaffen Körper des Idiraners hochzuwuchten und zum Sitzen aufzurichten. Aviger kam nach vorn, um zu helfen, und nahm im Gehen den Helm ab. »Es muß da sein«, flüsterte Wubslin, mehr im Selbstgespräch als an Balveda gewandt. Das Gewehr fiel ihm von der Schulter, er nahm es ab und betrachtete stirnrunzelnd die verklemmte Spule, die dazu bestimmt war, den Riemen straffzuhalten. Dann legte er die Waffe auf die Palette und bastelte weiter an dem Massen-Sensor herum. Balveda schob sich näher heran und spähte dem Ingenieur über die Schulter. Wubslin drehte den Kopf und sah zu ihr hoch, lächelte ihr verlegen zu und rückte das Laser-Gewehr, das er auf die Palette gelegt hatte, weiter von ihr weg. Balveda reagierte mit einem kleinen Lächeln und trat einen Schritt zurück. Sie nahm die Hände aus den Taschen, schlug die Arme übereinander und sah Wubslin nun aus ein bißchen größerer Entfernung zu.

»Ist das schwer«, keuchte Horza. Endlich gelang es ihm, Aviger und Unaha-Closp, Xoxarles Rücken mit Ziehen und Schieben an die Tunnelwand zu lehnen. Der massige Kopf hing kraftlos auf die Brust. Flüssigkeit rann aus einer Ecke des großen Mundes. Horza und Aviger richteten sich auf. Aviger streckte grunzend die Arme.

Xoxarle schien tot zu sein, eine Sekunde lang, vielleicht zwei.

Dann war es, als schleudere ihn eine gewaltige Kraft von der Wand weg. Er warf sich schräg nach vorn, ein Arm traf Horzas Brust und warf den Wandler auf Yalson. Gleichzeitig schnellten die bisher eingeknickten Beine den Körper in die Höhe. Der Idiraner machte einen Satz von der Gruppe vor der Palette weg, warf Aviger an die Wand und fegte Unaha-Closp mit der anderen Hand aus der Luft.

Xoxarle sprang auf die Palette. Der erhobene Arm mit der massigen Faust fiel nieder. Wubslin hatte eben die Hand nach seinem Gewehr ausgestreckt.

Der Idiraner ließ seine Faust mit all seiner Kraft herabsausen und zerschmetterte den Massen-Sensor mit einem einzigen Hieb. Seine andere Hand griff blitzschnell nach Wubslins Laser. Wubslin warf sich instinktiv zurück und stieß gegen Balveda.

Xoxarles Hand schloß sich um das Laser-Gewehr

wie eine ausgelöste Falle um das Bein eines Tieres. Er rollte sich auf den auseinanderfallenden Trümmern des Sensors herum. Das Gewehr wirbelte in seiner Hand, zeigte zurück zum Tunnel, wo Horza, Yalson und Aviger sich noch bemühten, das Gleichgewicht wiederzugewinnen, und Unaha-Closp anfing, sich zu bewegen. Xoxarle suchte kurz festen Halt und zielte auf Horza.

Unaha-Closp knallte wie ein kleines Geschoß, dessen Stromlinienform zu wünschen übrig ließ, mit einer solchen Wucht gegen Xoxarles Unterkiefer, daß der Sektionsführer in die Höhe gehoben wurde. Sein Hals ruckte aus den Schultern, seine drei Beine schlugen zusammen, und er streckte die Arme nach den Seiten aus. Mit dumpfem Schlag landete der Idiraner neben Wubslin und blieb liegen.

Horza bückte sich und hob sein Gewehr auf. Yalson fuhr in geduckter Haltung herum und brachte ihre Waffe in Anschlag. Wubslin setzte sich auf. Balveda war zurückgetaumelt, als Wubslin gegen sie stieß. Jetzt stand sie da, eine Hand vor dem Mund, und sah auf Unaha-Closp nieder, der in der Luft über Xoxarles Gesicht schwebte. Aviger rieb sich den Kopf und sah die Wand grollend an.

Horza ging zu dem Idiraner hin. Xoxarles Augen waren geschlossen. Wubslin zog sein Gewehr aus der schlaffen Faust des Idiraners.

»Nicht schlecht, Roboter.« Horza nickte ihm zu.

Die Maschine zeigte ihm die Vorderseite. »Unaha-*Closp*«, artikulierte sie verzweifelt.

»Okay«, seufzte Horza. »Gut gemacht, Unaha-Closp.« Dann sah sich der Wandler Xoxarles Handgelenke an. Sie waren frei. Die Drähte an seinen Beinen hielten noch, aber die an seinen Armen waren gerissen wie Fäden.

»Ich habe ihn doch nicht umgebracht?« fragte

Unaha-Closp. Horza, den Lauf seines Gewehrs dicht an Xoxarles Kopf haltend, verneinte.

Xoxarles Körper begann zu zittern, seine Lider flatterten. »Nein, ich bin nicht tot, kleine Freunde«, rumpelte die tiefe Stimme, und das kratzende, schnarrende Geräusch seines Lachens hallte in dem Tunnel wider. Langsam hebelte er seinen Rumpf vom Boden hoch.

Horza trat ihm in die Seite.

»Kleiner!« lachte Xoxarle, bevor Horza etwas sagen konnte. »Ist das die Art, wie du Verbündete behandelst?« Er rieb sich den Kiefer, bewegte gebrochene Hornplatten. »Ich bin verletzt«, verkündete er mit lauter Stimme und brach wieder in Gelächter aus. Das große V seines Kopfes schaukelte vorwärts und wies auf die Trümmer, die auf der Palette lagen. »Aber nicht so schwer wie euer kostbarer Massen-Sensor!«

Horza stieß dem Idiraner den Gewehrlauf gegen den Kopf. »Ich sollte …«

»Du solltest mir auf der Stelle den Kopf wegpusten, ich weiß, Wandler. Ich habe dir bereits gesagt, daß du das solltest. Warum tust du es nicht?«

Horza krümmte den Finger um den Abzug, hielt den Atem an, und dann brüllte er, brüllte ohne Worte oder Sinn auf die vor ihm sitzende Gestalt ein. »Schnürt diesen Drecksack zusammen!« schnauzte er und stapfte an Yalson vorbei den Tunnel hinunter. Sie sah ihm kurz nach und wandte sich mit einem kleinen Kopfschütteln gleich wieder den anderen zu. Aviger schnürte dem Idiraner die Arme mit mehreren Drahtschlingen an den Seiten fest. Wubslin half ihm und warf gelegentlich einen traurigen Blick auf den Schrott, in den sich sein Massen-Sensor verwandelt hatte. Xoxarle bebte immer noch vor Gelächter.

»Das Ding hat meine Masse gespürt! Es hat meine Faust gespürt! Ha!«

*

»Ich hoffe, jemand hat diesen dreibeinigen Dreckskerl darauf aufmerksam gemacht, daß wir immer noch den Massen-Sensor in meinem Anzug haben«, sagte Horza, als Yalson ihn eingeholt hatte. Yalson sah über die Schulter zurück und antwortete:

»Nun, gesagt habe ich es ihm, aber vermutlich hat er es mir nicht geglaubt.« Sie sah Horza an. »Funktioniert er?«

Horza warf einen Blick auf den kleinen Tochterschirm an seinem Handgelenk. »Nicht in dieser Entfernung, aber er wird funktionieren, wenn wir näher herankommen. Wir finden das Gehirn schon noch, mach dir keine Sorgen.«

»Ich mache mir keine Sorgen«, sagte Yalson. »Wirst du zurückkommen und wieder mit uns gehen?« Noch einmal sah sie zu den anderen hin. Xoxarle, der immer noch dann und wann auflachte, ging voran, gefolgt von Wubslin, der den Idiraner mit der Lähmpistole bewachte. Balveda saß auf der Palette, und Aviger schwebte hinterher.

Horza nickte. »Mache ich. Warten wir hier.« Er blieb stehen, Yalson, die gegangen war, statt zu fliegen, ebenfalls.

Sie lehnten sich an die Tunnelwand. Xoxarle näherte sich. »Wie geht es dir übrigens?« fragte Horza die Frau.

Yalson zuckte die Achseln. »Gut. Und dir?«

»Ich habe gemeint …« begann Horza.

»Ich weiß, was du gemeint hast«, unterbrach Yalson ihn, »und ich habe gesagt, daß es mir gut geht. Nun hör auf, ein solcher Schmerz im Arsch zu sein!« Sie lächelte ihm zu. »Okay?«

»Okay.« Horza richtete das Gewehr auf Xoxarle, als der Idiraner vorbeiging.

»Hast du dich verlaufen, Wandler?« rumpelte der Riese.

»Weitergehen!« schnauzte Horza. Er fiel neben Wubslin in Schritt. »Tut mir leid, daß ich mein Gewehr auf die Palette gelegt habe«, entschuldigte sich der Ingenieur. »Das war dumm.«

»Laß nur«, beruhigte Horza ihn. »Er war hinter dem Sensor her. Das Gewehr muß eine angenehme Überraschung gewesen sein. Jedenfalls hat der Roboter uns gerettet.«

Horza schnaubte durch die Nase. Es klang fast wie ein Lachen. »Der Roboter hat uns gerettet«, wiederholte er im Selbstgespräch und schüttelte den Kopf.

*

… ah meine seele meine seele alles ist jetzt dunkelheit. jetzt sterbe ich, jetzt gleite ich davon, und nichts wird übrigbleiben. ich habe angst. großer gott, erbarme dich meiner. aber ich habe angst. kein siegesschlaf, nur mein tod. dunkelheit und tod. der augenblick, in dem alle eins werden, der augenblick der annihilierung. ich habe versagt. ich hörte und jetzt weiß ich. versagt. tod zu gut für mich. vergessen wie erlösung. mehr als ich verdiene, viel mehr. ich kann nicht aufgeben, ich muß durchhalten, weil ich ein schnelles, freiwilliges ende nicht verdiene. meine kameraden warten, aber sie wissen nicht, wie sehr ich versagt habe. ich bin nicht würdig, mich zu ihnen zu gesellen. mein clan muß weinen. ah dieser schmerz … dunkelheit und schmerz …

*

Sie erreichten den Bahnhof.

Der Kommando-System-Zug ragte über dem Bahnsteig auf. Sein dunkler Leib glitzerte unter den Lampen der kleinen Gruppe von Leuten, die den Bahnhof betraten.

»Da wären wir endlich«, bemerkte Unaha-Closp. Er

hielt an und ließ Balveda von der Palette steigen. Dann senkte er die Platte mit den Vorräten und Materialien auf den staubigen Boden nieder.

Horza befahl dem Idiraner, sich vor die nächste Zugangsbrücke zu stellen, und band ihn daran fest.

»Und was ist jetzt mit deinem Gehirn, Kleiner?« fragte Xoxarle, als Horza ihn an das Metall fesselte. Der Idiraner blickte auf den Menschen nieder, wie ein vorwurfsvoller Erwachsener auf ein Kind, das Draht um seinen Körper wickelte. »Wo ist es? Ich sehe es nicht.«

»Geduld, Sektionsführer«, antwortete Horza.

Er sicherte den Draht und prüfte ihn. Dann trat er zurück. »Bequem?« fragte er.

»Meine Eingeweide tun weh, mein Kinn ist gebrochen, und in meine Hand sind Stücke eures Massen-Sensors eingebettet«, sagte Xoxarle. »Auch ist mein Mund innen ein bißchen wund, weil ich mich gebissen habe, um all das überzeugende Blut zu produzieren. Im übrigen geht es mir gut, danke, Verbündeter.« Xoxarle beugte den Kopf, so weit es ihm möglich war.

»Gehen Sie bitte nicht weg.« Horza lächelte dünn. Er übertrug es Yalson, Xoxarle und Balveda zu bewachen, während er und Wubslin in den Energieschaltraum gingen.

»Ich habe Hunger«, verkündete Aviger. Er saß auf der Palette und öffnete einen Rationsriegel.

In dem Schaltraum studierte Horza einen Augenblick lang die Anzeigen, Schalter und Hebel und machte sich daran, die Kontrollen zu justieren.

»Ich … äh …« begann Wubslin und kratzte sich die Stirn durch die offene Sichtscheibe seines Helms, »ich habe mich gefragt … ob der Massen-Sensor in deinem Anzug … Funktioniert er?«

Lichter flammten in einer Kontrollgruppe auf, einer Reihe von zwanzig schwach glühenden Skalenscheiben. Horza las sie ab. »Nein, ich habe bereits nachgesehen«, antwortete er. »Er bekommt ein undeutliches Echo von dem Zug herein, sonst nichts. Seit zwei Kilometern tunnelaufwärts ist es das gleiche. Entweder hat sich das Gehirn entfernt, seit der Schiffssensor zerstört wurde, oder der Sensor in meinem Anzug funktioniert nicht richtig.«

»Oh, Scheiße«, seufzte Wubslin.

»Zum Teufel, was soll's?« Horza legte ein paar Schalter um. Weitere Anzeigen leuchteten auf. »Stellen wir den Strom an. Vielleicht fällt uns etwas ein.«

»Ja.« Wubslin nickte. Er spähte zu der offenen Tür hinaus, als wolle er sehen, ob die Lampen schon angingen. Doch alles, was er sah, war der dunkle Umriß von Yalsons Rücken draußen auf dem dämmerigen Bahnsteig. Dahinter zeigte sich ein Abschnitt des schattenhaften Zuges, drei Stockwerke hoch.

Horza trat an eine andere Wand und stellte Hebel. Er klopfte gegen zwei Skalenscheiben, lugte in einen hellen Schirm, rieb dann die Hände gegeneinander und legte den Daumen auf einen Knopf der zentralen Konsole. »Jetzt kommt der große Moment«, sagte er.

Er drückte den Daumen auf den Knopf.

»Ja!«

»Hei-hei!«

»Es war auch langsam Zeit, wenn du mich fragst.«

»Hmm, Kleiner, so wird das also gemacht …«

»… Scheiße! Wenn ich gewußt hätte, daß es diese Farbe hat, hätte ich niemals hineingebissen …«

Horza hörte die anderen. Er holte tief Atem und sah zu Wubslin hinüber. Der stämmige Ingenieur blinzelte ein wenig in den hellen Lichtern des Energiekontrollraums. Er lächelte. »Großartig«, sagte er, sah sich im Raum um und nickte. »Großartig. Endlich.«

»Gut gemacht, Horza!« rief Yalson.

Horza hörte weitere Schalter, größere, Automatiken,

die mit dem Hauptschalter, den er gedrückt hatte, verbunden waren, sich unter dem Fußboden bewegen. Summende Geräusche füllten den Raum, und der Geruch nach brennendem Staub erhob sich rings um sie wie der warme Duft eines erwachenden Tieres. Licht flutete vom Bahnhof draußen herein. Horza und Wubslin überprüften ein paar Anzeigen und Monitore, dann gingen sie hinaus.

Der Bahnhof war hell. Er schimmerte; die grauschwarzen Wände reflektierten die Soffittenbeleuchtung und die Leuchtfelder, die das Dach bedeckten. Der Kommando-System-Zug, der jetzt zum ersten Mal richtig zu sehen war, füllte den Bahnhof vom einen Ende zum anderen: ein glänzendes Metall-Ungeheuer wie die riesige androide Version eines segmentierten Insekts.

Yalson nahm den Helm ab, fuhr sich mit den Fingern durch ihr kurzgeschorenes Haar und sah nach oben und ringsumher. In dem hellen, gelb-weißen Licht, das von dem hohen Bahnhofsdach kam, kniff sie die Augen zusammen.

»Na denn!« Unaha-Closp schwebte zu Horza. Das Gehäuse der Maschine glitzerte in dem harten neuen Licht. »Wo genau ist dieses Gerät, nach dem wir suchen?« Sie rückte nahe an Horzas Gesicht heran. »Registriert dein Anzug-Sensor es? Ist es hier? Haben wir es gefunden?«

Horza schob die Maschine mit einer Hand zur Seite. »Laß mir Zeit, Roboter. Wir sind gerade erst angekommen. Ich habe den Strom angestellt, oder?« Er ging weiter, gefolgt von Yalson, die immer noch um sich blickte, und Wubslin, der ebenfalls große Augen machte, die aber hauptsächlich dem schimmernden Zug galten. In seinem Innern brannte Licht. Der Bahnhof füllte sich mit dem Summen von Motoren im Leerlauf, dem Zischen von Luftzirkulatoren und Ventilatoren. Unaha-

Closp schwebte zu Horzas Gesicht herum. Er drehte sich in der Luft um, blieb dabei aber ständig auf der Höhe von Horzas Kopf.

»Was meinst du? Du hast doch nichts anderes zu tun, als auf dem Schirm nachzusehen. Kannst du das Gehirn darauf erkennen oder nicht?« Der Roboter kam näher, senkte sich, um auf die Kontrollen und den kleinen Schirm an Horzas Anzugmanschette zu sehen. Horza schlug ihn zur Seite.

»Ich empfange Störungen von dem Reaktor«, sagte Horza zu Wubslin. »Damit werden wir fertig werden.«

»Sieh dich einmal im Reparatur-Areal um, kundschafte es aus!« riet Yalson der Maschine. »Mach dich nützlich!«

»Er funktioniert nicht, habe ich recht?« triumphierte Unaha-Closp. Er hielt Schritt mit Horza, hatte ihm immer noch die Vorderseite zugekehrt und flog vor ihm rückwärts durch die Luft. »Dieser dreibeinige Irre hat den Massen-Sensor auf der Palette zerschmettert, und jetzt sind wir blind. Wir stehen wieder auf Feld Eins, nicht wahr?«

»Nein«, gab Horza ungeduldig zurück, »durchaus nicht. Wir werden den Sensor reparieren. Wie ist es, könntest du zur Abwechslung einmal etwas Nützliches tun?«

»Zur Abwechslung?« fragte Unaha-Closp in einem Ton, der sich nach verletztem Gefühl anhörte. »Zur *Abwechslung?* Du vergißt, wer es war, der euch allen im Tunnel das Leben gerettet hat, als unser süßer kleiner idiranischer Kontaktmann da drüben anfing, Amok zu laufen.«

»Schon *gut*, Roboter«, zischte Horza durch die zusammengebissenen Zähne. »Ich habe ›danke‹ gesagt. Du könntest dir doch jetzt den Bahnhof ansehen, nur für den Fall, daß es dort etwas zu sehen gibt.«

»Zum Beispiel Gehirne, die du auf nutzlosen Anzug-

Sensoren nicht entdecken kannst? Und was wollt ihr alle tun, während ich das tue?«

»Ausruhen«, antwortete Horza. »Und nachdenken.« Er blieb vor Xoxarle stehen und sah seine Fesseln nach.

»Oh, großartig«, höhnte Unaha-Closp. »Was hat euer *Nachdenken* nicht schon für phantastische Ergebnisse gezeitigt …«

»Zum Henker, Unaha-Closp!« Yalson seufzte schwer. »Entweder du gehst, oder du bleibst, aber halt die Klappe!«

»Ich verstehe! Gut!« Unaha-Closp zog sich von ihnen zurück und stieg in die Luft. »Dann gehe ich eben ganz! Ich hätte gleich …«

Damit flog er davon. Horza überschrie ihn: »Bevor du gehst, sag doch, kannst du irgendwelchen Alarm hören?«

»Was?« Unaha-Closp machte halt. Wubslin setzte ein gequältes Gesicht auf und sah an den glänzenden Wänden des Bahnhofs umher, als strenge er sich an, Frequenzen zu hören, für die seine Ohren nicht eingerichtet waren.

Unaha-Closp schwieg für einen Augenblick, dann antwortete er: »Nein. Kein Alarm. Ich gehe jetzt. Ich sehe mir den anderen Zug an. Wenn ich meine, ihr könntet in liebenswürdigerer Stimmung sein, werde ich zurückkommen.« Er drehte sich um und sauste davon.

»Dorolow hätte den Alarm wahrnehmen können«, murmelte Aviger, aber niemand hörte es.

Wubslin sah zu dem Zug auf, der im Licht des Bahnhofs schimmerte und ebenso wie der Bahnhof von innen heraus glühte.

*

… was ist das? ist es licht? bilde ich es mir ein? sterbe ich? ist es das, was geschieht? sterbe ich jetzt, so früh? ich dach-

te, ich hätte noch eine weile zu leben, und ich habe es nicht verdient …

licht! es ist licht!

ich kann wieder sehen!

Von seinem eigenen trockenen Blut an das kalte Metall geschweißt, der Körper zerbrochen und verrenkt, öffnete er sein eines unversehrtes Auge, so weit er konnte. Schleim war darauf festgetrocknet, und er blinzelte, um es freizubekommen.

Sein Körper war ein dunkles und fremdes Land des Schmerzes, ein Kontinent der Qual.

… Ein Auge übrig. Ein Arm. Ein Bein fehlte, war einfach abgehackt. Eines war gelähmt, das dritte gebrochen (um ganz sicher zu sein, versuchte er, es zu bewegen. Schmerz durchschoß ihn wie Feuer, wie ein Blitz über dem beschatteten Land, das sein Körper und sein Schmerz war), *und mein gesicht … mein gesicht …*

Er fühlte sich wie ein zerquetschtes Insekt, von Kindern nach einem Nachmittag grausamen Spiels liegengelassen. Sie hatten ihn für tot gehalten, aber er war nicht auf die Weise gebaut wie sie. Ein paar Löcher hatten nichts zu bedeuten; ein amputiertes Glied … nun, sein Blut sprudelte nicht hervor wie ihres, wenn ein Bein oder Arm abgetrennt wurde (er erinnerte sich an die Aufzeichnung der Vivisektion eines Menschen), und für einen Krieger gab es keinen Schock, nicht wie bei ihren armseligen, weichen, fleischwabbeligen Systemen. Er war ins Gesicht geschossen worden, aber der Strahl oder die Kugel hatte die innere keratinöse Gehirnhaut nicht durchdrungen und keinen Nerv durchtrennt. Ähnlich war es mit seinen Augen. Sie waren zerschmettert worden, aber die andere Seite seines Gesichts war heil, und er konnte immer noch sehen.

Es war so hell. Seine Sicht klärte sich, und er sah, ohne sich zu bewegen, zum Dach des Bahnhofs hinauf.

Er fühlte, daß er langsam starb. Es war ein inneres

Wissen, das sie wahrscheinlich auch nicht besaßen. Er spürte, wie sein Blut innerhalb seines Körpers auslief, spürte den Druckaufbau in seinem Rumpf und das schwache Sickern durch Risse in seiner Hornhaut. Die Überreste des Anzugs würden ihm helfen, aber ihn nicht retten. Seine inneren Organe schalteten sich eins nach dem anderen ab. Es gab zu viele Löcher von einem System zu anderen. Sein Magen würde seine letzte Mahlzeit nicht mehr verdauen, und sein vorderer Lungensack, der normalerweise eine mit Sauerstoff angereicherte Blutreserve für den Fall bereithielt, daß sein Körper die letzten Kräfte mobilisieren mußte, leerte sich, der kostbare Brennstoff wurde in der von vornherein verlorenen Schlacht verschwendet, die sein Körper gegen den fallenden Blutdruck kämpfte.

Sterben … ich sterbe … Was macht es aus, ob das im Dunkeln oder im Licht geschieht?

Großer Gott, gefallene Kameraden, meine Kinder, mein Partner … könnt ihr mich in diesem tief vergrabenen, fremden Gleißen besser sehen?

Mein Name ist Quayanorl, Großer Gott, und …

Der Gedanke brannte heller als der Schmerz, den er empfunden hatte, als er versuchte, sein zerschmettertes Bein zu bewegen, heller als das stille, starrende Licht des Bahnhofs.

Sie hatten gesagt, sie wollten zu Bahnhof Sieben weiterziehen.

Das war das letzte, woran er sich erinnerte, abgesehen von dem Anblick eines von ihnen, der durch die Luft auf ihn zuschwebte. Dieser eine mußte ihn ins Gesicht geschossen haben; er erinnerte sich nicht, daß es geschehen war, aber es ergab sich als Schlußfolgerung … Das Wesen war geschickt worden, um sicherzustellen, daß er auch wirklich tot war. Aber er lebte, und ihm war gerade ein Gedanke gekommen. Die Sache war kompliziert, auch wenn er den Gedanken in die Tat umsetzen konnte, auch wenn es ihm gelang, seinen Körper zu verlagern, auch wenn alles klappte … Aber dann täte er doch wenigstens etwas, und was auch geschah, es würde ein passendes Ende für einen Krieger sein. Es war den Schmerz wert.

Er bewegte sich schnell, bevor er seine Meinung ändern konnte. Denn er wußte, ihm blieb vielleicht nur wenig Zeit (falls es nicht bereits zu spät war …). Der Schmerz durchfuhr ihn wie ein Schwert.

Seinem zerbrochenen, blutigen Mund entrang sich ein Schrei.

Niemand hörte ihn. Der Schrei hallte in dem erleuchteten Bahnhof wider. Dann herrschte Stille. In seinem Körper hämmerte es von dem Nachhall des Schmerzes, aber er spürte, daß er frei war. Die Schweißnaht aus Blut war gerissen. Er konnte sich bewegen; in dem Licht konnte er sich bewegen.

Xoxarle, wenn du noch lebst, ich habe vielleicht bald eine kleine Überraschung für unsere Freunde …

*

»Roboter?«

»Was ist?«

»Horza will wissen, was du da machst.« Yalson sprach in ihren Helm-Kommunikator und sah dabei den Wandler an.

»Ich durchsuche diesen Zug, den, der im Reparatur-Abschnitt steht. Ich hätte es schon gesagt, wenn ich etwas gefunden hätte. Habt ihr diesen Anzug-Sensor inzwischen zum Funktionieren gebracht?«

Horza schnitt dem Helm, den Yalson auf den Knien hielt, eine Grimasse, langte hinüber und stellte den Kommunikator ab.

»Er hat schließlich recht, oder?« bemerkte Aviger, der auf der Palette saß. »Das Gerät in deinem Anzug funktioniert nicht, oder?«

»Der Reaktor des Zugs verursacht Störungen«, teilte Horza dem alten Mann mit. »Das ist alles. Damit werden wir fertig.« Aviger wirkte nicht überzeugt.

Horza öffnete eine Getränkedose. Er fühlte sich müde, ausgelaugt. Eine Antiklimax hatte sich eingestellt, jetzt, wo sie Strom hatten, aber das Gehirn verschwunden war. Er verfluchte den zerstörten Massen-Sensor und Xoxarle und das Gehirn. Er wußte nicht, wo das verdammte Ding war, aber er würde es aufspüren. Im Augenblick wollte er allerdings nur sitzenbleiben und sich entspannen. Seine Gedanken brauchten Zeit, um sich zu sammeln. Er rieb den Kopf an der Stelle, die bei dem Feuergefecht im Bahnhof Sechs verletzt worden war. Drinnen bohrte ein dumpfer Schmerz. Nichts Ernstes, aber es hätte ihn abgelenkt, wenn er nicht fähig gewesen wäre, den Schmerz abzuschalten.

»Meinst du nicht, wir sollten jetzt diesen Zug durchsuchen?« fragte Wubslin und blickte sehnsüchtig zu den schimmernden, geschwungenen Linien vor ihnen auf.

Horza mußte über den hingerissenen Gesichtsausdruck des Ingenieurs lächeln. »Ja, warum nicht?« gab er zurück. »Mach nur, sieh dich um!« Er nickte dem grinsenden Wubslin zu, der einen letzten Mundvoll Essen hinunterschluckte und nach seinem Helm griff.

»Gut. Ja. Könnte ja einmal den Anfang machen.« Schnell stieg er an dem sich nicht rührenden Xoxarle vorbei die Zugangsrampe hoch und betrat den Zug.

Balveda stand mit dem Rücken an der Wand, die Hände in den Taschen. Sie lächelte Wubslins Rücken nach, der im Innern des Zuges verschwand.

»Werden Sie ihn das Ding fahren lassen, Horza?« wollte sie wissen.

»Irgendwer wird es vielleicht fahren müssen«, antwortete Horza. »Wir brauchen ein Transportmittel, wenn wir uns auf die Suche nach dem Gehirn machen.«

»Wird das ein Spaß«, meinte Balveda. »Wir könnten alle für immer und ewig im Kreis herumfahren.«

»Ich nicht.« Aviger wandte sich von Horza ab und sah die Kultur-Agentin an. »Ich kehre zur *CAT* zurück. Ich werde nicht auf die Suche nach diesem verdammten Computer gehen.«

»Gute Idee«, warf Yalson sein. »Wir könnten dich zum Gefangenentransport abkommandieren und dich mit Xoxarle zurückschicken, nur ihn und dich.«

»Ich werde allein gehen«, erklärte Aviger mit leiser Stimme und wich Yalsons Blick aus. »Ich habe keine Angst.«

*

Xoxarle lauschte ihrem Gespräch. Diese quietschigen, kratzigen Stimmen! Noch einmal prüfte er seine Fesseln. Der Draht schnitt an Schultern, Oberschenkeln und Handgelenken um zwei Millimeter in seine Hornhaut ein. Das tat ein bißchen weh, aber vielleicht würde es der Mühe wert sein. Still schnitt er sich an dem Draht, rieb mit aller Kraft, die er aufbrachte, gegen die Stellen, wo der Draht ihn am festesten hielt, scheuerte den Keratinpanzer seines Körpers absichtlich auf. Als er gefesselt wurde, hatte er tief Atem geholt und, soweit es ging, alle Muskeln angespannt. Das hatte ihm gerade genug Spielraum gegeben, sich zu bewegen, aber er brauchte ein bißchen mehr, wenn er eine Chance haben wollte, sich loszumachen.

Er hatte keinen Plan, keine Zeitvorstellungen. Er hatte keine Ahnung, wann sich ihm eine Gelegenheit bieten würde, aber was konnte er sonst tun? Sollte er wie eine ausgestopfte Puppe, wie ein braver Junge hier stehenbleiben? Während diese zappelnden Würmer mit ihren weichen Körpern ihre schwammige Haut kratzten und herauszufinden versuchten, wo das Gehirn war? So etwas konnte ein Krieger nicht tun; er war einen zu weiten Weg gegangen, hatte zu viele sterben sehen …

*

»He!« Wubslin öffnete ein kleines Fenster im obersten Stockwerk des Zuges, lehnte sich heraus und rief den anderen zu. »Diese Aufzüge funktionieren! Ich bin gerade in einem hinaufgefahren! Alles funktioniert!«

Aviger winkte zurück. »Großartig, Wubslin!«

Der Ingenieur zog den Kopf wieder ins Innere. Er ging durch den Zug, prüfte und berührte, inspizierte Kontrollen und Maschinerie.

»Immerhin recht eindrucksvoll, nicht wahr?« sagte Balveda zu den anderen. »Für die damalige Zeit.«

Horza nickte. Sein Blick wanderte nachdenklich vom einen Ende des Zuges zum anderen. Er trank die Dose leer, stellte sie auf die Palette und stand auf. »Ja, das ist es. Aber was hat es ihnen genützt?«

*

Quayanorl zog sich die Rampe hinauf.

Eine Rauchglocke hing in der Luft des Bahnhofs, die sich bei der langsamen Luftzirkulation kaum verlagerte. Aber im Zug arbeiteten Ventilatoren, und das bißchen an Bewegung, das es in der graublauen Wolke gab, kam hauptsächlich von den Stellen, wo offene Türen und Fenster den stechenden Nebel aus den Wagen bliesen und durch Luft ersetzten, die das Klima- und Filtersystem des Zuges gereinigt hatte.

Er zog sich durch Trümmer – Stücke von Wand und Zug und sogar Fetzen und Scherben von seinem eigenen Anzug. Er ging sehr mühselig und langsam, und er fürchtete schon, er werde sterben, bevor er den Zug erreichte.

Seine Beine waren nicht zu gebrauchen. Wahrscheinlich würde er besser vorankommen, wenn ihm die anderen beiden auch abgerissen worden wären.

Er kroch mit seinem einen unverletzten Arm voran, faßte den Rand der Rampe und zog mit aller Kraft.

Die Anstrengung war qualvoll. Immer, wenn er zog, glaubte er, diesmal werde der Schmerz geringer sein, aber das war er nicht. Es war, als würden seine Blutgefäße für jede der zu langen Sekunden, die er an dieser Rampenkante hing und seinen zerbrochenen, blutenden Körper über die trümmerbesäte Oberfläche weiter hinaufzerrte, mit Säure überflutet. Er schüttelte den Kopf und murmelte vor sich hin. Blut strömte aus den Rissen in seiner Hornhaut, die geheilt waren, solange er stillag, und jetzt wieder aufplatzten. Er fühlte Tränen aus seinem einen unversehrten Auge rinnen und die heilende Flüssigkeit die Stelle überströmen, wo ihn das andere Auge aus dem Gesicht gerissen worden war.

Die Tür vor ihm schimmerte durch den hellen Nebel. Aus ihr drang ein schwacher Luftstrom, der den Rauch wirbeln ließ. Quayanorls Füße scharrten hinter ihm her, und die Brust seines Anzugs pflügte eine kleine Bugwelle aus Trümmern von der Oberfläche der Rampe. Wieder faßte er die Kante und zog.

Er versuchte, nicht zu schreien, nicht weil er meinte, es könne ihn jemand hören und gewarnt werden, sondern weil man ihn sein ganzes Leben lang, seit er allein auf den Füßen stehen konnte, gelehrt hatte, schweigend zu leiden. Er bemühte sich sehr; er dachte daran, wie sein Nest-Querl und sein Mutter-Elter es ihm eingeprägt hatten, und es war eine Schande, ihnen nicht zu gehorchen, aber manchmal wurde es zuviel. Manchmal quetschte der Schmerz das Geräusch aus ihm heraus.

Am Bahnhofsdach waren einige der Leuchten ausgegangen, von fehlgegangenen Schüssen getroffen. Er konnte die Löcher und Punkturen in der schimmernden Hülle des Zuges erkennen, und er hatte keine Ahnung, welcher Schaden dem Fahrzeug zugefügt worden war, aber jetzt konnte er nicht mehr aufhören. Er mußte weitermachen.

Er konnte den Zug hören. Er belauschte ihn, wie ein Jäger ein wildes Tier belauscht. Der Zug war lebendig, zwar verletzt – einige seiner schwirrenden Motoren klangen beschädigt –, aber er war lebendig. Quayanorl war es, der starb, doch er würde sein Bestes tun, um das Tier zu fangen.

*

»Was meinst du?« fragte Horza den Ingenieur. Er hatte Wubslin unter einem der Wagen aufgespürt, wo er mit dem Kopf nach unten hing und sich die Radmotoren ansah. Dann hatte Horza ihn gebeten, einen Blick auf das kleine Gerät an der Brust seines Anzugs zu werfen, das der Hauptkörper des Massen-Sensors war.

»Ich weiß nicht recht.« Wubslin schüttelte den Kopf. Er hatte den Helm auf und die Sichtscheibe geschlossen und benutzte den Schirm, um das Bild des Sensors zu vergrößern. »Er ist so klein. Ich müßte ihn auf die *CAT* mitnehmen, um ihn mir richtig anzusehen. Ich habe nicht alle meine Werkzeuge bei mir.« Er schnalzte mit der Zunge. »*Aussehen* tut er, als sei er ganz in Ordnung; irgendwelche offensichtlichen Schäden hat er keine. Vielleicht bringen die Reaktoren ihn durcheinander.«

»Verdammt. Dann werden wir das Gehirn suchen müssen«, sagte Horza. Er ließ sich von Wubslin die kleine Inspektionsklappe an der Vorderseite des Anzugs schließen.

Der Ingenieur richtete sich auf und schob seine

Sichtscheibe hoch. »Das Problem ist nur«, stellte er düster fest, »wenn die Reaktoren den Empfang stören, hat es nicht viel Zweck, für die Suche nach dem Gehirn den Zug zu nehmen. Wir werden die Transitröhren benutzen müssen.«

»Zuerst durchsuchen wir die Bahnhöfe«, sagte Horza. Er stand auf und sah durch das Fenster auf den Bahnsteig hinaus. Yalson bewachte Balveda, die auf dem glatten Steinboden langsam hin und her ging. Aviger saß still auf der Palette. Xoxarle war an die Pfeiler der Zugangsbrücke gefesselt.

»Ist es okay, wenn ich zum Kontrolldeck hochsteige?« fragte Wubslin. Horza sah dem Ingenieur in das breite, offene Gesicht.

»Ja, warum nicht? Aber versuche noch nicht, den Zug in Bewegung zu setzen.«

»Okay.« Wubslin blickte glücklich drein.

»Wandler?« fragte Xoxarle, als Horza die Zugangsrampe hinunterkam.

»Was ist?«

»Diese Drähte, sie sind zu fest. Sie schneiden mich.«

Horza sah sich die Drähte um die Arme des Idiraners genau an. »Wie unangenehm«, sagte er.

»Sie schneiden mir in die Schultern, die Beine und die Handgelenke. Wenn der Druck anhält, werden sie sich bis zu meinen Blutgefäßen einfressen. Es wäre mir zuwider, auf so unelegante Weise zu sterben. Du kannst mir gern den Kopf abschießen, aber es ist unwürdig, langsam aufgeschlitzt zu werden. Das sage ich dir nur, weil ich anfange zu glauben, daß du wirklich die Absicht hast, mich zur Flotte zurückzubringen.«

Horza trat hinter den Idiraner und sah sich die Stelle an, wo die Drähte über Xoxarles Handgelenke liefen. Xoxarle hatte die Wahrheit gesagt; die Fesseln schnitten in seine Hornhaut wie Zaundraht in Baumrinde. Der Wandler runzelte die Stirn. »So etwas habe ich noch nie gesehen«, sagte er zu dem regungslosen Hinterkopf des Idiraners. »Was haben Sie im Sinn? Ihre Haut ist zu hart, als daß es von selbst passieren könnte.«

»Ich habe gar nichts im Sinn, Mensch«, antwortete Xoxarle müde und seufzte schwer. »Mein Körper ist verletzt; er versucht, sich zu heilen. Notwendigerweise wird er biegsamer, weniger starr, während er die beschädigten Teile repariert. Oh, wenn du mir nicht glaubst, macht das auch nichts. Aber vergiß nicht, daß ich dich gewarnt habe.«

»Ich will darüber nachdenken«, erbot Horza sich. »Wenn es zu schlimm wird, schreien Sie.« Er kehrte zu den anderen zurück.

»Über *das* werde *ich* nachdenken müssen«, sagte Xoxarle leise. »Von Kriegern erwartet man nicht, daß sie schreien, weil sie Schmerzen haben.«

»Wubslin ist also glücklich?« fragte Yalson den Wandler.

»Er sorgt sich, daß er nicht dazu kommen wird, den Zug zu fahren«, erzählte Horza ihr. »Was macht der Roboter?«

»Läßt sich Zeit damit, den anderen Zug zu inspizieren.«

»Dann soll er ruhig dort bleiben«, meinte Horza. »Du und ich können den Bahnhof durchsuchen. Aviger?« rief er dem alten Mann zu, der ein Stückchen Plastik benutzte, um Essensreste aus seinen Zähnen zu stochern.

»Was?« Aviger sah den Wandler mißtrauisch an.

»Paß auf den Idiraner auf! Wir wollen uns in diesem Bahnhof umsehen.«

Aviger zuckte die Achseln. »Schon gut. Ich habe im Augenblick nicht viele Möglichkeiten, anderswohin zu gehen.« Er betrachtete das Ende seines Zahnstochers.

*

Er streckte den Arm aus, faßte die Kante der Rampe und zog. Auf einer Welle aus Schmerz zerrte er sich weiter. Er faßte die Kante der Zugtür und zog wieder. Er rutschte und schrammte von der Rampe auf den Fußboden im Innern des Zuges.

Als er ganz drinnen war, ruhte er sich aus.

Das Rauschen des Blutes in seinem Kopf wollte nicht aufhören.

Seine Hand wurde jetzt müde und wund. Es war nicht der stechende, mahlende Schmerz von seinen Verletzungen, aber es machte ihm mehr Sorgen. Denn er fürchtete, seine Hand werde bald versagen, zu schwach werden, um zuzugreifen, und dann würde er sich nicht mehr weiterziehen können.

Wenigstens war der Weg jetzt eben. Er mußte sich durch einen und einen halben Wagen schleppen, aber da war kein Gefälle. Er versuchte, den Kopf zu heben, nach der Stelle hinunterzusehen, wo er gelegen hatte, doch es gelang ihm nur ein kurzer Blick, dann mußte er den Kopf wieder fallenlassen. Über die Rampe führte eine zerkratzte, blutige Spur, als habe ein in purpurne Farbe getauchter Besen durch den Staub und Schutt der metallenen Oberfläche gefegt.

Es hatte keinen Sinn, zurückzublicken. Sein Weg führte vorwärts, und ihm blieb nur noch wenig Zeit. In einer halben Stunde würde er tot sein, oder noch eher. Wenn er auf der Rampe liegengeblieben wäre, hätte er länger gelebt. Die Bewegung hatte sein Leben verkürzt, die saugenden Kräfte gestärkt, die ihm Kraft und Vitalität raubten.

Er zog sich auf den Längskorridor zu.

Seine beiden nutzlosen, zerschmetterten Beine glitten auf einer dicken Schicht Blut hinter ihm her.

*

»Wandler!«

Horza runzelte die Stirn. Er und Yalson wollten sich gerade den Bahnhof ansehen. Der Idiraner rief Horza an, als dieser nur noch wenige Schritte von der Palette entfernt war, wo Aviger saß und mit einem Ausdruck des Überdrusses sein Gewehr ungefähr in die Richtung der Kultur-Agentin hielt. Balveda ging immer noch auf und ab.

»Ja, Xoxarle?« fragte Horza.

»Diese Drähte. Sie werden mich bald zerschneiden. Ich erwähne das nur, weil du bisher so sorgfältig vermieden hast, mich ums Leben zu bringen. Es wäre ein Jammer, sollte ich jetzt zufällig wegen eines Versehens sterben. Bitte – geh ruhig weiter, wenn du nicht belästigt werden willst.«

»Sie möchten, daß die Drähte gelockert werden?«

»Um eine Winzigkeit. Sie geben nicht nach, siehst du, und es wäre schön, könnte ich atmen, ohne mich dabei aufzuschlitzen.«

»Wenn Sie es diesmal mit irgendeinem Trick versuchen«, versicherte Horza dem Idiraner, trat näher und richtete das Gewehr auf sein Gesicht, »werde ich Ihnen beide Arme und alle drei Beine abschießen und Sie auf der Palette nach Hause schleifen.«

»Die Androhung von Grausamkeiten hat mich überzeugt, Mensch. Offenbar weißt du, daß wir Prothesen für eine Schande halten, selbst dann, wenn sie die Folge von Kriegsverletzungen sind. Ich werde mich ruhig verhalten. Nur lockere die Drähte ein bißchen wie ein guter Verbündeter.«

Horza lockerte die Drähte ein wenig, wo sie in Xoxarles Körper einschnitten. Der Sektionsführer bog sich und machte ein lautes, seufzendes Geräusch mit seinem Mund.

»So ist es viel besser, Kleiner. Viel besser. Jetzt werde ich am Leben bleiben, um mich der Strafe zu stellen, die in deiner Vorstellung auf mich wartet.«

»Das hängt davon ab«, gab Horza zurück. »Wenn er auch nur kämpferisch *atmet*«, rief er Aviger zu, »schießt du ihm die Beine ab.«

»Jawohl, Sir.« Aviger salutierte.

»Hoffen Sie, über das Gehirn zu stolpern, Horza?« fragte Balveda. Sie hatte aufgehört, hin- und herzulaufen und sich vor ihm und Yalson aufgepflanzt, die Hände in den Taschen.

»Man kann nie wissen, Balveda«, antwortete Horza.

»Grabräuber«, erklärte Balveda mit trägem Lächeln.

Horza wandte sich Yalson zu. »Gib Wubslin Bescheid, daß wir gehen. Er soll ein Auge auf den Bahnsteig halten und aufpassen, daß Aviger nicht einschläft.«

Yalson sprach mit Wubslin über den Kommunikator.

»Sie kommen besser mit uns«, sagte Horza zu Balveda. »Ich lasse Sie ungern hier zurück, wenn diese ganze Ausrüstung eingeschaltet ist.«

»Oh, Horza«, sagte Balveda lächelnd, »trauen Sie mir nicht?«

»Gehen Sie einfach vor mir her und halten Sie den Mund«, verlangte Horza mit müder Stimme und wies in die Richtung, die er einschlagen wollte. Balveda zuckte die Achseln und setzte sich in Bewegung.

»Muß sie mitkommen?« fragte Yalson und fiel mit Horza in Schritt.

»Wir könnten sie ja auch einsperren«, antwortete Horza.

»Ach, zum Teufel, was soll's?« meinte Yalson.

*

Unaha-Closp schwebte durch den Zug. Durch die Fenster konnte er die Reparatur- und Wartungshöhle mit all ihren Maschinen sehen: Drehbänke und Schmieden, Schweißgeräte, Gelenkarme, Ersatzteile, riesige Hängegerüste und eine Brücke schimmerten im Licht der hellen Deckenlampen.

Der Zug war recht interessant; die alte Technik hatte Dinge geschaffen, die man sich ansehen, berühren und untersuchen konnte, aber Unaha-Closp war vor allem froh, einmal eine Weile allein zu sein. Nach ein paar Tagen fand er die Gesellschaft der Menschen ermüdend, und vor allem die Einstellung des Wandlers trieb ihn zur Verzweiflung. Der Mann war ein Speziessist! *Ich soll bloß eine Maschine sein?* dachte Unaha-Closp. *Wie kann er es wagen!*

Es war ein schönes Gefühl gewesen, als er im Tunnel als erster reagiert und vielleicht einigen der anderen – vielleicht sogar diesem undankbaren Wandler – das Leben gerettet hatte, indem er Xoxarle k.o. schlug. So ungern er es sich eingestand, der Roboter war stolz darauf, daß Horza sich bei ihm bedankt hatte. Aber das hatte die Ansichten des Mannes im Grunde nicht geändert. Wahrscheinlich würde er bald vergessen, was geschehen war, oder sich einreden, es sei nur die momentane Fehlleistung einer verwirrten Maschine gewesen. Seine Gefühle, die Gründe, warum er riskiert hatte, verletzt zu werden, um die Menschen zu schützen, kannte Unaha-Closp allein. Vielmehr, er *sollte* sie kennen, sagte er sich kläglich. Vielleicht hätte er sich die Mühe nicht machen sollen; vielleicht hätte er ruhig zusehen sollen, wie der Idiraner sie erschoß. Was er getan hatte, war ihm in diesem Augenblick einfach richtig vorgekommen. *Trottel,* schimpfte Unaha-Closp sich selbst.

Er trieb durch die hellen, summenden Räume des Zuges wie ein losgelöster Teil des Mechanismus.

*

Wubslin kratzte sich den Kopf. Auf seinem Weg zum Kontrolldeck war er vor dem Reaktor-Wagen stehengeblieben. Einige seiner Türen wollten sich nicht öffnen. Sie mußten mit einer Art Sicherheitsschloß versehen sein, das wahrscheinlich von der Brücke oder dem Flugdeck oder dem Stand oder wie sie den kleinen Raum an der Spitze des Zuges nannten, wo die Kontrollen waren, betätigt wurde. Er dachte daran, was Horza befohlen hatte, und sah aus einem Fenster.

Aviger saß auf der Palette. Sein Gewehr zeigte auf den Idiraner, der still vor den Pfeilern stand. Wubslin zog den Kopf zurück und versuchte sein Glück noch einmal mit der Tür, die zum Reaktor-Wagen durchführte. Dann schüttelte er den Kopf.

*

Die Hand, der Arm wurden schwach. Über ihm standen Reihen von Sitzen leeren Schirmen gegenüber. Er zog sich an den Unterteilen der Sitze entlang. Fast hatte er den Korridor erreicht, der in den vorderen Wagen führte.

Er war sich nicht sicher, wie er den Korridor bewältigen würde. Was befand sich dort, woran er sich festhalten konnte? Doch es hatte keinen Zweck, sich jetzt darüber Gedanken zu machen. Er faßte nach dem nächsten Sitz, zog sich weiter.

*

Von der Terrasse aus, die auf das Reparatur-Areal hinausging, konnten sie den vorderen Zug sehen, den, in dem sich der Roboter aufhielt. Über dem versenkten Boden des Wartungsabschnitts aufragend, schmiegte sich der glitzernde Zug in den kleinen Halbtunnel, der an der hinteren Wand entlanglief. Er sah ganz wie ein langes, dünnes Raumschiff aus, und der dunkle Fels ringsherum wie sternenloser Raum.

Yalson betrachtete den Rücken der Kultur-Agentin und runzelte die Stirn. »Sie ist zu verdammt gefügig, Horza«, sagte sie gerade laut genug, daß der Mann sie verstehen konnte.

»Mir kann das nur recht sein«, antwortete Horza. »Je gefügiger, desto besser.«

Yalson schüttelte leicht den Kopf. Sie wandte den Blick von der Frau da vorn nicht ab. »Nein, sie will uns einwickeln. Sie hat noch eine Karte, die sie ausspielen kann, und sie wartet in aller Ruhe ab, bis es soweit ist.«

»Das bildest du dir ein«, meinte Horza. »Deine Hormone kriegen dich unter, deshalb entwickelst du Ahnungen und das Zweite Gesicht.«

Sie sah ihn an und übertrug ihr Stirnrunzeln von Balveda auf den Wandler. Ihre Augen verengten sich. »Was?«

Horza hob die freie Hand. »Ein Scherz.« Er lächelte.

Yalson wirkte nicht überzeugt. »Sie hat etwas vor. Das weiß ich.« Sie nickte vor sich hin. »Ich fühle es.«

*

Quayanorl zog sich durch den Verbindungskorridor. Er schob die Tür zu dem Wagen auf, kroch langsam über den Fußboden.

Allmählich vergaß er, warum er das tat. Er wußte, er mußte durchhalten, vorwärtskommen, weiterkriechen, aber er konnte sich nicht mehr genau erinnern, welchem Zweck das alles diente. Der Zug war ein Folterlabyrinth, dazu entworfen, ihm Schmerz zu bereiten.

Ich ziehe mich zu meinem Tod. Auch wenn ich am Ende bin und nicht mehr kriechen kann, geht es irgendwie weiter. Ich erinnere mich, daß ich das vor einiger Zeit gedacht habe, aber an was habe ich gedacht? Sterbe ich, wenn ich in den Kon-

trollraum des Zuges komme, und setze ich meine Reise auf der anderen Seite des Todes fort? Ist es das, was ich gedacht habe?

Ich bin wie ein kleines Kind, krieche über den Fußboden … Komm zu mir, kleiner Bursche, sagt der Zug.

Wir haben nach etwas gesucht, aber ich weiß nicht mehr … genau … was … es …

*

Sie durchsuchten die große Höhle. Dann stiegen sie die Treppe zu der Galerie hinauf, die den Zugang zu den Unterkünften und Lagerräumen des Bahnhofs bildete.

Balveda stand am Rand der breiten Terrasse, die sich auf halber Höhe zwischen Boden und Decke rund um die Höhle zog. Yalson beobachtete die Kultur-Agentin, während Horza die Türen zu den Quartieren öffnete. Balveda blickte über die weite Höhle hin. Ihre schlanken Hände ruhten auf dem Sicherheitsgeländer. Dessen Oberkante war auf einer Höhe mit ihren Schultern; es war die Hüfthöhe der Leute, die das Kommando-System gebaut hatten.

In der Nähe der Stelle, wo Balveda stand, führte eine Kranbrücke in die Höhle hinaus. Sie hing an Kabeln von der Decke und reichte bis zu der Terrasse auf der anderen Seite, wo ein schmaler, hell erleuchteter Tunnel in das Felsgestein lief. Balveda sah über die lange Brücke zu der fernen Tunnelmündung hin.

Yalson schoß die Frage durch den Kopf, ob die Kultur-Frau an Flucht denke, doch sie wußte, das tat sie nicht. Und dann überlegte sie, ob sie sich vielleicht wünschte, daß Balveda einen Versuch machte, nur um sie erschießen zu können und sie los zu sein.

Balveda wandte den Blick von der engen Brücke ab, und Horza öffnete die Tür zu den Unterkünften.

*

Xoxarle bog die Schultern. Die Drähte bewegten sich ein bißchen, rutschten und hoben sich.

Der Mensch, den sie zurückgelassen hatten, damit er ihn bewache, sah müde aus, vielleicht sogar schläfrig, aber Xoxarle glaubte nicht, daß die anderen sehr lange wegbleiben würden. Im Augenblick konnte er es sich nicht leisten, viel zu tun, denn wenn der Wandler zurückkam, merkte er vielleicht, daß die Drähte nicht mehr festsaßen. Aber auch wenn es durchaus nicht die interessanteste Entwicklung war, die die Dinge hätten nehmen können, bestand doch offensichtlich eine gute Chance, daß die Menschen die angeblich intelligente Rechenmaschine, nach der sie alle suchten, nicht fanden. In dem Fall mochte die beste Entscheidung sein, nichts zu tun. Er würde sich von den Kleinen zu ihrem Schiff mitnehmen lassen. Wahrscheinlich beabsichtigte der Horza genannte Mensch, Lösegeld für ihn zu fordern. Das dünkte Xoxarle die wahrscheinlichste Erklärung dafür zu sein, daß er am Leben gelassen wurde.

Vielleicht bezahlte die Flotte für die Rückgabe eines Kriegers, obwohl es Xoxarles Familie verboten war, so etwas zu tun, und sie abgesehen davon nicht reich war. Er konnte nicht mit sich ins klare kommen, sollte er weiterleben und die Schande, gefangengenommen und verkauft worden zu sein, durch künftige Taten wettzumachen versuchen, oder sollte er alle Kräfte anstrengen, um entweder zu entfliehen oder zu sterben? Ihm würde es eher zusagen, zu handeln; es war das Glaubensbekenntnis des Kriegers. Wenn du im Zweifel bist, handle!

Der alte Mensch stand von der Palette auf und ging umher. Er kam nahe genug an Xoxarle heran, daß er die Drähte hätte überprüfen können, widmete ihnen aber nur einen flüchtigen Blick. Xoxarle betrachtete das Laser-Gewehr, das der Mensch trug. Seine großen

Hände, die ihm hinter dem Rücken zusammengebunden waren, öffneten und schlossen sich langsam, ohne daß es ihm bewußt wurde.

*

Wubslin gelangte ans Kontrolldeck ins Cockpit des Zuges. Er nahm den Helm ab und legte ihn auf die Konsole, wobei er darauf achtete, daß er keine Kontrollen berührte, sondern nur ein paar kleine, nicht erleuchtete Paneele bedeckte. In der Mitte des Decks stehend, sah er sich mit großen, faszinierten Augen um.

Der Zug summte unter seinen Füßen. Skalenscheiben und Meßgeräte, Schirme und Paneele zeigten die Betriebsbereitschaft an. Die Kontrollen waren vor zwei riesigen Sesseln angebracht, von denen man über die Frontkonsole auf das Panzerglas sah, das einen Teil der steil abfallenden Nase des Zuges bildete. Der Tunnel vorn war dunkel; nur ein paar kleine Lampen brannten an seinen Seitenwänden.

Fünfzig Meter weiter führte eine komplizierte Anordnung von Weichen die Spuren in zwei Tunnel. Die eine Route ging geradeaus, und dort konnte Wubslin das hintere Ende des vor ihm stehenden Zuges erkennen. Die andere machte einen Bogen um die Reparatur- und Wartungshöhle und stellte den Weg zum nächsten Bahnhof dar.

Wubslin berührte das Glas, streckte den Arm über die Kontrollkonsole, um ihre kalte, glatte Oberfläche zu fühlen. Er grinste vor sich hin. Glas; kein Sichtschirm. Das entsprach seinem Geschmack. Die Erbauer hatten holographische Schirme und Supraleiter und Magnetbetrieb gekannt – das alles hatten sie in den Transitröhren verwendet –, aber für ihr Hauptwerk hatten sie sich nicht geniert, sich an die offensichtlich primitivere, aber weniger störanfällige Technologie zu halten. Deshalb hatte der Zug Panzerglasscheiben und lief auf metallenen Schienen. Wubslin rieb sich langsam die Hände und ließ den Blick über die vielen Instrumente und Kontrollen schweifen.

»Hübsch«, flüsterte er. Er fragte sich, ob er herausfinden werde, welche Kontrollen die verschlossenen Türen des Reaktor-Wagens öffneten.

*

Quayanorl erreichte das Kontrolldeck.

Es war unbeschädigt. Vom Fußboden aus gesehen, bestand es aus den metallenen Unterbauten der Sitze, überhängenden Kontroll-Paneelen und hellen Deckenlampen. Er zog sich über den Boden, gefoltert von Schmerz, murmelte vor sich hin, versuchte, sich zu erinnern, warum er den ganzen Weg hergekrochen war.

Er legte sein Gesicht auf den kalten Boden des Decks. Der Zug summte ihn an, vibrierte unter seinem Gesicht. Der Zug lebte immer noch; er war beschädigt, und wie Quayanorl würde er nie wieder gesund werden, aber er lebte noch. Quayanorl hatte die Absicht gehabt, etwas zu tun, das wußte er, aber jetzt entglitt ihm alles. Er hätte gern geweint, so frustrierend war das alles, aber es war, als habe er nicht einmal mehr für Tränen Kraft.

Was war es? fragte er sich selbst (während der Zug summte), *ich war … ich war … was?*

*

Unaha-Closp sah sich den Reaktor-Wagen an. Ein Großteil davon war anfangs unzugänglich gewesen, aber der Roboter hatte schließlich einen Weg in den Wagen gefunden – durch einen Kabelschacht.

Er wanderte in dem langen Wagen herum und

stellte fest, wie das System funktionierte: Die Absorber-Platten verhinderten, daß der Meiler heiß wurde, die überflüssige Uran-Abschirmung hatte die empfindlichen Körper der Humanoiden schützen sollen. Die Wärmeaustauschleitungen führten die Wärme des Reaktors zu den Batterien kleiner Boiler, wo Dampf Generatoren antrieb, die die Energie für die Räder des Zuges lieferten. Alles sehr primitiv, dachte Unaha-Closp. Kompliziert und primitiv gleichzeitig. So vieles konnte schiefgehen, trotz all ihrer Sicherheitseinrichtungen.

Aber wenn er und die Menschen in diesen archaischen Atom-Dampf-Elektro-Lokomotiven herumfahren mußten, würden sie sich gescheiterweise auf die Energie von dem Hauptsystem beschränken. Der Roboter stellte bei sich fest, daß er mit dem Wandler einer Meinung war: Die Idiraner mußten verrückt gewesen sein, als sie versuchten, all diesen alten Schrott wieder in Gang zu bringen.

*

»Sie haben in diesen Dingern *geschlafen?*« fragte Yalson angesichts der Netze. Sie, Horza und Balveda standen in der Tür eines großen Schlafsaals für die längst toten Leute, die im Kommando-System gearbeitet hatten. Balveda probierte eins der Netze aus. Sie waren wie offene Hängematten zwischen Reihen von Stangen aufgehängt, die an der Decke angebracht waren. Vielleicht hundert davon füllten den Raum wie Fischernetze, die zum Trocknen ausgespannt sind.

»Ich könnte mir denken, daß sie sie bequem gefunden haben«, meinte Horza. Er sah sich um. Nirgendwo hätte das Gehirn sich verstecken können. »Gehen wir!»sagte er. »Balveda, kommen Sie.«

Balveda ließ eines der Netzbetten schaukelnd zurück. Sie hätte gern gewußt, ob es hier irgendwelche noch funktionierenden Bäder oder Duschen gab.

*

Er faßte auf die Konsole. Er zog mit ganzer Kraft und brachte seinen Kopf auf den Sitz. Seine Nackenmuskeln ebenso wie seinen schmerzenden, schwachen Arm benutzend, hebelte er sich hinauf. Er schob und drehte seinen Rumpf herum. Eins seiner Beine blieb an der Unterseite des Sitzes hängen. Er keuchte und wäre beinahe wieder hinuntergefallen. Doch endlich saß er oben.

Er sah über die dichtgedrängten Kontrollen durch das Panzerglas in den breiten Tunnel hinter der Nase des Zuges. An den schwarzen Wänden leuchteten Lampen; stählerne Schienen schlängelten sich glitzernd in die Ferne.

Quayanorl betrachtete diesen stillen, ruhigen Ort, und ein kleines, grimmiges Siegesgefühl überkam ihn. Soeben war ihm eingefallen, warum er hergekrochen war.

*

»Das wäre es dann?« fragte Yalson. Sie waren in dem Kontrollraum, wo die komplexen Funktionen des Bahnhofs selbst überwacht wurden. Horza hatte ein paar Schirme eingeschaltet und Zahlen nachgeprüft, und jetzt saß er an einer Konsole und benutzte die ferngesteuerten Kameras des Bahnhofs, um einen letzten Blick über die Korridore und Räume, die Tunnel und Schächte und Höhlen zu werfen. Balveda hockte auf einem zweiten großen Sitz. Sie baumelte mit den Beinen und sah aus wie ein Kind auf einem Sessel für Erwachsene.

»Das wäre es«, bestätigte Horza. »Der Bahnhof

scheidet aus; falls es nicht in einem der Züge steckt, ist das Gehirn nicht hier.« Er schaltete auf Kameras in den anderen Bahnhöfen um und ging sie in aufsteigender Ordnung durch. Bei Bahnhof Fünf hielt er inne und blickte von dem Höhlendach auf die Leichen der vier Medjel und die Trümmer des primitiven Waffenwagens nieder, den das Gehirn gebaut hatte. Dann probierte er die Dach-Kamera in Bahnhof Sechs aus …

*

Sie haben mich noch nicht gefunden. Ich kann sie nicht richtig hören. Alles, was ich hören kann, sind ihre kleinen Schritte. Ich weiß, sie sind hier, aber ich kann nicht sagen, was sie tun. Täusche ich sie? Ich habe einen Massen-Sensor entdeckt, dann verschwand sein Signal wieder. Da ist noch einer. Sie haben ihn hier bei sich, er kann jedoch nicht richtig funktionieren. Vielleicht habe ich sie getäuscht, wie ich hoffte, und der Zug rettet mich. Welche Ironie.

Es könnte sein, daß sie einen Idiraner gefangengenommen haben. Ich hörte einen anderen Rhythmus aus ihren Schritten heraus. Gehen sie alle zu Fuß, oder haben einige Antigrav-Geräte? Wie sind sie hergekommen? Könnten es die Wandler von der Oberfläche sein?

Ich würde meinen halben Gedächtnisspeicher für einen neuen Roboter geben. Ich bin in einem Versteck, aber auch in einer Falle. Ich kann nicht sehen, und ich kann nicht richtig hören. Ich kann nichts weiter als fühlen. Das hasse ich. Ich wünschte, ich wüßte, was vor sich geht.

*

Quayanorl starrte auf die Kontrollen. Er und Xoxarle hatten schon eine Menge ihrer Funktionen herausgefunden, bevor die Menschen eintrafen. Jetzt mußte er versuchen, sich an alles zu erinnern. Was mußte er als erstes tun? Auf dem für eine fremde Rasse gestalteten Sitz unsicher schaukelnd, streckte er den Arm aus. Er legte eine Reihe von Schaltern um. Lichter flackerten; er hörte klickende Geräusche.

Es war so schwer, sich zu erinnern. Er berührte Hebel und Schalter und Knöpfe. Meßgeräte und Skalenscheiben sprangen auf neue Werte über. Schirme flackerten; Zahlen begannen zu blinken. Hohe Quietsch- und Piepslaute ertönten. Er meinte, auf der richtigen Spur zu sein, aber er war sich nicht sicher.

Einige der Kontrollen waren zu weit weg, und er mußte sich halb auf die Konsole hinaufziehen, um sie zu erreichen. Dabei gab er sorgsam acht, nichts an den Kontrollen zu verändern, die er bereits eingestellt hatte. Dann schob er sich auf den Sitz zurück.

Der Zug schwirrte jetzt; er fühlte, daß er sich regte. Motoren liefen, Luft zischte, Lautsprecher piepsten und klickten. Er machte Fortschritte. Der Zug bewegte sich noch nicht, aber er brachte ihn langsam dem Punkt näher, wo er sich bewegen würde.

Allerdings wurde die Sicht verschwommen.

Er blinzelte und schüttelte den Kopf, aber sein Auge war kurz davor, zu versagen. Das Bild vor ihm wurde grau; er mußte dicht an die Kontrollen und Schirme heranrücken. Die Lichter an der Tunnelwand draußen, die sich in schwarze Ferne zurückzogen, schienen trüber zu werden. Man hätte glauben können, die Energie werde schwächer, aber er wußte, daran lag es nicht. Der Kopf tat ihm weh, tief drinnen. Wahrscheinlich war es die Blutleere, die vom Sitzen kam.

Er starb schnell, und jetzt war noch mehr Grund zur Eile. Er drückte die Knöpfe, bewegte ein paar Hebel. Der Zug hätte anrucken müssen, aber er blieb stehen.

Was gab es sonst noch zu tun? Er drehte sich auf seine blinde Seite; leuchtende Tasten flackerten. Natürlich: die Türen. Er schlug auf die entsprechenden Abschnitte der Konsole und hörte polternde, gleitende Geräusche. Die meisten Tasten erloschen. Aber nicht alle. Ein paar der Türen mußten klemmen. Eine andere Kontrolle hob ihre Sicherheitsschaltungen auf; die immer noch flackernden Tasten gingen aus.

Er versuchte es von neuem.

Langsam, wie ein Tier nach dem Winterschlaf, streckte sich der Kommando-System-Zug in seiner ganzen Länge von dreihundert Metern. Die Wagen rollten ein bißchen enger zusammen, machten sich bereit.

Quayanorl spürte die leichte Bewegung und hätte am liebsten gelacht. Es klappte. Wahrscheinlich hatte er zuviel Zeit gebraucht, wahrscheinlich war es jetzt zu spät, aber wenigstens hatte er vollbracht, was zu tun er losgezogen war, trotz der gegen ihn stehenden Wahrscheinlichkeit, trotz seiner Schmerzen. Er hatte den Befehl über das lange Silbertier übernommen, und wenn er jetzt nur ein kleines bißchen Glück hatte, würde er den Menschen zumindest etwas zu denken geben. Und dem Barrieren-Tier zeigen, was er von seinem kostbaren Monument hielt.

Nervös, voller Angst, daß es ihm nach all seinen Mühen und Qualen immer noch mißlingen könne, faßte er den Hebel, der, wie er und Xoxarle entschieden hatten, die Energie für die Hauptradmotoren kontrollierte. Dann schob er ihn auf die Startmarke. Der Zug erschauerte, stöhnte, fuhr aber nicht.

Sein eines Auge, das nichts mehr sah als Grau, begann zu weinen, ertrank in Tränen.

Der Zug ruckte, ein Geräusch von reißendem Metall kam von hinten. Quayanorl wäre fast aus dem Sitz geworfen worden. Er mußte den Rand des Sitzes fassen, sich vorbeugen und den Energiehebel, der auf »Aus« zurücksprang, von neuem ergreifen. Das Brausen in seinem Kopf wuchs und wuchs; er zitterte vor

Erschöpfung und Aufregung; er schob den Hebel wieder vor.

Trümmer blockierten eine Tür. Das Schweißgerät hing unter dem Reaktor-Wagen. Metallstreifen, von der Hülle des Zuges gerissen, spreizten sich wie ausgegangene Haare auf einem schlecht gebürsteten Mantel. Schuttklumpen lagen neben beiden Zugangsbrükken auf den Schienen, und eine ganze Rampe, auf der Xoxarle eine Weile gelegen hatte, war in einen Wagen gekracht.

Stöhnend und ächzend, als schmerzten ihn die Versuche, sich in Bewegung zu setzen, ebenso wie Quayanorl die seinen, machte der Zug wieder einen Satz vorwärts. Er bewegte sich um eine halbe Drehung seiner Räder, dann blieb er stehen, als die festgeklemmte Rampe gegen die Zugangsbrücke stieß. Ein Winseln kam von den Zugmotoren. Im Kontrolldeck gingen Alarmsirenen los, die meisten in zu hoher Tonlage, als daß der verletzte Idiraner sie hätte hören können. Meßgeräte blitzten, Nadeln kletterten in Gefahrenzonen, Schirme füllten sich mit Informationen.

Die Rampe begann, sich von dem Zug loszureißen, und hinterließ eine gezackte Furche auf der Wagenoberfläche. Langsam erzwang der Zug sich seinen Weg vorwärts.

Quayanorl sah die Tunnelmündung näherkommen.

Weitere Trümmer knirschten gegen die vordere Zugangsbrücke. Das Schweißgerät unter dem Reaktor-Wagen schrammte über den glatten Boden, bis es an die Steineinfassung einer Inspektionsmulde stieß. Es zerbrach und fiel auf den Boden der Mulde. Der Zug zerrte sich langsam weiter.

Mit einem mahlenden Geräusch fiel die Rampe, die an der hinteren Zugangsbrücke hängengeblieben war, herunter, brach Aluminium-Rippen und Stahlrohre, riß die Aluminium- und Plastikhaut des Wagens ab, auf dem sie gelegen hatte. Eine Ecke der Rampe wurde unter den Zug gestoßen, fiel auf eine Schiene. Die Räder zögerten, die Verbindungen zwischen den Wagen spannten sich, bis die langsam steigende, nach vorwärts gerichtete Kraft die Rampe überwand. Sie bog sich, ihre Teile wurden zusammengedrückt, und die Räder rollten über sie hin, bumsten auf der anderen Seite auf und setzten ihre Fahrt auf den Schienen fort. Die nächsten Räder klapperten über das Hindernis, fast ohne Pause zu machen.

Quayanorl richtete sich auf. Der Tunnel kam und verschluckte den Zug; der Bahnhof verschwand plötzlich. Dunkle Wände glitten sacht zu beiden Seiten des Kontrolldecks vorbei. Der Zug vibrierte immer noch, aber langsam gewann er an Geschwindigkeit. Eine Reihe von hämmernden, krachenden Geräuschen sagte Quayanorl, daß die Wagen hinter ihm durch den Schutt knirschten, über die schimmernden Schienen rollten, vorbei an den zerstörten Brücken, hinaus aus dem beschädigten Bahnhof.

Der erste Wagen verließ ihn in langsamem Schritttempo, der nächste ein bißchen schneller, der Reaktor-Wagen in schnellem Schrittempo und der letzte Wagen im Tempo eines langsamen Laufschritts.

Rauch zog hinter dem abfahrenden Zug drein, trieb dann zurück und stieg wieder zum Dach empor.

*

... Die Kamera in Bahnhof Sechs, dem Schauplatz des Feuergefechts, wo Dorolow und Neisin gestorben waren und sie den anderen Idiraner tot liegengelassen hatten, war außer Betrieb. Horza versuchte mehrmals, sie einzuschalten, aber der Schirm blieb dunkel. Ein Schadensanzeiger blinkte. Horza holte schnell die Bilder von den anderen Bahnhöfen herein, dann schaltete er den Schirm ab.

»Nun, sieht so aus, als sei alles in Ordnung.« Er stand auf. »Gehen wir zum Zug zurück!«

Yalson teilte es Wubslin und dem Roboter mit. Balveda rutschte von dem hohen Sitz herunter, und mit der Kultur-Agentin an der Spitze verließen sie den Kontrollraum.

Hinter ihnen registrierte ein Energiekontrollschirm – einer der ersten, die Horza eingeschaltet hatte – einen hohen Energieverbrauch auf der Lokomotiven-Versorgungsleitung, was hieß, daß irgendwo in den Tunneln des Kommando-Systems ein Zug fuhr.

DREIZEHNTER TEIL

Das Kommando-System: Terminus

»Man kann in die eigenen Umstände zuviel hineinlesen. Ich habe dabei eine Rasse im Sinn, die sich gegen uns stellte – oh, das ist jetzt lange her, damals war an mich noch nicht einmal gedacht. Diese Wesen hatten die Vorstellung, die Galaxis gehöre ihnen, und ihre Häresie rechtfertigten sie durch einen blasphemischen Glauben, was ihre besondere Form betraf. Sie waren Wasserkreaturen; ihr Gehirn und die wichtigeren Organe lagen in einer großen zentralen Schote, von der mehrere lange Arme oder Tentakel ausgingen. Diese Tentakel waren am Körper dick, an den Spitzen dünn und mit Saugnäpfen besetzt. Ihr Wassergott sollte die Galaxis nach ihrem Bilde geschaffen haben.

Verstehst du? Sie glaubten das, weil sie eine ungefähre physische Ähnlichkeit mit der großen Linse hatten, die unser aller Heimat ist. Sie führten die Analogie sogar so weit, daß sie ihre Tentakel-Saugnäpfe mit Kugelhaufen verglichen, und sie meinten, deshalb gehöre die Galaxis ihnen. Trotz der Idiotie dieses heidnischen Glaubens war es ihnen gut ergangen, und sie waren mächtig: tatsächlich recht beachtliche Gegner.«

Aviger fragte: »Wie wurden sie genannt?«

»Hmm«, rumpelte Xoxarle. »Ihr Name …« Der Idiraner dachte nach. »… Ich glaube, sie wurden die … die Fanch genannt.«

»Nie von ihnen gehört«, sagte Aviger.

»Natürlich nicht«, schnurrte Xoxarle. »Wir haben sie ausgerottet.«

*

Horza betrachtete intensiv etwas, das sich auf dem Boden vor den Türen, die zum Bahnhof zurückführten, befand. Yalson sah es, und ohne Balveda aus den Augen zu lassen, fragte sie: »Was hast du gefunden?«

Horza schüttelte den Kopf, streckte die Hand aus, um etwas vom Boden aufzuheben, und ließ es dann doch sein. »Ich glaube, es ist ein Insekt«, stellte er ungläubig fest.

»Toll«, meinte Yalson unbeeindruckt. Balveda kam herbei, um es sich anzusehen; Yalsons Gewehr blieb auf sie gerichtet. Das Insekt kroch über den Tunnelboden.

»Zum Teufel, was tut es hier unten?« sagte Horza in einem Ton, der beinahe Panik verriet. Yalson runzelte besorgt die Stirn.

»Wahrscheinlich haben wir es selbst mitgebracht.« Balveda richtete sich auf. »Es kann ja auf der Palette oder auf jemandes Anzug gesessen haben.«

Horza schlug mit der Faust auf das winzige Wesen, zerquetschte es, rieb es in den dunklen Fels. Balveda blickte erstaunt drein. Yalsons Stirnrunzeln vertiefte sich. Horza starrte auf den Fleck, der auf dem Tunnelboden übriggeblieben war, wischte seinen Handschuh ab, sah dann kleinlaut hoch.

»Tut mir leid«, sagte er zu Balveda, als sei es ihm peinlich. »... Konnte nicht umhin, an diese Fliege in der *Zweck der Erfindung* zu denken ... Wie sich später herausstellte, war es eins Ihrer Schoßtiere, wissen Sie noch?« Er stand auf und ging schnell in den Bahnhof. Balveda nickte, sah auf den kleinen Fleck auf dem Boden nieder.

»Nun ...« – sie hob eine Augenbraue –, »das war auch eine Möglichkeit, seine Unschuld zu beweisen.«

*

Xoxarle sah den Mann und die beiden Frauen in den Bahnhof zurückkehren. »Nichts gefunden, Kleiner?« fragte er.

»Eine Menge, Sektionsführer«, erwiderte Horza, trat zu Xoxarle und überprüfte seine Fesseln.

Xoxarle grunzte. »Sie sind immer noch ziemlich fest, Verbündeter.«

»Welch ein Jammer«, konterte Horza. »Versuchen Sie, kräftig auszuatmen.«

»Ha!« lachte Xoxarle und fürchtete, der Mann habe die Wahrheit erraten. Aber der Mensch wandte sich ab und sagte zu dem alten Mann, der ihn bewacht hatte:

»Aviger, wir steigen in den Zug. Leiste unserem Freund Gesellschaft; gib dir Mühe, nicht einzuschlafen.«

»Das ist kaum möglich, wo er die ganze Zeit quatscht«, murrte der alte Mann.

Die anderen drei Menschen bestiegen den Zug. Xoxarle sprach weiter.

In einem Abschnitt des Zuges waren erleuchtete Kartenschirme. Sie zeigten, wie Schars Welt zu der Zeit ausgesehen hatte, als das Kommando-System gebaut worden war, die Städte und die Staaten auf den Kontinenten, die Ziele in dem einen Staat auf dem einen Kontinent, die Raketenabschußbasen, die Luftwaffenstützpunkte und die Seehäfen, die den Erbauern des Systems gehörten, auf einem anderen Staat, einem anderen Kontinent.

Zwei kleine Eiskappen waren zu sehen, aber der Rest des Planeten war Steppe, Savanne, Wüste, Wald und Dschungel. Balveda wollte stehenbleiben und sich die Karten ansehen, aber Horza zog sie weg und durch eine weitere Tür, die zur Nase des Zugs führte. Im Vorbeigehen schaltete der Wandler die Beleuchtung hinter den Kartenschirmen aus, und die hellen Oberflächen aus blauen Ozeanen, grünem, gelbem, braunem und orangefarbenem Land, blauen Flüssen und roten Städten und Kommunikationslinien verblaßten langsam in graue Dunkelheit.

Oh-oh.

Noch mehr Wesen im Zug. Drei, glaube ich. Sie gehen von hinten nach vorn. Was nun?

*

Xoxarle atmete ein, atmete aus. Er spannte die Muskeln, und die Drähte glitten über seine Keratinplatten. Dann schlenderte der alte Mann herbei, um ihn anzusehen, und er hörte damit auf.

»Du bist Aviger, nicht wahr?«

»So nennt man mich«, antwortete der alte Mann. Er stand da und betrachtete den Idiraner von den drei Füßen mit ihren drei dicken Zehen und den runden Knöchelwulsten über die wie gepolstert wirkenden Knie, den massigen Gürtel der Beckenplatten und die flache Brust hinauf zu dem großen Sattelkopf des Sektionsführers, der das breite Gesicht geneigt hatte und auf den Menschen herabsah.

»Hast du Angst, ich könnte fliehen?« rumpelte Xoxarle.

Aviger zuckte die Achseln und faßte sein Gewehr ein bißchen fester. »Was interessiert mich das?« meinte er. »Ich bin auch ein Gefangener. Dieser Verrückte hält uns alle hier unten fest. Ich will nichts als umkehren. Dies ist nicht mein Krieg.«

»Eine sehr vernünftige Einstellung«, lobte Xoxarle. »Ich wünschte, mehr Menschen würden sich klarmachen, was ihre Sache ist und was nicht. Besonders was Kriege betrifft.«

»Na, ich glaube nicht, daß ihr besser seid.«

»Dann laß uns sagen: anders.«

»Sag, was du willst.« Wieder musterte Aviger den

Körper des Idiraners und sprach zu Xoxarles Brust. »Ich wünschte nur, jeder würde sich um seine eigenen Angelegenheiten kümmern. Aber ich glaube nicht, daß sich etwas ändern wird. Alles wird in Tränen enden.«

»Ich finde, du gehörst im Grunde nicht hierher, Aviger.« Xoxarle nickte weise, langsam.

»Das tut keiner von uns«, gab Aviger zurück.

»Der Tapfere gehört dahin, wohin sein Entschluß ihn führt.« Die Stimme des Idiraners hatte einige Härte angenommen.

Aviger sah in das breite, dunkle Gesicht über ihm hoch. »Das mußt ausgerechnet du sagen!« Er drehte sich um und kehrte zu der Palette zurück. Xoxarle sah ihm nach, ließ schnell seine Brust vibrieren, spannte seine Muskeln und lockerte sie wieder. Die Drähte rutschten ein bißchen weiter ab. Er fühlte, daß hinter seinem Rücken die Fesseln um das eine Handgelenk eine Spur lockerer wurden.

*

Der Zug gewann an Geschwindigkeit. Die Kontrollen und Schirme waren für ihn trübe, deshalb sah er auf die Lichter an den Tunnelwänden draußen. Anfangs waren sie sacht vorbeigeglitten, hatten die Seitenfenster des breiten Kontrolldecks langsamer passiert als das ruhige Auf und Ab seines Atems.

Jetzt waren es zwei oder drei Lichter für jedes Mal, das er atmete. Der Zug drückte ihn sanft auf dem Sitz zurück und verankerte ihn dort. Blut – ein bißchen, nicht viel – war unter ihm getrocknet und klebte ihn fest. Sein Kurs war festgelegt. Es gab nur noch eins zu tun. Er forschte auf der Konsole, verfluchte die Dunkelheit, die sich hinter seinem Auge sammelte.

Bevor er den Unterbrecher für die Kollisionsbremse fand, fand er den Schalter für die Bugscheinwerfer. Es war ein kleines Geschenk von Gott; sie gingen mit einem Klicken an, und der Tunnel vor ihm warf das helle Licht zurück. Die Doppelspur der Schienen glitzerte, und in der Ferne konnte er weitere Schatten und Widerspiegelungen an den Tunnelwänden sehen, wo Zugangsröhren von den Fußgängertunneln mündeten und Rippen in den schwarzen Felswänden Drucktüren anzeigten.

Sein Sehvermögen verschlechterte sich weiter, aber er fühlte sich ein bißchen besser, weil er nun draußen etwas sah. Anfangs sorgte er sich auf eine losgelöste, theoretische Weise, die Scheinwerfer könnten die Menschen zu früh warnen, sollte er das Glück haben, sie noch im Bahnhof zu erwischen. Aber es machte kaum einen Unterschied. Die Luft, die der Zug vor sich herschob, lief ihm als Warnung auch weit voraus. Er hob eine Klappe neben dem Energiekontrollhebel und spähte hinein.

Sein Kopf fühlte sich leicht an, und ihm war sehr kalt. Er betrachtete den Unterbrecher, beugte sich nieder und klemmte seinen Körper zwischen den Sitz – dabei zerriß er das Blutsiegel unter sich und fing von neuem an zu bluten – und die Konsole. Er schob sein Gesicht an den Rand des Energiekontrollhebels, nahm die Hand weg und griff nach der Sicherung der Kollisionsbremse, sie so umfassend, daß sie nicht hinausrutschen konnte. Dann blieb er einfach liegen.

Sein übrig gebliebenes Auge befand sich hoch genug über der Konsole, daß er den Tunnel vor sich sehen konnte. Die Lichter kamen jetzt schneller heran. Der Zug schaukelte leicht, wiegte ihn ein. Das Tosen in seinen Ohren ließ ebenso nach wie sein Sehvermögen, verschwand wie der Bahnhof hinter ihm, wie der zu beiden Seiten vorbeifließende, allmählich schneller werdende Lichterstrom.

Er konnte nicht abschätzen, wie weit er zu fahren hatte. Er hatte die Sache in Gang gebracht; er hatte sein Bestes getan. Mehr konnte letzten Endes nicht von ihm verlangt werden.

Er schloß sein Auge, nur um auszuruhen.

Der Zug wiegte ihn.

*

»Ein großartiger Zug!« rief Wubslin grinsend, als Horza, Yalson und Balveda auf das Kontrolldeck kamen. »Er ist bereit zum Abfahren. Alle Systeme sind in Betrieb!«

»Mach dir bloß nicht die Hose naß«, riet Yalson ihm. Sie sah, daß Balveda sich auf einem der Sitze niederließ, und nahm selbst ebenfalls Platz. »Vielleicht müssen wir doch die Transitröhren benutzen.«

Horza drückte ein paar Knöpfe, las die Daten über die Systeme des Zuges ab. Alles sah aus, wie Wubslin gesagt hatte: Bereit zum Abfahren.

»Wo ist dieser verdammte Roboter?« wandte sich Horza an Yalson.

»Roboter? Unaha-Closp?« rief Yalson in ihr Helm-Mikrophon.

»Was ist nun schon wieder?« fragte Unaha-Closp zurück.

»Wo bist du?«

»Ich sehe mir diese antiquierte Sammlung rollenden Materials gründlich an. Fast glaube ich, daß diese Züge noch älter sind als euer Schiff.«

»Sag ihm, er soll herkommen!« befahl Horza. Er fragte Wubslin: »Hast du diesen ganzen Zug gecheckt?«

Während Yalson den Befehl an den Roboter weitergab, nickte Wubslin und sagte: »Alles bis auf den Reaktor-Wagen; in einen Teil konnte ich nicht hineinkommen. Welches sind die Türkontrollen?«

Horza rief sich die Anordnung der Zugkontrollen ins Gedächtnis zurück. »Die da.« Er zeigte auf eine der aus Knöpfen und leuchtenden Tasten bestehenden Reihen neben Wubslin. Der Ingenieur studierte sie.

*

Man hatte ihn zurückgepfiffen. Als sei er ein Sklave, eins der idiranischen Medjel – eine Maschine. Sie sollten ruhig ein Weilchen warten.

Unaha-Closp hatte in seinem Zug ebenfalls Karten entdeckt. Er schwebte in der Luft vor den farbigen, von hinten erleuchteten Plastik-Schirmen. Mit seinen Manipulierungsfeldern bediente er die Kontrollen, ließ Gruppen von Lichtern aufflammen, die die Ziele auf beiden Seiten, die größeren Städte und militärischen Einrichtungen kennzeichneten.

Alles das war jetzt Staub, ihre ganze kostbare humanoide Zivilisation war unter Gletschern zu Schrott zermahlen oder von Wind und Gischt und Regen verwittert und von Eis bedeckt – alles. Nur dieses erbärmliche Labyrinth-Grab war übriggeblieben.

Soviel für ihre Menschlichkeit, oder wie sie es genannt haben mochten, dachte Unaha-Closp. Nur ihre Maschinen hatten überdauert. Aber würden die anderen etwas daraus lernen? Würden sie diese gefrorene Felskugel als das sehen, was sie war? Er glaubte es nicht.

Unaha-Closp ließ die Schirme eingeschaltet und schwebte aus dem Zug, durch den Tunnel zurück in den Bahnhof selbst. Die Tunnel waren jetzt hell, aber nicht wärmer als früher, und Unaha-Closp fand, das harte, gelb-weiße Licht, das von Decke und Wänden strömte, habe etwas Herzloses an sich; es war Operationssaallicht, Sektionstischlicht.

Die Maschine flog durch die Tunnel und dachte, daß

die Kathedrale der Dunkelheit zu einer gläsernen Arena, zu einem Schmelztiegel geworden sei.

Xoxarle war auf dem Bahnsteig immer noch an die Pfeiler der Zugangsrampe gefesselt. Unaha-Closp gefiel der Blick gar nicht, den der Idiraner ihm bei seinem Auftauchen aus dem Tunnel zuwarf. Es war beinahe unmöglich, den Ausdruck des Wesens zu deuten, falls man überhaupt sagen konnte, er habe einen, aber irgend etwas hatte Unaha-Closps Argwohn erregt. Er hatte den Eindruck, der Idiraner habe eben aufgehört, sich zu bewegen oder etwas zu tun, das niemand sehen sollte.

Aviger, der auf der Palette saß, hob den Kopf und blickte wieder weg, ohne Unaha-Closp auch nur zuzuwinken.

Der Wandler und die beiden Frauen waren mit dem Ingenieur Wubslin im Kontrolldeck des Zuges. Unaha-Closp sah sie und schwebte auf die Zugangsrampen und die nächste Tür zu. Dort angekommen, hielt er an. Er spürte einen leichten Luftzug. Es war so gut wie nichts, aber es war da.

Wahrscheinlich bliesen jetzt, wo der Strom angestellt war, automatische Systeme frische Luft von der Oberfläche oder durch Reinigungsanlagen herunter.

Unaha-Closp schwebte in den Zug.

»Eine unangenehme kleine Maschine ist das«, sagte Xoxarle zu Aviger. Der alte Mann nickte vage. Xoxarle war aufgefallen, daß der Mensch ihn weniger ansah, solange er redete. Es war, als versichere der Klang seiner Stimme dem Menschen, er sei immer noch da und sicher angebunden. Außerdem gab ihm das Reden – er bewegte den Kopf, um den Menschen anzusehen, zuckte gelegentlich die Achseln, lachte ein bißchen – Vorwände, sich zu bewegen und die Drähte ein Stück weiter abrutschen zu lassen. Also redete er; wenn er Glück hatte, blieben die anderen noch eine Weile in dem Zug, und er bekam eine Chance zu fliehen.

Er würde ihnen eine fröhliche Jagd liefern, wenn er erst einmal mit einem Gewehr draußen in den Tunneln war!

*

»Sie müßten aber offen sein«, sagte Horza. Nach der Konsole, vor der er und Wubslin standen, waren die Türen des Reaktor-Wagens überhaupt nicht verschlossen gewesen. »Bist du sicher, daß du versucht hast, sie auf die richtige Weise zu öffnen?«

»Natürlich«, antwortete Wubslin verletzt. »Ich weiß, wie die verschiedenen Typen von Schlössern arbeiten. Ich habe versucht, das eingesenkte Rad zu drehen, die Sperren zu lösen … okay, mein Arm ist nicht in Ordnung, aber … nun, sie hätten sich öffnen müssen.«

»Wahrscheinlich ein technisches Versagen.« Horza richtete sich auf und sah in den Zug zurück, als versuche er, die hundert Meter aus Metall und Plastik zwischen sich und dem Reaktor-Wagen mit seinen Blicken zu durchdringen. »Hmm. Es ist da drin nicht genug Platz, daß das Gehirn sich verstecken könnte, wie?«

Wubslin sah von dem Paneel hoch. »Daran habe ich gar nicht gedacht.«

»So, da bin ich«, erklärte Unaha-Closp gereizt und schwebte durch die Tür des Kontrolldecks. »Was soll ich jetzt schon wieder tun?«

»Du hast dir bei der Durchsuchung dieses anderen Zuges Zeit gelassen«, stellte Horza fest.

»Ich war gründlich. Gründlicher als ihr, falls ich das, was ihr gerade sagtet, als ich hereinkam, nicht falsch verstanden habe. Wo könnte das Gehirn genug Platz haben, um sich zu verstecken?«

»In dem Reaktor-Wagen«, antwortete Wubslin. »Ich

konnte einige der Türen nicht aufbekommen. Horza sagt, nach den Kontrollen müßten sie offen sein.«

»Soll ich mal einen Blick darauf werden?« wandte sich Unaha-Closp an Horza.

Der Wandler nickte. »Wenn das nicht zuviel verlangt ist«, antwortete er ironisch.

»Nein, nein«, versicherte Unaha-Closp leichthin und zog sich auf die Tür zurück, durch die er hereingekommen war. »Ich beginne, es zu genießen, herumkommandiert zu werden. Überlaß das nur mir!« Er schwebte durch den vorderen Wagen auf den Reaktor-Wagen zu.

Balveda betrachtete durch die Panzerglasscheibe das Ende des Zuges vor ihnen, den der Roboter untersucht hatte.

»Wenn das Gehirn sich in dem Reaktor-Wagen versteckte, würde sich das nicht auf Ihrem Massen-Sensor zeigen, oder würde das Echo durch die Spur von dem Reaktor verfälscht werden?« Langsam drehte sie den Kopf und sah den Wandler an.

»Wer weiß?« gab Horza zurück. »Ich bin kein Experte für das Funktionieren des Anzugs, vor allem nicht, wenn er beschädigt ist.«

»Sie werden sehr vertrauensvoll, Horza.« Die Kultur-Agentin lächelte schwach. »Jetzt lassen sie den Roboter schon Ihre Jagd übernehmen.«

»Ich lasse ihn nur einige Aufklärungsarbeit tun, Balveda.« Horza wandte sich ab und arbeitete weiter an den Kontrollen. Er betrachtete Schirme und Skalenscheiben und Meßgeräte, sich ändernde Anzeigen und Daten und versuchte, daraus abzulesen, was, wenn überhaupt etwas, in dem Reaktor-Wagen vor sich ging. Alles wirkte ganz normal, soweit er es beurteilen konnte, doch natürlich wußte er aus seiner Zeit als Wächter von den Reaktor-Systemen weniger als von den anderen Komponenten des Zuges.

»Okay«, sagte Yalson, drehte ihren Sessel zur Seite, stellte die Füße auf den Rand einer Konsole und nahm den Helm ab. »Und was tun wir, wenn im Reaktor-Wagen kein Gehirn ist? Fahren wir in diesem Ding herum, nehmen wir die Transitröhren oder was sonst?«

»Ich weiß nicht, ob es eine gute Idee ist, einen Zug zu nehmen.« Horza sandte einen Blick zu Wubslin hinüber. »Ich habe es mir so gedacht, daß ich alle anderen hier lasse, selbst mit einer Transitröhre eine Rundreise um das System unternehme und versuche, das Gehirn mit dem Massen-Sensor meines Anzugs zu entdecken. Das würde nicht allzu lange dauern, auch wenn ich die Tour zweimal mache, um beide Spuren zwischen den Bahnhöfen abzudecken. Die Transitröhren haben keine Reaktoren, deshalb können keine falschen Echos den Sensor stören.«

Wubslin, der den Platz vor den Hauptkontrollen des Zuges eingenommen hatte, blickte niedergeschlagen drein.

»Warum schicken Sie uns dann nicht ins Schiff zurück?« fragte Balveda.

Horza sah sie an. »Balveda, Sie sind nicht hier, um Vorschläge zu machen.«

»Ich versuche nur zu helfen.« Die Kultur-Agentin zuckte die Achseln.

»Und wenn du dann immer noch nichts findest?« wollte Yalson wissen.

»Dann kehren wir ins Schiff zurück.« Horza schüttelte den Kopf. »Etwas anderes bleibt uns kaum übrig. Wubslin kann den Massen-Sensor des Anzugs an Bord überprüfen, und je nachdem, welchen Fehler er daran feststellt, gehen wir dann vielleicht noch einmal nach unten, vielleicht auch nicht. Jetzt, wo der Strom eingeschaltet ist, dürfte uns nichts davon viel Zeit oder Mühe kosten.«

»Schade.« Wubslin betastete die Kontrollen. »Wir können diesen Zug nicht einmal dazu benutzen, zu Bahnhof Vier zurückzukehren, weil der Zug auf Bahnhof Sechs den Weg blockiert.«

»Er wird sich wahrscheinlich immer noch bewegen lassen«, tröstete Horza den Ingenieur. »Auf welchem Weg auch immer, wenn wir einen Zug nehmen, müssen wir irgendwo rangieren.«

»Oh, dann ist es gut«, sagte Wubslin verträumt und widmete sich von neuem den Kontrollen. Er zeigte auf eine von ihnen. »Ist das die Geschwindigkeitskontrolle?«

Horza lachte, kreuzte die Arme und grinste den Mann an. »Ja. Wir wollen sehen, ob wir eine kleine Eisenbahnfahrt arrangieren können.« Er beugte sich vor und wies auf ein paar andere Kontrollen, zeigte Wubslin, wie der Zug fahrbereit gemacht wurde. Sie zeigten und nickten und redeten.

Yalson rutschte nervös auf ihrem Sitz herum. Schließlich sah sie zu Balveda hinüber. Die Kultur-Frau beobachtete Horza und Wubslin mit einem Lächeln. Jetzt spürte sie Yalsons Blick, drehte den Kopf, lächelte breiter, bewegte ein bißchen den Kopf, um auf die beiden Männer hinzuweisen, und hob die Augenbrauen. Zögernd grinste Yalson zurück und verlagerte das Gewicht ihres Gewehrs.

*

Die Lichter kamen jetzt schnell. Sie strömten vorbei, erzeugten ein flackerndes, blitzendes Muster in der dämmerigen Kabine. Er wußte es; er hatte sein Auge geöffnet und es gesehen.

Es hatte ihn all seine Kraft gekostet, nur dieses Lid zu heben. Eine Weile hatte er geschlafen, er war sich nicht sicher, wie lange. Der Schmerz war nicht mehr so schlimm. Er hatte einige Zeit stillgelegen, mit dem zerbrochenen Körper schräg aus dem fremdartigen Sitz hängend, den Kopf auf der Konsole, die Hand in der kleinen Klappe neben der Energiekontrolle, die Finger unter die Sicherung des Hebels drinnen gezwängt.

Es war erholsam; er hätte gar nicht ausdrücken können, wie angenehm es nach diesem schrecklichen Kriechen sowohl durch den Zug als auch durch den Tunnel seiner Schmerzen war.

Die Bewegung des Zuges hatte sich verändert. Er wiegte ihn immer noch, aber jetzt ein bißchen schneller. Es war ein neuer Rhythmus dazugekommen, ein Vibrieren, das wie ein hämmerndes Herz war. Quayanorl meinte, es auch hören zu können. Das Geräusch des Windes, der durch diese Höhlen weit unter den von Schneestürmen gefegten Wüsten oben blies. Oder vielleicht bildete er es sich nur ein. Das ließ sich schwer unterscheiden.

Wieder fühlte er sich als kleines Kind, auf einer Reise mit seinen Jahrgenossen und ihrem alten Querlmentor, in den Schlaf gewiegt, in einen leichten, glücklichen Schlummer hinein- und hinausgleitend.

Immerzu dachte er: *Ich habe alles getan, was ich konnte. Vielleicht nicht genug, aber es war alles, was in meinen Kräften stand.* Das war tröstlich.

Wie der nachlassende Schmerz brachte es ihm Linderung; wie das Schaukeln des Zuges beruhigte es ihn.

Von neuem schloß er die Augen. Auch in der Dunkelheit lag Trost. Er hatte keine Ahnung, wie weit er inzwischen gekommen war, und allmählich fand er, daß es nicht wichtig sei. Die Dinge trieben wieder von ihm weg, und er begann zu vergessen, warum er das alles tat. Aber auch das war nicht wichtig. Es war getan; solange er sich nicht bewegte, war nichts wichtig. Nichts.

Überhaupt nichts.

*

Die Türen klemmten, genau wie bei dem anderen Zug. Verzweifelt schlug der Roboter mit einem Energiefeld gegen eine der Türen des Reaktor-Wagens, worauf der Rückstoß ihn durch die Luft schleuderte.

Die Tür wurde nicht einmal eingebeult.

*

Oh-oh.

*

Also hieß es wieder, Kriechgänge und Kabelschächte zu benutzen. Unaha-Closp wendete, flog einen kurzen Korridor entlang, ein Loch im Fußboden hinunter und zu einer Inspektionsluke unter dem untersten Deck.

Das Ende vom Lied ist natürlich wieder, daß die ganze Arbeit an mir kleben bleibt. Ich hätte es mir denken können. Im Grunde ist das, was ich für diesen Kerl tue, daß ich eine andere Maschine zur Strecke bringe. Ich sollte mir die Schaltungen nachsehen lassen. Ich hätte gute Lust, ihm nichts davon zu sagen, wenn ich das Gehirn tatsächlich irgendwo finde. Das würde ihn lehren.

Er zog die Luke auf und senkte sich in den dunklen, engen Raum unter dem Fußboden nieder. Die Luke schloß sich zischend hinter ihm und sperrte das Licht aus. Er überlegte, ob er sie wieder öffnen solle, aber natürlich würde sie sich automatisch von neuem schließen, und dann verlor er bestimmt die Geduld und beschädigte das Ding. Das war alles ein bißchen sinnlos und kleinlich, deshalb ließ er es sein. So benahmen sich Menschen.

Er folgte dem Kriechgang zum hinteren Ende des Zuges bis zu der Stelle, über der sich der Reaktor befinden sollte.

*

Der Idiraner redete. Aviger hörte ihn, aber er hörte ihm nicht zu. Er konnte das Monster auch aus dem Augenwinkel sehen, aber er sah es nicht richtig an. Den Blick geistesabwesend auf sein Gewehr gerichtet, summte er tonlos vor sich hin und dachte darüber nach, was er tun würde, wenn er – irgendwie – das Gehirn selbst in die Hände bekommen sollte. Angenommen, die anderen kamen ums Leben, und er blieb mit dem Apparat übrig? Er wußte, die Idiraner würden gut für das Gehirn bezahlen. Die Kultur ebenso; sie hatte Geld, auch wenn es in ihrer eigenen Zivilisation nicht verwendet wurde.

Das waren nur Träume, aber aus dieser Situation könnte sich alles entwickeln. Man wußte nie, wie der Staub fallen würde. Er konnte sich etwas Land kaufen, eine Insel irgendwo auf einem hübschen sicheren Planeten. Er würde sich einer Verjüngungskur unterziehen und irgendwelche teuren Renntiere züchten, und durch seine Verbindungen würde er die wohlhabenderen Leute kennenlernen. Oder er stellte jemand anders für all die schwere Arbeit an; mit Geld konnte man das tun. Mit Geld konnte man alles tun.

Der Idiraner redete weiter.

Seine Hand war beinahe frei. Weiter losmachen konnte er sich vorerst nicht, aber vielleicht gelang es ihm später, seinen Arm herauszuwinden; es ging die ganze Zeit leichter. Die Menschen waren schon eine Weile in dem Zug; wieviel länger würden sie bleiben? Die kleine Maschine war nicht wiedergekommen. Er hatte sie gerade noch rechtzeitig in der Tunnelmündung auftauchen sehen; er wußte, die Maschine hatte bessere Augen als er, und einen Augenblick lang hatte er gefürchtet, sie habe bemerkt, daß er den Arm, der dem alten Menschen abgewendet war, bewegte. Aber die Maschine war in dem Zug verschwunden, und nichts war passiert. Immer wieder warf er einen Blick zu dem alten Mann hinüber. Der Mensch schien in einen Tagtraum versunken zu sein. Xoxarle redete weiter, erzählte der leeren Luft von alten idiranischen Siegen.

Seine Hand war beinahe draußen.

Ein bißchen Staub kam von einer Stelle etwa einen Meter über seinem Kopf, schwebte durch die stille Luft, fiel fast, aber nicht ganz senkrecht herunter und trieb allmählich von ihm weg. Er sah wieder zu dem alten Mann hin und zerrte an den Drähten um seine Hand. *Komm schon, verdammt noch mal!*

*

Unaha-Closp mußte eine Ecke von einer rechtwinkligen Kurve abhämmern, um in die enge Passage zu gelangen, die er benutzen wollte. Es war nicht einmal ein Kriechgang, es war ein Kabelschacht, aber er führte ihn in das Reaktor-Abteil. Der Roboter überprüfte seine Sinne; hier gab es das gleiche Maß an Strahlung wie in dem anderen Zug.

Er zwängte sich durch die kleine Lücke, die er in dem Kabelschacht geschaffen hatte, tiefer in die Metall- und Plastik-Eingeweide des stillen Wagens.

*

Ich höre etwas. Etwas kommt, unter mir …

*

Die Lichter bildeten nun eine ununterbrochene Linie, blitzten zu schnell an dem Zug vorbei, als daß die meisten Augen sie einzeln hätten unterscheiden können. Die Lichter weiter unten an der Spur, die um Kurven oder am hinteren Ende von geraden Strecken erschienen, schwollen, schlossen sich dem Strom an und rasten an den Fenstern vorbei wie Sternschnuppen in finsterer Nacht.

Der Zug hatte lange Zeit gebraucht, um seine Höchstgeschwindigkeit zu erreichen, hatte lange Minuten gekämpft, die Trägheit seiner Tausende Tonnen an Masse zu überwinden. Jetzt hatte er es geschafft, und er schob sich selbst und die Luftsäule vor sich so schnell dahin, wie es ihm überhaupt möglich war. Das brüllende, reißende Geräusch, mit dem er den Tunnel entlangraste, war lauter, als es je ein Zug in diesen dunklen Gängen erzeugt hatte. Seine beschädigten Wagen brachen die Luft und scharrten an den Kanten der Drucktüren entlang und setzten die Geschwindigkeit dadurch ein bißchen herab, erhöhten den Lärm aber gewaltig.

Das Kreischen der wirbelnden Motoren und Räder des Zuges, seines lädierten metallenen Körpers, der die Luft zerriß, und dieser selben Luft, die durch die offenen Stellen der Wagen strömte, hallte von der Decke und den Wänden, den Konsolen und dem Fußboden und der schrägen Panzerglasscheibe wider.

Quayanorls Auge war geschlossen. In seinen Ohren schwangen Membranen von dem Lärm draußen, aber keine Botschaft wurde seinem Gehirn übermittelt. Sein Kopf hüpfte auf der vibrierenden Konsole, als sei er noch lebendig. Seine Hand zitterte an dem Unterbrecher der Kollisionsbremse, als sei der Krieger nervös oder habe Angst.

Dort angeschweißt, festgeklebt, verlötet von seinem eigenen Blut war er wie ein seltsames, beschädigtes Teil des Zuges.

Das Blut war getrocknet, außerhalb Quayanorls Körper ebenso wie innerhalb. Es hatte aufgehört zu fließen.

*

»Wie geht's, Unaha-Closp?« fragte Yalsons Stimme.

»Ich bin unter dem Reaktor, und ich habe zu tun. Ich werde es euch wissen lassen, wenn ich etwas finde. Danke.« Er schaltete seinen Kommunikator ab und betrachtete die schwarz umkleideten Innereien vor sich: Drähte und Kabel, die in einem Schacht verschwanden. Es waren mehr als in dem vorderen Zug. Sollte er sich den Weg freischneiden, oder sollte er es auf einer anderen Route versuchen?

Immer diese Entscheidungen!

*

Seine Hand war draußen. Er hielt inne. Der alte Mann saß immer noch auf der Palette und spielte mit seinem Gewehr herum.

Xoxarle gestattete sich einen kleinen Seufzer der Erleichterung und bog seine Hand, streckte die Finger, ballte sie zur Faust. Ein paar Staubflöckchen bewegten sich langsam an seiner Wange vorbei. Er hörte auf, die Hand zu biegen.

Er sah den Staub vorübertreiben.

Ein Hauch, weniger als eine Brise, kitzelte seine Arme und Beine. Höchst seltsam, dachte er.

*

»Ich sage dazu nichts weiter«, erklärte Yalson und rückte mit ihren Füßen ein bißchen auf der Konsole herum, »als daß ich es nicht für eine gute Idee halte, wenn du allein hier unten auf die Suche gehst. Alles Mögliche könnte passieren.«

»Ich werde einen Kommunikator mitnehmen und mich regelmäßig melden«, antwortete Horza. Er stand mit gekreuzten Armen da und lehnte sich an die Kante des Kontrollpaneels, auf dem Wubslins Helm lag. Der

Ingenieur machte sich mit den Kontrollen des Zuges vertraut. Sie waren im Grunde recht einfach.

»Es ist eine Grundregel, Horza«, sagte Yalson, »man geht niemals allein. Was hat man dir bloß auf dieser gottverdammten Akademie beigebracht?«

»Wenn ich etwas dazu bemerken darf«, fiel Balveda ein, verschränkte die Hände vor ihrem Körper und sah den Wandler an, »dann möchte ich sagen, daß Yalson recht hat.«

Horza maß die Kultur-Frau mit einem Ausdruck unglücklichen Staunens. »Nein, Sie dürfen gar nichts bemerken«, wies er sie zurecht. »Was glauben Sie eigentlich, auf welcher Seite Sie stehen, Perosteck?«

»Oh, Horza ...« – Balveda grinste –, »ich komme mir nach all dieser Zeit beinahe wie ein Mitglied des Teams vor.«

*

Auf der Konsole, ungefähr einen halben Meter von dem leise schaukelnden, langsam kalt werdenden Kopf Unter-Kapitäns Quayanorl Gidborux Stoghrle III. entfernt, begann ein Licht sehr rasch zu blinken. Gleichzeitig durchdrang ein hoher Heulton die Luft des Kontrolldecks und des vorderen Wagens. Er wurde in dem ganzen dahinrasenden Zug an verschiedene andere Kontrollzentren weitergeleitet. Quayanorl, dessen fest eingekeilter Körper in einer langen Kurve von der Fliehkraft zur Seite gezogen wurde, hätte es gerade eben hören können, wenn er noch gelebt hätte. Nur sehr wenige Menschen wären dazu fähig gewesen.

*

Unaha-Closp revidierte seinen Entschluß, die Verbindung mit der Außenwelt ganz abzuschneiden, und öffnete seinen Kommunikationskanal wieder. Doch niemand wollte mit ihm sprechen. Er begann, die Kabel, die in den Schacht führten, eins nach dem anderen mit einem messerscharfen Kraftfeld abzuknipsen. Warum, sagte er zu sich selbst, sollte er sich Sorgen darum machen, daß er das Ding nach allem, was dem Zug in Bahnhof Sechs widerfahren war, beschädigte? Wenn er an etwas geriet, das für den normalen Betrieb des Zuges wichtig war, würde Horza schon rechtzeitig losbrüllen. Außerdem konnte er die Kabel ohne zu große Mühe wieder reparieren.

*

Ein *Luftzug?*

Xoxarle sagte sich, das müsse er sich einbilden. Es konnte doch nur daran liegen, daß vor kurzem irgendein Gerät zur Luftzirkulation eingeschaltet worden war. Vielleicht erforderte die Hitze, die von den Lampen und den Maschinen des Bahnhofs abgegeben wurde, eine zusätzliche Ventilation.

Aber der Luftzug wurde stärker. Langsam, beinahe zu langsam, um bemerkt zu werden, nahm der schwache, stetige Strom an Kraft zu. Xoxarle zermarterte sich das Gehirn. Was mochte das sein? Doch kein Zug. Bestimmt kein Zug.

Er lauschte angespannt, konnte jedoch nichts hören. Er sah zu dem alten Menschen hinüber und entdeckte, daß dieser zurückstarrte. War ihm etwas aufgefallen?

»Sind dir die Schlachten und Siege, von denen du mir erzählen könntest, ausgegangen?« fragte Aviger. Es klang müde. Er musterte den Idiraner von oben bis unten. Xoxarle lachte – ein bißchen zu laut, sogar ein bißchen nervös, wäre Aviger mit idiranischen Gesten und Stimmen vertraut genug gewesen, um es zu erkennen.

»Durchaus nicht!« sagte Xoxarle. »Ich dachte soeben

an …« Er stürzte sich in eine neue Geschichte über besiegte Feinde. Es war eine, die er schon seiner Familie, in Schiffsmessen und in Frachträumen von Kriegsshuttles erzählt hatte, und er hätte sie im Schlaf erzählen können. Während seine Stimme durch den hellerleuchteten Bahnhof dröhnte, und der alte Mensch auf das Gewehr in seinen Händen niederblickte, waren Xoxarles Gedanken anderswo, versuchten, herauszufinden, was da vor sich ging. Er riß und zerrte immer noch an den Drähten um seinen Arm. Was auch geschah, es war für ihn von lebenswichtiger Bedeutung, daß er mehr bewegen konnte als nur seine Hand. Der Luftzug nahm zu. Immer noch konnte er nichts hören. Ein stetiger Strom aus Staub wurde von dem Pfeiler über seinem Kopf geblasen.

Es mußte ein Zug sein. Konnte irgendwo einer eingeschaltet herumgestanden haben? Unmöglich …

Quayanorl! Hatten wir die Kontrollen so eingestellt, daß … Aber sie hatten nicht einmal den Strom eingeschaltet. Sie hatten nur versucht, herauszufinden, was die verschiedenen Kontrollen bewirkten, und sich überzeugt, daß sie zu bewegen waren. Weiter waren sie nicht gekommen, und sie hätten auch gar nicht die Zeit dazu gehabt.

Es mußte Quayanorl selbst sein. Er hatte es getan. Er mußte noch leben. Er hatte den Zug geschickt.

Einen Augenblick lang – während er verzweifelt an den Drähten zerrte, die ihn festhielten, immerzu redete und den alten Mann beobachtete – stellte Xoxarle sich vor, sein Kamerad sei noch in Bahnhof Sechs am Leben. Aber bei so schweren Verletzungen war das unmöglich. Als Xoxarle noch auf der Zugangsrampe gelegen hatte, war ihm schon einmal der Gedanke durch den Kopf gegangen, sein Kamerad sei vielleicht davongekommen. Dann hatte der Wandler dem alten Mann, diesem Aviger dort, befohlen, zurückzugehen und

Quayanorl durch den Kopf zu schießen. Das hätte für Quayanorl das Ende bedeuten müssen, doch offensichtlich war es nicht so gewesen.

Du hast versagt, Alter! triumphierte Xoxarle. Der Luftzug wurde zur Brise. Ein fernes Winseln, beinahe zu hoch, um hörbar zu sein, erhob sich. Es war gedämpft, kam von dem Zug. Der Alarm.

Xoxarles Arm, der von einem letzten Draht oberhalb des Ellbogens festgehalten wurde, war beinahe frei. Er zuckte einmal die Schultern, und der Draht rutschte auf seinen Oberarm hinauf und legte sich lose auf seine Schulter.

»Alter, Aviger, mein Freund«, sagte er. Aviger blickte bei dieser Unterbrechung von Xoxarles Monolog überrascht auf.

»Was?«

»Es hört sich dumm an, und ich werde es dir nicht zum Vorwurf machen, wenn du Angst hast, aber mein rechtes Auge juckt höllisch. Würdest du es mir kratzen? Ich weiß, es klingt albern, ein Krieger, der von einem juckenden Auge halb zu Tode gequält wird, aber es hat mich in diesen letzten zehn Minuten fast in den Wahnsinn getrieben. Würdest du es kratzen? Nimm den Lauf deines Gewehrs, wenn du möchtest; ich werde aufpassen, daß ich keinen Muskel bewege oder irgend etwas Bedrohliches tue, wenn du die Mündung deines Gewehrs benutzt. Oder was du sonst willst. Würdest du das tun? Ich schwöre dir bei meiner Kriegerehre, daß ich die Wahrheit spreche.«

Aviger stand auf. Er sah zu der Spitze des Zuges hin.

Er kann den Alarm nicht hören. Er ist alt. Können die anderen, die jüngeren, ihn hören? Oder ist er zu hoch für ihre Ohren? Was ist mit der Maschine? Oh, komm her, du alter Trottel! Komm schon her!

*

Unaha-Closp zog die abgeschnittenen Kabel auseinander. Jetzt konnte er in den Kabelschacht langen und versuchen, sie weiter oben abzuschneiden und sich so einen Zugang zu schaffen.

»Roboter, Roboter, kannst du mich hören?« Das war wieder die Frau Yalson.

»Was ist denn *nun* schon wieder?« fragte er.

»Horza bekommt ein paar Daten aus dem Reaktor-Wagen nicht mehr. Er möchte wissen, was du tust.«

»Das möchte ich verdammt genau wissen«, murmelte Horza im Hintergrund.

»Ich mußte ein paar Kabel durchschneiden. Scheint der einzige Weg in den Reaktor-Wagen zu sein. Ich werde sie später reparieren, wenn ihr darauf besteht.«

Die Kommunikation wurde für eine Sekunde unterbrochen. In diesem Augenblick meinte Unaha-Closp, er könne einen hohen Ton hören. Aber er war sich nicht sicher. Jenseits der Wahrnehmungsschwelle, dachte er bei sich. Der Kanal öffnete sich wieder. Yalson sagte: »Ist gut. Aber Horza sagt, du sollst ihm das nächste Mal Bescheid geben, wenn du daran denkst, etwas durchzuschneiden, vor allem, wenn es sich um Kabel handelt.«

»Schon recht, schon recht!« schrie der Roboter. »Wollt ihr mich jetzt bitte in Frieden lassen?« Der Kanal schloß sich wieder. Er dachte kurz nach. Es war ihm in den Sinn gekommen, daß irgendwo ein Alarm losgegangen sein könnte, aber logischerweise müßte ein Alarm auf dem Kontrolldeck wiederholt werden, und er hatte, als Yalson sprach, abgesehen von dem gemurmelten Einwurf des Wandlers im Hintergrund, nichts gehört. Deshalb gab es keinen Alarm.

Er faßte mit dem Schneidefeld wieder in den Schacht.

*

»Welches Auge?« fragte Aviger von zu weit entfernt. Die Brise blies ihm eine Strähne seines dünnen, gelblichen Haares über die Stirn. Xoxarle wartete darauf, daß der Mann merkte, was los war, aber er strich sich die Haare nur zurück und sah spöttisch zu dem Kopf des Idiraners hoch, das Gewehr in der Hand, der Gesichtsausdruck unsicher.

»Dieses rechte.« Xoxarle drehte langsam den Kopf. Wieder sah Aviger zu der Spitze des Zuges hin, dann zu Xoxarle zurück.

»Erzähl es Du-weißt-schon-wem nicht, in Ordnung?« fragte der alte Mann.

»Ich schwöre es. Jetzt, bitte, ich halte es nicht mehr aus.«

Aviger trat vor. Er war immer noch außer Reichweite. »Bei deiner Ehre, das ist kein Trick?« wollte er sich vergewissern.

»Bei meiner Kriegerehre. Ich schwöre es bei dem unbefleckten Namen meines Mutter-Elter. Bei meinem Clan und meinem Volk! Möge die Galaxis sich in Staub verwandeln, wenn ich lüge!«

»Schon gut, schon gut.« Aviger hob das Gewehr in die Höhe. »Ich wollte nur sichergehen.« Er näherte die Mündung Xoxarles Auge. »Wo ungefähr juckt es?«

»Hier!« zischte Xoxarle. Sein befreiter Arm peitschte nach vorn, faßte den Gewehrlauf und zog. Aviger, der das Gewehr festhielt, wurde mitgezerrt und knallte gegen die Brust des Idiraners. Die Luft explodierte aus seinen Lungen. Das Gewehr sauste herunter und schlug ihm auf den Schädel. Xoxarle hatte, als er die Waffe faßte, für den Fall, daß sie losging, den Kopf abgewendet. Aber er hätte sich die Mühe nicht zu machen brauchen; Aviger hatte sie nicht eingeschaltet gelassen.

In der auffrischenden Brise ließ Xoxarle den bewußtlosen Menschen zu Boden gleiten. Er nahm das Laser-

Gewehr in den Mund und benutzte die Hand, um die Kontrollen auf niedrige Energie einzustellen. Den Abzugsbügel riß er herunter, um Platz für seine größeren Finger zu schaffen.

Die Drähte würden leicht schmelzen.

*

Wie ein Rudel Schlangen, die aus einem Loch im Boden hervordringen, glitten die gebündelten Kabel, von denen er ungefähr einen Meter abgeschnitten hatte, aus dem Schacht. Unaha-Closp schwebte in das enge Rohr und faßte hinter die bloßgelegten Enden des nächsten Meters.

*

»Yalson«, sagte Horza, »ich würde dich auf keinen Fall mitnehmen, auch wenn ich mich entschiede, nicht allein wieder hinunterzugehen.« Er grinste sie an. Yalson runzelte die Stirn.

»Warum nicht?« verlangte sie zu wissen.

»Weil ich dich auf dem Schiff brauche. Du mußt aufpassen, daß sich Balveda hier und unser Sektionsführer gut benehmen.«

Yalson kniff die Augen zusammen. »Dein Glück, wenn das alles ist«, knurrte sie.

Horzas Grinsen wurde breiter. Er wandte das Gesicht ab, als hätte er gern mehr gesagt, könne das jedoch aus irgendeinem Grund nicht tun.

Balveda saß mit baumelnden Beinen auf ihrem zu hohen Sitz und dachte darüber nach, was zwischen dem Wandler und der dunklen flaumhäutigen Frau vorgehen mochte. Sie meinte, eine Veränderung in ihrer Beziehung entdeckt zu haben, die sich hauptsächlich darin ausdrückte, wie Horza die Frau behandelte. Ein weiteres Element war hinzugefügt worden; etwas

Neues bestimmte seine Reaktionen auf sie, aber Balveda konnte es nicht identifizieren. Das war alles recht interessant, doch half es ihr nicht weiter. Sie hatte selbst genug Probleme. Balveda kannte ihre eigenen Schwächen, und eine davon beunruhigte sie jetzt.

Sie fing in Wahrheit an, sich wie ein Mitglied des Teams zu fühlen. Sie beobachtete Horza und Yalson, die sich darüber stritten, wer den Wandler nach ihrer Rückkehr auf die *Clear Air Turbulence* bei einem abermaligen Besuch des Kommando-Systems begleiten solle, und sie konnte sich eines heimlichen Lächelns nicht erwehren. Die entschlossene, tatkräftige Frau war ihr sympathisch, auch wenn ihre Gefühle nicht erwidert wurden, und sie fand in ihrem Herzen die Unversöhnlichkeit nicht, die sie Horza gegenüber hätte empfinden müssen.

Es war der Fehler der Kultur. Sie betrachtete sich als zu zivilisiert und weltklug, um ihre Feinde zu hassen. Statt dessen versuchte sie, sie und ihre Motive zu verstehen, um die geistige Überlegenheit zu gewinnen. Nach dem Sieg konnte sie die anderen dann auf eine Weise behandeln, die die Garantie dafür bot, daß sie nicht von neuem Feinde wurden. Das war eine gute Idee, solange man den Feinden nicht zu nahe kam. Aber hatte man einmal einige Zeit mit ihnen verbracht, konnte sich eine solche Empathie gegen einen selbst wenden. Hand in Hand mit diesem mobilisierten Mitgefühl mußte eine gewisse distanzierte, nichtmenschliche Aggression gehen, und Balveda spürte, wie sie ihr entglitt.

Vielleicht fühlte sie sich zu sicher, dachte sie. Vielleicht lag es daran, daß es im Augenblick keine unmittelbare Bedrohung gab. Der Kampf um das Kommando-System war vorbei, die Suche verlief sich im Sande, die Spannung der letzten paar Tage ließ nach.

*

Xoxarle arbeitete schnell. Der dünne, feine Strahl des Lasers summte über jedem Draht, ließ ihn rot, gelb und weiß werden, und wenn der Idiraner dann die Muskeln anspannte, riß er mit einem knipsenden Geräusch. Der alte Mann, der vor den Füßen des Idiraners lag, regte sich, stöhnte.

Die schwache Brise war eine kräftige geworden. Staub wehte unter den Zug und wirbelte um Xoxarles Füße. Er hielt den Laser über ein weiteres Bündel Drähte. Nur noch ein paar. Er sah zur Spitze des Zuges hinüber. Da war immer noch kein Zeichen von den Menschen oder der Maschine. Er spähte über die Schulter in die andere Richtung nach dem letzten Wagen des Zuges und der Lücke zwischen ihm und der Tunnelmündung, durch die der Wind pfiff. Er konnte keine Lichter sehen, noch kein Geräusch hören. Der Luftstrom fühlte sich kalt an seinen Augen an.

Er fuhr in seiner Arbeit fort, die Drähte zu zerschmelzen. Der Wind faßte die Funken, verteilte sie über den Boden des Bahnhofs und den Rücken von Avigers Anzug.

*

Typisch: Wie üblich tue ich die ganze Arbeit, dachte Unaha-Closp. Er zog ein weiteres Kabelbündel aus dem Schacht. Der Gang hinter ihm füllte sich allmählich mit abgeschnittenen Stücken und blockierte den Weg, der den Roboter zu dem engen Rohr geführt hatte, in dem er jetzt arbeitete.

*

Es ist unter mir. Ich fühle es. Ich höre es. Ich weiß nicht, was es macht, aber ich fühle es, ich höre es.

Und da ist noch etwas … ein anderes Geräusch …

*

Der Zug war ein langes, gegliedertes Geschoß in einer gigantischen Kanone, ein metallener Schrei in einer gewaltigen Kehle. Er rammte durch den Tunnel wie ein Kolben in der größten jemals hergestellten Maschine, fegte um die Kurven und in die Geraden, seine Scheinwerfer überfluteten einen Augenblick lang den Weg vor ihm, er schob eine kilometerlange Luftsäule vor sich her, als sei sie seine heulende, brüllende Stimme.

*

Staub hob sich von dem Bahnsteig, bildete Wolken in der Luft. Eine leere Getränkedose fiel von der Palette, wo Aviger gesessen hatte, klapperte über den Bahnsteig auf die Spitze des Zuges zu, stieß ein paarmal gegen die Wände. Xoxarle sah es. Der Wind zerrte an ihm, die Drähte brachen. Er bekam das eine Bein frei, dann ein zweites. Sein anderer Arm war draußen, und die letzten Drähte fielen von ihm ab.

Ein Stück Plastikfolie hob sich wie ein schwarzer, flacher Vogel von der Palette und flatterte der Dose hinterher, die jetzt schon halbwegs durch den Bahnhof gerollt war. Xoxarle bückte sich schnell, faßte Aviger um die Mitte, und den Mann mühelos auf dem einen Arm tragend, den Laser in der anderen Hand haltend, rannte er den Bahnsteig hinunter auf die Wand neben der blockierten Tunnelmündung zu, wo der Wind stöhnend an der schrägen Rückseite des Zuges vorbeipfiff.

*

»… sie auch statt dessen beide hier unten einsperren. Du weißt, das können wir …« sagte Yalson.

Wir sind nahe am Ziel, dachte Horza. Er nickte Yalson geistesabwesend zu und hörte gar nicht hin, wie sie begründete, warum er sie bei der Suche nach dem Gehirn brauche. *Wir sind nahe am Ziel, dessen bin ich sicher. Ich fühle es, wir sind fast da. Irgendwie haben wir – habe ich – alles zusammengehalten. Aber es ist noch nicht ausgestanden, und da ist nur ein winziger Irrtum, ein Versehen, ein einziger Fehler notwendig, und es ist Pleite, Versagen, Tod. Bisher haben wir es geschafft, trotz der Fehler, aber es ist so leicht, etwas falsch zu machen, irgendein Detail in der Masse von Daten nicht zu entdecken, das später – wenn man es vergessen hat, wenn man ihm den Rücken kehrt – nach oben kriecht und einen erledigt.* Das Geheimnis bestand darin, daß man an alles denken oder – weil die Kultur vielleicht recht hatte und das im wörtlichen Sinne nur eine Maschine konnte – so auf das Geschehen abgestimmt sein mußte, daß man automatisch an alle wichtigen und potentiell wichtigen Dinge dachte und den Rest ignorierte.

Mit einer Art von Schock kam es Horza zu Bewußtsein, daß seine eigene Besessenheit, niemals einen Fehler zu machen, immer an alles zu denken, dem fetischistischen Drang, den er an der Kultur so verabscheute, gar nicht unähnlich war. Die Kultur wollte alles gleich und gerecht machen und den Zufall aus dem Leben verbannen. Über die Ironie, die darin lag, mußte er lächeln. Er warf einen Blick zu Balveda hinüber, die zusah, wie Wubslin mit einigen Kontrollen experimentierte.

Sich bemühen, seinen Feinden ähnlich zu werden, dachte Horza. *Vielleicht ist doch etwas daran.*

»... Horza, hörst du mir überhaupt zu?« fragte Yalson.

»Hmm? Ja, natürlich«, sagte er lächelnd.

*

Balveda runzelte die Stirn, während Horza und Yalson weitersprachen und Wubslin in den Kontrollen des

Zuges herumstocherte. Aus irgendeinem Grund empfand sie Unbehagen.

Draußen vor dem vorderen Wagen, außerhalb Balvedas Gesichtsfeld rollte eine kleine Dose den Bahnsteig entlang und traf auf die Wand an der Tunnelmündung.

*

Xoxarle rannte in den hinteren Teil des Bahnhofs. Neben dem Eingang zu dem Fußgängertunnel, der im rechten Winkel in das Felsgestein hinter dem Bahnsteig führte, lag der Tunnel, aus dem der Wandler und die beiden Frauen nach ihrer Durchsuchung der Station gekommen waren. Das war der ideale Platz, um zu beobachten. Xoxarle meinte, dort werde er den Wirkungen des Zusammenstoßes entgehen und habe in der Zwischenzeit ein freies Schußfeld auf die Spitze des Zuges. Er konnte in seinem Versteck bleiben, bis der andere Zug auffuhr. Wenn die Menschen versuchten, auszusteigen, hatte er sie. Er überprüfte das Gewehr und stellte die Energie auf Maximum.

*

Balveda rutschte von ihrem Sitz, schlug die Arme übereinander und schlenderte über das Kontrolldeck zu den Seitenfenstern. Sie starrte unausgesetzt auf den Fußboden und zerbrach sich den Kopf, warum sie ein rasch wachsendes Unbehagen verspürte.

*

Der Wind heulte durch die Lücke zwischen dem Tunnelrand und dem Zug; er wurde zum Sturm. Xoxarle kniete in dem Fußgängertunnel, einen Fuß auf den Rücken des bewußtlosen Aviger gesetzt. Zwanzig Meter weiter begann der letzte Wagen des Zuges zu schaukeln und zu schwanken.

*

Der Roboter hörte mitten in einem Schnitt auf. Ihm waren zwei Gedanken gekommen: Erstens, daß es, verdammt noch mal, tatsächlich ein komisches Geräusch gab, und zweitens, daß, angenommen, auf dem Kontrolldeck war eine Alarmsirene losgegangen, nicht nur die Menschen unfähig gewesen wären, sie zu hören, sondern auch Yalsons Helmmikrophon das hohe Winseln nicht aufgenommen hätte.

Aber müßte es nicht außerdem eine visuelle Warnung gegeben haben?

*

Balveda drehte dem Seitenfenster den Rücken, ohne richtig hinausgesehen zu haben. Sie lehnte sich mit dem Rücken an die dort stehende Konsole.

»… davon ab, wie ernst es dir immer noch damit ist, das verdammte Ding zu finden«, sagte Yalson zu Horza.

»Keine Bange«, erwiderte dieser und nickte Yalson zu. »Ich werde es finden.«

Balveda sah auf den Bahnhof hinaus.

Genau in diesem Augenblick erwachten Yalsons und Wubslins Helme mit der aufgeregten Stimme des Roboters zum Leben. Balveda wurde durch ein Stück schwarzen Materials abgelenkt, das schnell über den Boden flatterte. Sie riß die Augen auf. Ihr Mund öffnete sich.

*

Der Sturm wurde zum Hurrikan. Ein fernes Geräusch wie eine Lawine, die man von weit entfernt hört, drang aus der Tunnelmündung.

Dann erschien Licht über der langen Zielgeraden, die von Bahnhof Sechs nach Bahnhof Sieben führte.

Xoxarle konnte das Licht nicht sehen, aber er hörte das Geräusch. Er hob das Gewehr und zielte an der Flanke des stehenden Zuges entlang. Diese dummen Menschen *mußten* bald etwas merken.

Die Stahlschienen begannen zu singen.

*

Der Roboter schob sich schnell rückwärts aus dem Schacht. Er warf die abgeschnittenen Kabelstücke gegen die Wände. »Yalson! Horza!« rief er ihnen durch den Kommunikator zu. Er schoß den kurzen Kriechgang hinunter. In dem Augenblick, als er um die Ecke bog, von der er ein Stück abgeschlagen hatte, hörte er das schwache, hohe, durchdringende Heulen des Alarms. »Da ist ein Alarm! Ich höre einen Alarm! Was ist los?«

In dem Kriechgang konnte er auch die Luft fühlen und hören, die durch und um den Zug rauschte.

*

»Da draußen tobt ein Sturm!« meldete Balveda schnell, als die Stimme des Roboters verstummte. Wubslin nahm seinen Helm von der Konsole. Wo er gelegen hatte, flackerte ein kleines orangefarbenes Licht. Horza starrte es an. Balveda sah auf den Bahnsteig hinaus. Staubwolken wehten über den Boden. Leichtere Gegenstände wurden von der Palette geblasen. »Horza«, sagte Balveda ruhig, »ich sehe weder Xoxarle noch Aviger.«

Yalson sprang auf. Horza sah durch das Seitenfenster, dann wieder zu dem Licht hin, das auf der Konsole blinkte. »Da ist ein Alarm!« schrie die Stimme des

Roboters aus den beiden Helmen. »Sitzt ihr Pfeifen denn auf euren Ohren, verdammt nochmal?«

Horza griff nach seinem Gewehr, faßte den Rand von Yalsons Helm und sprach hinein: »Da kommt ein Zug, Roboter; das ist ein Kollisionsalarm. Verlaß den Zug sofort!« Er ließ den Helm los, den Yalson schnell über den Kopf schob und arretierte. Horza wies auf die Tür. »Raus!« sagte er laut und sah Yalson, Balveda und Wubslin einen nach dem anderen an. Der Ingenieur saß immer noch da und hielt den Helm in der Hand, den er von der Konsole genommen hatte.

Balveda lief zur Tür. Yalson war dicht hinter ihr. Horza machte ein paar Schritte, drehte sich um, blickte zu Wubslin zurück, der seinen Helm auf den Fußboden legte und sich wieder den Kontrollen zuwandte. »Wubslin!« brüllte er. *»Beweg dich!«*

Balveda und Yalson rannten durch den Wagen. Yalson sah zurück, zögerte.

»Ich werde ihn in Fahrt bringen«, erklärte Wubslin mit Nachdruck, ohne Horza anzusehen. Er drückte ein paar Knöpfe.

»Wubslin!« rief Horza. »Steig aus, *sofort!«*

»Das geht in Ordnung, Horza.« Wubslin betätigte weiter Knöpfe und Schalter, sah auf Schirme und Skalenscheiben, verzog das Gesicht, wenn er seinen verletzten Arm bewegen mußte, und dachte immer noch nicht daran, den Kopf zu wenden. »Ich weiß, was ich tue. Steigt ihr aus. Ich werde ihn in Fahrt bringen, du wirst schon sehen.«

Horza warf einen Blick nach hinten. Yalson stand in der Mitte des ersten Wagens, durch zwei offene Türen gerade noch sichtbar, und drehte den Kopf von einer Seite zur anderen, weil sie erst Balveda nachsah, die in den zweiten Wagen und zu den Zugangsrampen rannte, und dann zu Horza hin, der auf dem Kontrolldeck wartete. Horza winkte ihr, auszusteigen. Er selbst kehrte um und faßte Wubslin beim Ellbogen. »Du Wahnsinniger!« schrie er. »Er kommt vielleicht mit fünfzig Meter pro Sekunde; hast du eine Ahnung, wie lange es dauert, eins von diesen Dingern in Bewegung zu setzen?« Er zog den Ingenieur am Arm. Wubslin fuhr herum und schlug Horza mit seiner freien Hand ins Gesicht. Horza flog über den Fußboden des Kontrolldecks zurück; er war eher erstaunt als verletzt. Wubslin beschäftigte sich von neuem mit den Kontrollen.

»Tut mir leid, Horza, aber ich kann ihn um diese Kurve und aus dem Weg fahren. Steig du jetzt aus! Aber laß mich in Frieden!«

Horza nahm sein Laser-Gewehr, stand auf, sah den Ingenieur an den Kontrollen arbeiten, drehte sich um und rannte hinaus. Der Zug ruckte, als biege und streckte er sich.

Yalson folgte der Kultur-Frau. Horza hatte ihr gewinkt, sie solle weiterlaufen, also tat sie es. »Balveda!« rief sie. »Notausgänge sind auf dem untersten Deck!«

Die Kultur-Agentin hörte sie nicht. Sie behielt Kurs auf den zweiten Wagen und die Zugangsrampen. Fluchend lief Yalson ihr nach.

*

Der Roboter explodierte aus dem Fußboden und raste durch den Wagen der nächsten Notausstiegsluke zu.

*

Diese Vibration! Es ist ein Zug! Ein anderer Zug nähert sich, schnell! Was haben diese Idioten gemacht? Ich muß hier raus!

*

Balveda schlitterte um eine Ecke, hielt sich an der Kante eines Schotts fest. Sie hechtete nach der offenen Tür, die zu der mittleren Zugangsrampe führte. Hinter ihr dröhnten Yalsons Schritte.

Sie rannte auf die Rampe hinaus, in einen heulenden Sturm, einen stetigen, unaufhörlichen Hurrikan. Sofort detonierte die Luft um sie mit Krachen und Funken; Licht blitzte von allen Seiten, und an den Pfeilern lief geschmolzenes Metall herunter. Sie warf sich flach hin, rutschte und rollte die Rampe entlang. Die Pfeiler vor ihr, wo die Rampe eine Biegung machte und zu der einen Seite hinunterführte, zersprühte unter Laser-Feuer. Balveda richtete sich wieder halb auf und warf sich, mit Händen und Füßen auf der Rampe nach Halt suchend, in den Zug zurück, einen Sekundenbruchteil, bevor die sich bewegende Linie der Schüsse in die Seite der Rampe und die Pfeiler und das Sicherheitsgeländer einschlug. Yalson wäre beinahe über sie gefallen. Balveda faßte den Arm der anderen Frau. »Jemand da draußen schießt auf uns!«

Yalson trat an den Rand vor und erwiderte das Feuer.

Der Zug ruckte.

*

Die Zielgerade zwischen Bahnhof Sechs und Bahnhof Sieben war über drei Kilometer lang. Die Zeit zwischen dem Punkt, an dem die Scheinwerfer der rasenden Maschine vom hinteren Teil des Zuges aus, der in Bahnhof Sieben stand, sichtbar geworden wären und dem Augenblick, als der Zug aus dem dunklen Tunnel in den Bahnhof toste, nahm weniger als eine Minute ein.

Quayanorls toter Körper zitterte und schaukelte, war aber immer noch zu fest eingekeilt, um von den Kontrollen weggeschleudert zu werden. Sein kaltes, geschlossenes Auge war auf die schräge Panzerglasscheibe gerichtet. Dahinter erstrahlten in einem nachtdunklen Raum Zwillingslichter aus beinahe stofflichem Licht, und genau geradeaus vergrößerte sich mit entsetzlicher Geschwindigkeit ein Halo aus Helligkeit, ein gleißender Ring mit einem grauen metallischen Kern.

*

Xoxarle fluchte. Das Ziel hatte sich schnell bewegt, und er hatte es verfehlt. Aber sie saßen in dem Zug in der Falle. Er hatte sie. Der alte Mensch unter seinem Knie stöhnte und versuchte, sich zu bewegen. Xoxarle drückte fester zu und machte sich bereit, von neuem zu schießen. Der starke Luftstrom kreischte aus dem Tunnel und um das hintere Ende des Zuges.

Antwortende Schüsse spritzten aufs Geratewohl an die Bahnhofswand, ein gutes Stück von ihm entfernt. Er lächelte. In diesem Augenblick bewegte sich der Zug.

*

»Steigt aus!« Horza erreichte die Tür, an der die beiden Frauen waren, die eine schoß, die andere hockte am Boden und riskierte gelegentlich einen Blick hinaus. Die Luft wirbelte in den Wagen, zitternd und brüllend.

»Das muß Xoxarle sein!« überschrie Yalson den Lärm des Sturms. Sie beugte sich hinaus und feuerte. Weitere Schüsse fetzten über die Zugangsrampe und schlugen in die Außenhaut des Zuges um die Tür ein. Balveda zog sich zurück, als heiße Trümmerstücke durch die offene Tür geflogen kamen. Der Zug wackelte und bewegte sich dann sehr langsam vorwärts.

Horza sagte etwas. »Was …?« brüllte Yalson. Er zuckte die Achseln, beugte sich vor und schoß über den Bahnsteig.

»Wubslin!« rief er. Er schickte einen Feuerhagel durch den ganzen Bahnhof. Der Zug kroch vorwärts; schon war von der offenen Tür aus ein Meter der Zugangsrampe der Sicht durch den Zug entzogen. Etwas funkelte in der Dunkelheit des Tunnels, wo der Wind kreischte und der Staub wehte und ein Geräusch wie ferner, niemals endender Donner näherkam.

Horza schüttelte den Kopf. Er winkte Balveda, auf die Rampe zu treten, die jetzt nur noch in ihrer halben Breite von der Tür aus zugänglich war. Wieder schoß er; Yalson beugte sich hinaus und schoß ebenfalls. Balveda tat einen Schritt vorwärts.

In diesem Augenblick flog eine Luke in der Mitte des Zuges auf, und aus dem gleichen Wagen brach klirrend ein großes rundes Stück der Hülle – ein flacher Korken aus dickem Wandmaterial kippte nach unten. Eine kleine dunkle Gestalt schoß aus der aufgebrochenen Luke, und in dem großen runden Loch nahebei zeigte sich ein silberner Punkt, der schnell zu einem fetten, glänzenden, spiegelnden Ovoid anschwoll, während das Wandstück auf dem Bahnsteig aufschlug, der Roboter durch die Luft zischte und Balveda über die Rampe lief.

»Da ist es!« schrie Yalson.

*

Das Gehirn hatte den Zug verlassen. Es wollte wenden und davonrasen. Dann verlagerte sich das am hinteren Ende des Bahnhofs flackernde Laser-Feuer. Es schmetterte nicht mehr in die Zugangsrampe und die Pfeiler, es begann, Lichtexplosionen über die ganze Oberfläche des silbrigen Ellipsoids zu verteilen. Das Gehirn blieb in der Luft stehen, erschüttert von der Salve aus Laser-Schüssen. Es fiel zur Seite. Seine glatte Oberfläche kräuselte sich plötzlich und wurde trübe. So rollte es durch die rauschende Luft, fiel wie ein zerknautschter Zeppelin auf die Seitenwand des Bahnhofs zu. Balveda hatte die Rampe hinter sich gebracht, lief die Schräge hinunter, war beinahe an der unteren Ebene. »Raus!« schrie Horza und schob Yalson vorwärts. Der Zug hatte sich jetzt von den Rampen entfernt, die Motoren brummten, doch das war in dem tobenden Hurrikan, der durch den Bahnhof fegte, nicht zu hören. Yalson schlug sich auf das Handgelenk, schaltete ihr Antigrav-Gerät ein und sprang, immerfort schießend, aus der Tür in den Sturm.

Horza beugte sich vor. Er mußte zwischen den Pfeilern der Zugangsrampe hindurchschießen. Mit einer Hand hielt er sich an dem Zug fest und fühlte ihn zittern wie ein verängstigtes Tier. Ein paar seiner Schüsse schlugen in die Pfeiler ein, bliesen Schutt-Fontänen in den Luftstrom und zwangen ihn, sich wieder zurückzuziehen.

Das Gehirn krachte gegen die Seitenwand des Bahnhofs, rollte herum und blieb in dem Winkel zwischen dem Boden und der geschwungenen Wand liegen. Seine silberne Haut bebte und wurde trübe.

Unaha-Closp wand sich durch die Luft, ging den Schüssen aus dem Weg. Balveda kam unten an und rannte über den Bahnsteig. Der Fächer aus Laser-Feuer, der aus dem fernen Fußgängertunnel kam, zögerte zwischen ihr und der fliegenden Gestalt Yalson. Dann schwang er sich hinauf und schloß sich um die Frau in dem Anzug. Yalson schoß zurück, aber das Laser-Feuer fand sie, ließ ihren Anzug funkeln.

Horza warf sich aus dem Zug, fiel aus dem sich langsam bewegenden Wagen, schlug auf dem Steinboden auf, bekam keine Luft mehr, wurde von dem reißenden Luftstrom davongewirbelt. Er rannte vorwärts, sobald er auf die Füße kommen konnte, und feuerte durch den Hurrikan auf die andere Seite des

Bahnhofs. Yalson flog immer noch durch den Sturm und das knisternde Laser-Feuer.

Licht flammte um das hintere Ende des Zuges auf, der sich jetzt mit ein bißchen mehr als Schrittgeschwindigkeit aus dem Bahnhof entfernte. Das Tosen des sich nähernden Zuges wurde immer höher. Es übertönte jedes andere Geräusch, sogar Explosionen und Schüsse, so daß alles innerhalb dieses gewaltigen Schreis in geschockter Stille zu geschehen schien.

Yalson fiel; ihr Anzug war beschädigt.

Ihre Beine begannen zu laufen, noch bevor sie den Boden berührten, und dann rannte sie auf die nächste Deckung zu. Sie rannte auf das Gehirn zu, das trübsilbern an der Wand lag.

Und änderte ihre Meinung.

Sie drehte ab, gerade als es ihr möglich gewesen wäre, hinter das Gehirn zu hechten, und rannte an ihm vorbei zu den Türen und Alkoven der Wand dahinter.

Xoxarles Feuer traf sie in dem Augenblick, als sie sich drehte, und diesmal konnte die Panzerung ihres Anzugs keine Energie mehr absorbieren. Sie gab nach, das Laser-Feuer brach durch, als werde der ganze Körper der Frau in Blitze gehüllt. Es warf sie in die Luft, riß ihre Arme auseinander, trat ihr die Beine unter dem Körper weg und schüttelte sie wie eine Puppe in der Faust eines zornigen Kindes. Eine leuchtend rote Wolke brach aus ihrer Brust und ihrem Unterleib.

Der Zug donnerte heran.

Er raste in den Bahnhof auf einer Flutwelle aus Lärm, er brüllte aus dem Tunnel wie ein Donnerkeil aus Metall, er schien den Raum zwischen der Tunnelmündung und dem langsam fahrenden Zug vor ihm in einem einzigen Augenblick zu überwinden. Xoxarle, der ihm am nächsten war, erhaschte einen flüchtigen Blick auf die schlanke, schimmernde Nase des Zuges, bevor sie von hinten in den anderen Zug hineinschmetterte.

Er hätte nie geglaubt, daß es ein lauteres Geräusch geben könne als den Lärm, den der Zug in dem Tunnel gemacht hatte. Aber der Krach des Zusammenstoßes überstieg selbst diese Kakophonie. Es war ein Stern aus Geräusch, eine blendende Nova, wo vorher nur ein mattes Glühen gewesen war.

Der Zug fuhr mit mehr als einhundertundneunzig Kilometern pro Stunde auf. Wubslins Zug hatte erst eine Wagenlänge in dem Tunnel zurückgelegt und bewegte sich kaum schneller als im Schrittempo.

Der rasende Zug knallte in den letzten Wagen, hob und zermalmte ihn in einem Sekundenbruchteil, knüllte ihn in das Tunneldach und hämmerte seine Schichten aus Metall und Plastik zu einem festen Packen zusammen, während sich seine Nase und sein erster Wagen in dem gleichen Augenblick unter dem vorderen Zug einwühlten, Räder zerschmetterten und Schienen brachen. Die Metallhaut des Zuges flog in alle Richtungen wie Schrapnells einer riesigen Granate.

Der zweite Zug pflügte sich weiter in und unter den ersten, rutschte und krachte zur Seite, als zerschmetterte Abschnitte beider Züge an die Wandseite der Schienen flogen, drängte sie beide in einem Wirrwarr aus reißendem Metall und gebrochenem Stein in den Hauptteil des Bahnhofs, während die Wagen gleichzeitig geknickt, gequetscht, langgezogen und aufgelöst wurden.

Die ganze Länge des rasenden Zuges ergoß sich weiter aus dem Tunnel, Wagen schossen vorbei, strömten in das Chaos wirbelnder Wrackteile vor ihnen, hoben es und krachten mit ihm nieder. Flammen loderten auf und flackerten in dem detonierenden Schutt, Funken stiegen wie Fontänen, Glas sprühte aus den zerbrechenden Fenstern, Metallbänder peitschten gegen die Wände.

Xoxarle zog sich weiter in den Tunnel zurück, weg von dem pulverisierenden Lärm.

Wubslin fühlte den Zug auffahren. Es warf ihn in den Sessel zurück. Ihm war bereits klar, daß er versagt hatte; der Zug, sein Zug fuhr zu langsam. Eine große Hand aus dem Nichts stieß ihn in den Rücken. Seine Ohren knallten. Das Kontrolldeck, der Wagen, der ganze Zug schüttelten sich um ihn, und plötzlich, inmitten all des Aufruhrs, raste das hintere Ende des nächsten Zuges, des Zuges in der Reparatur- und Wartungshöhle, auf ihn zu. Sein Zug sprang von den Schienen der Kurve, die ihn vielleicht in die Sicherheit hätten rollen lassen. Die Beschleunigung ging weiter. Er war festgenagelt, hilflos. Der letzte Wagen des anderen Zuges schoß ihm entgegen. Er schloß die Augen eine halbe Sekunde, bevor er innerhalb des Wracks wie ein Insekt zerquetscht wurde.

Horza lag zusammengerollt in einem Eingang an der Bahnhofswand, ohne eine Ahnung zu haben, wie er an diesen Ort gekommen war. Er sah nicht hin, er konnte es nicht sehen. Er wimmerte in einer Ecke, während die Verheerung in seinen Ohren brüllte, seinen Rücken mit Trümmern bewarf und Wände und Boden erschütterte.

Auch Balveda hatte einen Platz an der Wand gefunden – einen Alkoven, in den sie sich drückte, dem Chaos den Rücken zukehrend, das Gesicht versteckt.

Unaha-Closp klebte an der Decke hinter dem Gehäuse einer Kamera-Kuppel. Er beobachtete den sich unten abspielenden Zusammenstoß, er sah den letzten Wagen den Tunnel verlassen, sah den rasenden Zug in und durch den Zug krachen, in dem sie vor Sekunden noch gewesen waren, sah, wie er ihn in einer wirren Masse aus zerfetztem Metall vorwärtsschob. Wagen sprangen aus den Gleisen, rutschten auf der Seite liegend über den Steinboden. Dann wurde das Wrack langsamer, riß die Zugangsrampen aus dem Fels, schmetterte Lampen von der Decke. Trümmer flogen hoch, und der Roboter mußte ihnen ausweichen. Er sah, wie Yalsons Leiche unter ihm auf dem Bahnsteig von den entgleisten Wagen angestoßen und in einer Wolke aus Funken über den Steinboden gerollt wurde. Sie verfehlten das Gehirn nur knapp, scharrten den zerrissenen Leichnam der Frau vom Boden auf und begruben ihn mit den Zugangsrampen in der Wand, hämmerten alles in den schwarzen Stein der Tunnelwand, aus dem sich ein Trümmerkragen quetschte, als sich die letzte Stoßkraft der Kollision im Zusammendrücken von Metall und Stein erschöpfte.

Feuer brach aus, Funken flogen von den Schienen, die Lampen flackerten. Trümmer fielen zurück, und das zitternde Echo der Katastrophe wurde hin- und hergeworfen. Rauch quoll empor, Explosionen erschütterten den Bahnhof, und plötzlich sprühte zur Überraschung des Roboters von der Decke Wasser aus Löchern, die sich neben den Reihen der Lampen über die ganze Oberfläche des Steins verteilten. Das Wasser verwandelte sich in Schaum und schwebte wie warmer Schnee durch die Luft hinunter.

Die Trümmer der Züge zischten und ächzten und knarrten, während sie in sich zusammenfielen. Flammen züngelten darüber hin, kämpften gegen den fallenden Schaum, sowie sie brennbare Stoffe fanden.

Dann gellte ein Schrei, und der Roboter spähte durch einen Nebel aus Rauch und Schaum hinunter. Horza stürzte aus einer Tür in der Wand.

Der Mann rannte den von Trümmern besäten Bahnsteig hinauf, schrie und feuerte sein Gewehr ab. Der Roboter sah rings um den Eingang des Tunnels, aus dem Xoxarle geschossen hatte, Stein brechen und explodieren. Er erwartete, daß das Feuer erwidert und der Mann fallen werde, doch es geschah nichts. Der Mann rannte und schoß weiter, und die ganze Zeit schrie er unzusammenhängend. Die Kultur-Agentin konnte der Roboter nicht entdecken.

Xoxarle hatte den Laser um die Ecke gesteckt, sobald der Lärm erstarb. In diesem Augenblick erschien der Mann und begann zu schießen. Dem Idiraner blieb Zeit zu zielen, aber nicht, abzudrücken. Ein Schuß landete neben dem Gewehr an der Wand, und etwas schlug in Xoxarles Hand. Das Gewehr stotterte und versagte. Ein Felssplitter ragte aus dem Gehäuse der Waffe hervor. Xoxarle fluchte, schleuderte den Laser von sich. Weitere Schüsse aus dem Gewehr des Wandlers trafen die Tunnelmündung. Xoxarle blickte auf Aviger nieder, der sich auf dem Fußboden schwach bewegte. Mit dem Gesicht nach unten zog er die Gliedmaßen durch die Luft und über den Stein, als versuche er zu schwimmen.

Xoxarle hatte den alten Mann am Leben gelassen, um ihn als Geisel zu benutzen, aber jetzt hatte er keinen Wert mehr für ihn. Die Frau Yalson war tot, er hatte sie getötet, und Horza wollte sie rächen.

Xoxarle zermalmte Avigers Schädel mit dem Fuß. Dann drehte er sich um und floh.

Bis zur ersten Kurve waren es zwanzig Meter. Xoxarle lief so schnell er konnte, ohne auf die Schmerzen in Beinen und Körper zu achten. Vom Bahnhof kam das Geräusch einer Explosion. Über Xoxarles Kopf erklang ein Zischen, und Wasserstrahlen aus dem Sprinkler-System fielen von der Decke.

Die Luft erglühte von Laser-Feuer, als er mit einem Satz in dem ersten Seitentunnel verschwinden wollte. Die Wand flog ihm entgegen, und etwas traf ihn in Bein und Rücken. Er hinkte weiter.

Vor ihm auf der linken Seite waren mehrere Türen. Er versuchte sich zu erinnern, wie der Bahnhof angelegt war. Die Türen müßten in den Kontrollraum und in die Schlafsäle führen. Er konnte hier eine Abkürzung nehmen, die Reparatur- und Wartungshöhle auf der Kranbrücke überqueren und durch einen Seitentunnel an das Transitröhrensystem gelangen. Auf diese Weise würde er fliehen können. Er hinkte schnell, stieß Türen mit der Schulter auf. Die Schritte des Wandlers klangen laut irgendwo im Tunnel hinter ihm.

Der Roboter sah Horza, ununterbrochen schießend, den Bahnsteig hinaufrennen wie ein Wahnsinniger, schreiend und heulend und über Trümmer springend. Da hatte Yalsons Leiche gelegen, bevor sie von den entgleisten Wagen weggefegt worden war. Ein glühender Lichtkegel aus seinem Gewehr lief Horza voran. Vorbei an der Stelle, wo die Palette gestanden hatte, hetzte er ans hintere Ende des Bahnhofs zu dem Seitentunnel, aus dem Xoxarle geschossen hatte, und verschwand darin.

Unaha-Closp schwebte nach unten. Das Wrack prasselte und rauchte; der Schaum fiel wie Schneeregen. Der scheußliche Geruch eines schädlichen Gases breitete sich in der Luft aus. Die Sensoren des Roboters entdeckten mittelhohe Strahlungswerte. In den demolierten Wagen gab es eine Reihe von kleinen Explosionen. Sie legten frische Brände anstelle derjenigen, die der Schaum erstickt hatte. Wie Schnee auf zerklüfteten Bergen lag der Schaum auf dem Haufen zerfetzten Metalls.

Unaha-Closp kam zu dem Gehirn. Es lag an der Wand, seine Oberfläche, rauh und dunkel, zeigte Farben wie Öl auf Wasser.

»Du hast dich sicher für schlau gehalten, was?« fragte Unaha-Closp es leise. Vielleicht konnte es ihn hören, vielleicht war es tot; er hatte keine Möglichkeit, das festzustellen. »Da hast du dich in dem Reaktor-Wagen versteckt; ich wette, ich weiß auch, was du mit dem Meiler gemacht hast. Du hast ihn in einen dieser tiefen Schächte geworfen, nahe bei einem der Notventilationsmotoren, vielleicht sogar dem, den wir am ersten Tag auf dem Schirm des Massen-Sensors gesehen haben. Du mußt sehr zufrieden mit dir selbst gewesen sein.

Aber sieh dir an, wohin es dich gebracht hat.« Der Roboter betrachtete das stumme Gehirn. Auf seiner Oberseite sammelte sich der fallende Schaum. Der Roboter säuberte sein eigenes Gehäuse mit einem Kraftfeld.

Das Gehirn bewegte sich. Es hob sich abrupt um etwa einen halben Meter, erst an dem einen, dann an dem anderen Ende, und eine Sekunde lang zischte und knisterte die Luft. Seine Oberfläche schimmerte kurz auf. Unaha-Closp, unsicher, was sich abspielte, zog sich zurück. Dann fiel das Gehirn zurück und ruhte wieder leicht auf dem Boden. Die Farben auf seiner Haut wechselten träge. Der Roboter roch Ozon. »Down, aber noch nicht ganz kaputt, wie?« fragte er. Im Bahnhof wurde es dunkel, denn der aufsteigende Rauch legte sich um die unbeschädigten Lampen.

Jemand hustete. Unaha-Closp drehte sich um und sah Perosteck Balveda aus einem Alkoven taumeln. Sie krümmte sich, hielt ihren Rücken und hustete. Ihr Kopf hatte eine Schnittwunde, und ihre Haut zeigte die Farbe von Asche. Der Roboter schwebte zu ihr.

»Noch ein Überlebender«, sagte er mehr zu sich selbst als zu der Kultur-Agentin. Er hielt sich neben ihr und benutzte ein Kraftfeld, um sie zu stützen. Die Dämpfe in der Luft erstickten die Frau. Blut strömte von ihrer Stirn, und ein feuchter Fleck in glitzerndem Rot war auf dem Rücken ihrer Jacke.

»Was …?« Sie hustete. »Wer noch?« Ihre Schritte waren unsicher, und der Roboter mußte sie halten, als sie über verstreute Stücke der Wagen und Abschnitte der Schienen stolperte. Steine, während des Zusammenstoßes aus den Wänden gerissen, lagen auf dem Boden.

»Yalson ist tot«, berichtete Unaha-Closp sachlich. »Wubslin wahrscheinlich auch. Horza jagt Xoxarle. Was aus Aviger geworden ist, weiß ich nicht, habe ihn nicht gesehen. Das Gehirn lebt noch, glaube ich. Jedenfalls hat es sich bewegt.«

Sie näherten sich dem Gehirn. Es hüpfte an dem einen Ende hin und wieder hoch, als versuche es, sich in die Luft zu schwingen. Balveda wollte zu ihm gehen, aber der Roboter hielt sie zurück.

»Laß das, Balveda!« riet er ihr und zwang sie, den Weg über den Bahnsteig fortzusetzen. Ihre Füße rutschten auf dem Schutt aus. Sie fuhr fort zu husten, das Gesicht verzerrt vor Schmerz. »Du wirst in dieser Atmosphäre ersticken, wenn du zu bleiben versuchst«, sagte der Roboter freundlich. »Das Gehirn kann für sich selbst sorgen, oder, wenn nicht, gibt es nichts, was du für es tun könntest.«

»Ich bin in Ordnung«, behauptete Balveda. Sie blieb stehen, richtete sich auf; ihr Gesicht wurde ruhig, und sie hörte auf zu husten. Der Roboter blieb ebenfalls stehen und sah sie an. Sie drehte sich zu ihm um, atmete normal. Die Farbe ihres Gesichts war immer noch aschgrau, aber der Ausdruck gelassen. Sie nahm die Hand, die mit Blut bedeckt war, von ihrem Rücken weg, und mit der anderen Hand wischte sie die rote Flüssigkeit von Stirn und Auge. Sie lächelte. »Siehst du wohl.«

Dann schlossen sich ihre Augen, sie knickte in der Taille zusammen, ihre Beine gaben nach, und ihr Kopf fiel auf den Steinboden des Bahnhofs zu.

Unaha-Closp fing sie mitten in der Luft auf, bevor sie sich Schaden tat, und trug sie von dem Bahnsteig durch die erste Seitentür, die er fand. Sie führte zu den Kontrollräumen und Unterkünften.

Balveda kam in der frischen Luft wieder zu sich,

bevor sie mehr als zehn Meter in dem Tunnel zurückgelegt hatten. Explosionen dröhnten hinter ihnen, und die Luft fegte in Stößen die Galerie entlang wie die unregelmäßigen Schläge eines großen Herzens. Die Lichter flackerten, Wasser tropfte erst und strömte dann vom Tunneldach.

Nur gut, daß ich nicht roste, sagte Unaha-Closp zu sich selbst und schwebte durch den Tunnel auf den Kontrollraum zu. Die Frau bewegte sich in seinem Kraftfeld-Griff. Er hörte Schüsse. Es war Laser-Feuer, aber er konnte nicht unterscheiden, wo geschossen wurde, weil das Geräusch durch die Ventilationsschlitze von vorn und hinten und oben kam.

»Siehst du … mir geht es gut …«, murmelte Balveda. Der Roboter ließ es zu, daß sie sich bewegte; sie hatten den Kontrollraum beinahe erreicht, die Luft war immer noch frisch, und die Strahlung ließ nach. Weitere Explosionen erschütterten den Bahnhof. Balvedas Haar und der Pelz ihrer Jacke bewegten sich im Luftstrom und gaben Schaumflocken frei. Wasser ergoß sich spritzend und platschend von oben herab.

Der Roboter schwebte durch die Tür in den Kontrollraum. Hier flackerten die Lampen nicht, und die Luft war klar. Kein Wasser floß von der Decke, und nur der Körper der Frau und sein eigenes Gehäuse tropften Nässe auf den plastikbedeckten Boden. »Das ist besser«, sagte Unaha-Closp. Er legte die Frau auf einen Sessel. Weitere gedämpfte Detonationen vibrierten durch den Fels und die Luft.

Überall im Raum, auf jeder Konsole, auf jedem Paneel, blinkten Lichter.

Der Roboter richtete die Kultur-Frau auf, dann schob er ihr sanft den Kopf zwischen die Knie und fächelte ihr Gesicht. Die Explosionen dröhnten, erschütterten die Atmosphäre im Raum wie … wie … wie stampfende Füße!

Bum-*bum*-bum. Bum-*bum*-bum.

Unaha-Closp zog Balvedas Kopf hoch und wollte sie gerade aus dem Sessel heben, als die Schritte vor der Tür, die nicht länger vom Geräusch der Explosionen im Bahnhof selbst maskiert wurden, plötzlich lauter wurden. Die Tür wurde aufgetreten. Xoxarle, verwundet, hinkend, triefend vor Nässe, stürmte herein. Er sah Balveda und den Roboter und kam geradenwegs auf sie zu.

Unaha-Closp schoß vorwärts, zielte auf den Kopf des Idiraners. Xoxarle fing die Maschine mit einer Hand ab und schleuderte sie in eine Kontroll-Konsole. Schirme und Leuchtpaneele gingen in einem Aufruhr aus Funken und stechendem Rauch zu Bruch. Unaha-Closp blieb stecken, halbwegs begraben in den kurzgeschlossenen und knatternden Schaltanordnungen. Rings um ihn qualmte es.

Balveda öffnete die Augen, starrte mit blutigem, wildem und verängstigtem Gesicht um sich. Sie sah Xoxarle und wollte auf ihn zugehen, öffnete den Mund, brachte aber nur ein Husten heraus. Xoxarle packte sie, drückte ihr die Arme an die Seiten. Er sah zu der Tür, durch die er eingedrungen war, blieb eine Sekunde stehen, um zu Atem zu kommen. Ihm war bewußt, daß seine Kräfte ihn verließen. Die Hornplatten seines Rükkens waren da, wo ihn die Schüsse des Wandlers getroffen hatten, beinahe durchgebrannt, und auch sein Bein hatte etwas abgekriegt und machte ihn langsam. Der Mensch würde ihn bald einholen ... Er sah in das Gesicht der Frau, die er festhielt, und entschloß sich, sie nicht sofort zu töten.

»Vielleicht wirst du den Zeigefinger des Kleinen vom Abzug zurückhalten«, keuchte Xoxarle, warf sich Balveda mit einem Arm über den Rücken und hinkte schnell zu der Tür, die zu den Schlafsälen und Aufenthaltsräumen und dann zum Reparatur-Areal führte. Er stieß die Tür mit dem Knie auf und ließ sie hinter sich zufallen. »Aber ich bezweifele es«, setzte er auf dem Weg über den kurzen Tunnel hinzu. Dann ging es durch den ersten Schlafsaal, unter den schaukelnden Netzen her. Die Sprinkler schalteten sich wieder ein, und die Beleuchtung wurde flackernd und unsicher.

Im Kontrollraum riß Unaha-Closp sich los. Sein Gehäuse war mit brennenden Stücken von Plastikdraht bedeckt. »Schweinehund«, sagte er benommen und torkelte durch die Luft von der rauchenden Konsole weg, »du wandernde Zell-Menagerie ...« Er erreichte die Tür, durch die Xoxarle gekommen war. Dort zögerte er, doch dann entfernte er sich mit einer Bewegung, die wie ein Achselzucken wirkte, durch den Tunnel und gewann an Geschwindigkeit.

Horza hatte den Idiraner verloren. Er war ihm den Tunnel hinunter gefolgt, dann durch ein paar eingeschlagene Türen. Schließlich mußte er sich entscheiden, ob links, rechts oder geradeaus. Drei kurze Korridore, flackernde Lampen, Wasserströme von der Decke, Rauch, der in trägen Wellen unter der Decke herkroch.

Horza war nach rechts gegangen. Diesen Weg mußte der Idiraner genommen haben, wenn er die Transitröhren erreichen wollte, vorausgesetzt, er war sich über die Richtung im klaren und hatte keine anderen Pläne.

Aber damit hatte Horza den falschen Weg gewählt.

Er hielt das Gewehr fest in beiden Händen. Über sein Gesicht liefen die falschen Tränen des Sprinkler-Wassers. Das Gewehr summte durch seine Handschuhe. Eine geschwollene Kugel aus Schmerz stieg aus seinem Bauch auf, füllte seine Kehle und seine Augen und säuerte ihm den Mund, machte seine Hände schwer, krampfte ihm die Zähne zusammen.

An einer neuen Kreuzung in der Nähe der Schlafsäle blieb er in qualvoller Unentschlossenheit stehen, sah von einer Richtung zur anderen, während das Wasser fiel und der Rauch kroch und die Lampen flackerten. Er hörte einen Schrei und folgte ihm.

*

Die Frau wehrte sich. Sie war stark, aber gegen ihn immer noch machtlos, auch wenn sein Griff schwächer wurde. Xoxarle hinkte über den Korridor auf die große Höhle zu.

Balveda schrie, versuchte, sich loszuwinden, dann, ihre Beine zu benutzen, um den Idiraner gegen Oberschenkel und Knie zu treten. Aber er hielt sie zu fest, und sie war zu hoch oben auf Xoxarles Rücken. Ihre Arme waren an ihre Seiten gezwängt, ihre Beine trafen nur die Hornplatten, die sich vom Rumpf des Idiraners hochwölbten. Hinter ihr schaukelten die Schlafnester, die die Erbauer des Kommando-Systems benutzt hatten, sanft in den Luftströmen, die jede neue Explosion aus dem Gebiet des Bahnsteigs und der zertrümmerten Züge herantrug.

Sie hörte irgendwo hinter ihnen Schüsse, und am anderen Ende des langen Raums flogen Türen aus den Angeln. Auch der Idiraner hörte den Lärm. Kurz bevor sie durch den Ausgang des Schlafsaals krachten, drehte er den Kopf in die Richtung, aus der das Geräusch gekommen war. Dann waren sie in dem kurzen Korridor und draußen auf der Terrasse, die um die tiefe Höhle des Reparatur- und Wartungsareals lief.

Auf der einen Seite der großen Höhle brannte ein wirrer Haufen aus zerschmetterten Wagen und Maschinenteilen. Der Zug, den Wubslin in Gang gebracht hatte, war gegen den Zug gerammt worden, der sich bereits in dem langen Hängegerüst über dem Höhlenboden befand. Teile beider Züge lagen wie Spielzeug verstreut auf dem Boden, waren aufgehäuft an den Wänden, in die Decke gequetscht. Der Schaum fiel durch die Höhle, zischte auf den heißen Trümmern, von denen Flammen aufzüngelten und Funken stoben.

Xoxarle rutschte auf der Terrasse aus, und eine Sekunde lang glaubte Balveda, sie würden beide über das Sicherheitsgeländer stürzen und zu dem Durcheinander von Maschinen und Ausrüstungen auf den kalten, harten Boden unten fallen. Aber der Idiraner fing sich wieder, drehte sich um und stampfte über die Terrasse auf den metallenen Gehsteig zu, der die Höhle überquerte und am anderen Ende der Terrasse in einen weiteren Tunnel führte – in den Tunnel, durch den man zu den Transitröhren gelangte.

Balveda hörte den Idiraner atmen. Ihre klingenden Ohren fingen das Knistern der Flammen, das Zischen des Schaums und das angestrengte Pfeifen von Xoxarles Atem auf. Er hielt sie mühelos, als wiege sie nichts. Sie schrie vor Verzweiflung, hob ihren Körper mit aller Kraft, versuchte, seinen Griff zu brechen oder wenigstens einen Arm freizubekommen, zappelte schwach.

Sie kamen an den hängenden Gehsteig, und wieder wäre der Idiraner beinahe ausgerutscht, dann gewann er wieder noch rechtzeitig das Gleichgewicht zurück. Er ging die schmale Brücke entlang. Sein hinkender, unsicherer Schritt erschütterte sie, ließ sie dröhnen wie eine Blechtrommel. Balvedas Rücken schmerzte, so verkrampfte er sich. Xoxarles Griff blieb fest.

Er blieb stehen und zog sie nach vorn vor sein großes Sattelgesicht. Einen Augenblick hielt er sie an beiden Schultern, dann faßte er ihren rechten Arm mit der einen Hand am Ellbogen und ihre rechte Schulter mit der anderen.

Er hob ein Knie, hielt den Oberschenkel parallel zu dem Höhlenboden dreißig Meter weiter unten. An Ellbogen und Schulter hängend, mit dem ganzen Gewicht an dem einen Arm, mit schmerzendem Rücken und kaum noch klarem Kopf erkannte sie plötzlich, was er vorhatte.

Sie schrie.

Xoxarle legte sich den Oberarm der Frau über das Bein und knickte ihn wie einen Zweig. Ihr Schrei brach wie Eis.

Er packte sie am Handgelenk ihres unversehrten Arms und schwang sie von der Brücke bis unter seine Füße. Nachdem er ihre Hand auf eine dünne Metallstrebe gelegt hatte, verließ er sie. Es war in einer oder zwei Sekunden getan. Balveda schwang wie ein Pendel unter der Metallbrücke. Xoxarle rannte hinkend davon. Jeder Schritt, der die Hängebrücke erschütterte, vibrierte durch die Strebe bis in Balvedas Hand und lockerte ihren Griff.

So hing sie. Ihr gebrochener Arm baumelte nutzlos herab. Ihre Hand umfaßte die kalte, glatte, schaumverschmierte Oberfläche der dünnen Strebe. Es drehte sich vor ihren Augen; Schmerzwellen, die sie vergeblich abzuschalten versuchte, überfluteten sie. Die Höhlenlichter gingen aus, dann gingen sie wieder an. Eine weitere Explosion warf die Wagentrümmer durcheinander. Xoxarle hatte die Brücke hinter sich gebracht und lief hinkend über die Terrasse an der anderen Seite der großen Höhle und hinein in den Tunnel. Balvedas Hand begann abzugleiten, wurde gefühllos; ihr ganzer Arm wurde kalt.

Perosteck Balveda drehte sich in der Luft, warf den Kopf zurück und heulte.

*

Der Roboter hielt an. Jetzt kamen die Geräusche von hinten. Er hatte die falsche Richtung gewählt. Seine

Gedanken waren immer noch nicht ganz klar; Xoxarle war also doch nicht umgekehrt. *Ich bin ein Idiot! Man dürfte mich nicht allein ins Freie lassen!*

Er wendete seinen Körper in der Luft des Tunnels, der vom Kontrollraum und den langen Schlafsälen wegführte, bremste und stoppte. Dann eilte er den Weg zurück, den er gekommen war. Er hörte Laserfeuer.

*

Horza war im Kontrollraum, der frei war von Wasser und Schaum. Doch stieg Rauch aus einem großen Loch in einer der Konsolen auf. Er zögerte, dann hörte er wieder einen Schrei – es war eine menschliche Stimme, die Stimme einer Frau – und rannte durch die Tür, die zu den Schlafsälen führte.

*

Balveda versuchte, ihren Körper wie ein Pendel schwingen zu lassen, damit sie ein Bein über die Brücke haken konnte. Aber mit den bereits verletzten Muskeln in ihrem unteren Rücken schaffte sie es nicht. Muskelfasern rissen, Schmerz überflutete sie. Sie hing.

Sie spürte ihre Hand nicht mehr. Schaum setzte sich auf ihr nach oben gewandtes Gesicht ab und stach ihr in die Augen. Eine Reihe von Explosionen erschütterte den Haufen zerfetzter Wagen, ließ die Luft um sie erzittern, schüttelte sie. Sie merkte, daß sie abrutschte, ihre Hand glitt einen oder zwei Millimeter weiter nach unten. Sie bemühte sich, fester zuzupacken, aber sie hatte kein Gefühl mehr in den Fingern.

Lärm kam von der Terrasse. Sie versuchte sich umzusehen, und sie erkannte Horza, der über die Terrasse auf die Brücke zurannte, das Gewehr in der Hand. Er rutschte auf dem Schaum aus und mußte sich mit seiner freien Hand festhalten.

»Horza …« wollte sie rufen, aber es kam nur ein Krächzen heraus. Horza lief über ihr den Steg entlang, den Blick starr geradeaus gerichtet. Ihre Hand bebte unter seinen Schritten; sie glitt wieder ein Stück tiefer. »Horza!« sagte sie noch einmal, so laut sie konnte.

Der Wandler rannte vorbei, das Gesicht entschlossen, das Gewehr hochhaltend, seine Stiefel hämmerten auf das Metalldeck über ihr. Balveda blickte nach unten, ließ den Kopf sinken. Sie schloß die Augen.

Horza … Kraiklyn … dieser geriatrische Außenwelt-Minister auf Sorpen … kein Stück oder Bild von dem Wandler, nichts und niemand, was der Mann jemals gewesen war, konnte den leisesten Wunsch haben, sie zu retten. Anscheinend hatte Xoxarle gehofft, so etwas wie ein panhumanes Mitleid werde Horza veranlassen, stehenzubleiben und sie hochzuziehen und so dem Idiraner ein paar kostbare Sekunden mehr für seine Flucht zu geben. Aber der Idiraner hatte bei Horza den gleichen Fehler gemacht wie seine ganze Spezies bei der Kultur. Sie waren letzten Endes doch nicht so weich; Menschen konnten ebenso hart und entschlossen und erbarmungslos sein wie jeder Idiraner, wenn sie nur die richtige Anleitung erhielten.

Ich werde sterben, dachte sie und war beinahe mehr überrascht als entsetzt. *Hier, jetzt. Nach allem, was geschehen ist, allem, was ich getan habe. Sterben. Einfach so!*

Ihre erstarrte Hand ließ die Strebe langsam los.

Die Schritte über ihr hielten an, kehrten zurück. Sie sah nach oben.

Horzas Gesicht war über ihr, blickte auf sie nieder.

Sie hing da, verrenkte sich für einen Augenblick in der Luft, während der Mann ihr in die Augen sah, das Gewehr nahe seinem Gesicht. Horzas Blick wanderte die Brücke entlang, über die Xoxarle gegangen war.

»Hilfe …« krächzte Balveda.

Er kniete sich hin, nahm ihre Hand. »Arm ist gebrochen«, keuchte sie. Er faßte sie am Jackenkragen und zog sie auf die Brücke. Sie rollte sich hinüber, als er aufstand. Schaum trieb durch den Wechsel aus Licht und Dunkelheit der großen, widerhallenden Höhle nach unten, und Flammen warfen flüchtige Schatten, wenn die Lampen ausgingen.

»Danke«, hustete sie.

»Da entlang?« Horza wies in die Richtung, die Xoxarle genommen hatte. Balveda tat ihr Bestes, um zu nicken.

»Horza«, bat sie, »laß ihn laufen!«

Horza trat bereits von ihr zurück. Er schüttelte den Kopf. »Nein«, sagte er, dann drehte er sich um und rannte weiter. Balveda krümmte sich zusammen, ihr erstarrter Arm näherte sich dem gebrochenen, aber berührte ihn nicht. Sie hustete und führte die Hand an den Mund, faßte hinein, spuckte einen Zahn aus.

Horza überquerte den Steg. Er fühlte sich jetzt ganz ruhig. Sollte Xoxarle ihn doch aufhalten, wenn er wollte. Er konnte den Idiraner sogar in die Transitröhre gelangen lassen. Dann würde er einfach in die Röhre treten und auf das entschwindende Ende der Kapsel schießen oder die Stromversorgung unterbrechen, daß der Idiraner in der Falle saß. Es kam nicht darauf an.

Er lief über die Terrasse in den Tunnel.

Für mehr als einen Kilometer ging es geradeaus. Der Weg zu den Transitröhren bog irgendwo rechts ab, aber es gab andere Türen und Eingänge, wo Xoxarle sich verstecken konnte.

In dem Tunnel war es hell und trocken. Die Lampen flackerten nur wenig, und das Sprinkler-System hatte sich nicht eingeschaltet.

Im letzten Augenblick dachte Horza daran, auf den Fußboden zu sehen.

Er sah die Tropfspur aus Wasser und Schaum, während er auf ein paar Türen zurannte, die sich auf beiden Seiten des Tunnels gegenüberlagen. Dort hörte die Spur auf.

Er lief zu schnell, um anhalten zu können. Statt dessen duckte er sich.

Xoxarles Faust schoß aus der linken Tür über den Kopf des Wandlers hinweg. Horza drehte sich um und brachte das Gewehr in Anschlag; Xoxarle wich von der Tür zur Seite und trat zu. Sein Fuß erwischte das Gewehr. Der Lauf schlug Horza über Mund und Nase, während Laser-Feuer über den Kopf des Mannes in die Decke fuhr und einen Hagel von Steinstaub und -splittern löste, der den Idiraner wie den Menschen traf. Der Mensch taumelte betäubt zurück. Xoxarle wand ihm das Gewehr aus der Hand, drehte es um und richtete die Mündung auf Horza, gerade als der Wandler, aus Mund und Nase blutend, sich mit einer Hand an der Wand abstützte. Xoxarle riß den Abzugsbügel von der Waffe.

*

Unaha-Closp raste durch den Kontrollraum, ging in die Kurve, schoß durch den Qualm und die zerschmetterten Türen und dann den kurzen Korridor hinunter. An den schaukelnden Netzen des langen Schlafsaals vorbei kam er in einen weiteren kurzen Korridor und von da auf die Terrasse.

Überall lagen Trümmer. Unaha-Closp sah Balveda auf der Brücke sitzen. Sie hielt sich die eine Schulter, dann legte sie ihre Hand auf den Boden des Stegs. Unaha-Closp fegte durch die Luft auf sie zu. Beinahe hatte er sie erreicht, und sie hob schon den Kopf und sah ihm entgegen, da kam das Geräusch von Laser-feuer aus dem Tunnel auf der anderen Seite der Höhle. Der Roboter wendete von neuem und beschleunigte.

*

Xoxarle drückte den Abzug, als Unaha-Closp ihn von hinten traf. Das Gewehr hatte noch nicht einmal angefangen zu schießen. Der Idiraner wurde nach vorn auf den Boden des Tunnels geworfen. Er rollte sich im Fallen herum, aber die Mündung des Gewehrs verfing sich am Fels und mußte einen Augenblick lang sein ganzes Gewicht aushalten. Der Lauf brach glatt in zwei Teile. Der Roboter hielt kurz vor Horza an. Der wollte sich gerade auf den Idiraner stürzen, der das Gleichgewicht bereits wiedergefunden hatte und vor ihnen aufragte. Wieder stürmte Unaha-Closp mit der Absicht vor, einen Uppercut anzubringen, wie er ihn dem Idiraner schon einmal verpaßt hatte. Xoxarle fegte die Maschine mit dem Arm zur Seite. Unaha-Closp prallte von der Wand ab wie ein Gummiball, und der Idiraner schlug ihn ein zweites Mal, schleuderte den eingebeulten und verkrüppelten Roboter durch den Korridor in Richtung Höhle.

Horza sprang vorwärts. Xoxarle ließ seine Faust auf den Kopf des Menschen niedersausen. Der Wandler wich aus, aber nicht schnell genug. Der Schlag streifte seinen Kopf. Horza schrammte im Fallen an der Wand entlang, krachte zu Boden und blieb in einem Eingang auf der anderen Tunnelseite liegen.

Sprinkler spien Wasser von der Decke, wo sie von Horzas Laser getroffen worden war. Xoxarle ging auf den am Boden liegenden Menschen zu, der versuchte, wieder auf die Füße zu kommen. Horzas Beine waren wackelig und unsicher, seine Arme tasteten haltsuchend über die glatte Steinwand. Der Idiraner hob den Fuß, um ihn Horza ins Gesicht zu stampfen. Er hielt inne, denn der Roboter Unaha-Closp kam in ungleichmäßigem Flug langsam durch den Tunnel zurück und auf den Idiraner zu. »Du ... du Vieh ...« krächzte Unaha-Closp mit gebrochenem, hartem Stimmchen.

Xoxarle faßte die Maschine an der Vorderseite, hob sie mühelos mit beiden Händen über seinen Kopf, über Horzas Kopf – der Mann sah mit verschwommenem Blick auf – und zielte mit dem Roboter auf Horzas Schädel.

Horza rollte sich beinahe müde auf die Seite, und Xoxarle fühlte, daß die wimmernde Maschine Horzas Kopf und Schulter traf. Der Mann blieb mit ausgebreiteten Gliedmaßen auf dem Tunnelboden liegen.

Er lebte noch; eine Hand bewegte sich schwach in dem Versuch, seinen bloßen, blutenden Kopf zu schützen. Xoxarle drehte sich um und hob den hilflosen Roboter von neuem hoch über den Kopf des Mannes. »Und so ...« sagte er leise und spannte die Armmuskeln, um mit der Maschine zuzuschlagen.

»Xoxarle!«

Er blickte zwischen den erhobenen Armen durch. Der Roboter zappelte schwach in seinen Händen, und der Mann zu seinen Füßen schob langsam eine Hand über sein blutverklebtes Haar. Xoxarle grinste.

Die Frau Perosteck Balveda stand am Ende des Tunnels auf der Terrasse über der Höhle. Sie krümmte sich, und ihr Gesicht sah schlaff und erschöpft aus. Ihr rechter Arm baumelte nutzlos an ihrer Seite, die Hand an ihrem Oberschenkel nach außen gedreht. Ihre andere Hand schloß sich um etwas Kleines, mit dem sie auf den Idiraner zeigte. Xoxarle mußte genau hinsehen, um zu erkennen, was es war. Es ähnelte einem Gewehr: einem Gewehr, das hauptsächlich aus Luft gemacht war, einem Gewehr aus Linien, dünnen Drähten, kaum stofflich zu nennen, mehr wie ein Rahmenwerk, ein mit Bleistift gezeichneter Umriß, der irgendwie vom Papier gehoben und gerade so weit ausgefüllt worden war, daß man ihn halten konnte. Xoxarle lachte und schlug mit dem Roboter nach unten.

Balveda feuerte das Gewehr ab. Es funkelte kurz am Ende seines spillerigen Laufs wie ein kleiner Edelstein in einem Sonnenstrahl und gab ein ganz schwaches Husten von sich.

Bevor Unaha-Closp mehr als einen halben Meter durch die Luft auf Horzas Kopf zubewegt worden war, strahlte Xoxarles Leib auf wie eine Sonne. Der untere Rumpf des Idiraners wurde entzweigerissen, von hundert kleinen Explosionen von seinen Hüften geschleudert. Brust, Arme und Kopf flogen schräg nach oben, prallten gegen die Decke und regneten herunter. Die Arme erschlafften, die Hände öffneten sich. Die Keratin-Platten seines Bauchs rissen auf, Eingeweide schlängelten sich auf dem nassen Boden des Tunnels, während sein Oberkörper in den seichten Pfützen umhersprang, die sich unter dem künstlichen Regen bildeten. Was noch übrig war, die schweren Hüften und die drei mannsdicken Beine, blieben noch ein paar Sekunden lang stehen. Unaha-Closp schwebte währenddessen an die Decke, und Horza lag still unter dem fallenden Wasser, dessen Pfützen sich jetzt von seinem und Xoxarles Blut mit Purpur und Rot färbten.

Xoxarles Torso lag bewegungslos da, wo er hingefallen war, zwei Meter hinter den noch stehenden Beinen. Dann knickten die Knie langsam ein, als gäben sie dem Zug der Schwerkraft nur widerwillig nach, und die schweren Hüften senkten sich auf die gespreizten Füße nieder. Wasser platschte in die blutige Schüssel von Xoxarles offenem Becken.

»Bala bala bala«, murmelte Unaha-Closp oben an der Decke, vor Nässe tropfend. »Bala labalabalabla … haha.«

Balveda hielt das Gewehr weiter auf Xoxarles zerfetzten Körper gerichtet. Sie kam langsam den Korridor hoch, watete durch das dunkelrote Wasser.

Neben Horzas Füßen blieb sie stehen und betrachtete ohne Mitgefühl Xoxarles Kopf und Oberkörper auf dem Tunnelboden. Blut und innere Organe quollen aus der Brust des gefallenen Riesen. Sie zielte und feuerte auf den massigen Kopf des Kriegers, schoß ihn von den Schultern und schleuderte Keratin-Stücke zwanzig Meter den Tunnel hinauf. Der Rückstoß schüttelte sie, die Echos sangen in ihren Ohren. Endlich entspannte sie sich. Ihre Schultern sanken herab. Sie blickte zu dem Roboter hoch, der an der Decke schwebte.

»Hier bin ich, unten hochschwebend, deckenwärts fallend bala bala ha ha …« sagte Unaha-Closp und bewegte sich unsicher. »Na also. Sieh her! Ich bin fertig, ich bin nur … Wie ist mein Name? Wieviel Uhr ist es? Bala bala, hehe ho! Wasser die Menge. Unten oben. Haha und so weiter.«

Balveda kniete sich neben den liegenden Mann. Sie steckte das Gewehr in eine Tasche und befühlte Horzas Hals. Er lebte noch. Sein Gesicht war im Wasser. Sie hob und zog, versuchte, ihn umzudrehen. Aus seiner Kopfhaut sickerte Blut.

»Roboter«, sagte sie und versuchte, den Mann nicht wieder in das Wasser fallen zu lassen, »hilf mir mit ihm!« Sie hielt Horzas Arm mit ihrer unversehrten Hand und verzog das Gesicht vor Schmerz, als sie die andere Schulter benutzte, um ihn weiter herumzurollen. »Unaha-Closp, verdammt sollst du sein, hilf mir!«

»Bla bala bal. Hoho he. Hier bin ich, ich bin hier. Wie geht es dir? Decke, Dach, innen außen. Ha ha bala bala«, trillerte der Roboter, der immer noch fest an der Decke saß. Balveda gelang es schließlich, Horza auf den Rücken zu wälzen. Der falsche Regen fiel auf sein zerfetztes Gesicht, wusch ihm das Blut von Nase und

Mund. Erst das eine, dann auch das andere Auge öffneten sich.

»Horza«, sagte Balveda und beugte sich vor, so daß ihr Kopf ihn vor dem fallenden Wasser und dem Deckenlicht schützte. Das Gesicht des Wandlers war bleich bis auf die dünnen Blutfäden, die aus Mund und Nase sickerten. Eine rote Flut kam von seinem Rücken und der Seite des Kopfes. »Horza?« fragte Balveda.

»Du hast gesiegt«, sagte Horza, die Wörter verschleifend, mit leiser Stimme. Er schloß die Augen. Balveda wußte nicht, was sie sagen sollte. Sie schloß die Augen, schüttelte den Kopf.

»Bala bala ... der Zug, der soeben auf Bahnsteig Eins einläuft ...«

»... Roboter«, flüsterte Horza, sah auf, an Balvedas Kopf vorbei. Sie nickte. Seine Augen rollten nach oben, versuchten, über seine Stirn hinwegzusehen. »Xoxarle ... Was ist geschehen?«

»Ich habe ihn erschossen«, antwortete Balveda.

»... Bala bala wirf deine Arme komm heraus komm herein einer mehr einmal derselbe ... Ist jemand hier drin?«

»Womit?« Horzas Stimme war beinahe unhörbar; sie mußte sich dicht über ihn beugen, um ihn zu verstehen. Sie nahm das kleine Gewehr aus der Tasche.

»Damit.« Sie öffnete den Mund, zeigte ihm die Lücke, wo ein Backenzahn gesessen hatte. »Memoryform. Das Gewehr war Teil von mir, sah aus wie ein richtiger Zahn.« Sie versuchte zu lächeln. Es war zweifelhaft, ob der Mann das Gewehr überhaupt sehen konnte.

Er schloß die Augen wieder. »Klug«, sagte er leise. Blut floß von seinem Kopf, vermischte sich mit der Purpurfarbe von Xoxarles verstümmeltem Körper.

»Ich bringe dich zurück, Horza«, sagte Balveda.

»Das verspreche ich. Ich bringe dich zum Schiff zurück. Du wirst wieder gesund. Dafür werde ich sorgen.«

»Das willst du tun?« fragte Horza leise, mit geschlossenen Augen. »Danke, Perosteck.«

»Danke bala bala bala. Steckoper, Tsah-hor, Aha-Un-Clops … Hoho he, hehe ho, ho für all das, denkt mal. Wir entschuldigen uns für eventuelle Unannehmlichkeiten … Was ist der wo ist der wie ist der wer wo wann warum wie und so …«

»Mach dir keine Sorgen.« Balveda berührte das nasse Gesicht des Mannes. Wasser lief vom Hinterkopf der Kulturfrau auf das Gesicht des Wandlers hinunter. Horzas Augen öffneten sich von neuem, suchten umher, sahen Balveda an, wanderten zu dem zusammengebrochenen Rumpf des Idiraners, dann zu dem Roboter an der Decke hoch und schließlich über die Wände und das Wasser. Er flüsterte etwas.

»Was?« Balveda beugte sich dichter über ihn. Er schloß die Augen wieder.

»Bala«, sagte die Maschine an der Decke. »Bala bala bala. Ha ha. Bala bala bala.«

»Was für ein Narr«, sagte Horza ganz deutlich, obwohl seine Stimme erstarb, als er das Bewußtsein verlor, und seine Augen geschlossen blieben. »Was für ein verdammter … dummer … Narr!« Er nickte leicht mit dem Kopf; es tat ihm anscheinend nicht weh. Spritzer warfen rotes und purpurnes Blut aus dem Wasser unter seinem Kopf auf sein Gesicht und wuschen alles wieder ab. »Die Jinmoti von …« murmelte er.

»Was?« fragte Balveda wiederum und beugte sich noch näher.

»Danatre skehellis«, verkündete Unaha-Closp von der Decke, »ro vleh gra'ampt na zhire; sko tre genebellis ro binitshire, na'sko voross amptfenir-an har. Bala.«

Plötzlich standen die Augen des Wandlers weit

offen, und auf seinem Gesicht erschien ein Ausdruck äußersten Entsetzens, ein Ausdruck so hilfloser Angst, daß Balveda selbst erschauerte und sich die Haare in ihrem Nacken aufrichteten, obwohl das Wasser versuchte, sie dort anzukleben. Die Hände des Mannes hoben sich und faßten ihre Jacke mit einem schrecklichen Klauengriff. »Mein Name!« stöhnte er, und die Qual in seiner Stimme war noch grauenhafter als die in seinen Zügen. »Wie ist mein *Name?*«

»Bala bala bala«, plapperte der Roboter von der Decke.

Balveda schluckte und fühlte Tränen hinter ihren Lidern brennen. Sie berührte eine dieser weißen, sich anklammernden Hände. »Er ist Horza«, sagte sie sanft. »Bora Horza Gobuchul.«

»Bala bala bala bala«, murmelte der Roboter leise, schläfrig. »Bala bala bala.«

Die Hände des Mannes fielen zurück, das Entsetzen wich aus seinem Gesicht. Er entspannte sich, schloß die Augen wieder. Sein Mund lächelte beinahe.

»Bala bala.«

»Ach ja …« flüsterte Horza.

»Bala.«

»… natürlich.«

»La.«

Vierzehnter Teil

◊

Bedenke Phlebas

Vor Balveda lag das Schneefeld. Der Mond von Schars Welt schien hell von einem schwarzen, sternenbesäten Himmel. Die Luft war still, scharf und kalt, und die *Clear Air Turbulence* saß, teilweise in einer eigenen Schneewehe vergraben, auf der weißen, mondbeschienenen Ebene.

Die Frau stand im Eingang des dunklen Tunnels, blickte in die Nacht hinaus und erschauerte.

Der bewußtlose Wandler lag auf einer Trage. Sie hatte sie aus Plastikfolien hergestellt, die sie aus dem Wrack des Zuges geborgen hatte, und sie mit dem schwebenden, plappernden Roboter befördert. Sie hatte Horzas Kopf verbunden; das war alles, was sie tun konnte. Die Erste-Hilfe-Taschen waren wie alles andere auf der Palette bei dem Zugzusammenstoß weggefegt worden und lagen jetzt unter den kalten, schaumbedeckten Trümmern, die Bahnhof Sieben füllten. Das Gehirn war imstande zu schweben; sie hatte es über dem Bahnsteig in der Luft hängend gefunden. Es reagierte auf Wünsche, konnte jedoch nicht sprechen, kein Zeichen geben und sich nicht vorwärtsbewegen. Balveda hatte ihm gesagt, es solle schwerelos bleiben, und es zusammen mit der Roboter-Trage, auf der Horza lag, zur nächsten Transitröhre gezogen und geschoben.

Als sie endlich in der kleinen Frachtkapsel waren, hatte die Rückreise nur eine halbe Stunde gedauert. Balveda hatte sich nicht veranlaßt gefühlt, sie wegen der Toten zu unterbrechen.

Sie hatte ihren gebrochenen Arm geschient, sich während der Fahrt für kurze Zeit in Tranceschlaf versetzt und ihre Pflegebefohlenen dann mit eigener Kraft von der Transitröhre durch die zerstörten Wohnquartiere zu dem unbeleuchteten Tunneleingang geschafft. Dort lagen die toten Wandler immer noch steifgefroren. Bevor sie sich auf den Weg zum Schiff machte, ruhte Balveda dort in der Dunkelheit für einen Augenblick aus, setzte sich auf den Tunnelboden, der von hereingewehtem Schnee bedeckt war.

Ihr Rücken schmerzte dumpf, ihr Kopf hämmerte, ihr Arm war taub. Sie trug den Ring, den sie Horza von der Hand gezogen hatte, und hoffte, sein Anzug und vielleicht die elektrischen Schaltungen des Roboters würden sie dem wartenden Schiff als Freunde identifizieren.

Wenn nicht, bedeutete es ganz einfach den Tod für sie alle.

Wieder sah sie Horza an.

Das Gesicht des Mannes auf der Trage war weiß wie der Schnee und ebenso leer. Die Züge waren vorhanden: Augen, Nase, Stirn, Mund. Aber sie schienen irgendwie nicht miteinander verbunden zu sein und verliehen einem Gesicht, dem Charakter, Belebung und Tiefe völlig fehlten, ein anonymes Aussehen. Es war, als ob all die Leute, all die Charaktere, all die Rollen, die der Mann in seinem Leben gespielt hatte, in seinem Koma aus ihm herausgesickert seien, als hätten sie jeder ihren eigenen kleinen Anteil von seinem wirklichen Ich mit sich genommen und ihn wie eine leergewischte Tafel zurückgelassen.

Der Roboter, der ihr half die Trage zu befördern, plapperte kurz in einer Sprache, die Balveda nicht verstand. Seine Stimme hallte den Tunnel hinunter. Dann verstummte er. Das Gehirn schwebte. Es war immer noch mattsilbern, die fleckige Regenbogen-Oberfläche seines ellipsoiden Körpers spiegelte Balveda, das trübe Licht draußen und den Mann und den Roboter wider.

Sie kam auf die Füße, und mit einer Hand schob sie die Trage über die mondbeschienene Ebene auf das Schiff zu. Sie sank in dem Schnee bis an die Hüften ein. Der stahlblaue Schatten der sich abmühenden Frau fiel weg von dem Mond in Richtung der dunklen fernen Berge, wo ein Vorhang aus Sturmwolken wie eine tiefere Nacht hing. Balvedas Spuren, tief und verwischt, führten zur Tunnelmündung zurück. Sie weinte leise vor Anstrengung und vor den lähmenden Schmerzen, die ihre Wunden verursachten.

Zweimal auf ihrem Weg hob sie den Kopf zu dem dunklen Umriß des Schiffes. Eine Mischung aus Hoffnung und Angst auf dem Gesicht, wartete sie auf das warnende Laserlicht, das ihr sagen würde, daß die Sicherungsautomatik des Fahrzeugs sie nicht akzeptierte, daß der Roboter und Horzas Anzug beide zu stark beschädigt waren, um von dem Schiff erkannt zu werden, daß es vorbei war und daß sie hier sterben mußte, hundert Meter von Sicherheit und Flucht entfernt – aber ferngehalten durch eine Anordnung treuer, automatischer, über kein Bewußtsein verfügender Schaltungen …

… Der Lift kam herunter, als sie den Ring von Horzas Hand in die Aufzugskontrollen einführte. Sie brachte den Roboter und den Mann in den Frachtraum. Der Roboter murmelte, der Mann war still und bewegungslos wie eine gefallene Statue.

Sie hatte vorgehabt, die Sicherungsautomatik des Schiffes abzuschalten und sofort das Gehirn zu holen, aber die eisige Stille des Mannes ängstigte sie. Sie holte die medizinische Notfall-Ausrüstung und drehte die Heizung im Frachtraum an. Aber als sie zu der Trage zurückkehrte, war der Wandler mit dem leeren Gesicht tot.

APPENDIX

Der Krieg zwischen den Idiranern und der Kultur

Bei den folgenden drei Kapiteln handelt es sich um Auszüge aus *Kurze Geschichte des idiranischen Krieges* [Version in englischer Sprache und nach christlichem Kalender, Originaltext 2110 n. Chr., unverändert], herausgegeben von Parharengyisa Listach Ja'andeesih Petrain dam Kotosklo.

Das Werk stellt einen Teil eines unabhängigen, vom Kontakt nicht finanzierten, aber gebilligten Erde-Extro-Informationspacks dar.

Gründe: Die Kultur

Es war, das wußte die Kultur von Anfang an, ein Religionskrieg im vollen Sinne des Wortes. Die Kultur zog in den Krieg, um ihren eigenen Seelenfrieden zu retten, nicht mehr. Aber dieser Friede war der kostbarste Besitz der Kultur und vielleicht ihr einziger wahrer und hochgeschätzter Besitz.

In der Praxis ebenso wie in der Theorie war die Kultur über Gedanken an Reichtum oder Erwerb hinausgewachsen.

Das bloße Konzept des Geldes – von der Kultur als primitives, viel zu kompliziertes und unwirksames Mittel der Rationierung betrachtet – war irrelevant innerhalb einer Gesellschaft, deren Produktionsmittel eine Kapazität besaßen, die überall und in jeder Beziehung größer war, als ihre nicht einfallslosen Bürger vernünftiger- und in einigen Fällen vielleicht unvernünftigerweise wünschen konnten.

Diese Wünsche wurden – mit einer einzigen Ausnahme – innerhalb der Kultur selbst befriedigt. Lebensraum stand im Überfluß zur Verfügung, hauptsächlich auf materie-billigen Orbitals.

Rohstoffe gab es in buchstäblich unerschöpflichen Mengen, sowohl zwischen den Sternen als auch innerhalb der Sternsysteme. Und Energie war, wenn man so sagen darf, noch allgemeiner verfügbar: durch Kernfusion, durch Annihilierung, durch das Netz selbst oder von den Sternen (indirekt als im Raum absorbierte Strahlung oder direkt durch Anzapfung des stellaren Kerns).

Deshalb hatte die Kultur es nicht nötig, zu kolonisieren, auszubeuten oder zu versklaven.

Der einzige Wunsch, den die Kultur nicht von innen befriedigen konnte, war den Abkömmlingen der ursprünglichen menschlichen Bevölkerung und den Maschinen, die sie – mochte der erste Schöpfungsakt auch noch so lange her sein – ins Dasein gerufen hatten, gemeinsam: Der Drang, sich nicht nutzlos zu fühlen. Die einzige Rechtfertigung der Kultur für das verhältnismäßig sorgenfreie, hedonistische Leben, dessen sich ihre Mitglieder erfreuten, waren ihre guten Werke, die sekulare Missionierung der Kontakt-Sektion.

Ihre Tätigkeit bestand nicht einfach im Finden, Katalogisieren, Erforschen und Analysieren weniger fortgeschrittener Zivilisationen, sondern – wo sich Kontakt durch die Umstände dazu berechtigt glaubte – vor allem in der (offenen oder versteckten) Einmischung in die historischen Prozesse dieser anderen Kulturen.

Mit einer Art sich entschuldigender Selbstgefälligkeit wies Kontakt – und daher die Kultur – statistisch nach, dieser behutsame und wohlwollende Einsatz der ›Technik des Mitleids‹ (um einen damals im Schwange befindlichen Ausdruck zu benutzen) funktioniere in dem Sinne, daß die Techniken, die Kontakt zur Förderung einer Zivilisation entwickelt hatte, die Lebensqualität ihrer Mitglieder wesentlich verbessere, ohne dieser Gesellschaft als Ganzem durch die nahe Berührung mit einer fortschrittlichen Kultur zu schaden.

Mit einer religiös inspirierten Gesellschaft konfrontiert, die entschlossen war, ihren Einfluß auf jede ihr in den Weg kommende technisch unterlegene Zivilisation auszudehnen, ohne Rücksicht auf den Zoll, den die Eroberung forderte, und die Zermürbung als Folge der Besetzung, konnte Kontakt sich entweder zurückziehen und sich als geschlagen erklären – was der Sektion nicht nur die Existenzgrundlage geraubt, sondern ihr auch die einzige rechtfertigende Handlung unmöglich gemacht hätte, die den verwöhnten, selbstbewußt glücklichen Leuten der Kultur erlaubte, sich des Lebens mit reinem Gewissen zu erfreuen –, oder sie konnte kämpfen.

Nachdem sie sich in Jahrzehnten des Rückzugs vorbereitet und sich wie auch die öffentliche Meinung gestählt hatte, war es letzten Endes unvermeidbar, daß sie sich wie jeder Organismus, dessen Existenz bedroht wird, zum Kampf entschloß.

Bei der durch und durch materialistischen und utilitaristischen Weltanschauung der Kultur war die Tatsache irrelevant, daß Idir keine Absichten auf irgendeinen physischen Teil der Kultur selbst hatte.

Der Kultur drohte tatsächlich der Tod, wenn auch nicht durch Eroberung oder Verlust von Leben, Maschinen, Rohstoffen oder Territorien. Weitaus gefährlicher wäre für sie der Verlust ihres Daseinszweckes und ihres guten Gewissens, die Zerstörung ihres Geistes, die Kapitulation ihrer Seele gewesen.

Auch wenn der äußere Anschein vielfach auf das Gegenteil hinzuweisen schien, die Mitglieder der Kultur, nicht die Idiraner, *mußten* kämpfen, und in dieser aus Verzweiflung geborenen Notwendigkeit gewannen sie schließlich eine Stärke, die – selbst wenn irgendwelche Zweifel an dem letztendlichen Ergebnis gehegt worden sein sollten – sich nicht auf einen Kompromiß einlassen konnte.

Gründe: Die Idiraner

Die Idiraner befanden sich bereits im Krieg. Sie besiegten die Spezies, die sie als minderwertig betrachteten, und gliederten sie in ein in erster Linie religiöses Imperium ein, das nur zufällig ebenso ein kommerzielles war.

Ihnen war von Anfang an klar, daß ihr *Jihad*, diese anderen Spezies ›zu pazifizieren, zu integrieren und zu instruieren‹ sowie sie unter das Auge ihres Gottes zu bringen, andauern und sich ausdehnen müsse, wenn er nicht sinnlos sein solle. Eine Pause oder ein Stillhalteabkommen mochte möglicherweise in militärischer, kommerzieller und administrativer Beziehung ebenso sinnvoll sein wie eine fortgesetzte Expansion, doch würde dies eine militante Vormachtstellung als religiöses Konzept zunichte machen.

Der Eifer hatte mehr Gewicht und mehr Glanz als der praktische Sinn; ebenso wie bei der Kultur kam es auf das Prinzip an.

Das idiranische Oberkommando betrachtete den Krieg, lange bevor er endgültig erklärt wurde, als Fortsetzung der ständigen Feindseligkeiten, die eine Folge der theologischen und disziplinarischen Kolonisierung waren und eine quantitative und qualitative Eskalation bewaffneter Konflikte mit sich brachten, die nur bis zu einem gewissen Punkt zu gehen brauchte, um mit der technisch etwa auf gleicher Stufe stehenden Kultur fertig zu werden.

Während die Idiraner im allgemeinen annahmen, sie brauchten nur ihren Standpunkt klarzumachen, und schon würden die Leute in der Kultur klein beigeben, sahen einige wenige idiranische Politiker doch voraus, daß, sollte sich die Kultur als so entschlossen erweisen, wie es der ›schlimmstmöglichen‹ Prognose entsprach, man mit einer politisch klugen, für beide Seiten vorteilhaften Einigung das Gesicht wahren könnte. Sie würde einen Pakt oder Friedensvertrag enthalten, in dem die Idiraner sich verpflichteten, ihre Expansion eine Zeitlang zu verlangsamen oder zu begrenzen. Der Kultur würde das erlauben, sich einigen – aber nicht zu viel – Erfolg zuzuschreiben. Den Idiranern gäbe das

a) einen religiös gerechtfertigten Vorwand für eine Konsolidierung, die sowohl der idiranischen Kriegsmaschine eine Atempause verschaffte als auch jenen Idiranern, die Einwände gegen die Rate und Grausamkeit der idiranischen Expansion gehabt hatten, den Boden unter den Füßen wegzöge, und

b) einen weiteren Grund für eine Erhöhung der Rüstungsausgaben mit dem Ziel, bei der nächsten Konfrontation die Kultur oder jeden anderen Gegner entscheidend zu schlagen und zu vernichten.

Nur die glühendsten und fanatischsten Sektionen der idiranischen Gesellschaft zogen einen Krieg bis zur letzten Entscheidung in Erwägung, ohne jedoch direkt darauf zu bestehen. Sie rieten lediglich dazu, den Kampf gegen die Kultur auch nach deren Rückzug und Friedensangebot, das, wie sie glaubten, unausweichlich kommen würde, fortzusetzen.

Nachdem die Idiraner so den wahrscheinlichen Verlauf der Ereignisse bestimmt hatten, zu denen eine Niederlage nicht gehörte, stürzten sie sich ohne Skrupel und ohne Zögern in den Kampf mit der Kultur.

Das Äußerste, woran sie dachten, war vielleicht, daß

der Krieg in einer Atmosphäre von gegenseitigem Unverständnis begonnen worden sei.

Sie waren unfähig zu begreifen, daß der Feind sie zwar schon beinahe zu perfekt verstand, sie jedoch die Kräfte des Glaubens, der Notwendigkeit, der Furcht und der Moral, die innerhalb der Kultur wirkten, ganz und gar mißverstanden hatten.

Der Krieg (kurzer Abriß)

Die erste Kontroverse zwischen den Idiranern und der Kultur fand im Jahre 1267 n. Chr. statt, die zweite 1288. 1289 baute die Kultur das erste richtige Kriegsschiff nach fünf Jahrhunderten, nur als Prototyp (der offizielle Vorwand war, die Generationen von Kriegsschiff-Modellen, die von elektronischen Gehirnen produziert worden waren, hätten sich in ihrer Entwicklung so weit von dem letzten tatsächlich gebauten Kriegsschiff entfernt, daß man prüfen müsse, ob Theorie und Praxis noch übereinstimmten).

Die dritte Kontroverse 1307 hatte Ausfälle (an Maschinen) zur Folge.

Zum ersten Mal wurde in der Kultur über den Krieg als eine Wahrscheinlichkeit gesprochen. 1310 spaltete sich die Friedenssektion der Kultur vom Hauptteil der Bevölkerung ab, während auf der Anchramin-Pit-Konferenz der Rückzug beschlossen wurde (eine Maßnahme, die die kurzsichtigeren Idiraner und Kultur-Bürger verdammten, respektive guthießen).

Die vierte Kontroverse begann 1323 und dauerte (mit dem Einsatz von Stellvertretern seitens der Kultur) bis 1327, dem Jahr des offiziellen Kriegsbeginns. Jetzt kamen Kultur-Fahrzeuge und -Personal zum Einsatz. Das Kriegskonzil der Kultur von 1326 hatte zur Folge, daß sich verschiedene andere Teile der Kultur abspalteten, weil sie die Anwendung von Gewalt grundsätzlich ablehnten.

Das Kriegsrecht-Abkommen zwischen den Idiranern und der Kultur wurde 1327 ratifiziert. 1332 traten die Homomda auf der idiranischen Seite in den Krieg ein.

Die Homomda – eine weitere dreibeinige Spezies, die über eine größere galaktische Reife verfügte als die Kultur oder die Idiraner – hatten denjenigen Idiranern Zuflucht gewährt, die nach dem Zweiten großen Exil (1345–991 v. Chr.), das dem Krieg zwischen Skankatrianern und Idiranern folgte, die Heiligen Überlebenden waren. Die Überlebenden und ihre Nachkommen wurden zu den besten und vertrauenswürdigsten Bodentruppen der Homomda.

Nach dem Überraschungsangriff auf Idir und dessen Wiedereroberung im Jahr 990 v. Chr. wurde die Zusammenarbeit der beiden dreibeinigen Spezies fortgesetzt, und je stärker die Idiraner wurden, desto mehr näherte sie sich einer gleichberechtigten Partnerschaft an.

Die Homomda traten an der Seite der Idiraner in den Krieg ein, weil sie der wachsenden Macht der Kultur mißtrauten (mit diesem Gefühl standen sie durchaus nicht allein da, obwohl sie die einzigen waren, die offen etwas dagegen unternahmen). Während es zwischen ihnen und den Menschen relativ wenige Unstimmigkeiten und überhaupt keine schwerwiegenden gab, war es doch seit vielen Zehntausenden von Jahren homomdanische Politik gewesen, jede Gruppe in der Galaxis, nach technologischem Niveau eingestuft, möglichst daran zu hindern, zu stark zu werden, und in ihren Augen näherte sich die Kultur diesem Punkt. Zu keiner Zeit widmeten die Homomda alle ihre Hilfskräfte der idiranischen Sache; sie benutzten einen Teil ihrer mächtigen und leistungsstarken Raumflotte, um die Qualitätslücken in der idiranischen Flotte auszufüllen.

Der Kultur wurde klargemacht, daß der Krieg nur dann zum totalen Krieg werden würde, wenn die Menschen homomdanische Heimatplaneten angriffen (Tatsächlich wurden während der ganzen Zeit des Krieges zwischen den Homomda und der Kultur beschränkte diplomatische und kulturelle Beziehungen aufrechterhalten und einiger Handel geführt.)

Fehlkalkulationen: Die Idiraner glaubten, sie könnten den Krieg auch allein gewinnen, mit homomdanischer Unterstützung jedoch würden sie unbesiegbar sein. Die Homomda glaubten, ihr Einfluß werde das Gleichgewicht der Kräfte zugunsten der Idiraner verändern (obwohl sie niemals bereit gewesen wären, ihre eigene Zukunft aufs Spiel zu setzen, um die Kultur zu schlagen). Die Kultur-Gehirne hatten gemeint, die Homomda würden den Idiranern nicht zu Hilfe kommen, und aufgrund dieser Annahme waren Berechnungen über die Dauer, die Kosten und den Nutzen des Krieges angestellt worden.

Während der ersten Phase des Krieges verbrachte die Kultur den größten Teil ihrer Zeit mit dem Rückzug vor der sich rapide ausdehnenden idiranischen Sphäre, mit der Umstellung ihrer Produktion auf Rüstungsgüter und dem Aufbau einer Flotte von Kriegsschiffen. In diesen ersten paar Jahren wurde der Kampf im Raum von der Kultur wirksam mit ihren Kontakt-Einheiten geführt. Sie waren nicht als Kriegsschiffe gebaut, aber ausreichend bewaffnet und mehr als schnell genug, um dem durchschnittlichen idiranischen Schiff gewachsen zu sein. Außerdem war die Kultur auf dem Gebiet der Feld-Technologie den Idiranern schon immer voraus gewesen, was den Kontakt-Einheiten einen entscheidenden Vorteil bei der Schadensvermeidung und beim Widerstand gab. Diese Unterschiede spiegelten in gewisser Beziehung den Unterschied in der allgemeinen Weltanschauung der beiden Seiten wider.

Für die Idiraner war ein Schiff ein Mittel, um von einem Planeten zu einem anderen zu gelangen oder um Planeten zu verteidigen. Für die Kultur war ein Schiff eine Übung in Fähigkeiten, beinahe ein Kunstwerk. Die Kontakt-Einheiten (und die Kriegsschiffe, von denen sie nach und nach ersetzt wurden) wurden mit einer Kombination aus genialem Enthusiasmus und maschinenorientiertem praktischem Sinn gebaut. Darauf hatten die Idiraner keine Antwort, obwohl die Kontakt-Einheiten in diesen ersten Jahren zahlenmäßig weitaus unterlegen waren. Den besseren homomdanischen Schiffen kamen die Kultur-Fahrzeuge übrigens niemals ganz gleich.

In diese Eröffnungsphase des Krieges fielen einige der schwersten Verluste an Leben, als die Idiraner Überraschungsangriffe auf viele für den Krieg unwichtige Orbitals der Kultur durchführten und zuweilen mit einem Schlag Milliarden töteten. Als Schocktaktik war dies ein Fehlschlag. Als militärische Strategie reduzierte es die Hilfsmittel der bereits an Vorräten knappen idiranischen Kampfverbände, die große Schwierigkeiten hatten, die fernen Orbitals, Felsen, Fabrikschiffe und System-Fahrzeuge zu finden, auf denen der Materialnachschub der Kultur produziert wurde.

Gleichzeitig versuchten die Idiraner, die großen Räume und die große Zahl der für gewöhnlich widerstrebenden und oft rebellierenden kleineren Zivilisationen, die der Rückzug der Kultur ihrer Gnade überantwortet hatte, zu kontrollieren.

1333 wurde das Kriegsrecht-Abkommen dahingehend ergänzt, daß es die Zerstörung von bewohnten, nichtmilitärischen Habitaten verbot, und der Konflikt ging bis kurz vor seinem Ende auf ein bißchen zurückhaltendere Art weiter.

Der Krieg trat 1335 in seine zweite Phase ein. Die Idiraner hatten immer noch Mühe, ihre Eroberungen zu konsolidieren; die Kultur war endlich mit ihrer Aufrüstung fertig.

Es folgte eine Periode sich in die Länge ziehender Kämpfe, als die Kultur tief in die idiranische Sphäre eindrang.

Die idiranische Politik schwankte zwischen dem Versuch, zu verteidigen, was man hatte, während man neue Kraft sammelte, und der Aussendung starker, aber die Verteidigung schwächender Expeditionen in den Rest der Galaxis mit der Hoffnung, einem Feind, der sich auf frustrierende Weise flüchtig erwies, Schläge zu versetzen.

Die Kultur war fähig, beinahe die gesamte Galaxis zu benutzen, um sich in ihr zu verstecken. Ihre ganze Existenz war dem Wesen nach mobil; sogar Orbitals konnten an einen anderen Ort gebracht oder einfach aufgegeben, Bewohner umgesiedelt werden. Die Idiraner waren durch ihre Religion verpflichtet, alles, was sie konnten, zu nehmen und zu behalten, Grenzen zu verteidigen, Planeten und Monde zu schützen und, vor allem, Idir um jeden Preis zu sichern.

Ungeachtet der homomdanischen Empfehlung weigerten die Idiraner sich, den Rückzug in leichter zu verteidigende Raumvolumen anzutreten oder auch nur über einen Friedensschluß zu diskutieren.

Mehr als dreißig Jahre lang wogte der Krieg hin und her mit vielen Schlachten, Pausen, Versuchen von Außenseitern wie der Homomda, Frieden zu stiften, großen Feldzügen, Erfolgen, Mißerfolgen, ruhmreichen Siegen, tragischen Fehlern, heroischen Taten und dem Erobern und Zurückerobern großer Raumvolumen und zahlreicher Sternsysteme.

Doch nach drei Jahrzehnten hatten die Homomda genug. Die Idiraner gaben ebenso kompromißlose Verbündete ab, wie sie gehorsame Söldner gewesen waren, und die Kultur-Schiffe forderten einen zu hohen Zoll von der kostbaren homomdanischen Raumflotte. Die Homomda verlangten und erhielten bestimmte Garantien von der Kultur und schieden aus dem Krieg aus.

Von da an zweifelten nur noch die Idiraner an dem endgültigen Ausgang des Krieges.

Die Kultur war während des Kampfes zu gewaltiger Stärke angewachsen und hatte in diesen Jahren genügend Erfahrung gesammelt (zusätzlich zu all den Erfahrungen aus zweiter Hand, die sie in den paar tausend Jahren zuvor erworben hatte), um den Idiranern jede tatsächliche oder eingebildete Überlegenheit in List, Tücke und Skrupellosigkeit zu rauben.

Der Krieg im Raum endete effektiv 1367, der Krieg auf den Tausenden von Planeten, die den Idiranern überlassen worden waren – er war von der Kultur hauptsächlich mit Maschinen geführt worden –, offiziell 1375, obwohl idiranische und Medjel-Truppen, die von dem Friedensschluß nichts wußten oder ihn ignorierten, noch beinahe drei Jahrhunderte lang kleine, sporadische Gefechte führten.

Idir wurde niemals angegriffen und kapitulierte im eigentlichen Sinn des Wortes nie. Sein Computer-Netzwerk wurde von Effektor-Waffen übernommen und steigerte sich, einmal befreit von eingebauten Beschränkungen, bis zur Bewußtheit. So wurde es bis auf den Namen ein Kultur-Gehirn.

Von den Idiranern töteten einige sich selbst, während andere zu den Homomda ins Exil gingen (die sich bereiterklärten, sie zu beschäftigen, sich aber weigerten, ihnen bei Vorbereitungen zu weiteren Angriffen auf die Kultur zu helfen) oder unabhängige, dem Namen nach nichtmilitärische Habitate innerhalb anderer Einflußsphären (unter dem Auge der Kultur) gründeten oder in entkommenen Schiffen nach wenig bekannten Teilen der Wolken oder nach Andromeda aufbrachen oder die Sieger akzeptierten. Ein paar traten sogar der Kultur bei, und einige wurden Söldner der Kultur.

Statistische Angaben

Länge des Krieges: Achtundvierzig Jahre, ein Monat. Gesamtzahl der Gefallenen, einschließlich Maschinen (bewertet nach logarithmischer Bewußtseinsskala), Medjel und Nichtkombattanten: 851,4 Milliarden (±0,3%). Verlust: Schiffe (alle Klassen oberhalb der interplanetaren) –91215660 (±200), Orbitals –14334, Planeten und größere Monde –53, Ringe –1, Sphären –3, Sterne (bei signifikantem induziertem Massenverlust oder Veränderung der Sequenz-Position) –6.

Historischer Ausblick

Ein kleiner, kurzer Krieg, der sich nur selten über mehr als 0,2% der Galaxis nach Raumvolumen und 0,1% nach Sternenpopulation ausdehnte.

Die Sage besteht auf weit eindrucksvolleren Konflikten, die in Zeit und Raum weit mehr Platz beanspruchten … Nichtsdestoweniger, die Chroniken der älteren galaktischen Zivilisationen bewerten den Krieg zwischen den Idiranern und der Kultur als den bedeutendsten Konflikt der letzten fünfzigtausend Jahre und als eins dieser einzigartig interessanten Ereignisse, die heutzutage so selten sind.

Dramatis personae

Sofort nach Ende des Krieges ließ sich **Juboal-Rabaroansa Perosteck Alseyn dam T'seif** in Langzeit-Speicherung bringen. Sie hatte während der Feindseligkeiten die meisten ihrer Freunde verloren und festgestellt, daß sie wenig Geschmack an der Verherrlichung wie auch an der Erinnerung fand. Außerdem verfolgte Schars Welt sie, als wieder Frieden herrschte, füllte ihre Nächte mit Träumen von dunklen, sich windenden Tunneln, die von einem namenlosen Schrecken widerhallten.

Der Zustand hätte behandelt werden können, aber Balveda wählte statt dessen den traumlosen Schlaf der Speicherung. Sie hinterließ die Anweisung, daß sie nur wiederbelebt werden dürfe, wenn die Kultur statistisch ›beweisen‹ könne, daß der Krieg moralisch gerechtfertigt gewesen sei, mit anderen Worten, nach soviel – friedlich – verstrichener Zeit, daß sie imstande war, einleuchtend darzustellen, bei dem vorhersehbaren und wahrscheinlichen Kurs der idiranischen Expansion wären bestimmt mehr Leute gestorben, als tatsächlich während des Krieges ums Leben gekommen waren. Sie wurde ordnungsgemäß im Jahr 1813 a.D. geweckt, zusammen mit mehreren Millionen anderer Leute im ganzen Bereich der Kultur, die sich hatten speichern lassen und das gleiche Wiederbelebungskriterium vorausgesetzt hatten, die meisten mit dem gleichen Gefühl grimmigen Humors wie sie.

Nach ein paar Monaten starb Balveda durch Autoeuthanasie und wurde auf Juboal, ihrem Heimatplaneten, begraben. Fal 'Ngeestra hat nie Gelegenheit bekommen, sie kennenzulernen.

Der Querl **Xoralundra**, Späher-Vater und Krieger-Priester der Vier-Seelen-Stammessekte von Farn-Idir, war unter den Überlebenden der Teilzerstörung und Kaperung des idiranischen leichten Kreuzers *Die Hand Gottes 137*. Er und zwei weitere Offiziere entflohen dem getroffenen Fahrzeug, während das der Berg-Klasse angehörende System-Schiff *Nervenenergie* versuchte, es intakt zu übernehmen; sein Warpgerät brachte ihn nach Sorpen zurück. Dort von der Gerontokratie kurz interniert, wurde er bei Ankunft der 93. idiranischen Flotte gegen ein nominales Lösegeld freigegeben.

Er diente weiter im Geheimdienst, entging der schismatischen Zweiten freiwilligen Säuberung, die auf die Einstellung der homomdanischen Unterstützung folgte. Kurz danach kehrte er zu seiner früheren Aufgabe als Kampf-Logistik-Offizier zurück und fiel während der Zwillings-Novae-Schlacht um die Kontrolle von Arm Eins-Sechs gegen Ende des Krieges.

Nachdem er sich während des Aufenthalts auf Vavatch Ghalssels Nahkampftruppe angeschlossen hatte, wurde **Jandraligeli** ein verhältnismäßig vertrauenswürdiger Leutnant in der Söldnerschar des Leutnants und erhielt schließlich das Kommando über das dritte Schiff der Gesellschaft, die *Kontrolloberfläche*.

Wie alle Mitglieder der Nahkampftruppe, die die Feindseligkeiten überlebten, war es für Jandraligeli ein profitabler Krieg. Er zog sich kurz nach Ghalssels Tod – während der Sieben-Strata-Schlacht-Sequenz auf Oroarche – zurück, um für den Rest seines Lebens ein unabhängiges Lebensberatungs-College auf Mond Dekadent im Sieben-Sünden-System der Gutbetuchten Kavaliere der unendlich freudenvollen Akte (reformiert) zu leiten. Er verschied – angenehm, wenn auch nicht friedlich – im Bett von jemand anders.

Der Roboter **Unaha-Closp** wurde vollständig repariert. Er bewarb sich um Aufnahme in die Kultur und wurde akzeptiert; er tat bis zum Ende des Krieges Dienst auf dem System-Schiff *Irreguläre Apokalypse* und dem Leichten System-Schiff *Profitspanne*. Dann wurde er auf das Orbital namens Erbil und einen Posten in einer dortigen Fabrik für Transportsysteme versetzt.

Er ist jetzt pensioniert und baut als Hobby kleine dampfbetriebene Automaten.

Stafl-Preonsa Fal Shilde 'Ngeestra dam Crose überlebte einen weiteren schweren Unfall beim Bergsteigen und fuhr fort, besser zu raten als Maschinen, die millionenmal intelligenter waren als sie.

Sie wechselte mehrere Male das Geschlecht, gebar zwei Kinder, trat nach dem Krieg in Kontakt ein, schloß sich ohne Erlaubnis auf einem nicht kontaktierten Planeten vom Niveau Zwei einem Stamm wilder Reiterinnen an, schuftete für einen lenkbaren Hyperweisen in einer Blokstaar-Luftsphäre, kehrte wegen der Übertragung des Roboters Jase in ein Gruppengehirn in die Kultur zurück, wurde beim Klettern von einer Lawine verschüttet, blieb jedoch am Leben, um davon erzählen zu können, gebar ein weiteres Kind, nahm dann eine Einladung an, sich der Kontakt-Sektion für Besondere Umstände anzuschließen, und verbrachte beinahe hundert Jahre als Geheimagent (männlich) bei der damals vor kurzem kontaktierten Million-Stern-Anarchie von Soveleh. Darauf wurde sie Lehrerin auf einem Orbital in einem kleinen Sternhaufen nahe der Kleineren Wolke, veröffentlichte eine populäre und sehr belobigte Autobiographie und verschwand ein paar Jahre später im Alter von 407 Jahren, als sie allein eine Ferienkreuzfahrt auf einem alten Dra'Azon-Ring unternahm.

Was Schars Welt angeht, so kehrten noch einmal Leute auf sie zurück, doch erst, als der Krieg vorüber war. Nachdem die *Clear Air Turbulence* den Planeten verlassen hatte – von Perosteck Balveda zu einem schließlichen Rendezvous mit einem Kulturschiff außerhalb der Kriegszone mehr gezielt als gesteuert –, dauerte es mehr als vierzig Jahre, bevor irgendeinem Fahrzeug erlaubt wurde, die Stille Barriere zu durchqueren.

Als dieses Schiff, es war das System-Schiff *Gewissensprothese*, tatsächlich durchkam und eine Landegesellschaft hinunterschickte, fand das zuständige Kontakt-Personal das Kommando-System perfekt repariert vor. Acht Züge standen makellos in acht von neun völlig unbeschädigten Bahnhöfen. Keine Spur von Wracks, Beschädigungen, Leichen oder irgendeinem Teil der alten Wandler-Basis wurde in den vier Tagen, die das System-Schiff und seine Erkundungsteams bleiben durften, gefunden. Am Ende dieser Zeit wurde die *Gewissensprothese* aufgefordert, den Planeten zu verlassen, und hinter ihm wurde die Stille Barriere für immer geschlossen.

Doch es hatte Abfall gegeben. Eine Fuhre mit Leichen und dem gesamten Material von der Wandler-Basis, plus der zusätzlichen Ausrüstung, die die Idiraner und die Freie Söldnertruppe mitgebracht hatten, dazu die Hülle des Chuy-hirtsi-Warptieres, alles lag in der Nähe eines der Pole des Planeten unter Kilometern von Gletscher-Eis begraben, komprimiert zu einer festen Kugel aus zerfetzten Wrackteilen und gefrorenen, verstümmelten Leichen.

Unter den Effekten, aus jenem Teil der ehemaligen Wandler-Basis ausgeräumt, der einmal die Kabine der Frau Kierachell gewesen war, befand sich ein kleines Plastik-Buch mit richtigen Seiten, bedeckt mit winziger Schrift. Es war eine Fantasy-Erzählung, das Lieblingsbuch der Frau, und die erste Seite der Geschichte begann mit diesen Worten:

Die Jinmoti von Bozlen Zwei …

Das aus den Tunneln des Kommando-Systems gerettete Gehirn konnte sich an nichts aus der Zeit zwischen seinem Warpen in die Tunnel und seiner schließlichen Reparatur und Rehabilitierung an Bord des System-Schiffes *No More Mr. Nice Guy*, die seiner Rettung durch Perosteck Balveda folgte, erinnern. Es wurde später in einem Schiff der Ozean-Klasse installiert und überlebte den Krieg, obwohl es an vielen wichtigen Raumschlachten teilnahm. Umgebaut kam es später in ein Schiff der Bergketten-Klasse und nahm seinen – etwas ungewöhnlichen – selbstgewählten Namen mit.

Die Wandler wurden während der letzten Phasen des Krieges im Raum als Spezies ausgelöscht.

Epilog

Gimishin Foug, atemlos, zu spät gekommen wie üblich und in weit vorgeschrittenem Zustand der Schwangerschaft, zufällig eine Ur-ur-ur-ur-ur-urgroßnichte von Perosteck Balveda (wie auch eine knospende Dichterin), traf eine Stunde nach dem Rest ihrer Familie an Bord des System-Schiffes ein.

Das Fahrzeug holte sie alle von dem fernen Planeten in der Größeren Wolke ab, auf dem sie Urlaub gemacht hatten, und brachte sie und ein paar hundert andere Leute zu dem großen neuen System-Schiff *Determinist*, das in Kürze die Reise von den Wolken zur Hauptgalaxis antreten sollte.

Foug war weniger an der Reise selbst interessiert als an dem Schiff, mit dem sie reisen würden. Sie war noch nie einem Schiff der System-Klasse begegnet und hoffte insgeheim, die Größe des Fahrzeugs mit seinen vielen separaten Komponenten, die innerhalb einer Luftblase von zweihundert Kilometern Länge schwebten, und seiner Sollstärke von sechs Milliarden Seelen würde sie mit frischer Inspiration versorgen.

Sie war aufgeregt bei der Vorstellung und ganz erfüllt von ihrer neuen Bedeutung und Verantwortung, aber sie dachte daran, wenn auch ein bißchen spät, höflich zu sein, als sie an Bord des viel kleineren Fahrzeugs der Bergketten-Klasse eintraf.

»Es tut mir leid, wir sind uns nicht vorgestellt worden«, sagte sie, als sie aus dem Modul in einer sanft beleuchteten Kleinen Ladebucht ausstieg.

Damit sprach sie einen ferngesteuerten Roboter an,

der ihr mit ihrem Gepäck half. »Ich bin Foug. Wie wirst du genannt?«

»Ich bin die *Bora Horza Gobuchul*«, teilte das Schiff ihr durch den Roboter mit.

»Das ist ein sonderbarer Name. Wie ist es gekommen, daß du dich so genannt hast?«

Der ferngesteuerte Roboter senkte als Äquivalent eines Achselzuckens leicht eine vordere Ecke. »Das ist eine lange Geschichte …«

Gimishin Foug strahlte:

»Ich liebe lange Geschichten.«

ANHANG

Einige Anmerkungen zur KULTUR

Als erstes und wichtigstes: Die KULTUR existiert nicht. Sie ist lediglich eine Geschichte; sie existiert nur in meinem Geist und dem der Leute, die über sie gelesen haben.

Nachdem dies klar gestellt wurde …

Die KULTUR ist eine Gruppenzivilisation, die sich aus sieben oder acht humanoiden Arten zusammensetzt, deren raumfahrende Einheiten vor ungefähr neuntausend Jahren eine lose Föderation bildeten. Die Schiffe und Habitate, welche die ursprüngliche Allianz bildeten, benötigten gegenseitige Unterstützung, um ihre Unabhängigkeit von den politischen Machtstrukturen – hauptsächlich von ausgereiften Nationalstaaten und unabhängigen kommerziellen Konzernen, aus denen sie hervorgegangen waren – zu erlangen und zu verteidigen.

Die Galaxis (unsere Galaxis) ist in den Geschichten über die KULTUR ein Ort, der schon lange bewohnt und mit einer Vielzahl von Lebensformen übersät ist. In ihrer langen und verwickelten Geschichte hat sie Wellen von Imperien, Föderationen, Kolonisationen, Niedergängen, Kriegen, artenspezifischen dunklen Zeitaltern, Renaissancen, Perioden von Megastrukturbildungen und Zerstörung und ganze Zeitalter angenehmer Bedeutungslosigkeit und unheilvoller Nachlässigkeit gesehen. In der Zeit der Geschichten um die

KULTUR gibt es vielleicht einige Dutzend bedeutende raumfahrende Zivilisationen, Hunderte von unbedeutenderen, Zehntausende Arten, die vielleicht eine Raumfahrt entwickelten, und eine unzählbare Menge von Zivilisationen, die diese Schwelle erreichten, aber entweder in bekannten oder abgelegenen Orten Zuflucht gesucht haben, um über Wer-weiß-was nachzusinnen, oder die gänzlich aus dem normalen Universum verschwunden sind, um noch weniger begreifliche Lebensweisen zu pflegen.

In diesem Zeitalter ist die KULTUR eine der energischeren Zivilisationen, und fand anfänglich – nach ihrer Entstehung, die nicht ohne Wechselfälle war – durch einen zeitlichen Zufall eine ziemlich ruhige Galaxis um sich herum vor, in der es verschiedene andere, ziemlich reife, ihren Geschäften nachgehende Zivilisationen gab, über den Raum verstreute Spuren und Überbleibsel älterer Kulturen, und – weil für relativ lange Zeit niemand sonst sich die Mühe gemacht hatte, in größerem Maßstab herumzuziehen – etliche interessante, ›unentdeckte‹ Sonnensysteme zu erforschen …

Die KULTUR, in ihrer Geschichte und ihrer augenblicklichen Gestalt, ist ein Ausdruck der Idee, daß die Beschaffenheit des Weltraums an sich festlegt, welche Arten von Zivilisationen dort gedeihen werden.

Die Denkprozesse eines Stammes, einer Sippe, eines Landes oder einer Volksgemeinschaft sind im wesentlichen zweidimensional, und das Wesen ihrer Macht hängt von der Fläche ab. Territorien sind von größter Wichtigkeit; Rohstoffe, Lebensraum, Kommunikationsverbindungen, alle sind durch die Beschaffenheit der Fläche bestimmt (daß die Fläche in Wahrheit eine Kugel ist, ist hier unmaßgeblich). Diese Oberfläche, und die Tatsache, daß die betreffenden Arten während ihrer Evolution an sie gefesselt sind, bestimmen die

Gedankenwelt einer bodenverhafteten Spezies. (Die Gedankenwelt einer Meeres- oder Luftspezies ist naturgemäß ziemlich verschieden davon.)

Im wesentlichen gehe ich von der Annahme aus, daß unsere im Augenblick vorherrschenden Machtordnungen im Raum nicht lange überleben können; jenseits einer gewissen technologischen Stufe ist ein Maß von Anarchie wohl unvermeidlich und sowieso vorzuziehen.

Schiffe/Habitate müssen, um im Raum überleben zu können, autark, oder nahezu autark sein. Die Gewalt des Staates (oder des Konsortiums) über sie wird daher abgeschwächt werden, wenn die Wünsche der Bewohner wesentlich mit den Vorschriften der herrschenden Organe in Konflikt geraten. Auf einem Planeten können Enklaven umzingelt, belagert und angegriffen werden; die überlegenen Kräfte eines Staates oder eines Konsortiums – im folgenden als Hegemonien bezeichnet – neigen dazu, die Oberhand zu behalten. Im Weltraum wird eine Sezessionsbewegung wesentlich schwerer einzudämmen sein, besonders dann, wenn sich wichtige Teile davon auf Schiffe und bewegliche Habitate stützen. Die lebensfeindliche Beschaffenheit des Vakuums und die technologische Komplexität von Lebenserhaltungsmechanismen wird solche Systeme gegenüber direkten Angriffen verletzlich machen; aber das würde natürlich das Risiko einer vollständigen Zerstörung des Schiffes (bzw. des Habitats) mit sich bringen und damit seinen zukünftigen ökonomischen Beitrag zu dem Gebilde – welches auch immer versucht hat, es zu kontrollieren – unmöglich machen.

Völlige Zerstörung rebellischer Schiffe oder Habitate – *pour encourager les autres* – bleibt natürlich eine Möglichkeit für die kontrollierende Macht, aber alle üblichen Regeln von Realpolitik im Falle eines Aufstandes treffen immer noch zu, insbesondere jene, die sich auf die eigenartige Dialektik abweichender Positionen bezieht. Sie besagt folgendes: wenn es in einer größeren Bevölkerung einhundert Rebellen gibt, und sie werden alle gefaßt und getötet, wird die Anzahl der Rebellen danach nicht Null sein, oder auch nur einhundert, sondern zweihundert oder dreihundert oder mehr. Das ist eine sich auf die menschliche Natur gründende Gleichung, die die militärischen und politischen Geister häufig zu verblüffen scheint. Eine Rebellion wird dann (sobald das Reisen und Leben im Raum alltäglich wird) leichter, als sie auf der Oberfläche eines Planeten wäre.

Obwohl dies sicher der kritische Moment in der Entwicklung der KULTUR ist, der Punkt, an dem es am leichtesten ist, zu argumentieren, daß die Dinge auch ganz anders hätten ausgehen können, weil die Macht und die Erfahrung der hegemonialen Kontrollmechanismen – und ihre Fähigkeit und ihr Wille zu unterdrücken – gegen Einfallsreichtum, Geschicklichkeit, Solidarität und den Wagemut der rebellischen Schiffe und Habitate antreten. Man kann davon ausgehen, daß dieser Punkt zuvor erreicht worden ist, und die Hegemonie den Sieg davongetragen hat …

Aber man kann ebenso davon ausgehen, daß dieser Moment gezwungenermaßen erneut eintreten wird, und während die Kräfte der Unterdrückung immer wieder gewinnen müssen, brauchen die revolutionären Elemente nur einmal zu triumphieren.

Damit verbunden ist das Argument, daß das Leben im Raum – seine Verletzlichkeit – bedeutet, daß Schiffe und Ansiedlungen leichter voneinander und von ihren vorgesetzten Hegemonien unabhängig werden können, ihre Besatzungen oder Bewohner hingegen sich immer ihrer Abhängigkeit voneinander und von der Technologie, die es ihnen erlaubt, im Raum zu leben, bewußt sein werden. Diese Theorie besagt, daß die Eigenschaften und sozialen Beziehungen von Langzeit-Raumbewohnern (besonders über Generationen hinweg) von grundlegend anderer Art sein werden als die von Planetenbewohnern. Die wechselseitige Abhängigkeit, die eine lebensfeindliche Umgebung mit sich bringt, würde einen inneren sozialen Zusammenhalt notwendig machen, der im Kontrast steht zu den Beziehungen von Schiffen/Habitaten untereinander, die eher von äußeren Zufälligkeiten geprägt sein dürften. Kurz und bündig: Sozialismus im Innern, Anarchie nach außen. Auf lange Sicht sind diese weitreichenden Auswirkungen unabhängig von den sozialen und ökonomischen Ausgangsbedingungen, die ihre Auslöser waren.

Lassen Sie mich an dieser Stelle einer persönlichen Überzeugung Ausdruck geben, die gerade jetzt zutiefst unpopulär erscheint: eine Planwirtschaft kann produktiver und moralisch wünschenswerter sein als eine Wirtschaft, die den Kräften des Marktes überlassen ist.

Der freie Markt ist ein gutes Beispiel für die Methode der Evolution, die Versuch-alles-und-schau-dann-ob-es-funktioniert-Näherungsweise. Das würde ein moralisch vollständig zufriedenstellendes Management der Ressourcen gewährleisten, so lange es absolut keinen Zweifel darüber gibt, daß ein fühlendes Wesen niemals bloß als Rohstoff behandelt wird. Der Markt ist und bleibt, trotz all seiner (nicht eben eleganten) Kompliziertheit ein grobes und im wesentlichen blindes System. Ohne drastische Verbesserungen, die freilich seine ökonomische Wirksamkeit, die als sein größter Vorteil gelten, mindern würden, ist er absolut unfähig, zwischen simpler Nutzung von Stoffen, die aus prozeßbedingtem Überfluß stammen, und der Nutzung vernunftbegabter Wesen, denen er Leid und Entbehrung zufügt, zu unterscheiden.

Dieses mechanistische (und in diesem Sinne perverserweise unschuldige) System auf ein Niveau zu heben, das gängigen moralischen, philosophischen und politischen Werten und Überzeugungen entspricht, wäre Voraussetzung. Bislang stellt es lediglich überzeugend die intellektuelle Naivität der Menschheit zur Schau und ihre Fähigkeit, durch unmäßige Selbstsucht eine Art synthetisches Böses zu schaffen.

Verstand, der in der Lage ist, weiter zu sehen als bis zum Tellerrand, kann sich längerfristig Ziele setzen und auf diese hinarbeiten; die gleiche Menge unausgegorenen Einfallsreichtums, die in alle Richtungen aus dem Markt hervorbrechen, könnten – bis zu einem bestimmten Grad – kanalisiert und gebündelt werden. Während der freie Markt lediglich glänzt (und die Abhängigen verarmen), wäre eine solche Marktwirtschaft wie ein Laser, strahlend, kohärent, effizient und gerichtet auf ein gemeinsames Ziel. Was jedoch für ein solches System unabdingbar ist, und was bei den in unserer Welt erprobten Planwirtschaften immer gefehlt hat, das ist die fortwährende, enge und ausschlaggebende Anteilnahme der Masse der Bürgerschaft bei der Bestimmung dieser Ziele und bei dem Entwurf wie auch der Durchführung der Pläne, die zu ihnen hinführen sollen.

Es besteht natürlich bei jedem mit Bedacht ins Auge gefaßten Plan die Möglichkeit glücklicher wie unglücklicher Zufälle, und das Ausmaß, bis zu welchem das die höheren Funktionen einer demokratisch entworfenen Ökonomie beeinträchtigte, würde einer der wichtigsten festzulegenden Parameter sein. Wie wir heute die Menge der Informationen, die wir in unseren Bibliotheken und öffentlichen Einrichtungen gespeichert haben – die jene in unseren Genen angelegten übertrifft und vielleicht wichtiger ist als diese –, kopieren können mit Hilfe der Elektronik, einer Technik, die wir innerhalb eines Jahrhunderts entwickelt haben, für die die Evolution Milliarden Jahre brauchte, so sollten wir eines Tages die Mißhelligkeiten eines freien Marktes zu Gunsten der exakten Gestaltung der Planwirtschaft aufgeben.

Die KULTUR hat natürlich auch das Stadium längst hinter sich gelassen und sich zu einem Wirtschaftssystem hin entwickelt, das Teil der Gesellschaft ist und eigentlich keiner gesonderten Definition bedarf. Ein System, das nur durch Vorstellungskraft, Philosophie (und Lebensart) und die Idee von einer minimal verschwenderischen Eleganz eingeschränkt ist – eine Art galaktisch-ökologisches Bewußtsein, verbunden mit dem Wunsch, Schönheit und Güte zu schaffen.

Wie auch immer, am Ende wird (wie immer) die Praxis die Theorie übertreffen.

Wie erwähnt, ist in der KULTUR neben dem Naturell ihrer Bewohner und den Beschränkungen und Möglichkeiten, die Leben im Weltraum eigen ist, eine weitere Kraft am Wirken: die Künstliche Intelligenz. Das wird in den Geschichten um die KULTUR vorausgesetzt, und ist – im Gegensatz zu überlichtschnellem Reisen – in der Zukunft unserer Art nicht nur möglich, sondern wahrscheinlich unvermeidlich (immer vorausgesetzt, der *Homo sapiens* entgeht seiner Selbstvernichtung).

Sicher, es gibt Argumente gegen die Möglichkeit von Künstlicher Intelligenz, aber die neigen dazu, sich zu einer von drei Behauptungen zu reduzieren: Erstens, daß es irgendeine, nur dem biologischen Leben – vielleicht sogar nur auf Kohlenstoff basierenden biologischen Lebensformen – eigene Art Lebensfeld oder einen anderen, im Augenblick unfaßbaren Einfluß gibt, der letztlich wohl in den Wissensbereich der Forschung fallen mag, aber nicht in eine andere Gestalt übertragen werden kann (was alles weder unmöglich noch wahrscheinlich ist). Zweitens, daß das Eigenbewußtsein in einer übernatürlichen Seele angesiedelt ist – vermutlich verbunden mit einem breitangelegten okkulten System, das Götter oder einen Gott umfaßt, Wiedergeburt oder was auch immer – und von der man annimmt, daß sie niemals wissenschaftlich verstanden werden kann (genauso unwahrscheinlich für mich als Atheist). Und drittens, daß Materie nicht sich selbst bewußt werden kann (oder genauer gesagt: daß sie keine informelle Äußerung leisten kann, von der man sagen könnte, daß sie eigenbewußt sei oder zusammengenommen mit ihrer materiellen Grundlage Anzeichen von Eigenbewußtsein zeigen würde) ... Ich überlasse es allen mehr als nur dem Namen nach sich selbst bewußten Lesern, das logische Problem dieser Argumentation herauszufinden.

Es ist natürlich durchaus möglich, daß wirkliche KIs sich weigern werden, irgend etwas mit ihren menschlichen Schöpfern zu tun haben zu wollen (oder vielleicht eher, mit den menschlichen Schöpfern ihrer nichtmenschlichen Schöpfer), aber angenommen, sie wollen – und der Entwurf ihrer Software würde für eine Anpassung an diesen Wunsch zugänglich sein –, dann wären sie wahrscheinlich damit einverstanden, im weiteren den Zielen der Zivilisation ihres Ursprungs dienlich zu sein (die Annahme, zu der wir bald wieder zurückkehren werden). An diesem Punkt würde die Menschheit, ungeachtet der Veränderungen, die sie sich selbst durch genetische Manipulation aufbürdete, nicht mehr länger eine Spezies vom Typ einfachen Empfindens sein. Die Zukunft unserer Art würde die Zukunft der KI-Lebensformen, die wir schaffen, beeinflussen, von ihr beeinflußt werden und mit ihr koexistieren.

Die KULTUR erreichte diese Phase etwa zur gleichen Zeit, als sie begann, den Raum zu bewohnen. Ihre KIs arbeiten mit den Menschen der Zivilisation zusammen. Am Anfang geht es einfach nur ums Überleben und darum, sich im Raum zu behaupten; später – wenn die dazu notwendige Technologie alltäglich geworden ist – werden die Aufgaben eher metaphysisch als psychisch sein und die Ziele der Zivilisation eher moralisch als materiell.

Kurz gesagt, nichts und niemand wird in der KULTUR ausgebeutet. Sie ist in ihren Herstellungsprozessen im wesentlichen eine automatisierte Zivilisation, in der menschliche Arbeit auf etwas reduziert ist, das man von Spiel oder Hobby nicht unterscheiden kann. Es wird auch keine Maschine ausgebeutet. Ich halte es für möglich, jede Arbeit so zu automatisieren, daß sie durch eine Maschine erledigt werden kann, die sich deutlich unter der Stufe möglichen Bewußtseins befindet. Was für uns ein verblüffend hochentwickelter Computer wäre, der eine Fabrik betreibt (zum Beispiel), würde von den KIs der KULTUR als eine Art Taschenrechner angesehen werden, und nicht mehr ausgebeutet, als ein Insekt ausgebeutet wird, das einen Obstbaum bestäubt, von dem später ein Mensch eine Frucht ißt. Dort, wo die intelligente Überwachung eines Herstellungs- oder Wartungsprozesses erforderlich ist, würde die damit verbundene intellektuelle Herausforderung (und die relative Leichtigkeit der dafür nötigen Anstrengung) eine solche Überwachung lohnend und erfreulich machen, sei es für Mensch oder Maschine. Das Maß erforderlicher Überwachung kann auf einen Wert festgelegt werden, der das Bedürfnis danach, wie es sich aus dem Naturell der Angehörigen der Zivilisation ergibt, befriedigt. Menschen – und ich würde behaupten, die Sorte von bewußten Maschinen, die freudig mit ihnen zusammenarbeiten würden – hassen es, sich ausgebeutet zu fühlen, aber sie hassen es auch, sich nutzlos vorzukommen. Eine der wichtigsten Aufgaben bei der Errichtung und dem Unterhalt einer stabilen und im Innern zufriedenen Zivilisation ist es, ein annehmbares Gleichgewicht zwischen dem Wunsch nach Freiheit bei der Wahl der eigenen Aktivitäten (und nach Freiheit von Todesangst im eigenen Leben) und dem Bedürfnis zu fühlen, daß man, selbst in einer Gesellschaft, die so selbstkorrigierend utopisch ist, noch etwas zu ihr beiträgt. Da spielt Philosophie eine Rolle und eine solide Bildung.

In der KULTUR ist Ausbildung etwas, das nie beendet ist. Sie mag im ersten Zehntel des Lebens eines Individuums am intensivsten sein, aber sie geht bis zum Tod weiter (ein anderes Thema, auf das wir zurückkommen werden). In der KULTUR zu leben heißt, in einer grundlegend rationalen Zivilisation zu leben (das mag die menschliche Spezies davon ausschließen, jemals etwas ähnliches zu erreichen. Unsere Geschichte ist in dieser Hinsicht gewiß nicht sehr ermutigend). Die KULTUR ist sehr wohl bewußt rational, skeptisch und materialistisch.

Alles ist von Belang und auch wieder nicht. Obwohl die KULTUR von riesiger Ausdehnung sein mag – dreißig Trillionen Menschen, ziemlich gleichmäßig über die Galaxis verstreut –, ist sie doch nur spärlich verbreitet, existiert sie bis jetzt nur in dieser einzigen Galaxis, und ist dort, verglichen mit der Lebenszeit des Universums, erst seit einem Lidschlag zugange. Es gibt Leben und Vergnügen dort – na und? Ein Großteil der Materie ist nicht belebt, der Großteil der belebten verfügt über kein Bewußtsein, und die Wildheit der Entwicklung vor der Bewußtwerdung (und, zu oft, die nach der Bewußtwerdung) hat unzählige Leben mit Qual und Leid erfüllt. Und selbst Universen sterben schlußendlich.

Inmitten davon weiß der durchschnittliche Vertreter der KULTUR – Mensch oder Maschine –, daß er sich glücklich schätzen kann, wo und wann er sich befindet. Ein Teil seiner ursprünglichen und auch fortlaufenden Ausbildung umfaßt das Verständnis, daß weniger glückliche Wesen als sie – obwohl intellektuell oder moralisch nicht weniger wert – gelitten haben und anderswo immer noch leiden. Damit die KULTUR ohne die für sie tödliche Dekadenz weiterbestehen kann, muß man immer wieder das Argument vorbringen, daß ihr sorgenfreier Hedonismus kein naturgegebener Zustand ist, sondern etwas Erstrebenswertes, für das in der Vergangenheit beharrlich gearbeitet wurde, das nicht leicht erreicht wurde, und das sowohl in der Gegenwart als auch in der Zukunft Wertschätzung und Erhaltung erfordert.

Es ist das Verständnis für die Position, die die KULTUR in der Geschichte und Entwicklung des Lebens in der Galaxis einnimmt, das hilft, die größtenteils kooperative und – wie ich behaupten würde – grundsätzlich gutartige techno-kulturell taktvolle Politik voranzutreiben. Aber die Ideen dahinter gehen tiefer. Philosophisch gesehen, erkennt die KULTUR grundsätzlich an, daß Fragen wie ›Was ist der Sinn des Lebens?‹ an sich sinnlos sind. Diese Frage setzt – eine Antwort auf sie würde das sogar verlangen – ein moralisches Bezugssystem voraus, das jenseits des einzigen Bezugssystems ist, das wir verstehen können, ohne im Aberglauben Zuflucht zu suchen (und somit das moralische Bezugssystem aufzugeben, das die Sprache selbst beseelt und symbiotisch mit ihr ist).

Zusammengefaßt: Wir schaffen uns unsere eigenen Bedeutungen, ob uns das gefällt oder nicht.

Das gleiche, sich selbst erzeugende Glaubenssystem gilt auch für die KIs der KULTUR. Sie sind mit sehr umfassenden Parametern entworfen (von anderen KIs, im Grunde genommen über die ganze Geschichte der KULTUR), aber diese Parameter sind vorhanden. Die KIs der KULTUR sind geschaffen, um leben zu wollen, erfahren zu wollen, sich danach zu sehnen, zu verstehen, und ihre Existenz und ihre eigenen Denkprozesse auf eine Art lohnenswert, sogar erfreulich zu empfinden.

Die Menschen der KULTUR empfänden es, nachdem sie alle die offensichtlichen Probleme ihrer gemeinsamen Vergangenheit, wie die Überwindung von Hunger, Mangel, Krankheiten und der Angst vor Naturkatastrophen und Überfällen, gelöst haben, als eine ziemlich leere Existenz, sich einzig und allein zu vergnügen, und so brauchen sie die guten Taten der KONTAKT-Sektion, die es ihnen stellvertretend erlaubt, sich nützlich zu fühlen. Bei den KIs der KULTUR ist dieses Bedürfnis, sich nützlich zu fühlen, weitgehend durch das Verlangen zu erleben ersetzt worden, aber als Antrieb ist es nicht weniger stark. Das Universum – oder in diesem Zeitalter wenigstens die Galaxis – wartet, größtenteils unerforscht (jedenfalls von der KULTUR), da draußen, seine physikalischen Grundlagen und Gesetze sind recht umfassend verstanden, aber die Ergebnisse von 15 Milliarden Jahren sich chaotisch bildender Anordnung und Wechselwirkung jener Gesetze sind immer noch bei weitem nicht vollständig erfaßt und ausgewertet.

Aus dem Chaos entstanden ist die Galaxis, nach Gödel, ein wirklich ungeheurer und unerschöpflich *interessanter* Ort; ein intellektueller Spielplatz für Maschinen, die alles kennen, außer Angst und was im nächsten nicht Kartographierten Sonnensystem verborgen liegt.

Hier nun, denke ich, muß man sich fragen, warum sich eine Zivilisation von KIs – und wahrscheinlich überhaupt jede höher entwickelte Kultur – überall in der Galaxis bzw. im Universum verbreiten wollte. Es wäre nicht allzu schwierig, eine Von-Neumann-Maschine zu bauen, die von sich selbst Kopien anfertigte und schließlich, wenn nicht aufgehalten, das Universum in nichts als diese Eigenkopien verwandelte. Aber die Frage stellt sich – warum? Was wäre der Sinn? Oder um es in Worte zu fassen, die uns anrüchig erscheinen mögen, für einen Bewohner der KULTUR jedoch absolut ernst zu nehmen sind: Wo bleibt dabei der *Spaß?*

Anteilnahme – die Freude an Erfahrung, am Verstehen – ergibt sich aus dem Unbekannten. Verstehen ist ebenso ein Vorgang wie ein Zustand, der den Übergang vom Unbekannten zum Bekannten bezeichnet, vom Zufälligen zum Geordneten … ein Universum, in dem alles bereits vollständig verstanden ist, und wo Eintönigkeit die Abwechslung abgelöst hat, wäre meiner Meinung nach für jede KI mit Selbstachtung ein Fluch.

Wahrscheinlich empfinden nur Menschen die Idee der Von-Neumann-Maschinen als beängstigend, weil wir die Besessenheit des Ethos halbwegs verstehen – und sogar zum Teil damit verbunden sind –, den diese Konstrukte verkörpern. Eine KI würde diese Vorstellung für verrückt, lächerlich und – vielleicht als am schlimmsten von allem – langweilig halten.

Das soll nicht heißen, daß nicht gelegentlich dieses Von-Neumann-Maschinen-Ereignis hier und da einmal auftaucht (wahrscheinlich eher durch Zufall als geplant), aber es ist unwahrscheinlich, daß etwas derart zügellos Monomanes lange überdauert, wenn es auf Wesen stößt, die mit einem ausgereifteren Verstand begabt sind, und die wirklich nur die Software der Von-Neumann-Maschinen etwas verändern und Freundschaft schließen wollen …

Eine Idee, die der KULTUR zugrunde liegt, wie sie in den Romanen beschrieben wird, ist, daß sie durch zyklische Stufen gegangen ist, während denen es umfassende Mensch-Maschinen-Kontakte gegeben hat, und andere Stufen (manchmal gleichzeitig mit den Mensch-Maschinen-Zeitaltern), als umfassende genetische Veränderungen die Norm gewesen sind. Im Zeitalter der bisher geschriebenen Romane sind die Angehörigen der KULTUR wohl vorübergehend zu einer mehr ›klassischen‹ Art von Beziehung mit den Maschinen und den Möglichkeiten ihrer eigenen Gene zurückgekehrt. Die KULTUR erwartet und nimmt – ungeachtet längerfristiger Trends – Moden dieser Art auf. Sie kann auf Zeiten zurückschauen, in denen die Leute einen großen Teil ihres Lebens im, wie wir es heute nennen würden, Cyberspace verbrachten, und auf Epochen, in denen die Leute es vorzogen, sich selbst oder ihre Kinder durch genetische Manipulationen zu verändern, und so eine Vielzahl von morphologischen Subspezies schufen. Überbleibsel dieser verschiedenen Wellen zivilisationärer Moden lassen sich über die ganze KULTUR verstreut finden, und eigentlich trägt jeder in der KULTUR die Resultate von genetischen Manipulationen in jeder Zelle seines Körpers. Das ist wohl das verläßlichste Merkmal von Zugehörigkeit zur KULTUR.

Dieser genetischen Manipulation ist es zu verdanken, daß der durchschnittliche Mensch der KULTUR heil und gesund und mit einer signifikanten (wenn auch nicht gewaltig) höheren Intelligenz geboren wird, als in seinem fundamentalen menschlichen genetischen Erbe angelegt sein mag. Es gibt Tausende von Änderungen an diesen menschlichen Erbanlagen – Hornhautbildung, ohne Blasen zu bekommen, sowie ein Filter, der das Gehirn vor Blutgerinnsel schützt, sind nur zwei der weniger wichtigen, die in den Romanen erwähnt werden. Die größten Änderungen aber, mit denen ein normaler Vertreter der KULTUR erwartet geboren zu werden, umfassen ein perfektioniertes Immunsystem und erweiterte Sinne, Freiheit von Erbkrankheiten und Behinderungen, die Fähigkeit, seine autonomen Prozesse und das Nervensystem zu beherrschen (als Folge davon kann Schmerz ausgeschaltet werden), und Verwundungen zu überleben und von ihnen voll zu genesen, die jemanden ohne solche genetischen Veränderungen töten oder bleibend verstümmeln würden.

Die überwiegende Mehrheit der Leute wird darüber hinaus mit umfassend veränderten Drüsen in ihrem Zentralnervensystem geboren, üblicherweise als ›Drogen-Drüsen‹ bezeichnet. Diese sondern – auf Befehl – gefühls- und sinneswahrnehmungsändernde Stoffe in den Blutstrom ab. Die Mehrzahl der Bewohner der KULTUR hat raffiniert veränderte Fortpflanzungsorgane – und kontrolliert sie über die verbundenen Nerven –, um das sexuelle Vergnügen zu vergrößern. Bei Frauen findet der Eisprung auf Wunsch statt, und ein Fötus kann bis zu einem gewissen Stadium reabsorbiert, abgestoßen oder an einem Punkt seiner Entwicklung festgehalten werden; wiederum, je nach Wunsch. Ein ausgetüftelter Gedanken-Code, in einem tranceähnlichen Zustand selbst gelenkt (oder einfach der feste Wille, sogar unbewußt), führen im Verlauf ungefähr eines Jahres zu einem sich vollständig vollziehenden Wechsel von einem Geschlecht zum anderen. In der KULTUR ist es – in der Zeit der bis jetzt geschriebenen Romane – Sitte, ja sogar Tradition, daß jeder in seinem Leben ein Kind zur Welt bringen sollte. Tatsächlich wächst die Bevölkerung langsam. (Und zudem sporadisch, aus anderen Gründen, zu denen wir später kommen werden.)

Für uns mag die Vorstellung, zu erfahren, wie Sex für das andere Geschlecht ist, oder die Möglichkeit zu haben, betrunken/bedröhnt/ausgerastet oder was immer auch zu sein, nur indem man daran denkt (und selbstverständlich bewirken diese Drogen-Drüsen keine unangenehmen Nebeneffekte oder körperliche Abhängigkeit), vielleicht wie die Erfüllung von Wunschträumen erscheinen. Es ist in der Tat die Erfüllung von Wunschträumen, aber ist dies nicht sowohl einer der stärksten Antriebe einer Zivilisation schlechthin als auch eine ihrer höchsten Funktionen? Wir wollen länger leben, wir wollen angenehmer leben, wir wollen mit weniger Angst und mehr Freude, weniger Ignoranz und mehr Wissen leben als unsere Vorfahren, doch die Fähigkeiten, das Geschlecht zu wechseln und die Chemie des eigenen Gehirns zu ändern – ohne Unterstützung von Technologie von außen oder irgendeiner Art von Gegenleistung –, haben ernstere Funktionen in der KULTUR. Eine Gesellschaft, in der es so einfach wäre, das Geschlecht zu wechseln, würde schnell feststellen, ob sie ein Geschlecht besser als das andere behandelte; mit der Zeit würde es in der Bevölkerung immer mehr Angehörige des Geschlechts geben, das zu sein sich mehr lohnte, und so würde sich wahrscheinlich ein Zwang zur Veränderung aufbauen – eher in der Gesellschaft als bei den Individuen –, bis eine Art von Gleichstellung der Geschlechter und folglich eine numerische Gleichheit hergestellt wäre. Ebenso würde eine Gesellschaft, deren Angehörige einen Großteil ihrer Zeit mit ausgeklinktem Gehirn verbringen, bald merken, daß etwas Entscheidendes mit dieser Realität nicht in Ordnung ist, und sie würde (so ist zu hoffen) etwas unternehmen, um diese Realität attraktiver und ungewöhnlicher zu machen.

In den bisherigen Erzählungen wird vorausgesetzt, daß die KULTUR durch sich selbst regulierende Mechanismen dieser Art vor Tausenden von Jahren ein ungefähres Gleichgewicht in diesen Belangen erreichte, und sich in einer Art längerfristigem, zivilisatorischem Hauptabschnitt eingerichtet hat, der für die absehbare Zukunft und Tausende von Generationen anhalten sollte.

Was uns zu der Dauer dieser Generationen bringt. Menschen leben in der KULTUR normalerweise dreieinhalb bis vier Jahrhunderte. Der Großteil ihres Lebens besteht aus einem dreihundertjährigen Plateau, das sie, nach einem während der Kindheit, Jugend und frühem Erwachsensein vergleichsweise normal lange dauerndem Reifeprozeß, in einem mit unseren Mitt-Zwanzigern vergleichbaren Alter erreichen. Während dieser dreihundert Jahre altern sie sehr langsam, fangen dann schneller an zu altern, um schließlich zu sterben.

Schon wieder Philosophie; der Tod wird als Teil des Lebens angesehen, und nichts, das Universum inbegriffen, währt ewig. Es wird als schlechte Manieren angesehen, wenn versucht wird zu behaupten, daß der Tod irgendwie nicht natürlich sei; statt dessen wird der Tod als dem Leben formgebend aufgefaßt.

Während Vergraben, Verbrennen und andere – für uns – übliche Arten, Leichen zu beseitigen, in der KULTUR nicht unbekannt sind, besteht die verbreitetste Art der Beisetzung darin, daß der Verstorbene von einer Versetzungsdrohne aufgenommen wird, die ihn – durch eine Methode der nahezu unmittelbaren Übertragung mit Hilfe einer im Hyperraum erzeugten Singularität – ins Herz der Sonne des betreffenden Systems trägt und dort deponiert. Die Partikel des Leichnams beginnen nun die einige Millionen Jahre währende Reise zur Oberfläche der Sonne, um lange nachdem die KULTUR vielleicht selbst Geschichte ist, zu erstrahlen.

Natürlich ist nichts von dem obligatorisch. (In der KULTUR gibt es *keinen* Zwang.) Einige Leute wählen biologische Unsterblichkeit; andere lassen ihre Persönlichkeit auf KIs übertragen und sterben glücklich mit dem Gefühl, daß sie anderswo weiterexistieren. Wieder andere lassen sich in Kälteschlaf versetzen, um sich in mehr (oder weniger) interessanten Zeiten aufwekken zu lassen, etwa jedes Jahrzehnt, oder Jahrhundert einmal oder in exponentiell steigenden Zeitabständen, oder nur wenn es den Anschein hat, daß etwas *wirklich anderes* geschieht …

Die Sternenschiffe der KULTUR – das sind alle Schiffsklassen über den interplanetaren – sind eigenbewußt; ihre Gehirne (hochentwickelte KIs, die meist im Hyperraum arbeiten, um den Vorteil der dortigen höheren Lichtgeschwindigkeit auszunutzen) weisen das gleiche Verhältnis zu der Struktur des Schiffes auf, wie das menschliche Gehirn zum menschlichen Körper. Das Hirn ist der wichtigste Teil, der Rest ist ein Lebenserhaltungs- und Fortbewegungssystem. Menschen und autonome Drohnen (einzelne nicht-androide KIs mit ungefähr menschenähnlicher Intelligenz) sind für den Betrieb eines Sternenschiffs nicht notwendig, und haben einen Rang irgendwo zwischen Passagieren, Haustieren und Parasiten.

Die größten Schiffe der KULTUR – abgesehen von gewissen Kunstwerken und ein paar Exzentrikern – sind die Haupt-System-Schiffe der KONTAKT-Sektion. (KONTAKT ist der Teil der KULTUR, der mit der Entdeckung, Katalogisierung, Erforschung, Bewertung und – falls für klug erachtet – dem Austausch mit anderen Zivilisationen befaßt ist – ihre logischen Grundlagen und Aktivitäten werden an anderer Stelle in den Geschichten abgehandelt.) Die HSS sind schnelle und sehr große Schiffe, sie lassen sich in Kilometern messen und werden von Millionen von Menschen und Maschinen bewohnt. Der Gedanke, der dahinter steht, ist, daß sie die KULTUR insgesamt vertreten. Alles was die KULTUR weiß, weiß jedes HSS; alles was irgendwo in der KULTUR getan werden kann, kann auf einem oder durch ein HSS getan werden. Sowohl in bezug auf Information als auch Technologie stellen sie eine letzte Zuflucht dar, und handeln wie holographische Bruchstücke der KULTUR an sich, in jedem Teil ist das Ganze enthalten.

Für unsere Begriffe entsprechen die Möglichkeiten eines HSS – mindestens – denjenigen eines großen

Staates, und möglicherweise eines ganzen Planeten (lediglich mit dem Vorbehalt, daß selbst die KULTUR es vorzieht, Materie zusammenzutragen, statt sie aus dem Nichts zu erschaffen. HSS benötigen Rohstoffe).

KONTAKT ist dennoch ein vergleichsweise geringer Teil der ganzen KULTUR, und der durchschnittliche Bürger der KULTUR wird kaum persönlich einem HSS oder anderen Schiffen von KONTAKT begegnen. Die Schiffe, mit denen sie normalerweise zu tun haben, sind Kreuzfahrtschiffe, interstellare Passagierschiffe, die Leute von Habitat zu Habitat transportieren und die interessanteren Systeme, Sterne, Nebel, Löcher und so weiter, in der Nachbarschaft besuchen. Diese Art von Tourismus ist eine längerfristige Mode; Leute reisen nicht, weil sie müssen, sondern weil sie können. Sie könnten zu Hause bleiben und sich, mittels was wir heute Virtuelle Realität nennen, *den Anschein geben*, zu exotischen Orten zu reisen, oder ein Informationskonstrukt von sich selbst auf ein Schiff oder eine andere Einheit schicken, das für sie Erfahrungen sammelt und die Aufzeichnungen überträgt.

Es hat Zeiten gegeben, besonders als die maßgebliche VR-Technologie vollendet war, in denen das Ausmaß des realen ›physischen‹ Tourismus drastisch schrumpfte, wohingegen während der Zeit, in der die Romane spielen (abgesehen von der intensiven Phase des Idiranischen Krieges) stets bis zu einem Zehntel der Bürger der KULTUR auf Raumreisen unterwegs war.

Planeten spielen im Leben des durchschnittlichen KULTUR-Bewohners eine geringe Rolle; es gibt ein paar Handvoll, die als ›Heimat‹-Planeten angesehen werden, und ein paar hundert mehr, die in den frühen Tagen, bevor die KULTUR richtig etabliert war, kolonisiert wurden (manche davon nach einem Terraformingprozeß), doch nur der Bruchteil eines Prozents der Bewohner der KULTUR lebt auf ihnen (viel mehr leben permanent auf Schiffen). Es leben mehr Leute in Felsen, ausgehöhlten Asteroiden und Planetoiden (nahezu alle diese Himmelskörper sind mit Antrieben ausgestattet, und einige wurden – im Verlauf von neuntausend Jahren – mit Dutzenden von verschiedenen, schrittweise fortschrittlicheren Motoren ausgerüstet). Die Mehrheit der Bürger lebt in größeren künstlichen Habitaten, überwiegend Orbitalen.

Der vielleicht einfachste Weg, sich ein Orbital vorzustellen, ist, es mit der Idee zu vergleichen, die es inspiriert hat. (Das klingt besser, als zu sagen: Von dort habe ich es gestohlen.) Wenn man weiß, was eine Ringwelt ist – erfunden von Larry Niven; das Fragment einer Dyson-Sphäre –, dann läßt man einfach die Schatten-Quadrate weg, schrumpft das ganze Ding, bis es einen Durchmesser von ungefähr drei Millionen Kilometer hat, und placiert es in die Umlaufbahn um einen geeigneten Stern, nur ein wenig aus der Ekliptik gekippt. Man läßt das Ding rotieren, um 1 Ge zu erzeugen, und man erhält damit automatisch einen 24-Stunden Tag-und-Nacht-Zyklus (ungefähr; der KULTUR-Tag ist ein wenig länger). Eine elliptische Umlaufbahn sorgt für Jahreszeiten.

Freilich sind die Materialien, die bei einem Bauwerk mit etwa zehn Millionen Kilometern Umfang, das sich alle 24 Stunden um sich dreht, verwendet werden, weit jenseits allem, was wir uns im Augenblick realistisch vorstellen können. Es ist also durchaus möglich, daß die physikalischen Grenzen, die durch die Stärke der atomaren Bindungskräfte gegeben sind, die Konstruktion solcher Strukturen verhindern werden. Aber wenn es möglich sein sollte, in solchen Maßstäben zu bauen und solche Strukturen Kräften dieser Größenordnung zu unterwerfen, dann läge in der Wahl einer Rotation, die sowohl einen akzeptablen Tag-Nacht-Zyklus als auch eine angenehme Gravitation gewährleistet, eine gewisse Eleganz.

Der Bau solcher Orbitale beginnt mit der Montage von Scheiben – einem Paar Platten aus Land und Wasser (mit entsprechenden Schutzwänden selbstverständlich) von nicht weniger als tausend Kilometern Seitenlänge, die sich in gleicher Umlaufbahn drehen (durch Tensorfelder miteinander verbunden) und sich verhalten wie Teile eines kompletten Orbitals. Diese Variante gewährleistet größere Flexibilität, auf Bevölkerungszunahmen zu reagieren.

Der Reiz von Orbitalen ist ihre Materialeffizienz. Es wäre möglich, aus einem Planeten von der Größe der Erde (augenblickliche Bevölkerung 6 Milliarden; Masse 6×10^{24} kg), mit dem gleichen Materialverbrauch, 1500 komplette Orbitale zu bauen, von denen jedes mit einer zwanzigfach größeren Oberfläche als die Erde aufwarten und damit eine Bevölkerung von 50 Milliarden aufnehmen könnte. Die KULTUR sähe die Erde zur Zeit als mit einem Faktor von ungefähr zwei überfüllt an; das Verhältnis zu Wasser würde als ungefähr richtig erachtet. Selbstverständlich würde die KULTUR nicht so etwas Sträfliches tun und einen Planeten auseinandernehmen, um Orbitale daraus zu machen. Wenn man die vagabundierenden Trümmer benutzte, die das durchschnittliche Sonnensystem aufweist (hauptsächlich Kometen und Asteroiden) und die ohnehin eine solche künstliche Welt durch Kollision bedrohen würden, bietet das allein genug Material für den Bau von mindestens einem kompletten Orbital (eine Vorgehensweise, deren Eleganz überwältigend beeindruckt). Abgelegene Schürfgebiete wiederum bieten interstellare Materie in Form von Staubwolken, Braunen Zwergen und dergleichen, aus denen die Menge an Masse, die für mehrere komplette

Orbitale gebraucht wird, mit vernachlässigbaren Folgen entfernt werden könnte.

Aus welchem Material Orbitale auch immer bestehen, sie sind weitaus materialeffizienter relativ zum Lebensraum, den sie bieten, als Planeten. Die KULTUR, wie in *Einsatz der Waffen* klar wird, betrachtet Terraforming grundsätzlich als ökologisch unsinnig; die Wildnis wollte in ihrem ursprünglichen Zustand belassen werden, wenn es so einfach ist, aus so wenig das Paradies im Raum zu bauen.

Man kann sich eine Vorstellung davon machen, wie der Tag-Nacht-Zyklus auf der Oberfläche eines Orbitals erscheint, indem man einen Gürtel nimmt, ihn zum Kreis schlingt und ein Auge von außen an eines der Löcher des Gürtels hebt. Wenn man durch das Loch eine Glühbirne anschaut und den Gürtel langsam dreht, sieht man in etwa, wie sich eine Sonne über das Firmament bewegt, wenn sie von der Oberfläche eines Orbitals aus betrachtet wird. (Auf einen ahnungslosen Beobachter wird diese Demonstration freilich etwas lächerlich wirken.)

Das übliche Minimum für die Weite eines Orbitals ist ungefähr tausend Kilometer (zweitausend, wenn man die abgeflachten, fast transparenten Schutzwälle mitrechnet, die sich üblicherweise bis zu ungefähr fünfhundert Kilometer über die Land-See-Oberfläche der Scheibe ausdehnen). Das übliche Verhältnis von Land zu Wasser ist etwa 1:3, so daß sich auf jeder Scheibe eine ungefähr quadratische Insel in der Mitte eines Meeres befindet, mit ungefähr zweihundertundfünfzig Kilometern von einer Küste der Landmasse zu den Schutzwällen. Dennoch variieren Orbitale, wie alles andere in der KULTUR auch, enorm.

Was nahezu jedes Orbital besitzt – egal ob es nur aus zwei Scheiben besteht oder ein vollständiges (›geschlossenes‹) Orbital ist –, das ist eine Nabe. Wie der Name sagt, die Nabe befindet sich im Zentrum des Orbitals, ist gleich weit entfernt von allen Teilen der umgebenden Hauptstruktur (aber normalerweise nicht physisch mit ihr verbunden). Die Nabe ist der Ort, wo sich üblicherweise die das Orbital überwachende KI (oft ein Gehirn) befindet, das die Transport-, Produktions-, Wartungs- und Hilfssysteme des Orbitals unterhält oder mithilft am Laufen zu halten, als Schaltzentrale für trans-orbitale Kommunikation, Bibliothek und allgemeine Informationsstelle dient, Verkehrsüberwachung für sich nähernde, abfliegende und vorbeiziehende Schiffe übernimmt, und allgemein als Hauptverbindung des Orbitals mit dem Rest der KULTUR dient.

Den Bau eines Scheibenpaares steuert selbstverständlich die Nabe ebenfalls.

Die Gestalt einer Scheibe enthält die Tiefen- – oder operativen – Strukturen der Oberflächengeographie, so daß das Material der Scheibe selbst die Faltungen enthält, die Berge, Täler und Seen werden. Die Scheibe wird zunächst flach gestaltet; erst später werden die operativen Strukturen der inneren Oberfläche – gleichfalls aus dem Material der Scheibe gebildet – hinzugefügt. Die Produktions- und Überwachungssysteme sind in Ausbuchtungen oder Vertiefungen der operativen Strukturen untergebracht. Dadurch wird die Landoberfläche davon freigehalten, damit ein ländlicher Eindruck erweckt wird, nachdem die geplante Geomorphologie entworfen und angebracht ist, die Land- und Wassermengen der Scheibe plaziert worden sowie die notwendigen Wetterverhältnisse eingetreten und die wichtige Flora und Fauna eingeführt worden sind.

Die Oberfläche des Scheibenfundaments ist von Schächten durchzogen, die Zugang zu den Fabrikations- und Überwachungseinheiten und zu den unterirdischen Transportsystemen bieten und konzentrisch rotierend angebrachte Einmann-Luftschleusen enthalten.

Auf der äußeren Oberfläche des Fundaments arbeitet das Schnelltransport-System des Orbitals im Vakuum, mit den Vorteilen, die fehlender Luftwiderstand mit sich bringt. Die unverbaute Natur der äußeren Oberfläche des Orbitals (ob nun flach, wo die Systeme direkt auf ihr operieren, oder gefaltet, wo unter Ausbuchtungen von Bergen Hängebrücken erforderlich sind) erlaubt ein leistungsfähiges und flexibles System. Start und Ziel einer Reise können selbst ein alleinstehendes Haus oder eine kleine Stadt mit eigenem Zugangsschacht sein, und in größeren Ballungsräumen ist ein Schacht nur wenige Minuten Fußweg entfernt.

Die ›überirdische‹ Fortbewegung auf Orbitalen wird benutzt, wenn das Reisevergnügen Grund der Reise ist. Luftreisen sind recht verbreitet (obwohl um einiges langsamer als ›unterirdisches‹ Reisen), obgleich die einzelnen Scheiben ihre eigenen Richtlinien über eine angemessene Dichte des Luftverkehrs haben. Solche Richtlinien sind Teil der jeweiligen Gepflogenheit und nicht in so etwas Plumpem wie Gesetzen festgelegt.

Die KULTUR hat eigentlich keine Gesetze. Natürlich gibt es anerkannte Verhaltensformen – Gepflogenheiten –, aber nichts, was wir als gesetzlichen Rahmen ansehen würden. Daß niemand mit einem spricht, man nicht zu Parties eingeladen wird, man anonyme sarkastische Bemerkungen und Geschichten über sich im Informationsnetz findet, das sind die in der KULTUR üblichen Formen, einem diese Spielregeln beizubringen. Das allerschlimmste Verbrechen (um unsere Terminologie zu verwenden) ist, natürlich, Mord (definiert als irreparabler Gehirntod, oder, im Fall einer KI, vollständiger Verlust der Persönlichkeit). Die Konsequenz – Strafe, wenn man so will – ist das Angebot einer Behandlung, und etwas, das als ›Ohrfeigen-Drohne‹ bekannt ist. Das einzige, was Ohrfeigen-Drohnen tun, ist, einen Mörder für den Rest seines Lebens zu begleiten, um sicherzustellen, daß er niemals wieder einen Mord begeht. Es gibt weniger schwerwiegende Abwandlungen dieses Verfahrens für Leute, die lediglich gewalttätig sind.

In einer Gesellschaft, in der materieller Mangel unbekannt und der einzige echte Wert ein gefühlsmäßiger Wert ist, gibt es wenig Anlaß oder Gelegenheit für die Art von Handlung, die wir als Eigentumsdelikt bezeichnen würden.

Größenwahnsinnige sind in der KULTUR nicht unbekannt, aber sie werden meistens erfolgreich durch höchst komplizierte Spiele abgelenkt. Es gibt ganze Orbitale, wo speziell solche philosophisch schlichten, obsessiven Spiele abgehalten werden, obwohl die meisten in Virtueller Realität stattfinden. Für den Größenwahnsinnigen ist der Besitz eines eigenen Raumschiffs so etwas wie ein Statussymbol; das wird von den meisten Leuten als überflüssig angesehen, ist aber nützlich, wenn der Zweck seines Besitzes dazu führt, daß sich der Betreffende von der KULTUR absondert und – sagen wir – sich als Gott oder Herrscher auf einem abgelegenen Planeten aufspielt. Der Person mag freigestellt sein, ihr offensichtlich nicht KI-gelenktes Schiff zu einem Planeten zu steuern und sogar zu landen, aber die KONTAKT-Sektion hat gleichermaßen die Freiheit, ihr zu folgen, wohin diese auch geht, und zu tun, was immer sie für angebracht hält, um sie oder ihn davon abzuhalten, irgendeiner Zivilisation irgend etwas Schädliches oder Unerfreuliches anzutun. Dies ist eher frustrierend. Dagegen sind Virtuelle Realitäts-Spiele – bis hin zu allesumfassenden Stufen, in denen der Spieler echte und anhaltende Anstrengungen unternehmen muß, um in die wirkliche Welt zurückzukehren, und sogar vergessen kann, daß es sie gibt – weitaus befriedigender.

Trotzdem gibt es einige Leute, die auch diesen Fluchtweg ablehnen, und die KULTUR gänzlich verlassen, hin zu einer Zivilisation, die ihnen besser paßt, und wo sie in einem System agieren können, das ihnen die Art von Belohnung gibt, die sie suchen. Der KULTUR auf diese Weise zu entsagen, bedeutet auch, den Zugang zu ihrer Technologie zu verlieren. Auch hier überwacht KONTAKT den Eintritt solcher Leute in ihre ausgesuchte Zivilisation, damit garantiert ist, daß sie nicht unangemessene Vorteile aus der einheimischen Bevölkerung ziehen, und behält sich die Möglichkeit vor einzugreifen, wenn sie es für angebracht hält.

Ein paar solcher dem Anschein nach asozialer Leute werden sogar von KONTAKT selbst genutzt, besonders von der BESONDERE UMSTÄNDE-Sektion.

Auch KIs können unter ähnlichen Persönlichkeitsproblemen leiden. Solche Maschinen werden vor die Wahl gestellt, zu kooperieren und sich neugestalten zu lassen und eine eingeschränktere Rolle in der KULTUR zu spielen, als sie sonst gehabt hätten, oder ein ähnlich beschränktes Exil.

Das politische Geschehen in der KULTUR besteht aus Volksentscheidungen über Streitfragen, wann immer solche akut werden. Im allgemeinen kann jeder eine Abstimmung über jedes Thema zu jeder Zeit initiieren; jeder Bürger hat eine Stimme. Bei Streitfällen, die irgendeine Untereinheit oder einen Teil des ganzen Habitats betreffen, können alle – Mensch oder Maschine –, die mit Grund behaupten können, von dem Ausgang der Wahl betroffen zu sein, ihre Stimme abgeben. Meist werden über das Informationsnetz (frei zugänglich, natürlich) Meinungen geäußert und Standpunkte zu Streitfragen vorgetragen, und dort kann eine Person am meisten persönlich Einfluß ausüben, vorausgesetzt, daß die Entscheidungen, die als Ergebnis dieser Stimmabgaben erreicht wurden, von einer Nabe oder einer anderen übergeordneten Maschine umgesetzt und überwacht werden. Die Menschen handeln mehr als Vertrauensoffiziere (üblicherweise auf Rotationsbasis) als in irgendeiner entscheidungsbevollmächtigten Exekutivfunktion. Eine der wenigen Regeln, die die KULTUR überhaupt befolgt, ist, daß der Zugang einer Person zu Macht umgekehrt proportional sein sollte zu ihrem Streben danach. Es ist eine traurige Tatsache für den aufstrebenden politischen Ehrgeizling, daß die Hebel der Macht äußerst weit verteilt und zudem sehr kurz sind (siehe den Absatz über Größenwahnsinnige). Der intellektuell-strukturelle Zusammenhalt eines Raumschiffs begrenzt natürlich die Art von erfolgversprechenden Abstimmungen, die auf solchen Schiffen möglich sind, obwohl in der Regel selbst das arroganteste Schiff wenigstens vorgibt zuzuhören, wenn seine Gäste vorschlagen – sagen wir – einen Abstecher zu machen, um eine Supernova zu beobachten, oder die Grünflächen an Bord zu vergrößern.

Das Alltagsleben in der KULTUR variiert erheblich von Ort zu Ort, aber es hat eine generelle Stabilität, die wir entweder äußerst friedvoll oder eher absolut enttäuschend finden würden, je nach individuellem Temperament. Wir sind schließlich daran gewöhnt, in Zeiten großer Veränderungen zu leben. Wir erwarten grundlegende technische Entwicklungen und haben gelernt, uns anzupassen – *erwarten* sogar, daß wir uns auf eine mehr oder weniger andauernde Weise daran anpassen müssen, alle paar Jahre unsere Autos (in der entwickelten Welt), unsere Art uns zu vergnügen und eine ganze Menge Haushaltsgegenstände zu wechseln. Im Gegensatz dazu produziert die KULTUR auf Dauer. Es ist nicht unüblich, daß z. B. ein Flugzeug über mehrere Generationen weitergegeben wird. Wichtige technologische Fortschritte finden weiterhin statt, aber sie tendieren nicht dazu, das alltägliche Leben in der Art zu beeinflussen, wie die Erfindung des Verbrennungsmotors, der Fluggeräte schwerer als Luft und der Elektronik die Leben derjenigen beeinflußt haben, die während des zwanzigsten Jahrhunderts auf der Erde gelebt haben. Selbst die relative Homogenität der Leute, die man treffen würde, wenn man auf einem Orbital lebte – mit relativ wenig Kindern und physisch alten Leuten –, würde dazu führen, bei uns das Gefühl von Eintönigkeit zu verstärken, obwohl das Durcheinander der dort existenten genetisch veränderten, morphologisch extremen Leute dazu beitrüge, das auszugleichen.

In bezug auf persönliche Beziehungen und Familiengruppierungen ist in der KULTUR jede Anordnung möglich, aber der verbreitetste Lebensstil gründet auf Gruppen von Leuten gemischter Generationen, die durch lose Verwandtschaftsbeziehungen verbunden sind, und in einem halböffentlichen Wohnsitz oder einer Gruppe von Wohnsitzen leben. Ein Kind in der KULTUR zu sein bedeutet, eine Mutter zu haben, vielleicht einen Vater, wahrscheinlich keinen Bruder oder keine Schwester, aber eine große Anzahl Tanten und Onkeln und verschiedene Cousins. Eine Mutter wird es normalerweise vermeiden, während der ersten paar Jahre im Leben eines Kindes ihr Geschlecht zu wechseln. (Außer natürlich, man will sein Kind verwirren …) In dem seltenen Fall, daß ein Elternteil ein Kind mißhandelt (was auch den Umstand einschließt, dem Kind die Möglichkeit zur Bildung vorzuenthalten), werden Personen, die ihm nahestehen – mit Hilfe des zuständigen Gehirns, einer Schiff- oder Naben-KI, oder in der Art von demokratischem Prozeß im kleinen Maßstab, wie oben beschrieben –, die weitere Entwicklung des Kindes beaufsichtigen.

Im allgemeinen ermutigt die KULTUR Einwanderung nicht aktiv; das sieht zu sehr wie eine versteckte Art von Kolonialismus aus. Die von KONTAKT bevorzugten Methoden sollen dazu dienen, anderen Zivilisationen zu helfen, ihr eigenes Potential zu entwickeln, und sind weder dazu gedacht, ihnen die Besten und Hervorragendsten zu nehmen, noch diese Zivilisation in Miniaturversionen der KULTUR zu verwandeln. Einzelpersonen, Gruppen und sogar ganz mindere Zivilisationen werden dennoch gelegentlich Teil der KULTUR, wenn es dafür einen besonderen Grund gibt (und wenn KONTAKT es so einschätzt, daß sich keine andere betroffene Partei in der Gegend darüber aufregen würde).

Trotzdem ist die Frage schwer zu beantworten, wer oder was die KULTUR ist oder nicht ist. Wie in einem der Romane gesagt wurde, dünnt sich die KULTUR an ihren Rändern aus. Es gibt immer noch Bruchstücke – Millionen von Schiffen, Hunderte Orbitale, ganze Systeme – der Friedensfraktion der KULTUR, die sich kurz vor dem Ausbruch des Idiranischen Krieges abspaltete, als die Schiffe und Habitate unabhängig voneinander über die Notwendigkeit, überhaupt in den Krieg zu ziehen, abstimmten; die Minderheit erklärte sich in bezug auf diese Feindseligkeiten einfach als neutral, und die Friedensfraktion wurde nach Beendigung der Kriegshandlungen nie wieder ganz eingegliedert. Viele Leute in ihr zogen es vor, außerhalb der Mehrheit der KULTUR zu bleiben, solange diese in Zukunft nicht gänzlich auf Gewalt verzichtet.

Die genetische Fixierung, die bei der Gründung der KULTUR das Potential für eine Fortpflanzung zwischen Spezies ermöglichte, ist der offensichtlichste Indikator dessen, was wir als die Zugehörigkeit von Menschen zur KULTUR nennen können, aber nicht jeder hat sie. Einige Leute ziehen es aus ästhetischen oder philosophischen Gründen vor, dem menschlichen Grundtypus näher zu sein, während einige derart weit von dieser menschlichen Grundlage weg verändert sind, daß sogar die Fortpflanzung mit ihnen unmöglich ist.

KONTAKT ist der einheitlichste und selbst in galaktischen Maßstäben der beständigste Teil der KULTUR, und obwohl sie nur ein sehr kleiner Teil der KULTUR darstellt, ist sie so etwas wie eine Zivilisation innerhalb der Zivilisation, und sie ist für ihren Träger genauso wenig typisch, wie eine bewaffnete Schutztruppe für einen friedfertigen Staat. Selbst die Standardsprache der KULTUR, Marain, wird nicht von jeder Person in der KULTUR gesprochen, aber weit außerhalb der Grenzen der Zivilisation noch gebraucht.

Namen: In der KULTUR dienen Namen als Adresse, wenn die betroffene Person dort bleibt, wo sie aufgewachsen ist. Nehmen wir ein Beispiel: Balveda aus ›Bedenke Phlebas‹. Ihr voller Name lautet Juboal-Rabaroansa Perosteck Alseyn Balveda dam T'seif. Der erste Teil besagt, daß sie auf der Raboroan-Scheibe im Juboal Sonnensystem geboren/aufgewachsen ist (wenn es in dem System nur ein Orbital gibt, wird der erste Teil des Namens oft der Name des Orbitals statt der Sonne sein); Perosteck ist ihr Rufname (in der Regel von der Mutter gewählt), Alseyn ist der von ihr selbst gewählte Name (üblicherweise sucht man sich den Namen als Teenager aus und läßt manchmal später weitere folgen; ein Alseyn ist ein anmutiger, aber wilder Raubvogel, der auf vielen Orbitalen der Region, die auch das Juboal-System enthält, verbreitet ist); Balveda ist ihr Familienname (normalerweise der Familienname der Mutter) und T'seif ist das Haus/Anliegen, in dem sie aufgewachsen ist. Die ›sa‹-Endung im ersten Teil ihres Namens könnte man mit einem ›ling‹ im Deutschen übersetzen (wir würden, im Deutschen, alle unsere Namen mit ›Sonnen-Erdling‹ beginnen, wenn wir diese Nomenklatur übernehmen müßten), und der ›dam‹-Teil entspricht dem ›von‹. Natürlich hält sich nicht jeder an dieses Namen-System, aber die meisten tun es, und die KULTUR versucht es zu gewährleisten, daß Sonnen- und Orbitalnamen nur einmal vergeben werden, um Verwirrung zu vermeiden.

Nach all dem bisher Gesagten sind zwei Punkte unerwähnt geblieben. Der eine ist die Geschichte der Entstehung der KULTUR, die erheblich weniger leicht war und problematischer, als ihr späteres Auftreten erwarten lassen würde. Der andere ist die Frage: Weshalb wird die Galaxis in erster Linie von so menschenähnlichen Arten bewohnt?

Beide Geschichten sind zu kompliziert, um hier erzählt zu werden.

Zum Schluß etwas zu der gänzlich erfundenen Kosmologie, die den schwerlich glaubwürdigen Raumantrieben zugrunde liegt, die in den Geschichten um die KULTUR erwähnt werden. Selbst wenn man alles andere gelten lassen kann, bleibt die Schilderung einer menschlichen Spezies, die keine Habgier, Paranoia, Dummheit, Fanatismus oder Engstirnigkeit aufzuweisen scheint … nun ja, dann versuchen Sie sich erst einmal, folgendes vorzustellen:

Wir akzeptieren, daß die drei Dimensionen des Raums, in dem wir leben, gekrümmt sind, daß das Raum-Zeit-Gefüge eine Hyperkugel ist, genau wie die zwei Dimensionen der Länge und Breite auf einer Oberfläche eines total glatten Planeten sich in einer dritten Dimension krümmen, um eine dreidimensionale Kugel zu bilden. Wenn man sich diese Hyperkugel, die unser expandierendes Universum ist, vorstellt, sollte man aber nicht an eine expandierende Hohlkugel denken (wie einen Wasserball, der aufgeblasen wird, zum Beispiel), sondern vielmehr an eine Zwiebel.

Eine expandierende Zwiebel, sicherlich, aber dennoch eine Zwiebel. In unserem Universum, unserer Hyperkugel, befinden sich Schalen von jüngeren, kleineren Universen. Und wir sind auch nicht die äußerste Haut dieser expandierenden Zwiebel; es gibt ältere, größere Universen jenseits von unserem. Zwischen jedem Universum gibt es etwas, das Energie-Gitter genannt wird (ich sagte ja, daß das alles erfunden ist). Ich habe keine Ahnung, was das ist, aber es ist das, was die Raumschiffe der KULTUR antreibt. Und selbstverständlich, wenn man durch das Energie-Gitter in ein jüngeres Universum eindringen könnte, und dann den Vorgang wiederholte … dann geht es *wirklich* um Unsterblichkeit. Deshalb werden in den Geschichten zwei Arten von Hyperraum erwähnt; der Infraraum (die inneren Schalen in unserer Hyperkugel) und der Ultraraum (die Schalen außerhalb).

Nun kommt der schwierige Teil. Man wechsle zu sieben Dimensionen und unser vierdimensionales Universum kann als Kreis beschrieben werden. Vergessen Sie also die Zwiebel, denken Sie an einen Reifen. Einen Reifen mit einem nur sehr winzigen Loch in der Mitte. Dieses Loch ist das Zentrum des Kosmos, die Singularität, der große allesbeginnende Feuerball, der Ort, aus dem unser Universum hervorbrach. Und es existierte nicht nur gerade in dem Moment, als unser Universum entstand; es existiert die ganze Zeit, und es explodiert die ganze Zeit, wie ein kosmischer Automotor, der wie Abgase Universen ausstößt.

So wie jedes Universum entsteht, explodiert und sich ausbreitet und expandiert, wandert es – oder vielmehr der einzelne Kreis, den wir zu seiner Beschreibung benutzen – allmählich die innere Steigung unseres Reifens hoch, ähnlich einer Welle eines in einen

Teich geworfenen Steins. Es überwindet die höchste Stelle des Reifens, erreicht seine weiteste Ausdehnung an der äußeren Begrenzung des Reifens, und beginnt die lange, kontraktive, kollabierende Reise wieder in das kosmische Zentrum zurück, um wiedergeboren zu werden …

Oder tut es wenigstens, wenn es auf *diesem* Reifen ist. Der Reifen selbst ist hohl, angefüllt mit kleineren Reifen, in denen die Universen nicht so lange leben. Und es gibt größere außerhalb von ihm, wo die Universen länger leben, und vielleicht gibt es Universen, die überhaupt nicht auf Reifen sind, und niemals wieder zurückfallen, sondern sich einfach auflösen … eine Art von Metaraum? Wo Bruchstücke von ihnen schließlich von der Anziehungskraft eines anderen Reifens eingefangen werden, und auf dessen kosmisches Zentrum zufallen, mit den Trümmern von etlichen anderen aufgelösten Universen, um als etwas völlig anderes wiedergeboren zu werden? Wer weiß. (Ich weiß, das ist alles Unsinn, aber Sie müssen zugeben, es ist *beeindruckender* Unsinn. Und wie ich zu Beginn sagte, existiert nichts davon – oder doch?)

So oder so, das ist mehr als genug von meinem geschwollenen Gerede.

Mit den besten Wünschen für die Zukunft,

Iain Banks

(Sonnen-Erdling Iain El-Bonko Banks von North Queensferry)

Von

IAIN BANKS

sind im

WILHELM HEYNE VERLAG

erschienen:

Die Brücke · 06/4643; auch ➶ 01/10478
Die Wespenfabrik · 06/4783; auch ➶ 01/10270
Barfuß über Glas · 06/4852
Vor einem dunklen Hintergrund · 06/5640
Träume vom Kanal · 06/5658
Förchtbar Maschien · 06/6325

DER KULTUR-ZYKLUS:

Bedenke Phlebas · 06/4609
als Sonderausgabe: 06/8218
Das Spiel Azad · 06/4693
Einsatz der Waffen · 06/4903
Ein Geschenk der Kultur · 06/4904
Exzession · 06/6392
Inversion · 06/6346
Blicke windwärts · (in Vorb.)

06/8206
Joe Haldeman
Der ewige Krieg

06/8207
Ursula K. Le Guin
Die linke Hand der Dunkelheit

06/8208
David Brin
Sternenflut

06/8209
Isaac Asimov
Die Foundation-Trilogie

06/8210
Alfred Bester
Der brennende Mann

06/8211
Walter M. Miller jr.
Lobgesang auf Leibowitz

06/8212
Frank Herbert
Der Wüstenplanet

06/8213
George Orwell
1984

06/8214
William Gibson
Cyberspace

06/8215
Robert Silverberg
Es stirbt in mir

06/8216
Dan Simmons
Die Hyperion-Gesänge

06/8217
Arkadi & Boris Strugatzki
Das Experiment

06/8218
Iain Banks
Bedenke Phlebas

06/8219
Isaac Asimov
Meine Freunde die Roboter

06/8220
Larry Niven & Jerry Pournelle
Der Splitter im Auge Gottes

06/8221
Stanisław Lem
Solaris